BASTEI LÜBBE TASCHENBUCH

Weitere Titel der Autorin:

Mein Sommer mit dir

Über die Autorin:

Erica James wurde 1960 in Surrey geboren. Heute lebt die Mutter zweier erwachsener Söhne in Cheshire und am Comer See.

ERICA JAMES

Wenn das Glück dich sucht

Roman

Aus dem Englischen von
Ulrike Moreno

BASTEI
LÜBBE
TASCHENBUCH

BASTEI LÜBBE TASCHENBUCH
Band 17345

MIX
Papier aus verantwortungsvollen Quellen
FSC® C083411
FSC www.fsc.org

Dieser Titel ist auch als E-Book erschienen

Vollständige Taschenbuchausgabe

Deutsche Erstausgabe

Titel der englischen Originalausgabe: »The Dandelion Years«
Originalverlag: Orion Books, an imprint of
The Orion Publishing Group Ltd, London

Textredaktion: Dorothee Cabras, Grevenbroich
Titelillustration: © Depositphoto/Artanika; © shutterstock/Falcon Eyes
Umschlaggestaltung: Manuela Städele-Monverde
Satz: two-up, Düsseldorf
Gesetzt aus der Minion
Druck und Verarbeitung: CPI books GmbH, Leck – Germany
Printed in Germany
ISBN 978-3-404-17345-7

1 3 5 7 6 4 2

Dieses Buch ist
meinen leidgeprüften Söhnen Edward und Samuel
und ihren Partnerinnen Ally und Rebecca gewidmet.
Und selbstverständlich auch meinem Enkel,
der immer hübscher wird.

Ergreife die Momente des Glücks;
liebe und empfange Liebe!
Das ist die einzige Wirklichkeit auf der Welt –
alles andere ist Narretei.

LEO TOLSTOI

Die Welt ist in der Tat voller Gefahren,
und es gibt viele dunkle Orte;
doch noch immer gibt ist da viel, das schön ist;
und obwohl in allen Landen Liebe nun
mit Leid vermischt ist,
wächst sie vielleicht noch umso stärker.

J. R. R. TOLKIEN

Kapitel 1

Heute war Saskias Geburtstag.

Sie war zweiunddreißig Jahre alt, und es wäre nicht übertrieben zu sagen, dass sie ganz und gar nicht wie die meisten Zweiunddreißigjährigen war. Ebenso zutreffend könnte man sagen, dass dies zum Teil eine unvermeidliche Folge des Umstands war, dass sie noch zu Hause bei ihrem Vater und zwei alten Großvätern lebte. Doch obwohl diese Gegebenheiten vielen Leuten seltsam und gewiss nicht ideal erscheinen mochten, verspürte Saskia niemals das Bedürfnis, ihre Lebensumstände zu verteidigen oder zu rechtfertigen. Außerdem bestand ihre häusliche Gemeinschaft schon so lange, dass es heute schwer vorstellbar war, auf irgendeine andere Art zu leben. Es war nun einmal, wie es war.

Von dem gepolsterten Lehnstuhl am Fenster ihres Schlafzimmers beobachtete Saskia Grandpa O., der – mit einem Weidenkorb in der Hand und einem alten Gärtnerkittel über dem Schlafanzug – mit bedächtigen Schritten den frostigen Garten hinunterging. Seines erst kürzlich ausgetauschten Kniegelenks wegen waren seine Schritte heute bedächtiger, doch ansonsten war es ein vertrauter Anblick: Bis auf ein paar Wochen im vergangenen November, als er wegen der Behandlung seines arthritischen Knies im Krankenhaus gewesen war, suchte er wie jeden Morgen den Hühnerstall auf, um die Hennen um ihre Eier zu erleichtern. Wieder in der Küche, stellte er seine Beute auf die Arbeitsfläche neben dem Aga-Herd, was Grandpa Harvey jedes Mal zu ein paar ärgerlichen Bemerkungen und der Frage veranlasste, warum Oliver den Korb immer im Weg stehen lassen müsse. Doch sowie er seine Beschwerden vorgebracht hatte, nahm Grandpa Harvey sich aus dem Korb, was er brauchte, um das Frühstück zuzubereiten. Rühreier oder pochierte Eier auf Toast waren ihrer aller Lieblingsessen, um den Tag zu beginnen, auch wenn Saskia und ihr Vater, die mehr auf ihre Cholesterinwerte achteten, hin und wieder davon abwichen, indem sie sich für Porridge oder Müsli entschieden. Die Küche war der Bereich, in dem Grandpa Harvey ebenso uneingeschränkt regierte, wie Oliver es im Garten tat. Jeder hatte seinen Herrschaftsbereich, jeder seine wohlüberlegte Routine. So war es nun einmal.

Während Saskia ein wachsames Auge auf die hochgewachsene, aber leicht gebeugte Gestalt ihres sechsundachtzigjähren Großvaters hatte, der nun wieder durch den Garten auf das Haus zukam, sah sie an den weißen Wölkchen, die sein Atem in der kalten Februarluft bildete, dass es wieder einer jener zauberhaften, bitterkalten Tage werden würde, an denen der frostig-weiße Boden hart wie Stein unter den Füßen war und die tief stehende Sonne zwar schwach von einem blassen Himmel schien, aber keine Wärme abgab. Auch die Felder hinter dem Garten waren frostbedeckt, und von einer der nahen Eichen erhoben sich laut krächzend zwei Saatkrähen in die Luft.

Als ihr Großvater aus Saskias Sicht verschwunden war und sie wusste, dass er wieder wohlbehalten im Haus war, verließ sie ihren Platz am Fenster und zog sich weiter an.

Der Tag mochte begonnen haben wie jeder andere, doch er war ein besonderer, und das nicht nur, weil heute Saskias Geburtstag war. Heute jährte sich auch der Tag des tragischen Unfalls, der ihrer aller Leben durcheinandergeworfen und sie hierher nach Ashcombe geführt hatte. Heute vor zweiundzwanzig Jahren waren ihre Mutter und ihre beiden Großmütter zusammen einkaufen gefahren und nie wieder zurückgekehrt, weil ein schrecklicher Autounfall ihrem Leben ein grausames Ende gesetzt hatte.

Saskia war damals zehn gewesen und alt genug, um todunglücklich zu sein, aber nicht reif genug, um mit dem Trauma eines solch schweren Verlustes umgehen zu können. Es dauerte Wochen, bevor sie ihren Vater aus dem Haus gehen lassen konnte, ohne hysterisch zu werden vor Angst, dass er nicht mehr zurückkehren würde.

Es war Harvey, der Vater ihrer Mutter, gewesen, der damals den Vorschlag machte, dass es ihnen allen eine Hilfe wäre, wenn sie zusammenzögen, dass ihr Vater nicht mit allem allein gelassen werden sollte und dass eigentlich sogar *keiner* von ihnen in dieser Situation gezwungen sein sollte, allein zurechtzukommen. Und tatsächlich hatten sie innerhalb von acht Monaten ihre Mittel zusammengelegt und waren hierher gezogen.

Saskia hatte sich vom ersten Moment an in Ashcombe verliebt. Es war das schönste Haus, das sie je gesehen hatte, ein weitläufiges Landhaus mit Suffolks traditionellem pinkfarbenem Anstrich, das am Rand der kleinen Ortschaft Melbury Green lag und von weiten Feldern, dem River Stour, der hinter dem großen Garten verlief, und einer Nebenstraße umgeben war, die sich in sanften Kurven durch die leicht hügelige Landschaft schlängelte. In westlicher Richtung führte die Straße nach Cambridge, in östlicher zu den Stränden von Southwold und von Aldeburgh. Mit seinem makellosen Strohdach und dem hübsch verzierten First, den mit Kletterrosen bedeckten pinkfarbenen Mauern und einem Obstgarten voller Apfel-, Birn- und Pflaumenbäumen war es schön wie aus einem Märchen und ein in jeder Hinsicht vollkommenes Heim. Vom Tag ihres Einzugs an begeisterte das Haus sie alle und wurde zu ihrem Zufluchtsort, einer bezaubernden, abgelegenen Oase, in der der Heilungsprozess nach und nach beginnen konnte.

»Da bist du ja!«, begrüßte Saskias Vater Ralph sie, als sie die Tür zur Küche aufstieß und ihr die angenehme Wärme des Aga-Herdes entgegenschlug. »Wir wollten schon einen Suchtrupp losschicken, um dich zu finden. Herzlichen Glückwunsch zum Geburtstag!«

»Ja, mein liebes Mädchen, alles Gute zum Geburtstag!«, stimmte Grandpa O. ein, während er sie am Arm nahm und mit ihr auf den Tisch zusteuerte, wo ein kleiner Stapel Geschenke und Glückwunschkarten vor ihrem gewohnten Platz bereitgelegt worden waren.

»Zweiunddreißig«, sagte Grandpa Harvey leise lachend und küsste sie auf die Wange. »Das hört sich wie ein richtiges Erwachsenenalter für mich an.«

»Und für mich beunruhigend alt«, sagte Saskia und verzog das Gesicht.

»Was für ein Unsinn! Und jetzt setz dich, damit wir uns all deinen Geburtstagswünschen und -launen widmen können. Was darf ich dir zum Frühstück machen?«

»Weißt du, ich glaube, ich werde heute Morgen mal ein bisschen Rührei riskieren.«

»Eine gute Wahl, wenn ich so sagen darf. Möchtest du es auf Toast? Vielleicht mit ein, zwei Scheibchen Speck dazu? Halt dich ran, Oliver, und steh nicht bloß im Weg herum! Schenk dem Mädchen lieber ein!«

»Schon gut, schon gut«, sagte Grandpa O. und verdrehte die Augen. »Du brauchst nicht schon wieder auf mir herumzuhacken.«

Saskia lächelte die beiden liebevoll an, als sie in ihren Schlafanzügen und Morgenmänteln ihre, wie sie es nannte, Laurel-und-Hardy-Nummer aufführten, geschäftig um sie herumwuselten und sich dabei zankten. Sie übertrieben ihre Vorstellung heute ein wenig, weil sie wohl hofften, es würde sie von dem unvermeidlichen Schatten ablenken, der noch immer über diesem Tag lag. Trotz ihrer eigenen Verluste – ihrer jeweiligen Ehefrauen und einer Tochter – hatten sie immer ihr Bestes getan, um dafür zu sorgen, dass Saskias Geburtstag nicht in der Melancholie ihres gemeinsamen Kummers unterging. Auch wenn ihr Geburtstag in Wahrheit gar nichts anderes sein *konnte* als ein Datum, das sie zwang, zurückzublicken und sich zu erinnern.

Für Saskia war das Verstreichen eines weiteren Jahres jedoch mehr eine Ermahnung, dass die Zukunft für sie noch beunruhigender war als die Vergangenheit. Ihre Großväter wurden trotz ihres relativ guten Gesundheitszustandes nicht jünger, und der Gedanke, sie eines Tages zu verlieren, erfüllte sie mit grenzenloser Traurigkeit. Sie sah ihren Vater an und konnte an Ralphs Gesichtsausdruck erkennen, dass er wusste, was sie dachte – wie er es fast immer wusste.

Als sie vor Jahren für ihr Abitur lernte, hatte sie eines Samstags, als sie in dem familienbetriebenen antiquarischen Buchladen ausgeholfen hatte, die Ankündigung gemacht, sie habe kein Interesse daran, zur Universität zu gehen. »Drei Jahre sinnlosen Studierens würden mich zu Tode langweilen«, hatte sie gesagt.

»Und was willst du stattdessen tun?«, hatte ihr Vater gefragt, ohne auch nur den Blick von dem Katalog zu heben, den er ausarbeitete.

»Ich werde natürlich hier bei dir arbeiten«, hatte sie erwidert. »Und wenn nicht, werde ich lernen, Bücher zu restaurieren, damit du nicht mehr die unverschämten Honorare zahlen musst, die dir Franklin Reed dafür berechnet.«

Erst das hatte ihr seine volle Aufmerksamkeit eingebracht. »Und wie lange hast du das schon ausgebrütet?«

»Lange genug, um zu wissen, dass es das ist, was ich tun will. Und zwing mich bitte nicht, Dad, nur um des Studierens willen zur Universität zu gehen! Ich würde mich dort nicht einfügen und wäre nur todunglücklich. Darüber hinaus wäre es auch eine fürchterliche Geldverschwendung.«

Rückblickend war es für ihren Vater gar nicht so schwer gewesen zu erraten, was sie am meisten beschäftigte – schließlich hatte sie nie viel darauf gegeben, irgendwo hinzupassen seit dem Unfall, der ihre halbe Familie ausgelöscht hatte.

Der unmittelbare Schock nach den Geschehnissen jenes Wintertages, an dem ein Lkw-Fahrer am Steuer seines Fahrzeugs eingeschlafen und in den Wagen ihrer Mutter hineingerast war, hatte Saskia in solche Angst versetzt, dass sie nicht einmal mehr zur Schule hatte gehen wollen. Über Nacht war sie wie gelähmt vor Angst und der irrationalen Überzeugung, dass während ihrer Abwesenheit von zu Hause dem Rest ihrer Familie etwas Schreckliches zustoßen könnte, weil sie ja auch zur Zeit der ersten Katastrophe in der Schule gewesen war. Um das Problem mit der Fortsetzung ihrer Ausbildung zu lösen, hatten ihre Großväter es übernommen, sie zu Hause zu unterrichten, doch als es auf das Abitur zuging, fühlten sie sich überfordert, und Saskia willigte widerstrebend ein, für den Rest der Zeit das örtliche Oberstufengymnasium zu besuchen. Es hatte ihr mehr Spaß gemacht als erwartet, doch andererseits hatte sie auch eingesehen, dass sie dort eigentlich nicht hinpasste und eine Außenseiterin blieb, weil sie zu verschlossen und introvertiert war, um irgendeine Art von Eindruck auf ihre Mitschüler zu machen.

»Dann hat das also nichts mit deiner Sorge zu tun, wie deine Großväter und ich zurechtkommen werden, wenn du nicht mehr hier bist?«, hatte Ralph gefragt, als sie ihm von ihren Plänen erzählt hatte, Buchrestauratorin zu werden. Er war sofort zum Kern der Sache gekommen, weil ihm nur allzu gut bewusst war, was Saskia beschäftigte. Natürlich hatte sie es abgestritten.

In den darauffolgenden Tagen hatte er sie bedrängt, es sich noch einmal zu überlegen, und gesagt, sie dürfe nicht den Fehler machen, ihr Leben auf ihn, Oliver und Harvey einzustellen oder, was noch schlimmer wäre, ihre Zukunft für sie zu opfern. »Du bist ein eigenständiger Mensch mit einem eigenen Leben«, hatte er gesagt. »Wir würden es uns nie verzeihen, wenn wir glauben müssten, wir hätten dir die Chance verwehrt, dein eigenes Leben zu leben und zu genießen.« Und um ihr seinen Standpunkt unmissverständlich klarzumachen, hatte er zum Schluss hinzugefügt: »Du bist nicht für uns verantwortlich, Saskia. Das ist es nicht, was deine Mutter gewollt oder von dir erwartet hätte.«

Saskia hatte jedoch nichts mehr überdenken müssen, nicht einmal eine Sekunde lang. Ohne ein Wort darüber zu verlieren, dass es undenkbar für sie war, ihre Familie zu verlassen, nachdem sie so bemüht gewesen war, ihr eine liebevolle und behütete Kindheit zuteilwerden zu lassen, hatte sie sich von ihrem kleinen Freundeskreis verabschiedet, als sie alle in jenem Herbst zu den Universitäten ihrer Wahl aufbrachen. Sie freute sich, von ihnen zu hören, nachdem sie ihr Studium begonnen hatten, aber sie beneidete sie nicht und bereute auch nicht ihre Entscheidung, daheim geblieben zu sein. Sie war genau dort, wo sie sein wollte, und tat genau das, was sie tun wollte. Ashcombe war der Ort, an den sie gehörte, und Bücher wiederherzustellen war das, was sie als ihre Bestimmung ansah.

Weil alte und seltene Bücher nämlich nicht nur für ihren Vater zu einer Leidenschaft geworden waren, sondern auch für sie. Sie liebte es, ein solches Buch in der Hand zu halten und den verstaubten Geruch des Alters an ihm wahrzunehmen, durch ihre Finger einen Eindruck seiner Geschichte zu erhalten und sich in das Leben des Buches hineinzuversetzen. Wie viele Leute vor ihr mochten seine Seiten umgeblättert und sich in dem Wunder seiner Worte und Bilder verloren haben? Wie mochte das Leben dieser Menschen gewesen sein? Welche glücklichen Momente oder Betrübnisse hatten sie erfahren?

Meistens zog sie die Gesellschaft eines Raumes voller Bücher der eines Raumes voller Menschen vor. Bücher waren stille und beständige Gefährten, die nichts als Trost und Aufmunterung boten. Am allerliebsten jedoch war ihr die Gesellschaft eines Buches, das sie restaurierte und liebevoll ins Leben zurückbrachte. Und niemand brauchte sie erst darauf hinzuweisen, dass einer solchen Berufung nachzugehen – denn sie hielt es tatsächlich für eine Berufung – eine Art Metapher dafür war, dass sie ihre Mutter und Großmütter nicht ins Leben zurückbringen konnte.

Es war etwas, das ihr ihr Exfreund Anfang letzten Monats vorgeworfen hatte, als er eines Abends nach der Arbeit ganz unerwartet vorbeigekommen war, um ihr die gute Nachricht von seiner Beförderung zu überbringen. »Es gab noch fünfzehn andere Bewerber, und ich war es, für den sie sich entschieden!«, hatte er stolz gesagt. »Ein fabelhafter Start ins neue Jahr, findest du nicht?«

Saskia hatte sich aufrichtig für ihn gefreut, doch als Philip dazugesagt hatte, dass seine neue Aufgabe in der Softwarefirma einen Umzug nach Newcastle bedeute und er wolle, dass Saskia mitkam, weil sie sich dann eine eigene Wohnung suchen und zusammenleben könnten, hatte das Gespräch eine dramatische Wende zum Schlechteren genommen.

Bestürzt darüber, dass er all das schon heimlich geplant hatte, ohne ihr ein Wort davon zu sagen, hatte sie entgegnet: »Aber Philip, Newcastle ist Hunderte von Kilometern entfernt, und du weißt, dass ich meine Familie nicht verlassen kann. Ich könnte nicht so weit entfernt von ihnen leben. Tut mir leid, aber das kommt nicht infrage.«

»Du könntest wenigstens darüber nachdenken«, hatte er enttäuscht gesagt. »Ich dachte, du würdest dich freuen und es als Fluchtmöglichkeit sehen.«

»Fluchtmöglichkeit?«, hatte sie verblüfft erwidert. »Warum um Himmels willen sollte ich *fliehen* wollen?«

»Vielleicht ist ›Flucht‹ der falsche Ausdruck«, hatte er sich schnell verbessert und sich plötzlich interessiert in ihrer Werkstatt umgesehen, um ihren Blick nicht erwidern zu müssen. »Ich meinte nur, dass es für dich … *für uns* … eine Chance wäre, richtig zusammen zu sein.«

In dem Bewusstsein, dass sie ihm seine Überraschung – um nicht zu sagen seinen Triumph – gründlich verdorben hatte, versuchte sie, ihn zu beschwichtigen. »Ich freue mich wirklich sehr für dich, Philip, doch du musst verstehen, dass es für mich aus heiterem Himmel kam.« Aber die Worte waren noch nicht ganz über ihre Lippen, als sich ihr schon der Gedanke aufdrängte, dass er in den acht Monaten ihres Zusammenseins doch eigentlich hätte erkennen müssen, was ihr das Leben auf Ashcombe bedeutete.

»Du weißt doch, wie es ist«, fuhr sie fort, um ihn zu besänftigen, und überlegte, ob eine Fernbeziehung nicht vielleicht sogar das Beste wäre. Eine solche böte ihr alle Vorteile eines festen Freundes, würde sie aber vor der Unannehmlichkeit bewahren, ihr Leben verändern zu müssen. »Ich kann nicht von heute auf morgen alles hinschmeißen«, erklärte sie, »und Dad mit Oliver und Harvey allein lassen, die beide wahrscheinlich bald jemanden brauchen werden … Ach, du verstehst schon, denke ich.«

Das war zu viel gewesen für Philip. »Deine verdammte Familie!«, hatte er sie angefaucht. »Sie ist das Einzige, woran du denkst! Ich dachte, wir wären …« Doch dann unterbrach er sich abrupt und presste die Lippen zu einem hässlichen schmalen Strich zusammen.

»Du dachtest, wir wären was?«, drängte Saskia ihn, nun auch plötzlich sehr irritiert. *Ihre verdammte Familie?* War es das, was Dad und ihre Großväter für ihn waren? Und das, nachdem sie ihn so gut behandelt hatten. Was erlaubte er sich?!

»Ich dachte, wir wären ein *Paar*«, sagte er verdrossen. »Ein Paar, das gemeinsam Dinge unternimmt und gemeinsam Dinge plant.«

»Ist es das, was du getan hast, als du dich um einen Job in Newcastle beworben hast?«, versetzte sie scharf. Sie war mit ihrer Geduld am Ende. »Oder dachtest du, du könntest mich einfach vor vollendete Tatsachen stellen und von mir erwarten, dass ich mitkommen oder dir hinterherziehen würde?«

»Ich dachte, du würdest einsehen, dass es für dich an der Zeit ist, erwachsen zu werden und dein Zuhause zu verlassen, um in die wahre Welt hinauszugehen. Du bist einunddreißig, Saskia, keine einundzwanzig!«

Und ab heute sogar zweiunddreißig, dachte Saskia bei der Erinnerung an das kindische Gefasel düster, mit dem Philip seine Wut und Enttäuschung noch viel deutlicher zum Ausdruck gebracht hatte, bevor er aus ihrer Werkstatt gestürmt war. Er hatte die Tür so fest hinter sich zugeknallt, dass sie wieder aufgesprungen war und Saskia einen Blick auf ihn ermöglicht hatte, als er den Weg zu seinem Wagen hinuntergestapft und dann mit einem unnötigen Aufheulen des Motors losgebraust war.

Wie erstarrt hatte sie dagestanden und darüber nachgedacht, wie leicht das Leben sich doch verändern konnte, und dabei war eisig kalte Luft durch die offene Tür in ihre Werkstatt gedrungen und hatte sie heftig frösteln lassen.

Seitdem hatte er sich nicht wieder bei ihr gemeldet. Wahrscheinlich war er jetzt entweder voll und ganz mit der Planung seines neuen Lebens in Newcastle beschäftigt, oder er genoss es schon. Doch wie dem auch sei, Saskia war realistisch genug, um zu bezweifeln, dass an ihrer Beziehung noch etwas zu retten war. Außerdem hatte Philip in letzter Zeit besorgniserregende Anzeichen dafür erkennen lassen, dass er nicht akzeptieren konnte, dass bestimmte Bedingungen mit Saskia einhergingen. Bedingungen, die ebenso gut in Steintafeln gemeißelt und von Moses selbst vom Berg herabgebracht worden sein könnten.

»Nun komm schon, Saskia! Warum liest du nicht deine Geburtstagskarten?«

Die Stimme ihres Vaters setzte ihren unerfreulichen Gedanken ein Ende und brachte sie in die Küche und zu den Menschen zurück, die ihr die liebsten waren auf der Welt.

Als sie zu ihrem Vater aufblickte, sah sie, dass er sie mit einem für ihn so typischen wissenden Lächeln ansah. Sie erwiderte es und lächelte auch ihre Großväter an, denen so viel daran gelegen war, dass sie Freude an ihrem Geburtstag hatte.

Kapitel 2

Später an jenem Tag stand Ralph in der Warteschlange im Postamt und starrte aus dem Fenster auf den vorbeiziehenden Verkehr hinaus. Autoscheinwerfer glühten in dem verblassenden Licht des Nachmittags, und mit Mänteln, Handschuhen, Mützen und Schals vermummte Menschen hasteten in der Kälte draußen vorbei.

Als er einen Schritt nach rechts tat und den Hals ein wenig reckte, erlangte er klare Sicht auf die Kirche und Grangers Buch-Antiquariat auf der anderen Straßenseite. Während er das dreistöckige Gebäude aus diesem Blickwinkel betrachtete, ermahnte er sich, dass er im kommenden Frühling, der hoffentlich etwas wärmeres und trockeneres Wetter bringen würde, wirklich dafür sorgen musste, dass Will Swinton herkam, um die Ladenfront zu renovieren. Es wäre nicht gut, die Dinge schleifen zu lassen, wo die Stadt doch einen solch glänzenden Ruf zu bewahren hatte. Chelstead war nicht nur eine der kleinsten und hübschesten Städte Suffolks, sondern schaffte es auch häufig auf die Liste der begehrenswertesten Wohnorte in der Grafschaft. Die historische Wollstadt am Südufer des River Stour zog einen stetigen Strom von Touristen an mit ihren malerischen, pinkfarben getünchten oder aus Fachwerk bestehenden Häusern, der beeindruckenden mittelalterlichen Kirche, die sich zwar zugegebenermaßen nicht mit den Kirchen von Long Melford oder Lavenham messen konnte, aber perfekt mit der Größe und dem Charakter des Ortes harmonierte.

Die Frau am Anfang der Warteschlange trat beiseite, als sie abgefertigt war, und mit den drei anderen Kunden vor ihm rückte Ralph vor und wechselte die gefütterte Versandtasche von der rechten in die linke Hand. Sie enthielt eine Erstausgabe von G. K. Chestertons *Pater Brown Geschichten*, die er an einen seiner Online-Stammkunden versandte. Das Internet hatte die Natur seines Geschäfts verändert, und die Online-Verkäufe machten heute einen hohen Prozentsatz seiner Einnahmen aus. Mit der Zeit würde er den Laden vielleicht sogar schließen können, doch noch war es nicht so weit. Im Moment verschaffte ihm die Lage an der Marktstraße einen ausgezeichneten Kundenzulauf unter Einheimischen und Touristen gleichermaßen, und als Eigentümer der Räumlichkeiten brauchte er sich auch keine Sorgen darüber zu machen, dass die Miete durch einen gierigen Vermieter in stratosphärische Höhen steigen würde, wie es heutzutage leider nur allzu oft der Fall war.

Der Mann, der direkt vor ihm stand, hatte sich darauf verlegt, sich die Wartezeit mit einem aufdringlich lauten Gespräch auf seinem Handy zu vertreiben. Ralph versuchte, nicht zuzuhören, doch es war unmöglich, nicht in den einseitigen Austausch hineingezogen zu werden, der sich um ein morgiges Meeting in der Zentralverwaltung drehte, auf das sich anscheinend niemand freute. Es war unglaublich, wie hemmungslos die Leute mit diesem kleinen Gerät am Ohr sein konnten.

Die Uhr an der Wand hinter dem Schalter informierte Ralph beflissen, dass er bisher schon vierzehn Minuten hier gefangen gehalten wurde. Während er dem großen Zeiger dabei zusah, wie er auf dem Zifferblatt unerbittlich weiterwanderte, schien der ihm zu sagen: »Ich spüre deine Qual, aber hier ist eine weitere Minute deines Lebens, die für immer dahingegangen ist.« Ob die Postämter wohl ganz bewusst mit einer Uhr versehen wurden, um ihre Kunden zu verhöhnen?

Wie jeder andere, der Besseres zu tun hatte, hasste Ralph es, warten zu müssen, doch an den Tagen, an denen Pat, seine langjährige Teilzeithilfe, nicht erschien, blieb ihm gar nichts anderes übrig, als ein *Bin gleich zurück*-Schild an die Ladentür zu hängen und geduldig abzuwarten, dass er an die Reihe kam. Zum Glück halfen auch Oliver und Harvey regelmäßig im Laden aus und sprangen immer noch genauso gern ein wie Saskia, wenn sie die Zeit dazu erübrigen konnte.

Ralph scharrte mit den Füßen, um etwas zu tun zu haben, und rief sich Saskias Freude über ihre Geburtstagsgeschenke an diesem Morgen in Erinnerung. Er war sehr froh und erleichtert gewesen, dass ihr die graublaue Strickjacke, die er ihr geschenkt hatte, so gut gefallen hatte. Als er sie vor ein paar Wochen im Schaufenster eines neuen Bekleidungsladens in Long Melford gesehen hatte, war er verblüfft gewesen, wie ähnlich ihre Farbe der von Saskias Augen war. Sie hatte die gleiche Augenfarbe, die ihre Mutter gehabt hatte, doch während Evies nur allzu oft geradezu gesprüht hatten vor Heiterkeit und Schalk, neigten Saskias mehr zu einem Ernst, der in völligem Widerspruch zu ihrem Alter stand. Abgesehen von diesem kleinen Unterschied war sie jedoch eindeutig die Tochter ihrer Mutter mit ihren hohen Wangenknochen und dem gleichen, oft herausfordernd erhobenen Kinn, das ihm dann unmissverständlich zu verstehen gab, sie in Ruhe zu lassen, und dem gleichen dunklen Haar, das sich lockte, wenn es feucht war. Sie war ein wenig größer, als ihre Mutter es gewesen war, doch ansonsten ebenso schlank und langbeinig, und sie schien wie Evie nie auch nur ein Pfund zuzulegen.

Wann immer Ralph an diese Ähnlichkeiten dachte, erfasste ihn schmerzliches Bedauern darüber, dass Evie ihre Tochter nie als erwachsene Frau gesehen hatte.

Sofort hatte er das Bild seiner Frau vor Augen, die ihm mit dem Finger drohte. »Ralph«, hörte er sie in Gedanken sagen, »hör auf damit! Bedaure nichts und lebe nicht in der Vergangenheit, weil das die sicherere Wahl ist! Du warst früher nie so. Früher nahmst du die Sache selbst in die Hand und bewegtest Dinge!«

Ob es nun Evies strenge Stimme war, die ihn tadelte, oder nur die Stimme seines Unterbewusstseins, er wusste jedenfalls ohne jeden Zweifel, wie gerechtfertigt die Kritik war. Aber es war eben einfach so, dass er nicht mehr derselbe Mann war, der er einst gewesen war. So klischeehaft es auch klingen mochte, aber mit Evies Tod war auch ein Teil von ihm gestorben.

Sie hatten sich auf klassische Art und Weise kennengelernt, auf einer Party in London, die in dem Apartment unter seinem in Wandsworth stattgefunden hatte. Damals war Evie mit jemandem namens Magnus verlobt gewesen, doch bevor Ralph davon erfahren und nachdem er sich ihr als Nachbar ihres Gastgebers vorgestellt hatte, glaubte er sich schon mehr oder weniger am Ziel bei ihr. Mit einer Geschichte über einen katastrophalen Fauxpas, der ihm bei der Arbeit unterlaufen war, hatte er sie zum Lachen gebracht. Als er sie dann jedoch fragte, ob sie es riskieren würde, einmal abends mit ihm auszugehen, sagte sie, dass Magnus, ihr Verlobter, davon sicher nicht begeistert wäre. Durch den Raum hindurch deutete sie auf den besagten Verlobten, der in ein Gespräch mit drei Männern vertieft war, die alle gekleidet waren, als wären sie gerade aus dem Büro zu der Party gekommen.

»Was stimmt also nicht mit Ihrem Verlobten?«, fragte Ralph Evie ein paar Minuten später, als sie ein wenig mehr ins Detail gegangen war über den Mann, der ihm gerade eben den Abend verdorben hatte.

»Was wollen Sie damit sagen, dass mit ihm etwas nicht stimmt?«, erwiderte sie stirnrunzelnd und mit deutlich vorgeschobenem Kinn.

»Sie haben mir gerade erzählt, dass Sie schon zwei Jahre zusammen sind und noch keinen Termin für die Hochzeit festgesetzt haben, obwohl Sie schon verlobt sind«, antwortete Ralph.

Evies Stirnrunzeln vertiefte sich. »Und darin sehen Sie ein Problem? Was ist mit dem alten Sprichwort ›Heiraten in Eile bereut man mit Weile‹?«

»Wenn er Sie wirklich lieben würde, wäre er längst mit Ihnen vor den Altar getreten und hätte Sie für sich beansprucht, bevor jemand Besseres vorbeikommt.« Dann zeigte er auf den Ring an ihrem Finger. »Außerdem hätte er Ihnen einen anständigen Verlobungsring geschenkt und Sie nicht mit einem schäbigen kleinen Ding abgespeist, das er aus einem Kaugummi-Automaten hat.«

Ihre Augen weiteten sich noch mehr. »Oha! Sie haben aber wirklich Nerven, was?«

»Davon gehe ich mal aus, ja. Und Sie? Oder sind Sie der Typ, der sich mit dem Zweitbesten zufriedengibt, weil Sie nicht den Mut haben, etwas Besseres zu erwarten? Denn meiner Meinung nach verdienen Sie definitiv etwas Besseres.«

Hochrot vor Empörung starrte ihn an. »Ich werde Ihnen sagen, was für ein Typ ich bin! Ich bin der Typ Frau, die ihren Atem nicht an einen Spinner wie Sie verschwendet. Ein schönes Leben wünsche ich Ihnen noch. Und viel Glück dabei, jemanden zu finden, der verrückt genug ist, es mit Ihnen und Ihrem kolossalen Ego aufzunehmen! Vielleicht wird dieser Jemand Ihnen ja sogar Manieren beibringen können!«

Ralph hatte zugeben müssen, dass er ihre Beschreibung voll und ganz verdiente; er *hatte* sich wie ein aufgeblasener Spinner aufgeführt. Aber aus irgendeinem bizarren Grund war irgendetwas in ihn gefahren. Eifersucht vielleicht. Das Bedürfnis, ihr zu imponieren. Der Wunsch, sie im Sturm zu erobern. Was immer es auch war, es war eine neue Erfahrung für ihn, die ihm noch lange, nachdem sie mit ihrem Verlobten schon gegangen war, ein Rätsel war.

Eine Woche später erfuhr er von seinem Nachbarn, dem Gastgeber der Party, dass dessen alter Schulfreund Magnus von seiner langjährigen Freundin verlassen worden war. Was Ralph vor ein Dilemma stellte – wie konnte er die notwendigen Informationen von seinem Nachbarn bekommen, um mit Evie Kontakt aufzunehmen, ohne unsensibel zu erscheinen?

Am Ende war das gar nicht nötig, weil *sie* sich bei ihm meldete. Als er eines Abends von der Arbeit heimkam, hockte sie zusammengekauert auf den Stufen vor seiner Haustür. Es war mitten im Winter, und sie sah schon halb erfroren aus.

»Du hattest recht mit Magnus«, sagte sie einfach nur und verzichtete sogar auf das förmliche Sie. »Ich habe mit ihm Schluss gemacht.«

»Das tut mir leid«, erwiderte Ralph und setzte sich zu ihr auf die Treppenstufen.

Sie wandte den Kopf. »Wirklich?«

»Nein, nicht wirklich. Du warst zu gut für ihn. Und du bist zweifellos auch viel zu gut für mich, aber ich würde mir trotzdem die Gelegenheit wünschen herauszufinden, ob ich mich bessern kann.«

Sie lächelte. »Ich glaube nicht, dass irgendjemand schon mal so etwas wie du bei mir bewirkt hat.«

»Dass dich jemand so verärgert hat, meinst du? Tut mir leid, dass ich so ein anmaßendes Großmaul war, das lernen sollte, sich zu benehmen.«

»Nein, ich meinte jemanden, der die gleichen Gefühle in mir erweckt hätte wie du. Ich habe seit jener Party ständig an dich denken müssen.«

»Dann sind wir schon zwei. Ich habe nur noch darüber nachgedacht, wie ich dich erreichen könnte.« Er streifte seine Handschuhe ab und streckte ihr die Hand hin. »Wie wär's also, wenn wir noch einmal von vorn beginnen und so tun, als begegneten wir uns zum ersten Mal?«

Ihr Lächeln wurde noch wärmer, und sie zog ihren wollenen Fäustling aus. »Evie Milner. Freut mich, Sie kennenzulernen.«

Ralph legte seine warme Hand um ihre schlanken, kalten Finger. »Ralph Granger«, sagte er und hatte das Gefühl, als spränge er von einer Klippe geradewegs ins Ungewisse. »Ich bin außerordentlich erfreut, Ihre Bekanntschaft zu machen. Doch bevor Sie hier erfrieren, kommen Sie doch lieber herein, um sich aufzuwärmen, und dann können Sie mir alles über sich erzählen.«

»Nein«, sagte sie, »lass uns lieber ein Stückchen gehen! Wohin, ist mir egal.«

Und so war es bei Evie immer. Sie fand stets noch einen besseren Weg, etwas zu tun. Hand in Hand spazierten sie durch die dunklen Straßen und waren sich ihrer Umgebung dabei kaum bewusst. Ralph fand heraus, dass sie genau im selben Alter war wie er und dass ihre Geburtstage nur eine Woche auseinanderlagen.

»Ich habe noch nie eine Stilistin gekannt«, sagte er, als sie ihm von ihrem Beruf erzählte. »Was genau tut sie eigentlich?«

»Im Wesentlichen helfe ich den Leuten, das Beste aus sich zu machen.«

»Könntest du das nicht auch bei mir versuchen?«, fragte er.

Daraufhin trat sie zurück, legte den Kopf zur Seite und kniff die Lippen zusammen, während sie ihn mit alarmierender Genauigkeit von Kopf bis Fuß einer langsamen Musterung unterzog. Es machte ihn verlegen, wie sie den neuen Anzug betrachtete, den er sich in der Woche zuvor geleistet hatte und von dem er glaubte, er verliehe ihm zusammen mit dem Wollmantel, den seine Eltern ihm vergangenes Jahr zu Weihnachten geschenkt hatten, eine reifere und gemessenere Note als Wirtschaftsprüfer. »Hm … ich glaube, mir gefällst du so, wie du bist«, meinte Evie schließlich.

»Wirklich?«

»Überrascht dich das?«

»Meiner Erfahrung nach wollen Frauen immer irgendwas an einem Mann verändern.«

»Dann hattest du Umgang mit der falschen Art von Frauen.«

Wie sich herausstellte, war ihre Arbeit als Stilistin viel komplizierter und spezieller, als sie angedeutet hatte, was ihn doppelt so besorgt um seine Erscheinung machte, wenn sie zusammen waren. Ihre Kundinnen waren keine Hausfrauen mittleren Alters, die einer Rundumerneuerung bedurften, wie er gedacht hatte, sondern schlossen auch einen aufstrebenden Popstar und eine TV-Moderatorin mit ein. Ihre wahre Leidenschaft war das Entwerfen von Kleidern, doch vor allem stellte sie Outfits für Fotoshootings für Zeitschriften und für Fernsehauftritte zusammen.

Fünf Monate, nachdem Ralph ihr begegnet war, gab er seine gesamten Ersparnisse für den größten Diamanten aus, den er sich leisten konnte.

Evie war sehr aufgebracht darüber, dass er sich in solche Unkosten gestürzt hatte. »Was versuchst du, damit zu beweisen?«, hatte sie gefragt.

»Nur, wie sehr ich dich liebe«, hatte er erwidert und ihr den Ring übergestreift.

Drei Monate später heirateten sie – genau eine Woche vor der Hochzeit von Prinz Charles und Lady Diana, doch im Gegensatz zu der aufwendigen Trauung, die in der St. Paul's Cathedral stattfand, gaben Ralph und Evie sich ohne großen Aufwand oder viel Drumherum das Jawort in der Kirche, in der Evie schon getauft worden war, im Kreise ihrer engsten Angehörigen und einiger sehr guter Freunde. Im Jahr darauf waren sie wieder in derselben Kirche, doch diesmal war es Saskias Taufe, zu der sie sich dort eingefunden hatten.

Bis zum heutigen Tag konnte Ralph nicht sagen, was genau ihn dazu gebracht hatte, sich in Evie zu verlieben. Es könnte ihre eindringliche Art gewesen sein, ihn anzusehen. Oder die natürliche Art und Weise, in der sie sich aneinanderfügten wie zwei Hälften eines Ganzen, ob sie nun zusammen auf der Couch faulenzten oder im Bett lagen. Vielleicht war es auch ihr Lachen gewesen, das auf wundersame Weise einen Schalter in ihm umlegen konnte und ihm das Gefühl gab, als könnte nichts anderes ihm je wieder mehr bedeuten, als diesen heiteren, glücklichen Laut zu hören. Doch was auch immer der Grund gewesen sein mochte, das Ergebnis war jedenfalls, dass er Evie leidenschaftlich und von ganzem Herzen liebte und wusste, dass er durch einen unglaublichen Glücksfall den einen Menschen auf der Welt gefunden hatte, der ihm vom Schicksal zugedacht war.

Das war also der Mann, der er einmal gewesen war. Ein Mann, der etwas sah, was er wollte, und sein Äußerstes gab, um es zu bekommen. Auch wenn Evie ihn an jenem Abend nicht vor seiner Tür erwartet hätte, hätte er sie gefunden, und wenn er dazu ganz London nach ihr hätte durchkämmen müssen.

Heute war er fast sechzig, ein Mann, der sein Leben damit verbracht hatte, den Weg des geringsten Widerstandes zu gehen, ein Mann, der oft kapitulierte und im Postamt mit den anderen in der Warteschlange stand und geduldig abwartete, bis er an der Reihe war.

Endlich war die Warterei vorbei, und er hatte es bis an den Anfang der Schlange geschafft, wo er ein paar höfliche Worte mit der Frau am Schalter wechselte, einer Frau, die erst vor ein paar Wochen hier zu arbeiten begonnen hatte und ständig eine rote, laufende Nase zu haben schien. Nachdem er sein Päckchen aufgegeben hatte, eilte er auf die Straße hinaus und überquerte sie.

Sein Handy klingelte, als er gerade sein Geschäft betrat.

»Hi, Gil«, sagte er, während er die Tür hinter sich zuzog und die Nachricht entfernte, die er darangeklebt hatte, bevor er in Chelsteads Gegenstück zum Fegefeuer festgesessen hatte. »Was kann ich für dich tun?«

»Die Frage ist wie immer, was *ich* für dich tun kann, alter Junge. Ich habe einen weiteren Haufen Bücher, den du vielleicht gern durchstöbern würdest.«

Ralph zog seinen Mantel aus. Gilbert Ross' Metier waren Haushaltsauflösungen und Räumungen, und er gab Ralph oft Gelegenheit, als Erster einen Blick auf die Bücher zu werfen, die er in den Gebäuden vorfand. »Du meinst, du hast mal wieder eine Tonne Bücher, mit denen du nichts anfangen kannst?«, sagte er.

»Sei nicht so, Ralph – ich war sehr gut zu dir im Lauf der Jahre, und durch mich bist du an eine Menge Bücher herangekommen, die ganz schön was eingebracht haben.«

Das stimmte, und im Gegenzug dazu hatte Ralph Gil immer einen Anteil von allem gegeben, das sich als wirklich wertvoll herausstellte. »Das Problem ist, dass mir der Platz fehlt«, sagte er. Auch das war wahr. Ralph hinkte ziemlich hinterher mit der Durchsicht von Gils kostbaren Lieferungen. Sehr zu Saskias Missfallen, da er nach einer kleinen Überschwemmung durch ein undichtes Rohr im Keller einige Bücher in ihrer Werkstatt hatte unterbringen müssen. Wobei »einige« sogar noch reichlich untertrieben war. Es standen etwa zwanzig Kisten mit Büchern bei ihr herum, die durchgesehen werden mussten.

»Du weißt, was du brauchst«, sagte Gil. »Einen Lagerraum zum Unterstellen.«

»Den brauche ich wie ein Loch im Kopf«, versetzte Ralph.

»Also, was sagst du – Ja oder Nein?«

Wie immer konnte Ralph nicht Nein sagen, solange die Chance bestand, dass zwischen dem Profanen diese eine, schwer zu erlangende Rarität sein könnte, die ihm die Art von freudiger Erregung bescheren würde, die er vor all den Jahren als Wirtschaftsprüfer nie erfahren hatte. Er war ein großer Anhänger der Theorie, dass Bücher, vor allem die besonderen, in den meisten Fällen ihren Weg zu ernsthaften Buchliebhabern fanden.

Einen antiquarischen Buchladen zu eröffnen war in seiner Teenagerzeit ein geheimer Wunsch von ihm gewesen, doch wie nicht anders zu erwarten, bot seine Schule diesen Bildungsweg nicht an. Evie war der erste Mensch, dem er diesen geheimen Wunsch gestand – er hatte ihr sehr viele Dinge anvertraut, über die er mit niemandem sonst sprach –, und ihre Reaktion war, nicht weiter darüber nachzudenken, sondern es zu tun. »Was, ich soll einfach so meinen Job hinschmeißen?«, hatte er schockiert erwidert.

»Warum nicht?«, hatte sie geantwortet.

»Erstens des Geldes wegen, der finanziellen Sicherheit, der guten Rente und zweitens …«

»Alles bloß Ausreden, die dich davon abhalten, etwas Aufregendes zu wagen.«

»Wäre es aufregend, wenn wir nicht genug Geld hätten, um etwas zu essen auf den Tisch zu bringen?«

»Sei doch nicht so spießig!«, hatte sie gespöttelt. »Und falls es dir entfallen sein sollte, verdiene ich auch ganz ordentlich. Komm schon, wo ist dieser großspurige Mann geblieben, der mir bei unserer ersten Begegnung vorwarf, ich gäbe mich mit dem Zweitbesten zufrieden?«

Ralph war schon fast überzeugt gewesen, dass er ihren Rat befolgen sollte, als sie entdeckten, dass sie schwanger war. Sie hatten durchaus daran gedacht, irgendwann Kinder zu haben, nur eben nicht sofort. Natürlich ließ die ungeplante Schwangerschaft den Wirtschaftsprüfer in ihm zwangsläufig wieder in den Vordergrund treten und erinnerte ihn nachdrücklich daran, dass Geld, Stabilität und eine gute Rente jetzt sogar noch von größerer Bedeutung waren. Und ohne einen Blick zurück wurden alle Gedanken an das neue Leben, das er sich vorzustellen begonnen hatte, hinweggefegt von ihrer gemeinsamen Aufregung und Beklommenheit darüber, Eltern zu werden.

Seine Liebe zu Büchern – besonders zu alten Büchern – rührte von den Eltern seiner Mutter her, die in den Cotswolds gelebt hatten und früher genau die Art von Antiquariat besessen hatten, das Ralph sich so sehr wünschte. Der Buchladen war ein zweites Zuhause für ihn gewesen, und er hatte nichts mehr geliebt, als die Schulferien bei seinen Großeltern zu verbringen und die vielen Regale zu durchstöbern, die planlos und ungeordnet mit allen Arten von Büchern vollgepackt waren. Mithilfe dieser verstaubten alten Bücher bereiste er die Welt und füllte seinen Kopf mit Träumen und Abenteuern. Er reiste mit Archäologen nach Ägypten, um Gräber und Pyramiden zu entdecken; er lebte mit Revolutionären in Russland und bekämpfte im Trojanischen Krieg im alten Anatolien die Griechen – und all das, ohne je den bequemen Sessel in einer Ecke des Ladens zu verlassen. Aber dann setzten seine Großeltern sich zur Ruhe und verkauften das Geschäft, um fortan in Devon an der See zu leben.

Der Laden mochte nicht mehr da sein, doch sein Geruch nach alten Büchern und allem, wofür sie standen, hatte sich in Ralph festgesetzt und ruhte dort und harrte aus, bis er sich nicht länger ignorieren ließ.

Evies Tod hatte ihn viel gelehrt, vor allem, dass er nie wieder jemanden so lieben könnte, wie er sie geliebt hatte, aber auch, der Tatsache ins Auge zu sehen, dass die Arbeit in der Londoner City für ein großes Wirtschaftsprüfungsunternehmen ihn nie zufriedenstellen würde. Sie würde ihm und seiner Tochter zwar finanzielle Sicherheit verschaffen, doch aufgrund der langen Arbeitszeiten, die von ihm erwartet wurden, würde er Saskia nur selten sehen, und sie würde in der ständigen Obhut eines Kindermädchens sein. Dann hatte Harvey vorgeschlagen, sich zusammenzutun und ein Haus zu kaufen, das groß genug war für sie alle, und somit auf ein Kindermädchen verzichten zu können. Es öffnete ihnen die Augen für eine radikale Veränderung in ihrer aller Lebensstil, und nach sorgfältiger Überlegung beschlossen sie, dass sie in Suffolk mehr für ihr Geld bekommen würden – tatsächlich war es sogar die einzige Grafschaft, auf die die drei sich als Heimat für ihr zukünftiges Leben einigen konnten. Und so zog Oliver von Bishop's Stortford herüber, Harvey aus Chelmsford, und Ralph und Saskia kamen aus London hoch. Es war ein Sich-Näher-Kommen von vier tieftraurigen Menschen, die dringend Unterstützung und einen neuen Anfang brauchten.

Eine Stunde später schloss Ralph seinen Laden und machte sich auf den Heimweg. Als er Ashcombe erreichte, war es schon dunkel, aber in Saskias Werkstatt brannte noch Licht, wie er sehen konnte. Dieses Atelier war ursprünglich eine Ansammlung von baufälligen Außengebäuden gewesen, die er zu einem einzigen großen hellen Raum hatte umbauen lassen, der Saskia nun als Werkstatt diente.

Mit Rücksicht darauf, dass dies ihr privater Bereich war, klopfte Ralph an die Tür und wartete ihre Erlaubnis einzutreten ab. Als er eine etwas undeutliche Antwort hörte, drückte er die Türklinke herunter.

»Dad ist gerade hereingekommen«, sagte Saskia zu dem Bildschirm ihres Laptops und winkte Ralph herüber. »Möchtest du mit ihm sprechen?«

»Na klar, Geburtstagskind! Gib ihn mir!«

Ralph brauchte nicht zu fragen, mit wem Saskia sprach: Die Stimme seiner Schwester war so laut und unverkennbar, dass sie auch ohne die Hilfe von Skype oder FaceTime den weiten Weg von Calgary in Kanada, wo sie und ihr Ehemann Bob seit fast dreißig Jahren lebten, zu ihnen überwinden könnte.

»Hi, Jo«, sagte Ralph und blickte das etwas seltsam aussehende Abbild seiner Schwester auf dem Bildschirm an. »Was macht die Kunst?«

»Wir frieren uns hier sonst was ab. Wir haben über einen Meter Schnee und sind dazu übergegangen, Entfroster zu trinken, um uns warm zu halten. Was glaubst du also, wie es mir geht?«

Ralph lachte. Jo war und blieb dieselbe. Komme, was da wolle, sie änderte sich nie. Das war eines der Dinge, die er an ihr liebte. Das und die Tatsache, dass sie zwar Tausende von Kilometern entfernt lebte, aber ihre Familie oder Saskias Geburtstag nie vergaß.

Kapitel 3

Harvey hängte sich das Küchenhandtuch über die Schulter, gönnte sich einen seiner Meinung nach wohlverdienten Schluck Wein und blickte sich zufrieden um: Alles ging sehr gut voran.

Mit der gedämpften Beleuchtung, den hübsch angerichteten Tellern mit Räucherlachs-Blini, die teilweise mit gehacktem Schnittlauch, teilweise mit Dill bestreut waren, war der Tisch bereit. Das Hauptgericht, eine Lammkeulen-Schmorpfanne, stand im Backofen, wo es schon den größten Teil des Nachmittags gestanden hatte, und erfüllte das Haus mit dem aromatischen Duft von Rosmarin und Knoblauch. Nachtisch konnte es heute nur einen geben, nämlich Saskias Lieblings-Schokoladentorte, die Harvey zu jedem ihrer Geburtstage backte, und immer nur unter größter Geheimhaltung – er ließ nie verlauten, dass er die Torte selbst machte, und Saskia wiederum ließ sich nie anmerken, dass sie wusste, dass er sie für sie gebacken hatte.

Harvey stellte sich gern vor, dass seine Frau zu ihm herabblickte, im Stillen lächelte und vielleicht sogar stolz auf ihn war. »Wer hätte das gedacht?«, sagte Ester dann in seiner Fantasie. »Harvey Milner kennt sich in einer Küche aus? Ist das denn die Möglichkeit!«

Ja, wer hätte das gedacht? Es gab eine Zeit, da hatte Ester ihm höchstens zugetraut, beim Abwasch zu helfen, und selbst dabei hatte er sich dumm angestellt und die Küchenutensilien noch falsch eingeräumt. Es war eine andere Zeit gewesen damals, besonders als sie frisch verheiratet und ihre Rollen sehr klar in seine und ihre umrissen gewesen waren: Er ging arbeiten und verdiente das Geld, und sie blieb zu Hause; so war das damals nun einmal. Heute ist es besser, dachte er, gerechter, wenn auch nicht unbedingt bequemer.

Ihre Ehe war eine gute gewesen, grundsolide und mit einer starken, liebevollen Bindung zwischen ihnen. Es war diese Bindung, die ihnen über ziemlich schwere Zeiten hinweggeholfen hatte – eine Reihe von Fehlgeburten, bevor Evie zur Welt gekommen war, und eine weitere zwei Jahre später. Danach hatten sie sich damit abgefunden, dass sie keine weiteren Kinder haben würden. Und wie nicht anders zu erwarten war, wurde ihr einziges kostbares Kind zum Mittelpunkt ihrer Ehe und ihrer Liebe zueinander.

Hatten sie Evie zu sehr verwöhnt? Vielleicht hatten sie das. Und wennschon! Sie wuchs auf jeden Fall zu einer wundervollen jungen Frau heran, die lebhaft und humorvoll war, zu einer liebevollen Tochter und einer hingebungsvollen Ehefrau und Mutter. Und wie sehr sie ihm noch immer fehlte! Ester auch. Er holte tief Luft und ließ den Atem langsam wieder entweichen. Zweiundzwanzig Jahre später, und er konnte immer noch den Schmerz über den Verlust seiner Frau und seiner Tochter spüren.

Da war es wohl kaum überraschend, dass er ausgerechnet heute, an einem Tag, der die traurigen Erinnerungen noch viel deutlicher hervortreten ließ, noch anfälliger als gewöhnlich für diesen Verlust war. Es war einer dieser erst kurz vorher verabredeten Stadtbesuche gewesen, die Ester, Nell und Evie so oft gemeinsam unternommen hatten – um zusammen zu Mittag zu essen oder, in diesem Fall, ein paar letzte Kleinigkeiten für Saskias Geburtstagsparty am Wochenende einzukaufen. Ester war mit dem Zug nach London gefahren, wo sie sich mit Evie getroffen hatte, die dann mit ihr nach Hertford gefahren war, um Nell abzuholen. Doch zu ihrem Lunch waren sie nie gekommen. Ralph hatte als Erster die furchtbaren Nachrichten erfahren, und der arme Teufel war es auch gewesen, der Harvey und Oliver davon unterrichten musste. Das waren zwei Anrufe gewesen, die niemand je zu tätigen haben sollte.

Harvey wählte ein Messer aus dem hölzernen Block aus und machte sich daran, die Karotten zu schneiden, die er gerade geschält hatte. Keine sentimentalen Gedanken mehr!, sagte er sich streng. Nicht heute Abend. Nicht bei Saskias Geburtstagsessen.

Eigentlich müsste sie ausgehen und mit Freunden feiern, aber sie sagte immer, sie wolle diesen Abend auf keine andere Art verbringen. Es bereitete ihm Kummer, dass ihr kleiner Freundeskreis in den letzten Jahren so auseinandergedriftet war. Die jungen Leute waren entweder weggezogen, oder sie hatten geheiratet und waren nun mit den Anforderungen kleiner Kinder beschäftigt. Kurz gesagt, ihr Leben war weitergegangen und Saskias bedauerlicherweise nicht. Was bedeutete, wie es wohl jeder in der gleichen Situation erlebte, dass es mit zusehends weniger Gemeinsamkeiten auch immer schwieriger wurde, Freundschaften aufrechtzuerhalten.

Harvey wusste aus persönlicher Erfahrung, wie leicht das passieren konnte. Nach dem Unfall wussten einige Leute, die er zu seinen Freunden gezählt hatte, plötzlich nicht mehr, wie sie sich in seiner Gegenwart verhalten sollten, und es dauerte nicht lange, bis sie aufhörten, anzurufen oder zu Besuch zu kommen. Er konnte ihre Unlust, mit ihm zusammen zu sein, sogar verstehen, denn worüber konnte man mit einem Mann schon reden, der so viel verloren hatte?

Noch zwei Minuten, und er würde alle zum Abendessen rufen. Vor einer Weile hatte er Ralphs Wagen gehört, doch da er nicht ins Haus gekommen war, nahm Harvey an, dass sein

Schwiegersohn bei Saskia in der Werkstatt war. Oliver hatte er zuletzt vor einer Stunde gesehen, als er nach seiner üblichen fünfzehnminütigen Runde durch den Garten, wo er die Hühner zusammentrieb und für die Nacht in ihren Stall brachte, hinaufgegangen war, um ein Bad zu nehmen.

Routine. Alles drehte sich auf Ashcombe um Routine und Tradition. So war es schon von dem Tag ihres Einzugs an gewesen. Zu wissen, was alle zu einer bestimmten Zeit am Tage taten, hatte Stabilität bedeutet, nicht nur für Saskia, sondern auch für die anderen. Es war eine Möglichkeit, mit ihrem neuen Leben zurechtzukommen, ein Mittel, um sich durch das Minenfeld der Trauer hindurchzukämpfen.

Freunde hatten es sehr mutig von ihm gefunden, ein Zusammenleben vorzuschlagen – mutig, weil sich alle fragten, wie es weitergehen würde, falls der Plan ganz furchtbar scheiterte. Doch eigentlich war es nur Eigennutz und Feigheit seinerseits gewesen, was ihn überhaupt erst auf die Idee gebracht hatte. Er hatte es einfach nicht ertragen können, allein in dem Haus zu sein, in dem Ester und er die letzten achtundzwanzig Jahre gelebt hatten. In einem Haus, das vollgepackt gewesen war mit Erinnerungen an ihr gemeinsames Leben. Harvey hatte sich so sehr gewünscht, dass es ihm ein Trost sein möge, von der Vertrautheit ihres Heims umgeben zu sein, doch das Gegenteil war der Fall gewesen. Wohin er auch blickte – er wurde immer nur an alles erinnert, was verloren war, und die schreckliche Stille und Leere erfüllten ihn mit unerbittlichem und nie nachlassendem Kummer.

Vielleicht wäre er besser klargekommen, wenn der Unfall nicht mit seiner noch nicht lange zurückliegenden Pensionierung zusammengefallen wäre. Aber so hatte er nichts, um sich abzulenken, und mit der zunehmenden Erkenntnis, dass Ralph in einer noch schlechteren Verfassung war als er, begann er, eine Möglichkeit zu sehen, sich nützlich zu machen und gebraucht zu werden.

Nach seiner Zeit als Regionalleiter einer Baugesellschaft mit einem Dutzend Zweigstellen, die er geführt hatte, musste er sich auf Ashcombe an eine neue Rolle, nämlich die eines Hauswirtschafters, gewöhnen und ging mit viel Elan an diese Aufgabe heran. Der Gipfel seines Lernprozesses war das Kochen, doch schließlich meisterte er auch das und stellte fest, dass diese Arbeit ihm sogar Erleichterung verschaffte. Das Schneiden, Mahlen, Kneten, Vermischen, Umrühren – all das bot ihm die Möglichkeit, in Trab zu bleiben und seine Liebe in die Betreuung des Restes seiner zerbrochenen Familie zu investieren. »Zusammen sind wir stark«, murmelte er oft vor sich hin, wenn er am Spülbecken stand und durch das Fenster Oliver im Gemüsegarten arbeiten sah.

Nachdem die Karotten geschnitten waren, wurde es Zeit, die Truppe zum Abendessen herbeizurufen. Zuerst rief er an der Treppe nach Oliver und ging dann zu der Hintertür, wo draußen unter der Veranda eine Schiffsglocke aus Messing hing. Er zog ein paar Mal kräftig daran und spähte in die Dunkelheit, um in dem hell erleuchteten Atelier, wo er Ralph und Saskia miteinander reden sehen konnte, nach einer Reaktion zu suchen. Sie drehten sich im selben Moment um und gaben ihm durch ein Winken zu verstehen, dass sie die Glocke gehört hatten.

Wieder in der warmen Küche, deckte er die Teller mit den Räucherlachs-Blini ab und nahm eine Flasche Champagner aus dem Kühlschrank. Nachdem er den Korken entfernt hatte, füllte er sorgfältig vier Flöten. Dies war eine weitere, auf Ashcombe entstandene Tradition, an der sie strikt festhielten. Saskia war sechzehn gewesen, als sie vorgeschlagen hatte, dass sie an ihrem Geburtstag auf Evie, Ester und Nell anstoßen sollten und dass es Champagner sein müsse, mit dem sie es taten. Es war eines der vielen Dinge, die Harvey an seiner Enkelin liebte, ihr unfehlbares Gespür für das, was zählte und was für sie als Familie wichtig war. Einige Leute wollten vergessen, aber sie nicht. Sie wollten sich erinnern.

Kapitel 4

Eine Woche nach dem Geburtstag seiner Enkelin, als der März bereits mit großen Schritten näher rückte, freute Oliver sich schon darauf, endlich wieder mit der Gartenarbeit loszulegen. Vorher half er Saskia jedoch beim Durchsehen der Bücher in der Werkstatt. Sie waren schon seit über zwei Stunden dabei, und abgesehen von zwei in gut erhaltenem Leinen gebundenen Werken von Sir Arthur Conan Doyle hatten sie wenig wirklich Interessantes gefunden. Die von ihnen verworfenen Kartons waren größtenteils mit Taschenbüchern und der allgegenwärtigen Sammlung von *Reader's Digest*-Anthologien gefüllt.

Es war eine Aufgabe, die seit Langem überfällig war, und eine, von der Oliver wusste, dass Saskia sie unbedingt in Angriff nehmen wollte, da sie jetzt ein wenig Freizeit hatte. Seit Dezember war sie mit der mühevollen Aufgabe befasst gewesen, eine Sammlung wertvoller, in Leder gebundener Atlanten aus der Zeit von Mitte des achtzehnten Jahrhunderts bis zum neunzehnten zu restaurieren. Einige der Bücher hatten nur kleinere Reparaturarbeiten wie das Instandsetzen gebrochener Buchrücken oder das Wiederbefestigen des Einbanddeckels erfordert, doch andere hatten eine sehr viel fachgerechtere Behandlung benötigt. Der Kunde, ein ernsthafter Sammler, hatte die Atlanten bei einer Auktion erworben, und als er am Vortag gekommen war, um sie abzuholen, war er so begeistert von dem Wunder gewesen, das Saskia vollbracht hatte, dass er eine Stunde später mit einem großen Blumenstrauß für sie zurückgekehrt war.

Oliver wusste nicht, wie Saskia die Geduld für ihre Arbeit

aufbrachte, doch andererseits, wie Ralph immer nur allzu schnell zu bedenken gab, hatte das Zusammenleben mit »ihren drei Männern« sie gelehrt, nicht nur die Geduld einer Heiligen, sondern die einer ganzen Armee von ihnen aufzubringen.

Während Oliver Kaffee in zwei Becher löffelte und darauf wartete, dass das Wasser kochte, dachte er, dass es immer öfter Tage gab, an denen er das Gefühl hatte, selbst ein bisschen Instandsetzung gebrauchen zu können. Ein neues Knie zu haben war nur der Beginn, vermutete er. Andererseits jedoch, in seinem Alter und verglichen mit vielen anderen Leuten, konnte er von Glück sagen, mit nur einem arthritischen Knie davongekommen zu sein. Es war schon erstaunlich, was die Quacksalber heutzutage vollbringen konnten. Auch wenn sie gegen eine ganz gewöhnliche Erkältung noch immer machtlos waren.

»In der Dose sind Kekse, falls du welche möchtest«, sagte Saskia zu ihm, als er sich in dem beengten Raum mit ächzenden Knochen bückte, um in dem kleinen Kühlschrank die Milch zu suchen.

»Gute Idee«, erwiderte er. Er hielt sich gern bei Saskia in der Werkstatt auf; er mochte das Gefühl der Abgeschiedenheit, das sie vermittelte. Und er hatte den Eindruck, dass Saskia das auch liebte; dieser Raum war ihr privater Bereich, ihre kleine Oase außerhalb des Hauses. Auf ihre eigene Weise hatten sie alle ihren speziellen Platz – Ralph hatte den Laden, Harvey die Küche, er den Garten und Saskia ihre Werkstatt.

Gleich von Anfang an waren sie sich einig gewesen, dass ihr Zusammenleben auf Ashcombe nur funktionieren konnte, wenn sie wussten, wann sie einander aus dem Weg gehen mussten, und jeder etwas hatte, wo er allein sein konnte. Oliver wäre der Erste, der zugäbe, dass er hin und wieder das Alleinsein brauchte, da er ein wirklich schlimmer alter Griesgram sein konnte, wenn ihn die Stimmung überkam, im Gegensatz zu Harvey, der von Natur aus eine heitere Persönlichkeit besaß. Harvey war der ewige Optimist in ihrer Familie, und bei ihm konnte man sich stets darauf verlassen, dass er das Positive an einer Situation sah. Im Gegensatz dazu neigte Oliver weit mehr zum Pessimismus. Seine Tochter sagte, sein Problem sei weniger, dass er dachte, sein Glas sei nur halb voll, als vielmehr der Glaube, dass es ihm aus der Hand gleiten und in gefährlich scharfe Scherben zerspringen würde.

Jo steckte voller prägnanter Bemerkungen wie dieser. Sie war einer jener Menschen, die ihre Meinung immer laut und deutlich aussprachen, egal, was sie auch dachten. Bei Jo war man nie im Zweifel, woran man bei ihr war. Und man wusste auch, dass man sich in einer Krise hundertprozentig auf sie verlassen konnte. Oliver war niemals stolzer auf sie gewesen als vor zweiundzwanzig Jahren, als sie nach der Nachricht von dem Unfall und dem Tod ihrer Mutter unverzüglich von Kanada herübergeflogen war. Irgendwie hatte sie es geschafft, ihren eigenen Schmerz beiseitezuschieben, um die Kontrolle über die Situation zu übernehmen und alles in die Wege zu leiten, was erledigt werden musste. Während der Rest von ihnen fast wie erstarrt vor Schock gewesen war, war sie ein Fels in der Brandung und ein absolutes Geschenk des Himmels gewesen. Einige Wochen später, als sie wieder in Kanada war, hatte Oliver sie bezüglich Harveys Vorschlag, dass sie alle zusammenleben sollten, um Rat gebeten. Sie war der einzige Mensch, bei dem er sich darauf verließ, dass er völlig aufrichtig und objektiv zu ihm sein würde. »Was meinst du?«, hatte er sie am Telefon gefragt. »Ist das eine gute Idee oder nicht?«

»Elend sucht Elend«, hatte sie erwidert, »und daher besteht die Gefahr, dass ihr alle zusammen untergeht.«

»Dann hältst du es also für keine gute Idee?«

»Andererseits jedoch«, war sie fortgefahren, als hätte er

nichts gesagt, »ist es vielleicht das Beste, was ihr tun könnt. Und auch das Beste für Saskia. Sie braucht Menschen um sich, Routine und Stabilität. Indem ihr ihr helft, helft ihr euch selbst. Das ist perfekt. Du hast also meine uneingeschränkte Zustimmung. Macht es so!«

Sie hatte recht gehabt; es war die perfekte Lösung gewesen. Doch so sehr Oliver Ashcombe auch liebte – so sehr er auch wusste, dass es sie gerettet hatte –, machte er sich doch zugleich auch Sorgen, dass es Saskias Verderben sein könnte. Sie brauchte ein Leben, das über Ashcombe hinausging, doch solange sie hier bei ihnen festsaß, würde sie das niemals haben. Er vermutete, dass sie sich heimlich schon zur offiziellen Betreuerin für sie hatte bestimmen lassen, was sie als Möglichkeit betrachten würde, ihnen zu vergelten, was sie in ihrer Kindheit für sie getan hatten. Er wünschte, es gäbe einen Weg, sie von dieser pflichteifrigen Opferbereitschaft abzubringen, aber er wusste beim besten Willen nicht, wie er das anders erreichen sollte, als dass sie praktischerweise alle rechtzeitig verstarben. Doch selbst er sah ein, dass das eine etwas drastische Lösung wäre.

»Das Wasser kocht, Grandpa O.«

Erschrocken drehte er sich um und sah Saskia nur ein paar Schritte entfernt mit besorgter Miene dastehen. Da wurde ihm bewusst, dass das Wasser schon seit einer Weile kochen musste, weil sie ihn durch eine Wolke von Wasserdampf anstarrte.

»Ich dachte, der Wasserkocher würde sich automatisch abstellen«, brummte er verlegen, während er mit einer Hand den Dampf wegfegte.

»Er hat angefangen, verrückt zu spielen«, sagte sie und beugte sich vor, um selbst den Schalter umzustellen. »Du sahst aus, als wärst du kilometerweit entfernt.«

»Das war ich auch.«

»Möchtest du mir irgendwas erzählen?«

Da sie ihn noch immer beobachtete, war er ganz besonders achtsam, als er das kochende Wasser in die Becher goss. Das Letzte, was sie brauchte, war die Sorge, dass er anfangen könnte, senil zu werden. »Ich dachte über dich nach, wenn du es schon unbedingt wissen musst, Miss Vorwitznase.« Das war der Spitzname, den er ihr gegeben hatte, als sie etwa vier Jahre alt gewesen war und ihn unentwegt mit Fragen bestürmt hatte: Wo gehst du hin, Grandpa? … Warum schnurren Katzen? … Was gibt's zum Tee? … Warum sind unsere Finger nicht alle gleich lang? … Wohin geht der Wind, wenn es nicht windig ist?

»Über mich?«, erwiderte sie. »Warum über mich?«

Er rührte den Kaffee um und reichte ihr einen Becher. »Ich fragte mich nur gerade, was aus deinem Freund geworden ist«, improvisierte er, indem er einen Quantensprung zu dem ersten glaubwürdigen Thema machte, das ihm gerade einfallen wollte.

Ein Ausdruck der Überraschung huschte über ihr Gesicht. »Ich habe keinen Freund«, sagte sie in ruhigem, gemessenem Ton.

»Das weiß ich«, sagte er schnell, als ihn das ungute Gefühl beschlich, dass ihre Augen sein Gesicht durchdrangen wie ein Laserstrahl. Verdammt. Jetzt würde sie sich tatsächlich Sorgen machen, dass sein Verstand auf dem besten Wege war, sich zu verabschieden. »Ich meinte nur, dass ich mich fragte, ob …« Herrgott noch mal, wie war doch noch sein Name? Peter? Nein, so hieß er nicht. Er hieß … Philip! Ja, genauso war es! »Ich fragte mich nur, ob Philip sich in letzter Zeit gemeldet hat. Ob er dir in der vergangenen Woche eine SMS oder E-Mail geschickt hat, um dir alles Gute zum Geburtstag zu wünschen.« Du liebe Zeit! Fiel ihm wirklich nichts Besseres ein, als einen Exfreund wieder auszugraben? Könnte er sich noch tiefer reinreiten? Und warum konnte er ihr nicht einfach ehrlich sagen, was ihm wirklich durch den Kopf gegangen war? Weil er wusste, dass mit Saskia kein Gespräch darüber möglich war. Er hatte es früher schon versucht und war daraufhin zweimal ganz kurz von ihr abgefertigt worden. Sie konnte erschreckend streng sein, wenn sie wollte.

Er sah zu, wie sie sich einen Schoko-Vollkornkeks nahm, und als sie ihn über den Kaffee hielt, um ihn einzutunken, sagte sie: »Nein, Philip hat sich nicht gemeldet, und ich hatte es auch nicht wirklich von ihm erwartet.«

Oliver stöhnte innerlich, als ihm bewusst wurde, auf welch unsicheres Terrain er sich begeben hatte, denn Saskia hatte sich nie näher darüber ausgelassen, warum sie sich nicht mehr mit Philip traf. Sie hatte nur gesagt, es sei vorbei. »Er war mir nie sympathisch, dieser Philip«, knurrte Oliver. »Er war völlig unbrauchbar für Brettspiele, und Harvey und ich konnten ihm ansehen, dass er nur äußerst ungern und nur dir zuliebe mit uns spielte.«

Nachdem Saskia ihren Schokokeks eingetunkt und gegessen hatte, warf sie Oliver einen ihrer entnervend unergründlichen Blicke zu und lächelte dann plötzlich. »Ich glaube nicht, dass wir ihm das wirklich übelnehmen dürfen, Grandpa. Nicht jeder hat Spaß an diesen Dingen.«

Das war der Punkt, an dem Oliver klug genug war, das Thema ruhen zu lassen und Saskias Recht auf ihre Privatsphäre zu respektieren. Doch obwohl er und die anderen nicht mit ihr darüber sprachen, war ihnen keineswegs verborgen geblieben, dass zu viele ihrer Beziehungen offenbar nur eine gewisse Zeit lang ihren Lauf nahmen und dann schlagartig zum Stillstand kamen. Wurde sie danach gefragt, behauptete sie, zu anspruchsvoll zu sein oder sich zu schnell zu langweilen, doch Oliver vermutete, dass das gelogen und die Wahrheit eine andere war: Sobald ein Freund die Beziehung zu ernst zu nehmen begann und zu einer Bedrohung für die Stabilität des Lebens hier auf Ashcombe wurde, drückte sie gewissermaßen die Auswurftaste.

Oliver betrachtete seine Enkelin nachdenklich, während er sich einen Keks nahm, und gab sich plötzlich ein Versprechen. Wenn der nächste Freund daherkam – und die Billigung aller anderen auf Ashcombe fand –, würde er auf jeden Fall dafür sorgen, dass Saskia ihn nicht wieder abservierte, sobald es ernster zwischen ihnen wurde.

Was leichter gesagt war als getan, wie Oliver sehr wohl wusste, aber er würde Saskia schon noch zur Vernunft bringen, und wenn es das Letzte war, was er auf Erden tat.

Kapitel 5

Wie ein silbriger Schleier hüllte der frühmorgendliche Nebel die Kirche und den Friedhof ein. Es wäre nicht jedermanns idealer Ausblick aus dem Schlafzimmer, doch ebenso wie der Mann, der in den letzten dreiundzwanzig Jahren in diesem Zimmer geschlafen hatte und mit dieser Aussicht aufgewacht war, mochte Matthew sie. Vielleicht war das auch nur so, weil er sie so eng mit Jacob Belinsky verband, dem Mann, der so eine wichtige und entscheidende Rolle in seinem Leben gespielt hatte.

Matthew war in Glaskin House gewesen in der Dezembernacht, in der Jacob gestorben war. Es war drei Wochen vor Weihnachten gewesen, und Matthew war übers Wochenende zu Besuch gekommen, wie er es so oft tat, und zuletzt sogar noch häufiger nach Jacobs dreiundneunzigstem Geburtstag im vergangenen Sommer, als sich im Leben des alten Mannes die bedauerliche Wende von relativer Selbstständigkeit zu unübersehbarer Gebrechlichkeit vollzogen hatte. Von geistigem Zerfall konnte allerdings noch keine Rede sein; der Verstand des alten Mannes war noch genauso scharf und wach wie eh und je gewesen und es bis zu seinem Ende auch geblieben.

An jenem Abend hatten sie zusammen gegessen und danach eine Partie Schach gespielt, die Jacob gewonnen hatte. Da sie schon so oft gegeneinander gespielt hatten, kannten sie die Züge des anderen, was natürlich für eine ganz spezielle Unterhaltung und Herausforderung sorgte. Matthew hielt sich für einen geübten Spieler, denn schließlich hatte er in Cambridge für seinen College-Schachverein gespielt, doch in Jacobs Liga war er nie gewesen.

Höflich wie immer, wenn er gewann, hatte Jacob Matthew beim Wiederaufstellen der Figuren zugesehen, sich einen großen Schluck Whisky gegönnt und wohlwollend bemerkt: »Du hättest mich fast gehabt, und um den guten alten Tartakower zu zitieren, ist der Gewinner des Spiels bloß der Spieler, der den vorletzten Fehler gemacht hat.« Savielly Tartakower, ein polnisch-französischer Schachspieler aus den Zwanziger- und Dreißigerjahren, war Jacobs Großmeister seiner Wahl, schon allein deshalb, weil der Mann so wortgewandt gewesen war und der Welt des Schachs so viele großartige Aphorismen hinterlassen hatte. »Ein Isolani verdüstert die Stimmung auf dem ganzen Schachbrett«, war einer der Lieblingssprüche Matthews.

Düster war auch Matthews Stimmung an diesem traurigen Samstagmorgen im März, als er am Fenster stand und die Aufgabe, die vor ihm lag, ins Auge fasste. Bis jetzt hatte er es immer wieder aufgeschoben, Jacobs Schlafzimmer auszuräumen, weil er sich dem deprimierenden Gedanken, Jacobs Kleidung durchzusehen, nicht stellen konnte. Die Unterwäsche eines Mannes sollte doch wirklich seine Privatangelegenheit sein!

Doch dann erhellte plötzlich ein Lächeln sein Gesicht, als er sich Jacobs spöttische Reaktion auf seine Zimperlichkeit vorstellte. »Vierunddreißig Jahre alt, Matthew, und bang vor ein bisschen schäbiger alter Unterwäsche? Demnächst wirst du dich noch vor deinem eigenen Schatten fürchten.«

Matthew wandte sich von dem Fenster ab und dem Bett zu, in dem er Jacob tot aufgefunden hatte. Ein Blick auf ihn an jenem Morgen, und er hatte gleich gewusst, dass sein alter Freund und Gönner nicht mehr lebte. Er war viel zu still gewesen, um zu schlafen; kein schweres Atmen hob und senkte seine Brust. Auch seine übliche Blässe war noch ausgeprägter als sonst, und sein offen stehender Mund machte den Eindruck, als wäre Jacob im Begriff, etwas zu sagen. So wie er dalag – mit dem Kopf auf dem Kissen, das Bettzeug glatt über die Brust gezogen bis zum Kinn, als hätte er vollkommen still gelegen, seit er zu Bett gegangen war –, sah er seltsam kindlich aus. Es war eine Erscheinung, die in krassem Widerspruch zu dem Mann stand, der er zu Lebzeiten gewesen war: ein Mann von hoher Intelligenz und eindrucksvoller Kompetenz. Körperlich war er weder besonders groß noch stark gewesen; seine Stärke hatte mehr von einer enormen inneren Kraft hergerührt. Er war der reservierteste und willensstärkste Mann gewesen, den Matthew gekannt hatte. Aber er hatte auch Einfühlungsvermögen und ein tiefes Verständnis für den menschlichen Verstand und das, wozu er fähig war, besessen, im Guten wie im Schlechten.

Matthew schämte sich nicht zuzugeben, dass er geweint hatte an dem Morgen, an dem er Jacob tot aufgefunden hatte. Dieser Mann war der Mensch gewesen, der für ihn einem Vater am nächsten gekommen war. Ja, im Grunde *war* er für ihn Vater, Großvater und Mentor gewesen, und Matthew würde ihm für immer dankbar sein für alles, was er von ihm gelernt hatte. Es wäre nicht übertrieben zu behaupten, dass neben seiner Mutter Jacob Belinsky den allergrößten Einfluss auf ihn gehabt hatte.

Matthew war elf Jahre alt gewesen, als seine Mutter sich in Cambridge um die Stelle der Hausdame bei Professor Jacob Belinsky beworben hatte. Das Wort »Hausdame« hatte heute einen hochtrabenden und lächerlich archaischen Beiklang, und das hatte es selbst damals schon gehabt, doch das war Mum egal gewesen. Solange sie damit das nötige Geld verdiente, um ihre Rechnungen zu bezahlen und für ein Dach über ihren Köpfen zu sorgen, hätte sie jede Arbeit angenommen. Das war ihre Einstellung, seit Matthew zwei Jahre alt gewesen war und sein Vater beschlossen hatte, dass er sich für ein Leben als Ehemann und Vater nicht eignete, und so vollkommen aus ihrem Leben verschwunden war, als wäre er niemals da gewesen. Matthews

Mum behauptete immer, es sei gut, dass es so war; sie seien ohne ihn viel besser dran.

Die neue Stelle stellte sich als perfekt für sie heraus; ihr Arbeitgeber mochte zwar ein bisschen exzentrisch sein und sie mit einer Handbewegung fortscheuchen, wenn er nicht gestört werden wollte, oder das Essen, das sie für ihn gekocht hatte, einfach vergessen, aber alles in allem hatte sie es sehr gut getroffen, fand sie. Doch dann kündigte ihr Arbeitgeber seine Absicht an, sich aus dem Hochschulleben zurückzuziehen – er war Professor für Slawistik am Merchant College, seiner alten Alma Mater – und Cambridge zu verlassen, um fortan im ländlichen Suffolk zu leben. Enttäuscht, dass ihre Anstellung von so kurzer Dauer gewesen war, wappnete Mum sich schon für eine erneute Stellensuche. Zu ihrer großen Überraschung teilte Jacob Belinsky ihr dann jedoch mit, dass er ein Haus gekauft habe und sie der Einfachheit halber mitnehmen wolle. Selbstverständlich sei die Stelle der Hausdame nun auch mit der Möglichkeit verbunden, für ihre Unterkunft zu sorgen, sagte er. Mum lehnte dies alles jedoch mit der Begründung ab, dass es nicht fair wäre, ihren Sohn zu entwurzeln.

»Sie haben einen Sohn?«, hatte Jacob erstaunt gefragt. »Wieso erfahre ich dann erst jetzt von ihm?«

In der oft wiederholten Erzählung dieser Geschichte, auch durch Jacob selbst, hatte Matthews Mutter daraufhin höflich erwidert, dass sie ihm sehr wohl von ihrem Sohn erzählt habe, ja Matthew sogar viele Male ihm gegenüber erwähnt habe, doch da der Herr Professor immer so beschäftigt sei, müsse es ihm wohl entfallen sein.

Noch Jahre später dachte Jacob gern an dieses Gespräch zurück, das sich als ein Wendepunkt für sie drei erwiesen hatte. »Ich kann sie noch vor mir sehen«, pflegte er zu Matthew zu sagen, »wie sie damals dastand, ganz kribbelig vor Empörung hinter ihrer höflichen Fassade, und mir klar und deutlich zu verstehen gab, ich sei ein Vollidiot! Das war mir eine Lehre, kann ich dir versichern! Es hat mich gelehrt, in Zukunft aufrecht dazusitzen und deiner Mutter zuzuhören.«

Nachdem er darauf bestanden hatte, dass sie ihren Sohn mitbrachte, um ihn kennenzulernen, bearbeitete Jacob Mum anschließend so lange, bis er sie überredet hatte, mit ihm zusammen umzuziehen, wobei er stets betonte, dass es ganz in der Nähe auch eine sehr gute Schule für Matthew gebe. »Bitte«, hatte er gesagt, »ersparen Sie mir die ermüdende Aufgabe, einen Ersatz für Sie zu finden, eine Nachfolgerin, die mit ziemlicher Sicherheit nicht halb so tüchtig sein würde wie Sie.« Seine Überredungsversuche schlossen natürlich auch einen Ausflug nach Suffolk ein, damit Mutter und Sohn sich das Haus und die Umgebung ansehen konnten.

Mum war entsetzt gewesen, als sie das Haus erblickte. »Es wird sehr viel Arbeit sein, das alles instand zu halten«, hatte sie gesagt, als sie zwischen zwei Torpfosten hindurch, über denen ein hübsches Schild sie auf Glaskin House willkommen hieß, zu dem imposanten Landhaus hinauffuhren.

»Professor Belinsky braucht etwas Großes für seine Bücher«, hatte Matthew hilfsbereit eingeworfen und beinahe ehrfürchtig zu dem gelben Ziegelsteinbau aufgeblickt, der für ihn viel mehr ein Herrenhaus als ein ganz normales Wohnhaus war.

Mit einem lauten, beifälligen Lachen hatte der Professor in die Hände geklatscht und sehr erfreut gewirkt. »Sehen Sie, Mrs. Gray? Ihr Sohn versteht die Situation perfekt. Er ist ein kluger Junge.«

»Hm … es ist nicht mein kluger Junge, der all diese Bücher abstauben muss.«

»Oh, ich weiß nicht, aber vielleicht könnten Sie ihn dabei ja um Hilfe bitten?«

Nach einem verschwörerischen Augenzwinkern zwischen Matthew und dem Professor hatte Letzterer die Eingangstür des Hauses aufgeschlossen, das aus georgianischer Zeit stammte, wie er ihnen erklärte, solide gebaut und glücklicherweise verschont geblieben war von jenen rücksichtslosen und respektlosen Ignoranten, die so erpicht darauf waren, selbst dort zu modernisieren, wo so etwas überhaupt nicht nötig war.

»Na, hoffentlich ist die Küche in den letzten hundert Jahren erneuert worden!«, hatte Mum gemurmelt.

»Nun ja, vielleicht werden Sie den Bratspieß ordentlich scheuern müssen, aber ansonsten werden Sie alles mehr als angemessen finden, denke ich.«

Matthew war nicht ganz sicher, was ein Bratspieß war, doch Mums »Tz, tz« und ihr Augenverdrehen schienen darauf hinzudeuten, dass der Professor sie nur aufzog.

Die Eingangshalle war riesig. Die Wände waren mit etwas bedeckt, das der Professor als »echte Holzvertäfelungen« bezeichnete, und zu ihrer Rechten befand sich eine schön geschwungene, breite Treppe. Matthew blickte sich mit großen Augen um, als sie auf eine Tür zugingen, und dachte, dass das ganze Apartment, das Mum und er bewohnten, schon allein in diese Halle hineingepasst hätte. Der Professor öffnete die Tür und bemerkte, dass dieser Raum der »Lebensnerv« des Hauses sein würde: die Bibliothek. Die Wände waren mit leeren Regalen bedeckt, und da Matthew das Haus des Professors in Cambridge gesehen hatte, das bis unter das Dach mit Büchern vollgepackt war, konnte er sich lebhaft vorstellen, wie dieser Raum aussehen würde, wenn er erst einmal hier eingezogen war. Das Einzige, was die Reihen der Regale unterbrach, waren ein steinerner Kamin und ein großes Fenster mit Aussicht auf den blauen Himmel und eine endlose, von hohen Bäumen gesäumte Rasenfläche.

»Ich nehme an, hier werden Sie einen Gärtner brauchen«, sagte Mum.

»Da nehmen Sie richtig an«, erwiderte der Professor. »Die vorherigen Besitzer haben mich schon mit dem Mann in Kontakt gebracht, der sich um den Garten kümmerte.«

Ihre Schuhe klapperten auf den hölzernen Böden, und Matthews Ehrfurcht wuchs mit jedem weiteren leeren, hohen Raum, den sie betraten. Als die Besichtigung endlich beendet war, ging der Professor mit ihnen hinaus. »Und nun schauen wir uns an, wo du und deine Mutter leben werden«, sagte er zu Matthew.

Er führte sie zu einem kleinen roten Haus, das gleich neben dem Haupthaus lag. »Früher befanden sich hier Stallungen«, sagte er und öffnete die schwarz gestrichene Tür, um sie vorgehen zu lassen, »und dann beschloss ein schlauer viktorianischer Geck, dieses Haus daraus zu machen und nannte es ›die Remise‹. Warum siehst du dich nicht schon mal um und suchst dir ein Schlafzimmer aus, Matthew?«

Matthew ging die Treppe hinauf, blieb aber auf dem ersten Absatz vor einem Bleiglasfenster mit Ausblick auf den Garten stehen und versuchte zu hören, was unten gesprochen wurde. Er hoffte, dass seine Mutter nicht Nein sagen würde, weil er sich nichts Schöneres vorstellen konnte, als hierherzukommen und bei Professor Belinsky zu leben.

Seine Mutter sagte jedoch nicht Nein, und vier Wochen später zogen sie nach Glaskin House.

So begann Matthews Beziehung zu einem wahrhaft inspirativen Mann, einem Mann von grenzenloser Intelligenz, Freundlichkeit und Großzügigkeit. Dreiundzwanzig Jahre später hatte diese Großzügigkeit dazu geführt, dass Matthew der einzige Begünstigte in Jacobs Testament war.

Von einem realistischen Standpunkt aus gesehen konnte

Matthew das geerbte Haus nicht selbst bewohnen, weil es einfach nicht sehr sinnvoll wäre. Erstens war es viel zu groß, und zweitens mochte seine Lage für ein wöchentliches Pendeln nach Cambridge, wo er arbeitete, zwar schön und gut sein, aber nicht für ein tägliches. Wann immer er jedoch erwog, das Haus zu verkaufen, wurde er von Gefühlen der Illoyalität und dem plötzlichen Wunsch erfasst, sich an diese letzte Verbindung zu seiner Kindheit zu klammern.

Jacob hatte in all den Jahren nie ein Wort über sein Testament verloren, und natürlich hatte Matthew auch niemals gefragt, sondern war schlicht und einfach davon ausgegangen, dass Jacob den Großteil seines Besitzes den verschiedenen Wohlfahrtsorganisationen vermachen würde, die er unterstützte, und vielleicht das Gros seiner Bücher, besonders der Fachbücher, seiner alten College-Bibliothek in Cambridge stiften würde. Für den Fall, dass Jacob doch die Absicht haben sollte, ihm etwas zu vermachen, hatte Matthew mit einer relativ kleinen Geldsumme gerechnet. Jedenfalls wäre ihm nie in den Sinn gekommen, dass Jacob – abgesehen von einer beträchtlichen Spende an die benachbarte Kirche für künftige Renovierungsarbeiten – seinen gesamten Besitz mit allem Drum und Dran *ihm* hinterlassen würde.

Er hatte ausführlich mit dem für die Testamentsvollstreckung zuständigen Notar gesprochen und von ihm erfahren, dass es ein früheres Testament gegeben hatte, in dem Jacob das Haus und seinen Inhalt Matthews Mutter vermacht hatte, dann aber nach ihrem Tod vor sechs Jahren den Notar beauftragt hatte, ein neues Dokument zugunsten ihres Sohnes aufzusetzen.

Der Tod seiner Mutter hatte ihn und Jacob schwer getroffen und eine sofortige und gewaltige Lücke in ihrem Leben erzeugt. Es war eine Leere, die ein Vakuum zu erzeugen schien, das die beiden Männer einander noch näher brachte und sie noch vertrauter miteinander werden ließ denn je. Matthews Mutter wurde auf dem Friedhof nebenan beigesetzt, wohin ihr nun auch Jacob gefolgt war.

Ein Jahr nach ihrem Tod und einer Reihe von Zugehfrauen, mit denen Jacob sich nicht anfreunden konnte, hatte der alte Mann den Entschluss gefasst, Teile des Hauses ungenutzt zu lassen und auf Haushaltshilfen zu verzichten. Zu Matthew sagte er, er wolle nicht, dass Fremde in seinen Sachen herumschnüffelten. Matthew tat sein Bestes während seiner Besuche, um das wachsende Chaos in den Griff zu bekommen, was jedoch ziemlich sinnlos war, da die Unordnung von Mal zu Mal noch größer zu sein schien. In Matthews Abwesenheit kamen der Vikar und seine Frau, Mal und Jenny Allbright, regelmäßig vorbei, um nach Jacob zu sehen und Einkäufe für ihn zu erledigen, und gelegentlich holten sie ihn auch zu einem Tagesausflug irgendwohin ab. Hin und wieder kam ein Gärtner, offenbar jedoch nur dann, wenn es ihm passte, und daher war auch der Garten nicht mehr das, was er einmal gewesen war. Nichts war noch wie früher.

An manchen Vormittagen erwachte Matthew mit der Gewissheit, dass er einen wichtigen Meilenstein in seinem Leben erreicht hatte und es an der Zeit war, mit der Vergangenheit abzuschließen und das Haus zum Verkauf anzubieten, sobald die Nachlasssache abgeschlossen war. Bis zur Mittagszeit hatte er sich jedoch stets wieder davon überzeugt, dass er das Haus vermieten sollte, um die endgültige Entscheidung aufzuschieben, bis er sich sicher war, was er wirklich wollte. Bis er dann auf dem Heimweg von der Arbeit war, hatte er sich jedoch auch das wieder ausgeredet und stellte sich vor, stattdessen selbst in Glaskin House zu leben. Er rief sich wieder in Erinnerung, wie sehr er diesen Teil der Landschaft von East Anglia liebte und was für ein Gefühl von Raum und Freiheit ihm die weiten, größtenteils nicht eingezäunten Felder und der endlos endlose Himmel gaben.

Irgendwann kam er zu dem Schluss, dass seine Unfähigkeit, sich zu entscheiden, für sich sprach und ihm nur die eine, sehr unzweideutige Möglichkeit ließ: Er musste geduldig sein und abwarten, bis er wieder einen klaren Kopf bekam.

In der Zwischenzeit tat er das Einzige, was er konnte, und kümmerte sich um all den Ramsch, den Jacob im Laufe der Jahre angesammelt hatte. Mit Erlaubnis des Notars hatte er Anfang letzten Monats mithilfe seines Cambridger Mitbewohners James damit begonnen. Als Erstes hatten sie sich den Dachboden vorgenommen, wo sie sich Gerümpel von industriellem Ausmaß gegenübersahen: Da waren aufgerollte Teppiche (einige mit den Überresten toter Mäuse darin), prähistorische Fernsehgeräte und Schallplattenspieler, Möbelstücke, mottenzerfressene Mäntel, alte Schuhe und Stiefel, zerbrochene Porzellanfiguren, Bilderrahmen, angeschlagene Koffer, Truhen mit muffigen Decken, Handtüchern und Gardinen, Umzugskartons mit Zeitungen, Korrespondenz und billigen Taschenbüchern sowie eine geradezu lächerliche Anzahl von verbeulten Lampenschirmen. Das meiste, was sie fanden, war für die Müllhalde bestimmt, und die Räumungsfirma, die Matthew beauftragt hatte, würde den Rest entfernen.

James war der festen Überzeugung, dass Matthew das Haus sofort verkaufen sollte, bevor es zu einem Klotz am Bein wurde. Wie so oft kam Matthew der Gedanke, dass sein Freund für einen Kardiologen erstaunlich wenig Herz besaß und alles nur in Schwarz oder Weiß sehen konnte.

Was eigentlich mehr Matthews Gebiet hätte sein müssen, da er als Wirtschaftsprüfer und gerichtlich beeideter Sachverständiger darin geschult war, kühl und sachlich bei der Aufgabe vorzugehen, hinter die Zahlen zu blicken und sich einzig und allein mit dem Kern der wirtschaftlichen Gegebenheiten zu befassen. Zurzeit kam er gerade zum Ende eines hässlichen Scheidungsfalls, bei dem es seine Aufgabe gewesen war, das Vermögen aufzuspüren, das der reiche Ehemann in einem komplizierten Geflecht von Offshore-Konten vor seiner Frau zu verstecken versucht hatte und bei dem es um astronomische Summen ging.

Mehrere Stunden später, als der Inhalt von Jacobs Kleiderschränken und Kommoden in Müllsäcke verpackt war, hörte Matthew die Türklingel unten. Aus seiner Jeanstasche zog er die silberne Taschenuhr, die Jacob ihm zu seinem einundzwanzigsten Geburtstag geschenkt hatte und die auch Jacob selbst zu seinem Einundzwanzigsten erhalten hatte. Blank gewetzt vom vielen Gebrauch und vom Alter, lag sie wie ein glänzender Kieselstein in Matthews Hand. Sehr oft, wenn er ein Problem durchdenken musste, griff er in seine Tasche und tastete danach, weil diese Uhr sein Talisman war.

Der kostbare Zeitmesser verriet ihm, dass es fünf vor zwölf war. Das bedeutete, dass die Person an der Tür wahrscheinlich der Mann von dem antiquarischen Buchladen in Chelstead war.

Kapitel 6

Ralphs erster Eindruck von Glaskin House war der, dass es vermutlich schon eine Weile her war, seit es sich von seiner besten Seite gezeigt hatte, doch das war etwas, das er sehr oft bei seiner Arbeit sah, wenn er angefordert wurde, um als Sachverständiger in einer Nachlassbewertung tätig zu werden.

In diesem Fall war er durch den in solchen Situationen üblichen Brief des Testamentsvollstreckers hergebeten worden, zusammen mit der Anweisung, sich direkt an den jungen Mann zu wenden, dem er gerade die Hand geschüttelt hatte. Nach dem kurzen Telefongespräch, bei dem sie diesen Termin vereinbart hatten, hatte Ralph einen älteren … ja, deutlich älteren Mann erwartet. Die Stimme am Telefon hatte sehr erwachsen und zuvorkommend geklungen und schien irgendwie in krassem Widerspruch zu dem jungen Mann zu stehen, den er nun vor sich hatte. Mit seinem jugendlich schmalen Gesicht, den hohen Wangenknochen, dem markanten Kinn und der saloppen Kleidung aus grauen Jeans, Leinenschuhen und einem schwarzen, bis zu den Ellbogen hochgeschobenen Pullover sah er wie das etwas sensible Mitglied einer Boygroup aus.

»Möchten Sie vorher etwas trinken«, fragte dieser junge Mann, »oder würden Sie lieber gleich an die Arbeit gehen?«

»Vielleicht trinken wir später etwas, wenn Sie mir gezeigt haben, was vorhanden ist«, erwiderte Ralph. »Sie sagten am Telefon, es handele sich um eine umfangreiche Sammlung, die ich mir ansehen sollte.«

Matthew Gray nickte und ging durch den Eingangsbereich voraus. Dabei quietschten seine Gummisohlen auf dem hölzernen Fußboden. »Wir werden am interessantesten Ort, der Bibliothek, beginnen«, sagte er.

Der Begriff »umfangreiche Sammlung« erwies sich als immense Untertreibung. Die vom Fußboden bis zur Decke reichenden Regale der Bibliothek waren vollgestopft mit Büchern, die sich aber auch auf dem Boden türmten und darüber hinaus einen langen Refektoriumstisch bedeckten, der den Mittelpunkt des großen Zimmers bildete. Am anderen Ende dieses weitläufigen Raumes befanden sich zwei Bibliotheksleitern, die sich als unentbehrlich erweisen würden, um an die höheren Regale heranzukommen, wie Ralph schon sehen konnte. Doch wo sollte er bloß beginnen?

Ein amüsiertes Lächeln huschte über das Gesicht des jungen Mannes. »Vielleicht würden Sie jetzt doch gern etwas trinken«, bemerkte er.

»Ich denke, das ist eine ausgezeichnete Idee«, sagte Ralph, während er sich umsah und Bilanz zu ziehen versuchte. Diese Schätzung würde sehr viel mehr Zeit in Anspruch nehmen, als er erwartet hatte.

»Wäre Kaffee in Ordnung? Es wird allerdings nur löslicher sein, fürchte ich.«

»Kein Problem. Für mich mit Milch und ohne Zucker. Danke.«

Sich selbst überlassen, dachte Ralph über den verstorbenen Mann nach, der sein ganzes Leben dem Zusammentragen dieser unglaublichen Sammlung gewidmet haben musste. Die Welt ernsthafter Sammler und Liebhaber von Büchern war eine relativ kleine, in der die Leute einander kennenlernten oder voneinander wussten, und Professor Belinsky hatte im Laufe der Jahre tatsächlich einige Male Ralphs Wege gekreuzt, wenn auch nicht in letzter Zeit. Aber Ralph hatte den Namen sogleich erkannt, als er ihn in dem Brief des Notars gelesen hatte, und in seinen Aufzeichnungen hatte er auch den letzten Einkauf des Professors in seinem Buchladen gefunden. Das war vor vier Jahren gewesen, als Belinsky für 1.850 Pfund eine Ausgabe von John Bunyans *Pilgrim's Progress* erworben hatte, die von Riviere and Sons im Jahr 1860 herausgegeben worden war. Mit dieser Information im Sinn war Ralph heute hierhergekommen, um zu sehen, was für eine Art von Sammlung der Professor besessen hatte – doch eine derart umfangreiche hatte er wirklich nicht erwartet.

Ob Professor Belinsky wohl all diese Bücher gelesen hatte? Oder war es ihm mehr um den Erwerb und Besitz von Raritäten und Schönheit gegangen? Hatte der Professor vielleicht durch den Kauf von Büchern auch einen unbändigen und unstillbaren Hunger nach dem geschriebenen Wort gestillt, so wie einige Kunstsammler ihre Sucht nach Kunstwerken befriedigten?

Ralphs heutiger Besuch diente nur dazu, sich einen Überblick zu verschaffen und abzuschätzen, wie viel Arbeit mit der Schätzung für die Nachlassregelung verbunden war, und aufgrund dieses einen Raumes schon kam er zu dem Schluss, dass er besser Saskia um ihre Hilfe bat.

Jeder mit einem Becher Kaffee in der Hand, machten sich die beiden Männer zu einer Besichtigung des Hauses auf, wo Matthew Gray Ralph das volle Ausmaß der Sammlung offenbarte: Fast jeder Raum enthielt eine Auswahl von Büchern. Als sie wieder unten in der Bibliothek waren, sagte Ralph: »Mr. Gray, ich muss Ihnen ganz ehrlich sagen, dass es mich wundert, warum man sich an mich gewandt hat, statt an eines der größeren Geschäfte in Cambridge. Im Vergleich zu diesen bin ich doch nur ein kleiner Fisch.«

Matthew reagierte mit einem forschenden Blick auf diese

Frage. »Wollen Sie damit sagen, dass Sie die Schätzung lieber nicht vornehmen würden?«

Beeindruckt von dem selbstsicheren Auftreten des jungen Mannes, das jedoch in keiner Weise arrogant, sondern nur nüchtern und sachbezogen war, antwortete Ralph: »Nein, absolut nicht. Ich bin nur neugierig, zumal Sie vorhin erwähnten, dass Sie in Cambridge leben, wo es einige ausgezeichnete fachspezifische Buchhandlungen praktisch direkt vor Ihrer Haustür gibt.«

»Professor Belinsky bestimmte ausdrücklich in seinem Testament, dass man sich an Sie wenden sollte. Ich erinnere mich, dass er in den höchsten Tönen von Ihnen sprach und sagte, Sie seien keiner dieser geldgierigen Händler, denen er so oft begegnet war. Wahrscheinlich dachte er, man könnte sich bei Ihnen darauf verlassen, dass Sie die Sache mit Diskretion und Fairness handhaben.«

»Danke, es freut mich, das zu hören.« Und da er wusste, dass Matthew Gray der einzige Begünstigte im Testament des Professors war, und dachte, dass eine solch große Sammlung wie diese eine riesige Verantwortung, wenn nicht sogar Belastung für einen so jungen Menschen war, sagte er: »Darf ich fragen, ob Sie die Absicht haben, die Sammlung zu verkaufen?«

»Ich glaube, das werde ich wohl müssen. Aber nicht die ganze, denn einige Bücher möchte ich gern behalten.« Er wandte sich von Ralph ab und ließ den Blick über die überfüllten Regale gleiten. Der plötzliche Anflug von Traurigkeit, der auf seinem Gesicht erschien, war unverwechselbar. Und seine Miene war auch noch von einem anderen Gefühl geprägt, das Ralph nur allzu gut bekannt war: Einsamkeit. Nachdem ein paar Momente verstrichen waren, wandte Matthew Gray sich ihm wieder zu. »Können Sie mir einen Rat geben, was ich tun sollte?«, fragte er.

»Ich würde Ihnen empfehlen, die Bücher auf einer Auktion

zu verkaufen. Aber dann würden Sie entscheiden müssen, wie der Verkauf gehandhabt werden soll, Mr. Gray. Ob Sie versuchen wollen, die Sammlung zusammenzuhalten, oder ob Sie sie beispielsweise in Themenbereiche aufteilen wollen?«

»Bitte nennen Sie mich doch Matthew, und ich sage Ihnen ganz ehrlich, dass ich mich in der Frage der Handhabung auf Ihren Rat verlassen werde. Allerdings hätte ich nicht gedacht, dass es viele Sammler gibt, die eine Bibliothek von dieser Größe in ihrer Gesamtheit übernehmen könnten.«

»Das wäre auch höchst unwahrscheinlich, doch was ich Ihnen empfehlen würde, wäre, die seltensten und wertvollsten Bücher einzeln zu verkaufen. Auch das könnte bei einer Auktion geschehen oder durch private Verhandlungen, die ich gern für Sie führen kann. Darf ich Ihnen eine persönliche Frage stellen?«

»Sie können es versuchen«, sagte der junge Mann, während er mit ruhigen, intelligenten Augen Ralphs Blick erwiderte.

»Ist Ihr Beweggrund, so viel Geld wie möglich bei den Verkäufen zu erlangen, oder suchen Sie nach einem guten Zuhause für die Bücher?«

»Schließen diese beiden Möglichkeiten sich gegenseitig aus?«

»Nicht unbedingt, doch es ist etwas, das ich dem Kunden gewöhnlich rate, sich zu überlegen.«

»Wenn das so ist, werde ich mich sehr ernsthaft dieser Frage widmen. Wann können Sie mit der Begutachtung beginnen?«

»Da werde ich mich gern nach Ihnen richten – also sobald Sie mögen.«

Kapitel 7

Es hatte einige Tage rücksichtslosen Aussortierens erfordert, doch schließlich war nur noch einer der Bücherkartons übrig, die Ralph in Saskias Werkstatt deponiert hatte. Sie hatte bisher wenig Interessantes in den anderen gefunden und war daher nicht sehr optimistisch, dass dieser letzte Karton mehr als den üblichen Kram enthalten würde.

Auf dem Boden kniend, öffnete sie den Bücherkarton und fand einen Mischmasch aus Paperbacks – Jeffrey Archer, Len Deighton, Frederick Forsyth und Jack Higgins. Unter ihnen lag eine große Familienbibel, eine dieser schweren, großformatigen Bibeln, die ihr und ihrem Vater immer wieder unterkamen. Die meisten stammten aus dem späten neunzehnten Jahrhundert, große und solide Wälzer, die dem ungeübten Auge allein schon ihres Gewichts und ihrer Größe wegen sehr beeindruckend erschienen, als Sammelobjekte jedoch schon für beinahe nichts zu haben waren. Jeder ernsthaft interessierte Bibelsammler wurde sich sehr schnell darüber klar, dass Kennerschaft hier die Devise war.

Diese Bibel sah nicht nach etwas Besonderem aus; auf jeden Fall war sie keine Gutenberg. Sie war auch in nicht besonders gutem Zustand: Die vorderen Ecken waren arg beschädigt und geknickt. Was an Vergoldung da war, war stellenweise abgekratzt, und der Buchrücken war rissig und verblasst. Ein kreuzweise verknotetes schwarzes Band hielt das Buch zusammen, was darauf schließen ließ, dass der Rücken so arg beschädigt war, dass einige der Seiten sich gelöst hatten. Oder vielleicht waren auch längst vergessene Andenken wie getrocknete Blumen, Briefe oder Fotografien zwischen den Seiten aufbewahrt worden. Saskia fand ständig solche Dinge und war immer wieder gerührt von dem Gedanken, dass jemand damit einen besonderen Moment in seinem Leben hatte einfangen wollen, selbst wenn es nur eine Theaterkarte oder ein Bus- oder Zugfahrschein war.

Die Bibel auf den Knien, entfernte Saskia das schwarze Band und öffnete das Buch. Zu ihrer Enttäuschung gab es vorn keine Seite mit der Familiengeschichte, und die Titelseite war fast völlig in der Mitte durchgerissen. Nachdem sie sie vorsichtig umgeblättert hatte, sah sie die ersten Seiten mit der Schöpfungsgeschichte durch, von denen viele beschädigt und von Stockflecken verunziert waren. Saskia hatte im Laufe der Jahre unzählige Familienbibeln wie diese restauriert, und ihr gefiel das Gefühl der Geschichte, die das Buch der Familie verlieh, die durch seine Wiederherstellung ein Interesse an der Tradition bewies, die Bibel an die nächste Generation weiterzugeben. Doch leider schien diese hier das Ende des Familienzweigs erreicht zu haben oder war vielleicht von jemandem geerbt worden, den die Vergangenheit nicht interessierte.

Sie hob die Bibel an, um sich die Rückseite anzusehen, und hatte sie schon fast wieder auf ihren Knien liegen, als sie etwas sehr Seltsames zu fühlen glaubte; es war beinahe so, als bewegte sich etwas in dem Buch. Sie schüttelte die Bibel probeweise und ja, da war er wieder, dieser fast nicht wahrnehmbare, dumpfe Aufprall.

Nun war ihre Neugierde geweckt, und sie stand auf und trug das Buch zu ihrem Arbeitstisch. Wieder blätterte sie die Genesis durch, dann Exodus, Levitikus, Numeri und das fünfte Buch des Mose. Dann nahm sie einen dickeren Stapel Seiten und schlug sie alle in einem um. Es war beim ersten Buch Samuel, wo ihr ein kalter Schauder über den Rücken lief.

Denn dort, in einem tiefen, rechteckigen Ausschnitt in den restlichen Seiten der Bibel, lag ein Notizbuch aus schwarzem Leder. Dies war das erste Mal, dass Saskia so etwas fand; sie war noch nie zuvor auf einen solchen Fund gestoßen. Es war genau das, was sie als Kind mit einem alten Telefonbuch versucht hatte – sie hatte Tage damit verbracht, die Seiten sorgfältig mit einer Schere zurechtzuschneiden, nur um enttäuscht und ernüchtert von der Hoffnungslosigkeit ihrer Versuche schließlich wieder aufzugeben.

Doch hier hatte sich jemand ungeheuer viel Mühe gemacht, um ganze Arbeit zu leisten und ein perfektes Versteck für dieses Notizbuch zu erzeugen. Es saß so fest in der Vertiefung, dass Saskia es für das Beste hielt, die Bibel umgedreht hochzuhalten und zu schütteln, um das Notizbuch herauszubekommen. Das tat sie, und nach ein wenig Schütteln rutschte das Büchlein aus seinem Versteck und landete mit einem leisen Aufprall – und einem verblassten kleinen braunen Umschlag – auf dem Arbeitstisch.

Den Umschlag öffnete sie zuerst, weil sie das Gefühl hatte, dass er erklären könnte, was das Notizbuch enthielt. Im Grunde war es jedoch nur ein Belohnungsaufschub und typisches Beispiel für ihre Selbstbeherrschung, sich das Beste bis zum Schluss aufzubewahren, weil sie instinktiv ganz sicher war, dass das Notizbuch interessanter sein würde als die üblichen Andenken, die sie normalerweise in den Büchern fand. Warum hätte sich wohl sonst jemand solche Mühe machen und es dermaßen geschickt verbergen sollen?

Was sie aus dem Umschlag zog, war ein einzelnes Blatt Papier: ein Brief. Saskia legte ihn auf den Arbeitstisch und betrachtete ihn genauso prüfend, wie sie es bei einem restaurierungsbedürftigen Buch tun würde. Das Blatt war in der Mitte gefaltet gewesen. Das Papier war von guter Qualität und leicht vergilbt vom Alter, wie es auch die Tinte war. Sehr wahrscheinlich war sie ursprünglich blau gewesen, doch mit der Zeit verblasst. Es stand keine Adresse oben auf dem Blatt, nur ein Datum in der rechten Ecke – *September 1943*.

Mein liebster Schatz,
wie schrecklich ärgerlich es war, tagelang ans Bett gefesselt zu sein und ohne Möglichkeit, dich wissen zu lassen, wie es mir ging! Mir ist so übel, dass ich nicht einmal weiß, welchen Wochentag wir haben!
Doch zumindest bin ich jetzt das komische kleine Ding namens Blinddarm los, das meiner Ansicht nach wohl keinem anderen Zweck dient, als einen zu Tode zu erschrecken und dann beinahe zu platzen. Jedenfalls sagte man mir, das sei es, was mir fast passiert wäre, und dass ich mich glücklich schätzen könne, noch zu leben. Das war Mummy, und gewiss übertreibt sie wie immer, aber ich muss zugeben, dass ich hoffe, nie wieder eine ähnliche Erfahrung zu machen.
Ich habe keine Ahnung, wann ich wieder zur Arbeit komme, doch sollte es dir möglich sein, mich zu besuchen, würde das meine Genesung ganz bestimmt beschleunigen. Ich gebe eine schreckliche Patientin ab, also komm bitte so schnell wie möglich, um mich aufzumuntern! Du fehlst mir mehr, als ich mit Worten sagen kann, mein Liebling.
In Liebe, deine Katyushka

PS: Liebe Grüße an Billy und die anderen.
PPS: Verzeih die Kürze meines Briefes, doch Nanny Devine wartet schon, um ihn für mich zur Post zu bringen.

Saskia las den Brief ein zweites Mal und griff dann gespannt nach dem Notizbuch.

Kapitel 8

Die Pusteblumenjahre

Ich war schon seit einer gefühlten Ewigkeit in Bletchley Park, die jedoch in Wirklichkeit nicht einmal ein Dreivierteljahr gewesen war, als mir klar wurde, dass mein Leben sich für immer verändert hatte.

Mit zweiundzwanzig Jahren (und im Vergleich zu meinen Kollegen ein beschämend unbeholfener und unerfahrener Mann) war ich zu diesem ungeheuren und bedeutungsvollen Schluss gekommen – mit einer gedanklichen Klarheit, die mich so jählings überfiel, dass sie mir den Atem raubte und mich den Kopf schütteln ließ, wie um mir zu bestätigen, dass es nicht nur Einbildung war. Aber nein, es war tatsächlich so, wie ich dachte: Ich war verliebt!

Ironischerweise kam es mir so vor, als hätte ich gerade den kompliziertesten Code entschlüsselt. Ich war von einer derartigen Euphorie erfüllt, dass ich laut herauslachen und um den See herumtanzen wollte, gleichzeitig jedoch war ich auch vollkommen verwirrt: Warum hatte ich nicht schon vorher das nur allzu Offensichtliche erkannt?

Als Kryptoanalytiker müsste ich eigentlich gut darin sein, das Unverständliche zu enträtseln und ihm einen Sinn zu geben. Schließlich war es diese Fähigkeit, die mich hierher nach Bletchley Park, auch bekannt als Station X, gebracht hatte, zusammen mit Tausenden anderer Männer und Frauen, von denen viele ganz ähnlich verkabelte Denkprozesse hatten – eine Vorliebe für Kreuzworträtsel und Schach, für Scrabble und

Anagramme, im Grunde also für alles Kryptische. Die Grundvoraussetzung war, dass man das besaß, was als ein flinker, flexibler und unvoreingenommener Verstand betrachtet wurde, der zu unorthodoxem Denken, aber auch zu akribischer Detailgenauigkeit fähig war.

Wie viele meiner Kollegen war ich darüber hinaus auch Sprachwissenschaftler und auf Station X gelandet, nachdem ich im Geheimen rekrutiert worden und auf eine Art und Weise befragt worden war, die nur als mysteriös und undurchschaubar beschrieben werden konnte.

Es fiel mir schwer, nicht manchmal voller Stolz zu denken, dass ich es weit gebracht hatte für den Enkel russischer Juden, die Anfang des zwanzigsten Jahrhunderts aus Nischni Nowgorod geflohen waren, um den jüngsten Serien von Pogromen zu entkommen. Sie kamen nach England und ließen sich im Londoner East End nieder. Der liebe alte Grandpa Abraham, der bedauerlicherweise nicht mehr lebte, hatte seine bescheidenen Ersparnisse dazu verwendet, einen Herren-Friseursalon zu eröffnen, und mit seiner Frau und zwei kleinen Kindern waren sie in die Wohnung über dem Geschäft gezogen. Nicht lange, und Grandma Lila arbeitete mit ihrem Mann zusammen und bediente die Damen ihres Viertels, was das Geschäft sehr schnell florieren ließ. Angesichts des Zustroms von Frauen, die sich frisieren lassen wollten, flüchtete sich Abraham in die Stille und den Frieden der anderen Straßenseite, wo er einen zweiten Herrensalon eröffnete und seiner Frau den ersten überließ, dessen Kundschaft jetzt nur noch Damen waren. Der Erste Weltkrieg zwang Ezra, ihren ältesten Sohn, in die Schlacht zu ziehen, und 1915 fiel er im Einsatz. Als der Krieg vorbei war, heiratete ihre Tochter Rebekah einen einheimischen jungen Juden namens David, und 1921 wurde ich geboren, ein mageres Baby mit dichtem, beinahe völlig schwarzem Haar und ungewöhnlich grünen

Augen, von denen meine Großmutter behauptete, sie würden noch so manches Herz zerfließen lassen.

Ich war fünf Jahre alt, als ich unvorsichtigerweise die Treppe hinunterfiel und mir den Arm brach – oder genauer gesagt den Oberarmknochen, und es war so ein komplizierter Bruch, dass ich die volle Beweglichkeit meines Arms und meiner Schulter nie wieder zurückgewann. Trotz dieser kleinen Behinderung, oder vielleicht sogar gerade ihretwegen, erzogen mich meine Eltern in dem strikten Glauben, ich müsste etwas aus meinem Leben machen, was wiederum bedeutete, dass ich mich viel mehr anstrengen musste als irgendwelche meiner Kameraden in der Schule. Das tat ich, und sehr zum Stolz und der Freude meiner Eltern erhielt ich ein Stipendium für Cambridge, um dort Deutsch und Französisch zu studieren, da ich bereits fließend Russisch und Hebräisch sprach. Ich wurde Mitglied des Debattierclubs und trat auch meinem College-Schachclub bei, dessen Präsident ich dann in meinem zweiten Studienjahr wurde. Ich erhielt wiederholt Einladungen, der Jüdischen Gesellschaft der Universität beizutreten, die ich jedoch ausschlug, weil ich durch Geburt zwar Jude war, von meiner Tendenz her jedoch zunehmend unreligiöser wurde. Meine Eltern hatten sich ebenfalls von der Religion distanziert, was Grandma Lila sehr bekümmerte; sie war unerschütterlich in ihrem Glauben und pflegte mir und meinen Eltern lautstark vorzuwerfen, dass wir nicht regelmäßig in die Synagoge gingen.

Eines Abends wurde ich bei einem geselligen Glas Sherry im College angesprochen, gleich nachdem ich im Sommer 1942 meine Abschlussprüfung abgelegt hatte. Da der aktive Kriegsdienst wegen meiner Armverletzung in der Kindheit nicht möglich war, bereitete ich mich darauf vor, Cambridge zu verlassen, um eine Lehrtätigkeit in einer kleinen Privatschule in Derbyshire zu beginnen. Später erfuhr ich, dass diese

Einladung zu einem Glas Sherry eine typische Rekrutierungsmaßnahme war. Anscheinend war ich schon vor einigen Wochen von einem meiner Lehrer ausgewählt und als möglicher Kandidat für Bletchley Park in Betracht gezogen worden – das Hauptquartier der Staatlichen Code- und Chiffrenschule, die scherzhaft auch als »Golf- und Schachclub« bezeichnet wurde. Und obwohl mir nicht gesagt wurde, was dort meine Aufgabe sein würde, wusste ich doch aufgrund der damit verbundenen Geheimhaltungsstufe, dass es sich um irgendeine Art geheimdienstlicher Betätigung handeln musste.

Das erste Mal sah ich den Park an einem milden, windstillen Abend. Wegen der verspäteten Abfahrt meines Zuges aus Cambridge kam ich viel später an als geplant und trat in eine vollkommene Dunkelheit hinaus, die mir wie das Ende der Welt erschien, in Wirklichkeit aber eine kleine Eisenbahnstadt namens Bletchley war, wie ich natürlich wusste. Ich hatte keine Ahnung, ob ich abgeholt werden würde oder nicht. Da ich jedoch keine Menschenseele auf dem Bahnsteig sah, nahm ich meinen Koffer und ging ganz einfach der Nase nach. Der in Kriegszeiten üblichen Befürchtung zufolge, dass an jeder Ecke deutsche Spione lauern könnten, gab es keine Schilder, an denen ich mich orientieren konnte, doch auf gut Glück und das Beste hoffend, ging ich weiter, bis ich irgendwann zu einer Einfahrt und einem bemannten Wachlokal gelangte. Nach Überprüfung meiner Identität wurde mir der Weg zum Haus gewiesen – und genau in dem Moment trat für einen flüchtigen Augenblick der Mond hinter den dichten Wolken hervor, und ich sah einen See und die hoch aufragende Silhouette eines ungeheuer großen Landsitzes. Dies würde also mein neues Zuhause sein!

Das war jedoch ein Irrtum. Sobald ich eine Verschwiegenheitserklärung unterschrieben hatte, wurde ich zu einem nahen Hotel gefahren, wo ich in dieser ersten Nacht einquartiert und angewiesen wurde, mich am nächsten Morgen zum Dienst zu melden. Zwei Tage später gab man mir die Adresse eines Hauses, das von nun an meine ständige Unterkunft sein sollte.

Doch das war damals. Heute, acht Monate später im Frühjahr 1943, war ich ein völlig anderer Mann als das weltfremde, jugendlich frische Individuum, das ins kalte Wasser geworfen und dem Decodierungsteam zugewiesen worden war, das die herkulische Aufgabe zu bewältigen hatte, die mit der Enigma-Chiffriermaschine verschlüsselten deutschen U-Boot-Mitteilungen, die abgefangen wurden, zu dechiffrieren. Es kam mir jedoch so vor, als hätte ich in den dazwischenliegenden Monaten schon eine ganze Lebenszeit gelebt. Die Arbeit war aufreibend und schonungslos, und oft hatte es Momente gegeben, in denen ich mich außerstande glaubte, damit fortzufahren.

Doch dann kam Katyushka, und von einem Moment zum anderen erschien mir alles plötzlich gar nicht mehr so schlimm.

Kapitel 9

Von der anderen Seite des Gartens hörte Saskia die Glocke, mit der Harvey sie zum Mittagessen rief. An diesem Samstag waren sie nur zu zweit; Oliver half heute im Laden aus, weil Dad zu einer geschäftlichen Besprechung wegen einer Nachlassschätzung unterwegs war. Saskia klappte das lederne Notizbuch zu, um es mitzunehmen und Harvey zu zeigen.

»Eins muss ich sagen: Wer auch immer das geschrieben hat, hat eine grauenvolle Handschrift«, sagte er, als er einen kurzen Blick hineingeworfen hatte.

»Und das ist noch milde ausgedrückt«, stimmte Saskia ihm zu, »denn es ist stellenweise schon fast unleserlich. Ich habe ewig gebraucht, um ein paar Seiten zu entziffern.«

Während Harvey zwei Teller Suppe auf den Tisch stellte, fragte er: »Glaubst du, dass es eine erfundene Geschichte ist, ein Versuch, einen Roman zu schreiben, oder ein wahrer Bericht von jemandem, der während des Zweiten Weltkriegs in Bletchley war? Es hat doch einen sehr sonderbaren Titel, nicht? *Die Pusteblumenjahre* – was glaubst du, was damit gemeint sein könnte?«

»Ich habe keine Ahnung«, erwiderte Saskia. »Vielleicht wird es klarer, wenn ich etwas mehr gelesen habe. Und falls es tatsächlich ein wahrer Bericht aus dem Leben dieses Mannes ist, wäre es doch wohl ein geschichtliches Dokument, oder nicht?«

Sie erzählte ihrem Großvater auch von dem Brief, den sie bei dem Notizbuch gefunden hatte und der von jemandem namens Katyushka geschrieben worden war. »Ich bin sicher, dass diese beiden Dinge zusammenhängen, denn warum sollten sie wohl sonst zusammen versteckt worden sein?«

»Das ist eine naheliegende Annahme. Katyushka hört sich russisch für mich an.«

»Das dachte ich auch, aber sie klingt in dem Brief überhaupt nicht russisch, sondern mehr wie der Inbegriff einer jungen Engländerin der Oberschicht. Und da der Mann in der Geschichte von russischer Herkunft ist, könnte Katyushka auch durchaus ein Kosename sein, den er ihr gegeben hat.«

Harvey setzte sich ihr gegenüber. »Wie wäre es, wenn wir nach dem Essen mal den Namen googeln?«, schlug er vor. »Vielleicht finden wir ja heraus, was die englische Entsprechung zu Katyushka ist.«

Saskia lächelte, froh, die Neugier ihres Großvaters erregt zu haben, und da sie wusste, wie sehr er sich für Geschichte interessierte und im Fernsehen nichts lieber sah als Geschichtssendungen, fragte sie: »Was weißt du über Bletchley Park?«

»Es heißt, es sei während des Zweiten Weltkriegs die Zentrale der britischen Kriegsanstrengungen gewesen«, sagte er und schob ihr den Brotkorb zu, damit sie nicht vergaß zu essen. »Und allem Anschein nach trug die dort ausgeführte Arbeit, nämlich die von den Deutschen abgefangenen Enigma-Codes zu knacken, entscheidend dazu bei, ein frühes Ende des Krieges herbeizuführen. Während des Krieges und noch lange danach war dieser Ort jedoch sehr gut abgeschirmt und geheimnisumwittert. Niemand sollte etwas darüber wissen, und erstaunlicherweise begannen die Leute, die dort gearbeitet hatten, erst Mitte der Siebzigerjahre, ihre außergewöhnlichen Geschichten zu erzählen.«

»Es gibt auch einen Film darüber, nicht?«, sagte Saskia, die sich plötzlich erinnerte, ihn gesehen zu haben. »Kate Winslet spielte darin mit. Wie hieß er doch noch?«

»*Enigma – Das Geheimnis.* Aber der Roman, auf dem er basierte, war viel besser.«

»Das sagst du immer über Bücher und Filme.«

Harvey lächelte. »Und ich habe auch immer recht.«

Als sie gegessen hatten, blieb Saskia bei Harvey in der Küche, statt in ihre Werkstatt zurückzugehen und in dem Notizbuch weiterzulesen, und sie verbrachten die nächsten paar Stunden vor ihrem Laptop und lasen über Bletchley Park, so viel sie konnten.

Saskia war fasziniert von allem, was sie entdeckte. Sie hatte keine Ahnung gehabt, dass infolge der Code-Entschlüsselungsarbeit auf Bletchley Park dieser Ort quasi die Geburtsstätte des modernen Computerwesens war. Was sie jedoch am meisten beeindruckte, waren die persönlichen Geschichten der Menschen, die auf dem Landsitz gearbeitet hatten, und die Tatsache, dass sie, wie Harvey gesagt hatte, nie von ihrem Beitrag zu dem Krieg gesprochen hatten. Tatsächlich hatte auch damals schon niemand außerhalb ihres Kreises von dieser äußerst wichtigen geheimen Arbeit gewusst. Die Geheimhaltungsstufe, zu der sie sich verpflichtet hatten, war so unglaublich hoch, dass sie nicht einmal ihren Familien von ihrer Arbeit erzählen durften.

Saskia bezweifelte, dass ein Geheimnis dieses Ausmaßes heutzutage noch bewahrt werden könnte. Heutzutage waren die Menschen nicht nur geradezu besessen von dem Drang, all ihre Gedanken und Handlungen über soziale Netzwerke weiterzugeben, sondern glaubten auch, ein Recht darauf zu haben zu erfahren, was alle anderen dachten oder taten.

Angesichts dessen musste Saskia sich fragen, ob es moralisch vertretbar war oder nicht, das gefundene Notizbuch zu lesen, und um sicherzugehen, sprach sie ihren Großvater darauf an.

Harvey runzelte die Stirn und kratzte sich nachdenklich am

Kinn. »Meiner bescheidenen Meinung nach hätte der Autor seine Erinnerungen gar nicht erst zu Papier bringen sollen, wenn er nicht riskieren wollte, dass sie jemand liest.«

»Er könnte das alles aber auch ausschließlich für sich selbst festgehalten haben, so wie auch viele andere Leute Tagebuch schreiben«, wandte Saskia ein. »Außer natürlich, du bist Politiker und hast die Absicht, alles auszuplaudern, wenn deine politische Karriere beendet ist.«

»Das ist wohl wahr, doch wenn es so persönlich war, hätte er entweder eindeutige Anweisungen hinterlassen sollen, was mit dem Notizbuch zu geschehen hatte, oder er hätte es vernichten sollen.«

»Und wenn er starb, bevor er es tun konnte?«

Harvey lächelte. »Wie Oliver sagen würde, da geht's wieder los mit deinen Schnellfeuerfragen. Aber falls du wirklich Skrupel hast, das Notizbuch zu lesen, würde ich das gern für dich übernehmen – im Interesse der geschichtlichen Auswertung natürlich nur.«

»Keine Chance! Ich habe das Buch gefunden, und wenn es irgendjemand liest, dann ich.«

Lachend schob Harvey seinen Stuhl zurück, um aufzustehen. »Nachdem dein moralischer Kompass wieder neu justiert wurde, werde ich uns Tee aufbrühen, ja? Und ein Stück Kuchen dazu?«

»Nein, du setzt dich wieder hin, ich erledige das. Es ist nicht richtig, dass du mich von vorn bis hinten bedienst.«

»Hey, komm mir jetzt nicht mit Altersdiskriminierung! Nur das nicht!«

»Sei still, alter Mann, und tu, was dir gesagt wird!«

Harvey lachte und wandte sich wieder dem Laptop zu, während Saskia den Wasserkessel füllte. »Bletchley ist gar nicht mal so weit entfernt«, sagte er, »und da das Haus heute ein Museum und damit der Öffentlichkeit zugänglich ist, könnten wir einmal einen Ausflug dorthin machen. Was meinst du?«

»Ich wüsste nichts, was dagegenspricht«, antwortete Saskia, während sie den Deckel von der Kuchendose nahm und zwei Stücke von dem herrlich leichten Biskuit abschnitt, den ihr Großvater so hervorragend zu backen verstand.

Während sie darauf wartete, dass das Teewasser kochte, dachte sie an das Notizbuch und fragte sich, woher es gekommen sein mochte. Sehr wahrscheinlich hatte die Person, die sich der Bibel entledigt hatte, nicht gewusst, was sie enthielt, und er oder sie wären sicher sehr verärgert, wenn sie wüssten, was sie weggeworfen hatten. Was Saskia auf den Gedanken brachte, dass es ihre Pflicht wäre, sie dieser Person zurückzugeben. Es wäre nicht richtig, sicher davon auszugehen, dass der Autor tot war, doch falls er tatsächlich nicht mehr lebte, gab es möglicherweise noch einen Angehörigen, der das Buch vielleicht gern hätte.

Am Abend, als Ralph und Oliver aus dem Laden zurückkamen, erzählte Saskia auch ihnen von ihrem interessanten Fund. Diesmal hatten sie sich alle in der Werkstatt versammelt, um sich die Bibel und das raffinierte Versteck darin anzusehen.

»Und die hast du in den Räumungskartons gefunden?«, fragte ihr Vater.

»Ja.« Saskia nickte. »Deshalb dachte ich, es wäre vielleicht möglich, durch Gilbert den Eigentümer aufzuspüren?«

»Einen Versuch wäre es wert, obwohl es keine Garantie bei Gilbert gibt, schon gar nicht jetzt, da seine Söhne die meiste Arbeit übernehmen. Es wäre nicht übertrieben zu sagen, dass keiner von ihnen sich großartig für Verwaltung und Buchhaltung interessiert.«

»Aber sie müssten doch zumindest etwas so Simples wie ein Notizbuch haben, um die Übersicht über die Häuser, die sie räumen, zu behalten«, wandte Oliver ein. »Sie werden doch wohl zumindest dieses Kompetenzniveau erreichen?«

»Ich würde mich nicht darauf verlassen, doch am Montag werde ich Gilbert anrufen«, versprach Ralph. Dann strich er mit den Fingern über den Ausschnitt in der Bibel und sagte: »Ich habe so etwas noch nie gesehen. Man liest zwar in Büchern darüber oder sieht es in Filmen, doch in der Wirklichkeit kommt einem so etwas nie unter. Es ist ganz schön faszinierend, nicht?«

Alle stimmten ihm zu, besonders Saskia, die es kaum erwarten konnte, mit dem Notizbuch allein zu sein, um noch ein paar Seiten mehr zu lesen.

Kapitel 10

Matthew hatte sich ein Feuer in der Bibliothek angezündet, und nun saß er vor dem Kamin bei seinem Abendessen, einer fertig gekauften, in der Mikrowelle erhitzten Shepherd's Pie. Sie war nicht schlecht, aber so, wie er sich fühlte, hätte er so gut wie alles gegessen.

Bis auf die Zeit, die er mit Ralph Granger verbracht hatte, war er den ganzen Tag damit beschäftigt gewesen, noch mehr von Jacobs Leben in Müllbeutel zu packen, was ihn sehr erschöpft und deprimiert hatte. Er war sogar versucht gewesen, das Haus abzuschließen und nach Cambridge zurückzufahren, doch das wäre dumm gewesen, da er hier noch so viel mehr zu tun hatte. Schließlich würde die Arbeit sich nicht von selbst erledigen.

Als sein Teller leer war, stellte Matthew das Tablett auf den Boden neben seinem Sessel, warf ein weiteres Scheit ins Feuer und streifte die Schuhe ab. Als er die Beine zum Feuer ausstreckte, dachte er daran, wie entsetzt seine Mutter gewesen wäre, wenn sie gewusst hätte, dass Jacob und er nach ihrem Tod immer hier vor dem Kamin gegessen und dabei ihre Tabletts auf den Knien balanciert hatten. Die arme Mum, die so viel Wert auf Tischmanieren gelegt hatte und die nie einen anderen Platz zum Essen geduldet hatte als den Esszimmer- oder Küchentisch, vorzugsweise natürlich Ersteren. »Wozu hat man ein Esszimmer, und wozu mache ich mir die Mühe, es sauber und in Ordnung zu halten, wenn Sie es nie benutzen?«, pflegte sie zu Jacob zu sagen.

Drüben in der Remise war sie nicht anders gewesen und hatte darauf bestanden, dass sie stets in der Küche und niemals im Wohnzimmer vor dem Fernseher aßen, obwohl Jacob sie die meiste Zeit ohnehin eingeladen hatte, mit ihm zusammen zu essen. »Es hat doch keinen Sinn, zwei Mahlzeiten zu kochen«, pflegte er zu sagen. Und immer nutzte er die Zeit, um Matthew über seine Schulaufgaben auszufragen. Er fragte ihn nach Dingen, die er wusste oder nicht, und ermutigte ihn stets, sich so viele Bücher aus der Bibliothek zu nehmen, wie er wollte.

Jacob lehrte Matthew viele Dinge am Esstisch, doch vor allem brachte er ihm bei, Debatten über irgendein Thema zu führen, und zwar stets mithilfe von Fakten und Vernunft, um seine Position zu stärken. »Zieh nie unvorbereitet in die Schlacht«, war ein häufiger Ratschlag des Professors, den Matthew sich zu Herzen genommen hatte.

Nach Mutters Tod hatte Jacob vorgeschlagen, dass Matthew sich eines der Schlafzimmer aussuchte, um es bei seinen Besuchen zu benutzen, statt allein in der Remise zu übernachten. Ohne Mum fühlte sich das Kutschhaus ohnehin nicht mehr wie ein Zuhause an, und nach angemessener Zeit rang Matthew sich dazu durch, es auszuräumen und abzuschließen. Heute konnte er sich nicht einmal mehr erinnern, wann er es das letzte Mal betreten hatte, doch er ermahnte sich, dass er auch das tun sollte.

Er überlegte gerade, ob er sich noch ein Bier aus dem Kühlschrank holen sollte, als er die Türklingel hörte. Er erwartete keinen Besuch, nicht um halb neun Uhr abends, doch als er in die kalte Eingangshalle hinaustrat, konnte er sich schon denken, wer es war.

Und er hatte recht: Es war Jenny Allbright aus dem Pfarrhaus nebenan. Sie war eine forsche, nüchterne Person, die stets den Eindruck erweckte, es schrecklich eilig zu haben und niemanden belästigen zu wollen, und so verneinte sie auch wie erwartet, als Matthew sie einlud hereinzukommen.

»Nein, nein, ich weiß, dass Sie beschäftigt sind, und will Sie nicht aufhalten«, sagte sie. »Mal und ich fragten uns nur, ob Sie morgen nach dem Gottesdienst nicht vielleicht zum Mittagessen zu uns kommen möchten. Wie hört sich Roastbeef an?«

»Köstlich, aber ich muss leider verzichten, fürchte ich.«

»Dann fahren Sie also schon früh zurück nach Cambridge?«

»Nein, doch es wird jemand herkommen, um mit der Schätzung der Bücher für das Nachlassverfahren zu beginnen.«

»An einem Sonntag?«

Matthew lächelte. »Ketzerei, ich weiß, aber er sagte, der Sonntag sei ihm ebenso recht wie jeder andere Tag, und da ich morgen ohnehin noch bleiben wollte, habe ich sein Angebot angenommen. Was mich daran erinnert, Sie zu fragen, ob Sie den Herrn Montagmorgen hereinlassen könnten?«

»Natürlich. Und wenn ich nicht hier bin, kann Mal den Gastgeber spielen.«

»Da der Mann völlig vertrauenswürdig auf mich wirkt, könnten Sie ihm auch einfach Ihren Schlüssel geben, damit er Sie später nicht mehr zu belästigen braucht.«

»Wie Sie meinen. Wie heißt er denn?«

»Ralph Granger.«

»Gut.« Mit einem Blick auf die prall gefüllten Müllsäcke in der Eingangshalle hinter ihm bemerkte sie: »Sie waren schon sehr fleißig, wie ich sehe.«

»Das ist Jacobs Kleidung«, sagte Matthew. »Man sollte gar nicht meinen, dass jemand in seinem Alter so viel hatte.«

»Das überrascht mich überhaupt nicht, er konnte ja noch nie etwas wegwerfen, nicht wahr?«

»Richtig.« Matthew grinste schief.

»Wenn es Ihnen eine Hilfe wäre, könnten Mal und ich die Tüten in den Secondhandladen bringen.«

»Wirklich?«, sagte Matthew erfreut, weil er sich schon gefragt hatte, wie und wo er die Säcke loswerden sollte. »Das wäre eine Riesenhilfe. Aber sind Sie auch wirklich sicher?«

»Seien Sie nicht albern! Das ist keine Mühe. Lassen Sie es mich nur wissen, wenn wir noch etwas anderes für Sie tun können! Gute Nacht!«

Matthew blickte ihr nach, als sie mit flottem Schritt die Einfahrt hinunterging, hörte das Knirschen der Kieselsteine unter ihren Füßen und sah den Strahl ihrer Taschenlampe, der ihr den Weg erhellte. Nicht zum ersten Mal wurde er dadurch daran erinnert, dass er die Sicherheitsleuchten entlang der Einfahrt in Ordnung bringen lassen musste. Aber das war ja auch nicht das Einzige am Haus, das repariert werden musste.

Nachdem er sich eine Flasche Bier aus dem Kühlschrank geholt hatte, machte Matthew es sich wieder in der Bibliothek bequem und dachte über Mals und Jennys Fürsorglichkeit ihm gegenüber nach. Sie war von der unsentimentalen, praktischen Art, die er ertragen konnte, weil er wusste, dass sie echt war. Beide hatten seine Mutter und Jacob sehr, sehr gern gehabt.

Mum war nie eine Kirchgängerin gewesen, bis sie hierhergezogen waren, und im Grunde war es mehr Neugierde gewesen, was sie über die Schwelle von St. Margaret's geführt hatte. Und ehe sie sich's versah, wurde sie von der damaligen Pfarrersfrau – einer furchtbar tüchtigen Frau, der niemand etwas abzuschlagen wagte – dazu eingespannt, beim Verteilen der Pfarrbriefe im Dorf und auch beim Aufpolieren der Messkelche und dem Arrangieren des Blumenschmucks zu helfen.

Mum zwang Matthew nie, mit ihr in die Kirche zu gehen, doch aus Solidarität begleitete er sie hin und wieder. Als Reverend Maxwell Hartley in den Ruhestand ging und seine herrische Frau mitnahm, kamen Mal und Jenny mit ihrer Tochter Laura, die damals sechzehn und damit zwei Jahre älter war als Matthew.

Da Laura fünfzehn Jahre nach ihren Zwillingsbrüdern geboren wurde, wurde sie von Mal und Jenny als spätes und ganz besonderes Geschenk betrachtet. Außerdem war sie das erste Mädchen, in das Matthew sich verliebte. Diese Verliebtheit führte dazu, dass er sich vom Saulus zum Paulus wandelte. Plötzlich war er sehr interessiert daran, den Gottesdienst zu besuchen, und wurde über Nacht zu einem Bekehrten. Er erbot sich, Laura in der Sonntagsschule zu helfen, wenn sie aus dem Internat zu Hause war, und auch mit allem anderen, was ihm ermöglichte, ihr nahe zu sein. Wie alle Mädchen hatte auch sie natürlich längst erkannt, was er für sie empfand, und nahm ihm, vermutlich auf Wunsch ihrer Eltern, seine Illusionen so behutsam, wie sie konnte: Nachdem sie ihn eines Abends auf dem Friedhof sehr ausgiebig geküsst hatte, erklärte sie ihm, dass es wirklich besser wäre, wenn sie nur Freunde sein könnten. Das waren sie bis heute geblieben, und sehr zum Stolz ihrer Eltern war Laura heute Diakonissin in Winchester. Matthews sogenannter religiöser Eifer hielt allerdings nicht an, was niemanden, der ihn kannte, überraschte.

Es wäre nicht gelogen zu behaupten, dass seine Erfolgsbilanz, was Freundinnen anging, keiner genaueren Prüfung standhielt. Fliss, seine letzte Freundin, würde zweifellos sehr viel dazu zu sagen haben. Sein Freund James, der sie in jeder Hinsicht für perfekt für Matthew hielt, hatte sie ihm vorgestellt. Warum er dann nicht selbst an ihr interessiert sei, wenn sie so perfekt war, hatte Matthew ihn gefragt.

»Weil sie nicht mein Typ ist«, hatte James schulterzuckend erwidert. »Dazu ist sie zu perfekt.«

»Und du glaubst, dann wäre sie *mein* Typ?«

»Ich weiß nur, wie schrecklich pingelig du bist und dass du immer irgendeinen Grund findest zu sagen, du seist nicht interessiert.«

»Ich würde das eher als anspruchsvoll bezeichnen.«

Er stimmte jedoch zu, sich mit Fliss, die Radiologin im Addenbrooke's Hospital und James' Kollegin war, zu treffen, und zu seiner Überraschung verstanden sie sich gut. Bevor er sich's versah, stand auch schon ihr erster Jahrestag bevor. Und das war der Moment, in dem ihn das Gefühl beschlich, dass sie sich einem entscheidenden Wendepunkt näherten: Wenn sie so weitermachten, würde es zu etwas Ernsterem und letztlich Dauerhaftem führen. Auch begann er, bei Fliss eine sich deutlich abzeichnende Vorsicht wahrzunehmen, als vermiede sie es ganz bewusst, auf etwas anzuspielen, dessen sich alle Paare im Laufe einer Beziehung bewusst werden – den nächsten Schritt. Und es dauerte nicht lange, bis Matthew den Eindruck hatte, dass ihre Vorsicht schon zu so etwas wie einer physischen Präsenz zwischen ihnen geworden war.

Dann begann Fliss, Andeutungen fallen zu lassen, wie selten sie ihn doch in manchen Wochen sah. Einmal scherzte sie, sie wisse jetzt, wie sich eine Frau in einer Beziehung mit einem verheirateten Mann fühlte. Als er sie fragte, was sie damit meinte, lachte sie und sagte, er sei mit seiner Arbeit verheiratet, was sie zu seiner Geliebten, seinem praktischen gelegentlichen Seitensprung, mache.

Matthew war schockiert gewesen. Er wusste, dass er sehr viele Stunden arbeitete, hatte aber geglaubt, einen vernünftigen Mittelweg zwischen Arbeit und Privatleben gefunden zu haben. Noch etwas, das er angenommen hatte, war, dass seine Fähigkeit, sich hundertprozentig einer Aufgabe zu widmen, eine Stärke war. Doch nun gab Fliss ihm zu verstehen, dass gerade diese Fähigkeit, voll und ganz in einer Herausforderung aufzugehen, im Grunde sogar eine Schwäche sei. Verglichen mit anderen Anschuldigungen, gefiel ihm diese ganz und gar nicht.

Letztlich war es jedoch die Art und Weise, wie Fliss nach der

Beerdigung in Glaskin House herumspazierte, was ihm seine Gefühle noch deutlicher vor Augen führte und die Dinge auf die Spitze trieb. Fliss war schon vorher in dem Haus gewesen, aber an jenem Tag schien sie es auf eine Weise zu begutachten, als stellte sie sich vor, eines Tages dort mit Matthew zu leben. In der Küche hatte sie abfällig mit den Schultern gezuckt und festgestellt, sie müsse dringend modernisiert werden, weil kein vernünftiger Mensch solch antiquierte Armaturen tolerieren würde. Ohnehin bereits verärgert, hatte Matthew diese Bemerkung als persönlichen Affront gegen Jacob aufgefasst. Und nicht zuletzt auch gegen seine Mutter. Schließlich waren sie hier jahrelang hervorragend ohne äußere Einmischung zurechtgekommen.

Eigentlich hatte Matthew vorgehabt, über Nacht im Haus zu bleiben, doch wie erstarrt vor Kummer und wachsender Empörung, hatte er Fliss – mitsamt ihrer Kritik und anmaßenden Haltung – nur noch aus dem Haus haben wollen, weg von allem, was ihm etwas bedeutete. Er hatte nicht gewollt, dass sie das Haus beschmutzte. »Planänderung«, hatte er abrupt gesagt. »Lass uns jetzt gleich nach Cambridge zurückfahren!«

Ihr Gesicht war ein Bild der Überraschung gewesen. »Wirklich? Aber wieso denn das?«

Plötzlich von solch heftiger Wut ergriffen, dass es ihm die Sprache raubte, hatte er angefangen, Lampen auszuschalten und Türen abzuschließen.

Er dachte, sobald sie im Wagen saßen und unterwegs waren, würde er sich vielleicht wieder in den Griff bekommen, doch so war es leider nicht. Fliss befahl ihm sogar, langsamer zu fahren, da er viel zu schnell unterwegs sei, wie sie fand.

»Ist es das, was ich zu erwarten habe?«, murmelte er, während er das Steuer umklammerte und das Gaspedal durchtrat, um seitlich auszuscheren und den Wagen vor ihnen zu überholen. Als er genügend Abstand zwischen sich und das andere Fahrzeug gebracht hatte, scherte er wieder ein, doch ohne das Tempo zu verringern.

»Was willst du damit sagen?«, fragte sie, und ihr rechter Fuß zuckte, als suchte er nach einem Bremspedal.

»Das weißt du ganz genau«, blaffte er, regelrecht erfreut über die Wut, die ihn durchströmte. Im Moment wünschte er sich nichts mehr als einen Streit. Normalerweise war er überhaupt nicht streitlustig, doch im Augenblick hatte er das Gefühl, dass er sich nach einer heftigen Auseinandersetzung sehr viel besser fühlen würde.

Da jedoch auch Fliss nicht der streitlustige Typ war, ließ sie sich nicht provozieren und schwieg stattdessen nur für einen langen, unbehaglichen Moment.

»Bitte, Matthew«, sagte sie dann, »du machst mir Angst. Fahr bitte langsamer und sag mir, was du hast!«

Und das tat er, denn ihm wurde bewusst, dass es zwar verzeihlich sein mochte, einen Beifahrer zu ängstigen, aber nicht sich selbst. Und für ein, zwei Sekunden hatte er sich vorhin wirklich selbst Angst eingejagt und sich für einen winzigen Augenblick gefragt, was der Sinn des Lebens war, wenn letztlich doch alles nur in einer hölzernen, in einer tiefen Grube verscharrten Kiste endete.

Trotzdem konnte er sich nicht dazu überwinden, um Entschuldigung zu bitten. Wenn er das tat, würde er seine auf der Kippe stehende Beherrschung verlieren, die zu bewahren ihm bisher mehr oder weniger gelungen war. Würde er sie verlieren, liefe er Gefahr, in diesem schwarzen Loch des Kummers zu versinken, was er bisher mit aller Kraft vermieden hatte. Da war hemmungslose, unbeherrschte Wut schon besser. Sie hielt das Gefühl, das er am meisten fürchtete, in Schach. Deshalb traf er den Entschluss sofort, um seinen Ärger zu nutzen und

Fliss nicht ansehen zu müssen, wenn er sagte, was zu sagen war. Denn am Steuer seines Wagens konnte er stur auf die Straße vor sich starren und musste Fliss' Reaktion nicht sehen.

Und so sagte er ihr, dass ihre Beziehung am Ende sei, dass es seiner Meinung nach schon seit geraumer Zeit nicht mehr zwischen ihnen funktionierte. Für ihn sei es offensichtlich, dass sie unterschiedliche Dinge wollten, erklärte er; sie habe anscheinend schon das Stadium erreicht, eine Familie gründen zu wollen, und denke vermutlich auch bereits an ein Baby, während er selbst noch weit entfernt von diesem Punkt sei.

Als er ausgeredet hatte, fragte sie: »Dir ist all das durch den Kopf gegangen, aber du hast kein einziges Mal daran gedacht, es mit mir zu besprechen?«

»Wir sprechen jetzt darüber«, erwiderte er knapp.

»Nein, das tun wir nicht. Du sagst mir, du seist zu einem Schluss gekommen, der auf nichts anderem basiert als Mutmaßungen. Du weißt doch gar nicht, was ich denke. Ist das fair?«

Unbeirrt erwiderte er: »Wie recht habe ich auf einer Skala von eins bis zehn?«

Darauf antwortete sie nicht, sondern sagte nur: »Ich hatte keine Ahnung, dass du es so siehst. Ich glaubte … na ja, ich dachte, es ginge uns gut zusammen und wir hätten eine Zukunft.«

Die schmerzliche Fassungslosigkeit in ihrer Stimme ließ ihn zögern, und wie aus dem Nichts heraus überwältigten ihn Scham und Abscheu über sein Verhalten, über sein drängendes, ja schon fast verzweifeltes Verlangen, von Fliss befreit zu sein. Heftiges Schuldbewusstsein, verbunden mit dem Wissen, unnötig grausam gewesen zu sein, brachte ihn jetzt doch dazu, sich zu entschuldigen. »Es tut mir leid«, sagte er. »Vielleicht dachte ich eine Zeit lang genau dasselbe.«

»Und was hat sich geändert?«

»Ich weiß es nicht. Aber irgendetwas war es.«

»Bist du sicher, dass es nicht nur eine Reaktion auf Jacobs Verlust ist? Der Tod kann einem Gedanken einflößen, auf die man normalerweise vielleicht nie käme.«

»Das glaube ich nicht.«

»Dann willst du also Schluss machen?«

»Ich glaube, es ist das Beste, meinst du nicht?«

»Ja«, murmelte sie. »Das ist es wahrscheinlich.«

Als Matthew nun im sanften Licht der Lampe und des flackernden Feuers saß, wusste er, dass er immer dankbar dafür sein würde, dass Fliss es ihm so leicht gemacht hatte, sie zu verlassen.

In den darauffolgenden Wochen hatte er sich oft dabei ertappt, dass er sie vermisste, und war versucht gewesen, ihr eine SMS oder E-Mail zu schicken, um zu erfahren, wie es ihr ging. Und um sich noch einmal zu entschuldigen. Doch er tat es nie, weil er vermutete, dass es nicht fair wäre und es besser war, die Verbindung ganz abreißen zu lassen. Aber er wünschte ihr aufrichtig und von Herzen alles Gute. Von James wusste er, dass sie begonnen hatte, sich mit jemand anders zu treffen, doch die Beziehung stand noch ganz am Anfang. Außerdem dachte James, dass Matthew ihr die Männer wahrscheinlich für immer verleidet hatte.

Wenn er sich rechtfertigen musste – und James hatte verlangt, dass er es tat –, argumentierte Matthew, dass er sich nur allzu bereitwillig darauf eingelassen hätte und bestimmt nicht so reagiert hätte wie an dem Tag von Jacobs Beerdigung, wenn er für das nächste Stadium seiner Beziehung mit Fliss bereit gewesen wäre.

Als Fliss ihn gefragt hatte, was sich zwischen ihnen geändert hatte, hatte er ihr das wirklich nicht beantworten können. Aber jetzt wusste er es. Zum ersten Mal in seinem Leben war er unruhig und unstet; er war rastlos, gelangweilt und brauchte eine neue Herausforderung, etwas anderes, das ihn stimulierte und begeisterte. Er hatte einen Wendepunkt erreicht und musste beschließen, was er als Nächstes unternehmen würde. Und dabei ging es nicht nur um die Frage, ob er Glaskin House verkaufen sollte oder nicht.

Kapitel 11

April 1943

Ich versprach mir viele Dinge, als ich mit dieser Niederschrift begann, von denen eines der wichtigsten war, nicht zu sehr auf Einzelheiten meiner Arbeit als Kryptoanalytiker auf Bletchley Park einzugehen. Nennen Sie es Gewohnheit, wenn Sie wollen, doch über allem, was jeder Einzelne von uns dort tat, lag der Mantel des Schweigens. Es war von lebenswichtiger Bedeutung, dass die Deutschen nicht entdeckten, dass wir einen Weg gefunden hatten, ihre Codes zu knacken, und dadurch in der Lage waren, mit ihnen Schritt zu halten oder sie sogar zu überlisten. Ich muss auch betonen, dass ich im Grunde nur ein sehr kleines Rädchen in einer erstaunlich großen und effektiven Maschinerie war, umgeben von intellektuell so herausragenden Menschen, wie sie mir zweifellos nie wieder begegnen werden. Oder zumindest nicht auf dieser Ebene.

Ein weiteres Versprechen, das ich mir gab, als ich beschloss, dies alles niederzuschreiben, war, dass ich der Versuchung widerstehen musste, in unnötige Sentimentalität oder Rührseligkeit zu verfallen. Der Zweck der Übung, wie ich mich regelmäßig ermahnen musste, besteht darin, eine besondere Zeit und einen besonderen Ort in meinem Leben festzuhalten und zu bewahren, vor allem aber, meine liebste Katyushka zu ehren, und das auf eine Weise, die sie billigen würde. Ich kann sie gerade vor mir sehen, wie sie die Augen verdreht und mir schlimme Konsequenzen androht, falls ich aus dem Rahmen fallen und jedweder Art von Gefühlsduselei erliegen sollte. »Liebling«, kann ich sie sagen hören, »ich verbiete dir ausdrücklich, mich als so etwas wie eine Heilige darzustellen. Zeichne ein wahres Bild von mir, indem du dich an die Fakten hältst, dann wirst du es schon richtig machen.«

Und das also sind die Fakten:

Erstens: Ich liebte sie.

Zweitens: Ich war noch nie jemandem wie ihr begegnet.

Drittens: Seither bin ich niemals wieder jemandem wie ihr begegnet.

Doch nun will ich diesen Fakten Leben einhauchen und erklären, wie es dazu kam, dass ich die Ekstase und die Qual der Liebe kennenlernte.

Ich war auf dem Weg zurück nach Bletchley, nachdem ich einen freien Tag gehabt hatte, um meine Familie zu besuchen. Sie hatten natürlich keine Ahnung von meiner Arbeit und waren klug genug, mich nicht mit Fragen zu bedrängen. Zu meiner heimlichen Belustigung hatten meine Mutter und Großmutter jedoch anfangs angenommen, dass sie von allen Regeln ausgenommen sein würden, die mich zwangen, Stillschweigen über die Art meiner Betätigung zu bewahren, und es als persönliche Beleidigung empfanden, als ich verschwiegen und verschlossen blieb. Doch so sehr ich sie auch liebte, wusste ich doch nur allzu gut, dass ich mich keiner von ihnen anvertrauen durfte. Genauso gut könnte ich Flugblätter mit detaillierten Angaben über meine Arbeit über unserem Viertel abwerfen. Und deshalb mussten sie sich mit der in Kriegszeiten allgegenwärtigen, aus zwei Wörtern bestehenden Erklärung zufriedengeben, dass die Arbeit *streng geheim* war. Das an sich war schon ein Code für *Bitte fragt mich nicht wieder.*

Meine Angehörigen waren nicht die einzigen Neugierigen; außerhalb des Parks wurden ich und auch viele meiner Kollegen oft mit feindseligen Blicken bedacht. Ein Mann meines

Alters, der keine Uniform trug, geriet sofort in den Verdacht, ein Feigling zu sein. Da ich gesund genug aussah und mein etwas steifer Arm nicht gleich zu erkennen war, fragten sich die Leute, warum ich nicht auch meinen Beitrag leistete und für den König und England kämpfte. Als der Krieg jedoch weiterging und die kleine Eisenbahnstadt Bletchley sich mit einer regelrechten Armee dort einquartierter Rekruten für den Park füllte, lernten die Bewohner der kleinen Stadt, keine Fragen mehr zu stellen, und schienen einzusehen, dass nicht alle in diesem ständig wachsenden Zustrom seltsam aussehender Intellektueller Kriegsdienstverweigerer waren. Da lag es natürlich nahe, dass sie irgendwann zu der Annahme gelangen mussten, dass der Park ein wichtiges geheimes Unternehmen war und sich aufgrund dessen ein Gefühl des Respekts und des Patriotismus einstellte.

An jenem April-Abend in dem vollbesetzten Zug von Euston Station nach Bletchley stieg ich um schlafende Soldaten, Seesäcke und Gasmasken herum und manchmal auch darüber, bevor ich endlich einen Platz fand, an dem ich zumindest stehen konnte. Das störte mich jedoch nicht, da es keine lange Fahrt war; sie dauerte nur eine Stunde, und unbequeme Reisebedingungen waren unter den gegebenen Umständen ja wohl auch kaum ein Opfer.

Als ich an jenem Tag auf dem belebten Gang des Zuges stand, den *Daily Telegraph* in der Hand, den ich so gefaltet hatte, dass ich das Kreuzworträtsel lösen konnte, glitt die Tür des Abteils hinter mir auf, und ich sah eine auffallend hübsche junge Frau mit lebhaften dunklen Augen und einem sinnlichen, lächelnden Mund, die den Soldaten neben mir herbeiwinkte, um ihm ihren Platz zu überlassen. Sein Kopf war teilweise verbunden, und er wirkte so erschöpft, als würde er jeden Moment zusammenbrechen. Zuerst lehnte er ihr Angebot höflich ab, doch davon wollte sie nichts hören. »Bitte, Sir«, sagte sie mit leiser Stimme und unverkennbarem Oberschicht-Akzent, »ich bestehe darauf. Ich könnte nicht dort sitzen, während Sie hier stehen. Das wäre nicht richtig. Absolut nicht richtig.« Und mit ihrer kleinen, eleganten Hand berührte sie seinen Arm und brachte ihn dazu nachzugeben. Mit einem gemurmelten Dankeschön übernahm er ihren Platz in dem Abteil.

Alles an ihr war klein und elegant, stellte ich fest, von ihren gut beschuhten Füßen bis zu ihrem kastanienbraunen Haar, das sich alle Mühe gab, dem festen Knoten in ihrem Nacken zu entkommen. Als Schmuck trug sie eine Perlenkette, und ihre Kleidung – ein leichtes Kostüm mit einer Kamee-Brosche am Revers – war modisch, aber dezent. Ihr Jackett stand offen, und so konnte ich sehen, dass sie eine erstaunlich schmale Taille hatte. Sie sah jung aus – jünger als ich –, wirkte jedoch äußerst selbstsicher.

»Ich weiß, was Sie denken«, sagte sie plötzlich zu mir.

Ich spürte, wie ich vor Verlegenheit errötete, weil sie mich dabei ertappt haben musste, dass ich sie ganz unverfroren angestarrt hatte.

»Tatsächlich?«, fragte ich.

»Sie denken, ich hätte nur dafür gesorgt, dass der arme Mann sich noch schlechter fühlte, als ich ihm meinen Platz anbot.«

»Ganz und gar nicht«, erwiderte ich ehrlich. »Es war eine sehr nette Geste von Ihnen.«

»Das hatte nichts mit Nettigkeit zu tun!«, sagte sie entschieden. »Es war nicht mehr, als ich tun *musste*. Meiner Meinung nach hat man die Pflicht zu helfen, und meinen Platz einem armen verwundeten Soldaten anzubieten, der tapfer genug ist, sein Leben aufs Spiel zu setzen, um zu kämpfen, ist ein kleiner Preis, den ich nur allzu gern zahle.«

»Ganz recht«, murmelte ich und wandte mich dann wieder meinem Kreuzworträtsel zu. Jeder andere hätte den Versuch unternommen, freundlicher zu sein, aber ich war nur selten unbefangen in Gegenwart hübscher Mädchen. Ich war gehemmt, was junge Damen anging, und blind für den Gedanken, dass ich auch nur im Mindesten von Interesse für das schönere Geschlecht sein könnte. Stattdessen ging ich immer davon aus, dass sie sich entweder wegen meiner Schüchternheit oder Tendenz, zu ernst zu sein, über mich lustig machten, oder aber einfach nur höflich waren, wenn sie mich in ein Gespräch verwickelten. Das Ergebnis war, dass ich dann dazu neigte, zu wortkarg zu sein und auch noch oft das Falsche sagte. Doch so sehr ich mich auch bemühte, ich konnte mich nicht mehr auf meine Zeitung konzentrieren, weil ich spürte, dass die junge Frau noch etwas anderes zu sagen hatte.

»Sie sind noch nicht sehr weit gekommen, nicht?«, bemerkte sie. »Oder sind Kreuzworträtsel nicht Ihr Ding? Ich helfe Ihnen, wenn Sie möchten, denn ich bin ganz gut darin.«

Ich lächelte höflich. »Das glaube ich Ihnen gern.«

»Na, na! Jetzt ziehen Sie mich wohl auf? Was ich übrigens ganz schön unfair finde. Sie sind wohl einer dieser furchtbar altmodischen Männer, die auch nur halbwegs intelligente Frauen nicht schätzen.«

»Ganz im Gegenteil«, sagte ich schnell, um meine Ungeschicklichkeit wiedergutzumachen. »Ich mag intelligente Frauen. Sehr sogar.«

Sie lächelte. Es war ein Lächeln, das eine liebenswerte Unschuld zu enthalten schien, doch ganz im Gegensatz dazu funkelte etwas in ihren Augen, das mir in diesem warmen, überfüllten Zugabteil gefährlich mutwillig erschien. Machte sie sich lustig über mich? Natürlich tat sie das.

»Na also«, sagte sie und trat näher, sodass ich den Hauch eines angenehmen Duftes wahrnehmen konnte, als sie sich ein wenig vorbeugte. »Dann lassen Sie mich Ihnen bei dem Kreuzworträtsel helfen, das wird uns wenigstens die Zeit vertreiben.«

Irritiert ließ ich ihr ihren Willen und behielt für mich, dass ich den größten Teil des Rätsels im Geiste schon gelöst hatte – tatsächlich einen Stift herauszunehmen und die Kästchen auszufüllen verringerte für mich die Freude an der Übung. Trotzdem war ich beeindruckt von der Schnelligkeit ihres Denkens, als sie die Antworten zu den kryptischen Hinweisen nur so herunterrasselte, und es dauerte nicht lange, bis ich den Eindruck gewann, dass sie das gleiche Reiseziel hatte wie ich selbst.

Wahrscheinlich war sie ein Neuzugang, frisch eingestellt und noch überschäumend vor Enthusiasmus und freudiger Erregung, ohne eine Ahnung zu haben, was sie erwartete. Ihr makelloser heller Teint hatte jedenfalls nichts von dem Grauton, der die Gesichter von uns alten Hasen überschattete und ein sicheres Anzeichen für chronischen Schlafmangel war. Ich war schon vielen jungen Frauen wie ihr im Park begegnet – alles gut erzogene Töchter wohlhabender Familien, einige von ihnen sogar Debütantinnen, die aus einem ausgeprägten Pflichtgefühl heraus begierig waren, ihren Beitrag zu den Kriegsanstrengungen zu leisten. Hatte diese junge Frau hier nicht schon bewiesen, wie ausgeprägt dieses Pflichtgefühl bei ihr war, als sie ihren Sitzplatz dem verwundeten Soldaten überlassen hatte?

Genau wie ich hatte sie wahrscheinlich nach einem informellen Vorstellungsgespräch ein Telegramm erhalten, das nicht mehr Information enthielt als: *Sie werden gebeten, sich in fünf Tagen auf Station X in Bletchley Park, Buckinghamshire, zu melden. Ihre Adresse dort ist Postfach 111, c/o Außenministerium. Das ist alles, was Sie wissen müssen.*

Nicht, dass ich irgendeine dieser Überlegungen ausgesprochen hätte, und wenn man bedachte, wie viele Männer und Frauen im Park arbeiteten, und eingedenk der wöchentlichen

Schichtwechsel waren die Chancen, dass unsere Wege sich noch einmal kreuzen würden, sehr gering. Ich wusste, dass wir getrennte Wege gehen würden, sobald wir in Bletchley ausstiegen – sie zum Park, um sich zu anzumelden, und ich zu meinem Quartier.

Ich sollte jedoch die Erfahrung machen, dass ich es für einen angeblich überdurchschnittlich intelligenten Mann außerordentlich gut verstand, das Schicksal zu unterschätzen. Ganz zu schweigen von der Entschlossenheit einer überaus temperamentvollen jungen Frau.

Mein großes Pech war, bei Mrs. Aida Pridmore einquartiert zu sein, einer Witwe Mitte fünfzig, deren Ehemann kurz vor Kriegsausbruch bei einem Unfall auf der Bahnstrecke gestorben war. Sie sprach so viel über den verschiedenen Mr. Pridmore, als wäre er noch unter uns. In so mancher Hinsicht war er das auch: Seine Asche befand sich in einer Urne, die den Ehrenplatz auf dem Kaminsims im Empfangszimmer einnahm, einem Raum, in den ich mich nur selten hineinwagte. Wenn wir Mr. Pridmores Witwe glauben durften, hätte er mehr als das Seine zu den Kriegsanstrengungen beigetragen, wenn er noch gelebt hätte, und wäre losgeeilt, um die *Boches* bei der ersten Gelegenheit zu bekämpfen.

Es war eine oft wiederholte Bemerkung, mit der unsere Vermieterin zweifellos nur klarstellen wollte, wie sehr es ihr missfiel, dass drei Männer bei ihr einquartiert worden waren und die beiden oberen Etagen ihres Hauses belegten, obwohl wir uns ihrer Meinung nach im aktiven Dienst hätten befinden müssen. Trotz allem jedoch war sie mehr als froh, unsere Bezugsscheinhefte in Beschlag zu nehmen, obwohl das Essen, das sie uns vorsetzte, in keinem Verhältnis zu dem stand, worauf wir eigentlich Anspruch hatten.

An diesem Abend aß ich allein, weil Griffiths und Farrington von vier Uhr nachmittags bis Mitternacht arbeiteten, während meine Schicht um Mitternacht begann und morgen früh um acht Uhr endete. Das heutige Abendessen bestand aus einem dünnen, wässrigen Etwas, das sich als Schottische Bouillon ausgab, und als ich in Mrs. Pridmores tristem Esszimmer saß, mit nichts als dem geflickten Linoleum und dem lauten Ticken der Uhr auf dem Kaminsims zur Gesellschaft, war ich schlecht gelaunt. Und das nicht nur, weil ich versuchte, etwas so Unappetitliches wie diese Brühe zu essen. Die Lebensmittelrationierung in Kriegszeiten war nun einmal eine Tatsache des Lebens, und ich war hinreichend gewöhnt daran.

Nein, meine Verdrossenheit hatte nichts mit der Schottischen Boullion zu tun; ich war nur über mich selbst verärgert. Warum nur war ich in weiblicher Gesellschaft derart unbeholfen? Warum hatte ich nicht unbefangener mit dem Mädchen im Zug plaudern können? Griffiths und Farrington hätten dieses Problem nicht gehabt; sie hätten sie bei der Ankunft in Bletchley wahrscheinlich eingeladen, etwas mit ihnen zu trinken. Das Einzige, was ich zustande gebracht hatte, war, ihr den Koffer aus dem Zug zu tragen. Als das jedoch erledigt war – und ich auch noch einen Armeehauptmann auf dem Bahnsteig auf sie zukommen sah –, war ich davongeeilt, ohne auch nur Auf Wiedersehen zu sagen. Mit ziemlicher Sicherheit hatte sie mich für den ungeschliffensten Mann gehalten, dem sie je begegnet war.

Normalerweise wäre es mir egal, wie andere mich sahen, doch im Augenblick hätte ich mich ohrfeigen können für den schlechten Eindruck, den ich bei ihr hinterlassen hatte.

Um meiner zunehmend düstereren Stimmung Einhalt zu gebieten, richtete ich meine Gedanken auf das, was mich später in der Nacht in Hütte 8 erwartete. Die anhaltende Gefahr durch deutsche U-Boote für die alliierten Geleitzüge im Nordatlantik war nach wie vor unsere oberste Priorität, und im letzten Monat waren mehr als sechshunderttausend Tonnen Schiffsladungen verloren gegangen. In jenen fürchterlichen Wochen hatte der Umfang des Arbeitsaufkommens zu einer endlosen Abfolge schlafloser Nächte geführt, und wenn ich einmal schlafen konnte, wurde ich von beängstigenden Albträumen von ganzen U-Boot-Rudeln auf Beutejagd und Leichen, die in den eiskalten Gewässern des Nordatlantiks dahintrieben, geweckt. Manchmal träumte ich auch, dass diese toten Männer, Frauen und Kinder sich in dem See in Bletchley Park befanden und es meine Aufgabe war, sie herauszufischen.

Es war jedoch nicht die Bedrohung durch die U-Boote oder die vor mir liegenden langen Stunden des Entschlüsselns feindlicher Nachrichten, was mich beschäftigte, als ich von meinem Quartier zum Park radelte, durch die absolute Dunkelheit und nur mit dem schwachen Schein meiner Fahrradlampe zur Orientierung. Nein, was mir nicht aus dem Kopf ging, waren die junge Frau aus dem Zug und der etwas spöttische Blick ihrer schönen dunklen Augen.

Kapitel 12

Es war Sonntagmorgen, und was Saskia weckte, war das Geräusch der Windböen, die gegen ihr Schlafzimmerfenster schlugen. Durch den Spalt zwischen den Vorhängen konnte sie sehen, dass es regnete, und zwar sehr stark.

In der angenehmen Wärme ihres Bettes und ohne Eile, es zu verlassen, wandte sie ihre Gedanken einem jungen Mann zu, der vor etwas über siebzig Jahren durch das verdunkelte und verregnete Bletchley mit seinem Fahrrad zur Arbeit gefahren war. Was mochte aus ihm geworden sein? Lebte er noch? Er müsste über neunzig sein, wenn es so wäre. Und was war mit dem Mädchen aus dem Zug? War sie seine »liebste Katyushka«?

Das schwarze Notizbuch mit dem seltsamen Titel *Die Pusteblumenjahre* lag auf ihrem Nachttisch, wo sie es gestern Nacht hingelegt hatte, als sie zu müde gewesen war, um weiterzulesen, und das Licht gelöscht hatte. Wie nicht anders zu erwarten, hatte sich das Gelesene in ihr Unterbewusstsein eingenistet, und sie hatte von dem Autor und der geheimnisumwobenen Welt geträumt, in der er gelebt hatte. Selbst im Traum noch hatte sie angestrengt versucht, die grauenhafte Handschrift des Autors zu entziffern, und immer wieder Sätze mehrfach gelesen, doch je mehr sie las, desto unverständlicher wurden ihr die Worte.

Sie war versucht, es jetzt, da ihre Augen und ihr Verstand noch ausgeruht waren, aufs Neue zu versuchen, bevor sie zum Frühstück hinunterging, aber bei einem Blick auf ihren Wecker sah sie, dass sie in Wirklichkeit verschlafen hatte, statt sich den Luxus gönnen zu können, in ihrem gemütlichen Bett zu liegen und zu lesen. Da sie ihrem Vater versprochen hatte, ihn heute bei der Schätzung der Bücher auf Glaskin House zu unterstützen, rappelte sie sich auf und schlug das Federbett zurück. Bis auf gelegentliche Besuche auf Buchmessen arbeiteten sie nur selten an einem Sonntag, aber ihr Vater hatte beschlossen, das Beste aus einem freien Tag zu machen und etwas in Gang zu bringen, das seiner Überzeugung nach eine langwierige Aufgabe sein würde.

Bis sie gefrühstückt hatten und unterwegs waren, hatte es aufgehört zu regnen, und als wäre ein Schalter umgelegt worden, hatte sich der Himmel wie durch ein Wunder aufgehellt. Während sie an weitläufigen, nicht eingezäunten Weiden vorbeifuhren, schien die Sonne strahlend von dem klaren blauen Himmel. Trotz des herrlichen Sonnenscheins wehte jedoch ein ziemlich kalter Wind von der Nordsee herüber.

Sie kamen durch Long Melford, fuhren nach Lavenham weiter und nahmen dort die Straße nach Stowmarket. Als sie das malerische Dorf Old Brawton und seinen dreieckigen Dorfanger erreichten, sah Saskia sich begeistert um. Der Platz war von hübschen Cottages aus georgianischer Zeit gesäumt, von denen einige noch sehr schön mit Stroh gedeckt und in traditionellen Farben gestrichen waren. Sie bogen rechts ab und durchfuhren eine mit Autos vollgeparkte Straße mit einer Kirche links von ihnen. Sofort danach, um Punkt zehn Uhr, wie die Kirchenglocken verkündeten, passierten sie das Eingangstor von Glaskin House.

Entlang der ganzen Einfahrt kämpften sich tapfere Büschel hellgelber Osterglocken und Krokusse unaufhaltsam durch ein Dickicht wild wuchernder Lorbeer- und Rhododendron-Büsche. Das Haus selbst sah ebenso verwahrlost und noch viel düsterer aus, als Saskia erwartet hatte. Als sie aus dem Wagen stiegen und ihnen auch noch ein bitterkalter Wind entgegenschlug, der an ihren Haaren riss und ihren Mantel peitschte, beschlich sie das Gefühl, dass sie den vor ihnen liegenden Tag ganz sicher nicht genießen würde.

Ihr Vater klingelte, und es dauerte eine ganze Weile, bis die Tür geöffnet wurde. Schon fast bereute Saskia, ihren Vater begleitet zu haben. Denn ehrlich gesagt wäre sie jetzt viel lieber zu Hause, um *Die Pusteblumenjahre* zu lesen.

»Ich hoffe, es macht Ihnen nichts aus, Matthew, dass ich meine Tochter und sehr tüchtige Assistentin mitgebracht habe«, sagte ihr Vater, als sie endlich von einem sichtlich irritierten Mann hereingebeten wurden, der ein Gesicht wie sieben Tage Regenwetter machte. Und er hatte auch einen Fleck von irgendetwas an seiner rechten Schläfe. War dies wirklich der Matthew Gray, von dem ihr Vater in den höchsten Tönen gesprochen hatte? Der Matthew Gray, der ihrem Dad zufolge etwa in ihrem Alter war und mit dem sie sich angeblich so gut verstehen würde? Was hatte sich ihr Vater bloß wieder dabei gedacht? »Saskia ist genauso sachkundig wie ich«, fuhr er fort. »Wenn nicht sogar noch sachkundiger.«

»Er übertreibt natürlich«, sagte Saskia leichthin und dachte, dass Matthew Gray ebenso wenig ihren Erwartungen entsprach wie dieses Haus. Sie streckte ihm die Hand hin, doch er wischte seine stirnrunzelnd an seinen Jeans ab und sagte: »Besser nicht; meine Hände sind schmutzig. Aber kommen Sie doch bitte mit.« Seine Stimme und sein Verhalten waren etwa so einladend, wie es der kalte Wind draußen vor der Tür gewesen war. Hey, du Griesgram, wollte Saskia sagen, ich habe meinen Sonntag geopfert, um hierherzukommen!

Ihr Vater musste ihre Gedanken erraten haben, denn er warf ihr einen scharfen Blick zu, der ihr in Erinnerung rief, was er gesagt hatte: dass Matthew Gray offenbar sehr an dem Professor gehangen hatte, der erst kürzlich hier verstorben war. Widerstrebend beschloss sie, etwas nachsichtiger mit ihm zu sein, und folgte den beiden Männern durch die große Eingangshalle, in der an der Wand gegenüber der breiten, elegant geschwungenen Treppe eine ganze Reihe schwarzer Müllsäcke stand. Während ihr Vater völlig entspannt war und fröhlich mit ihrem Gastgeber plauderte, begann Saskia zu frösteln. Das Haus war von einer arktischen Kälte und ungefähr so gastfreundlich wie Mr. Griesgram vor ihr. Ihre böse Vorahnung, dass dies kein erfreulicher Tag werden würde, kam der Wahrheit schon gefährlich nahe.

»Tut mir leid, dass es so kalt im Haus ist«, sagte Mr. Griesgram und drehte sich abrupt zu ihr herum. »Die Heizung funktioniert nicht. Ich habe die ganze letzte Stunde mit ihr gerungen. Aber in der Bibliothek ist die Temperatur erträglicher – dort habe ich vorhin ein Feuer im Kamin angezündet.«

»Dann wird es da wohl etwas besser sein«, erwiderte sie steif.

Zum Glück hatte er recht. In der Bibliothek war es wesentlich wärmer als in der Eingangshalle, und Saskia ging sofort auf den Kamin zu, in dem ein großes Feuer brannte. Das Holz knisterte und knackte anheimelnd, und die Flammen gaben einen angenehmen Geruch nach Holzrauch ab.

Mit dem Rücken zum Feuer stand Saskia auf dem abgetretenen Kaminvorleger und betrachtete den ungewöhnlich großen Raum mit seinen überfüllten Bücherregalen, den Unmengen von schwankenden Bücherstapeln auf dem Boden und den Bergen von Büchern, die auch den langen Tisch in der Mitte des Raumes bedeckten. Die dadurch erzeugte akademische Unordnung, die viele vielleicht als bedrückend empfinden würden – ganz besonders jemand, der kein Bücherfreund war –, verlieh dem Raum jedoch eine gemütliche, wohnliche und bewohnte Atmosphäre, wie Saskia fand. Als ihr Blick über den Laptop und den mit Brotkrümeln bedeckten Teller glitt, der auf dem kleinen

Tisch neben dem Sessel am Kamin stand, nahm sie an, dass dies vermutlich Mr. Griesgrams Lieblingsplatz war. Oder vielleicht hielt er sich hier auch nur auf, weil die Heizung nicht funktionierte und dieser Raum der einzig halbwegs warme im Haus war.

Aber das ist noch längst nicht alles, dachte sie bei einem weiteren Blick durch die beeindruckende Bibliothek. Ihr Vater hatte ihr erzählt, dass es außer der Küche und den Badezimmern kein Zimmer im Haus gab, das keine Bücherbestände enthielt. Offensichtlich war der Besitzer des Hauses, Professor Belinsky, ein echter Bibliomane gewesen.

»Darf ich Ihnen etwas zu trinken bringen?«, erbot sich Matthew Gray. »Wäre Kaffee in Ordnung?«

»Kaffee wäre wunderbar«, antwortete Ralph mit etwas übertriebenem Enthusiasmus und rieb sich die Hände. »Saskia?«

Da sie wusste, dass ihr Vater sie nur bei Laune halten wollte, nickte sie zustimmend und nahm ihren dicken Wollschal ab. »Danke, ja, ich nehme dann das Gleiche.«

Als sie allein waren, ging sie zum Fenster hinüber und beugte sich über den davorstehenden Schreibtisch, um einen Blick in den Garten zu werfen. Er bestand hauptsächlich aus einer weitläufigen Rasenfläche, auf der etwas seitlich eine Zeder von majestätischen Ausmaßen stand. Es gab keine nennenswerten Blumenbeete, nur das eine direkt unter dem Fenster, und das schien sich selbst überlassen worden zu sein, wie vermutlich auch ein großer Teil des Hauses selbst. »Ich nehme an, er wird Glaskin House verkaufen, nicht?«, fragte sie leise.

Ihr Vater kam zu ihr herüber. »Ich denke schon; es ist nicht gerade ideal für einen alleinstehenden jungen Mann, nicht wahr?«

»Ist er denn alleinstehend?«

»Zumindest habe ich den Eindruck, denn er hat bisher noch keine Partnerin erwähnt.«

»Gibt es irgendeinen Grund, warum er dir gegenüber von ihr sprechen sollte?«

»Wahrscheinlich nicht.«

Während sie noch immer in den Garten hinausblickte, wo ein Eichhörnchen hinter der Zeder hervorlugte, dann den Baum hinaufflitzte und aus ihrem Blickfeld verschwand, sagte Saskia: »Er scheint nicht gerade erfreut zu sein, uns hier zu haben?«

»Ich glaube, er ist verärgert, weil die Heizung nicht funktioniert. Es ist bestimmt kein Vergnügen, ohne eine andere Wärmequelle als diesem Kaminfeuer hier festzusitzen.«

»Nein, das ist es sicher nicht.« Saskia wandte sich entschieden von dem Fenster ab. »Also, wo sollen wir beginnen?«

»Ich würde vorschlagen, mit dem Tisch. Räumen wir ihn ab, damit wir eine vernünftige Arbeitsfläche haben, und dann sehen wir weiter.«

Sie waren gerade fertig, als die Tür aufging und Matthew Gray mit einem Tablett mit Getränken hereinkam. Wortlos stellte er es auf den Tisch und ging dann zum Kamin, um noch ein paar Holzscheite auf den Rost zu legen. Saskia beobachtete, wie er den Schürhaken ergriff und nach einigem sorgfältigen Herumhantieren damit zufrieden zu sein schien, ihn wieder weglegte und sich aufrichtete. Dann legte er eine Hand auf den Kaminsims, trommelte geistesabwesend mit den Fingern darauf und starrte in die Flammen, als hätte er völlig vergessen, dass noch andere außer ihm im Zimmer waren. Saskia hatte nur selten jemanden gesehen, der derartig wortkarg und zugeknöpft war. »Dann überlasse ich Sie jetzt mal Ihrer Arbeit«, sagte er, als er sich schließlich wieder umwandte.

Er war auf der anderen Seite der Bibliothek und hatte die Hand schon auf der Türklinke, als Saskias Vater bemerkte: »Wenn dieser Raum der einzig warme im ganzen Haus ist, können wir Sie ja kaum daraus vertreiben.«

»Das macht nichts«, erwiderte er schulterzuckend. »Ich werde mir den Heizkessel noch einmal ansehen, vielleicht kann ich ihm ja so sehr zusetzen, dass er wieder funktioniert. Jacob beschimpfte ihn auf Russisch, wenn er wieder mal verrücktspielte. ›*Ti menia dostal*‹ war eine seiner liebsten Redensarten, gefolgt von ›*Unbju!*‹. Was mehr oder weniger frei übersetzt bedeutet: Ich habe genug von dir, ich bring dich um!« Matthew lächelte ganz unerwartet, und die Verwandlung, die dieses Lächeln bei ihm bewirkte, verschlug Saskia den Atem. Dieser plötzliche Wechsel von unfreundlich und unscheinbar zu weitaus interessanter veranlasste sie, sich Matthew Gray noch einmal genauer anzuschauen.

Seine Größe, die etwas schlaksige Gestalt mit den leicht hochgezogenen Schultern, das unrasierte Kinn und das hellbraune, dichte, lockige Haar verliehen ihm ein sehr jugendliches Aussehen. Doch seine braunen, ein wenig zusammengekniffenen Augen unter den ebenfalls leicht zusammengezogenen Augenbrauen machten auf Saskia den Eindruck einer wachen Intelligenz, der nichts entging. Er hatte etwas Tiefgründiges, spürte sie, das bisher nur von seiner schlechten Laune der nicht funktionierenden Heizung wegen übertüncht worden war.

Aber vielleicht war es nicht nur der defekte Heizkessel, der ihn verärgert und so unfreundlich hatte erscheinen lassen. Saskia und ihr Vater waren stets darauf bedacht, nicht außer Acht zu lassen, dass sie bei Aufträgen dieser Art damit beauftragt wurden, der Hinterlassenschaft eines verstorbenen Menschen einen konkreten Geldwert zuzuweisen, und das oft ausgerechnet den Dingen, die der am meisten geschätzte Besitz des Verstorbenen gewesen waren. Für einige der Hinterbliebenen, die nach einem Verlust die Hinterlassenschaft zu regeln hatten, war ihre Arbeit oft eine massive Einmischung von außen, ein Salz-in-die-offene-Wunde-ihres Kummers-Streuen.

Eine unerwartete Welle des Mitgefühls für den Mann vor ihr erfasste Saskia, bevor ihr urplötzlich bewusst wurde, dass seine klugen Augen auf sie gerichtet waren. Er beobachtete sie. Verlegen wandte sie schnell das Gesicht ab, bevor er sehen konnte, dass sie errötete.

»Wenn Sie die Heizung nicht in Ordnung bringen können, Matthew, zögern Sie bitte nicht, uns hier Gesellschaft zu leisten«, sagte ihr Vater.

»Danke, aber dazu wird es hoffentlich nicht kommen.« Dann verzog er das Gesicht. »Entschuldigen Sie«, erwiderte er schnell, »das war schlecht ausgedrückt. Ich meinte, dass ich die Heizung hoffentlich in Gang bringen kann. Ich wollte damit nicht sagen, dass ich nicht mit Ihnen im selben Zimmer sein möchte.«

»Kein Problem«, erwiderte Ralph lachend und griff nach dem kleinen Kännchen auf dem Tablett, um Milch in die Becher mit dem Kaffee zu geben. Dann reichte er Saskia einen und nahm sich selbst den anderen.

Als sie allein waren, bemerkte Saskia leise: »Er ist nicht gerade der Unbekümmertste, nicht?«

Ihr Vater sah sie über den Rand seines Bechers hinweg an und sagte: »Er hat sehr viel um die Ohren, glaube ich. Ich bedaure ihn.«

»Ich auch«, stimmte Saskia schnell zu, weil ihr sehr wohl bewusst war, dass die Worte ihres Vaters eine sanfte Ermahnung waren. »Natürlich bedaure ich ihn … unter den gegebenen Umständen.«

Ihr Vater lächelte. »Und nun komm und lass uns mit der Arbeit anfangen, deretwegen wir hier sind! Du beginnst mit diesem Ende des Raumes und ich mit dem anderen.«

Saskia trank einen Schluck Kaffee und ließ seine Bemerkung unkommentiert, weil sie nur allzu gut wusste, worauf ihr Vater hinauswollte. Ihre vorschnellen Beurteilungen waren etwas, das sie von Grandpa O. übernommen hatte. Zu ihrer Verteidigung musste allerdings gesagt werden, dass sie fast immer richtiglag, was erste Eindrücke anging; es war halt nur so, dass sie sich sehr zur Genugtuung ihrer Familie gelegentlich auch als falsch erwiesen.

Im Geiste krempelte sie die Ärmel hoch, um sich an die Arbeit zu machen. Ihr iPad in der Hand, um die nötigen Einzelheiten festzuhalten, ging sie zu dem Regal links neben dem Kamin hinüber. Ihr Vater war am anderen Ende des Raumes schon in ein dickes, ledergebundenes Buch vertieft.

Im Allgemeinen besaß ein hoher Prozentsatz der durchschnittlichen Büchersammlungen überhaupt keinen Wert, und Saskia brauchte nicht sehr lange, um den Inhalt der unteren Fächer als Ware einzustufen, die sie im Laden zu einem Preis von fünf bis zehn Pfund verkaufen könnten. Es befanden sich eine Menge Biografien unter den Büchern, die von Richard II. zu Elizabeth I. und von Napoleon zu Lord Mountbatten und Montgomery reichten. Unter den Tagebuchschreibern waren Samuel Pepys und Dr. Johnson, aber es gab auch politische Aufzeichnungen und Memoiren von Kissinger, Benn, Thatcher, Blair, Bush und Clinton oder, anders ausgedrückt, den üblichen Verdächtigen. Je höher die Fächer jedoch lagen, desto größer war auch der Wert der Bücher, die Saskia darin fand. Beispielsweise einen ganzen Posten Erstauflagen – Evelyn Waugh, H. E. Bates, Joseph Conrad, Ernest Hemingway, John Buchan und P. G. Wodehouse –, deren Schutzumschläge alle noch in erstklassigem Zustand waren. Saskia lächelte. Die meisten Leute waren sich der Bedeutung des Schutzumschlages nicht bewusst, doch für viele Sammler war er das wichtigste Element. Das oberste Fach war einer Reihe großer Dichter gewidmet – Keats, Shelley, Byron, Tennyson, Wordsworth und Blake. Dies waren sehr schöne Ausgaben – ledergebunden, goldgerändert und ebenfalls in hervorragendem Zustand mit minimalen Abschürfungen an den Ecken der Buchdeckel.

Am anderen Ende des Raumes hörte sie ihren Vater einen lang gezogenen Pfiff ausstoßen.

»Was hast du gefunden?«, fragte sie.

»*Die Abenteuer von Sherlock Holmes* und *Die Memoiren von Sherlock Holmes*, in zwei Bänden und herausgegeben von George Newnes, 1892 und 1894. Beides Erstausgaben.«

Saskia ging hinüber, um einen Blick darauf zu werfen. Ihr Vater reichte ihr eins der beiden Bücher. Die Buchdeckel und der Rücken waren mit hellblauem, mit Bilderschmuck versehenem Stoff bezogen. Bei einem vorsichtigen Umblättern der Seiten zeigte sich, dass das Papier nur sehr wenige und leichte Stockflecken aufwies.

»Es ist sogar eine ausgefütterte Solander-Box dabei«, berichtete ihr Vater. »Die letzte dieser Klappkassetten in Buchform, die ich sah, brachte über zwölftausend Pfund ein. Ich würde sagen, dass unser Professor Jacob Belinsky ein höchst detaillierter Sammler war. Darüber hinaus können wir wohl mit Sicherheit sagen, dass dies hier nur die Spitze des Eisbergs ist.« Er deutete auf die verglasten Bücherschränke. »Weiß der Himmel, was für Schätze dort unter Verschluss gehalten werden.«

»Ich habe schlechte Neuigkeiten, fürchte ich.«

Beide drehten sich zu Matthew Gray um, der in der Tür erschienen war. »Keine Chance, was die Heizung angeht«, sagte er. »Ich habe schon nach einem Heizungstechniker telefoniert, doch es scheint keiner verfügbar zu sein, sie sind alle schwer beschäftigt. Wenn es Sie also nicht stört, werde ich hier drinnen mit meiner Arbeit weitermachen.« Er zeigte auf seinen Laptop auf dem kleinen Tisch neben dem Sessel. Als er die Bücher bemerkte, die sie in den Händen hielten, fragte er: »Haben Sie etwas Interessantes gefunden?«

Saskia überließ ihrem Vater die Erklärungen und ging zu ihrem Ende der Bibliothek zurück. »Sind Sie sicher?«, hörte sie Matthew Gray sagen, als er erfuhr, was die beiden Bücher bei einem Verkauf einbringen könnten. »Aber Jacob ließ sie mich sogar lesen, als ich ein Teenager war.«

»Dann verließ er sich offenbar darauf, dass Sie achtsam damit umgingen«, gab Ralph zurück.

»Er sagte immer, Bücher seien dazu da, gelesen zu werden und Freude zu bereiten, und nicht, um weggeschlossen zu werden, und er hat nie von ihrem Wert gesprochen. Ich weiß, dass einige Sammler Bücher ihres Anlagepotenzials wegen kaufen, aber so war Jacob nicht. Ihm ging es um das Vergnügen, ein gutes Buch zu lesen, besonders eine sehr schöne Ausgabe eines Werks. Allerdings hat er mir von klein auf eingetrichtert, sie mit Respekt zu behandeln, nicht die Ecken umzuknicken und auf gar keinen Fall den Buchrücken zu zerbrechen, nicht einmal bei einem billigen Taschenbuch.«

»Womit er vollkommen recht gehabt hat«, mischte sich nun Saskia ein, die alles, was sie hörte, billigte.

Ihr Vater lächelte. »Saskias Stärke ist das Restaurieren von Büchern, weswegen sie bei ihrer Arbeit viel Vernachlässigung und Missbrauch sieht.«

Matthew Gray wollte gerade etwas erwidern, als in seiner Gesäßtasche ein Mobiltelefon klingelte und er es schnell herauszog. »Entschuldigung«, sagte er. »Mit ein bisschen Glück ist es vielleicht doch noch jemand, der herkommen und die Heizung reparieren kann.«

Doch die Hoffnung erfüllte sich nicht. »Nichts zu machen«, sagte er ein paar Minuten später. »Nicht bis morgen, wenn ich schon wieder in Cambridge bin.« Er seufzte, und seine Enttäuschung war ihm deutlich anzusehen. »Es ist immer irgendwas, nicht wahr?«

Die Stunden vergingen, während Matthew sich mit seinem Laptop beschäftigte und tat, was immer er zu tun hatte, und gleichzeitig das Kaminfeuer in Gang hielt. Er brachte Saskia und ihrem Vater auch noch mehr Kaffee und Plätzchen und ein paar Schinken-Sandwichs zum Lunch. Die meiste Zeit arbeiteten die drei in kameradschaftlichem Schweigen, und das einzige Geräusch in der Bibliothek war das Knistern und Knacken der Holzscheite im Kamin.

Um fünf Uhr machte Saskias Vater Schluss für diesen Tag. Sie packten gerade ihre Sachen ein, als Ralph plötzlich sagte:

»Falls Sie nicht sofort nach Cambridge zurückfahren, Matthew, warum kommen Sie dann heute Abend nicht zu uns zum Essen? Ich kann Ihnen eine gut funktionierende Heizung und ein warmes Haus versprechen. Ganz zu schweigen von Brathuhn und Apfelstreusel, zubereitet von meinem Schwiegervater, der ein hervorragender Koch ist.«

Saskia wusste nicht, wer überraschter von dem Vorschlag war, sie selbst oder Matthew. Ihr Vater schien ihn also wirklich zu bedauern. Oder steckt vielleicht doch mehr dahinter?, fragte sie sich plötzlich. Etwas, woran sie nicht einmal denken durfte?

Kapitel 13

Nachdem Matthew sich in der zunehmenden Abenddämmerung von Ralph und Saskia Granger verabschiedet hatte, bereute er seine Ablehnung der unerwarteten Einladung fast augenblicklich. Ein warmes Haus und ein köstliches Abendessen erschienen ihm plötzlich wie eine sehr gute Idee.

Aber Saskias Gesichtsausdruck hatte ihn abgeschreckt. Offenbar hatte sie das Zusammensein mit ihm nicht länger als nötig ausdehnen wollen – was er ihr nicht einmal verübeln konnte, da er heute nicht gerade die angenehmste Gesellschaft gewesen war. In einem eisig kalten Haus zu erwachen war kein guter Start für einen neuen Tag gewesen. Und dass der verdammte Heizkessel auf seine wiederholten Versuche, ihn ans Laufen zu bringen, nicht reagierte, hatte natürlich auch nicht zur Verbesserung seiner Laune beigetragen. Während eines schnellen Frühstücks in der Bibliothek hatte er sich um das Feuer dort gekümmert und gerade einen Korb mit Holz hereingeschleppt, als Ralph und seine Tochter vor der Tür erschienen waren und ihn vollkommen überrumpelt hatten. Und so war er natürlich auch kein allzu aufgeschlossener Gastgeber gewesen.

Er hatte gehofft, seine Gereiztheit im Laufe des Tages zumindest halbwegs wiedergutgemacht zu haben, doch Saskias Gesichtsausdruck, als Ralph von einem gemeinsamen Abendessen sprach, besagte etwas anderes. Was schade war, weil Matthew sie eigentlich ganz gern mochte. Sie wirkte auf ihn ein bisschen reserviert, aber auch auf interessante Weise sehr speziell. Er hätte gern mehr über ihre Arbeit als Buchrestauratorin erfahren, die er sich als sehr bereichernde Tätigkeit vorstellte.

Während er in der Bibliothek gearbeitet hatte, um sich auf den morgigen Tag bei Gericht vorzubereiten, hatte er reichlich Gelegenheit gehabt, sie zu beobachten, und die meiste Zeit war ihr Gesichtsausdruck hoch konzentriert gewesen. Manchmal war ihm auch eine schon fast unnatürliche Regungslosigkeit bei ihr aufgefallen, während der ihre Augen das Einzige waren, was sich an ihr bewegte. Durch ihr langes Haar, das wie ein Vorhang ihr Gesicht verdeckte, wenn sie sich vorbeugte, hatte er hin und wieder einen Blick auf ein erfreutes, anerkennendes Lächeln ergattern können, wenn sie sich ein bestimmtes Buch ansah. Er hatte auch bemerkt, wie behutsam sie mit den Büchern umging. Sie tat es nie mit Eile, sondern nahm sich Zeit für sie und behandelte sie so liebevoll wie eine Mutter ihr neugeborenes Kind. Das gefiel ihm an ihr.

Als Matthew das Kaminfeuer löschte und seine Sachen packte, kam er zu dem Schluss, dass Jacob eine sehr gute Wahl getroffen hatte, als er verfügt hatte, Ralph Granger mit der Schätzung seiner Büchersammlung zu beauftragen.

Auf dem Weg zurück nach Cambridge dachte Matthew darüber nach, wie viel er von Jacob übernommen hatte, nicht in finanzieller Hinsicht, sondern was seine Persönlichkeit anging. Wie oft hatte Jacob sich von den kleinen Dingen im Leben unterkriegen lassen – er hätte stundenlang über den Heizkessel gewettert, wenn er noch hier gewesen wäre –, und Matthew wusste, dass auch er oft dazu neigte, auf die gleiche Art zu reagieren.

Genetisch hatte er natürlich nichts von Jacob, doch er war überzeugt davon, dass so manches von ihm auf ihn abgefärbt hatte, wie beispielsweise Jacobs Angewohnheit, stets ganz unverblümt zu sagen, was er dachte, weil er weder Zeit noch Lust hatte, wie er sich auszudrücken pflegte, lange um Dinge herumzureden, die ausgesprochen werden mussten.

Matthew war genauso, und seine Offenheit hatte ihm schon des Öfteren Ärger bei der Arbeit eingebracht, gewöhnlich, wenn er genug davon hatte, höflich zu jemandem zu sein, der älter war als er, aber zufällig auch ein absoluter Blödmann war. Ihm war nur allzu gut bewusst, dass seine Direktheit ihm letzten Endes jede Chance verderben würde, in dem Wirtschaftsprüfungsunternehmen, bei dem er arbeitete, zum Partner ernannt zu werden. Doch er wagte zu bezweifeln, dass er sich das jemals wünschen würde. Außerdem war er wie Jacob kein Teamplayer; er wollte lieber in Ruhe gelassen werden, um mit seiner jeweiligen Aufgabe voranzukommen.

Das Gute war, dass seine Konzentration und Sachlichkeit ihm zum Vorteil gereichten, wenn er als Sachverständiger vor Gericht aussagen musste, weil sie ihn dazu befähigten, alle Fakten klar und folgerichtig vorzutragen. Bis heute hatte kein klugschwätzerischer Anwalt es je geschafft, ihn aus dem Konzept zu bringen oder bloßzustellen.

Zweifellos war die Erfahrung, einen solch außergewöhnlichen Mentor zu haben, der Kernpunkt von Matthews Bildung und Ambition gewesen und hatte ihn dazu angespornt, seine Ziele unter allen Umständen zu erreichen. Ohne Jacobs Beitrag zu seiner Erziehung hätte er sich vielleicht nicht ganz so sehr darum bemüht.

Nachdem Matthew von Jacob eine überdurchschnittliche Intelligenz bescheinigt worden war, hatte der Professor sich bereit erklärt, eine Privatschule für ihn zu bezahlen, auf der er individuellere Aufmerksamkeit erhalten und mehr gefordert werden würde. Doch obwohl seiner Mutter sehr daran lag, dass Matthew gut in der Schule war, hatte sie ein Machtwort gesprochen und darauf bestanden, dass die örtliche Schule gut genug für ihren Jungen war. April Gray gab sogar ganz offen zu, dass sie ihn nicht fern von sich erziehen lassen wollte. Matthews Antwort darauf war, dass er die Schule am liebsten ganz abbrechen würde, um sich von Jacob zu Hause unterrichten zu lassen. Seine Mutter hatte ihn ebenso kurz abgefertigt und gesagt, er solle nicht albern sein. »Und wie willst du Gleichaltrige kennenlernen und Freundschaften schließen?«, hatte sie wissen wollen. »Ich lasse dich nicht zu einem exzentrischen Einsiedler wie Professor Belinsky werden!«

Die arme Mum! Ihr war gar nicht klar gewesen, dass er in der Schule ohnehin schon für einen Exzentriker gehalten wurde. Er war der Spinner, der Sonderling. Dann erzählte ein Lehrer bei einem denkwürdigen Elternabend Mum von seiner Theorie, dass ihr Sohn autistisch sein könnte, und fragte, ob sie schon daran gedacht habe, ihn daraufhin untersuchen zu lassen. Es war ein Vorschlag, der sie wie ein Fausthieb in den Magen traf. Sie war zutiefst empört und verlangte, dass die Beschuldigung sofort zurückgenommen wurde! Ihrem Sohn würde kein Etikett angehängt werden, dass ihn ihrer Meinung nach ein Leben lang benachteiligen würde!

Matthew hatte die ganze Aufregung nicht verstehen können. Er wusste, dass sich sein Anderssein nicht leugnen ließ – er war nun mal der Große, Schlaksige, der eine Brille trug und immer in der Ecke saß, die Nase in einem Buch vergraben; der Pedant, der von den kleinsten und scheinbar unwichtigsten Details besessen war und keine Angst hatte, diejenigen, die etwas falsch verstanden, zu berichtigen. Was für ein Blödmann er damals gewesen sein musste!

Er war auch derjenige, der erbärmlich unbrauchbar in allem war, was Auge-Hand-Koordination erforderte, wodurch so gut wie ausgeschlossen war, dass er irgendwelche Befähigungen auf sportlichem Gebiet besaß. Doch Anerkennung von seinen Schulkameraden zu erlangen war ihm nie wichtig gewesen. Auch an Freundschaften mit ihnen war er nicht besonders interessiert gewesen. Ihm war bewusst, dass diese ein Minenfeld aus Komplikationen waren, auf das er sich wirklich nicht begeben musste. Laura war allerdings eine Ausnahme, und er war überzeugt davon, das könne nur daran liegen, dass sie ihn außerhalb der Schulumgebung und ohne den Gruppenzwang kannte, dem die anderen Schüler unterlagen und der gewissermaßen vorgab, wie sie Matthew behandeln sollte. Laura und er hatten einander einfach nur kritiklos angenommen.

Matthew hatte sich nicht bewusst bemüht, in der Schule als ungesellig zu erscheinen, aber die Wahrheit war, dass er einfach nicht dort hinpasste und die Leute keinen Umgang mit ihm haben wollten, weil sie befürchteten, dass sie dadurch in ein schlechtes Licht geraten könnten. Das Erstaunliche war, dass er nicht tyrannisiert wurde – oder zumindest nicht sehr –, doch vielleicht war er ihnen die Mühe ja auch gar nicht wert.

Die Dinge änderten sich, wie Jacob ganz richtig vorhergesagt hatte, als Matthew nach Cambridge ging. Dort, und mithilfe der relativen Anonymität, fand er jede Menge gesellschaftlicher Außenseiter wie sich selbst und entdeckte, dass Anderssein nicht nur durchaus akzeptabel war, sondern es sogar als etwas viel Schlimmeres betrachtet wurde, einfach nur normal zu sein. Und in Cambridge war es, wo er James, einem Medizinstudenten, begegnete, und in ihrem zweiten Studienjahr bezogen sie ein Haus zusammen.

Alles in allem hatte er eine großartige Kindheit gehabt, und dafür würde er seiner Mutter und Jacob ewig dankbar sein.

Es sei typisch für die Unabhängigen, mit ihrem Los zufrieden zu sein, pflegte Jacob stets zu sagen, und es hatte eine Zeit gegeben, in der Matthew ihm darin nur allzu bereitwillig zugestimmt hätte. Heutzutage war er jedoch der Meinung, dass seine Unabhängigkeit nicht mehr genügte. Ob Jacobs Tod die Ursache seines gestörten Gleichgewichts war oder nicht, konnte er nicht sagen, aber er war nicht mehr zufrieden mit seinem Los, und mit jedem Kilometer, den er sich von Glaskin House entfernte und Cambridge näher kam, verstärkte sich das Gefühl in ihm, dass er in die völlig falsche Richtung fuhr. Diese Empfindung brachte ihm in Erinnerung, was er vergangene Nacht gedacht hatte – dass er in seinem Leben einen Wendepunkt erreicht hatte.

»Eine Frage, Dad«, hatte Saskia gesagt, sowie sie das Eingangstor von Glaskin House passiert hatten. »Was ist bloß in dich gefahren? In all den Jahren, seit du Schätzungen vornimmst, hast du noch nie, *niemals* den Erben, Kunden, Klienten oder wie du ihn auch nennen willst, zum Abendessen eingeladen. Warum also diesen?«

»Warum nicht diesen?« Ralph hatte sofort gewusst, dass Saskia seine Motive hinterfragen würde, als er Matthew eingeladen hatte.

»Weil ich den Verdacht habe, dass du etwas im Schilde führst.«

»Was? Darf ich kein Mitgefühl mit jemandem empfinden, ohne gleich etwas im Schilde zu führen? Also wirklich, Saskia!«

»Dass Matthew Gray dir leidtut, bezweifle ich nicht«, hatte sie erwidert, »aber ihn zum Essen einzuladen ist … ist etwas völlig anderes.«

»Ich dachte nur, da er doch ganz allein in diesem eisig kalten Haus festsitzt, wären eine schöne warme Mahlzeit und ein bisschen nette Gesellschaft nicht verkehrt.«

»Na, dann gib mir Bescheid, wenn wir ins Essen-auf-Rädern-Geschäft einsteigen, ja?«

Nach längerem Schweigen und nur noch ein paar Kilometer von zu Hause entfernt, riskierte Ralph einen Blick auf seine Tochter und versuchte, das Gespräch wieder aufzunehmen.

»Gab es irgendetwas Bestimmtes an Matthew, das dir nicht gefallen hat, Saskia?«

Sie runzelte die Stirn. »Was genau willst du eigentlich von mir wissen, Dad?«

Er schluckte nervös, weil er wusste, dass er sich auf ein gefährliches Terrain begab. Unklugerweise fuhr er jedoch trotzdem fort: »Ich dachte ganz ehrlich, dass ihr beide vielleicht … na ja, du weißt schon … dass ihr möglicherweise …« Jetzt fehlten ihm die Worte. Es war gut und schön, darüber nachzudenken, doch eine völlig andere Sache, es laut auszusprechen.

»Ich wusste es!«, rief Saskia aus. »Du hast versucht, mich zu verkuppeln! Das ist … *ungeheuerlich*, Dad!«

»Er ist ein anständiger junger Mann, Saskia, alleinstehend, etwa in deinem Alter, gut aussehend und intelligent. Warum sollte ich ihn also nicht für beziehungswürdig halten?«

Saskia zuckte sichtlich zusammen. »Beziehungswürdig?«, wiederholte sie erschaudernd. »*Beziehungs*würdig? Was ist das für ein Ausdruck?«

»Ein durchaus vernünftiger für mein Dafürhalten«, entgegnete Ralph verteidigend, obwohl er jetzt sogar sich selbst fragte, woher er diesen Ausdruck hatte. »So wie auch Matthew Gray ein durchaus vernünftiger junger Mann ist.«

»Dann gibst du also zu, dass du versucht hast, mich mit ihm zusammenzubringen?«

»Nicht wirklich, Saskia.«

Sie schnaubte ungläubig. »Hm … falls ich mal einen Kuppler brauchen sollte, gebe ich dir Bescheid. Oder, besser noch, ich revanchiere mich und bringe *dich* mit jemand völlig Unpassendem zusammen. Dann werden wir ja sehen, wie dir das gefällt.«

»Hast du an jemand Bestimmtes für mich gedacht?«, fragte er nach langem Schweigen.

»Ja«, sagte Saskia. »Diese schreckliche Frau, die schon seit

Ewigkeiten auf dich steht. Die mit dem rot gefärbten Haar, die immer nach Eau de Gin riecht, wenn sie in den Laden kommt und fragt, ob du auch erotische Romane hast.«

Ralph lachte, froh, dass Saskia sich damit begnügte, ihm mit der Frau zu drohen, die sie unter sich als »Nympho-Lil« bezeichneten. Genau wie er selbst konnte auch Saskia niemandem sehr lange böse sein. »Es tut mir leid«, sagte er. »Aber ich versichere dir, dass ich wirklich keine Hintergedanken hatte, als ich dich bat, mir bei der Schätzung zu helfen. Erst als wir dort im Haus waren, kam mir der Gedanke, dass ihr beide euch vielleicht gut verstehen würdet. Was mochtest du denn eigentlich nicht an ihm?«

»Es ist nicht so, dass ich ihn nicht mag.« Sie zuckte mit den Schultern. »Er wirkte nur so verkrampft auf mich. Und vergiss nicht, dass er in Trauer ist, was bedeutet, dass er mit seinem Kopf noch ganz woanders ist und daher im Moment wohl auch nicht in der Lage, sich auf jemand Neues einzulassen. Also mal im Ernst, Dad, mach dir keine dummen Gedanken mehr, ja? Mir gefällt mein Leben, wie es ist. Und ihm das seine wahrscheinlich auch, nehme ich an.«

Aber Ralph machte sich sehr wohl Gedanken. Viele sogar, wenn er ehrlich sein sollte. Seine größte Furcht war, dass Saskia der gleiche Fehler unterlaufen würde wie einst ihm selbst und dass sie sich die Chance versagen würde, das Leben zu führen, das sie verdiente, nur um den gegenwärtigen Zustand auf Ashcombe aufrechtzuerhalten.

Kapitel 14

April 1943

Ich beendete gerade mein Mittagessen in der Kantine, als ich in eine anhaltende und hitzige Debatte über den vor ein paar Wochen in den USA verstorbenen Rachmaninow hineingezogen wurde. Chatterton-Jones hatte die Hypothese aufgestellt, dass Rachmaninow weiterhin musikalische Werke auf höchstem Niveau geschaffen hätte, wenn er in Russland geblieben wäre. Durch seinen Umzug nach Amerika habe er jedoch seine künstlerische Integrität verloren.

Es war eine jener sinnlosen Diskussionen, bei der wir uns alle genötigt sahen, zu Wort zu kommen, die jedoch, wie vorherzusehen war, mit keinem zufriedenstellenden Ergebnis endete. Aber sie bot uns immerhin eine vorübergehende Ablenkung von der schrecklichen Gewissheit, dass es uns immer noch nicht gelang, wesentlich mehr Menschenleben im Nordatlantik zu retten. Was uns bei Verstand hielt, war das Wissen, dass wir nach und nach Fortschritte machten und an Boden gewannen gegen die ständige Bedrohung der Alliierten durch die deutschen U-Boote. Leider war das jedoch nur ein schwacher Trost in Anbetracht so vieler Toter.

Was mich auf einer viel persönlicheren Ebene bewegte, waren die grauenvollen Berichte über die systematische Ermordung der Warschauer Juden durch Hitlers SS. Es wurde als regelrechtes Massaker bezeichnet, und ich wusste, dass meine Großmutter, die eifrig die Nachrichten im Radio verfolgte, verzweifelt und zutiefst betrübt sein würde. Sie und mein Großvater waren aus Angst um ihr Leben aus Russland geflohen, und nun gab es einen noch weitaus rücksichtsloseren Feind, den sie fürchten mussten.

Ich war auf dem Weg zurück zur Hütte 8 und ein wenig hinter den anderen zurückgeblieben, die ein neues Diskussionsthema gefunden hatten, als ich ein Gesicht entdeckte, von dem ich nicht erwartet hatte, es je wieder zu sehen. Zu meiner Überraschung – denn immerhin waren fast zwei Wochen vergangen, seit wir uns in dem Zug begegnet waren – erkannte sie mich augenblicklich. Sie löste sich von einer Gruppe von *Wrens*, wie die weiblichen Marine-Angehörigen genannt wurden, winkte und kam auf mich zu. Sofort ergriff mich Panik. Was konnte ich ihr sagen? Es war strengstens verboten, über die Natur unserer Beschäftigung hier im Park zu sprechen. Und was, wenn sie als blutige, naive Anfängerin diese Regel brach?

»Wie war das Mittagessen?«, fragte sie. »Ich bin gerade auf dem Weg dorthin.« Sie sprach mit mir, als wären wir alte Freunde.

»Sogar noch widerlicher als gewöhnlich«, antwortete ich. »Ich glaube, es war Walfleisch. Aber beschwören würde ich es nicht. Es könnte sogar noch etwas Schlimmeres gewesen sein.«

Sie rümpfte die hübsche Nase. »Jetzt wünschte ich, ich hätte nicht gefragt. Gehen Sie zu dem Konzert heute Abend?«

Es war ebendieses Konzert, das die hitzige Debatte beim Mittagessen ausgelöst hatte. Ich hatte nicht vorgehabt, dort hinzugehen, da mein einziger Gedanke nach Schichtende gewöhnlich war, so schnell wie möglich heimzugehen und nichts anderes mehr zu tun, als zu schlafen. Außerdem hatte ich seit drei Tagen heftige Kopfschmerzen, und jeder Zentimeter meines Körpers fühlte sich vor Erschöpfung wie zerschlagen an.

»Wie ich hörte, ist das Orchester hier recht gut«, fuhr sie fort,

»und eine Kollegin von mir ist ein Mitglied dort und spielt die Geige. Mögen Sie Rachmaninow?«

»Ja«, erwiderte ich.

Sie lächelte. »Dann sehen wir uns heute Abend dort. Tschüss! Bis dann.«

Sie hob die Hand zu einem flotten Abschiedsgruß und eilte zu den Marine-Soldatinnen zurück, die in Richtung Kantine weitergegangen waren.

Als ich die Hütte betrat, füllte Chatterton-Jones schon seine Pfeife in Vorbereitung auf die Wiederaufnahme der Arbeit. Er behauptete, er könne sich nicht konzentrieren, wenn er sie nicht rauchte. »Wer war die Frau, mit der du gerade gesprochen hast?«, wollte er wissen.

Ich zuckte mit den Schultern und erwiderte wahrheitsgemäß, ich hätte keine Ahnung. »Ich bin ihr vor ein paar Wochen im Zug hierher begegnet.«

»Hübsches Mädchen«, sagte er in seiner trägen, gedehnten Sprechweise und steckte sich die Pfeife in den Mund. Dann zündete er ein Streichholz an, hielt die Flamme an den fest gestopften Tabak und sog eifrig daran. Es waren ein paar Versuche nötig, um das Ding in Gang zu bringen, aber als er es geschafft hatte, sah er mich durch eine dichte Wolke übel riechenden blauen Tabakrauchs an. »Ich würde nicht Nein sagen, wenn du mich ihr vorstellen wolltest. Sie ist neu hier, nicht? Ich muss allerdings sagen, dass sie mir bekannt vorkommt, ich weiß bloß nicht, wo ich sie unterbringen soll.«

Das überrascht mich nicht, dachte ich. Der Kerl kannte wahrscheinlich viel zu viele Mädchen, um sich in allen Einzelheiten an sie zu erinnern.

Der für seine Schwäche für das andere Geschlecht bekannte Charles Chatterton-Jones hatte sich schon einen ziemlichen Ruf im Park erworben. Dieser große, sportliche Mann, der zwei Jahre älter war als ich und einen lässigen, unbefangenen Charme versprühte, war mir nicht ganz unbekannt aus meiner Zeit in Cambridge, wo er der Mannschaftskapitän des College-Ruderclubs gewesen war. Hier in Bletchley war er für sein ausgeprägtes Wettbewerbsdenken auf dem Tennisplatz – und außerhalb davon – bekannt. Er war auch ein regelmäßiger Besucher des Schottischen Tanzvereins sowie verschiedener anderer Clubs und Vereine, die ihm alle Zugang zu beliebig vielen Frauen boten.

War man interessiert daran und hatte die Energie und Lust dazu, konnte man im Park ein sehr aktives gesellschaftliches Leben führen, was Chatterton-Jones natürlich auch tat. Als jemand, für den die Redewendung »die Kerze an beiden Enden anzünden« quasi erfunden worden war, besaß er das enorme Selbstbewusstsein eines Mannes, der mit unumstößlicher Überzeugung wusste, dass er verheerend attraktiv war für das weibliche Geschlecht. Aus irgendeinem Grund brachten seine allzu selbstsichere Art, sein souveränes Auftreten und die Tatsache, dass er sogar mit einer Cordhose, einem Shetland-Pullover und einem locker umgebundenen Schal noch wie ein Filmstar aussah, mich im Augenblick derart auf die Palme, dass ich ihm am liebsten eine reingehauen hätte.

Stattdessen zog ich nur schweigend mein schäbiges, formloses Tweed-Jackett aus, ließ mich zielstrebig an meinem Schreibtisch nieder und verfluchte im Geiste das selbstgefällige Anspruchsdenken dieses unerträglichen Mannes, das mit seiner Gesellschaftsschicht und Herkunft einherging, mich jedoch maßlos irritierte und stets das Schlimmste in mir hervorbrachte. Wohl wissend, dass er mich beobachtete und auf eine Antwort wartete, murmelte ich: »Ich glaube nicht, dass du mich brauchst, um dich mit ihr bekannt zu machen.«

Erhitzt und verschwitzt vom Fahrradfahren, kehrte ich am selben Abend nur ein paar Minuten vor Beginn des Konzerts nach Bletchley Park zurück.

Ungeachtet dessen, wie müde und erschöpft ich war, hatte ich doch den vorschnellen Entschluss gefasst, zu dem Konzert zu gehen, und nachdem ich mich dazu entschieden hatte, war ich zu meinem Quartier auf der Peck Street heimgeradelt, um mich zu waschen und umzuziehen. Ich war in dem Glauben aufgezogen worden, dass eine gründliche Wäsche und ein sauberes Hemd zwei der wichtigsten Dinge im Leben waren. Noch wichtiger als das waren jedoch ein anständiger Haarschnitt und ein gut gestutzter Bart, und es verstand sich von selbst, dass ich beides dank des Familiengeschäftes hatte.

Kaum war ich aus dem Badezimmer gekommen, wo ich mich mit kaltem Wasser hatte begnügen müssen, weil das heiße von meiner Vermieterin streng rationiert wurde, war die mit einer Kittelschürze bekleidete Frau sogleich über mich hergefallen. Für eine Ewigkeit hielt sie mich mit Gerede über etwas so Unwichtiges auf, dass ich mich nicht mal mehr erinnere, was es war – oder höchstens, dass sie sich über irgendetwas oder irgendjemanden beschwerte. Wahrscheinlich über mich. Dann zuckten ihre Nasenflügel, und sie schwenkte eine ihrer fetten weißen Hände in der Luft. »Was ist das für ein Geruch?«, wollte sie wissen. Um nicht zugeben zu müssen, dass ich etwas von dem kostbaren Rasierwasser benutzt hatte, das meine Großmutter mir im vergangenen Jahr zu Weihnachten geschenkt hatte, behauptete ich, gar nichts zu riechen, worauf Mrs. Pridmores Nasenflügel wieder zuckten. »Für mich riecht es wie etwas Ausländisches«, stellte sie angewidert fest. Meine Vermieterin betrachtete die Benutzung alles Ausländischen als das frevelhafteste Verbrechen, und ich wusste nur zu gut, dass sie mich genau dieses Vergehens verdächtigte.

Weil sie es nicht gewohnt war, dass ich an einem Abend hereingeschneit kam und kurz darauf wieder verschwinden wollte, hatte sie dann wissen wollen, wann ich vorhatte zurückzukehren. »Es wird nicht allzu spät werden«, erwiderte ich mit der Sicherheit eines Menschen, der wusste, wie vergeblich seine Bemühungen waren.

Das abendliche Unterhaltungsprogramm hatte so viele Menschen angelockt, dass es keine Sitzplätze mehr gab, als ich in den Ballsaal kam. Und so drängte ich mich durch die lärmende Menge, suchte mir einen Platz am Rande – meiner üblichen Position im Leben – und kam mir wie ein unbedeutendes, im Universum herumirrendes Pünktchen vor, als ich im Publikum *Das Mädchen aus dem Zug* suchte, wie ich sie bei mir nannte.

Doch nirgends war etwas von ihr zu sehen, und Enttäuschung und die völlige Absurdität meiner Handlungsweise lösten ein so heftiges Kopfweh bei mir aus, dass mir schließlich sogar übel davon wurde. Was machte ich hier? Was hatte mich dazu getrieben, etwas so Widersinniges und Untypisches für mich zu tun? Ein paar Worte von einem hübschen Mädchen, und schon war mir jedes Fünkchen meines gesunden Menschenverstandes abhandengekommen.

Trotzdem wusste ich, dass ich mir die Mühe gemacht hatte zu kommen, weil ich sie wiedersehen wollte. Ich wollte mehr über sie erfahren oder zumindest ihren Namen wissen. Es hatte mir gefallen, dass sie am Mittag so nett gewesen war, mich zu begrüßen und mit mir zu reden. Und ganz besonders gefreut hatte mich, dass unser kleines Gespräch von Chatterton-Jones nicht unbemerkt geblieben war, der höchstwahrscheinlich angenommen hatte, dass sie unerreichbar für mich war.

Als Enkel eines russisch-jüdischen Friseurs war mir klar, dass ich niemals so wie die Chatterton-Jones' dieser Welt sein würde, aber ich hatte sehr wohl ein Mindestmaß an Kampfgeist in mir.

Vielleicht war es das, was mich heute Abend hierhergeführt hatte, um Chatterton-Jones und mir selbst zu beweisen, dass ich nicht gänzlich unattraktiv für das andere Geschlecht war.

Doch was ich gerade eben, eine Viertelstunde nach Beginn des Konzerts bewies, war, dass dies der letzte Ort war, an dem ich sein sollte. Ich hätte bei Mrs. Pridmore bleiben sollen, mich auf meinem Bett ausstrecken und mich ausruhen sollen. Egal, wie sehr ich Rachmaninow auch mochte, die Musik war keine Hilfe. Im Grunde konnte ich sogar kaum erkennen, was das Orchester spielte, so schlecht fühlte ich mich. Aus Angst vor einer furchtbaren Blamage, falls ich womöglich noch in Ohnmacht fiel, sagte ich mir, dass ich so schnell wie möglich von hier verschwinden musste. Ich schaffte es gerade noch, einen geeigneten Moment abzuwarten, in dem das Publikum in donnernden Applaus ausbrach, und drängte mich dann durch die Menge zur Tür, um ins Freie zu gelangen. Ich hatte die Tür schon fast erreicht, als ich eine Hand auf meinem Arm spürte. In meiner Eile zu entkommen ignorierte ich sie jedoch und hastete weiter, ohne darauf zu achten, an wem ich mich so grob vorbeidrängte.

Es war nicht das erste Mal, dass ich unter dieser Art von Übelkeit litt; der ständige Druck, unter dem wir standen, war die Ursache dafür. Einige konnten besser damit umgehen, aber ich kannte auch Männer, die unter der Belastung regelrecht durchgedreht waren. Erst letzte Woche war der alte Sykes in der Hütte zusammengebrochen und von den Sanitätern hinausgetragen worden. Man hatte uns mitgeteilt, er »erhole sich« nun.

Sowie ich draußen war, blieb ich stehen und atmete ein paarmal tief die kühle Abendluft ein.

»Ist alles in Ordnung mit Ihnen?«

Ich drehte mich beim Klang der Stimme um – und da war es, das Mädchen aus dem Zug.

Ich fühlte mich außerstande, etwas zu sagen. Zu sehr war ich von der Furcht beherrscht, mich zu erbrechen, und das auch noch direkt vor ihr. Eine Hand vor den Mund gepresst und in der Hoffnung, dass sie mich in Ruhe lassen würde, verschwand ich im Abenddunkel, wo ich mich prompt hinter dem nächsten Strauch erbrach. Der Anfall war ein so heftiger, dass sich die abstoßenden Geräusche, die ich machte, nicht verbergen ließen, und während sich mir der Magen umdrehte und ich nach Luft schnappte, spürte ich, wie mir am ganzen Körper der kalte Schweiß ausbrach. Aus Angst, das Bewusstsein zu verlieren, kämpfte ich gegen den Schwindel an, der mich nahezu in die Knie zwang. Atme!, sagte ich mir. *Atme!*

Schließlich verging die Übelkeit. Froh, dass es vorüber war, schloss ich die Augen und wappnete ich mich gegen den Abscheu, den ich nun sicherlich in ihrem Gesicht sehen würde. Vorausgesetzt natürlich, dass sie nicht längst die Flucht ergriffen hatte, um eine solch widerliche Szene nicht mitansehen zu müssen.

»Hier«, hörte ich eine sanfte Stimme im Halbdunkel sagen. »Nehmen Sie das!«

Ich öffnete die Augen, und da war es, das Mädchen aus dem Zug. In ihrer ausgestreckten Hand hielt sie ein Taschentuch, das klein, fein und am Rand mit Spitze besetzt war. »Danke«, murmelte ich, weil meine Dankbarkeit meine Verlegenheit überwog. Doch statt das Taschentuch zu nehmen, zog ich mein eigenes aus der Jackentasche. »Ich würde das Ihre nur sehr ungern ruinieren«, sagte ich und wischte mir den Mund ab. »Es tut mir leid, dass Sie das mitansehen mussten.«

»Seien Sie nicht albern! Ich habe einen Erste-Hilfe-Kurs gemacht und sehr viel Schlimmeres gesehen. Glauben Sie, Sie könnten schon wieder ein paar Schritte gehen?«

Da ich mir des üblen Geruchs hinter mir nur allzu deutlich bewusst war, zwang ich mich, mich zu bewegen. »Danke«, sagte ich, als wir ein wenig Abstand zwischen uns und den Schauplatz meiner furchtbaren Blamage gebracht hatten. »Sie sind sehr freundlich.«

»Reden Sie keinen Unsinn!«

Mit der gleichen Unkompliziertheit und überraschender Kraft ergriff sie meinen Arm und führte mich langsam zu einer Bank mit Ausblick auf den See. »So«, sagte sie, »und wie fühlen Sie sich jetzt?«

»Besser«, gab ich zu. Und das stimmte auch. Das Dröhnen in meinem Kopf hatte aufgehört, und auch der Schwindel hatte nachgelassen. »Aber falls Sie zu dem Konzert zurückgehen möchten, dann denken Sie jetzt bitte nicht, Sie müssten bleiben!«

»Ich bin heute Abend sowieso nur hier, weil ich Sie sehen wollte.«

Ihre Offenheit verblüffte mich. »Warum?«

»Warum nicht? Und Sie hatten übrigens recht heute Mittag; es war tatsächlich Walfleisch, was man uns auftischte, und mit ziemlicher Sicherheit das Widerlichste, was ich je gegessen habe.«

Ein Erschaudern durchlief mich. »Es wäre mir lieber, wenn Sie jetzt nicht von Essen reden würden.«

Sie lachte. »Entschuldigung. Wie dumm von mir! Halten Sie es für möglich, dass Sie sich eine Lebensmittelvergiftung geholt haben?«

»Das bezweifle ich, denn sonst wären auch alle anderen hier krank. Es ist wahrscheinlich nur eine schlimme, durch Müdigkeit verursachte Migräne, denke ich.«

»Daddy leidet auch unter Migräne. Gewöhnlich sind es Unruhe und Sorge, die dazu führen. Er arbeitet im Außenministerium. Dort war ich auch, bevor mir der Vorschlag gemacht wurde, mich hierher zu versetzen. Sie wussten schon, dass ich nach Bletchley kam, als wir uns im Zug begegneten, nicht wahr?«

Ich nickte. »Das war ziemlich offensichtlich.«

»Ach du meine Güte! Damit wäre der Sinn und Zweck meiner Anwesenheit hier wohl verfehlt, nicht wahr? Bei all dieser Geheimnistuerei, auf die wir eingeschworen werden, meine ich.«

»Es ist nichts passiert, da bin ich mir sicher.«

»Und machen Sie sich keine Sorgen – ich werde Sie nicht fragen, was Sie hier tun. Auch wenn ich weiß, dass Sie in Hütte 8 arbeiten, was immerhin schon mal ein Anhaltspunkt ist.«

Ich sah sie prüfend an. »Woher wissen Sie, dass ich dort arbeite?«

»Eine der Wrens, bei denen Sie mich heute Mittag sahen, hat es mir erzählt. Sie sind der Gegenstand sehr vieler Spekulationen, wissen Sie?«

»Inwiefern?«

»Machen Sie nicht so ein erschrockenes Gesicht! Ich finde es eigentlich ganz süß, dass alle Sie für schrecklich schüchtern und einen fürchterlichen Griesgram halten. Aber ich finde Sie überhaupt nicht griesgrämig. Sie haben im Zug doch recht vergnügt mit mir geplaudert. Könnten Sie sich vorstellen, sich einmal auf einen Drink mit mir zu treffen, wenn es Ihnen wieder besser geht?«

Sie hatte offenkundig überhaupt nichts Schüchternes an sich, und sobald ich mich von dem Schock ihrer Frage erholt hatte, murmelte ich etwas, das sich zustimmend anhörte, wenn ich mich recht entsinne. Beschwören kann ich es allerdings nicht, weil ich zu meiner Schande zugeben muss, dass ich zu sehr damit beschäftigt war, mir Chatterton-Jones' Gesichtsausdruck vorzustellen, wenn er davon erfuhr.

Aber mein Frohlocken war nur von kurzer Dauer, weil ich

mich nämlich plötzlich fragte, ob die neuen Freundinnen dieses Mädchens sie überredet hatten, mir einen Streich zu spielen. War ich zur Zielscheibe eines grausamen Schabernacks geworden?

»Mein Name ist übrigens Katherine«, fuhr sie unbekümmert fort. »Doch ich werde von allen nur Kitty genannt.«

Bemüht, nicht dem Gedanken nachzuhängen, dass dies alles nur irgendein raffinierter Plan war und sie lediglich ihre Rolle spielte, sagte ich: »Und meinen Namen kennen Sie vermutlich schon?«

Sie nickte. »Oh ja«, antwortete sie grinsend.

Kapitel 15

Saskia war zu dem Schluss gekommen, dass der Verfasser der *Pusteblumenjahre* ein geborener Geschichtenerzähler war und seine Erzählung sehr gut zu gestalten wusste. Er hatte sie nicht aus Kapiteln, sondern aus Zeitabschnitten zusammengesetzt, und diese praktischerweise eingebauten Pausen boten Saskia den perfekten Vorwand, sich ein wenig Erholung vom Entziffern der schauderhaften Handschrift zu gönnen. Wäre sie nicht so schlecht gewesen, hätte sie das Buch nur allzu gern auf einmal gelesen, doch als sie es auf den Nachttisch legte und das Licht ausschaltete, war sie froh, die Augen schließen und sie ein wenig ausruhen zu können. Denn wenn sie in diesem Tempo weitermachte, würde sie nach der Lektüre der Aufzeichnungen wahrscheinlich eine Brille tragen müssen.

In der nächtlichen Stille des Hauses – es war fast ein Uhr morgens – hörte sie ihren Vater, der erfolglos versuchte, so leise wie nur möglich zu seinem Schlafzimmer hinaufzuhuschen. Seit Mums Tod war er zu einer unverbesserlichen Nachteule geworden. Unmittelbar nach dem Unfall hatte er überhaupt nicht schlafen können. Keiner von ihnen hatte es gekonnt, aber im Gegensatz zu Saskias Vater hatten die anderen irgendwann ihre normalen Schlafgewohnheiten wieder angenommen. Ralph nutzte gewöhnlich diese späte Nachtzeit, um sich Online-Auktionskataloge anzusehen. Hin und wieder konnte Saskia dieser Versuchung auch nicht widerstehen, doch sie war nicht so süchtig danach wie er. Bücher online zu ersteigern liebten sie jedoch beide. Mit einem einzigen Mausklick Gebote abgeben zu können, ohne ihr gemütliches Zuhause verlassen zu müssen, machte das Ersteigern bei Auktionen gefährlich leicht und ausgesprochen unterhaltsam.

Das Problem mit Dad war nur, dass er häufig zu sehr an den Büchern hing, die er gekauft hatte, und sich nur äußerst ungern wieder von ihnen trennte. Aber Saskia selbst war auch nicht besser. Zum Glück ermahnten Harvey und Oliver sie beide hin und wieder, dass sie ein Geschäft zu führen hatten und es sinnlos war, Bücher zu erwerben, wenn sie nicht bereit waren, sie weiterzuverkaufen.

»Ein bisschen nüchterner Geschäftssinn wäre nicht verkehrt«, pflegte Harvey zu bemerken.

Oliver dagegen traf sie immer gleich an der empfindlichsten Stelle. »Weiß der Himmel, wie ihr zwei zurechtkommen sollt, wenn Harvey und ich nicht mehr sind!«

»Zumindest werden wir dann ein bisschen Ruhe und Frieden haben«, erwiderte Saskia dann, weil sie seine Bemerkung lieber mit Humor abtat, als sich mit dem Gedanken auseinanderzusetzen, dass ihre geliebten Großväter einmal nicht mehr bei ihnen sein würden.

Draußen auf dem Korridor hörte sie Schritte und das Knarren von Bodendielen. Die Schritte verhielten vor ihrer Tür, die nur angelehnt war.

»Ich bin noch wach, Dad«, sagte sie. »Du kannst hereinkommen, wenn du willst.«

»Ich hab dich doch nicht aufgeweckt, oder?«, fragte er, als er den Raum betrat.

Saskia setzte sich auf. »Nein, ich hatte gerade erst das Licht ausgeschaltet. Was hast du denn auf dem Herzen?«

»Wer sagt, dass ich etwas auf dem Herzen habe?«

»Ich. Du hattest schon den ganzen Abend diesen Gesichtsausdruck, von dem du glaubst, er würde verbergen, was du wirklich denkst. Also komm schon, heraus damit!«

Er lächelte und setzte sich zu ihr auf die Bettkante. Das schwache Licht der Lampe auf dem Korridor fiel in den Raum und erhellte sein Gesicht. Nicht zum ersten Mal dachte Saskia, dass ihr Vater jünger aussah, als er war. In den letzten Jahren war er ein wenig fülliger geworden, was er Harveys guter Küche zuschrieb, aber er war nicht übergewichtig. Er hatte auch mehr Fältchen in den Augenwinkeln, doch das war ebenso zu erwarten wie das Grau, von dem sein helles Haar durchzogen war. Soweit sie sich zurückerinnern konnte, hatte er es immer im gleichen Stil getragen: Aus der Stirn gekämmt, reichte es ihm bis zum Kragen. Eine Freundin von Saskia hatte einmal gesagt, er sehe wie ein Doppelgänger von Bill Nighy aus. Und obwohl Saskia durchaus eine flüchtige Ähnlichkeit mit dem Schauspieler erkennen konnte, war sie in ihren Augen jedoch nur wirklich offensichtlich, wenn ihr Vater besorgt war, wie er es in diesem Moment zu sein schien.

»Du bist mir doch nicht mehr böse, oder?«, fragte er.

»Weswegen?«

»Wegen der Sache mit Matthew Gray.«

Sie lächelte und liebte ihn für sein Einfühlungsvermögen. »Schon gut, Dad, mach dir bitte keine Sorgen! Und eigentlich muss ich mich bei dir entschuldigen, weil ich überreagiert habe.«

»Aber ich sorge mich um dich, Saskia. Es macht mir zu schaffen, dass du hier bei uns alten Herrschaften festsitzt, obwohl du dein eigenes Leben führen …«

»Dad!«, unterbrach sie ihn entschieden. »Ich bin glücklich bei euch ›alten Herrschaften‹, wie du euch nennst. Wäre ich es nicht, wäre ich ja wohl längst woanders, oder nicht?«

Er runzelte die Stirn. »Ich muss immer wieder daran denken, was deine Mutter sagen würde …«

Wieder ließ Saskia ihn nicht ausreden. »Sie würde dir sagen, dass du aufhören sollst, dir Sorgen um mich zu machen. Außerdem würde Mum auch nirgendwo anders sein wollen als hier, wäre sie an meiner Stelle. Und glaub mir, Dad, das ist wirklich kein Gespräch, das wir führen müssen. Aber wenn es dich beruhigt, verspreche ich dir Folgendes: Sollte ich je das Gefühl haben, dass es an der Zeit ist, auszuziehen und fortzugehen, werde ich es auch tun. Ich bin weder gezwungenermaßen noch aufgrund eines unangebrachten Pflichtbewusstseins hier. Okay?«

Sie konnte sehen, dass er mit dem Thema noch nicht fertig war, doch da sie es beenden wollte, zeigte sie auf das Notizbuch auf dem Nachttisch. »Ich habe noch etwas mehr entziffern können«, sagte sie.

»Hast du Hinweise darauf gefunden, wer es geschrieben hat?«

Sie schüttelte den Kopf. »Keinen einzigen. Ich habe schon beinahe das Gefühl, als hätte der Autor bewusst seine Identität verborgen. Was übrigens in perfektem Einklang mit der Geheimniskrämerei der Welt stünde, in der er auf Bletchley lebte.«

»Du glaubst immer noch, dass es eine wahre Erzählung und kein Roman ist?«

»Es ist zu real und persönlich, um eine erfundene Geschichte zu sein, finde ich.«

Nachdenklich bemerkte er: »Weißt du, du könntest auch einfach die Seiten durchblättern und nach Namen oder möglichen Hinweisen suchen, die dir helfen würden, den Autor zu bestimmen.«

»Was?«, fragte Saskia in gespieltem Entsetzen. »Ich soll mir den Spaß verderben, der Geschichte Schritt für Schritt zu folgen, wie sie geschrieben wurde? Das wäre Schummelei. Da könntest du mir genauso gut vorschlagen, die letzte Seite eines Krimis zuerst zu lesen.«

Ihr Dad lächelte. »Ich hätte es besser wissen sollen, als etwas so Empörendes zu sagen. Du konntest ja noch nie eine deiner eigenen, in Stein gemeißelten Regeln brechen, nicht? Weißt du noch, wie du früher eine Rolle Smarties gegessen hast? Du hast sie systematisch aufgegessen, eins nach dem anderen, aber immer genau in der Reihenfolge der von dir bestimmten Farben.«

Saskia erwiderte sein Lächeln. »Es gibt einen richtigen und einen falschen Weg, die Dinge anzugehen. Das ist alles. Und daran ist nichts falsch.«

Er stand auf. »Willst du immer noch, dass ich morgen mit Gil spreche und ihn frage, ob er sich noch an die Hausräumungen erinnert, die er in jüngster Zeit getätigt hat?«

»Sicher, warum nicht?«

»Es wird dir nicht den Spaß an deiner eigenen Detektivarbeit verderben?«

»Wer weiß – vielleicht habe ich das Geheimnis ja schon selbst ans Licht gebracht, bevor Gil dir eine Antwort gibt?«

»Falls es überhaupt ein Geheimnis gibt, natürlich. Ich würde auch einen Autor mit lebhafter Fantasie nicht ausschließen.«

»Ja, doch selbst wenn es so ist, gehört dieses Notizbuch jemandem. Oder jemandes Familie, falls der Autor tot ist. Ich kann nicht glauben, dass es absichtlich weggeworfen wurde.«

»Aber du weißt so gut wie ich, dass es manchmal überhaupt keine Hinterbliebenen mehr gibt, wenn der Familienzweig ausgestorben ist.« Er bückte sich, um sie auf die Stirn zu küssen. »Schlaf gut, Schatz.«

»Du auch, Dad.«

Als er gegangen war und Saskia sich wieder zurücklegte, dachte sie an die Bemerkung ihres Vaters über ausgestorbene Familienzweige. So wie die Dinge standen, würde mit ihrem Tod auch die Familie Granger aufhören zu bestehen. Es war nicht gerade der angenehmste Gedanke, um einzuschlafen, aber es gelang ihr trotzdem. Sie träumte von einer großen Rolle Smarties, die sie ausgeleert hatte und nun nach Farben sortierte. Doch dann war sie plötzlich wieder in der Bibliothek von Glaskin House und erklärte Matthew Gray, dass er die grünen Smarties haben könne, weil sie es waren, die sie am wenigsten mochte. Er ignorierte sie jedoch und nahm sich alle roten Schokolinsen, die ihre liebsten waren. Sie war schrecklich wütend auf ihn.

Kapitel 16

Es war Montagmorgen, und der Tag begann nicht gut für Ralph.

Pat, seine langjährige Gehilfin, hatte gerade den ersten Kaffee des Tages aufgebrüht und Ralph dabei eröffnet, dass sie nicht länger für ihn arbeiten konnte. Nach gründlicher Überlegung hatten sie und ihr Mann sich angeboten, ihre zehn Monate alten Enkelkinder zu betreuen, da ihre Tochter nun wieder ins Arbeitsleben zurückkehrte.

»Es tut mir leid«, sagte sie. »Mir graute regelrecht davor, es dir zu sagen. Und nicht nur deinetwegen, denn ich weiß sehr gut, wie ich all das hier vermissen werde.« Sie blickte sich im Laden um. »Es ist wie ein zweites Zuhause für mich. Und du bist immer so gut zu mir gewesen.«

»Du wirst mir auch fehlen«, sagte Ralph, dessen Blick über die Bücherregale glitt, die dank Pat stets tadellos geordnet, gut leserlich beschriftet und sehr effektvoll hergerichtet waren. Sie kannte den Bestand so gut wie er, wenn nicht sogar noch besser. Besonders kreativ war sie auch bei der Gestaltung der Schaufenster, die sie voller Stolz selbst dekorierte und dazu auch stets ein Thema ihrer eigenen Wahl verwendete. Das Thema dieses Monats war das Gärtnern. In der vergangenen Woche, als es wärmer geworden war und der Frühling anzuklopfen schien, war es ihnen wie eine gute Idee erschienen, doch seit gestern fegte ein bitterkalter Wind von der Nordsee über das Land und hatte einen weiteren peitschenden Regen mitgebracht. Gartenarbeiten schienen wieder in weite Ferne gerückt zu sein. Auch jetzt regnete es, und in der Stadt waren nur die zähesten Käufer unterwegs.

»Ich hasse es, dich im Stich zu lassen«, sagte Pat, »aber Denise ist verzweifelt. Sie war schon entschlossen, die Zwillinge in eine Kita zu geben, doch dann zeigte sich, dass das viel zu teuer sein würde.«

»Mach dir keine Sorgen«, sagte Ralph beschwichtigend. »Ich werde jemand anders finden.«

Aber wen?, fragte er sich düster. Wer könnte Pat ersetzen? Sie war die beste Teilzeithilfe, die er je gehabt hatte, und ohne sie würde der Laden bald verlottern – ihn selbst in Schuss zu halten war nicht Ralphs Stärke. Er wusste genau, was am Abend geschehen würde, wenn er den anderen erzählte, dass Pat ging. Sie würden sich alle überschlagen, um ihm ihre Hilfe anzubieten, und behaupten, ein paar Stunden mehr im Laden seien doch wirklich kein Problem. Doch nichts davon wäre richtig. Nicht auf Dauer. Nein, was das anging, würde er sehr standhaft bleiben müssen. Saskia musste sich auf ihre eigene Arbeit konzentrieren, und sein Vater und Harvey mussten eine etwas langsamere Gangart einlegen. Gut, es war nicht nötig, dass sie sich schon vollkommen zur Ruhe setzten, doch ein bisschen zu verschnaufen könnte ihnen nicht schaden.

Pats Neuigkeiten waren die zweite Enttäuschung dieses Tages gewesen. Gleich als Erstes in der Frühe hatte Ralph einen Anruf von Matthew Gray erhalten, der sagte, der Heizungstechniker käme erst am späten Nachmittag und nicht wie vereinbart schon am Morgen. Deshalb wäre es vielleicht besser, wenn Ralph und Saskia erst am nächsten Tag nach Glaskin House kämen, wenn die Heizung hoffentlich wieder funktionierte. Ralph, der sich darauf eingestellt hatte, heute mit der Schätzung weiterzumachen, meinte, er könne sich auch gern wärmer anziehen, um nicht zu frieren. Doch das hatte Matthew ihm auf keinen Fall zumuten wollen. »Ich lasse Sie wissen, wie der Techniker vorankommt«, hatte er gesagt, bevor er aufgelegt hatte.

Der Tag verstrich nur langsam, was Ralph jedoch zumindest die Möglichkeit gab, sich online über eine Reihe von Kunstbänden aus Jacob Belinskys Sammlung zu informieren, vor allem über eine in der Originalsprache verfasste Studie des russischen Landschaftsmalers Isaak Lewitan aus dem neunzehnten Jahrhundert. Ralph hatte so gut wie keine Ahnung von dem Thema, doch nach seiner Online-Recherche war er schon erheblich klüger.

Als Nächstes erledigte er Büroarbeit und sah sich dann eine Tüte Bücher an, die ein älterer Herr vorbeigebracht hatte. Ralph hasste es, Leute abzuweisen, vor allem die älteren, die immer glaubten, sie hätten etwas besonders Interessantes und Wertvolles zu verkaufen. Dieser ältere Herr hatte nichts Außergewöhnliches, doch angesichts der Tatsache, dass er sich durch solch grauenvolles Wetter bis hierher gekämpft hatte, erbarmte Ralph sich seiner und bot ihm einen Fünfer an, um ihm wenigstens das Gefühl zu geben, dass der Weg nicht ganz umsonst gewesen war.

Erst gegen Ende des Tages, als Pat bereits gegangen war und Ralph sich anschickte, den Laden zu schließen, erinnerte er sich daran, dass er Gil hätte anrufen müssen. Er hatte jedoch gerade erst nach dem Telefonhörer gegriffen, da wurde die Tür geöffnet, und ein eisiger Windstoß fegte herein. Der Hörer rutschte Ralph fast aus der Hand, als er sah, wer sich unter der Kuppel eines violetten Regenschirms verbarg.

»Hallo«, sagte sie und stieß die Tür hinter sich zu. »Ich wette, dass du nicht erwartet hattest, mich heute hier zu sehen, was?«

Ralph schloss schnell den Laden ab und ging mit ihr in den Pub auf der anderen Straßenseite, und nachdem er sie dort zu einem Tisch in einer gemütlichen Ecke geführt hatte, wo sie sich ungestört unterhalten konnten, trat er an die Bar.

Während er darauf wartete, bedient zu werden, kam er langsam wieder zu sich und ordnete seine Gedanken. Bei ihrer letzten Begegnung hatte er Libby furchtbar aus dem Gleichgewicht gebracht. Aber er war ja auch selbst sehr durcheinander gewesen. Ihre Affäre zu beenden war wirklich nicht leicht gewesen, doch seine Schuldgefühle und das ständige Versteckspiel und die Heimlichkeiten hatten ihn schließlich überfordert.

Sie hatten sich auf einer Buchmesse kennengelernt. Libby hatte den Stand neben seinem gehabt, und da er sie unter den regelmäßigen Ausstellern noch nie gesehen hatte, war er in einem ruhigen Moment zu ihr hinübergegangen, um mit ihr zu plaudern. Sie sei erst kürzlich von Worcester in ein Dorf in den Randgebieten von Cambridge gezogen und daher noch neu in der Gegend, hatte sie gesagt. Ralph sah sie auf der Messe in Woodbridge wieder, und einen Monat später begegneten sie sich erneut in Long Melford. Nach dieser letzten Veranstaltung gingen sie zusammen etwas trinken, und Libby erzählte ihm, dass die Dinge zwischen ihr und ihrem Ehemann nicht gut standen: Sie stritten pausenlos, hauptsächlich, weil er zu viel trank, was ein Anzeichen für Stimmungstiefs oder depressive Phasen war.

»Er ist nicht immer so gewesen«, erzählte sie Ralph. »Früher war er fröhlicher, und es machte Spaß, mit ihm zusammen zu sein. Ich wünschte nur, es könnte wieder so wie damals zwischen uns sein.«

Es war die älteste Geschichte der Welt: Ralph bot ihr eine Schulter zum Anlehnen an, bis es irgendwann weitaus mehr als eine Schulter war, was benötigt – und angeboten – wurde. Ralph hielt sich nicht damit auf, die Affäre vor sich selbst zu rechtfertigen; er ließ sich einfach treiben und erzählte niemandem von seiner heimlichen Beziehung. Mit wem könnte er auch darüber reden? Wer würde ihn nicht auf das nur allzu Offensichtliche hinweisen: dass er sich auf dünnstem Eis bewegte?

Das Problem war, dass er gewusst hatte, dass Libby und er dabei waren, sich ineinander zu verlieben und ihre heimlichen Treffen ihnen beiden bald nicht mehr genügen würden. Als sie davon zu sprechen begann, ihren Mann zu verlassen, um bei Ralph sein zu können, ein Teil seines Lebens und seiner Familie zu werden, wusste er, dass er der Situation entschieden entgegentreten musste. Er musste klarstellen, dass das alles nicht so einfach war. Denn die Wahrheit war, dass er Libby nicht geben konnte, was sie wollte, ohne das Leben auf Ashcombe zu beeinträchtigen – wozu er keineswegs bereit war.

Er konnte es einfach nicht. Es wäre nicht fair Harvey und Oliver gegenüber, die genug Gelegenheit gehabt hatten, wieder zu heiraten, vor langer Zeit schon, jedoch beschlossen hatten, diese Möglichkeit nicht einmal in Betracht zu ziehen. Stattdessen hatten sie ihre eigenen Bedürfnisse hintangestellt und die ihrer Enkelin und die seinen allem anderen vorangestellt. Offen gesagt hatte Ralph auch nicht den Mut, das durch ihre Unerschütterlichkeit entstandene Muster ihrer Lebensweise zu verändern. Vor allem konnte er nicht eine neue Frau nach Hause bringen und sie seinem Schwiegervater vor die Nase setzen.

Natürlich hatte es eine Reihe Frauen vor und nach Libby gegeben, die er jedoch nur gelegentlich und auf einer unverbindlich-zwanglosen Ebene getroffen hatte. Keine von ihnen hatte quasi »gleich um die Ecke« gelebt. In den ersten Jahren waren sie nichts weiter als ein Versuch gewesen, sich selbst zu beweisen, dass er wieder lieben konnte, doch diese Beziehungen bewiesen nichts dergleichen. Sie waren nichts als Bettgeschichten zur Befriedigung seiner sexuellen Bedürfnisse gewesen, die ihn sich nur wie einen schändlicher Verräter fühlen ließen, nicht bloß Evie, sondern auch den Frauen gegenüber, mit denen er geschlafen hatte.

Während er noch immer auf die Bedienung wartete, warf er einen raschen Blick über die Schulter zu Libby, die irgendetwas auf ihrem Mobiltelefon las. Sie war im gleichen Alter wie er, und sie hatte sich sehr gut gehalten. Ihr Haar war kürzer als früher, ein wenig stufig geschnitten und von einem warmen Karamellton, der mit goldenen Highlights durchsetzt war. Der Stil und die Farbe gefielen ihm. Im Gegensatz zu ihm hatte Libby nicht zugenommen; tatsächlich hatte er sogar den Eindruck, dass sie ein wenig an Gewicht verloren hatte. Alles Dinge, die ihm bewusst machten, dass es ihm in der Zwischenzeit vielleicht gar nicht so gut ergangen war.

Schließlich wurde er bedient, und als er ihre Getränke bezahlt hatte – ein Glas Rotwein für Libby und einen Single Malt Whisky für ihn –, ging er zu ihr an den Tisch zurück.

»Ist das Whisky gegen den Schock?«, fragte sie lächelnd, als er Platz nahm.

»Natürlich nicht«, flunkerte er.

»Ach, Ralph, du konntest noch nie überzeugend lügen.«

Er zuckte mit den Schultern und hob sein Glas. »Auf dich!«, sagte er. »Es ist schön, dich wiederzusehen.«

Wieder lächelte sie und stieß mit ihm an. »*Ist* es das?«, fragte sie, nachdem sie einen Schluck Wein getrunken hatte.

»Warum sollte es das nicht sein?«

Sie lehnte sich auf ihrem Platz zurück und schaute ihn an. »Ich könnte ja auch hier sein, um dich daran zu erinnern, wie am Boden zerstört ich war, als du dich von mir getrennt hast. Vielleicht bin ich ja gekommen, um dir Ärger zu machen.«

»Zehn Jahre sind eine sehr lange Zeit, um Rachepläne zu schmieden. Ich kann mir wirklich nicht vorstellen, dass ich so viel Überlegung und Mühe wert sein könnte.«

Sie lachte schroff. »Ich hatte schon vergessen, wie bescheiden du sein kannst. Aber du brauchst dir keine Sorgen zu machen; ich bin nicht hier, um Unruhe zu stiften. Wir haben damals beide aus einem Selbsterhaltungstrieb heraus gehandelt: Ich brauchte jemanden, um die Leere zu füllen, die mein Mann erzeugte, und du brauchtest, was auch immer es war, was du brauchtest.«

Ralph trank etwas von seinem Whisky. »Es war mehr als das«, sagte er leise. »Viel mehr.«

Sie sah ihn eindringlich an mit ihren sanften braunen Augen und presste die vollen Lippen zu einem schmalen Strich zusammen. »Für mich schon«, sagte sie nach kurzem Schweigen. »Aber war es das auch für dich?«

»Ja. Das war es.«

Sie trank einen weiteren Schluck Wein und schwieg wieder, als fragte sie sich, wie aufrichtig er war. Schließlich meinte sie: »Warum bringst du mich nicht auf den neusten Stand? Was macht deine Familie, und hast du endlich den Sprung gewagt und wieder geheiratet?«

Er gab ihr einen umfassenden Überblick über die letzten zehn Jahre und verneinte nachdrücklich, dass er je auch nur im Entferntesten versucht gewesen war, wieder zu heiraten. Als er seine Erzählung beendet hatte, fragte er: »Und wie ist es dir ergangen? Hast du dich mit deinem Mann vertragen?«

»Nein. Ich ließ mich von ihm scheiden, wie ich gesagt hatte, und zog nach Worcester zurück, wo ich noch Freunde und Familie hatte.«

»Ah, dann habe ich dich also deswegen nie wieder auf den Buchmessen gesehen.« Unwillkürlich glitt sein Blick zu ihrer linken Hand – an der kein Ring zu sehen war.

»Ich bin Single«, sagte sie. »Und nicht auf der Suche nach Ehemann Nummer zwei, sodass du also ganz beruhigt sein kannst.«

Er lächelte und erinnerte sich nur zu gern daran zurück, wie freimütig sie sein konnte. »Was bringt dich dann also wieder nach Suffolk?«

»Meine Eltern leben nicht mehr, und irgendwann beschloss ich, dass ich eine radikale Veränderung in meinem Leben brauchte. Da es mir hier immer gut gefallen hatte, entschied ich mich, hierher zurückzuziehen. Im Moment wohne ich noch zur Miete in einem reizenden kleinen Cottage in Long Melford, bis ich etwas finde, das ich kaufen kann.«

»Und an welche Gegend hattest du gedacht?«

Sie lachte wieder. »Trink deinen Whisky, Ralph, du siehst aus, als wärst du kurz vor einem Herzstillstand.«

Auch er lachte. »Ich bin nicht schockiert, sondern nur freudig überrascht, Libby.«

Und er *war* freudig überrascht – und hatte plötzlich das Gefühl, als hätte der Tag sich sehr verbessert.

Kapitel 17

Saskia war verstimmt.

Sie schob es auf einen frustrierenden Tag, den sie mit der erfolglosen Suche nach einer speziellen Art von Ziegenleder verbracht hatte, das sie für die Wiederherstellung einer exquisiten Erstausgabe von *Eine Weihnachtsgeschichte* von Charles Dickens brauchte, aber sie wusste, dass dies nicht der einzige Grund für ihre Unleidlichkeit war. Sie war schon schlecht gelaunt erwacht, und das nur eines völlig lächerlichen Traumes wegen. Eines Traumes, der ausgerechnet von einem Röhrchen Smarties handelte! Nur dass es sich nach sehr viel mehr als das anfühlte.

Jetzt befand sie sich im strömenden Regen mit Harvey und Oliver auf dem Heimweg vom Supermarkt. Alle vierzehn Tage fuhren sie nach Sudbury zu einem Großeinkauf und deckten sich mit all den Dingen ein, von denen Oliver behauptete, sie seien dort billiger als in den örtlichen Geschäften. Einen Taschenrechner und die aus der Zeitung und aus Prospekten ausgeschnittenen Gutscheine in der Hand, konnte er eine Ewigkeit damit verbringen, die Gänge zu durchstreifen, um die besten Angebote ausfindig zu machen. Es war ein persönlicher Kreuzzug für ihn, eine »Wir-gegen-sie«-Situation. Saskias bevorzugte Methode war, in der schnellstmöglichen Zeit in den Supermarkt hinein- und wieder hinauszuflitzen. Könnte sie einen Weltrekord in schnellem Einkaufen aufstellen, würde sie es tun. Einen Penny mehr oder weniger für eine Rolle Klopapier, wen kümmerte das?

»Hobnobs!«

»Was sagst du, Grandpa O.?«, fragte sie auf den lauten Ausruf aus dem Fond des Wagens hin.

»Wir haben vergessen, Schoko-Hobnobs zu besorgen.«

»Du meine Güte! Lass dich bloß nicht von ihm überreden, für die Kekse zurückzufahren«, murmelte Harvey neben Saskia.

»Was war das, Harvey?«, fragte Oliver streng.

»Ich habe dir schon so oft gesagt, dass du deine Ohren mal untersuchen lassen solltest«, antwortete Harvey mit erhobener Stimme. »Du bist taub wie eine Nuss in letzter Zeit.«

»Bin ich nicht!«

»Deshalb schreist du uns ja auch an, obwohl wir nur ein paar Zentimeter von dir entfernt sind. Du bist wie ein Nebelhorn. Ich sag's dir immer wieder, aber du hörst ja nicht zu, was wohl daran liegt, dass du nicht hören *kannst!* Sag du es ihm auch, Saskia! Sag ihm, dass er seine Ohren untersuchen lassen soll! Wahrscheinlich müssen sie nur mal ordentlich gereinigt werden. Weiß Gott, was sich da drinnen alles angestaut haben mag!«

»Nur damit du es weißt, ich habe jedes Wort gehört!«, fauchte Oliver.

»Eine Untersuchung würde dir nicht schaden, Grandpa O.«, wandte Saskia diplomatisch ein. Sie hatte in den letzten Wochen so ziemlich das Gleiche gedacht wie Harvey und ebenfalls bemerkt, dass Olivers Gehör nicht mehr so gut wie früher war.

»Meine Waden? Was ist mit meinen Waden?«, fragte er.

Harvey schnalzte mit der Zunge und schüttelte den Kopf. »Siehst du, was ich meine«, sagte er mit gedämpfter Stimme. »Taub wie eine Nuss ist er und treibt mich obendrein noch in den Wahnsinn.«

Harvey, für gewöhnlich der fröhlichere der beiden Großväter, war genau wie Saskia heute nicht er selbst, seit er am Morgen mit der Post einen Brief mit der Nachricht vom Tod eines lieben alten Freundes erhalten hatte. In ihrem Alter war es zu erwarten, dass er und Oliver mit zunehmender Regelmäßigkeit solch traurige Nachrichten erhalten würden, was es allerdings nicht weniger erschütternd für sie machte.

Das miserable Wetter und das nachlassende Tageslicht verstärkten Saskias schlechte Laune noch, und während die Scheibenwischer in Doppelschichten arbeiteten, um mit dem monsunartig herabpeitschenden Regen fertigzuwerden, umklammerte sie das Lenkrad und konzentrierte sich mit allen Sinnen auf die Straße.

Als sie wieder auf Ashcombe waren, stürmte Oliver in den Regen hinaus, um die Hühner über Nacht in den Stall zu sperren. Saskia und Harvey kümmerten sich um den Einkauf.

Sie schleppten die zahlreichen Einkaufstüten in die Küche, wo sie auch die durchnässten Mäntel ablegten.

»Warum gehst du nicht und machst es dir bequem?«, schlug Saskia ihrem Großvater vor. »Ich räume die Einkäufe schon ein.«

Harvey runzelte die Stirn. »Du brauchst mich nicht zu verhätscheln«, sagte er mürrisch. »Ich mag zwar einen Freund verloren haben, aber nicht die Fähigkeit, meinen Beitrag hier im Haus zu leisten.«

»Ich habe auch nichts dergleichen angedeutet«, erwiderte Saskia. »Doch ein bisschen verwöhnt zu werden hat noch niemandem geschadet. Gib mir deinen Mantel, damit ich ihn aufhängen kann. Und dann mache ich uns allen eine Tasse Tee.«

»Du wirst von Tag zu Tag tyrannischer, das weißt du doch wohl, oder?«

»Den Mantel!«, befahl sie mit ausgestreckter Hand.

Harvey verdrehte die Augen, aber er reichte ihn ihr, und als Saskia aus dem Heizungsraum zurückkam, wo sie ihre Mäntel zum Trocknen aufgehängt hatte, klingelte das Telefon. »Das ist wahrscheinlich Dad, um anzukündigen, dass er auf dem Heimweg ist«, meinte sie, als sie nach dem Hörer griff.

Doch sie hatte sich geirrt.

»Ich fürchte, er ist nicht hier«, antwortete sie auf die Frage nach ihrem Vater, während sie gleichzeitig Harvey Zeichen machte, die Einkäufe in Ruhe zu lassen und sich hinzusetzen.

»Spreche ich mit Saskia Granger?«, fragte der Anrufer.

»Ja, das bin ich«, sagte sie im selben Moment, als die Hintertür aufflog und Oliver hereinstürmte.

»Was für ein verdammtes Sauwetter da draußen!«, schimpfte er unnötig laut. »Der Wind weht immer heftiger, und es ist wie das Ende der Welt da draußen!« Er riss sich den triefend nassen Filzhut vom Kopf und stapfte zu dem Aga-Herd hinüber, um den Hut wie immer zum Trocknen an den Haken dort zu hängen. Harveys Proteste, er röche wie ein nasser Hund und sei gesundheitsgefährdend, ignorierte er wie gewöhnlich.

»Verzeihung«, sagte Saskia zu dem Anrufer, der in der Zwischenzeit weitergesprochen hatte, doch sie hatte kein einziges Wort verstanden. »Wer sind Sie?«

»Matthew. Matthew Gray. Sie waren gestern bei mir in Glaskin House.«

Saskia stutzte, denn hier war der Grund für ihre schlechte Laune. Der Grund für diesen dummen, abstrusen Traum, der sie in der vergangenen Nacht verfolgt und sie so reizbar gemacht hatte. Sie wusste, dass es nicht absurder sein könnte, und trotzdem hatte sie den ganzen Tag über nicht das völlig unbegründete Gefühl abschütteln können, dass ihr etwas Kostbares genommen worden war.

»Oh, hallo«, sagte sie, entschlossen, diese irrationalen Empfindungen zu überwinden. »Entschuldigen Sie bitte den Lärm hier! Das war einer meiner Großväter, der den neuesten Wetterbericht für den größten Teil East Anglias verkündete.«

»Das Wetter ist schlecht dort drüben, nicht?«

»›Schlecht‹ ist gar kein Ausdruck.« Sie zwang sich, einen etwas heitereren Tonfall anzuschlagen. »Nun sagen Sie bloß nicht, dass Cambridge sich einer Hitzewelle erfreut?« *Es war nur ein Traum. Nichts als ein Traum. Es war nicht real. Es war nicht seine Schuld. Er hat dir gar nichts weggenommen.*

»Ehrlich gesagt könnte es heiß wie in der Sahara gewesen sein, ohne dass ich etwas davon mitbekommen hätte«, antwortete er. »Ich bin seit dem frühen Morgen bei Gericht gewesen und gerade erst herausgekommen. Ich wollte Ihnen nur Bescheid geben, dass die Heizung repariert ist. Ich habe schon versucht, Ihren Vater auf seinem Handy zu erreichen, aber als er sich nicht meldete, habe ich diese Nummer angerufen, die er mir zur Sicherheit noch gab. Es tut mir leid, wenn ich Sie daheim gestört habe.«

»Ach was. Ich werde Dad ausrichten, dass Sie angerufen haben und wir morgen weiterarbeiten können. Sollen wir den Schlüssel bei Ihrer Nachbarin abholen?«

»Ja, Jenny meinte, sie würde Sie ins Haus begleiten, um sicherzugehen, dass die Heizung auch wirklich funktioniert.«

»Okay. Und vielen Dank, dass Sie uns Bescheid gegeben haben.«

Sie wollte sich gerade verabschieden und sich Harvey wegen der Missachtung ihrer Anweisungen vornehmen – er bückte sich gerade nach einer weiteren prall gefüllten Einkaufstüte –, als Matthew fortfuhr: »Da ist noch etwas, das ich Ihnen sagen wollte. Ich … nun ja, ich möchte mich entschuldigen.«

»Ach?«, murmelte sie. »Und wofür?«

»Ich habe Ihnen gestern einen falschen Eindruck von mir vermittelt, glaube ich. Normalerweise bin ich nicht so miesepetrig, ich war nur einfach nicht gerade bester Laune. Es tut mir leid, falls ich Ihnen alles andere als gastfreundlich erschien.

Es wäre mir schrecklich unangenehm, wenn ich Sie gekränkt hätte.«

Seine Entschuldigung hätte nicht überraschender für Saskia kommen können. Als ihr jedoch die Bedeutung seiner Worte aufging – *Ich habe Ihnen gestern einen falschen Eindruck von mir vermittelt, glaube ich … Es wäre mir schrecklich unangenehm, wenn ich Sie gekränkt hätte* –, war sie peinlich berührt von der Erkenntnis, dass ihre vorschnelle Beurteilung anscheinend beschämend offenbar geworden war. Denn ihr erster Eindruck von ihm hatte sie ja wirklich dazu bewogen, ihn als verstockten Miesepeter abzutun und ihn auch dementsprechend zu behandeln. Aber worauf hatte sie diese Schlussfolgerung gestützt? Auf nichts weiter als eine kurz angebundene Art vielleicht, weil ihr im Moment absolut kein anderer Fauxpas einfiel, den er begangen haben könnte. Kein Wunder, dass Dad sie während der Heimfahrt gefragt hatte, warum ihr Matthew Gray nicht sympathisch war.

Hatte Matthew das bemerkt? Hatte er sich entschuldigt, weil er aufrichtig besorgt gewesen war, sie ungewollt gekränkt zu haben? Wenn es so war, was in ihrem Verhalten hatte ihn dann darauf gebracht? Ein Blick von ihr, eine Geste, eine Redewendung? Wenn ja, hatte sie sich nicht sehr professionell verhalten, und eigentlich war sie es, die sich entschuldigen müsste.

Sie öffnete den Mund, um etwas zu sagen, als die Stille an ihrem Ohr von Matthew unterbrochen wurde: »Gut, dann lasse ich Sie jetzt in Ruhe. Auf Wiedersehen.«

Dann war die Leitung tot, und Saskia starrte ungläubig den Hörer an. Matthew hatte einfach aufgelegt. Bevor sie Gelegenheit bekam zu antworten. Das war nicht fair. Ganz und gar nicht. Er hätte ihr Gelegenheit geben müssen, sich zu rechtfertigen.

Doch *was* genau rechtfertigen? Dass sie ihn unsympathisch

gefunden hatte, weil er nicht unterhaltsam genug gewesen war? Wenn sie bedachte, wie missmutig sie heute selbst gewesen war, kam das gerade von der Richtigen! Saskia seufzte und knallte den Hörer auf die Gabel.

»Ist was?«, fragte Harvey.

»Ja«, fauchte sie ihn an. »Solltest du dich nicht hinsetzen und mir das Einräumen der Einkäufe überlassen?«

Erschrocken über die ungewohnte Schärfe ihrer Stimme, starrten ihre beiden Großväter sie entgeistert an. Und zu Recht, weil sie ihren eigenen Ärger an ihnen ausließ und das nicht in Ordnung war.

Oh, was war nur los mit ihr? Warum benahm sie sich so schlecht ihnen allen gegenüber?

Es war Oliver, der als Erster den Mut aufbrachte, etwas zu bemerken. »Ich glaube, du bist es, die sich hinsetzen und mal ein bisschen entspannen sollte. Was ist denn eigentlich los mit dir?«

Plötzlich völlig erschöpft und mit den Nerven am Ende, seufzte sie und ließ die Schultern hängen. »Ich weiß es nicht. Ich bin im Moment bloß keine sehr angenehme Gesellschaft.«

»Blödsinn«, sagte Harvey und kam zu ihr herüber. »Keine angenehme Gesellschaft sind wir, die sogar die Geduld des heiligsten aller Heiligen auf die Probe stellen.«

»Es ist lieb von dir, dass du das sagst, doch mit euch beiden hat das alles nichts zu tun. Ich bin es, die langsam zu einer jämmerlich alten Querulantin wird.«

»Dann müssen wir etwas unternehmen, um den Verfall zu stoppen«, scherzte Oliver. »Du musst mal weg von uns gebrechlichen alten Käuzen und ein bisschen Spaß haben. Wann warst du eigentlich zum letzten Mal abends aus und hast dich amüsiert?«

Harvey warf ihm einen warnenden Blick zu.

»Tut mir leid«, setzte Oliver schnell hinzu. »Warum muss ich auch immer meine große Klappe aufreißen! Vergiss, was ich gesagt habe!«

Saskia lächelte müde. »Du brauchst dich nicht zu entschuldigen. Und versucht jetzt bitte nicht, Philip ins Spiel zu bringen, ihr zwei – er ist Geschichte und schon so gut wie vergessen. Habt ihr das verstanden?«

Sie nickten, wenn auch nicht sehr überzeugend.

»Ich frage mich, wo Ralph bleibt«, bemerkte Harvey mit einem Blick auf die Uhr an der Wand, als griffe er nach jedem Strohhalm, um das Thema zu wechseln. »Es sieht ihm gar nicht ähnlich, so spät zu kommen und uns nicht Bescheid zu sagen.«

Matthews Schreibtisch verschwand unter Bergen von Papieren und Akten, und angesichts eines weiteren Tages bei Gericht, der ihm bevorstand, hätten seine Gedanken eigentlich bei dem Fall sein müssen, was sie jedoch überhaupt nicht waren. Während er sich unruhig mit seinem Drehstuhl hin und her rollte, dachte er über das Telefongespräch mit Saskia Granger nach.

Er hatte nicht damit gerechnet, mit ihr zu sprechen, doch als er ihre Stimme hörte und sich an ihren abweisenden Gesichtsausdruck erinnerte, als ihr Vater ihn zum Essen eingeladen hatte, hatte er sich genötigt gesehen, sich bei ihr zu entschuldigen. Dummerweise hatte er jetzt aber das Gefühl, dass seine abrupte Beendigung des Gesprächs ihn nicht gerade weitergebracht hatte. Er war versucht, sie noch einmal anzurufen und sich erneut für seine kurz angebundene Art zu entschuldigen, wenn er nicht die Vermutung hätte, dass ihn das als nur noch größeren Narren dastehen ließe.

Er hatte den Anruf so schnell und knapp beendet, weil ihr langes und sehr beredtes Schweigen das Bild in ihm heraufbeschworen hatte, wie sie die Augen verdrehte und dachte: *Mich gekränkt? Verdammt, ja, du hast mich vom ersten Augenblick an schon gekränkt! Und wenn ich es mir recht überlege, kränkst du mich auch jetzt – warum gehst du also nicht aus der Leitung und lässt mich in Ruhe?*

Er fand einen Stift zwischen den Papieren auf dem Schreibtisch und drehte ihn zwischen den Fingern. Die eigentliche Frage bei alldem war doch, warum es ihn überhaupt so interessierte, obwohl ihn solche Dinge normalerweise absolut nicht kümmerten. Warum pfiff er dann nicht auch jetzt darauf, was Saskia Granger von ihm dachte?

Er warf den Stift auf den Tisch zurück. Warum zum Teufel zerbrach er sich überhaupt den Kopf darüber? Er hatte Wichtigeres zu tun. Wie die Beweise, die er morgen früh vorlegen musste, noch einmal durchzusehen. Er nahm seine Brille ab und rieb sich die müden Augen. Normalerweise trug er Kontaktlinsen, doch für einen Auftritt vor Gericht bevorzugte er die Wirkung einer Brille: Sie verlieh ihm seiner Meinung nach mehr Reife und Würde bei einem Kreuzverhör vor einer Jury.

Als er hörte, wie seine Kollegen in den umliegenden Büros sich zum Aufbruch rüsteten, warf er einen Blick auf seine Taschenuhr. Es war später, als er gedacht hatte. Trotzdem zog er es vor, noch ein paar Stunden länger zu bleiben, als in der Wohnung weiterzuarbeiten, wo er von James ja doch nur abgelenkt werden würde.

Sowie die Luft rein war, weil Saskia hinaufgegangen war, um ein Bad zu nehmen, sicherte sich Harvey Olivers Unterstützung, und zusammen gingen sie in Ralphs Büro, um dort mit ihm zu reden.

»Was soll das sein?«, fragte er und wandte sich von dem Computer auf seinem Schreibtisch ab. »Eine Abordnung?«

»Wir wollten mit dir über Saskia sprechen. Irgendetwas

stimmt mit ihr nicht«, sagte Harvey, der die Tür hinter ihnen schloss. »Sie ist nicht mehr sie selbst. Das muss dir doch auch schon aufgefallen sein.«

»Um nichts zu verharmlosen«, warf Oliver ein, »können wir nur sagen, dass sie unglücklich ist und wir uns die Schuld daran geben.«

»Wir sind nicht die richtige Gesellschaft für sie.«

»Wir müssen etwas unternehmen.«

»Bevor es zu spät ist.«

»Und noch schlimmer wird.«

»Wir müssen Leben in die Bude bringen.«

Später an jenem Abend saß Saskia in ihrem Bett und ärgerte sich darüber, dass sie einen eigentlich recht guten Tag gründlich verdorben hatte, indem sie sich wegen nichts und wieder nichts von schlechter Laune hatte übermannen lassen. Sie war wütend auf sich selbst, weil sie den armen Harvey angeblafft hatte, besonders, da sie wusste, dass er und Oliver sich jetzt beunruhigt fragen würden, was sie zu einem solch untypischen Verhalten veranlasst hatte. Sie hasste den Gedanken, dass die beiden von nun an jedes ihrer Worte auf die Goldwaage legen würden, nur um sie nicht aufzuregen.

Morgen, sagte sie sich streng, würde sie beim Erwachen in sehr viel besserer Verfassung sein. Sie würde niemanden mehr anfauchen und sich auch keine Verdrießlichkeit, kindische Launen oder Wutausbrüche mehr erlauben. Kurz gesagt, sie würde ein Muster an Heiterkeit und Optimismus sein und Wiedergutmachung für heute leisten. Genau das würde sie tun, und wenn auch nur, damit ihre Großväter aufhörten, sich um sie zu sorgen.

Um nicht noch länger über ihre beschämenden Unzulänglichkeiten nachzudenken, griff sie nach dem Notizbuch auf ihrem Nachttisch und schlug es an der Stelle auf, an der sie in der vergangenen Nacht aufgehört hatte zu lesen.

Nachdem sie es sich bequem gemacht hatte, begann sie mit der Lektüre, und innerhalb weniger Minuten war sie ganz und gar in die Welt der *Pusteblumenjahre* vertieft.

Kapitel 18

Mai 1943

Eine Woche nach jenem blamablen Abend, an dem mir in Kittys Gegenwart so übel geworden war, schlug sie eine Radtour und ein Picknick vor. Der Tag bot sich dazu an, weil wir die gleiche Schicht hatten.

Es war ein herrlicher Mai-Nachmittag, in dessen strahlendem Sonnenschein sogar die Eisenbahnstadt Bletchley ihre sonst so triste Erscheinung abgelegt zu haben schien. Nur an dem Geruch der Ziegeleien konnte nicht einmal die Sonne etwas ändern.

Kitty bat mich, sie in ihrem Quartier bei einer Frau mit vier ausgelassenen Kindern und einem invaliden älteren Vater abzuholen, der Kitty jedes Mal, wenn er sie sah, aufs Neue fragte, wer sie war. Das einzige Klosett befand sich auf dem Hof, und sie erzählte kichernd, dass es kein Schloss an der Tür gab und sie beim leichtesten Windstoß aufgerissen werden konnte. Doch weit entfernt davon, sich über ihre Unterkunft zu beklagen, lachte Kitty nur und nannte es alles einen großen Jux. Ich hatte auch sehr schnell erkannt, dass ihre Zähigkeit und durch nichts zu erschütternde Natur ein wesentlicher Bestandteil ihrer Erziehung waren. Einer Erziehung, die so völlig anders als die meine war.

Ihr Elternhaus – Fanley Manor – lag in Sussex und war wahrscheinlich so etwas wie ein kleines Landgut. Sie hatte einmal beiläufig erwähnt, dass es sogar im *Domesday Book*, einer Landesbeschreibung Englands aus dem elften Jahrhundert, erwähnt wurde. Natürlich besaß die Familie auch ein Haus in London. Ihr Vater arbeitete im Außenministerium und hatte im Ersten Weltkrieg gekämpft. Deswegen war er furchtbar wütend darüber, dass so etwas erneut geschah, erzählte Kitty. Ihre ältere Schwester befuhr das East End mit einer mobilen Kantine, nachdem der Chauffeur der Familie ihr wie auch Kitty das Autofahren beigebracht hatte. »Ich wollte das Gleiche tun wie meine Schwester«, berichtete Kitty, »aber Daddy schob meinen Plänen einen Riegel vor und sagte, er habe eine weitaus wichtigere Tätigkeit für mich. Und dann schleppte er mich zum Außenministerium mit, und schließlich landete ich hier.« Mit ›hier‹ meinte sie Bletchley, wo sie in Hütte 4 arbeitete und schon dechiffrierte deutsche Mitteilungen übersetzte, wie ich inzwischen wusste. Sie beherrschte die Sprache perfekt, da sie vor Ausbruch des Krieges in Berlin gewesen war, um Deutsch zu lernen.

Obwohl sie darauf achtete, nie Einzelheiten über ihre Arbeit zu verraten, war sie, was meine Mutter »eine Plaudertasche« nannte, und ich konnte mich nur fragen, was Mum von meinem Umgang mit einer jungen Dame halten würde, die als Debütantin bei Hof dem König und der Königin vorgestellt worden war.

Wir radelten also aus der Stadt heraus, und wie es in unserer Freundschaft schon zu einer Gewohnheit geworden zu sein schien, ließ ich Kitty gern die Führung und Entscheidung über unseren Zielort übernehmen. Da der strengen Benzinrationierung wegen nur wenige Autos unterwegs waren, hatten wir die stillen, kurvenreichen Landstraßen größtenteils für uns allein, und der einzige andere Verkehr, den wir sahen, waren ein Pferdewagen und ein Motorradfahrer, die an uns vorbeifuhren. Als wir mit der warmen Frühlingssonne auf dem Rücken im Leerlauf den Hügel hinunterfuhren, den wir eben erst erklommen und dafür hart in die Pedale getreten hatten, verspürte ich eine Unbekümmertheit, die ich fast nicht wiedererkannte. Alle Gedanken an die zermürbende Dechiffrierarbeit, die mich am Abend erwartete, waren vergessen; ich konnte mich nicht erinnern, wann ich mich zuletzt so frei oder unbeschwert gefühlt hatte. Oder ob es überhaupt schon einmal so gewesen war.

Ohne Straßenschilder – eine Vorsichtsmaßnahme, um deutschen Spionen die Orientierung zu erschweren – fehlten auch mir jegliche Anhaltspunkte, um zu wissen, wo wir waren. Doch dann schwenkte Kitty, die vor mir fuhr, eine Hand und zeigte auf ein Feld zu unserer Linken. Die meiste Zeit war ich bestrebt gewesen, meine Augen nicht von den knospenden Hecken und grünen Äckern zu beiden Seiten von uns abzuwenden, aber ich muss gestehen, dass der Anblick ihres leichten, geblümten Kleides, das im Wind flatterte und ihre langen, nackten Beine zeigte, zu verführerisch war, um ihn ganz und gar zu ignorieren.

Wir lehnten unsere Räder an eine hohe Eiche neben einem hölzernen Zaun, und ich schnallte den Korb mit unserem Picknick vorn von meinem Fahrrad los. Ich trug ihn über den Zaun und ging dann neben Kitty weiter. Obwohl ich inzwischen wirklich schon gelernt haben müsste, über nichts überrascht zu sein, was sie tat, schob sie zu meinem Erstaunen ihre Hand unter meinen freien Arm, den Arm, den ich mir als Kind gebrochen hatte, und warf mit einem frohen Lachen anmutig den Kopf zurück. »Ist das nicht einfach herrlich?«

Ich nickte und murmelte ein schüchternes Ja.

»Ich bin so froh, dass du bereit warst mitzukommen«, sagte sie und drückte meinen Arm. »Ich glaubte nicht, dass du es tun würdest.«

»Wirklich?«

»Ich dachte, du wärst vielleicht nicht der Typ für Ausflüge aufs Land.«

»Du glaubst, ich sei ein Stadtmensch?«

»Bist du das denn nicht?«

»Da du mich kaum kennst, fällt es mir schwer zu glauben, dass du mich so oder so beurteilen könntest.«

»Aber man kann doch wohl eine begründete Vermutung anstellen«, wandte sie lächelnd ein. »Außerdem bin ich mir absolut sicher, dass du aufgrund dessen, was ich dir erzählt habe, auch schon alle möglichen Vermutungen über mich angestellt hast.«

»Ein paar«, räumte ich ein.

»Ich wusste es! Und nun lass mich raten!« Sie entzog mir ihren Arm, lief zwei Schritte vor und versperrte mir den Fußpfad, dem wir folgten. »Du denkst, ich sei die Tochter eines Blaublütlers, die nichts besonders ernst nimmt, nicht? Und du denkst auch, dass ich nach Ende dieses grauenvollen Krieges meine Pflicht erfüllen werde, indem ich einen weiteren Blaublütler heirate, den meine Eltern für mich ausgesucht haben. Das denkst du doch, nicht wahr?«

Ich starrte sie an. Ihr bezauberndes Gesicht war nur Zentimeter von meinem entfernt, ihre schönen Augen blitzten ausgelassen, und ihre sinnlichen Lippen lächelten mich an.

»Was würde dich mehr ärgern? Zu wissen, dass du richtig geraten hast, oder dass du dich irrst?«, fragte ich.

Sie lachte und ließ mich ihre hübschen weißen Zähne sehen. »Siehst du, genau das ist es«, sagte sie, als sie sich wieder bei mir unterhakte, um weiterzugehen. »Du hast schon genug Vermutungen über mich angestellt, um zu wissen, dass ich es hasse, mich geirrt zu haben. Wie schlau du bist!«

Ganz und gar nicht, dachte ich. Ich war nur zu feige, um eine suggestive und kompromittierende Frage zu beantworten.

Wir stiegen weiter die sanfte Anhöhe hinauf, und nach ein paar Minuten blickte ich mich nach dem Weg um, den wir gekommen waren – die Eiche, unsere Fahrräder und der Zaun waren nirgends mehr zu sehen.

»Wo gehen wir hin?«, fragte ich.

»Es ist nicht mehr weit.« Sie zeigte auf einen großen alten Kastanienbaum auf der Hügelkuppe. »Dort oben können wir picknicken.«

»Bist du dort schon mal gewesen?«, fragte ich sie.

»Nein. Ich gehe nur meiner Nase nach. Das tue ich immer. Als Kinder durften meine Schwester und ich so oft allein Fahrrad fahren, wie wir wollten, weil ich immer dafür sorgte, dass wir uns nicht verirrten.«

Als wir die Kastanie erreichten, drehte ich mich wieder nach der Aussicht um. Sie erstreckte sich kilometerweit vor meinen Augen, eine endlose grüne Fläche mit verstreuten Weilern und Dörfern, jedes mit einem eigenen Kirchturm, der in den wolkenlosen Himmel aufragte. In der Ferne lag Bletchley, das von hier aus ebenso weit entfernt zu sein schien wie der Krieg.

Nach der jüngsten Schönwetterperiode war der Boden trocken genug, um am Fuß des Baumes zu sitzen, und beim Anblick des Inhalts unseres Picknickkorbes, der jetzt hübsch auf einem rot-weiß karierten Tischtuch angerichtet war, musste ich mich in den Arm kneifen. Ein solches Festmahl hatte ich schon sehr lange nicht mehr gesehen. Da war eine Pastete von der Größe eines Frühstückstellers, ein Stück cremiger gelber Käse, eine Handvoll Kräcker, zwei schottische Eier und ein kleines Glas mit eingelegten Zwiebeln. »Woher hast du das alles?«, fragte ich in ungläubigem Erstaunen.

»Nanny Devine kam gestern zu Besuch und hatte mir auf Mummys Drängen ein bisschen Notverpflegung mitgebracht, für den Fall, dass ich nicht vernünftig esse.«

Ich beäugte die Flasche Champagner, die sie mir zum Öffnen hinhielt. »*Das* ist Notverpflegung?«

»Nun sei doch nicht so!«, rügte sie und griff in den Korb, um zwei in ein Küchentuch gehüllte feine Porzellantassen herauszunehmen. »Daddy dachte wohl, ich hätte mir einen besonderen Genuss verdient.«

Ich konnte mir ein Lachen nicht verkneifen. »Mir gefällt es, wie dein Vater denkt.«

»Er ist ein Schatz. Solange man ihn nicht verärgert, heißt das. Denn dann wird er zu einem Monster. Einmal wurde er wegen einer Diskussion über irgendetwas so böse auf Onkel Richard, dass er ihn aus einem Fenster stieß.«

»Aus einem Fenster im Parterre, hoffe ich.«

»Genau genommen nicht. Es war eins im ersten Stock.«

»Und dein Onkel?«, fragte ich, während ich meine Meinung über ihren Vater gründlich revidierte.

»Die Sträucher darunter dämpften seinen Sturz. Eigentlich war es furchtbar lustig. Er kam hinkend ins Haus zurück, von oben bis unten mit Blättern und Schmutz bedeckt, und tat so, als wäre überhaupt nichts vorgefallen.«

Die stoische Haltung der Oberklasse, für die die Aristokratie berühmt ist, dachte ich während meiner unfachmännischen Versuche, die Champagnerflasche zu entkorken. Ich hatte noch nie eine geöffnet, wollte aber verdammt sein, wenn ich mir das anmerken ließ. »Was hatte dein Onkel getan, um einen Sturz aus einem Fenster zu verdienen?«, fragte ich, während ich den elenden Korken verwünschte, der sich all meinen Bemühungen widersetzte und mich wie einen unerfahrenen Tölpel dastehen ließ.

Kitty zuckte mit den Schultern und schnitt die Pastete an. »Keine Ahnung. Es war bloß einer dieser Zwischenfälle, die schon mal passieren können.«

Zu meiner enormen Erleichterung fühlte ich, dass der Korken nachgab, legte schnell die Hand darum und zog mit aller

Kraft daran, um dem Ding zu zeigen, wer das Sagen hatte. Bevor ich mich's versah, schoss mir ein Schaumstrom aus der Flasche ins Gesicht, mit solch unerwarteter Heftigkeit, dass ich erschrocken aufschrie.

Der verdammte Korken hat gewonnen, dachte ich enttäuscht, als ich mit einer Hand mein nasses, gerötetes Gesicht abwischte. Kitty versuchte tapfer, ein Kichern zu unterdrücken, sah ich – aber dann prustete sie los und brach in schallendes Gelächter aus.

Ich hatte es noch nie gemocht, ausgelacht zu werden; dazu hatte ich in der Schule und auch in Cambridge zu oft dumme Witze und Spötteleien über meine jüdische Herkunft einstecken müssen. Doch hier in dem lichten Schatten des Kastanienbaums, mit einem strahlend schönen Mädchen an meiner Seite, das *mich* erwählt hatte, um den Nachmittag mit ihm zu verbringen, konnte ich gar nicht anders, als mir der Lächerlichkeit meines Verhaltens bewusst zu werden und das Lustige daran zu sehen. Und als ich zu lachen begann, lachte ich so herzhaft, dass mir die Seiten wehtaten und Tränen über meine Wangen liefen und sich mit dem Champagner dort vermischten. Es war so ungemein befreiend, dieses Lachen, dass ich nicht damit aufhören konnte, bis ich zu befürchten begann, Kitty wie ein Irrer vorzukommen.

»Entschuldigung«, sagte ich, als ich mich endlich zusammenriss und auch wieder zu Atem kam. »Ich fürchte, das war eine schreckliche Verschwendung des Champagners.«

Sie nahm mir die Flasche ab und schüttelte den Kopf. »Überhaupt nicht«, erwiderte sie und schenkte vorsichtig die beiden Tassen voll. »Dich so fröhlich zu sehen war es wert.« Sie wartete, bis der Schaum sich gesetzt hatte, und schenkte dann noch ein wenig nach. Offenbar kannte sie sich mit dem Einschenken von teurem Schaumwein bestens aus. Nachdem sie die Flasche wieder sicher im Korb untergebracht hatte, reichte sie mir eine Tasse.

»Tut mir leid, dass ich keine Gläser aufstöbern konnte«, sagte sie. »Und nun lass uns auf unsere ganz persönlichen Pusteblumenjahre trinken!«

Fragend legte ich den Kopf ein wenig schief. *»Pusteblumenjahre?«*

»So nenne ich bei mir den Krieg und die Auswirkungen, die er auf uns alle hat. Alle Hoffnungen und Überzeugungen, nach denen wir vorher lebten, wurden uns entrissen. Wir leben in einer Zeit, in der es vielleicht nur eines einzigen Schlags bedarf, und alles könnte vom Erdboden verschwunden sein. Du. Ich. Alles, was uns lieb und teuer ist.« Ihr Ausdruck wurde plötzlich ernst. »Diese Momente könnten unsere letzten hier auf Erden sein.«

»Das hört sich aber wie ein sehr pessimistischer Standpunkt an.«

Sie legte die Stirn in Falten und trank etwas von ihrem Champagner. »Doch so ist es nun mal, nicht? Ich habe keine Angst zu sterben, weißt du, weil ich an ein Leben nach dem Tod glaube. Und bevor du jetzt irgendetwas sagst: Wenn es kein Leben nach dem Tode gibt, werde ich auch nicht mehr da sein, um mich darüber zu beklagen, dass ich mich geirrt hatte, nicht wahr?«

»Hoffen wir, dass das etwas ist, worüber du dir noch lange keine Sorgen machen musst!«

Sie lächelte. »Na so was! Wer hätte das gedacht, mein Lieber? Du scheinst ja sogar noch gefühlsduseliger als ich zu sein.«

Ohne auf ihre Bemerkung einzugehen, sagte ich: »Werden wir jetzt etwas von diesen Köstlichkeiten essen, die deine dir treu ergebene Nanny dir gebracht hat?«

»Keine Scherze über Nanny Devine, das dulde ich nicht!«

»Erzähl mir von ihr«, bat ich und wich dem Messer aus, mit

dem Kitty jetzt vor meinem Gesicht herumfuchtelte wie ein Furcht einflößender Pirat. »Hat sie dich betreut, als du ein Baby warst?«

»Ja. Und meine Schwester Ruthie auch. Sie gehört praktisch zur Familie. Ich habe sie schrecklich gern und kann mir eine Welt ohne sie gar nicht mehr vorstellen. Und sie wiederum kann es kaum erwarten, dass Ruthie und ich Kinder bekommen, damit sie auch die aufziehen kann. Weißt du was? Ich werde dich einmal mitnehmen, um dich ihr vorzustellen. Sie wird sich freuen, dich kennenzulernen.«

Ich versuchte, mir das sehr unwahrscheinliche Szenario meiner Ankunft auf irgendeinem riesigen Landsitz im schönen Sussex vorzustellen, doch das Einzige, was ich damit erreichte, war, das Bild von Kittys missbilligendem Vater heraufzubeschwören, der mich aus dem nächsten Fenster warf.

»Oh, ich glaube nicht, dass Nanny Devine auch nur im Mindesten daran interessiert wäre, mich kennenzulernen«, entgegnete ich leichthin.

Kitty reichte mir eine Scheibe der Pastete, die aus Schweinefleisch bestand, wie ich sehen konnte, und von einer köstlichen Schicht Aspik und knusprigem Blätterteig ummantelt war. »Warum sagst du das?«, fragte Kitty stirnrunzelnd.

Wo soll ich anfangen?, überlegte ich. Konnte sie wirklich so begriffsstutzig sein? »Nun ja«, begann ich vorsichtig, »zunächst einmal kommen wir aus zwei ganz verschiedenen Welten.«

»Du meinst, weil ich Katholikin bin und du Jude bist?«

Das war das Erste, was ich über ihren Katholizismus hörte. Aus irgendeinem Grund hatte ich angenommen, dass Religion in ihrem Leben keine Rolle spielte. Und nun sprach sie von einem Leben nach dem Tod und bezeichnete sich als Katholikin. In dem Versuch, noch sorgsamer meine Worte zu wählen, sagte ich: »Nein, von diesem Unterschied zwischen uns sprach ich nicht, denn obwohl mein kultureller Hintergrund ein jüdischer ist und ich mir meiner Wurzeln auch sehr stark bewusst bin, würde ich mich doch nicht im Mindesten als religiös bezeichnen.« Ich zeigte auf die Scheibe der Schweinefleischpastete, die ich aß. »Denn wäre ich es, würde ich das hier jetzt nicht essen. Aber wenn ich raten müsste, ginge ich davon aus, dass deine Eltern es nicht billigen würden, dass du dich mit jemandem wie mir abgibst.«

»Oh, was für ein Unsinn! Du weißt ja nicht, wovon du redest! Und eines Tages werde ich es dir beweisen.«

Du kannst es gern versuchen, dachte ich. Doch ich wusste mit absoluter Überzeugung, dass eine adlige römisch-katholische Familie mir kaum mehr als höfliche Toleranz entgegenbringen würde. Und das auch nur von Angesicht zu Angesicht. Hinter meinem Rücken wäre ich für sie nichts weiter als ein jüdischer Emporkömmling aus dem Londoner East End, mit dem sich ihre Tochter bedauerlicherweise eingelassen hatte.

Im Augenblick jedoch war das nicht wichtig. Ich würde ihnen ohnehin nie begegnen, warum sollten wir also nicht weiter diesen schönen Nachmittag genießen?

Wir aßen, bis wir mehr als nur gesättigt waren, und als wir die Flasche Champagner bis zum letzten Tropfen ausgetrunken hatten – wie war das passiert? –, war ich plötzlich sehr, sehr müde. Faul legten wir uns beide auf den Rücken, blickten zu dem klaren blauen Himmel auf und ließen uns die Sonne ins Gesicht scheinen. Dann verschränkte ich die Hände hinter meinem Kopf und schloss die Augen. Die stille, warme Luft war erfüllt von den Geräuschen der Insekten und dem Zwitschern und Gesang der Vögel. Irgendwo in weiter Ferne hörte ich einen Zug pfeifen und dann gar nichts mehr, als ich einschlief. Es war der friedlichste Schlaf, den ich seit langer Zeit erfuhr, ein herrlich tiefer Schlaf vollendeten Vergessens. Da waren keine quälenden Träume mehr von endlosen verschlüsselten Mitteilungen, keine erschreckenden Bilder von im See dahintreibenden Leichen, nur die angenehme Erleichterung eines Verstandes, der sich ganz und gar einer wonnevollen Unbewusstheit überließ.

Ich hatte keine Ahnung, wie lange ich schlief, aber irgendwann erwachte ich von einem Kitzeln an meiner Unterlippe. Ein Insekt, vermutete ich, und verscheuchte es mit der Hand. Doch Sekunden später war es wieder da, dieses Mal an meiner Oberlippe. Nur widerstrebend raffte ich mich auf und öffnete die Augen.

»Ich dachte, du würdest gar nicht mehr erwachen«, sagte Kitty leise lachend. Sie saß über mich gebeugt, und in ihrer Hand hielt sie eine Pusteblume, deren flauschiger Fruchtstand noch völlig intakt war. Das war es, womit sie mich gekitzelt hatte. Ich wollte mich gerade dafür entschuldigen, so unhöflich lange geschlafen zu haben, als sie den Kopf senkte und mich sehr sanft und zärtlich auf die Lippen küsste.

Kapitel 19

Mai 1943

An jenem Abend erschien ich zu meiner Schicht mit einer ähnlichen Begeisterung und Entschlossenheit wie der, die ich in meiner ersten Zeit in Bletchley Park empfunden hatte. Das war, als ich noch geglaubt hatte, es gäbe keinen Code, der sich nicht knacken ließ, nicht einmal der Enigma-Code. Oder als ich selbst ungeachtet des ungeheuren Ausmaßes der Aufgabe noch angenommen hatte, wir würden sie bewältigen. Diese beiden Mantras waren sozusagen mit dem Gefüge meines Seins verwoben. Leider hatte es nicht lange gedauert, bis ich nahezu resignierte und die Naivität jener Worte nicht nur jeden meiner wachen Gedanken, sondern auch die während meines Schlafs beherrschte.

Doch wie durch ein Wunder hatte ich nun etwas von meinem alten Ich wiedergefunden und war nicht mehr so angespannt, dass ich das Gefühl hatte, jeden Moment in tausend Stücke zu zerspringen. Stattdessen fühlte ich mich neu belebt und von einem glücklichen Optimismus getragen und gestärkt. Tatsächlich glaubte ich, das Ausmaß meines Glücks sei so augenfällig, dass es mich wie eine Aura umgeben musste – oder so unverwechselbar war wie die Rauchwolke, die Chatterton-Jones mit seiner Pfeife erzeugte, als er nur Sekunden, nachdem ich an meinem Tisch saß, in der Hütte erschien. Wie nicht anders zu erwarten, trug er seinen üblichen Ausdruck selbstzufriedener Überlegenheit zur Schau, während er uns alle mit einem jovialen Hallo begrüßte, als wären wir alte Freunde, die sich zu einem gesellschaftlichen Anlass versammelt hatten, dessen Ehrengast er war. Ich quittierte seinen Gruß mit einem Nicken, nahm meinen Block heraus und spitzte meinen Bleistift. Ich war bereit, mit meiner Arbeit zu beginnen.

Aber ich wurde von Chatterton-Jones unterbrochen. Nachdem er sich mit dem Hinterteil an mein Schreibtischende gelehnt hatte, nahm er die Pfeife aus dem Mund und schwenkte sie in meine Richtung, als wäre er entschlossen, meine volle Aufmerksamkeit zu erringen. »Ich bin gerade diesem entzückenden Mädchen begegnet, das du im Zug kennengelernt hast«, sagte er gedehnt. »Wie sich herausstellte, kennen sich unsere Väter, und auch unsere Wege kreuzten sich mehrmals in unserer Kindheit. Habe ich dir nicht gesagt, dass sie mir irgendwie bekannt vorkam? Also ich denke, ich sollte sie um der alten Zeiten willen mal auf einen Drink einladen, meinst du nicht?«

»Ihr hättet euch sicher viel zu erzählen«, stieß ich zwischen zusammengebissenen Zähnen hervor.

»Oh, das bezweifle ich nicht, alter Junge.«

Und damit schlenderte er zu seinem eigenen Tisch hinüber und ließ mich in einer Mischung aus Wut und Niedergeschlagenheit zurück. Wie sehr ich wünschte, er wäre überall, nur nicht hier – irgendwo weit weg, wo er seinen beträchtlichen Charme und sein gutes Aussehen nicht dazu verwenden konnte, mir Kitty vor der Nase wegzuschnappen. Gott vergebe mir, aber ich wünschte sogar, er wäre im Nordatlantik und würde von einem ganzen Schwarm deutscher U-Boote gejagt!

Ich hörte ein scharfes Knacken und sah, dass ich den Bleistift, den ich in der Hand hielt, in der Mitte durchgebrochen hatte. Oh, wie leicht meine verfluchten Unsicherheiten wieder sichtbar geworden waren und wie grausam sie die nackte Wahrheit offenbarten, dass ich ein Narr war – und ein eifersüchtiger noch dazu.

Die Schicht schleppte sich dahin mit all den verschlüsselten Nachrichten, die unermüdlich eingingen. So angestrengt wir alle es auch versuchten, wir bekamen diesen einen Glücksfall, den jeder von uns brauchte, einfach nicht zu fassen. Nur ein einziger solcher Durchbruch würde genügen, um alle wieder aufzumuntern, anzuregen und uns die nötige Ausdauer zu geben, die Schicht zu Ende zu bringen, ohne während der stets gleichbleibend monotonen Langeweile des Nichtvorankommens einzuschlafen.

Schließlich einigten wir uns darauf, dass eine Gruppe von uns eine Pause machte, um etwas zu essen, und in dem schwachen Licht meiner Taschenlampe stolperte ich durch die absolute Dunkelheit zur Kantine hinüber. Nachdem ich mich vorher auf die Möglichkeit gefreut hatte, Kitty später vielleicht dort zu treffen, schreckte mich der Gedanke jetzt, weil ich mir völlig sicher war, dass Chatterton-Jones mir bereits zuvorgekommen war. Ich war so vertieft in meine Aufgabe gewesen, so überzeugt davon, endlich etwas entdeckt zu haben, dass mir nicht einmal aufgefallen war, dass er die Hütte schon vor mir verlassen hatte.

Und ich hatte allen Grund, besorgt zu sein. Ich sah sofort, wie er sich den letzten freien Stuhl an dem Tisch schnappte, an dem Kitty saß. Mein Magen krampfte sich zusammen, nicht nur angesichts der Unvermeidlichkeit von Chattertons Interesse und dessen Ergebnis, sondern auch des Geruchs des aufgetragenen Essens wegen.

Ich nahm mir ein Tablett und stellte mich mit zwei meiner Kollegen namens Craggs und Bennett an. Ohne auch nur richtig zu bemerken, was mir serviert worden war, folgte ich ihnen zu einem Tisch und war froh und dankbar, dass sie einen in sicherer Entfernung von Kittys gewählt hatten.

»Wie ich sehe, setzt Chatterton-Jones seine Attraktivität mal wieder sehr gut ein«, sagte Bennett grinsend, als er, nur Sekunden, nachdem wir uns gesetzt hatten, Essen in seinen Mund zu schaufeln begann. Ich hatte noch nie jemanden so viel oder so schnell essen sehen wie ihn. Er behauptete, als jüngstes von fünf Kindern habe er schon sehr früh gelernt, nichts zu lange auf seinem Teller herumliegen zu lassen.

Craggs spähte mit zusammengekniffenen Augen durch die dicken Gläser seiner Schildpattbrille zur anderen Seite des Raums hinüber. »Ich kann es ihm nicht verdenken«, bemerkte er. »Sie ist eine Schönheit.«

Ich senkte den Kopf und dachte an den Moment, in dem Kitty mich heute Nachmittag geküsst hatte. Es war nur eine ganz leichte, flüchtige Berührung gewesen – die eines Schmetterlingsflügels an meinen Lippen hätte nicht zarter sein können –, aber die Erinnerung daran war so in meinem Gedächtnis eingebrannt, dass ich den Kuss auch jetzt noch spüren konnte.

Meine Erfahrung, was das Küssen anbelangte, war sehr begrenzt. Mein erstes Erlebnis dieser Art hatte ich mit der Tochter einer Kundin meiner Mutter gehabt. Sie war elf Jahre alt gewesen, ein Jahr älter als ich mit meinen zehn, und hatte mich auf der Bar-Mitzwa-Party ihres Bruders sehr bedrängt. Damals hatte ich der Begegnung absolut nichts abgewinnen können, aber zwei Jahre später, als ich das Erlebnis wiederholen wollte und versuchte, sie zu küssen, gab sie mir eine Ohrfeige. Das nächste Mädchen, das ich küsste, studierte mit mir in Cambridge, und obwohl mir diesmal eine Ohrfeige erspart blieb, wurde ich auch nicht mit einem zweiten Kuss belohnt.

Der Gedanke, dass ich vielleicht nie wieder einen zweiten Kuss von Kitty bekommen würde, falls sie auf Chatterton-Jones und seine unerträgliche Selbstverliebtheit hereinfiel, ließ die letzten Reste meines Appetits dahinschwinden, und ich schob mein Tablett von mir weg.

»Isst du das nicht?«, fragte Bennett, der seine Hand schon nach meinem noch fast unberührten Essen ausgestreckt hatte.

»Nur zu«, erwiderte ich geistesabwesend.

Craggs, der nicht nur empfänglicher als die anderen für feine Zwischentöne war, sondern auch jederzeit bereit, uns andere zu bemuttern, wenn sich eine Gelegenheit dazu ergab, sah mich an. »Ist alles in Ordnung mit dir?«

Ich zuckte mit den Schultern. »Ich bin nicht hungrig.«

»Du solltest aber etwas essen. Warum probierst du nicht mal das Geleetörtchen, das ist gewöhnlich das geringste Übel auf der Speisekarte.«

Trotz meiner durch Chatterton-Jones hervorgerufenen miserablen Laune lächelte ich Craggs an. »Du hast deine Berufung verfehlt«, sagte ich. »Du hättest dich hier als Hausmutter bewerben sollen.«

»Haha, sehr witzig! Und nun tu, was ich dir sage, und iss etwas, oder du wirst für niemanden von Nutzen sein!«

Von uns allen in Hütte 8 war Craggs auf seine ruhige, zurückhaltende Art der Einzige, der ernsthaft glaubte, dass wir die Deutschen besiegen konnten. Seine Einstellung war so positiv, dass er keine Minute lang bezweifelte, dass unsere geheimdienstliche Arbeit der ihren überlegen war. Man konnte sich bei ihm auch darauf verlassen, dass er uns davor bewahrte, unserer durch Verzweiflung und Erschöpfung hervorgerufenen schlechten Laune wegen aneinanderzugeraten. Und da es vernünftig klang, was er sagte, nahm ich das Törtchen schnell von meinem Tablett, bevor Bennett es auch verschlingen konnte.

Ich probierte einen Bissen von dem, was meines Wissens wie gesüßter Karton schmeckte, und obwohl ich mich nicht irrte, kaute ich es mit grimmiger Entschlossenheit. Als ich es dann mit einem Schluck Wasser hinunterspülte, riskierte ich einen Blick zu Kittys Tisch hinüber. Sie war aufgestanden und sagte etwas zu Chatterton-Jones, bevor sie sich abwandte und ihr Tablett zu dem Bereich hinübertrug, wo die Essensreste in den Schweinefutter-Behälter geschüttet wurden. Als das erledigt war, blickte sie sich in der Kantine um, als suchte sie jemanden. Schnell wandte ich mich wieder Craggs und Bennett zu, weil sie nicht sehen sollte, dass ich sie beobachtete. Ich musste so tun, als wäre es mir egal, dass ich die Gelegenheit versäumt hatte, mich zu ihr zu setzen.

Was besagte es schon, dass wir einen wundervollen Nachmittag miteinander verbracht hatten?

Oder dass wir leichtsinnigerweise zu viel Champagner getrunken hatten und ein bisschen beschwipst davon gewesen waren?

Oder dass sie mich geküsst und sich dann neben mich ins Gras gelegt und meine Hand gehalten hatte?

Oder dass sie gesagt hatte: »Erzähl mir von deiner Familie und deiner Zeit in Cambridge! Ich möchte alles über dich erfahren.«

Es besagte nichts. Gar nichts. Wahrscheinlich war Kitty von meiner offensichtlichen Unerfahrenheit bloß amüsiert gewesen und hatte Mitleid mit mir gehabt. Vielleicht war ich nichts weiter als eine Art Lieblingsprojekt von ihr, jemand, dem ein bisschen Schliff und Weltgewandtheit beigebracht werden musste.

Etwas, das sie vielleicht als *ihren* Beitrag für König und Vaterland betrachtete.

Kapitel 20

Wieder in Glaskin House, kamen Saskia und ihr Vater in der Bibliothek gut voran.

Wie angewiesen, hatten sie vorher an der Pfarrei gehalten und von Jenny Allbright erfahren, dass sie am Morgen schon in aller Frühe drüben gewesen war, um sich zu überzeugen, dass die Heizung funktionierte. Sie hatte ihnen auch von Matthew ausgerichtet, sie sollten sich ganz wie zu Hause fühlen, und auf seine Bitte hatte Mrs. Allbright frische Milch in den Kühlschrank gestellt, falls sie sich einen Tee oder Kaffee aufbrühen wollten.

Inzwischen war es später Nachmittag, und während Saskia darauf wartete, dass das Teewasser kochte, blickte sie aus dem Fenster zum Vorgarten und der Einfahrt hinaus, wo ihr Vater den Wagen abgestellt hatte. Genau wie gestern war auch der heutige Tag furchtbar nass und windig gewesen, doch hier in diesem weitläufigen Haus, gegen dessen Fenster Wind und Regen peitschten und an den Fensterläden rüttelten, kam das Wetter einem noch viel schlimmer vor. Das Haus war etwa so winddicht wie ein Sieb, sodass der kalte Wind durch jede Ritze pfiff, die er nur finden konnte. Und anders als am Sonntag, als sie hier gewesen waren, brannte kein Feuer in der Bibliothek, und ohne das anheimelnde Knistern und Knacken der Holzscheite im Kamin und nur mit dem gelegentlichen klagenden Heulen des Windes im Schornstein fühlte der Raum sich leer und irgendwie unbewohnter an.

Matthews Abwesenheit hatte auch noch einen anderen Effekt: Sie bewirkte, dass Saskia sich wie ein Eindringling vorkam, als sie sich in der Küche so selbstverständlich bediente.

Trotz ihrer Entschlossenheit, sich heute gut gelaunt und von ihrer besten Seite zu zeigen, wurmte Matthews gestrige Entschuldigung am Telefon sie nach wie vor. Ihr Ärger richtete sich jedoch nicht gegen ihn, sondern gegen sich selbst, weil er den unschönen Eindruck bei ihr hinterlassen hatte, dass sie zurzeit wirklich keine nette Person war, die man gern um sich hatte. Sie würde sogar so weit gehen zu sagen, dass sie plötzlich nicht mehr das Gefühl hatte, derselbe Mensch zu sein wie früher. Es war, als würde sich alles Sanfte in ihr langsam auflösen und den scharfen, harten und spröden Kern darunter freigeben, den sie lieber verborgen hielte.

Das Wasser begann zu kochen, und der Wasserkocher stellte sich klickend ab. Während Saskia die Teebecher füllte, Milch hinzugab und umrührte, dachte sie an den Verfasser der *Pusteblumenjahre*. Wie gut sie die schmerzliche Unsicherheit des Mannes nachempfinden konnte – die kräftezehrende Qual, Kitty so sehr zu mögen, sich aber nicht zu gestatten, daran zu glauben, dass sie seine Gefühle erwidern könnte. Saskia hatte nicht nur die gleiche Furcht gekannt, sondern darüber hinaus auch noch unter dem beklemmenden Gefühl gelitten, dass sie, wenn sie jemanden wirklich liebte, Gefahr lief, diesen Menschen zu verlieren, so wie sie auch ihre Mutter und ihre Großmütter verloren hatte.

Sie wusste, dass jeder bis zu einem gewissen Grad diese Sorge kannte, doch sie musste erst noch einen Weg finden zu glauben, dass das Risiko sich lohnte und es besser war, geliebt zu haben, als es nicht getan zu haben. Ein dunkler Winkel ihrer Seele hielt sie jedoch davon ab, das für diesen Sinneswandel notwendige blinde Vertrauen aufzubringen. Wie schaffte man das, sein Herz und sein Leben einem anderen Menschen anzuvertrauen?

Nur allzu oft wurde Liebe als Allheilmittel für viele Probleme des Lebens dargestellt, doch war sie das auch wirklich?

Saskias Kopf wollte mit Nein antworten, aber ihr Herz sagte etwas anderes und erinnerte sie an die überaus beschützende und fürsorgliche Liebe, die sie und ihren Vater und ihre Großväter verband. Was wäre aus ihnen geworden ohne diesen Bund der Liebe?

Als sie in die Bibliothek zurückging, telefonierte ihr Dad gerade auf seinem Handy, und so stellte sie seinen Tee neben ihn und nahm ihren zu dem Fenster mit, das auf den vollkommen durchnässten Garten hinausging. Nach einem nur flüchtigen Blick hinaus wandte sie sich dem Stapel Fotoalben auf dem Schreibtisch vor ihr zu. Sie waren ihr schon am Sonntag aufgefallen, aber mit Matthew in der Nähe hatte sie nicht dabei ertappt werden wollen, neugierig genug zu sein, um sie durchzusehen. Doch nun, da sie von niemandem beschuldigt werden konnte herumzuschnüffeln, schlug sie das erste Album oben auf dem Stapel auf.

Die erste Seite war leer, aber die nächste Doppelseite war mit verblassten kleinen Schwarz-Weiß-Fotos bedeckt. Sie waren alle von demselben Mann und schienen auch während derselben Sitzung aufgenommen worden zu sein. Zu seinem erkennbar welligen dunklen Haar, das kurz geschnitten und auf der rechten Seite seines Kopfs gescheitelt war, trug er einen flotten, gut getrimmten Bart und Schnurrbart, die auch heute nicht altmodisch gewirkt hätten.

Soweit es sich erkennen ließ, war er mit einem Hemd mit Krawatte und einem Tweed-Jackett bekleidet. Das Auffallendste an dem Satz der acht Fotografien war jedoch die Pose, die er für jede eingenommen hatte. Ob er nach rechts oder links gewandt war oder direkt in die Kamera blickte, sein Gesicht trug stets einen Ausdruck spöttischer Belustigung, wenn er mal lächelte, mal eine Augenbraue hochzog, wobei Letzteres zwei tiefe Falten auf seiner hohen Stirn erzeugte.

Nach näherer Betrachtung seines Gesichts blieben Saskia zwei Gedanken: Entweder hatte es ihm Spaß gemacht, sich ablichten zu lassen, und er hatte für die Kamera posiert, oder er hatte sich nicht fotografieren lassen wollen und eine Maske aufgesetzt, um sich dahinter zu verstecken. Geneigt, an die erste Möglichkeit zu glauben, fragte Saskia sich, ob dies der verstorbene Professor Jacob Belinsky als junger Mann in seinen Zwanzigern oder sogar Dreißigern war, denn es war schwierig, ihm ein genaues Alter zuzuordnen. Auf vor Jahren aufgenommenen Fotografien wirkten die Leute fast immer älter, als sie in Wirklichkeit waren, besonders auf Schwarz-Weiß-Fotos oder sehr formellen Porträtaufnahmen.

Saskia trank einen Schluck Tee und schlug die nächste Seite des Albums auf. Bei diesen Aufnahmen schien es sich um Gruppenfotos zu handeln, von denen eines eine kleine Schar lächelnder, vor einem Schaufenster stehender Frauen zeigte. Sie trugen alle genau die gleiche Kleidung, eine Art gut geschnittenen Overall. Eine Uniform vielleicht? Bei näherem Hinsehen fiel Saskia auf, dass auf der Brusttasche ihrer Overalls auch dasselbe Logo prangte. Auf einem anderen Foto stand inmitten der Frauen ein Mann in einem ebenfalls sehr schicken doppelreihigen weißen Überzieher.

Als Saskia noch genauer hinsah, bemerkte sie die Schrift unter diesen beiden Aufnahmen. Falls sie dazu gedacht war, die Identifizierung der Leute auf den Fotos zu erleichtern, war diese gute Absicht gründlich fehlgeschlagen. Weitaus interessanter und aufregender war die von einem Gefühl der Erkenntnis begleitete Tatsache, dass das verblasste Gekritzel Saskia an die haarsträubende Handschrift erinnerte, die sie in den letzten Tagen so mühsam entziffert hatte. Es war dieselbe, zweifellos. Sie hatte zu viele Stunden damit verbracht, dieses nahezu völlig unleserliche Gekrakel zu entziffern, um auch nur den geringsten Zweifel daran zu hegen, dass es genau dasselbe war, das sie auch jetzt wieder vor Augen hatte!

Sie drehte sich zu ihrem Vater um, um ihm von ihrer Entdeckung zu berichten, doch er stand noch immer mit dem Rücken zu ihr am anderen Ende des großen Raumes und sprach leise in sein Telefon.

Während Saskia darauf wartete, dass er sein Gespräch beendete, sah sie sich ein paar Seiten mehr des Albums an und suchte nach weiteren handschriftlichen Eintragungen. Sie fand noch viele andere, und mit jeder einzelnen verstärkte sich noch die prickelnde Erregung der absoluten Sicherheit in ihr.

Aber bedeutete ihre Entdeckung wirklich, dass der Verfasser der *Pusteblumenjahre* und Professor Jacob Belinsky ein- und derselbe waren? Und wenn ja, wieso war das Notizbuch dann von den anderen Hinterlassenschaften des Verstorbenen getrennt worden?

Sie zwang sich, objektiv zu sein, und sagte sich, dass ihre Schlussfolgerung, nur der Professor könne das Notizbuch geschrieben haben, zwar die offensichtlichste sein mochte, es allerdings ebenso gut möglich war, dass das Fotoalbum einmal jemand anders gehört hatte, einem Verwandten oder Freund, und einfach nur irgendwie hier in Glaskin House gelandet war.

Da Saskia diese Theorie jedoch gar nicht gefiel, blätterte sie eifrig weiter und suchte nach etwas, das ihr einen unumstößlichen Beweis für das, was sie für wahr hielt, liefern würde: Ein Foto eines jungen Mannes mit einem Mädchen in Bletchley Park mit ihren darunter aufgeführten Namen würde schon vollauf genügen!

Sie hatte sich gerade die letzte Seite des Albums angesehen, als ihr Vater sein Gespräch beendete und zu ihr herüberkam. Aufgeregt erzählte sie ihm von ihrer Entdeckung und vergaß auch nicht zu erwähnen, dass der Mann in *Die Pusteblumen-*

jahre der Enkel russischer Juden war, die nach England ausgewandert waren. »Der Name des verstorbenen Professors war Jacob Belinsky«, sagte sie, »und du wirst mir doch sicher zustimmen, dass der Name durchaus ein russischer sein könnte?«

»Ja, aber er könnte auch aus einem anderen osteuropäischen Land stammen.«

»Und was ist mit all den Büchern über russische Kunst, Geschichte und Lyrik, auf die wir hier gestoßen sind?«, hielt sie dem entgegen. »Und sagte Matthew nicht, dass der Professor die Heizung auf Russisch zu beschimpfen pflegte? Es passt alles zusammen, Dad, da bin ich mir ganz sicher. Es wäre ein zu großer Zufall, wenn es nicht so wäre, wie ich denke. Glaubst du, dass Matthew etwas von dem Notizbuch weiß?«

Ihr Vater machte ein zweifelndes Gesicht. »Er erscheint mir nicht wie jemand, der so etwas wissentlich wegwerfen würde. Vergiss nicht, dass das Notizbuch in der Bibel versteckt war, also wusste er sehr wahrscheinlich nichts davon.«

»Aber warum hat er die Bibel weggeworfen, wo er doch wusste, dass die Bücher für das Nachlassgericht geschätzt werden mussten?«

»Du weißt genauso gut wie ich, dass die meisten Erben mit dem Aussondern des Mülls beginnen, bevor der Erbschein ausgestellt wird. Es sind nur die Dinge von einem eventuellen Wert, die sie nicht anrühren dürfen. Angesichts all der prall gefüllten Mülltüten in der Halle würde ich davon ausgehen, dass Matthew schon mit dem Aussortieren begonnen hat. Vielleicht ist ihm die Bibel einfach nur durchs Netz gegangen.« Ralph unterbrach sich, um einen Schluck Tee zu trinken. »Du weißt, was das bedeutet, nicht? Dass wir mit Matthew über das Notizbuch reden müssen.«

Saskia wusste natürlich, dass ihr Vater recht hatte, doch der Gedanke, sich von dem Notizbuch zu trennen, bevor sie es zu

Ende gelesen hatte und den Ausgang der Geschichte kannte, ließ sie zögern, ihm gleich zuzustimmen. »Vielleicht könnte ich es ihm am Wochenende sagen, wenn wir mit der Schätzung fertig sind?«, schlug sie vor, als sie erkannte, dass sie dann auch ihr Herumschnüffeln in dem Fotoalbum würde zugeben müssen. Wie sollte sie Matthew die von ihr hergestellte Verbindung anders erklären? Es sei denn, das Notizbuch selbst gab Jacob Belinsky als seinen Verfasser preis …

Eine Stunde später beschlossen sie, dass es Zeit wurde, für heute Schluss zu machen, doch bevor sie sich auf die Heimfahrt machten, hielten sie noch schnell am Pfarrhaus, um den Schlüssel abzugeben.

Diesmal war es der Vikar selbst, der ihnen öffnete. In Jeans und einem grauen Collarhemd mit weißem Einsatzkragen stand er lächelnd vor ihnen und fragte sie, wie sie vorankamen. »Das Haus ist furchtbar schwer zu heizen«, sagte er. »Ich habe Jacob immer damit aufgezogen, dass es in seinen Genen liegen müsse, die Kälte so gut auszuhalten.«

Saskia konnte der günstigen Gelegenheit, die sein Kommentar ihr bot, nicht widerstehen. »Sind seine Großeltern Ende des neunzehnten Jahrhunderts aus Russland nach England emigriert?«, fragte sie.

Sichtlich überrascht von ihrer Frage, betrachtete er sie einen Moment lang schweigend. Dann sagte er: »Ja, das taten sie tatsächlich. Aber warum fragen Sie?«

Saskia lächelte. »Ich versuche nur, mir ein Bild von dem Mann zu machen, der solch eine interessante und breit gefächerte Büchersammlung angelegt hat«, antwortete sie.

»Schäm dich, einen Mann Gottes zu belügen!«, sagte Ralph lachend, als sie im Wagen saßen und losfuhren.

»Es war nur eine kleine harmlose Lüge und durchaus vertretbar unter den gegebenen Umständen«, erwiderte Saskia.

»Ah ja, und welche Umstände wären das?«

»Mir wird schon etwas einfallen, da bin ich mir sicher.«

»Dieses Notizbuch hat dich wirklich vollkommen in seinen Bann gezogen, nicht?«

»Sagen wir einfach, es hat mein Interesse geweckt. Mit wem hast du übrigens vorhin telefoniert?«

»Mit einer Freundin«, antwortete Ralph. »Einer guten Freundin, die ich bis gestern, als sie mich im Laden überraschte, fast zehn Jahre nicht mehr gesehen hatte.«

Ralph hatte sich schon gefragt, wann Saskia das Telefonat erwähnen würde. Als er am Vortag mit Libby etwas getrunken und sie über alte Zeiten geplaudert hatten, hatten sie ihre Mobilfunknummern ausgetauscht, und er hatte ihr versprochen, in Kontakt zu bleiben. Libby hatte daraufhin gesagt, er solle keine unbedachten Versprechungen machen, die er nicht halten könne, und um ihr das Gegenteil zu beweisen, hatte er sie angerufen, als Saskia in der Küche gewesen war und Tee aufgebrüht hatte. Libbys freudige Überraschung darüber, etwas von ihm zu hören, war erstaunlich wohltuend gewesen, und sehr schnell hatte er sich dann auch dabei ertappt, wie mühelos er wieder in das heitere, unbeschwerte Geplänkel zurückverfiel, an dem sie immer so viel Spaß gehabt hatten.

»Jemand, den ich kenne?«, wollte Saskia wissen.

»Nein«, erwiderte er, den Blick auf die roten Rücklichter des Wagens vor ihnen geheftet. »Sie heißt Libby und ist erst kürzlich wieder hier in diese Gegend zurückgezogen. Ich war nach Ladenschluss noch etwas mit ihr trinken, und deshalb kam ich gestern später heim.«

»Oh.«

Ralph ließ sich von der scheinbar gleichmütigen Antwort seiner Tochter nicht täuschen. »Und morgen Abend werde ich mit ihr essen gehen«, fügte er schmunzelnd hinzu.

»Lädst du sie in ein richtig gutes Lokal ein?«

»Nein, ich dachte, ich gehe mit ihr in irgendein richtig scheußliches.«

Saskia schnaubte. »Dann ist diese Libby also jemand, den du als *›verabredenswert‹* bezeichnen würdest?«

Er warf seiner Tochter einen Blick zu. »Vor zehn Jahren sogar sehr.«

»Oh.«

Den Blick wieder auf die Straße gerichtet, sagte Ralph: »Wie kann jemand bloß so viel Bedeutung in dieses eine kleine Wort legen?«

»Ich frage mich nur, wieso ich erst jetzt von ihr erfahre. Ich kann mich nicht erinnern, ihren Namen damals je gehört zu haben.«

»Natürlich nicht. Ich hatte niemanden erzählt, dass ich mich mit ihr traf. Ihre damalige Situation war das, was man … als kompliziert bezeichnen würde.« Dann schwieg er, um abzuwarten, was seine Tochter daraus schließen würde.

»Du meinst, sie war verheiratet?«, sagte sie nach einer Weile.

»Ich bin nicht stolz darauf«, gab Ralph schnell zurück.

»Hey, ich hab dich nicht verurteilt!«

»Vielleicht verurteile ich mich ja selbst.«

»Ist sie immer noch verheiratet?«

»Nein, sie ist jetzt schon seit langer Zeit geschieden.«

Wieder entstand eine Pause. Dann fragte Saskia: »Werden wir sie kennenlernen?«

Und *das* ist die Eine-Million-Dollar-Frage, dachte Ralph. Nachdem Harvey und Oliver ihm gestern Nacht ihre Besorgnis um Saskia anvertraut hatten, hatte er lange und angestrengt darüber nachgedacht, dass er versuchen müsste, Saskia aus dem Trott herauszuholen, in den sie geraten war. Nicht, dass sie selbst es je so sehen würde …

Die Lösung war ihm an diesem Nachmittag bei dem Telefongespräch mit Libby eingefallen. Was wäre, wenn er mit gutem Beispiel voranginge und Saskia zeigte, dass die Dinge nicht so bleiben mussten, wie sie waren? Was wäre, wenn er täte, was er vor zehn Jahren schon hätte tun sollen, und Libby seiner Familie vorstellte? Was konnte das nach all der Zeit noch schaden?

Das einzige Problem, das er bei alldem sehen konnte, war, dass Libby heute vielleicht gar nicht mehr geneigt war, Ashcombe je zu betreten, nachdem er ihr zehn Jahre zuvor den Zutritt zu diesem Haus verweigert hatte. Besonders, wenn sie dachte, Ralph benutzte sie. Was er jedoch überhaupt nicht vorhatte. Absolut nicht. Das würde er ihr niemals antun.

Es war unglaublich, aber noch keine vierundzwanzig Stunden nach ihrem Wiedersehen dachte er bereits daran, wie schön es doch wäre, Libby wieder in seinem Leben zu haben. Und diesmal richtig – ohne die Heimlichkeiten, die Versteckspiele und erschlichenen verbotenen Momente miteinander.

»Dad? Ich habe dich gefragt, wann wir diese Libby kennenlernen werden?«

»Entschuldige«, sagte er. »Ich war mit meinen Gedanken kilometerweit entfernt. Lass mich sehen, wie unser Dinner morgen Abend wird! Wer weiß? Vielleicht wird sie mich danach ja gar nicht wiedersehen wollen.« Dann wechselte er das Thema, indem er sagte: »Vergiss das Abendessen morgen und sag mir lieber, ob du heute Abend etwas vorhast?«

»Da es so aussieht, als würde ich Matthew von dem Notizbuch erzählen müssen, wenn wir mit der Schätzung fertig sind, sollte ich mich wohl besser daranmachen, es zu Ende zu lesen.«

Kapitel 21

Mai 1943

In den nächsten Tagen versuchte ich, meinen Tagesablauf so zu planen, dass ich keine zufällige Begegnung mit Kitty riskierte.

Die Mühe, die ich darauf verwandte, ließ mich zu der beunruhigenden Erkenntnis gelangen, wie sehr es mir schon vor dem Tag unseres Picknicks zur Gewohnheit geworden war, mich wie zufällig in der Nähe der Hütte aufzuhalten, in der Kitty arbeitete. Entweder das, oder ich hatte länger als nötig in der Kantine gesessen oder ausgedehnte Spaziergänge um den See unternommen, alles nur auf die geringe Chance hin, sie vielleicht zu Gesicht zu bekommen und mich so geschickt in ihre Blickrichtung zu bringen, dass sie mit mir sprechen würde.

Nach dem Tag des Picknicks, als ich mitansehen musste, wie Chatterton-Jones sich an sie heranmachte, wurde mir jedoch endlich das ganze Ausmaß der Naivität und Dummheit meines Verhaltens bewusst. Und da schwor ich mir, mich nicht länger zu erniedrigen, und nahm trotz des warmen Wetters an keiner der Freizeitbeschäftigungen im Park teil, wodurch sich die Gefahr einer Begegnung mit Kitty stark verringerte. Ich ging den Schlagballspielen, die auf dem Rasen im Vorgarten stattfanden, gezielt aus dem Weg, obwohl ich dieses Spiel nicht nur sehr mochte, sondern es auch recht gut beherrschte. Auch beim Tennis, das ich meines linken Armes wegen nicht spielen konnte, sah ich nicht mehr zu. Kitty, die mit ihrem eigenen privaten Tennisplatz auf Fanley Manor aufgewachsen war, liebte das Spiel ebenso sehr wie Chatterton-Jones, soweit ich wusste.

Das Letzte, was ich jetzt gebrauchen konnte, war, die beiden wie ein Pärchen bei einem gemischten Doppel anzutreffen.

Stattdessen machte ich mich also gleich nach dem Ende meiner Schicht mit dem Rad zu meiner Unterkunft auf und ging dadurch jeder Möglichkeit zu geselligen Zusammenkünften aus dem Weg. Außerdem war meine wahre Priorität die Arbeit. Erstaunlicherweise gewannen wir die Schlacht mit den U-Booten im Nordatlantik; zum ersten Mal hatten die Alliierten die Oberhand, und das Versenken von siebzehn U-Booten allein in diesem Monat schon war ein dringend benötigter Auftrieb für unseren nachlassenden Kampfgeist. Es war diese positive Schicksalswende, auf die ich mich zu konzentrieren versuchte. Nichts anderes war wichtig im Vergleich dazu. Leben zu retten war das Einzige, was zählte. Nur dazu war ich hier. Aus diesem Grund saßen wir alle in diesem öden kleinen Nest fest und schnappten langsam, aber sicher über. Manche mehr als andere, dem Verhalten einiger meiner Kollegen nach zu urteilen, die überhaupt nichts Sonderbares daran fanden, in ihren Schlafanzügen zur Arbeit zu erscheinen. Ich war einmal nahe daran gewesen, es selbst zu tun, als ich nach Tagen mörderischer Anspannung und zermürbenden Schlafmangels endlich eine Nacht lang geschlafen hatte, und das so tief, dass ich am nächsten Morgen nicht rechtzeitig erwacht war. Erst als mich der Lärm spielender Kinder im Nachbargarten weckte – sie spielten immer in dem kleinen Luftschutzbunker am Ende des Gartens oder darum herum –, stolperte ich in solch blinder Panik aus dem Bett, dass ich meinen Mantel über meinen Pyjama zog und mit meinem Fahrrad die Fahrt zum Park antrat. Wäre Mrs. Pridmore nicht gewesen, die mir empört nachschrie, dass ich noch meine Pantoffeln trug und alle Nachbarn mich so sehen konnten, hätte ich es nicht einmal bemerkt.

Als ich nun voll bekleidet auf meinem Bett lag und Griffiths im Bad aus voller Kehle singen hörte – inzwischen war er von *Danny Boy* zu *Don't Sit Under the Apple Tree* übergegangen –, fragte ich mich, ob irgendeiner von uns diese Erfahrung geistig unbeschadet überleben würde.

Dieser alles andere als aufheiternde Gedanke brachte mich zu Kitty und dem zurück, was sie als »Pusteblumenjahre« bezeichnet hatte, sowie ihrer nüchternen Erklärung, dass mit einem Schlag alles vorbei sein könnte und unsere Leben dann vom Wind davongetragen würden, als hätte es uns nie gegeben. »Doch da es in der Natur des Löwenzahns liegt, seine Samen zu verstreuen und Wurzeln schlagen zu lassen, ist also noch nicht alles verloren«, hatte Kitty hinzugefügt, als wir an jenem Tag den Hügel wieder hinuntergestiegen waren, um unsere Fahrräder zu holen.

Die Hände hinter dem Kopf verschränkt, starrte ich zur Decke auf und zählte die Risse, die sich von einer Seite des Raumes zur anderen zogen. Dabei fragte ich mich, was ich in meinem Leben ausgesät hatte, falls es heute, morgen oder nächste Woche zu Ende sein sollte.

Nichts, war der deprimierende Schluss, zu dem ich kam. Außer dem natürlich, was ich hier auf Bletchley erreichen konnte. Falls ich mit meiner Arbeit einen wertvollen Beitrag leisten könnte, wäre das zumindest eine Art Vermächtnis.

Ich grübelte noch darüber nach, als ich schwere Schritte die Treppe heraufkommen hörte, gefolgt von einem lauten Klopfen an der Badezimmertür und Mrs. Pridmores scharfer Stimme, die verlangte, auf der Stelle mit dem Singen aufzuhören. »Dies ist ein anständiges Haus«, schrie sie Griffiths durch die Tür zu, »und ich dulde nicht, dass es zu einem billigen Tingeltangel gemacht wird!« In der jähen Stille danach *rumste* es an meiner Tür – so laut, dass ich schon halb erwartete, sie einstürzen zu sehen.

Schnell schwang ich die Beine aus dem Bett und sprang auf, um die Tür zu öffnen.

»Sie haben Besuch«, verkündete Mrs. Pridmore ohne Umschweife und in einem Ton, der ebenso missbilligend war wie ihr Gesichtsausdruck. »Sie meint, es ginge um etwas Wichtiges, das sie Ihnen nur persönlich sagen kann. Und ich habe ihr erklärt, dass ich sie um diese nächtliche Zeit nicht hier herauflasse, und wenn sie von Churchill persönlich hergeschickt worden wäre. Auch wenn wir uns im Krieg befinden, gibt es noch Anstandsregeln, die wir zu beachten haben. Ich habe sie ins Empfangszimmer geschickt und ihr gesagt, es schicke sich nicht ...«

»Hat sie Ihnen ihren Namen genannt?«, unterbrach ich Mrs. Pridmores nervtötende Tirade brüsk.

»Nein, und ich habe sie auch nicht danach gefragt. Es überrascht Sie vielleicht«, fauchte sie und wies mit einem ihrer plumpen Finger auf mich, »doch ich stehe hier nicht auf Abruf, um Nachrichten zu überbringen. Ich habe Besseres mit meiner Zeit zu tun, das können Sie mir gern glauben!«

»Tut mir leid, dass Sie solche Unannehmlichkeiten hatten«, sagte ich beschwichtigend, als ich auf den Gang hinaustrat und mir schnell über das Haar strich und die Kleider glatt zog.

»Und sprechen Sie nicht in diesem herablassenden Ton mit mir, junger Mann! Ich habe langsam genug davon, dass ihr mir das Haus durcheinanderbringt. Wenn ihr nicht all das heiße Wasser verbraucht oder über das Essen meckert, das ich freundlicherweise für euch zubereite, spielt einer von euch den Besserwisser und gibt mir pampige Antworten. Und vergessen wir nicht das ständige Kommen und Gehen, und das zu allen möglichen Zeiten. Es wundert mich, dass ich überhaupt noch ein Auge zubekomme bei alldem, was ich mir gefallen lassen muss. Wenn ich gewusst hätte, dass es so schlimm sein würde, hätte ich mich nie dazu bereit erklärt, Pensionsgäste aufzunehmen. Es gibt Tage, an denen ich denke, dass es leichter wäre, wenn diese verdammten Jerries hier herüberkämen und uns alle von unserem Elend erlösen würden. Zumindest würde ich dann endlich mal zur Ruhe kommen!«

In diesem Augenblick war ich voll und ganz ihrer Meinung. Offen gestanden hätte ich die Deutschen sogar persönlich in Dover willkommen geheißen, wenn ich damit Mrs. Pridmores endloses Geplapper abstellen könnte!

Doch so konnte ich bloß an ihrer massigen Gestalt vorbeischlüpfen und die Treppe hinunterlaufen, um zu sehen, wer mich um diese späte Zeit noch sprechen wollte. Ich konnte nur daran denken, dass daheim in London etwas passiert sein musste oder jemand aus meiner Familie krank geworden war. Oder war das East End wieder bombardiert worden?

So groß waren meine Furcht und mein Schrecken, dass ich in der kurzen Zeit, die ich brauchte, um Mrs. Pridmores Empfangszimmer zu erreichen, meine Großeltern vielleicht noch nicht tot und begraben, aber doch immerhin schon in den letzten Zügen liegen sah. Mit wild pochendem Herzen stürzte ich in das Zimmer und machte mich auf die schlimmsten Nachrichten gefasst.

»Oh, da bist du ja, mein Schatz! Ich war mir nicht sicher, ob deine Zimmerwirtin mich mit dir reden lassen würde. Sie versteht in puncto Anstand aber auch wirklich keinen Spaß, nicht wahr?«

Erschrocken fuhr ich herum, um nachzusehen, ob Mrs. Pridmore nicht vielleicht hinter mir stand und zuhörte. Zum Glück stapfte sie noch schwerfällig die Treppe herunter, was mir Zeit gab, wenigstens zu Atem zu kommen, bevor ich sagte: »Und wozu bist du hier, Kitty?«

»Na, um dich zu sehen, natürlich. Wie sollte ich denn sonst

mit dir reden und herausfinden, warum du mir in den letzten Tagen ausgewichen bist?«

»Ich … das habe ich nicht getan, Kitty.«

Sie lächelte. »Komm nur ja nie auf die Idee, Spion zu werden, denn du bist ein miserabler Lügner. Ah«, sagte sie mit einem Blick über meine Schulter, »da ist ja deine liebenswerte Hauswirtin. Warum entschädigen wir die reizende Dame nicht für die Belästigung, indem wir einen Spaziergang machen? Wie hört sich das an?«

Es hörte sich so unwirklich an, als läge ich noch auf meinem Bett und befände mich mitten in einem bizarren Traum.

Auf dem Weg in die Küche murmelte Mrs. Pridmore etwas Unverständliches, aber mit Sicherheit Unfreundliches, und schloss nachdrücklich die Tür hinter sich.

Kitty ergriff kichernd meinen Arm und zog mich aus dem Haus. Halb sprachlos vor Erstaunen sagte ich: »Woher wusstest du, wo ich einquartiert bin?«

»Ich habe einen deiner Kameraden aus Hütte 8 gefragt. Ich glaube, sein Name war Bob Craggs. Bitte sag, dass du deswegen nicht böse auf ihn bist! Oder auf mich?«

»Natürlich nicht«, versicherte ich ihr. »Wo gehen wir hin?«

»Das ist mir egal, solange wir nur irgendwo miteinander reden können.«

Im schwachen Schein von Kittys Taschenlampe spazierten wir durch die stillen Straßen Bletchleys, die in vollkommener Dunkelheit lagen, da die dichten, tief hängenden Wolken uns selbst das kleinste bisschen Mondlicht vorenthielten. Ein Wagen mit Verdunkelungskappen über den Scheinwerfern fuhr langsam an uns vorbei, gefolgt von einem Mann auf einem gänzlich unbeleuchteten Fahrrad. Ich hatte die Straßen während der Verdunkelung immer als unheimlich still empfunden, so sehr schon fast, dass sie mich desorientierten, doch mit Kitty an meiner Seite ging ich mit zielstrebigen Schritten auf das nächste Café zu, das um diese Zeit noch geöffnet sein würde. Als wir es erreichten, bestellte ich zwei Tassen Kaffee und merkte erst dann, dass ich in meiner Eile vergessen hatte, Geld mitzunehmen, und nicht einmal bezahlen konnte. Zu meiner enormen Erleichterung bewahrte Kitty mich jedoch vor der Blamage und zog ihr Portemonnaie aus ihrer Handtasche. Mit hochrotem Gesicht setzte ich mich mit ihr an einen Tisch in einer Ecke und entschuldigte mich wortreich.

Sie lachte. »Das war nur meine Schuld, nachdem ich so unangemeldet auftauchte und dich auch noch entführte.«

»Ich bin froh, dass du es getan hast«, sagte ich vorsichtig.

»Bist du das? Wirklich?«

»Ja.«

Meine Antwort hing zwischen uns, während wir uns beide darauf konzentrierten, unseren Kaffee zu trinken, der, verglichen mit dem Zeug im Park, verhältnismäßig schmackhaft war.

Wie nicht anders zu erwarten, war es Kitty, die zuerst das Wort ergriff. »Warum bist du mir aus dem Weg gegangen?«, fragte sie. »War es wegen irgendwas, was ich getan oder gesagt habe?«

Ich setzte meine Tasse ab und räusperte mich. Wie hätte ich diesem außergewöhnlich selbstsicheren Mädchen sagen sollen, dass ich nicht aus demselben Holz geschnitzt war wie sie und auch bei Weitem nicht so mutig war, sondern zerrissen von Unerfahrenheit und Unsicherheit, was diese Art von Dingen anbelangte.

»Nein, es war nichts, was du getan hast«, sagte ich leise. »Es ist nur so, dass ich … na ja … es ist für mich nicht leicht zu verstehen, dass du Zeit mit jemandem wie mir verbringen willst, obwohl du ganz andere …« Unter ihrem festen und entnervend eindringlichen Blick stockte ich und versuchte, das richtige Wort zu finden. »Obwohl es doch jede Menge interessanterer Leute im Park gibt, mit denen du Umgang pflegen könntest«, gelang es mir schließlich zu sagen.

»Hast du jemand Bestimmten im Sinn, dessen Gesellschaft ich der deinen vorziehen könnte?«

Ich schluckte nervös, weil ich plötzlich spürte, dass es sinnlos wäre, sie zu belügen. Sie war einfühlsam genug, um mich zu durchschauen und hinter die Barrieren zu blicken, die ich seit meiner Kindheit so sorgfältig um mich errichtet hatte, um meine Schüchternheit zu verbergen. »Ich würde die Vermutung wagen, dass du viel mehr gemeinsam hättest mit einem Mann wie Charles Chatterton-Jones … zum Beispiel«, schloss ich matt. So, jetzt hatte ich den Namen ausgesprochen und mit diesem einen schnellen Schritt nicht nur meine Naivität gezeigt, sondern auch das ganze Ausmaß meiner lähmenden Eifersucht, die etwas war, wovon ich bisher nicht einmal gewusst hatte, dass ich ihr erliegen konnte.

Kitty stellte ihre Tasse vorsichtig auf die Untertasse und tippte sich mit einem gepflegten Finger an den Mundwinkel. »Die Chattertons dieser Welt gibt es wie Sand am Meer«, sagte sie. »Ich begegne seinem Typ andauernd, und um nicht lange drum herumzureden, er ist viel zu aufgeblasen für meinen Geschmack. Während du …«

»Während ich eine Neuheit für dich bin«, ergänzte ich, bevor ich die Worte auch nur im Kopf artikuliert hatte.

Sie machte große Augen und lehnte sich sichtlich gekränkt auf ihrem Stuhl zurück. »Du liebe Güte, ich hatte ja keine Ahnung, dass du so schlecht von mir denkst!«

Angesichts ihrer offensichtlichen Verärgerung beeilte ich mich, um Entschuldigung zu bitten. »Tut mir leid, Kitty. Das war sehr ungeschickt von mir.«

»Ja, das war es. Und sehr verletzend. Ich bin schockiert, dass du so etwas denken konntest.«

»Es tut mir leid«, wiederholte ich. »Schreib es dem Umstand zu, dass ich ein bisschen überfordert bin. Ich bin es nicht gewohnt, dass schöne Mädchen sich für mich interessieren. Und du *bist* schön. Außerdem bist du charmant, bezaubernd und unglaublich unterhaltsam – während ich verbal nichts weiter als ein tollpatschiger Dummkopf bin, der sich als jemand mit einem halb funktionstüchtigen Gehirn ausgibt.«

Sie veränderte ihre Haltung wieder, doch diesmal beugte sie sich über den mit Wachstuch abgedeckten Tisch vor. »Nein, das bist du nicht. Du bist nur schüchtern, aber daran ist nichts auszusetzen. Vor allem jedoch – und ich kann dir gar nicht sagen, was für eine erfrischende Abwechslung das ist – steckst du nicht bloß voller selbstgefälliger heißer Luft, sondern hörst zu, wenn die Leute dir etwas erzählen, statt ihnen über den Mund zu fahren, um mit dir selbst zu prahlen.«

»Das liegt daran, dass ich nichts habe und auch nichts geleistet habe, womit ich prahlen könnte.«

Sie lächelte. »Na, da haben wir es doch schon wieder. Du bist so wunderbar bescheiden.«

»Ich versichere dir, dass das ehrlich gemeint war und nicht nur eine Rolle ist, die ich spiele.«

»Das weiß ich, mein Schatz. Du hast keine zwei Gesichter, welcher Art auch immer. Du bist so redlich, wie der Tag lang ist, und so transparent wie Glas. Das mag ich so an dir. Und ich liebe es, dass du immer so ernst dreinschaust.« Sie tippte mir an die Stirn. »Ich bin richtig fasziniert von dem, was da drinnen vor sich geht.«

Angesichts ihrer Berührung und ihres intensiven Blicks, der forschend über mein Gesicht glitt, war ich so berauscht von ihrer Aufmerksamkeit, dass ich dem Gefühl nachgab, der Rest der Welt hätte aufgehört zu existieren und es gäbe nur noch uns. Es war das gleiche Gefühl, das mich schon bei unserem Picknick erfasst hatte, und es erinnerte mich an den Moment, in dem sie mich geküsst hatte. Die Erinnerung ermutigte mich, eine Hand an ihre zarte Wange zu legen und sie auf den Mund zu küssen.

Ich küsste sie eine kleine Ewigkeit lang, wie mir schien, und als ich mich schließlich widerstrebend von ihr löste, schenkte sie mir eins ihrer herrlich ungezwungenen und frohen Lächeln.

»Und nun, da wir alles geklärt haben, würdest du mich bitte heimbegleiten?«, sagte sie.

Es war jene unvergessliche Nacht, in der sie, für immer und alle Zeiten, zu meiner Katyushka wurde. Meiner über alles geliebten Katyushka.

Kapitel 22

Juni 1943

Drei Wochen später nahm Kitty mich mit, um mich Nanny Devine vorzustellen.

Ursprünglich hatte ich versucht, mich gegen den geplanten Ausflug zu sträuben, weil ich befürchtete, dass er die gesellschaftliche und kulturelle Kluft zwischen uns nur noch vertiefen würde. Diese Kluft, die Kitty entweder nicht zur Kenntnis nehmen wollte oder aber ganz bewusst missachtete. Was mich anging, so war ich überzeugt davon, dass unsere Beziehung überhaupt und immer nur innerhalb der Parameter des Lebens in Bletchley existieren konnte, weil dies eine Welt war, in der andere Spielregeln galten. Doch meine Neugierde, den Ort zu sehen, an dem sie aufgewachsen war, gepaart mit meinem Wunsch, so viel Zeit wie möglich in ihrer Gesellschaft zu verbringen, gewannen schließlich die Oberhand, und so machten wir uns auf den Weg.

Ein älterer Chauffeur namens Andrews erwartete uns an dem kleinen Bahnhof von Fanley, einem Dorf in Sussex, und begrüßte Kitty formvollendet, aber auch mit unverkennbarer Zuneigung. »Wie schön, Sie wiederzusehen, Miss Kitty!«, sagte er, seine Mütze in der Hand, während sie in den Fond eines glänzenden Austin 18 stieg. »Das Haus ist nicht dasselbe ohne Sie.« Mich dagegen betrachtete er höchst argwöhnisch, besonders, als ich den Fehler machte, ihm die Hand zu reichen. Er starrte sie mit einem derartigen Missfallen an, dass man meinen könnte, ich hätte ihm eine tote Ratte hingehalten.

Der Bahnhof lag knapp fünf Kilometer von Fanley Manor entfernt, von denen ungefähr achthundert Meter von einer langen, gewundenen Einfahrt eingenommen wurde, die eine üppig grüne, von Wald gesäumte Parklandschaft durchzog. Inmitten eines weiten, abschüssigen Tals gelegen, bot sie mitsamt den in goldenes Sonnenlicht getauchten grasenden Schafen und herumspringenden Lämmern eine vollendet ländliche und typisch englische Szenerie.

Ich hatte mir vorgenommen, nicht so unkultiviert zu sein, mich von meinem ersten Anblick von Fanley Manor einschüchtern zu lassen; immerhin war ich an die – wenn auch geschmacklich fragwürdige – Pracht von Bletchley Park gewöhnt. Und natürlich auch an das Glanzvolle meines Umfeldes, als ich oben in Cambridge gewesen war. Wie sich herausstellte, hatte ich jedoch ernsthaft unterschätzt, von welch exquisiter Schönheit das elisabethanische Herrenhaus sein würde, in dem Kitty aufgewachsen war. Mit seinen prachtvollen, verschnörkelten Tudor-Schornsteinen, den Stabwerksfenstern und dem hübsch verzierten Mauerwerk ließ es Bletchley Park wie einen peinlichen architektonischen Eindringling erscheinen.

Nachdem Andrews uns am Eingang abgesetzt hatte, fuhr er zur Seite des Hauses weiter. Kitty ergriff meine Hand, hüpfte glücklich lächelnd die Stufen zur Tür hinauf und stieß sie auf. Ihre Freude, wieder daheim zu sein, war so unverkennbar für mich wie meine eigene nervöse Unruhe. Es war eine enorme Erleichterung zu wissen, dass mir eine Begegnung mit ihren Eltern erspart bleiben würde, da beide in London waren, doch nachdem ich mich schon bei Andrews zum Narren gemacht hatte, war ich jetzt doppelt nervös vor dem Zusammentreffen mit Nanny Devine, einer Frau, die offenbar Kittys Ein und Alles war und von der ich wusste, dass sie mich sehr kritisch unter die Lupe nehmen und zweifellos für unzulänglich befinden würde.

Noch immer Hand in Hand mit Kitty, ließ ich mich von ihr durch die eichengetäfelte Halle und die Treppe hinaufführen, die wie zerbrechende Knochen unter unseren Füßen knackte. Ich hätte gern noch ein bisschen Zeit gehabt, das ganze Haus zu sehen, doch Kitty, die es während unserer Zugfahrt als »langweiligen alten Kasten« abgetan hatte, hatte nichts anderes im Sinn, als so schnell wie möglich das Kinderzimmer im oberen Teil des Hauses zu erreichen. Wir waren auf dem Flur im ersten Stock, als ich es schaffte, sie lange genug aufzuhalten, um aus dem offenen Fenster hinauszublicken. Was ich draußen sah, war ein Irrgarten.

»Er ist nicht mehr halb so gut, wie er einmal war«, sagte Kitty so dicht neben mir, dass ihr warmer Atem meinen Nacken streifte. »Die Gärtner mussten sich alle zum Kriegsdienst melden. Andrews tut sein Bestes, aber bei all seiner Arbeit hat dieser Irrgarten heutzutage wohl kaum noch Vorrang.«

»Wer ist das?«, fragte ich und zeigte auf ein beeindruckend großes Gewächshaus, aus dem ein Mädchen in Stiefeln, brauner Reithose und einem Hemd, dessen Ärmel bis zum Ellbogen aufgerollt waren, mit einer schwer beladenen Schubkarre herauskam.

»Das ist eine der Landwirtschaftsgehilfinnen. Daddy sagt, wir hätten jetzt etwa ein halbes Dutzend. Der Küchengarten wurde auf das Dreifache vergrößert und ist jetzt schon so gut wie eine Gemüsegärtnerei. Wir können ihn uns nachher ansehen, wenn du möchtest.«

»Wo wohnen diese Gehilfinnen?«

»Na, hier natürlich, wo denn sonst? Wir haben jede Menge Platz für sie. Wir hatten eine Zeit lang auch ein paar evakuierte Kinder hier, doch sie brannten immer wieder nach London durch. Die arme Mummy! Sie wusste sich keinen Rat mehr, was sie sonst noch versuchen sollte, damit die Kinder sich bei uns zu Hause fühlten. Aber sie sagten, sie fürchteten sich vor der Stille hier, besonders nachts. Komisch, nicht? Man sollte meinen, bei dem Chaos, das im East End herrscht, wären sie froh gewesen über die Stille und den Frieden.«

»Nun ja, wahrscheinlich vermissten sie ihre Mütter und ihr vertrautes Zuhause mehr als alles andere.«

Wieder griff Kitty nach meiner Hand. »Wie verständnisvoll du bist! Aber komm jetzt, Nanny wartet!«

Eine neben dem Kamin sitzende, freundlich aussehende Frau blickte von ihrem Strickzeug auf, als wir ihr großes, sehr überfüllt wirkendes Zimmer betraten. Hinter ihr befand sich ein Fenster mit Ausblick auf einen Tennisplatz und in einiger Entfernung dahinter die Sussex Downs, eine hügelige Kreidelandschaft.

»Ich dachte schon, du kämst nicht mehr«, begrüßte Nanny Devine ihren inzwischen erwachsenen Schützling. »Und nun sieh dich nur mal an! Du siehst richtig abgekämpft aus. Es würde mich nicht wundern, wenn du zu viel arbeitest und nicht genug isst. Du hast ja kaum noch Fleisch auf den Knochen!«

Kitty küsste die ältere Frau auf die Wange. »Niemand isst mehr, als er essen sollte, Nanny. Es herrscht Krieg – oder hat dir das noch keiner erzählt?«

»Sprich nicht in diesem frechen Ton mit mir, kleines Fräulein. Du bist noch nicht zu alt, um dir die Ohren lang zu ziehen. Und wer ist dieser ängstlich dreinblickende junge Mann, der sich hinter dir versteckt?«

»Als wüsstest du nicht, wer er ist! Er ist der sehr liebe Freund, von dem ich dir erzählt habe. Also sei nett zu ihm.«

»Gute Manieren kosten nichts«, schallten mir die Worte meiner Mutter in den Ohren. Ich trat vor und streckte die Rechte aus. Andrews mochte nicht geneigt gewesen sein, mir die Hand zu schütteln, aber diese Frau, über die ich schon so viel gehört hatte, würde mich doch bestimmt nicht auf die gleiche Weise demütigen? Und tatsächlich wurde ich mit einem warmen Händedruck und einem sehr direkten Blick durch eine Drahtgestellbrille belohnt.

»Ich bin sehr erfreut, Ihre Bekanntschaft zu machen«, sagte sie. »Es ist immer ein Vergnügen, Kittys Freunde kennenzulernen. Aber warum setzt ihr beide euch nicht, und ich brühe uns Tee auf? Ich habe einen Madeirakuchen, den Mrs. Enstone backte, als ich ihr sagte, dass ihr kommt.«

Kitty streifte die Schuhe ab, ließ sich auf einem kleinen Sofa nieder und bedeutete mir, mich neben sie zu setzen. »Und wie geht es der lieben alten Mrs. E?«, fragte sie.

»Sie beklagt sich wie immer über den Mangel an Butter, Eiern und allem anderen, von dem sie meint, es sei ihr rücksichtslos genommen worden. Die Gute nimmt die Rationierung sehr persönlich, als wäre gerade sie mit besonders schwerem Entzug gestraft worden.«

Ich lauschte der Unterhaltung der beiden Frauen, während ich Nanny Devine beobachtete, die sich in der entferntesten Ecke des Raumes, wo es einen kleinen Bereich für diese Aufgabe zu geben schien, mit dem Aufbrühen des Tees beschäftigte. Nachdem sie ein Streichholz angezündet hatte, hielt sie die Flamme an einen kleinen Gaskocher und stellte einen glänzenden Aluminiumkessel zum Kochen auf. Nicht lange, und der ganze Raum war erfüllt von einem tröstlichen und vertrauten Duft, der mich an daheim erinnerte.

Ohne ihr heiteres Geplauder mit Kitty zu unterbrechen, öffnete sie die Türen einer Vitrine, die bis an den Rand mit Ziergegenständen und einem Teeservice aus feinstem Porzellan gefüllt war. Als ich die alte Dame Tassen, Untertassen und Teller auswählen sah, war ich gerührt, dass unser Besuch anscheinend das beste Porzellan rechtfertigte.

Das ganze Zimmer fühlte sich ebenso überfüllt an wie der Schrank, denn selbst das kleinste bisschen Raum war von dem einen oder anderen Möbelstück besetzt. Es gab ein Einzelbett mit dazugehörigem Nachttisch, zwei Lehnsessel, eine Reihe von Beistelltischen, einen Bücherschrank, eine Frisierkommode und einen Kleiderschrank sowie das kleine Sofa, auf dem Kitty und ich saßen. Wohin ich auch blickte, überall standen eine Unmenge gerahmter Fotografien, von denen die meisten Kinder, also sehr wahrscheinlich Kitty und ihre Schwester, zeigten. Mein Blick glitt zurück zu dem Bett, über dem ich ein Kruzifix bemerkte, an dem ein Rosenkranz hing.

»Nanny lebt hier oben mehr oder weniger unabhängig«, unterbrach Kitty meine Gedanken. »Ich liebte es früher, mich hier heraufzuschleichen, um bei ihr zu sein. War das nicht so, Nanny?«

»Oh ja, das hast du gern getan. Hauptsächlich wohl, um dich vor deiner Schwester zu verstecken, was sehr ungezogen von dir war.«

»Gott, ja! Ruthie ist die tyrannischste Schwester, die man sich nur vorstellen kann«, sagte Kitty zu mir. »Sie kann ein richtiges Ungeheuer sein, wenn sie will.«

»Na, na«, sagte Nanny Devine streng. »Solches Gerede dulde ich hier nicht. Haben Sie Geschwister?« Die Frage war eindeutig an mich gerichtet.

Ich schüttelte den Kopf. »Nein«, erwiderte ich nicht ganz aufrichtig, um nicht erwähnen zu müssen, dass ich einen jüngeren Bruder gehabt hatte, der als Baby jedoch an einer Gehirnhautentzündung gestorben war. Ich war damals erst vier Jahre alt gewesen, und es wäre nicht übertrieben zu sagen, dass meine Eltern sich nie wieder von dem Schmerz über seinen Verlust erholt hatten. Und dass sie auch Gott niemals verziehen hatten.

»Du weißt gar nicht, was für ein Glück du hattest, von den Quälereien eines älteren Geschwisterteils verschont geblieben zu sein«, sagte Kitty. »Wie ich dich beneide! Warst du auch sehr verwöhnt als Einzelkind?«

»Überhaupt nicht.«

»Aber ich wette, dass du jede Menge besonderer Aufmerksamkeit bekamst und deshalb so ein schlauer Akademiker geworden bist.«

»Ich bin nichts dergleichen«, widersprach ich.

Ohne meinen Einwand zu beachten, sprang Kitty auf und ging zu Nanny Devine hinüber. »Stell dir vor, er ist so schlau, dass er das Kreuzworträtsel der *Times* im Kopf lösen kann. Im Kopf, Nanny! Kannst du dir so etwas vorstellen?«

»Wenn du imstande wärst, einmal mehr als zwei Sekunden ruhig zu bleiben, könntest du das vielleicht auch«, sagte die ältere Frau und zwinkerte mir freundlich zu, was mich gleich noch mehr für sie einnahm. »Und nun trag das Tablett hinüber und benimm dich! Wenn ich es nicht besser wüsste, würde ich sagen, dass du dich wichtigtust, mein Fräulein. Und du weißt ja, was kleine Fräuleins, die sich wichtigtun, verdienen, nicht? Einen Klaps auf den Po!«

»Wie garstig du sein kannst!«

»Jemand muss dich in deine Schranken weisen, da nur der liebe Himmel weiß, was du sonst vielleicht anstellen würdest.«

Der verbale Schlagabtausch zwischen ihnen ging weiter, und ich trank meinen Tee, aß das großzügige Stück Kuchen, das Nanny Devine mir zugeteilt hatte, und genoss jeden köstlichen Krümel, während ich über die Worte nachdachte, mit denen Kitty mich ihr vorgestellt hatte. *Er ist der sehr liebe Freund.* War es das, was ich für sie war – ein Freund? Küssten Freunde sich so, wie wir uns küssten? Hielten sie Händchen und lagen in inniger Umarmung miteinander im Gras? In ihrer Welt vielleicht schon.

Doch was ich dachte, war absurd. Mich als irgendetwas anderes vorzustellen als einen guten Freund hätte alle möglichen Fragen und Folgen heraufbeschworen. Und war es das, was ich wollte? Nein, das war es nicht. Ich wollte nichts, was mein Glück zerstören könnte. Und wenn das bedeutete, dass ich die Rolle annehmen musste, die Kitty mir zugedacht hatte, um den Schein zu wahren, dann sei es eben so.

Gleichwohl musste ich mir jedoch auch eingestehen, dass ich tief im Innern mehr wollte. Viel mehr. Ich wollte von allen Dächern schreien, dass wir nicht nur Freunde, sondern vor allem ein Liebespaar waren. Ich wollte die ganze Welt wissen lassen, dass ich noch nie glücklicher gewesen war. Ich wollte, dass jeder Tag von den intimen Momenten erfüllt war, die wir in unserer seltenen Freizeit miteinander hatten. Ich wollte allen, die mir zuhören wollten, sagen, dass dieses Mädchen meine geliebte Katyushka war.

Als ich sie zum ersten Mal so genannt hatte, hatte sie gekichert und gefragt, was das Wort bedeutete. »Es ist das russische Pendant zu deinem Namen«, erklärte ich ihr, »die Koseform von Katherine. Es kann auch ohne das letzte K geschrieben werden, aber mir gefällt es besser mit ihm.«

»Katyushka«, hatte sie gesagt und dem Klang des Wortes aus ihrem Mund gelauscht. »Mein ganz persönlicher russischer Kosename. Wie wunderbar!«

Seit jener Nacht, als sie zu meiner Unterkunft gekommen war, hatten wir es geschafft, noch einen Kinobesuch und eine weitere Radtour mit Picknick zu unternehmen. Bei jeder Gelegenheit hatten wir uns geküsst und in den Armen gehalten, was meinen Körper in alarmierendem Maße auf die Weichheit und Wärme des ihren hatte reagieren lassen. Es war ein starkes und animalisches Begehren, das nach größerer Intimität zwischen uns verlangte. Bisher, und trotz der Versuchung, hatte ich diese Grenze jedoch noch nicht zu überschreiten gewagt.

Es beunruhigte mich, mir eingestehen zu müssen, dass Kitty eine Reihe von Gefühlen in mir hervorbrachte, von denen ich nicht einmal gewusst hatte, dass ich sie empfinden konnte. Auf der einen Seite erfuhr ich eine nie gekannte Unbekümmertheit beim Zusammensein mit ihr, aber die Kehrseite war, dass ich auch eine ermüdende, unterschwellige Eifersucht und die Unfähigkeit verspürte, mit den Dingen zufrieden zu sein, so wie sie waren. Wie ein gieriges Kind konnte ich nicht aufhören, immer mehr von ihr zu wollen.

Und vielleicht war das so, weil ich im Grunde genommen wusste, dass mein Glück nicht anhalten konnte, dass es nur vorübergehend war und mir jederzeit genommen werden konnte.

Wir hatten unseren Tee getrunken und den Kuchen gegessen, als Kitty sich plötzlich gerade hinsetzte und mit leicht schief gelegtem Kopf zu der nur angelehnten Tür hinüberblickte. Ich folgte ihrem Blick und konnte Stimmen hören.

»Ich glaube es nicht!«, rief Kitty.

»Was ist denn, Liebes?«, fragte Nanny Devine.

»Ich kann Ruthies Stimme unten hören. Das ist doch mal wieder typisch für sie, hier aufzutauchen und unser Zusammensein zu stören.«

Also bin ich nicht der Einzige, der zur Eifersucht neigt, dachte ich, als die Stimmen draußen lauter und deutlicher wurden und nun auch von dem Poltern eiliger Schritte begleitet wurden. Eine der Stimmen gehörte einer jungen Frau, vermutlich Ruthie, die andere einem Mann. »Bist du oben, Nanny?«, rief die weibliche Stimme von der Treppe.

»Aber ja, Ruthie, wo sollte ich denn sonst sein?«

Die Tür wurde aufgestoßen, und eine untersetzte junge

Frau, die Kitty überhaupt nicht ähnlich sah, stürmte herein. Ich sprang schnell auf, doch Kitty blieb sitzen, die Arme über der Brust verschränkt und mit einer kleinen, aber erkennbaren Falte zwischen den Augenbrauen.

»Also hier seid ihr alle! Andrews sagte, du wärst für einen Tag hergekommen, Kitty. Hm … dieser Kuchen sieht ja köstlich aus!«, sagte sie und bückte sich, um sich ein Stück zu nehmen.

Doch blitzschnell schlug Nanny Devine ihr auf die Hand. »Wo bleiben deine Manieren, mein Fräulein? Sagt vernünftig Guten Tag, und dann werde ich gern noch eine frische Kanne Tee aufbrühen.«

»Sehr richtig, Nanny«, erklärte Kitty. »Und du brauchst auch nicht so herumzuschreien, Ruthie. Hallo, Cordy, was führt dich denn her?«

Die Frage war an den blonden Mann gerichtet, der neben Ruthie stand. Er hatte ein kantiges Gesicht und war mit einer Uniform der Britischen Luftwaffe bekleidet. Lächelnd ging er um das Sofa herum und beugte sich vor, um Kitty auf die Wange zu küssen. »Was kann ein Mann schon anderes tun, als ihrer Bitte nachzukommen, wenn Ruthie einen herbeizitiert?«

»Versuchen, sie zu ignorieren, wie ich es gelernt habe.«

Nanny Devine gab einen ärgerlichen Laut von sich und verdrehte die Augen. »Also wirklich, Kitty! Du bist unmöglich. Mach doch einfach alle miteinander bekannt und versuch, dich wie die Dame zu benehmen, die du sein solltest.«

Auch Kitty verdrehte die Augen, tat aber, wie ihr geheißen, und stellte mich zuerst Cordy beziehungsweise Simon Cordale und dann ihrer Schwester vor.

Höflich, aber kühl reichte Ruthie mir die Hand und entzog sie mir so schnell wieder, dass sie wohl lieber ganz darauf verzichtet hätte. Zumindest war das mein Eindruck. Während Kitty liebenswürdig, heiter und spontan war, war ihre Schwester distanziert und spröde. »Und woher genau sind Sie gekommen?«, fragte sie mich. Ihre Stimme war kultiviert wie die ihrer Schwester, doch statt Kittys unbefangener Herzlichkeit hatte die ihre etwas Brüskes und Autoritäres.

»Wie unglaublich ungehörig von dir, Ruthie, so etwas zu fragen! Sei so gut und lass den jungen Mann in Ruhe!«

»Oh, er wird doch sicher auch für sich selbst sprechen können.« Ruthie wandte sich mir wieder zu. »Das können Sie doch wohl?«

»Selbstverständlich kann ich das, wenn man mir die Chance dazu gibt.«

Kitty lachte und hakte sich bei mir unter. »Komm, wie wär's mit einer kleinen Führung durch den Garten? Hier drinnen ist es viel zu stickig, um auch nur einen Moment länger zu bleiben. Tschüss, Nanny. Wir kommen nachher noch mal vorbei, um uns zu verabschieden, bevor wir fahren.«

Mit einem Anflug von Enttäuschung erwiderte Nanny Devine: »Tu das, Kind. Und fahr nur ja nicht wieder weg, ohne Mrs. Enstone Guten Tag gesagt zu haben.«

»Auf keinen Fall«, sagte Kitty. »Mach's gut, Cordy, und pass auf dich auf, hörst du?«

Er lächelte und winkte ihr zu, aber das Bedauern in seinem Gesicht war nicht zu übersehen. Noch ein Mann, der Kittys Charme verfallen ist, dachte ich.

»Du bist überhaupt nicht so wie deine Schwester, nicht?«, bemerkte ich, als wir die Treppe hinuntergegangen und in den hellen Sonnenschein hinausgetreten waren.

Kitty drückte meine Hand, die sie wieder hielt. »Das ist das Netteste, was du mir sagen kannst, mein Schatz. Wenn ich gewusst hätte, dass Ruthie zu Besuch kommt, hätte ich dir diese unerfreuliche Begegnung nicht zugemutet. Sie wird immer herrischer, muss ich bei jedem Wiedersehen mit ihr feststellen.

Der Krieg ist ihr zu Kopf gestiegen. Ich gebe ihrem Beitritt zum Auxiliary Territorial Service die Schuld daran. Seit sie in der Frauenabteilung des Britischen Heeres ist und Uniform trägt, ist sie unerträglich geworden. Allerdings begann es schon früher, als wir noch in der Schule waren; die Nonnen in dem Kloster gaben ihr dummerweise zu viel Macht und Autorität.«

»Du warst in einem Kloster?«, fragte ich und hatte Mühe, mir dieses lebhafte, freimütige Mädchen unter der Herrschaft von Nonnen vorzustellen.

»Wie entsetzt du klingst«, sagte sie lachend. »Aber ja, es war dieselbe Klosterschule, die auch Mummy als junges Mädchen besucht hat. In unserer Familie ist es so üblich, die Mädchen wegzuschicken und von Nonnen unterrichten zu lassen.«

»Würdest du das auch mit deiner eigenen Tochter tun?«

»Natürlich! Weil ich dadurch sicher sein könnte, dass sie genau wie ich schon in sehr jungen Jahren lernen würde, Dinge infrage zu stellen und Regeln zu missachten.«

Ich lachte. »Also hast du das dort gelernt.«

Sie drückte meine Hand. »Aber Spaß beiseite – du solltest Ruthie gar keine Beachtung schenken. Sie kann manchmal sehr unschöne Dinge von sich geben, ohne wirklich zu verstehen, wovon sie spricht.«

»Und was genau willst du mir damit sagen?«

Sie zuckte mit den Schultern und stieß einen tiefen Seufzer aus. »Ach, vergiss, dass ich überhaupt davon angefangen habe. Meine Schwester ist einfach viel zu langweilig, um sich mit ihr aufzuhalten. Lass uns lieber zum Küchengarten gehen und sehen, was wir dort stibitzen können, um es nach Bletchley mitzunehmen. Vielleicht finden wir schon ein wenig erntereifen Rhabarber und Kopfsalat.«

Da ich spürte, dass sie absichtlich das Thema wechselte, fragte ich: »Und wer ist dieser Cordy? Der Freund deiner Schwester?«

Kitty lachte. »Du liebe Güte, nein! Er ist ein langjähriger Freund der Familie. Früher war er total verliebt in mich. Vor achtzehn Monaten hat er mich sogar gebeten, seine Frau zu werden.«

Ich mäßigte meine Reaktion und gab mir Mühe, gleichmütig zu klingen. »Tatsächlich? Und was hast du geantwortet?«

»Dass ich die denkbar schlechteste Ehefrau für ihn abgäbe und er mit jedem anderen Mädchen auf der Welt besser dran wäre als mit mir.«

»Hast du viele Heiratsanträge bekommen?«

»Nur die zwei.«

»Zwei?«

»Na ja, vielleicht zählt der erste gar nicht wirklich, da ich erst vierzehn war und der besagte Junge ein paar Gläser Bier zu viel getrunken hatte und nicht wusste, was er sagte. Er war ein Junge aus dem Dorf, den ich seit meinem sechsten Lebensjahr schon kannte. Er brachte mir übrigens das Küssen bei.«

»Wäre es sehr indiskret von mir zu bemerken, dass er anscheinend ein ausgesprochen guter Lehrer war?«

»Darling, selbst wenn du es wolltest, könntest du nicht indiskret sein!«

Als wir dann jedoch unter einer zu einem Bogengang zurechtgestutzten Taxushecke hindurchgingen und aus der Sicht des Hauses verschwanden, nahm ich Kitty in die Arme und bewies ihr, dass selbst Jacob Belinsky ausgesprochen indiskret sein konnte.

Kapitel 23

Libby Henshaw kam zum Abendessen, und Dad war hochgradig nervös. Doch ob er sich nun selbst in diese Aufregung hineingesteigert hatte oder nicht oder ob es daran lag, dass die anderen so viel Anspannung erzeugten, konnte Saskia nicht sagen. Es war jedoch mehr als offensichtlich, dass ihre Großväter die Hauptursache für das Chaos waren.

Harvey war wild entschlossen, ihren Gast mit einem anspruchsvollen Gericht zu beeindrucken, das er noch nie zuvor gekocht hatte, und so hatte er sich fast den ganzen Tag in der Küche verkrochen und keine andere Gesellschaft geduldet als die seiner Töpfe und Pfannen. Olivers Beitrag zu der allgemeinen Aufregung war ein endloses Gemecker darüber, dass er sein Lieblingshemd nicht finden konnte – das hellblau karierte, das Saskia ihm geschenkt hatte. Aus unerfindlichen Gründen wollte er sich mit keinem anderen Hemd begnügen.

Nachdem Saskia es in der Waschküche unter einem Stapel frisch gewaschener Handtücher gefunden hatte, bügelte sie es nun für ihn und hoffte, dass für ihren Vater nur ja nichts schiefgehen würde, dass alle sich beruhigen und ihren Gast wie einen ganz normalen Besucher behandeln würden und nicht wie jemanden, den sie mit fieberhafter Neugierde erwarteten.

Denn genau so war es. Hinter Dads Rücken hatten sie von kaum etwas anderem gesprochen, seit er ihnen von seiner heimlichen Affäre mit Libby vor zehn Jahren erzählt hatte. Als er gestern Nacht von seinem Dinner mit ihr heimgekommen war und sofort in seinem Arbeitszimmer hatte verschwinden wollen, weil er wohl schon ahnte, dass ihn so etwas wie die

Spanische Inquisition erwartete, hatte Grandpa O. schnell interveniert und ihn fast buchstäblich ins Wohnzimmer zurückgeschleift, um ihn zu befragen.

»Wie war dein Abend?«, begann er.

»Sehr gut, danke.«

»Und das Essen?« Die Frage stellte Harvey.

»Auch sehr gut.«

»War jemand da, den wir kennen?«

»Ich habe niemanden bemerkt, Dad.«

»Nein, wahrscheinlich nicht. Du warst ja auch mit anderen Dingen beschäftigt.«

Eine kurze Pause entstand, als ihr Vater ein Buch von dem Tisch hinter dem Sofa nahm, auf dem Harvey saß. Ohne es auch nur anzusehen, legte er es wieder zurück und warf einen Blick auf das Notizbuch mit den *Pusteblumenjahren*, das Saskia in den Händen hielt. »Hast du denn gar keine Fragen zu meinem Abend, Saskia?«, hatte er wissen wollen.

Mit einem unterdrückten Lächeln hatte sie erwidert: »Ich glaube, Grandpa Harvey und Grandpa O. haben schon alles Wichtige abgehandelt, Dad. Aber ich melde mich, falls mir noch etwas anderes einfällt.«

Es zuckte um seine Mundwinkel, und er fuhr sich mit der Hand durchs Haar und räusperte sich, als bereitete er sich darauf vor, eine wichtige Ankündigung zu machen. »Würde es jemanden stören, wenn Libby morgen zum Abendessen käme?«, hatte er dann gefragt.

Während alle sich beeilten, den Vorschlag zu befürworten und zu unterstützen – Uns stören? Du liebe Güte, nein! … Wie kannst du nur so etwas fragen? … Seit wann brauchst du unsere Erlaubnis, um jemanden zum Essen einzuladen? –, war Dads Gesicht hochrot geworden, und er war aus dem Wohnzimmer geflohen, so schnell er konnte.

Nun, da nur noch wenige Minuten bis zu Libbys Ankunft blieben, war er oben, um sich umzuziehen, und hielt klugerweise Abstand zu dem Rest von ihnen und der sich aufbauenden Spannung, die schlimmer als die in einem Schnellkochtopf war. Und obschon es stimmte, dass sie nur selten Gäste zum Abendessen hatten, war es jedoch auch kein Neuland für sie, Besuch nach Ashcombe einzuladen, und trotzdem verursachte die Ankunft dieses speziellen Gastes einen völlig ungerechtfertigten Wirbel.

Natürlich war es gewöhnungsbedürftig für sie, sich Dad mit einer anderen Frau vorzustellen – was jedoch verrückt war, da es eigentlich noch viel sonderbarer war, dass er *nicht* mit einer anderen Frau zusammen war. Auntie Jo hatte ihm regelmäßig vorgehalten, dass er wie ein Mönch lebte, während Saskia es im Stillen immer für selbstverständlich gehalten hatte, dass er hin und wieder eine kleine Affäre hatte. Es war natürlich nicht die Art von Gespräch, das ihre Großväter mit ihr führen würden, aber sie war bisher immer davon ausgegangen, dass sie ebenso dachten wie sie selbst.

Vielleicht war es nicht fair Dad gegenüber, aber Saskia hatte Tante Jo, die für ihre energischen Verhörmethoden bekannt war, gemailt und sie gefragt, ob sie von dieser Libby Henshaw irgendetwas gehört hätte. Anscheinend hatte sie das nicht und war genauso erpicht darauf wie alle anderen, mehr über sie zu erfahren.

Für Saskia war die bloße Tatsache, dass ihre Großväter eine so große Sache aus diesem Abend machten, ein weiterer Beweis dafür, wie gern sie Dad hatten und wie wichtig ihnen sein Glück war. Doch gerade deswegen bestand Gefahr, dass es ihnen *zu* wichtig war und sie aus dem Wunsch heraus, sich vorbildlich zu verhalten, etwas sehr Dummes sagen oder tun würden.

Um sich von dem bevorstehenden Abend und der Frage, wie

sie ihre Großväter am besten im Zaum hielt, abzulenken, rief Saskia sich noch einmal die freudige Überraschung und Genugtuung in Erinnerung, die sie empfunden hatte, als sie am vergangenen Abend zu der Stelle in den *Pusteblumenjahren* gekommen war, an der der Verfasser sich unmissverständlich als Jacob Belinsky zu erkennen gab. Sie war zu der Zeit schon im Bett gewesen, doch da sie wusste, dass ihr Vater noch in seinem Arbeitszimmer saß, war sie schnell zu ihm hinuntergelaufen. »Sieh mal!«, hatte sie triumphierend gesagt und ihm die Seite in dem Notizbuch gezeigt. »Ich wusste ja, dass ich recht hatte! Ich wusste es, ich wusste es, ich *wusste* es! Außerdem nehme ich an, dass Gil wahrscheinlich schon viel Aussortiertes für Matthew weggeschafft hatte und die Bibel wohl zwischen all dem Zeug versteckt war, wodurch sie letzten Endes hier bei mir gelandet ist.«

»Gute Arbeit, Miss Marple«, hatte Dad mit einem belustigten Lächeln gesagt.

»Und ich weiß auch genau, was du als Nächstes sagen wirst – nämlich, dass ich Matthew nun definitiv davon erzählen muss.«

»Das fände ich nur fair, du nicht? Je länger du das Notizbuch behältst, ohne ihm etwas davon zu sagen, desto peinlicher wird es sein, ihm gestehen zu müssen, dass du es schon gelesen hast.«

»Ich könnte immer noch sagen, es wäre gerade erst in meiner Werkstatt aufgetaucht.«

»Das könntest du.« So milde sein Ton auch war, besagte der Blick, den ihr Vater ihr zuwarf, doch das genaue Gegenteil.

Deshalb hatte Saskia heute, als sie in Glaskin House die Schätzung fortgesetzt hatten, die Handynummer angerufen, die Dad von Matthew hatte. Doch wie das Glück es wollte, hatte er das Gespräch nicht angenommen, und so hatte sie ihm eine Nachricht auf seiner Voicemail hinterlassen. Da er sich auch daraufhin nicht gemeldet hatte, fühlte sie sich durchaus berechtigt, das Notizbuch noch etwas länger zu behalten, um es hoffentlich heute Nacht im Bett auslesen zu können.

Als sie das gebügelte Hemd in die Küche brachte, stand Oliver in Weste und Hose vor dem Fernseher und sah sich die Nachrichten an, während er gleichzeitig gründlich seine Schuhe putzte. Saskia beschloss, in Ruhe mit ihren Großvätern zu sprechen. Sofern »in Ruhe« angesichts von Grandpa O.'s Hörschwäche überhaupt möglich war.

»Versteht mich bitte nicht falsch«, begann sie, »aber wir müssen uns alle ein bisschen beruhigen, wenn wir Dad nicht den Abend verderben wollen.«

»Was müssen wir?«

»Sie sagt, wir müssten uns heute Abend von unserer besten Seite zeigen«, rief Harvey vom Herd her, wo er in einer Wolke von Dampf stand und den Inhalt einer großen Kasserolle umrührte.

»Von unserer besten Seite«, wiederholte Oliver barsch und attackierte den Schuh in seiner Hand nun ganz besonders heftig mit der Bürste. »Ich weiß nicht, was du meinst.«

»Oh doch, das weißt du, Grandpa O. Erinnerst du dich noch daran, wie du warst, als ich zum ersten Mal einen Freund mit heimbrachte?«

»Das war was anderes«, brummte Oliver.

»Inwiefern?«

»Weil wir wussten, dass er nicht zu dir passte«, antwortete Harvey, der sich zu ihnen umdrehte und sich mit einem Zipfel seiner Schürze die Stirn abwischte.

»*Das*«, sagte Saskia und zeigte auf beide Männer, »ist genau das, was mir Sorgen macht. Wir dürfen heute Abend keine vorschnellen Urteile fällen. Das versteht ihr doch wohl?«

»Aber was ist, wenn wir sie nicht mögen?«, fragte Oliver.

»Wir werden uns auf jeden Fall die größte Mühe geben, es zu

tun. Ist das klar? Ich erwarte nicht, dass ihr vor mir salutiert, ein einfaches Nicken genügt.«

Bevor sie antworten konnten, schraken alle drei beim Klang der Türklingel zusammen.

»Herrgott noch mal, Oliver, zieh dein Hemd und deine Schuhe an!«, befahl Harvey. »Wir wollen doch nicht, dass diese Frau denkt, sie wäre in ein Heim für geistig Verwirrte geraten, die sich nicht einmal selbst anziehen können!«

»Was hast du gesagt?«

Harvey verdrehte die Augen. »Saskia, bring ihn bitte so bald wie möglich zu einem Ohrenarzt!«

Ralph fuhr sich nervös mit der Hand durchs Haar, holte tief Luft und öffnete die Tür.

»Schön, dass du uns gefunden hast. Es war doch hoffentlich nicht allzu schwer?«, fragte er Libby, als sie lächelnd vor ihm stand.

»Gar kein Problem, dank deiner ausgezeichneten Wegbeschreibung und meines sehr bestimmten Navigationsgerätes.«

Als sie eingetreten war und er die Tür hinter ihr geschlossen hatte, küsste er sie auf die Wange. »Ich sollte dich warnen, glaube ich; sie sind in einer sehr eigenartigen Stimmung. Ich hoffe, du hast deinen Humor mitgebracht.«

»Den habe ich immer dabei. Und ich habe auch noch etwas anderes mitgebracht«, sagte sie und hielt ihm eine Flasche Wein und eine Schachtel Pralinen hin.

»Das wäre doch nicht nötig gewesen.«

»Als benähme ich mich daneben, indem ich mit leeren Händen erscheine.«

»Nun, das ist sehr nett von dir, doch du solltest besser beides Harvey übergeben – er hat das Sagen heute Abend.«

»Er ist dein Schwiegervater und der Küchenchef, richtig?«

»Du hast ein gutes Gedächtnis, Libby. Und der etwas Grantige ist Oliver, mein Vater. Du wirst sein schlechtes Gehör berücksichtigen müssen; er weigert sich einzusehen, dass er ein Problem hat, was Harvey noch in den Wahnsinn treibt.«

Sie schenkte ihm ein etwas schiefes Lächeln. »Und was werde ich bei dir berücksichtigen müssen?«

»Dass ich verrückt genug war, es für eine gute Idee zu halten, dir all das zuzumuten.«

Libby legte eine Hand auf seinen Arm. »Entspann dich! Es wird schon gut gehen. Warum sollte es das auch nicht?«

»Du hast recht«, sagte er. »Ich führe mich schlimmer auf als ein Teenager. Der Abend gestern war übrigens großartig. Wirklich sehr, sehr schön.«

»Ich weiß.«

»Ach ja?«

Sie legte ihren Mantel ab und gab ihn Ralph. »Du hast es mir heute Morgen schon in deiner SMS gesagt. Ich fand es auch sehr schön. Und ich bin mir sicher, dass dieser Abend genauso reizend wird.«

Er hängte ihren Mantel auf, und dank ihres ruhigen Selbstvertrauens schon sehr viel weniger nervös, legte er eine Hand an ihren Rücken und führte sie zur Küche, wo alle versammelt waren und sie gespannt erwarteten. »Wappne dich!«, flüsterte er ihr ins Ohr. In Wahrheit jedoch sagte er es mehr sich selbst als ihr; er war schon sehr, sehr lange nicht mehr so nervös gewesen.

Harvey erinnerte sich noch gut an den Tag, an dem Evie Ralph zum ersten Mal mit heimgebracht hatte, um ihn Ester und ihm vorzustellen, als wäre es erst gestern gewesen. Der arme Teufel war so nervös gewesen, dass er über die Stufe in den Wintergarten gestolpert war, und als er hinfiel, hatte er sich auch noch den Kopf an der Ecke des Couchtischs angestoßen, und das so heftig, dass er auf der Unfallstation gelandet war, wo die Wunde mit vier Stichen genäht werden musste. Ester war das Ganze furchtbar peinlich gewesen, doch er und Evie hatten das Lustige daran gesehen und Ralph damit aufgezogen, dass er gar keinen besseren Weg hätte finden können, das Eis zu brechen.

»Freut mich, dass ich von Nutzen sein konnte«, hatte Ralph gesagt. »Ich werde sehen, was ich beim nächsten Mal tun kann. Falls es ein nächstes Mal *gibt*; vielleicht wollen Sie es ja lieber nicht riskieren, dass ich je wieder einen Fuß über Ihre Schwelle setze.«

Evie hatte ihn lachend umarmt. »Natürlich dürfen Sie uns wieder besuchen! Obwohl ich zugeben muss, dass ich meine Zweifel hätte, wenn Sie den Tisch zerschmettert hätten. Was meinst du, Dad, sollen wir es noch mal riskieren? Darf Ralph noch einmal wiederkommen?«

»Oh, ich denke, wir können es wagen, besonders, wenn wir ihn beim nächsten Mal besser im Auge behalten.«

In mancherlei Hinsicht, und so seltsam es angesichts Ralphs Alter auch schien, war es tatsächlich das, was Harvey seither stets getan hatte. Er hatte immer ein Auge auf seinen Schwiegersohn gehabt und sich um ihn gekümmert. Nach Esters und Evies Verlust hatte Harvey sich geschworen, alles zu tun, was in seiner Macht stand, um Ralph und Saskia und Oliver zu helfen. Er hatte sich geschworen, dass er jedes Opfer bringen würde, um ihr Leben zu verbessern, weil es das war, was Evie und Ester gewollt hätten.

Und obwohl er niemals wirklich versucht hatte, Ralph davon abzuhalten, eine Nachfolgerin für Evie zu suchen, hatte er ihn auch nie dazu ermutigt. Es war egoistisch von ihm gewesen, doch er hatte einfach nicht gewollt, dass sich an ihrem gemeinsamen neuen Leben hier auf Ashcombe etwas änderte. Und wenn er ehrlich sein sollte, wollte er es noch immer nicht. Natürlich wusste er, dass das falsch war. Und genauso gut wusste er, dass es auch für Saskia an der Zeit war, das Nest zu verlassen und sich ein eigenes Leben aufzubauen. Sowohl sie als auch Ralph verdienten ihr eigenes Glück, was wiederum bedeutete, dass das Leben auf Ashcombe sich verändern *musste*.

Während sie die Vorspeise aßen, die er zubereitet hatte – Risotto mit drei verschiedenen Pilzsorten und einer Trüffelsauce –, beobachtete Harvey heimlich ihren Gast. Er musste zugeben, dass Libby Henshaw eine sehr angenehme Ergänzung ihrer kleinen Runde war. Da sie anscheinend über Olivers schlechtes Gehör informiert worden war und zu seiner Rechten saß, wo er noch ein wenig besser hörte, achtete sie darauf, deutlich und laut genug zu sprechen, um von ihm verstanden zu werden. Sie war auch eine sehr nette, lebhafte und humorvolle Frau, die so entspannt mit ihnen plauderte, als wären sie schon beinahe gute alte Freunde.

Aber sie und Ralph *waren* ja auch alte Freunde – tatsächlich sogar einiges mehr als Freunde. Harvey trank einen Schluck Wein und dachte, dass das, was ihn an Ralphs Geständnis überrascht und sogar ein wenig gekränkt hatte, einzig die Tatsache war, dass er nicht schon vor zehn Jahren aufrichtig zu ihnen gewesen war. Doch wie hätte er das auch sein sollen?, wie Saskia ganz richtig bemerkt hatte. Schließlich war Libby damals noch verheiratet gewesen. Wahrscheinlich hatte er befürchtet, sie würden ihn verurteilen und ihm sagen, er solle sich nur ja aus dieser vertrackten Situation befreien, bevor er sich in Teufels Küche brachte. Das wäre auf jeden Fall Harveys Rat gewesen. Doch nun konnte er nicht umhin, sich zu fragen, wie anders ihrer aller Leben vielleicht verlaufen wäre, wenn Libby nicht schon einen Ehemann gehabt hätte. Hätte Ralph dann in Betracht gezogen, sie zu heiraten? Und wenn ja, hätten sie dann hier bei ihnen gelebt? Oder hätte sie Ralph für sich allein gewollt? Und was würde jetzt geschehen, wenn die beiden weitermachten, wo sie damals aufgehört hatten?

Harvey wurde plötzlich schrecklich elend zumute bei dem Gedanken, dass Ralph ihnen genommen werden könnte. Er konnte sich damit abfinden, dass es für Saskia an der Zeit war weiterzuziehen, doch wenn auch Ralph ging, würden nur noch er und Oliver zurückbleiben. Würde Ralph dazu bereit sein nach allem, was sie für ihn getan hatten?

Nein, nein, *nein!*, dachte er ärgerlich. So durfte er nicht denken. Ralph schuldete ihnen nichts. Harvey und Oliver hatten sich selbst dazu entschieden, mit ihnen zusammenzuziehen, um zu helfen. Sie hatten diese Entscheidung aus freiem Willen getroffen, niemand hatte sie dazu gezwungen.

Libby unterbrach seine Gedanken mit den Worten: »Harvey, dieses Risotto ist fantastisch; es ist das beste, das ich je gegessen habe!«

»Danke«, murmelte er. »Freut mich, dass es Ihnen schmeckt.«

»Glauben Sie, Sie könnten mir das Rezept geben? Oder ist es ein Geheimnis des Küchenchefs?«

Harvey lächelte. »Keineswegs. Ich gebe es Ihnen gern. Ralph, könntest du es vielleicht für Libby fotokopieren, bevor sie geht?«

»Wird erledigt.«

So weit, so gut, dachte Saskia, als sie in der Küche die Spülmaschine füllte, während Harvey letzte Hand an den Schwarzen Zackenbarsch legte, dessentwegen er so besorgt gewesen war. »Er hätte wirklich länger mariniert werden müssen«, murmelte er vor sich hin.

»Er wird ausgezeichnet sein wie alles, was du kochst«, sagte Saskia beschwichtigend. »Und dein Risotto war wirklich sensationell. Nicht einmal ein Körnchen Reis ist auf den Tellern liegen geblieben. Aber da wir gerade mal allein sind, sag mir doch, was du von Libby hältst!«

Saskia wusste, dass es Harvey war, der von ihnen allen die größten Schwierigkeiten haben würde, mit der Situation umzugehen. Mum war zwar schon seit so vielen Jahren tot, dass die Erinnerungen zwangsläufig nicht mehr so stark waren, wie sie es einst gewesen waren, sogar für Saskia, aber sie konnte sich auch vorstellen, dass sie für Harvey, als Mums Vater, noch genauso klar und scharf wie immer waren.

»Sie scheint nett zu sein«, erwiderte er zerstreut.

Saskia wollte gerade zustimmen, als sie ein Mobiltelefon klingeln hörte, und so ging sie schnell zur Garderobe, wo alle ihre Handys ablegten, wenn sie sich im Haus aufhielten. Es war ihr Klingelton, den sie jetzt hörte.

Sie war zunächst versucht, den Anruf zu ignorieren, überlegte es sich aber anders.

»Hallo?«, sagte sie, weil sie die Nummer auf dem Display nicht kannte.

»Hi. Spreche ich mit Saskia?«

»Ja.«

»Ich bin's, Matthew. Matthew Gray. Sie hatten mir eine Nachricht hinterlassen, Sie zurückzurufen. Tut mir leid, dass ich erst jetzt dazu komme, aber ich war wieder den ganzen Tag lang bei Gericht. Gibt es ein Problem im Haus? Die Heizung ist doch wohl nicht schon wieder ausgefallen?«

Ein bisschen überrumpelt, wie sie es so oft zu sein schien, wenn sie mit Matthew Gray zu tun hatte, sagte Saskia: »Nein, nein, das war es nicht. Es geht um … na ja … um etwas Persönliches … was ich gefunden habe …« Hinter ihr ertönte ein lautes Krachen, gefolgt von einem »Himmel, Kreuz und Donnerwetter!«, das Saskia zu ihrem Großvater herumfahren ließ.

Auf dem Boden zu seinen Füßen lag ein zerbrochener Servierteller.

»Gibt es bei Ihnen ein Problem?«, fragte Matthew.

»Ja, tut mir leid, aber wir sind hier gerade beim Abendessen. Kann ich Sie später noch zurückrufen?«

»Falls es nichts Wichtiges ist, könnte es vielleicht bis morgen warten? Ich habe beschlossen, morgen von Glaskin House aus zu arbeiten und übers Wochenende dort zu bleiben. Ich bin schon unterwegs dorthin.«

Froh, nicht jetzt schon ihr Geständnis ablegen zu müssen, sagte Saskia schnell: »Okay, das klingt gut. Wir sehen Sie dann morgen früh. Wäre es Ihnen lieber, wenn wir nicht zu zeitig erscheinen?«

Er lachte. »Das kommt darauf an, was Sie unter ›zeitig‹ verstehen. Mir ist jede Zeit nach acht sehr recht. Bis dann also.«

Saskia legte auf und ging zu Harvey, der leise vor sich hin fluchte, während er die Scherben des zerbrochenen Geschirrs aufsammelte. »Lass mich das erledigen«, sagte sie, »und kümmere du dich um die wichtigen Dinge!«

»Vorsicht«, warnte er, »das Ding ist heiß vom Ofen. Ich habe es dummerweise ohne Ofenhandschuhe angefasst.«

»Dann halte deine Hände unter kaltes Wasser.«

Er blies sich auf die Finger. »Ach was. Ich werde es schon überleben.«

»Nun komm schon! Lass mich dir helfen!«

Sie führte ihn zum Spülbecken, und als sie seine Hand umdrehte, sah sie einen hellrosa Streifen quer über seinen Fingern. »Autsch«, sagte sie und drehte schnell den Wasserhahn auf. »Das sieht aber richtig schmerzhaft aus.«

»Mein eigener blöder Fehler, weil ich in Gedanken ganz woanders war.«

Besorgt entgegnete sie: »Und worüber hast du nachgedacht?«

»Über uns. Über dich, mich, Oliver und deinen Vater.« Er schwieg einen Moment, während Saskia weiter seine Hand unter den Wasserstrahl hielt. Dann sagte er: »Saskia?«

»Ja?«

»Unser Zusammenleben war doch gar nicht so schlecht, oder?«

Da sie instinktiv schon wusste, warum er ihr die Frage stellte, sagte sie: »Schlecht? Es ist wundervoll, unser Zusammenleben. So schön, dass es mir schwerfällt, mir irgendetwas anderes vorzustellen.«

»Aber dir ist doch wohl klar, dass es nicht für immer so bleiben kann, oder?«, fragte er, plötzlich sehr kleinlaut.

Aus einer Anwandlung tiefster Zuneigung zu Harvey heraus, aber auch, um seine Ängste zu beschwichtigen, sagte sie: »Nichts wird sich hier so bald ändern.«

»Da irrst du dich, Saskia, es muss sich etwas ändern. Es wäre falsch, so weiterzumachen. Das ist genug kaltes Wasser, meine Hand ist schon ganz taub. Würdest du mir bitte helfen, die Teller ins Esszimmer zu tragen?«

»Meinst du nicht, ich sollte deine Hand lieber verbinden?«

Er schüttelte den Kopf. »Wenn sie später noch wehtut, werde ich mich selbst darum kümmern.«

Bald hatten sie alles für den nächsten Gang beisammen. Als Saskia ihrem Großvater ins Esszimmer folgte, fragte sie sich, was für Veränderungen er wohl meinte. Hatte das Wiedererscheinen von Libby Henshaw im Leben ihres Vaters Harveys Kommentare hervorgerufen, oder war da noch etwas anderes, das ihm durch den Kopf ging?

Als die Luft rein war, als ihre Großväter zu Bett gegangen waren und Saskia die gedämpfte Stimme ihres Vaters, der im Arbeitszimmer telefoniert hatte, nicht mehr hören konnte, klopfte sie an die Tür und ging hinein. »Ich bringe dir Tee«, sagte sie.

Ralph zog eine Augenbraue hoch, als er die beiden Becher in ihren Händen sah. »Und einen detaillierten Obduktionsbericht wohl auch, nehme ich an?«

Sie gab ihm einen der Teebecher und ging zum Kamin hinüber, um es sich in dem abgenutzten alten Armsessel bequem zu machen, der eigentlich schon vor Jahren mit neuen Sprungfedern versehen und wieder hätte aufgepolstert werden müssen. Aber Saskia wollte nichts davon hören. Sie hatte zu viele liebevolle Erinnerungen an diesen Sessel, um auch nur in Betracht zu ziehen, ihn je erneuern zu lassen. Wie sehr sie es als Kind geliebt hatte, darauf auf dem Schoß ihres Vaters zu sitzen, während er ihr vorlas! Das Gleiche galt auch für das Zimmer selbst. Sie liebte die schäbige Vertrautheit dieses Raumes – die vollgestopften Bücherregale, den abgetretenen Teppich, den sanften Schein der Bilderleuchten hinter dem Schreibtisch ihres Vaters und die gerahmten Fotografien, die ihr Leben hier auf Ashcombe dokumentierten.

»Ich glaube, von einem ›Obduktionsbericht‹ zu sprechen ginge doch zu weit«, sagte sie nach einem Schluck Tee. »Eine Gelegenheit, uns über den Abend auszutauschen, wäre wohl eine bessere Formulierung. Und um dich zu beruhigen – und aufgrund meiner Fähigkeit, mir sehr schnell ein Urteil zu bilden, wenn ich Leute kennenlerne –, kann ich dir nur sagen, dass ich Libby mag. Ich finde sie reizend.«

»Wirklich? Du sagst das nicht nur so?«

»Schau auf meine Lippen, Dad – *ich mag sie*. Genau wie Oliver und Harvey, wenn ich mich nicht irre. Alles in allem haben sie sich am Ende doch recht gut benommen. Die Frage ist doch wohl eher, was Libby von uns hält?«

»Sie fand euch alle so verrückt wie eine Horde Frösche.«

»Da tut sie den armen Fröschen aber unrecht«, sagte Saskia lächelnd, »doch ich bin froh, dass wir einen bleibenden Eindruck bei ihr hinterlassen haben.«

Ihr Vater trank einen Schluck Tee und erwiderte ihr Lächeln. »In Wahrheit hat sie nichts dergleichen gesagt; sie meinte nur, sie habe schon lange keinen so schönen Abend mehr gehabt. Was kein besonders gutes Licht auf meine Gesellschaft gestern Abend wirft, wie ich ihr gerade am Telefon erklärt habe.«

Saskia lachte. »Du bist aus der Übung, das ist alles.«

Ihr Vater wurde plötzlich ernst. »Das bin ich, Saskia. Wir alle sind es, nicht? Wir sind aus der Übung, wenn es darum geht, unser Leben mit anderen Menschen zu teilen.«

Saskia schwieg einen Moment, um seine Feststellung zu überdenken. »Willst du damit auf irgendetwas Bestimmtes hinaus?«, fragte sie dann.

»Ich würde Libby gern öfter sehen«, erwiderte er einfach nur. »Sehr viel öfter. Würde dich das in irgendeiner Weise stören?«

»Sei nicht albern, Dad! Natürlich würde es mich nicht stören. Wie kommst du überhaupt darauf, so etwas zu fragen?«

»Weil sich die Dinge hier möglicherweise ändern könnten, wenn ich Libby regelmäßig sehe.«

Saskia, die sich an Harveys Bemerkungen in der Küche erinnerte, sagte: »Ich bin mir sicher, dass wir uns alle an die möglichen Veränderungen, die vor uns liegen, gewöhnen werden. Um uns brauchst du dich wirklich nicht zu sorgen.« Sie hievte sich aus dem ausgeleierten Sessel hoch. »Und jetzt werde ich dich in Ruhe lassen, weil ich Jacob Belinskys Geschichte noch zu Ende lesen muss.«

Sie gab ihrem Vater einen Gutenachtkuss. »Ich habe keine Angst vor Veränderungen, falls es das ist, was dir Sorgen bereitet, Dad.«

Kapitel 24

August 1943

Im Laufe des Sommers bat Kitty mich wiederholt darum, sie zu meinen Eltern mitzunehmen, um sich ein Bild davon zu machen, wo ich aufgewachsen war. Ich persönlich sah keinen Sinn darin, doch wie mir sehr schnell klar wurde, war Kitty einer der zielstrebigsten Menschen, die ich kannte: Wenn sie sich erst einmal etwas in den Kopf gesetzt hatte, ruhte sie nicht eher, bis sie es erreicht hatte. Und das Einzige, was ich tat, war, diesen Tag hinauszuschieben.

»Schämst du dich für mich, Liebling?«, fragte sie mich eines Abends, als wir uns von dem größten Gedränge der Konzertbesucher auf Bletchley Park entfernt hatten. »Vertröstest du mich deshalb immer wieder?«

Ich beeilte mich, ihr zu versichern, wie sehr sie sich irrte, falls sie das tatsächlich dachte, doch insgeheim war ich ein bisschen verärgert über ihre Hartnäckigkeit. Ich gewann langsam den Eindruck, dass ich eine Art gesellschaftliches Experiment für sie war und sie nur neugierig war zu sehen, wie wir Normalsterblichen lebten. Oder machten die russisch-jüdischen Wurzeln meiner Familie uns zu einer sogar noch größeren Kuriosität für sie?

Die andere Vermutung, die sie angestellt haben mochte, war, dass ich mich vielleicht meiner Herkunft schämte und meine Ursprünge unbedingt verleugnen wollte. Was absolut nicht stimmte. Ich war ungeheuer stolz auf meine Angehörigen, ihrer selbst und auch der Möglichkeiten wegen, die sie mir geboten hatten. Es war einfach nur so, dass ich nicht den Zauber brechen wollte – das Leben auf Bletchley war so viel angenehmer geworden, seit Kitty dort war, und ich wollte nicht, dass irgendetwas, schon gar nicht die Realität der Außenwelt, mein Glück vielleicht zerplatzen ließ wie eine Seifenblase.

Während Kitty fest darauf beharrte, meine Familie kennenzulernen, kreisten meine Gedanken nur allzu oft um mein wachsendes Verlangen nach ihr. Es war seltsam, doch je entspannter und ungezwungener Kitty in meiner Gesellschaft war, desto aufregender fand ich sie. Wir waren bisher nicht über das Küssen hinausgegangen, aber das genügte mir ehrlich gesagt nicht mehr. Ich wollte, dass wir ein Liebespaar wurden.

In der Hütte wurde über unsere Freundschaft viel geklatscht, wozu wohl hauptsächlich Chatterton-Jones den Anstoß gab, wie ich vermutete. Ich wäre ein Lügner, wenn ich nicht zugäbe, dass das eine gewisse Schadenfreude in mir weckte, da ich wusste, was Kitty von ihm hielt. Doch wie immer lauerte hinter meiner Selbstgefälligkeit die ständige Furcht, dass dieses schöne Mädchen mich plötzlich genauso sehen würde, wie ich mich selbst sah: als einen Blender, der in ihrer Welt niemals wirklich akzeptiert werden würde.

Oh ja, natürlich waren die Leute – einschließlich Kitty – der Meinung, dass der Krieg alles veränderte, dass er der größte »Gleichmacher« unserer Zeit sei, aber ich wusste, dass einige Dinge sich niemals ändern würden. Dies wurde mir tagtäglich auch durch zahlreiche und unterschiedliche kleine Spitzen bestätigt, ob es nun eine herablassende Bemerkung von Chatterton-Jones über meine persönliche Kenntnis des Londoner East End oder eine offensichtlichere Demonstration unverhohlenen Hasses seitens Mrs. Pridmore war.

Eines Tages hatte ich sie über den Gartenzaun mit ihrer Nachbarin über mich sprechen hören. Sie sagte, sie behalte mich im

Auge, da es sie nicht wundern würde, wenn ich mich als ein schändlicher Sympathisant der Deutschen oder als Spion herausstellen sollte. Schließlich sei ich Ausländer, ein heimlichtuerischer Fremder, der sie vermutlich nachts im Bett ermorden würde, wenn sie nicht so wachsam wäre.

Ich hatte sie nie so über ihre anderen Untermieter reden hören. Und wie ich sehr wohl wusste, durchsuchte sie sogar meine wenigen Habseligkeiten, während ich bei der Arbeit war. Diesen Verdacht hatte ich gelegentlich überprüft und auch bestätigt gesehen, wenn bei meiner Rückkehr ein Buch nicht am selben Platz lag, an dem ich es zurückgelassen hatte, und meine wenigen sauber gefalteten Kleidungsstücke durchstöbert worden waren. Manchmal war ich versucht, etwas leicht Verdächtiges zu verstecken, nur um zu sehen, wie dieses grässliche Frauenzimmer darauf reagieren würde.

Wie das Glück es wollte, sorgte das Schicksal für eine willkommene Ablenkung von Kittys anhaltendem Wunsch, meine Eltern kennenzulernen, als ihr plötzlich aus heiterem Himmel mitgeteilt wurde, dass sie ausziehen musste, weil ihre Wirtin das Zimmer für eine erkrankte Verwandte brauchte. Kitty wurde jedoch unverzüglich ein neues Quartier auf der etwa sechseinhalb Kilometer von Bletchley Park entfernt liegenden Broad Acre Farm zugewiesen.

Am Tag darauf hatte ich Nachtschicht und daher einen freien Nachmittag, an dem ich Kitty beim Umzug half. Da wir kein Auto zur Verfügung hatten, mussten wir ihre beiden Koffer – seit ihrer Ankunft hatte sie irgendwie einen zweiten hinzugewonnen – auf den Lenkern unserer Fahrräder balancieren und diese langsam zu Kittys neuer Unterkunft schieben. Mit jedem Kilometer, den wir in der brennenden Augustsonne hinter uns brachten, bedauerte ich noch mehr die Entfernung, die uns von nun an trennen würde. Sie erschien mir geradezu riesig.

Erhitzt und schweißgebadet erreichten wir dann irgendwann die Farm. Dort war jedoch niemand, der uns empfing, außer einem hechelnden Collie, der uns mit einem halbherzigen Schwanzwedeln begrüßte. Den knappen Anweisungen entsprechend, die Kitty erhalten hatte, folgten wir einem zerfurchten, von dem Bauernhaus wegführenden Feldweg, bis wir zu einem flachen, baufälligen Gebäude mit durchhängendem Ziegeldach gelangten, das zum größten Teil mit Geißblatt überwuchert war. An der alten Holztür war ein Hufeisen befestigt, und daran festgebunden war eine Notiz für Kitty, dass dies ihr neues Zuhause sei.

Nachdem wir unsere Räder und die Koffer an eine flache Mauer gelehnt hatten – wo ich eine gusseiserne Handpumpe und einen Wassertrog entdeckte –, drückte Kitty die Türklinke herunter. Um uns nicht den Kopf zu stoßen, gingen wir in gebückter Haltung hinein.

Ihr Quartier war als Cottage bezeichnet worden, was jedoch eine kolossale Übertreibung war. Es handelte sich in Wirklichkeit um so etwas wie einen Schuppen, dem jemand mit einem frischen Anstrich und ein paar Möbelstücken vergeblich etwas Glanz zu verleihen versucht hatte. An der Wand zu unserer Rechten stand ein schmales Bett mit Metallrahmen und einer scheußlichen pinkfarbenen Frottierplüsch-Tagesdecke, deren fransenbesetzter Rand sich bereits auflöste. Dem Bett gegenüber, nicht mehr als vielleicht sechzig Zentimeter davon entfernt, befand sich ein kleiner, gefährlich schräg stehender Kleiderschrank aus Mahagoni. Daneben standen ein Sessel, aus dessen zerrissenem Sitzpolster das Füllmaterial quoll, und ein Waschtischchen mit einem gesprungenen kleinen Spiegel. Ein Flickenteppich bedeckte teilweise den unebenen Boden, und ein dünner gelber Baumwollstoff hing als Gardine vor dem winzigen schmutzigen Fenster, unter dem ein mit Farbe bespritzter Tisch mit einer Emaille-Kanne stand. Sie enthielt einige Zweige Geißblatt als Willkommensgruß, dessen süßer Geruch allerdings in dem viel stärkeren eines scharfen Putzmittels unterging.

Wie immer geneigt, das Positive an allem zu sehen, war Kitty geradezu entzückt von ihrer neuen Unterkunft. »Sieh dir doch nur die Aussicht an!«, schwärmte sie und zog mich am Arm zu der offenen Tür, um zu der Wiese auf der anderen Seite des unebenen Feldwegs hinüberzuschauen. »Man könnte wirklich glauben, es gäbe keinen Krieg, wenn man das hier sieht.«

Wie auf ein Stichwort hin, um alles sogar noch bezaubernder zu machen, schallte das Klopfen eines Spechts aus einer entfernten Baumgruppe zu uns herüber. »Es ist atemberaubend«, sagte sie leise. »Einfach atemberaubend. Stell dir nur mal vor, jeden Morgen in dieser Umgebung zu erwachen!«

Mir lag die Entgegnung auf der Zunge, dass ich es sehr viel atemberaubender fände, *sie* jeden Morgen beim Erwachen zu sehen, doch ich verkniff sie mir. »Es gibt kein Bad hier«, gab ich stattdessen ernüchtert zurück.

»Ach, es wird hier sicher irgendwo ein Außenklosett geben«, erwiderte sie mit einem gleichmütigen Schulterzucken und betrachtete noch immer verzückt die Aussicht.

»Und da sind ja auch noch der Wassertrog oder der Bach, in denen man sich waschen kann.«

Wir drehten uns um, um zu sehen, wer den Vorschlag gemacht hatte, und sahen ein großes, breitschultriges Mädchen auf uns zukommen. Sie hatte ein fröhlich lächelndes Gesicht und war mit Stiefeln, einer Latzhose und einem grauweißen Hemd bekleidet. Lockiges rotes Haar schaute unter einem Tuch hervor, das sie sich um den Kopf gebunden hatte, und von ihrer linken Hand baumelten die leblosen Körper zweier magerer Kaninchen.

»Sie müssen das neue Mädchen sein, das wir erwarten«, sagte sie. Nachdem sie sich die freie Hand an ihrer Latzhose abgewischt hatte, streckte sie sie Kitty hin. »Ich bin Peggy, und ich sage es Ihnen nur ungern, aber Sie werden mich als Ihre nächste Nachbarin am Hals haben«, erklärte sie grinsend und zeigte auf ein weiteres schuppenartiges Gebäude ein wenig weiter den Weg hinunter, vor dem ein verstaubter roter Traktor stand. »Das dort drüben ist mein trautes Heim«, sagte sie. »Beryl und Dorothy, die beiden anderen Landwirtschaftsgehilfinnen, leben im Luxus und teilen sich ein Zimmer auf der Farm. Sie werden sie später kennenlernen, nehme ich an.«

Kitty stellte sich vor.

»Wie gefällt Ihnen Ihre Unterkunft?«, fragte Peggy.

»Sie ist großartig«, antwortete Kitty. »Besser, als ich mir hätte wünschen können.«

Das Mädchen lachte schallend. »Dann haben Sie offenbar sehr geringe Ansprüche. Ist das Ihr Freund?«

Nun war ich derjenige, der einen fragenden Blick und einen festen, schwieligen Händedruck erhielt; er konnte sich mit dem eines jeden Mannes messen, den ich kannte. Ich schwieg, um Kitty antworten zu lassen und zu sehen, wie sie mich vorstellte, damit ich ihrem Beispiel folgen konnte. Nach langer Diskussion hatten wir uns darauf geeinigt, unsere Beziehung geheim zu halten, um mögliche Probleme bei der Arbeit zu vermeiden. »Gott, ich würde es hassen, in Schwierigkeiten zu geraten und heimgeschickt zu werden«, sagte sie. »Oder dich zu gefährden, was sogar noch schlimmer wäre.«

Während ich zwar einsah, dass es vernünftiger war, unsere wahre Beziehung zu verschweigen und so zu tun, als wären wir nur gute Freunde, wusste ich doch auch von einigen anderen Beziehungen im Park, die keineswegs für Stirnrunzeln gesorgt, sondern eher das Gegenteil bewirkt hatten. Aber Kitty hatte mir von einer Wren erzählt, die schwanger geworden und im Nu von der Bildfläche verschwunden war. Ein anderes Mädchen, das zu einer Bomber-Besatzung gehörte, verschwand genauso schnell aus Bletchley Park, nachdem ihre Beziehung mit einem Kryptoanalytiker ein schlechtes Ende genommen hatte. Man ging davon aus, dass sie durchgedreht war nach einem halbherzigen Versuch, sich im See zu ertränken. Es war allgemein bekannt, dass jemand, der aus irgendwelchen Gründen als emotional instabil betrachtet wurde, als Sicherheitsrisiko galt und daher in aller Stille fortgebracht wurde. Diese war nur eine der vielen Regeln, nach denen wir lebten.

»Das ist Jacob, ein regelrechter Heiliger«, sagte Kitty strahlend. »Er war so nett, mir zu helfen, meine Sachen herzubringen. Ohne ihn hätte ich es nicht schaffen können.«

»Wir könnten hier ein paar Heilige mehr gebrauchen«, sagte das Mädchen. Dann besah sie sich die Fahrräder und die Koffer. »Sie sind ja nicht gerade mit leichtem Gepäck unterwegs.«

»Ach, das meiste ist nur unsinniges Zeug. Dinge, die meine Mutter mir schickt, weil sie glaubt, ich könnte ohne sie nicht leben. Lächerlich eigentlich, doch was kann man schon dagegen machen?«

»Das ist die Art von Mutter, die ich gebrauchen könnte!«

Da ich spürte, dass ich zusehends zu einer Art Ersatzteil wurde, sagte ich: »Also, ich denke, ich überlasse dich jetzt dir selbst, Kitty. Ich muss mich wirklich langsam auf den Heimweg machen.«

»Bitte denken Sie nicht, Sie müssten sich meinetwegen beeilen«, meinte Peggy. »Bleiben Sie doch und trinken Sie noch etwas! Billy hat es geschafft, einen halben Schinken gegen Apfelwein zu tauschen, den wir alle unbedingt probieren wollen.« Zu Kitty gewandt fügte sie hinzu: »Ein anständiger Begrüßungsschluck wäre jetzt doch genau das Richtige, nicht wahr?«

Da meine Schicht erst in einigen Stunden begann, stimmte ich zu, noch ein Weilchen zu bleiben, und als Kitty ihre Sachen ausgepackt hatte, gingen wir zu der Farm hinüber, wo wir Billy kennenlernten.

Billy war kein Mann, wie ich erwartet hatte, sondern eine beeindruckende Frau in den Fünfzigern namens Winifred, die es laut Peggy jedoch vorzog, Billy genannt zu werden. Mit ihrem wirren eisengrauen Haar, den muskulösen Unterarmen und bekleidet mit einem weiten Hemd, einer Latzhose und einem roten Halstuch um den Nacken sah sie wie eine sehr durchsetzungsfähige Person aus, mit der man rechnen musste.

»Nur keine Bange, Leute, kommt herein!«, rief sie mit dröhnender Stimme und einer Zigarette im Mundwinkel, als wir zögernd in der Küchentür stehen blieben und uns von Peggy vorstellen ließen, während sie die toten Kaninchen auf das hölzerne Ablaufbrett legte.

Billy, die auf dem bemehlten Küchentisch mit einem schweren Nudelholz einen Klumpen Teig bearbeitete, entschuldigte sich bei Kitty, sie nicht schon früher begrüßt zu haben. Aber sie habe Himbeermarmelade gekocht, sagte sie – was an dem süßen Duft, der die Küche erfüllte, und dem halben Dutzend rubinroter Marmeladegläser am Ende des Tisches unschwer zu erkennen war.

Ich blickte mich in dem großen, unordentlichen Raum um und ging davon aus, dass er der Mittelpunkt des Hauses war, so wie auch die Küche in dem Reihenhaus, in dem ich aufgewachsen war. Neben dem Kupferkessel auf dem Herd, in dem die Marmelade gekocht worden war, stand ein geschwärzter Wasserkessel, der nahezu identisch war mit dem, den wir zu Hause hatten. Über dem Herd befand sich ein langes, grün gestrichenes Regal mit einer Fülle eingedellter Töpfe, Kannen und Rührschüsseln. Ein mächtiges Büfett an der angrenzenden Wand enthielt ein durcheinandergewürfeltes Sortiment an Geschirr, aber auch einige ölige Maschinenteile, die auf Zeitungspapier lagen und so aussahen, als wären sie auseinandergenommen und noch nicht wieder zusammengesetzt worden. Nach Jahren der Benutzung waren die Steinplatten des Bodens an einigen Stellen glatt und glänzend, an anderen jedoch auch schartig und verschrammt.

»Wie Sie sicher schon bemerkt haben, ist Ihre Unterkunft nicht gerade eine Luxusherberge«, sagte Kittys neue Vermieterin, während sie die Zigarette aus dem Mund nahm und Asche in das Spülbecken hinter ihr schnippte, »aber sie ist das Beste, was ich unter diesen Umständen zu bieten habe. Die gute Seite ist, dass Sie das Essen mehr als annehmbar finden werden.«

Peggy lächelte und stieß Kitty mit dem Ellbogen an. »Das ist der Vorteil daran, auf einer Farm einquartiert zu sein; hier hungert man nicht. Ich habe sogar schon einiges zugenommen, seit ich hier bin.«

Billy zeigte mit der Nudelrolle auf Peggy. »Sie hätten sie sehen sollen, als sie in Bletchley aus dem Zugabteil stieg – sie war nur noch Haut und Knochen und hatte kaum die Kraft oder Energie, ihren eigenen Schatten aufzuheben. Als ich sie mir genauer anschaute, hätte ich sie fast wieder in den Zug gesetzt. Sie wird mir auf der Farm nichts nützen, dachte ich mir.«

»Und seitdem hat sie mich gemästet wie eine Weihnachtsgans«, sagte Peggy lachend.

Billys Blick glitt über Kitty und dann über mich. »Sie beide könnten anscheinend auch etwas Anständiges zu essen vertragen. Sie sehen richtig ausgehungert aus. Und vor allem auch ein bisschen käsig, besonders Sie, junger Mann.«

Sie unterstrich ihre letzte Bemerkung, indem sie mit der Nudelrolle auf mich zeigte.

»Ich nehme an, dass auch Sie im Park beschäftigt sind und das Tageslicht nur selten sehen«, fuhr sie fort. »Wie ich hörte, hält man Sie dort in Hütten wie Karnickel. Das ist doch wirklich nicht zu fassen! Mir sind Gerüchte zu Ohren gekommen, dass sie dort Experimente mit den Leuten machen, sie hungern lassen und ihnen den Schlaf entziehen, nur um zu sehen, ob sie komplett verrückt werden.«

Kitty lachte. »Nichts von alldem ist wahr, das kann ich Ihnen versichern. Es ist bloß alles schrecklich langweilige Arbeit, hauptsächlich Maschineschreiben.«

»Der junge Mann hier kommt mir nicht wie der Typ vor, der Maschine schreibt«, sagte Billy, die ihre Aufmerksamkeit wieder dem Teig zuwandte.

»Sie meint Büroarbeit«, erklärte ich schnell. »Der Krieg erzeugt Unmengen von Büroarbeit.«

Billy blickte mich durch den Rauch ihrer Zigarette an, und ich konnte sehen, dass sie mir kein Wort glaubte. Zum Glück beließ sie es jedoch dabei. »Peg«, rief sie, als beschlösse sie, dass genug Höflichkeiten ausgetauscht worden waren, »hol den Apfelmost aus der Speisekammer! Auf dem Regal darüber ist eine Dose mit Fleischrollen, bring die auch mit! Und Sie«, sie deutete auf Kitty, »werden vier Gläser in dem Schrank dort drüben finden. Ich lege keinen Wert auf Förmlichkeiten, hier packen alle mit an. Schließlich herrscht Krieg, und nur wenn wir alle an einem Strang ziehen, können wir diesen verrückten Hitler in seine Schranken weisen.«

Ich musste mir ein Grinsen verkneifen, als mir der Gedanke kam, dass Billy, mit nichts weiter als ihrer scharfen Zunge und einem Nudelholz bewaffnet, Hitler und dem Dritten Reich vermutlich jederzeit gewachsen wäre. In dieser Hinsicht erinnerte sie mich an meine Grandma Lila.

Als ich später nach Bletchley zurückradelte, wünschte ich,

ich könnte auch auf der Farm leben, statt bei Mrs. Pridmore einquartiert zu sein.

Statt die sechseinhalb Kilometer zwischen uns zu bedauern, fand ich bald schon großes Vergnügen an der ländlichen Idylle von Kittys neuer Unterkunft. Zu meiner heimlichen Belustigung hatte sie das hässliche kleine Nebengebäude »Geißblatt-Cottage« getauft und mit Peggys Hilfe das Stückchen Erde davor umgegraben und einen Gemüsegarten angelegt, wo sie Feld- und Endiviensalat, Radieschen und Frühlingszwiebeln zog. Sie plante sogar schon, im nächsten Jahr auch Kartoffeln, Zwiebeln, Erbsen und Bohnen anzubauen.

Was mir an ihrer neuen Umgebung jedoch am besten gefiel, war die Ungestörtheit, die sie uns bot. Es klingt vielleicht berechnend meinerseits, aber ich hatte beschlossen, von dieser neu gewonnenen Ungestörtheit auf die eine oder andere Art Gebrauch zu machen.

Und dieser Moment kam am Mittwoch, den achten September 1943. Es war der Tag, an dem Italien sich den Alliierten ergab. Wir hörten die Nachrichten auf Billys Radio in der Küche, und als Antwort darauf wurde ich in die Speisekammer geschickt, um eine Flasche Stachelbeerlikör zu holen, damit wir auf die Italiener anstoßen konnten. Wir vier – Billy, Peggy, Kitty und ich – und die beiden anderen Landwirtschaftsgehilfinnen Beryl und Dorothy tranken auf die Italiener, bis die Flasche leer war und wir alle ein bisschen angeheitert waren. Danach lud Billy mich zum Essen ein, und da Kitty und ich beide nicht vor Mitternacht in Bletchley sein mussten, sagte ich nur allzu gern Ja.

Es war ein schöner Abend, und auf Billys Anweisung hin trugen wir den Küchentisch und die Stühle in den Garten hinaus, wo wir uns an Corned-Beef-Haschee gütlich taten, eine weitere

Flasche Stachelbeerlikör dazu tranken und alle aufgekratzt und bester Laune waren.

Danach gingen Kitty und ich zum Fluss hinunter, den sie, Peggys Beispiel folgend, tatsächlich schon mehrmals zum Baden benutzt hatte. Als wir dann in der Abenddämmerung am Ufer lagen, sehr ungeniert sogar aufgrund des Stachelbeerlikörs, begann ich, ein Lied zu singen, das mir plötzlich in den Sinn gekommen war.

Kitty richtete sich auf einen Ellbogen auf und sah mich an. Als ich das Lied beendete, sagte sie: »Das war sehr schön. Ich habe dich noch nie Russisch sprechen gehört. Du klangst ganz anders. Worum ging es in dem Lied?«

»Es ist aus Rachmaninows Oper *Aleko* und basiert auf Puschkins Gedicht *Die Zigeuner*. Mein Großvater brachte mir das Lied in meiner Kindheit bei.«

»Wovon handelt es?«

»Von einer Liebe, die zum Scheitern verurteilt ist.«

»Oh«, sagte sie und zog ein langes Gesicht, »das hört sich nicht so an, als könnte es mir gefallen, glaube ich.«

Ich lachte. »Eine wahre russische Seele ist immer nur ein Lächeln oder eine Träne entfernt vom Melodrama.«

Sie sah nachdenklich aus, so tief in Gedanken verloren, dass ich gar nicht anders konnte, als ihr Gesicht zwischen meine Hände zu nehmen und sie zu küssen. Bevor ich mich's versah, drückte ich sie sanft ins Gras zurück und begann, sie zu berühren und ihren Körper zu erkunden, der einladend weich und nachgiebig war. Da ich keinem Widerstand begegnete, fuhr ich fort und öffnete die Knöpfe ihrer Bluse, um mit der Hand hineinzugleiten und ihre glatte, warme Haut zu streicheln. Ein leises Aufstöhnen entrang sich ihr, und meine Küsse wurden leidenschaftlicher und meine Zärtlichkeiten kühner, bis mir der Kopf schwirrte und ich schwerer atmete. Aber dann bewegte sie sich plötzlich unter mir und legte den Kopf zur Seite, um mich ansehen zu können.

»Jacob«, sagte sie leise, »werden wir es jetzt endlich tun?«

Ich schluckte nervös. »Was tun?«, flüsterte ich.

»Werden wir uns endlich lieben? Ich hoffe es, denn ich glaube nicht, dass ich die Spannung noch länger ertragen kann.«

Das brauchte sie mir kein zweites Mal zu sagen.

Kapitel 25

Saskia und Matthew waren allein in der Bibliothek von Glaskin House, als sie ihm den Brief und das Notizbuch gab. Ein Moment verstrich, während er Kittys Zeilen las, und dann ging er zu dem Fenster, durch das das morgendliche Sonnenlicht auf den Schreibtisch fiel, setzte sich und las die erste Seite des Notizbuchs.

Da er Saskia den Rücken zugewandt hatte und sie nicht wusste, wie er reagieren würde, beobachtete sie ihn besorgt. Würde er verärgert sein, weil sie, die praktisch eine Fremde war, etwas so Persönliches gelesen hatte? Oder würde er froh sein, dass sie das Buch entdeckt und gerettet hatte? Sie hoffte es zumindest.

Als sie ihm erklärt hatte, wie sie an das Notizbuch gekommen war und dass sie erst vor ein paar Tagen erkannt hatte, wer der Verfasser war, hatte er die ganze Zeit geschwiegen, außer um ihr zu bestätigen, dass er Gilbert Ross tatsächlich damit beauftragt hatte, den größten Teil des Gerümpels vom Dachboden und aus der Garage zu entfernen. Seines beunruhigenden Schweigens wegen war sie froh, dass Jacob seinen Namen in der Geschichte offenbart und ihr dadurch das peinliche Eingeständnis erspart hatte, dass sie in privaten Fotoalben herumgeschnüffelt hatte.

Sie sah, dass Matthew eine weitere Seite umblätterte, aber nichts in seinem Verhalten gab ihr einen Hinweis auf seine Gedanken.

Es war fast zwei Uhr morgens geworden, bis sie das Buch ausgelesen hatte – oder vielmehr die Seite in dem Notizbuch erreicht hatte, auf der Jacob von seinem ersten intimen Zusammensein mit Kitty erzählte. Und trotz des Lächelns, das dieser Teil ihr entlockt hatte, war Saskia bitter enttäuscht gewesen, als sie weiterblätterte und sah, dass die nächste Seite leer war. Was? Sie hätte weinen können. Es durfte nicht dort enden. Nein! Wie ging es weiter mit Jacob und seiner Katyushka?

Und als sie nun geduldig dastand und darauf wartete, dass Matthew etwas sagte, hoffte sie, dass er vielleicht die Antwort auf diese Frage hatte.

»Es ist eindeutig Jacobs Schrift«, erklärte er ruhig, ohne sich zu ihr umzudrehen. »Ich würde sein furchtbares Gekritzel überall erkennen. Es machte meine Mutter immer verrückt, wenn er ihr eine Nachricht hinterließ, weil sie eine Ewigkeit brauchte, um zu verstehen, was er ihr sagen wollte. Zum Glück war ich schon ziemlich gut darin geworden, sein Geschreibsel zu entziffern.«

Da Matthew gar nicht verärgert auf sie wirkte, riskierte Saskia es, zu ihm zum Schreibtisch hinüberzugehen. »Wussten Sie, dass er während des Krieges in Bletchley Park arbeitete?«, fragte sie. »Hat er vielleicht sogar manchmal mit Ihnen darüber gesprochen?«

Jetzt wandte Matthew sich ihr auf seine unverwechselbar bedächtige Art und Weise zu, die ihr langsam schon vertraut war – den Kopf ein wenig schräg gelegt, die Augen leicht verengt. »Er hat Bletchley nie erwähnt, mit keinem Wort. Niemals. Dass er dort war, kommt völlig überraschend für mich. Ich hatte keine Ahnung. Ich bin … sprachlos.«

»Vielleicht ist das gar nicht so erstaunlich, wenn man die hohe Geheimhaltungsstufe bedenkt, zu der alle auf Bletchley verpflichtet wurden«, sagte Saskia. »Ich habe gelesen, dass einige Leute sogar in den Siebzigern noch nicht über ihren Beitrag sprechen wollten oder sich schuldig und illoyal fühlten, wenn sie sich doch dazu hinreißen ließen. Dabei tauchten damals die ersten Geschichten über die dort ausgeführte Arbeit und deren Bedeutung für den Krieg auf.«

Matthew schien über ihre Worte nachzudenken; dann schüttelte er den Kopf und stieß einen kleinen Seufzer aus. »Das war mal wieder typisch für den alten Knaben. Er liebte Geheimnisse und trieb gern seine Spielchen. Und besonders viel Spaß machte es ihm, die Leute hinters Licht zu führen.«

»Glauben Sie, dass es nichts weiter ist als das?«, fragte Saskia. »Eine gut ausgedachte Geschichte?«

»Ich muss das Buch erst richtig lesen, bevor ich das beantworten kann, doch mein Bauchgefühl sagt mir, dass die Geschichte wahr ist.«

Saskia war froh, dass sie darin einer Meinung waren, und erwiderte: »Ich glaube das auch; alles klingt zu natürlich und ungekünstelt, um Fiktion zu sein. Außerdem denke ich nicht, dass er seine Geschichte zu Ende erzählt hat; dafür endet sie viel zu abrupt. Eigentlich hoffe ich sogar, dass es irgendwo hier im Hause noch ein zweites Notizbuch gibt.«

Matthew maß sie mit einem durchdringenden Blick. »Sie meinen, Sie würden es gern lesen, falls tatsächlich noch ein solches Buch existiert?«

»Schuldig im Sinne der Anklage«, antwortete Saskia lächelnd. »Was mich schrecklich neugierig erscheinen lässt, das weiß ich, aber ich denke nur … Ach, ich weiß nicht, und vielleicht klingt das jetzt ein bisschen verrückt für Sie, doch ich mag den Mann, mit dem ich nun so viel Zeit verbracht habe, wirklich sehr. Ich fühle mich mit ihm verbunden und möchte wissen, wie es mit ihm und seiner ersten großen Liebe weitergegangen ist.«

»Ich finde nicht, dass das verrückt klingt; ich bin mir sicher, Jacob wäre amüsiert und geschmeichelt gewesen von Ihrem Interesse. Aber was ein weiteres Notizbuch angeht, so ist mir definitiv keins mehr untergekommen. Ich habe nicht einmal ein Tagebuch gefunden. Jacob sagte immer, Tagebücher seien, anders als Terminkalender, streng genommen nur etwas für die Selbstgefälligen – oder die Boshaften, die mit jemandem ein Hühnchen zu rupfen haben. Und ich kann Ihnen versichern, dass er weder das eine noch das andere war.«

Saskias Enttäuschung darüber, dass Matthew von keinem anderen Notizbuch wusste, musste ihr so deutlich anzusehen sein, dass er schnell hinzufügte: »Aber ich verspreche Ihnen, dass Sie die Erste sein werden, die es erfährt, wenn ich doch noch etwas finde. Nur ist die Chance leider gering, falls es unter dem Gerümpel war, das Gilbert Ross entsorgt hat und nicht wie die Bibel an Ihren Vater weitergegeben wurde. Dann ist es wahrscheinlich längst verschwunden und verloren.«

Mit einem Blick auf das Notizbuch auf dem Schreibtisch sagte Saskia: »Das wäre eine Schande, nachdem Jacob sich so viel Mühe gab, die Geschichte aufzuschreiben und so gut zu verstecken. Ich kann mir nicht helfen, aber ich glaube, dass es irgendwo noch ein zweites Notizbuch geben muss, das er genauso gut versteckt hat. Und wer weiß, ob vielleicht nicht sogar ein drittes existiert.«

Der Anflug eines Lächelns erschien auf Matthews Gesicht. »Sie sind eine richtige kleine Detektivin, nicht?«

»Wohl eher eine unheilbar neugierige Schnüfflerin.«

Sein Lächeln wurde breiter, und diesmal erreichte es auch seine Augen. »Was mich angeht, können Sie so neugierig sein, wie Sie wollen, denn ohne Sie hätte das hier«, er tippte auf das Notizbuch, »wohl nie wieder das Tageslicht erblickt. Also vielen Dank, Saskia! Vielen tausend Dank!«

Mehr schien dazu nicht zu sagen zu sein, und da sie das Gefühl hatte, dass er vermutlich lieber allein wäre, um weiterzulesen, sagte sie: »Gut, dann gehe ich jetzt besser wieder an die Arbeit und helfe meinem Vater oben.«

»Er scheint zu glauben, dass Sie heute fertig werden, nicht?«

»Zumindest haben wir es vor.«

Was jetzt eine Riesenenttäuschung für Saskia war, da sie in dem Glauben, es müsse noch mehr Notizbücher geben, nichts lieber täte, als am nächsten Tag wiederzukommen und das ganze Haus nach der Fortsetzung der Geschichte, die sie so brennend interessierte, zu durchsuchen. Als sie jedoch langsam die Treppe hinaufging, um ihren Vater zu suchen, musste sie sich zunächst einmal damit abfinden, dass sie vielleicht nie erfahren würde, was aus Kitty und Jacob geworden war.

Auf dem Flur oben blieb sie stehen, um sich eine eingerahmte alte Landkarte von Cambridge anzusehen. Mit dem Zeigefinger folgte sie dem Verlauf des River Cam von Süden nach Norden und an den Backs entlang, dem Landstrich zwischen den Riverside Colleges, von denen eines das Merchant College war, an dem Jacob Belinsky unterrichtet hatte. Saskia fragte sich, wo genau in Cambridge Matthew wohnen mochte.

Unter der Landkarte stand ein schöner Mahagoni-Bücherschrank mit Glastüren, und genau wie alle anderen Bücherschränke und -regale im Haus war auch er bis an den Rand gefüllt. Saskia, die die Bücher darin bereits katalogisiert und geschätzt hatte, wusste, dass die Fächer eine faszinierende Sammlung von Erstausgaben der großen russischen Schriftsteller enthielten – von Tolstoi, Puschkin, Dostojewski, Gorky, Gogol, Lermontov, Turgenev und vielen mehr, von denen Saskia und ihr Vater noch nie etwas gefunden hatten. Nicht wenige der Bücher waren ledergebunden und in der Originalsprache geschrieben.

Als sie weiter den Flur hinunterging, rief sie ihren Vater.

»Hier drinnen!«, antwortete er.

Sie fand ihn in Jacobs einstigem Schlafzimmer, das im vorderen Teil des Hauses lag, von dem man die Kirche und den

Friedhof sah. Zu beiden Seiten des Schiebefensters erhoben sich hohe, bis zur Decke reichende Bücherregale, und vor einem der beiden kniete ihr Vater gerade. »Wie ist es mit Matthew gelaufen?«, fragte er mit gedämpfter Stimme.

»Er war nett und hat mir keine Vorwürfe gemacht.«

»Siehst du? Das hatte ich dir ja gleich gesagt.«

»Du, Dad, wie fühlt es sich eigentlich an, wenn man so ein Schlauberger ist wie du?«

»Es fühlt sich großartig an. Wusste Matthew, dass Jacob in Bletchley Park beschäftigt war?«

»Nein, er hatte keine Ahnung. Er war so erstaunt, dass es ihm praktisch die Sprache verschlug, als er es hörte.«

»Interessanterweise habe ich hier ein paar erst kürzlich veröffentliche Bücher über die Leute gefunden, die dort beschäftigt waren. Ich hatte sie gerade eben durchgeblättert, um zu sehen, ob Jacob darin vorkommt.«

»Und?«

»Leider nicht, befürchte ich.«

Da an Arbeit nicht mehr zu denken war, blieb Matthew an Jacobs Schreibtisch sitzen und starrte aus dem Fenster in den Garten, wo zwei Eichhörnchen einander über den sonnenbeschienenen Rasen jagten. Eine fette Ringeltaube sah ihnen vom Ast eines Baumes zu.

Aber von alldem bemerkte Matthew nichts; das Einzige, was er sah, war Jacob – Jacob als alter Mann, der in ein Buch vertieft am Feuer saß oder ihn bei einer Partie Schach vernichtend schlug. Oder Jacob, der Mum wegen dieser oder jener Sache aufzog oder sich bitterlich über das schlechte Englisch beklagte, das heutzutage im Radio und Fernsehen gesprochen wurde. Hatte derselbe Mann wirklich einmal als Codeknacker auf Bletchley Park gearbeitet? Die einzige Arbeit, über die er je mit

Matthew gesprochen hatte, war seine akademische Laufbahn in Cambridge gewesen, und aus irgendeinem Grund hatte Matthew sich nie gefragt, was für ein Leben der alte Mann vorher gehabt haben mochte, von einem Liebesleben ganz zu schweigen.

Soweit Matthew gewusst oder auch einfach nur angenommen hatte, war Jacob ein geborener und überzeugter Junggeselle gewesen. Er konnte sich nicht erinnern, dass Jacob auch nur ein einziges Mal über irgendwelche Frauen in seinem Leben gesprochen hatte.

Aber Bletchley Park? Wie faszinierend, dass er dort gewesen war! Und wie jammerschade, dachte Matthew, dass er das nicht vorher schon gewusst hatte! Er hätte liebend gern gehört, was Jacob über seine Zeit dort zu erzählen hatte.

Doch er hatte das Nächstbeste, wurde ihm mit einem Blick auf das vor ihm liegende Notizbuch bewusst. Was für ein Glück, dass es in die richtigen Hände gefallen war und Saskia interessiert genug gewesen war, um es zu lesen! Jeder andere hätte es vermutlich aufgegeben, die miserable Handschrift entziffern zu wollen, und das Buch weggeworfen, ohne seine Bedeutung zu erkennen.

Was das Verschwinden des Notizbuchs aus der Sicherheit von Glaskin House anging, konnte Matthew nur vermuten, dass James und er vielleicht zu übereifrig gewesen waren beim Ausräumen des Dachbodens. Es war gut möglich, dass die von Saskia beschriebene Bibel in einer der vielen Truhen oder Kisten gelegen hatte, die sie entsorgt hatten. Vielleicht waren sie beim Überprüfen ihres Inhalts nicht so gründlich gewesen, wie sie es hätten sein sollen.

Matthew hatte seit einer Stunde ununterbrochen gelesen, als er sich schließlich in seinem Sessel zurücklehnte, um über das

Gelesene nachzudenken. Es war ausgesprochen merkwürdig, doch die Stimme, die durch die Seiten des Notizbuchs zu ihm sprach, war die eines Mannes, den er überhaupt nicht kannte – während er gleichzeitig die Gegenwart des alten Jacob nie lebhafter oder intensiver empfunden hatte.

Es brachte Matthew wieder einmal schmerzlich zu Bewusstsein, wie nahe er diesem Mann gestanden hatte und wie sehr er ihn vermisste. Wie Mum war auch Jacob immer für ihn da gewesen und hatte stets einen guten Rat oder ein paar ermutigende Worte für ihn gehabt. Eine besonders große Stütze war er ihm während Mums Krankheit und nach ihrem Tod gewesen. Matthew hatte sehr lange gebraucht, um über den Verlust hinwegzukommen, und nahm daher stark an, dass es nun nach Jacobs Tod nicht anders sein würde. Er griff in die Tasche und tastete nach der Uhr des alten Mannes und dachte, dass er eine so tiefe Einsamkeit und Trauer wie heute seit dem Tag von Jacobs Beerdigung nicht wieder empfunden hatte.

Dann erhob Matthew sich abrupt, weil er wusste, dass es ihm nicht weiterhelfen würde, seinen Gedanken über Jacob und seine Mutter nachzuhängen.

Draußen in der Eingangshalle fragte er am Fuß der Treppe laut, ob Ralph und Saskia Granger etwas trinken wollten. Er wollte plötzlich nicht mehr allein sein und hatte das Gefühl, dass er Gesellschaft brauchte.

Kapitel 26

Nur äußerst widerstrebend fand Saskia sich allmählich damit ab, dass sie nie erfahren würde, wie *Die Pusteblumenjahre* endeten.

Ihre Vernunft sagte ihr, dass sie Matthew zustimmen müsste, dass die Kriegszeit-Romanze nicht mehr als eine dieser typischerweise sehr intensiven, aber kurzen Affären gewesen sein musste. Er meinte, wenn sie längere Zeit angedauert oder sogar zu einer Ehe geführt hätte, müsse es Beweise dafür geben, wie eine Heiratsurkunde unter den Papieren des Professors beispielsweise. Saskias Gegenargument war, dass Jacob schließlich auch in Bletchley Park gearbeitet hatte und es trotzdem in Glaskin House nicht den kleinsten Beweis dafür gab, dass es so gewesen war. Und wenn Jacob Belinsky dieses Geheimnis hatte bewahren können, war er in Saskias Augen auch durchaus imstande gewesen, eine Beziehung, ja vielleicht sogar eine Ehe geheim zu halten.

Als sie dann aber eines Freitagnachmittags in der ersten Aprilwoche einen Anruf erhielt und sofort Matthews Stimme erkannte, als er nach ihrem Befinden fragte, hoffte sie sofort wieder, dass er gute Neuigkeiten für sie hatte. Es war das erste Mal, dass sie von ihm hörte, seit sie ihm das Notizbuch gegeben hatte, und sie hoffte, dass er anrief, um ihr mitzuteilen, dass er das zweite Notizbuch gefunden hatte. Da die Schätzung mittlerweile abgeschlossen und ihr Honorar beglichen worden war, gab es keinen anderen Grund, sich bei ihr zu melden, es sei denn natürlich, er wollte, dass ihr Vater einen Teil von Jacobs Büchersammlung für ihn verkaufte.

»Tut mir leid, dass ich Sie störe, aber ich wollte Sie um einen Gefallen bitten«, sagte er. »Haben Sie die Bibel noch, in der Jacobs Notizbuch versteckt war?«

Schuldbewusst blickte Saskia sich nach dem Regal in ihrer Werkstatt um, auf dem die Bibel schon seit Wochen lag. Viele Male hatte sie gedacht, sie müsste sie eigentlich Matthew übergeben, da er der rechtmäßige Besitzer war, und hatte sie trotzdem behalten, in der vagen Hoffnung, dass sie wie ein Glücksbringer vielleicht die Gelegenheit herbeiführen würde, den Rest von Jacobs und Kittys Geschichte zu lesen. »Sie haben Glück, ich habe sie noch«, sagte sie.

»Ausgezeichnet«, erwiderte Matthew. »Hätten Sie etwas dagegen, wenn ich vorbeikäme, um sie mir anzusehen?«

»Natürlich nicht. Sie gehört doch sowieso Ihnen. Wann möchten Sie denn herüberkommen?«

»Ich weiß, es ist sehr kurzfristig, aber würde Ihnen heute Abend passen? Ich fahre gerade von Cambridge los, um das Wochenende in Glaskin House zu verbringen, und deshalb könnte ich zuerst zu Ihnen kommen. Ich verspreche auch, Sie nicht lange aufzuhalten. Ich muss nur meine Neugierde befriedigen.«

»Das ist kein Problem, ich habe keine anderen Pläne. Was halten Sie übrigens von dem Notizbuch – falls Sie es schon gelesen haben, meine ich?«

»Ich habe es sogar schon zweimal gelesen und bin geneigt, mich Ihrer Ansicht anzuschließen, dass es da noch mehr geben muss. Jacob hätte das Ende einer so minutiös zu Papier gebrachten Geschichte nicht einfach so in der Schwebe gelassen. Er war ein schon aufreizend pedantischer Mann. Seine Ts mussten alle einen Balken und die Is alle einen Punkt darauf haben.« Matthew lachte kurz. »Ich weiß das aus eigener bitterer Erfahrung, weil es nämlich irgendwann sogar auf mich abfärbte.«

Erfreut, dass er ihrer Meinung war, sagte Saskia: »Ich bin genauso; ich hasse Schludrigkeiten. Doch wissen Sie, ich muss immerzu daran denken, dass irgendwo in diesem großen Haus noch ein weiteres Notizbuch versteckt sein muss. Haben Sie schon danach gesucht?«

»Nein, leider hatte ich nicht die Zeit dazu. Ein neuer Fall zwang mich, ständig zwischen Carlisle und Cambridge zu pendeln. Aber deshalb möchte ich ja die Bibel sehen, in der Sie das Notizbuch gefunden haben. Ich weiß, dass es reine Spekulation ist, doch ich hoffe, dass sie mir vielleicht einen Hinweis darauf gibt, wo Jacob den zweiten Teil versteckt haben könnte.«

»Oder den dritten und vierten«, meinte Saskia, erfreut, dass Matthew die Sache weiterverfolgen wollte.

»Sagen Sie das nicht!«, stöhnte er. »Es gibt nur soundso viele Nadeln im Heuhaufen, mit denen ich mich befassen kann! Wir sehen uns dann gegen sieben, je nach Verkehrslage natürlich. Sollte es so aussehen, als würde ich mich ernsthaft verspäten, rufe ich Sie an.«

»Kein Problem. Ich sagte ja schon, ich habe nichts anderes vor.« Und weil sie sich für Matthew zu erwärmen begann und froh war, dass er nicht der Typ war, der sich auf seinen Lorbeeren ausruhte und die Dinge schleifen ließ, fügte sie hinzu: »Sie können auch gern mit uns zu Abend essen, wenn Sie möchten. Es gibt Fisch.«

Eine Pause entstand. »Sind Sie sicher?«

»Dass es Fisch gibt?«

Er lachte. »Nein, ob Sie mich wirklich zum Essen dahaben möchten?«

»Ich hätte es nicht vorgeschlagen, wenn es nicht so wäre. Wir sehen Sie also um sieben. Bis später also.« Und dann beendete sie das Gespräch schnell, weil sie befürchtete, dass ihre Einladung ein bisschen komisch für ihn geklungen haben könnte.

Sekunden später klingelte das Handy wieder.

»Entschuldigen Sie, aber ich bin es schon wieder.«

Also hatte sie recht gehabt, und es war ihm wirklich merkwürdig erschienen. Und jetzt kam der Wink, dass er schon eine andere Verabredung für den Abend hatte, die ihm gerade erst wieder eingefallen war.

»Ich habe Ihre Adresse nicht«, sagte er.

»Oh. Ja. Tut mir leid. Ich simse sie Ihnen, okay?«

»Ja, vielen Dank. Bis später dann.«

Wieder legte sie auf, schickte ihm die Adresse und ging dann zu dem Regal, auf dem die Bibel lag. Obwohl sie ihre Werkstatt peinlich sauber und so staubfrei wie nur möglich hielt, da Unordnung und Schmutz sie bei der Arbeit störten, wischte sie die Bibel vorsichtshalber noch einmal gründlich ab.

Als sie sie auf die Werkbank legte und an der Stelle mit der länglichen Vertiefung öffnete, in der das Notizbuch so viele Jahre versteckt gewesen war, wurde sie ein bisschen traurig bei dem Gedanken, dass sie sich heute Abend von ihr trennen musste. So irrational das auch sein mochte, hing Saskia an ihr, weil sie sich durch sie mit Jacob und Kitty verbunden fühlte, als wäre sie selbst zu einem Teil ihrer Geschichte geworden.

Ihre Traurigkeit war jedoch auch von einem Anflug von Verärgerung durchdrungen. War ihr eigenes Leben wirklich so ereignislos, dass sie von zwei Menschen besessen war, die sie nicht einmal gekannt hatte? Es war eine Frage, die sie sich nicht wirklich beantworten wollte, aus Furcht, der heimtückischen Sorge nachzugeben, die seit Kurzem Wurzeln zu schlagen begonnen hatte. Es war eine Sorge, die ihr die unangenehme Wahrheit vor Augen führte, dass sie – über Ashcombe und ihre Familie hinaus – kein Leben hatte. Solange sie sich erinnern konnte, hatte ihre Welt sich um Ashcombe gedreht, und es hatte ihr immer alles gegeben, was sie gebraucht hatte, doch nun hatte ein Teil von ihr begonnen, sich zu fragen, ob das nach wie vor noch so war.

Sehr wahrscheinlich konnte der Grund für diese Gedanken den Bemerkungen zugeschrieben werden, die Harvey an dem Abend gemacht hatte, als Libby zum Dinner gekommen war, und auch an ihren zahlreichen Besuchen seit jenem Abend. Saskia hatte gegen ihre Gegenwart absolut nichts einzuwenden, ganz im Gegenteil, denn sie mochte Libby, sehr sogar. Sie hatte eine lebhafte, gewinnende Persönlichkeit und war immer freundlich und liebenswürdig Saskia gegenüber. Auch war sie aufrichtig interessiert an allem, was Harvey und Oliver zu sagen hatten. Selbst eine begeisterte Köchin, hatte sie mit Harvey Rezepte ausgetauscht und mit Oliver den Garten erkundet, um sich als bekennende Anfängerin von ihm Tipps und Ratschläge zu den am leichtesten anzubauenden Gemüsesorten geben zu lassen. Doch so angenehm es auch war, sie um sich zu haben, konnte Saskia doch auch sehen, dass die von Harvey prophezeiten Veränderungen bereits ihren Anfang nahmen – Veränderungen, die schon lange zu erwarten gewesen waren, wie jeder sagen würde, der ihre Familie kannte.

Libby war Dad auch im Laden zu Hilfe gekommen, nachdem Pat in der vergangenen Woche endgültig gegangen war, und allem Anschein nach funktionierte dieses neue Arrangement sehr gut. Dad hatte Libby schon zweimal als »Geschenk des Himmels« bezeichnet. Und seit Harvey stets ein Päckchen ihres grünen Lieblingstees im Schrank und Libby ihren eigenen Platz am Tisch hatte, war sie zu einem festen Bestandteil der Familie geworden, und all das war in recht kurzer Zeit geschehen.

In den letzten Wochen hatten Saskia und ihre Großväter sich daran gewöhnt, dass Dad manchmal erst spätnachts nach Hause kam, und logischerweise würde der nächste Schritt sein, dass er entweder bei Libby die Nacht verbrachte oder sie bei ihnen hier auf Ashcombe. Erst gestern hatte Saskia ihre Großväter über die Wahrscheinlichkeit reden hören, dass das geschehen würde. Als sie bemerkt hatten, dass sie mitbekommen hatte, was sie sagten, waren beide sehr verlegen geworden und hatten sich schnell mit dem Öffnen der morgendlichen Post beschäftigt. Noch nie hatte Saskia sie so interessiert an Werbung und Prospekten gesehen, die sie gewöhnlich ohne einen zweiten Blick darauf in die Recycling-Tonne warfen.

Kein Kind, egal, in welchem Alter, will sich mit dem Gedanken konfrontiert sehen, dass ein Elternteil ein Liebesleben hat, und Saskia war darin nicht anders. Aber sie war auch nicht dumm und wusste sehr gut, dass ihr Vater nicht Menschärgeredichnicht oder Flohhüpfen spielte, wenn er bis spät in der Nacht bei Libby blieb. Saskia spürte jedoch, dass es Dad wahrscheinlich peinlich wäre, Libby auf Ashcombe übernachten zu lassen. Und vielleicht wäre es ja auch Libby nicht sehr angenehm.

Saskia konnte das gut nachempfinden – es waren nicht gerade die perfekten Bedingungen für romantische Momente, wenn Vater und Schwiegervater, ganz zu schweigen von der Tochter, nur einige Meter entfernt schliefen. Saskia selbst hatte nur ein einziges Mal einen Freund bei sich übernachten lassen; damals war sie neunzehn gewesen und hatte ihn in der Hoffnung hereingeschmuggelt, ihn frühmorgens, bevor jemand aufstand, wieder loszuwerden. Aber dummerweise hatten sie verschlafen. Die ganze peinliche Geschichte, ihrem Vater und ihren Großvätern mit besagtem Freund am Frühstückstisch gegenüberzusitzen, während alle viel zu angestrengt versuchten, ihre Überraschung zu verbergen und dem jungen Mann das Gefühl zu geben, willkommen zu sein, war viel zu unangenehm gewesen, um sie je wiederzuholen.

Nicht, dass eine ganze Reihe von Männern Schlange gestanden hätten, um die Nacht mit Saskia zu verbringen, aber das lag wohl hauptsächlich an ihr selbst, weil sie sehr anspruchsvoll in der Auswahl ihrer Freunde war. Und zu Hause zu arbeiten verringerte die Chancen, überhaupt jemanden kennenzulernen. Ihrem letzten Freund war sie dann auch in der Werkstatt begegnet, in der sie den Auspuff ihres Wagens hatte wechseln lassen. Während sie in dem öden, mit PVC-Boden ausgelegten Warteraum gesessen hatte, mit nichts anderem als ein paar abgegriffenen Ausgaben der *Sun* und des *Daily Mirror* zur Unterhaltung, war Philip hereingekommen, um eine neue Bereifung seines Autos abzuwarten. Er war es, der ein Gespräch mit ihr begonnen hatte, und bis ihre Wagen fertig gewesen waren, hatte er sie gefragt, ob sie sich irgendwann in den nächsten Tagen auf einen Drink mit ihm treffen würde.

Saskia konnte nicht mehr an dieser Werkstatt vorbeifahren, ohne an Philip zu denken. Aber sie tat es nicht mit Bedauern; ihre Beziehung war nie von der beständigen und langlebigen Art gewesen. Es klang schrecklich, doch eigentlich war Philip nur ein Beispiel für die irrige Idee gewesen, dass es besser war, *irgend*jemanden als niemanden in ihrem Leben zu haben.

Im Nachhinein betrachtet, hatte ihre Beziehung nichts von der Romantik oder emotionalen Intensität gehabt, die sie beim Lesen der *Pusteblumenjahre* wahrgenommen hatte. Da war kein drängendes Verlangen gewesen, nur eine entspannte, vorhersehbare und bequeme Sicherheit. Saskia hatte geglaubt, dass es das sei, was sie wollte, und diese Stabilität sei Aufregung und Ungewissheit vorzuziehen. Doch nachdem mit Philip Schluss gewesen war, hatte sie erkannt, dass er genau genommen einfach nur langweilig gewesen war. Aber vielleicht dachte er das Gleiche ja jetzt auch von ihr. Schließlich hatte sie einen Umzug mit ihm nicht einmal in Betracht gezogen.

War sie langweilig? Und gab es eine schlimmere Verurteilung einer Person?

Tante Jo in Kanada hatte ihr neulich bei einem ihrer regelmäßigen Skype-Chats den Marsch geblasen. Das Gespräch hatte sich größtenteils um die jüngsten Neuigkeiten von Dad und Libby gedreht, über die Saskia ihre Tante in Kenntnis gesetzt hatte. Als dieses Thema jedoch hinreichend besprochen war, hatte ihre Tante plötzlich ein ganz anderes angeschnitten und wissen wollen, wann Saskia sie und Onkel Bob besuchen würde. »Und komm mir nur ja nicht mit deinen üblichen Ausreden, du wärst dazu viel zu beschäftigt! Ich bin es nämlich gründlich leid, das zu hören. Und ich will mir auch kein Geschwafel mehr anhören, du könntest deinen Vater und deine Großväter nicht allein lassen, denn sie sind alle durchaus in der Lage, für ein paar Wochen ohne dich zurechtzukommen!«

»Darf ich denn *überhaupt* was sagen?«, hatte Saskia ihre Tante gefragt.

»Du kannst mir sagen, was mit dir los ist. Von Oliver hörte ich, dass du neuerdings nicht ganz auf dem Posten bist – du seist bissig wie ein Alligator mit Zahnweh, meinte er. Du wirst doch wohl nicht in Panik geraten, nur weil dein Vater endlich eine Frau gefunden hat?«

»Natürlich nicht!«

»Nein, ich glaube auch nicht, dass du so dumm wärst. Was ist also los mit dir?«

Da Saskia wusste, dass ihre Tante sonst keine Ruhe geben würde, hatte sie zugegeben, in letzter Zeit tatsächlich ein bisschen bissig und reizbar gewesen zu sein.

»Einen klaren Fall von Betriebsblindheit würde ich das nennen«, hatte ihre Tante erwidert. »Allerdings wäre mir selbst wohl auch danach, ein paar Köpfe abzureißen, wenn ich zu lange bei meinem eigensinnigen alten Vater festsäße. Bravo übrigens, dass du ihn endlich dazu gebracht hast, seine Ohren untersuchen zu lassen!«

Wenn schon sonst nichts, war dies bislang Saskias stolzeste Leistung des Jahres gewesen, Oliver zu einem Termin bei einem Ohrenarzt zu überreden. Seitdem trug er ein unauffälliges Hörgerät, und obwohl er sich erst noch daran gewöhnen musste, hatte er widerstrebend zugegeben, dass er jetzt viel besser hören konnte. Er bat die anderen nun oft, nicht so zu schreien.

»Aber vergiss Oliver«, hatte ihre Tante dann gesagt, »und sag mir lieber, was du hinsichtlich deiner Situation zu tun gedenkst, außer dort auf Ashcombe zu versauern!«

Saskia kannte niemanden, der die Dinge freimütiger beim Namen nannte als Tante Jo, und so konnte sie über die Chuzpe ihrer Tante nur lächeln. »Ich werde es dich wissen lassen, wenn ich das entschieden habe.«

Was sie nach diesem Gespräch entschieden *hatte*, war, dass sie ihrem Leben ein bisschen Spontaneität verleihen musste, und das bedeutete, dass sie ihre natürliche Neigung zur Vorsicht über Bord werfen und impulsiver werden musste. Zu diesem Entschluss war sie gekommen, nachdem ihr klar geworden war, wie gern sie wie Kitty wäre, ein Mädchen, das sich um nichts zu sorgen schien und von Jacob als die entschlossenste Person beschrieben wurde, die er kannte, wenn sie sich etwas in den Kopf gesetzt hatte. Sie wirkte so erfrischend positiv und unkompliziert, dass Saskia das Gefühl hatte, noch viel von diesem Mädchen lernen zu können.

Sie fragte sich, ob es als erster Schritt zu mehr Spontaneität gelten konnte, dass sie Matthew für heute zum Abendessen eingeladen hatte.

Kapitel 27

Während Saskia sich für die Störung entschuldigte und einen Anruf annahm, untersuchte Matthew die Öffnung in der Bibel und konnte Saskia nur beipflichten, dass dies eine sehr fachgerecht ausgeführte Arbeit war. Die Aufgabe, ein Versteck für das Notizbuch anzufertigen, war nicht mit einer Schere und viel freier Zeit erledigt worden. Hier musste eine Maschine benutzt worden sein, weil nichts anderes die Präzision des Ergebnisses erklären könnte.

Er klappte die Bibel zu und sah sich die Vorderseite des Buches an, dann den Buchrücken und schließlich auch die Rückseite der Bibel. In Anbetracht ihres Alters – sie war im späten neunzehnten Jahrhundert herausgebracht worden – war ihr Zustand gar nicht schlecht. Saskia hatte ihm erklärt, dass die meisten der Bibeln, die sie bekam, in einem weitaus schlimmeren Zustand waren und eine umfassende Restauration benötigten.

Während der Fahrt von Cambridge hierher hatte Matthew gehofft, dass er die Bibel vielleicht erkennen würde, dass sie seinem Gedächtnis irgendwie nachhelfen und ihm wie durch ein Wunder dabei behilflich sein würde, das fehlende Notizbuch zu finden – falls es tatsächlich nach all diesen Jahren noch existierte. Es war immerhin möglich, dass es vor langer Zeit verloren gegangen oder weggeworfen worden war, wie es auch mit dem ersten beinahe geschehen wäre. Wie typisch für Jacob, etwas so gut zu verstecken, dass es derart leicht verloren gehen konnte! War das seine Absicht gewesen, ein amüsanter und gut durchdachter Schachzug seinerseits? Oder hatte das Notizbuch im Laufe der Jahre einfach seine Bedeutung für ihn verloren und war in Vergessenheit geraten?

Matthew hatte James gefragt, ob er sich erinnern könne, die Bibel oder etwas Ähnliches beim Ausräumen des Dachbodens gesehen zu haben. Sein Freund hatte ihm jedoch nur sagen können, dass dort ein paar Truhen gewesen waren, die er nicht allzu genau unter die Lupe genommen hatte, nachdem er zu dem Schluss gekommen war, dass sie voller schmutziger alter Decken und Gardinen waren.

So sehr er sich auch bemühte, Matthew konnte sich nicht entsinnen, diese Bibel schon einmal gesehen zu haben, aber eigentlich konnte er sich auch nicht erinnern, Jacob überhaupt je mit einem religiösen Buch in der Hand zu Gesicht bekommen zu haben, ob es nun die Thora, der Koran oder die Bibel war. Daher konnte er sich nur fragen, warum Jacob also ausgerechnet dieses Buch als Versteck gewählt hatte. Vielleicht nur seiner Größe wegen, die so gut dafür geeignet war? Und wenn ja, hatte er dann noch eine weitere Bibel zu dem gleichen Zweck benutzt? Oder war ihre Verwendung in gewisser Weise schon ein Hinweis, der ihn zu der Fortsetzung der Geschichte führen würde?

Jacob hatte immer aufrechterhalten, dass er zwar ein gebürtiger Jude war, von seiner Neigung her jedoch Agnostiker. Er hatte oft über das fundamentale Bedürfnis der menschlichen Psyche gesprochen, an etwas Größeres als sich selbst zu glauben, allein schon, um jemand anders verantwortlich zu machen, wenn die Dinge sich zum Schlechteren wendeten. Seiner eigenwilligen Natur entsprechend pflegte er jede Art von organisierter Religion pauschal zu verurteilen, um dann aber hinzuzufügen, dass er Menschen achte, die eine religiöse Überzeugung hatten, egal, welchen Ursprungs oder welcher Richtung. Er bekannte sich auch gern zu einer Vorliebe für religiöse

Rituale, was er als seine »Schwäche für spirituelle Theatralik« zu bezeichnen pflegte. Seiner Meinung nach gab es kein schöneres Beispiel als die liebliche Melodie, die zur Abendandacht im King's College in Cambridge rief. Hin und wieder besuchte er auch die Synagoge in der Stadt. Ein spirituelles Bewusstsein habe nichts mit institutioneller Doktrin zu tun, sagte er, wenn Matthew ihm Fragen zu der Unzahl von Widersprüchen stellte, für die er eintrat. Jacobs Fazit lautete, dass es einem Menschen erlaubt sein sollte, von Mystizismen zu profitieren, wenn er wollte, aber dass er nicht dazu gezwungen werden sollte, sich selbstständiges Denken zu versagen.

Die Freiheit geordneten Denkens war eine von Jacobs großen Leidenschaften gewesen, und als Dozent in Cambridge hatte er es für seine wichtigste Mission gehalten, seinen Studenten das Bedürfnis nach selbstständigem Denken anzuerziehen. Es war etwas, das er auch Matthew beibrachte. Jacob hasste Studenten, die sich damit zufriedengaben, den Weg des geringsten Widerstands zu gehen, und nur das Nötigste taten, um ein Examen zu bestehen. »Das Land braucht Querdenker, keine Schafe«, klagte er oft, wenn er auf etwas stieß, das er als eine Verschlechterung des Bildungsstandards empfand. Aber in allem, was er Matthew beizubringen versuchte, war er immer freundlich und wohlwollend; nie verspottete oder beschämte er ihn, sondern ermutigte ihn nur behutsam mit überzeugenden Argumenten und rasiermesserscharfem Denken. Matthew betrachtete sich als privilegiert und ungemein vom Glück begünstigt, Jacobs Aufmerksamkeit schon von einem so jungen Alter an genossen zu haben.

Aber es war eine bedeutsame Entdeckung für Matthew, dass Jacob in seiner Jugend unter mangelndem Selbstvertrauen gelitten und sich für einen Außenseiter und Sonderling gehalten hatte. Matthew war sich sicher, dass das einerseits auf Jacobs ethnische Herkunft und andererseits auf sein Aufwachsen im Londoner East End zurückzuführen war. Und natürlich mussten auch die Zeiten, in denen er lebte, seine Denkweise und die der Menschen um ihn herum geprägt haben.

Matthew fragte sich, wann sich das bei Jacob geändert haben mochte. Wann war ihm klar geworden, dass er nicht weniger wert war als andere, sondern ihnen ebenbürtig, ja vielleicht sogar überlegen war? War er nach seiner Rückkehr nach Cambridge, nur eben diesmal als Dozent statt als Student, zu diesem Schluss gekommen?

Matthew hätte es nie für möglich gehalten, aber es gab unverkennbare Ähnlichkeiten zwischen Jacobs jüngerem Ich und seinem eigenen – das Gefühl, nicht dazuzugehören, das schwache Selbstbewusstsein und das Unbehagen in Gesellschaft anderer, das diese Empfindung der eigenen Unzulänglichkeit erzeugte. Hatte Jacob diese Gefühle in dem jungen Matthew wiedererkannt? Hatte er ihn deswegen unter seine Fittiche genommen und sich zu seinem Mentor ernannt?

Die Frage, die Matthew am schwierigsten zu beantworten fand, war die offensichtlichste: Für wen hatte Jacob *Die Pusteblumenjahre* geschrieben? Für sich selbst, oder hatte er jemand anders im Sinn gehabt? Hatte er sich beim Schreiben vorgestellt, dass Kitty es einmal lesen würde? Oder nachfolgende Generationen einer Familie, von der er annahm, dass er sie eines Tages vielleicht haben würde?

Matthew hatte das Notizbuch mitgenommen, als er geschäftlich nach Carlisle hatte fahren müssen. Während er eines Abends in seinem Hotelzimmer auf dem Bett lag und einen Teil der Geschichte nochmals las, erhielt er einen Anruf von dem letzten Menschen auf Erden, von dem er etwas zu hören erwartete.

»Ich dachte, ich rufe dich mal an«, sagte Fliss, »um zu hören, wie es dir geht.« Sie klang gut gelaunt und überhaupt nicht wie eine Exfreundin, die vor nicht allzu langer Zeit erst ziemlich herzlos abserviert worden war. »Was treibst du denn so, Matthew?«

»Ich sitze in einem deprimierenden Hotelzimmer in Carlisle fest«, hatte er geantwortet und sich nach Kräften bemüht, sich seinen Schock über den Anruf nicht anmerken zu lassen. »Aber wie geht es dir? Du hörst dich gut an.«

»Mir geht's auch gut. Ich bin wegen einer Röntgenologen-Konferenz ein paar Tage in London.«

»Und wie läuft's?«

»Na ja, da ich morgen unter den Rednern sein werde, habe ich ein bisschen Lampenfieber.«

»Ach, das schaffst du schon.«

»Das hast du jedes Mal gesagt.«

»Und habe ich mich je getäuscht?«

Sie hatten noch lange geplaudert, hauptsächlich über berufliche Dinge, bis Fliss dann schließlich sagte: »Du fehlst mir, Matthew …«

Da ihr anzuhören war, dass sie es ehrlich meinte, und er wusste, wie tief er sie verletzt hatte, und etwas wiedergutmachen wollte, erwiderte er: »Es tut mir leid, dass es so hässlich geendet hat und ich so gemein zu dir war, Fliss. Das hattest du nicht verdient.«

»Ja, das finde ich auch, aber du warst damals sehr verwirrt und durcheinander. Was ja auch verständlich war, nachdem du gerade einen Menschen verloren hattest, der dir sehr am Herzen lag. Glaubst du, es wäre möglich, dass wir uns noch einmal treffen – und wenn auch einfach nur auf einen Drink?«

Das taten sie dann ein paar Tage später, als beide wieder in Cambridge waren. Matthew lud Fliss zum Abendessen ein, und als er ihr am Tisch gegenübersaß und sich daran erinnerte, wie es einmal zwischen ihnen gewesen war, sagte er sich, dass er ein

Narr gewesen war, sich von ihr zu trennen. Der Abend endete mit einem zaghaften Kuss, fast so, als wäre es ihr erstes Date, und sie gingen auch an den darauffolgenden beiden Abenden miteinander aus, die Matthew beide sehr gefielen.

Auf der anderen Seite der Werkbank formte Saskia, die noch immer telefonierte, nun mit den Lippen eine weitere Entschuldigung für Matthew und verdrehte die Augen, als wollte sie sagen: Hört der denn nie zu reden auf? Matthew gab ihr mit einer Handbewegung zu verstehen, dass sie ruhig weiterreden solle, und ließ die Bibel auf der Werkbank liegen, um sich etwas anzusehen, das er für irgendeine Art von Presse hielt. Entweder das, oder es war ein Folterinstrument.

Saskias Arbeit faszinierte ihn. Und auch das Mädchen selbst gefiel ihm. Anfangs hatte sie ein wenig kühl und distanziert auf ihn gewirkt, ganz anders als ihr sympathischer und aufgeschlossener Vater, doch nach und nach hatte sie begonnen, sich zu öffnen und aus sich herauszugehen. Am Telefon hätte sie jedenfalls nicht freundlicher sein können, als er vorhin angerufen hatte, um zu fragen, ob er kurz vorbeikommen dürfe. Ihre Einladung zum Abendessen bei ihrer Familie war ebenfalls eine definitive Verbesserung nach ihrer ersten Begegnung in Glaskin House, und nachdem er die damalige Einladung ihres Vaters abgelehnt hatte, wäre es ihm unhöflich erschienen, auch diesmal Nein zu sagen. Außerdem bot ihm das Essen die Gelegenheit, mit Ralph zu besprechen, wie es mit Jacobs Büchersammlung weitergehen sollte.

Doch abgesehen davon war Matthew auch gerührt und amüsiert über Saskias lebhaftes Interesse an Jacob, einem alten Herrn, den sie nicht einmal persönlich gekannt hatte. Außerdem würde es wahrscheinlich auch Spaß machen, gemeinsam mit ihr nach dem zweiten oder letzten Teil der Geschichte zu suchen.

»Tut mir leid, dass es so lange gedauert hat«, sagte sie, als sie ihr Telefongespräch beendet hatte.

»Kein Problem. Geschäft ist Geschäft.« Er hatte genug von der Unterhaltung mitbekommen, um zu verstehen, dass der Anrufer jemand war, der seine Doktorarbeit von ihr binden lassen wollte. »Wofür ist dieses Ding hier eigentlich?«, fragte er und deutete auf die Maschine, die wie eine Presse aussah.

»Eine Klemmpresse.«

»Sie sieht alt aus.«

»Das ist sie. Sie stammt noch aus viktorianischer Zeit und war ein Geschenk meiner Großväter zu meinem einundzwanzigsten Geburtstag.«

»Hatten Sie etwa damals schon beschlossen, Buchrestauratorin zu werden?«

»Nein, das war ich zu der Zeit bereits eine ganze Weile. Wahrscheinlich könnte man sogar sagen, dass es praktisch unvermeidlich war, dass ich letztlich einen Beruf ergreifen würde, der mit Büchern zusammenhängt.«

»Ich muss gestehen, dass das alles sehr viel interessanter klingt und aussieht als das, womit ich mich so beschäftige.« Er zeigte auf einen weiteren Apparat, der sein Interesse geweckt hatte. »Und was ist das?«

»Ein Heißfolienblocker, den ich zur dekorativen Veredelung von Einbänden benutze.« Als wollte sie seiner Neugierde ein Ende bereiten und zum Zweck seines Besuches kommen, ging sie um die Werkbank herum zu der Bibel.

Matthew trat neben sie und schlug das schwere Buch auf, um das sauber ausgeschnittene Fach darin freizulegen. »Ist Ihnen so etwas schon einmal begegnet?«, fragte er.

Saskia schüttelte den Kopf. »Nur die üblichen Briefe oder Fotografien, die Leute zwischen die Seiten eines Buches stecken. Doch meistens ist es nur langweiliger Kram wie Bus- und

Bahnfahrscheine oder Theaterkarten. Auch Einkaufszettel und getrocknete Blumen tauchen ziemlich regelmäßig auf – aber bisher noch nie etwas derart gut Verstecktes.«

»Halten Sie es für möglich, dass noch etwas anderes in einem der Bücher verborgen sein könnte, die Sie in Glaskin House geschätzt haben? Und glauben Sie jetzt bitte nicht, ich wollte damit andeuten, dass Sie etwas übersehen haben könnten, als Sie die Schätzung vornahmen.«

Sie nickte nachdenklich. »Es könnte uns durchaus etwas durchs Netz gegangen sein. Bei einer besonders großen Reihe von Büchern beispielsweise schauen wir uns oft nur eines oder zwei genauer an, weil uns das genügend Angaben für eine Gesamtwertung verschafft.«

»Dann werde ich wohl am besten damit beginnen, die Regale nach geeigneten Kandidaten zu durchsuchen, die groß genug sind, um ein Notizbuch darin zu verstecken«, sagte er und klappte die Bibel zu.

»Wobei ich Ihnen gern helfen würde.«

Matthew lächelte. »Komisch, aber irgendwie hatte ich gehofft, dass Sie das vorschlagen würden. Sie haben nicht zufällig schon morgen Zeit dazu?«

»Da ich hier im Moment nicht unter Druck stehe, lautet die Antwort Ja.«

Er zögerte. »War das ein Scherz?«

Sie erwiderte seinen fragenden Blick verständnislos.

Matthew zeigte auf die viktorianische Klemmpresse.

»Ach so«, sagte sie mit einem kleinen Lächeln. »Jetzt verstehe ich, was Sie meinen. Aber es war kein Scherz und auch kein Wortspiel. Ich würde Sie fairerweise warnen, wenn ich zu viel zu tun hätte. Sollen wir jetzt zum Haus hinübergehen?«

Im schwachen abendlichen Sonnenlicht ging er mit ihr über den Rasen auf das für Suffolk so typische, pinkfarben getünchte und mit Strohdach versehene Cottage zu. Kletterrosen, die noch nicht in Blüte standen, bedeckten die Mauern, aber Matthew konnte sich auch so schon sehr gut vorstellen, wie die blühenden Rosen den idyllischen Charme des Hauses noch unterstreichen würden. Als sie um das Haus herum auf eine Hintertür zugingen, tauchten ein paar Hennen auf, die mit gesenktem Kopf auf sie zugelaufen kamen, als nähmen sie an einem Rennen teil. Vier weitere, die ein paar Meter dahinter in dem Gras um einen Hühnerstall herumpickten, schauten zwar für einen Moment auf, um sie in Augenschein zu nehmen, wandten sich dann aber gleichgültig wieder ihrer Futtersuche zu. Ganz in der Nähe des Hühnerstalls stand ein Treibhaus, dessen hinterer Teil von einer Reihe hoher Pyramidenpappeln gesäumt war, die die Grenze zwischen dem Garten und einem großen Rapsfeld bildeten, das ebenfalls kurz vor der Blüte stand. In der sanften Brise, die das Laub der Pappeln zum Rascheln brachte und klingen ließ, als flüsterten sie miteinander, verlangsamte Matthew seinen Schritt, um so viel wie möglich von der malerischen und herrlich friedvollen Aussicht in sich aufzunehmen.

»Wie lange leben Sie schon hier?«, erkundigte er sich.

»Wir kamen her, als ich zehn Jahre alt war«, antwortete Saskia leise und passte sich seinen jetzt langsameren Schritten an. »Und mit ›wir‹ meine ich meinen Vater, meine beiden Großväter und mich.«

Matthew, dem nicht entging, dass sie keine Mutter erwähnte, wusste nicht, was er als Nächstes sagen sollte. Also schwieg er und genoss einfach nur weiter die beschauliche Aussicht und den Gesang der Vögel überall um sie herum.

»Wir sind damals hierhergezogen, um uns von dem Trauma eines tragischen Autounfalls zu erholen, bei dem meine Mutter und meine Großmütter ums Leben kamen«, erklärte sie.

Matthew wandte sich ihr zu, doch bevor ihm ein auch nur

halbwegs angebrachter Kommentar einfiel, bat sie: »Bitte fühlen Sie sich nicht verpflichtet, etwas dazu zu sagen. Ich dachte nur, es sei besser, wenn Sie etwas über unsere Lebensumstände erfahren, bevor Sie sich den ganzen Abend den Kopf über unsere alles andere als konventionellen Verhältnisse hier zerbrechen.«

Während Matthew sich fragte, ob es überhaupt möglich war, dass eine Familie sich je von einem so verheerenden Schock erholte, kam ihm der Gedanke, dass er bei jeder neuen Begegnung mit Saskia Granger auch einen neuen Eindruck von dieser jungen Frau bekam.

Kapitel 28

Am nächsten Morgen erschien Saskia um Punkt halb elf in Glaskin House.

»Pünktlich auf die Minute«, bemerkte Matthew, als er ihr die Tür öffnete.

»Ich bin ein bisschen zwanghaft, was Pünktlichkeit angeht«, gestand sie. »Ich hasse es, zu spät zu kommen.«

»Ich auch. Aber was würden Sie zu einem Bacon-Sandwich sagen, bevor wir anfangen?«

Nachdem Saskia auf Harveys großes Samstagsfrühstück verzichtet hatte, um rechtzeitig herzukommen, war ihre Antwort klar. »Ich würde ›Herzlichen Dank‹ sagen.«

Er lächelte. »Das war die richtige Antwort, da ich sonst nämlich aus Höflichkeit gezwungen gewesen wäre, auch auf eines zu verzichten.«

Matthew führte sie in die Küche, wo sie ihre Jacke auszog und sie über eine Stuhllehne hängte. »Kann ich Ihnen helfen?«, fragte sie, während ihr Blick über die veralteten Schränke und Haushaltsgeräte glitt und Matthew Speckscheiben in eine alte und stark geschwärzte Grillpfanne legte.

»Sie können Kaffee aufbrühen, wenn Sie möchten. Das Wasser müsste jeden Moment kochen.«

Da sie sich noch gut erinnerte, wo Tee und Kaffeepulver aufbewahrt wurden, fiel es ihr nicht schwer, Matthews Bitte nachzukommen.

»Ich muss Ihnen zwei Geständnisse machen«, sagte er, als er die Grillpfanne aufs Feuer stellte.

»Oh?«

»Ich habe schon gestern Abend, als ich heimkam, mit unserer Suche begonnen.«

»Das ist ja wohl Ihr gutes Recht. Um Ihre eigene Büchersammlung durchzusehen, brauchen Sie meine Erlaubnis nicht.«

»Stimmt, aber irgendwie habe ich das Gefühl, dass diese Suche ebenso die Ihre wie die meine ist. Sie waren es, die sie in Gang gesetzt hat, und ohne Sie hätte ich diese neuen und höchst erstaunlichen Eindrücke von Jacob nie gewonnen. Daher ist unsere gemeinsame Suche wohl auch so etwas wie mein kleines Dankeschön an Sie.«

»Sie wollen mir also nicht nur wegen Olivers Bemerkungen gestern Abend einen Gefallen tun?«

Für ihren Geschmack war ihr Großvater nämlich ein bisschen zu weit gegangen mit seinen Anspielungen auf ihr enormes Interesse an Jacob Belinskys Notizbuch. »Saskia war wie ein Hund mit einem Knochen, nachdem sie das Buch gefunden hatte«, hatte er Matthew wiederholt erzählt. »Sie wollte niemand anders auch nur einen Blick hineinwerfen lassen.«

»Keineswegs«, antwortete Matthew lächelnd. »Er ist ein echtes Original, Ihr Großvater Oliver. Und Harvey ebenfalls. Es war ein wirklich schöner Abend, also nochmals vielen Dank für Ihre Einladung.«

Saskia gab Milch in den Kaffee und schob Matthew einen Becher hinüber. Von dem appetitlichen Duft des Kaffees und des brutzelnden Frühstücksspecks eingehüllt, sah sie zu, wie Matthew sorgfältig vier Scheiben Brot mit Butter bestrich. Danach ging er zum Herd zurück und wendete die Speckscheiben mithilfe einer Gabel, bis sie wieder in genau dem gleichen Abstand voneinander wie schon vorher in der Pfanne lagen.

Seine methodische Vorgehensweise gefiel Saskia, und unwillkürlich dachte sie an die gestrige Bemerkung ihres Vaters gleich nach Matthews Aufbruch, wie nett es doch gewesen sei, ihn beim Abendessen dabeizuhaben. »Dann war ja auch gar nichts Manipulatives an deiner Feststellung«, hatte Saskia gemurmelt und es ganz bewusst vermieden, den Küchentisch abzuwischen und die Untersetzer einzusammeln.

»Absolut nicht«, hatte ihr Vater mit einem Schulterzucken erwidert, das etwas zu ungezwungen war, um echt zu sein. »Ich sage nur klipp und klar, wie wir es alle sahen.« Dabei blickte er zu Oliver und Harvey hinüber, die eifrig nickten, als wären sie instruiert worden, allem zuzustimmen, was Ralph über Matthew sagte.

»Ich habe dich schon einmal gewarnt, nicht den Ehestifter zu spielen, Dad«, hatte Saskia erwidert. »Warum lässt du mich also nicht in Ruhe und rufst stattdessen Libby an? Es sind schon mindestens fünf Stunden vergangen seit eurem letzten Telefongespräch.«

Dieser kleine Seitenhieb hatte Harvey und Oliver zum Lachen gebracht, und ihr Dad, der prompt errötet war, war zumindest anständig genug gewesen, sie allein zu lassen. Er war schon fast aus der Küche, als er schnell noch eine letzte Bemerkung machte: »Ich sage lediglich, dass du dich vielleicht mal fragen solltest, warum Matthew dich erneut zu sich nach Hause eingeladen hat. Es ist ja schließlich nicht so, als könnte er nicht allein das fehlende Notizbuch suchen.«

»Das ist tatsächlich eine gute Frage«, meinte Harvey, als ihr Vater die Tür hinter sich zugezogen hatte. »Der Junge ist anscheinend gern mit dir zusammen.«

»Fang du nicht auch noch an! Was ist nur los mit euch? Plötzlich scheint ihr alle ganz wild darauf zu sein, mich zu verkuppeln.«

»Wir würden dich nur gern mit dem richtigen jungen Mann zusammen sehen. Mit jemandem, der dich verdient«, hatte Oliver erwidert, während er sich einen Whisky als Schlaftrunk eingeschenkt hatte. »Wir werden dich bestimmt nicht irgendeinem Idioten überlassen.«

»Und wer sagt, dass Matthew Grant kein Idiot ist?«

»Er schien mir ein sehr netter Kerl zu sein«, hatte Oliver entgegnet. »Netter Kerl« war das höchste Lob, das Grandpa O. jemandem zuteilwerden lassen konnte.

»Eine Schlussfolgerung, zu der du nach ein paar Stunden in seiner Gesellschaft gelangt bist?«, spöttelte Saskia.

»Auf meine Menschenkenntnis bilde ich mir sehr viel ein«, erklärte er von oben herab, wobei seine buschigen Brauen praktisch strammzustehen schienen vor unbeirrbarer Überzeugung.

Verärgert hatte Saskia die Unterhaltung aufgegeben. Aber später im Bett hatte sie widerwillig darüber nachgedacht, und heute auf der Fahrt nach Glaskin House hatte sie erneut darüber gegrübelt: Verwarf sie womöglich nur um ihrer eigenen Sturheit willen den Gedanken, dass Matthew vielleicht tatsächlich gern in ihrer Gesellschaft war? Und war er ihr nun, da sie ihn langsam besser kennenlernte, nicht auch wirklich viel sympathischer, wenn sie ganz ehrlich zu sich war?

»Was war das andere Geständnis?«, fragte sie ihn, als ihr wieder einfiel, dass Matthew von zwei Geständnissen gesprochen hatte.

»Es ist nicht wirklich ein Geständnis, sondern mehr etwas, das ich Ihnen gestern Abend zu erzählen vergaß. Ich habe mich im Internet ein bisschen umgesehen und dabei festgestellt, dass Jacob auf einer Namensliste von Leuten erscheint, die auf Bletchley beschäftigt waren.«

»Heißt das, dass Sie auch Kitty auf dieser Liste gefunden haben und wir jetzt ihren Familiennamen kennen?«

»Leider nein. Ich konnte keine Kittys finden, dafür aber einige Katherines oder den gleichen Namen in etwas anderer Schreibweise. Ich habe auch nach Fanley Manor in Sussex gesucht und kein Glück gehabt. Was etwas eigenartig ist, da Jacob doch schrieb, dass Kitty ihm von der Erwähnung ihres Elternhauses im Domesday Book erzählte. Was für mich eigentlich nur den einen Schluss zulässt, dass er sich den Namen des Hauses ausgedacht hat.«

»Um eine gewisse Anonymität zu wahren, glauben Sie?«, fragte Saskia, die befürchtete, dass Matthew nun vielleicht sagen würde, dies sei womöglich nicht das Einzige, was Jacob sich nur ausgedacht hatte. Aus irgendeinem Grund wollte sie an *Die Pusteblumenjahre* glauben und Jacobs und Kittys Romanze nicht auf das Niveau einer erfundenen Geschichte reduziert sehen.

»Das könnte ich mir sehr gut vorstellen, ja. Und es könnte auch sein, dass Kitty nicht ihr richtiger Name ist.«

»Aber warum sollte er ihr dann denselben Kosenamen auf Russisch geben?«

»Weil es die Geschichte interessanter macht? Und für Jacob vielleicht auch persönlicher, zu einer Erinnerung an seine eigenen Wurzeln sozusagen.« Matthew trank einen Schluck Kaffee. »Die Wahrheit ist, ich weiß es nicht«, sagte er schulterzuckend. »Und vielleicht werden wir es ja auch nie erfahren.«

Nicht, solange ich das verhindern kann, dachte Saskia.

Gleich nach dem Frühstück begannen sie ihre Suche in der Bibliothek, wo sie gewissenhaft und systematisch alle Bücher untersuchten, die von ihrer Größe her der Bibel ähnlich waren und ein verstecktes Notizbuch enthalten könnten. Sie arbeiteten gut zusammen, in einem flotten, perfekt funktionierenden Rhythmus, der ihnen nebenher auch noch die Möglichkeit zu plaudern ließ. Matthew erzählte ihr von seinem ersten Besuch mit seiner Mutter bei Jacob in Glaskin House, der vor allem den Zweck gehabt hatte, seine Mum dazu zu bewegen, auch hier die Stelle als Jacobs Haushälterin anzunehmen. Matthew sprach von ihrem Tod, der nicht nur ihn, sondern auch Jacob schwer getroffen hatte, wie er sagte. »Danach war das Leben nie wieder das gleiche hier«, erklärte Matthew nun gerade. »Das war die Zeit, in der ich während meiner Besuche daheim bei Jacob im Haus blieb, statt in der umgebauten Remise draußen zu wohnen.«

»War Jacob einsam?«

»Ja, auch wenn er das nie zugegeben hätte. Und bevor Sie fragen – es hat niemals etwas anderes als Freundschaft und Respekt zwischen ihm und Mum gegeben.«

»Hat sie denn nie wieder heiraten wollen? Ihrer Erzählung entnehme ich, dass sie allein gewesen war, seitdem Ihr Vater Sie beide verlassen hatte.«

»Ich glaube, dass Mum zu den Menschen gehörte, für die eine Wiederverheiratung einfach keine Priorität darstellt. Oder dass ihre Prioritäten sich vielmehr mit der Zeit veränderten. Ich glaube, sie gewöhnte sich an ihr neues Leben und wollte nicht, dass es sich änderte. Sie war hier sehr glücklich, hatte Freundinnen im Dorf und ein reges gesellschaftliches Leben. Und ich glaube, dass auch Loyalität und Dankbarkeit Jacob gegenüber eine nicht geringe Rolle spielten. Er tat so viel für uns.«

»Und Jacob? Ich kann ihn mir irgendwie nicht als sehr gesellig vorstellen, oder nahm er aktiv an dem Leben im Dorf teil?«

»Er ließ sich dort sehen, wenn es ihm passte, aber an und für sich war er der geborene Einzelgänger und erhielt auch gern den Mythos aufrecht, ein muffeliger alter Griesgram zu sein. Was er in Wahrheit jedoch gar nicht war; er hatte sehr viel Humor und war eben nur sehr wählerisch in Bezug auf die, mit denen er Zeit verbrachte.«

»Er scheint jedenfalls einen sehr …«, Saskia unterbrach sich kurz, um nach dem richtigen Ausdruck zu suchen, »… komfortablen Lebensstil gehabt zu haben. Ist das normal für einen pensionierten Cambridge-Professor?«

»Er sprach nicht gern über Geld, doch ich nehme an, dass er ein ansehnliches Vermögen von seinen Eltern geerbt und es sehr vernünftig angelegt hatte.«

»Aber seine Eltern waren Friseure. Sie hatten doch bestimmt nicht so viel Geld.«

Matthew lachte. »Ursprünglich vermutlich nicht, doch nach den zwei Salons, die sie im East End besessen hatten, eröffneten sie zunächst einen weiteren in Mayfair und schließlich eine ganze Kette von Friseursalons im ganzen Land. Haben Sie schon einmal von einem Friseur namens Mr. Teasy-Weasy gehört?«

Saskia lächelte. »Ist das eine Figur der Kinderbuchautorin Beatrix Potter?«

»Es klingt, als müsste es so sein, aber sein richtiger Name war Raymond Bessone, und er war der erste Promi-Friseur, der schon in den Sechzigern sein eigenes Fernsehprogramm hatte. Jacobs Eltern sahen seinen Einfluss auf die Friseurwelt und trafen die kluge Entscheidung, mitzumischen und ihren Einsatz zu erhöhen. Es war ein Entschluss, der ihr ganzes Leben und ihre finanzielle Situation drastisch veränderte.«

Erfreut über diese neuen Einblicke in Jacobs Leben und das seiner Familie, sagte Saskia: »Wissen Sie, ob die Eltern enttäuscht waren, dass Jacob nicht in ihre Fußstapfen trat, zumal ihre Geschäfte so erfolgreich waren?«

»Jacob hat nie so etwas erwähnt, aber schließlich hatten sie ihm ja auch eine ganz andere Ausbildung ermöglicht und konnten sich daher wohl kaum beklagen, dass er kein Interesse daran hatte, Friseur zu werden. Und wann immer er von seiner Familie sprach, hatte ich das Gefühl, dass er unendlich stolz auf sie und das, was sie erreicht hatten, war. Nach allem, was er mir erzählt hat, waren sie eine sehr eng miteinander verbundene Familie, und seine Grandma Lila war vermutlich die wichtigste Person in seinem jungen Leben. Sie war es, die stets die Bedeutung einer vernünftigen Ausbildung betonte. Er zitierte sie regelmäßig, besonders gegen Ende seines Lebens.«

Während Saskia all diese neuen Informationen über Jacob in sich aufnahm, beflügelte sie allmählich eine neue und noch viel stärkere Zielstrebigkeit, auch den letzten Teil der *Pusteblumenjahre* zu finden.

Sie war gerade zu einem anderen Teil der Regale weitergegangen, als Matthew sagte: »Ich weiß, dass es nicht vergleichbar ist, und ich will auch bestimmt nicht unsensibel klingen, doch was war mit Ihrem Vater und Ihren Großvätern? Wollten sie nicht wieder heiraten, als sie ihre Trauer überwunden hatten?«

Es war eine Frage, die Saskia im Laufe der Jahre schon sehr oft gestellt worden war. »Wie bei Ihrer Mutter hatten sich auch ihre Prioritäten verändert, und ich glaube, bevor sie sich's versahen, war es zu spät. Wenn auch vielleicht nicht für Dad.« Sie erzählte Matthew von ihrem Vater und Libby, ließ allerdings die Einzelheiten ihrer Beziehung von vor zehn Jahren aus.

»Und was halten Sie davon?«

»Ich freue mich für ihn. Wirklich. Ich habe nicht vor, mich in eine furchtbar besitzergreifende Tochter mit einem psychotischen Hass auf Stiefmütter zu verwandeln.«

»Hm … interessante Wortwahl.«

Sie wollte schon etwas erwidern, als sie Matthews Lächeln sah und merkte, dass er sie nur aufzog. »Und ich dachte schon, Sie wären gar nicht so übel!«

»Ach? Und wie übel war ich Ihrer Meinung nach? Und weswegen überhaupt?«

Verärgert darüber, aus eigenem Verschulden in eine Falle getappt zu sein, konzentrierte sie sich darauf, ein großes, schweres

Buch mit Stoffeinband ins Regal zurückzustellen. »Wegen gar nichts«, erwiderte sie knapp. »Das war bloß so eine Redewendung.«

»Das nehme ich Ihnen nicht ab, Saskia. Ich weiß, dass wir einen schlechten Start hatten an dem Tag, als Sie das erste Mal mit Ihrem Vater herkamen. Und ich glaube, dass meine schlechte Laune der Heizung wegen Ihr Urteil über mich beeinflusste, was auch verständlich war, wie ich gern zugebe. Doch sind Sie sonst auch immer so schnell mit Ihrer Einschätzung einer Person?«

Erstaunt über seine Offenheit, hielt sie inne und sah ihn an. »Und sind Sie immer so direkt?«

»Touché. Aber ich habe recht, oder?«

»Ist es Ihnen wichtig, recht zu haben?«

»Ich weiß nur gern, wo ich stehe.«

»Selbst wenn es am Rande der Unhöflichkeit ist?«

»Oh, dann erst recht!«

Sie musste plötzlich lachen. »Dann können Sie von Glück sagen, dass mein ablehnendes Wesen von einer sehr versöhnlichen Natur wieder ausgeglichen wird.«

»Puh«, sagte er lächelnd, »da bin ich aber froh!«

Als sie die aussichtsreichsten Kandidaten in der Bibliothek überprüft hatten, gingen sie zum Wohnzimmer weiter. Da sie jedoch auch dort nichts fanden, begannen sie mit dem Esszimmer, einem düsteren und deprimierend trostlosen Raum, der wahrscheinlich schon sehr lange nicht mehr benutzt worden war, wie Saskia vermutete.

Als sie auch hier kein Glück hatten, zogen sie nach oben weiter.

»Ich würde es hassen, wenn dies alles nur vergebliche Mühe wäre«, sagte Matthew, als sie auf dem oberen Korridor standen. »Doch je mehr Räume wir durchsuchen, desto mehr drängt sich mir der unerfreuliche Gedanke auf, dass das zweite Notizbuch – falls es überhaupt je eins gegeben hat – zwischen dem Gerümpel gelandet ist, das von der Räumungsfirma weggebracht wurde und nun auf irgendeiner Mülldeponie herumliegt.«

»Glauben Sie mir, Matthew, wenn ein Buch dabei gewesen wäre, hätte Gil es Dad geschickt!«

»Aber nur, wenn er ein *richtiges* Buch gefunden hätte. Falls es jedoch in irgendetwas eingepackt war, das so wertlos aussah, dass er es einfach wegwarf, sind wir erledigt, nicht?«

»Ebenso direkt wie pessimistisch«, stellte Saskia mit einem Lächeln fest. »Komisch, doch so hatte ich Sie gar nicht eingeschätzt. Ich dachte, Sie wären der hartnäckige Typ, der weitergraben muss, bis er die Antwort findet.«

Er schenkte ihr ein reuiges Lächeln. »Mir war bisher gar nicht bewusst, wie unangenehm es ist, sich in seiner eigenen Schlinge zu verfangen.«

»Sie werden es überleben, keine Angst. Aber denken wir doch mal logisch über die ganze Sache nach. Sie dachten doch, dass die Bibel sich in einer Truhe voller alter Decken auf dem Dachboden befunden haben könnte, nicht?«

»Nach dem, was James gesagt hat, wäre es möglich.«

»Dann lassen wir das Durchsuchen der Bücher doch zunächst mal sein. Wer könnte Truhen mit altem Kram dort oben abgestellt haben? Jacob? Oder vielleicht auch Ihre Mutter?«

»Jacob hasste es, irgendetwas wegzuwerfen, also hat er sehr wahrscheinlich viele Dinge auf dem Dachboden statt im Müll entsorgt, und wenn auch nur, um Mum und ihrem Bemühen um Ordnung Widerstand zu leisten. Soweit ich weiß, ist sie nie auch nur in die Nähe des Dachbodens gegangen. Und sie wäre körperlich auch gar nicht in der Lage gewesen, allein eine Truhe dort hinaufzuschaffen. Als Kind war ich ein paarmal aus purer

Neugierde dort oben, weil es dort an einem regnerischen Tag zumindest etwas zu erforschen gab.«

»Also war das Notizbuch sehr wahrscheinlich jahrelang in dieser Truhe auf dem Dachboden versteckt.«

»Das erklärt jedoch nicht, warum das zweite Notizbuch – oder wie viele andere es noch geben mag – nicht zusammen mit dem ersten versteckt war. Da ich weiß, wie sehr Jacob Ordnung und Methode schätzte, kommt mir das alles ein bisschen seltsam vor.«

»Aber vielleicht *hat* Jacob sie ja zusammen versteckt, und jemand anders hat sie absichtlich auseinandergerissen oder bei einer Aufräumaktion einfach nicht gemerkt, was er da tat. Vielleicht hatte Jacob die Bücher ja auch in seinem Schlafzimmer aufgehoben, sorgfältig versteckt vor neugierigen Augen, und dann …«

»Moment mal!«, unterbrach Matthew sie aufgeregt. »Was ist mit der Spedition, die sich um Jacobs Umzug von Cambridge hierher kümmerte? Was ist, wenn die Möbelpacker etwas, das sie für einen Haufen alter Decken hielten, in eine Truhe warfen und …«

»Und diese Truhe dann auf dem Dachboden verstaut wurde?«, brachte Saskia den Satz für ihn zu Ende. »Ja, das könnte sehr gut sein. Oder es könnte auch schon bei einem früheren Umzug passiert sein.«

»Das wäre eine Möglichkeit, wie so viele andere es sein könnten, doch es hilft uns nicht, die Fortsetzung von Jacobs Bericht zu finden, nicht?«

Nach ihrer Begeisterung über den Schluss, zu dem sie gekommen waren, war Saskia jetzt recht ernüchtert von Matthews Bemerkung. »Was ist sonst noch auf dem Dachboden?«, fragte sie, bereit, sich an jeden Strohhalm zu klammern.

»Nichts. Ich habe mit James zusammen alles ausgeräumt.«

»Könnten noch irgendwo anders alte Decken und dergleichen aufbewahrt worden sein?«

Wie er es so oft tat, legte Matthew den Kopf ein wenig schief und sah Saskia aus schmalen Augen an. Nur fügte er diesmal noch ein kleines Stirnrunzeln hinzu. »Verzeihen Sie mir die Bemerkung, aber Sie hören sich langsam so an, als wären Sie vollkommen fixiert auf Decken.«

»Dann lassen Sie mir doch bitte einfach meinen Willen. Wo werden solche Dinge normalerweise aufbewahrt?«

Wieder runzelte er die Stirn. »Ich habe keine Ahnung.«

»In einem Wäschetrockenraum natürlich. Wo ist er? Sie haben hier doch sicher einen?«

»Ja, diese Kammer ist gleich neben der Badezimmertür hinten am …«

Bevor er seinen Satz beenden konnte, war Saskia schon zum anderen Ende des Korridors gelaufen. »Diese Tür hier?«, fragte sie.

Matthew, der sie eingeholt hatte, riss die Tür auf. Innerhalb weniger Minuten hatten sie alles aus der Kammer herausgeholt und auf dem Boden ausgebreitet. Wie Saskia schon vermutet hatte, befanden sich Handtücher, Laken, Decken und eine ganze Reihe alter Tagesdecken in dem begehbaren Schrank, aber keine Spur von irgendwelchen Büchern. Enttäuscht und peinlich berührt, weil sie sich einen Moment so sicher gewesen war, murmelte sie eine Entschuldigung und begann, die Sachen wieder einzuräumen.

»Es war eine durchaus plausible und vernünftige Idee«, sagte Matthew, der sich um die obersten Regale kümmerte, an die sie nicht herankam. »Sie hatten mich schon überzeugt.«

»Knapp daneben ist auch vorbei«, erwiderte sie schulterzuckend und zog ihre Strickjacke aus, weil der Warmwasserspeicher in der Kammer zu viel Wärme abgab.

»Vielleicht sollten wir in allen Wäsche- und Kleiderschränken nach Decken suchen.«

Saskia schüttelte den Kopf. »Die Idee mit den Decken habe ich aufgegeben«, sagte sie. »Und wie viele kann ein Junggeselle auch schon haben?«

»Trotzdem kann es nicht schaden, einen Blick in die Schränke zu werfen. Na kommen Sie, wo ist der Sherlock Holmes in Ihnen geblieben?«

»Die offensichtlichsten Schränke wären dann wohl die in Jacobs Zimmer, würde ich sagen.«

»Die habe ich schon geleert, und sie enthielten nichts als Kleidung. Probieren wir's doch mal mit diesem Raum hier.«

Sie folgte ihm in das nächstgelegene Schlafzimmer, in dem sich ein mächtiger Mahagoni-Kleiderschrank befand. Bei seinem Anblick erinnerte sie sich daran, bei ihrem Aufenthalt mit ihrem Vater in diesem Raum gedacht zu haben, dass der Schrank viel zu groß war, um durch eine normale Tür zu passen. In Ashcombe würde er sogar nirgendwo hinpassen.

»Sie übernehmen die rechte Seite und ich die linke«, sagte Matthew.

»Sie erinnern sich, dass ich Sie vorhin bat, mir meinen Willen zu lassen?«

»Ja.«

»Dann können Sie jetzt damit aufhören.«

»Und Sie nannten mich einen Pessimisten! Fangen Sie an mit Ihrer Seite des Schranks, und wenn wir alle anderen Schränke durchsucht haben, kehren wir zu Plan A zurück und befassen uns wieder mit den Büchern.«

Sie durchsuchten den anscheinend seit Jahren unangetasteten Inhalt der Wäscheschränke, und bald schon war die Luft erfüllt von dem muffigen Geruch alter Kissen, Federbetten und anderer Haushaltsgegenstände.

»Oh, was ist das denn?«, fragte Saskia, als sie endlich etwas Interessantes fand. Es war ein Karton, der unter anderem einen kupfernen Kerzenhalter enthielt. Bei genauerem Hinsehen entpuppte er sich als eine siebenarmige Menora. Saskia reichte sie Matthew an und bückte sich, um den zweiten Gegenstand aus dem Karton zu nehmen. »Ist das ein Samowar?«, fragte sie, als sie einen etwa siebzig Zentimeter hohen, stark angelaufenen Teebehälter mit einem Hahn am Boden in die Höhe hielt.

»Da könnten Sie recht haben, glaube ich.«

Saskia stellte den Samowar auf eine nahe Frisierkommode, um ihn besser in Augenschein nehmen zu können. »Er müsste gründlich gereinigt und aufpoliert werden«, sagte sie, »aber dann wäre er es wert, behalten zu werden, finde ich. Er ist ein schönes Stück.«

Ganz im Gegensatz zu all dem anderen Krimskrams auf dem Teppich, dachte sie, als Matthew den Samowar genauer betrachtete.

Und es gab noch immer keine Spur von einem zweiten Notizbuch.

Kapitel 29

Alle Bedenken, die Ralph anfänglich wegen Libbys Mitarbeit im Laden gehabt hatte, hatten sich inzwischen längst verflüchtigt. Er konnte jetzt kaum noch verstehen, dass er zunächst nicht sicher gewesen war, ob es klug war, ihre Hilfe anzunehmen.

»Ich weiß, was du denkst, Ralph«, hatte Libby gesagt, als sie auf die Idee gekommen war. »Du sorgst dich, was geschehen könnte, falls wir uns mal streiten sollten. Aber warum machen wir uns nicht erst Gedanken darüber, wenn es so weit ist? Bis dahin ist es doch einfach so, dass Pat nicht länger zur Verfügung steht und du eine zuverlässige und einsatzfreudige Person hier brauchst. Und weißt du was? Diese Person bin ich!«

Libbys pragmatische und erfrischend optimistische Einstellung war eine der vielen Eigenschaften, die er an ihr schätzte. Sie führte ihm vor Augen, wie vorsichtig und risikoscheu er dagegen war. Und genau genommen hatte er sogar den Verdacht, dass er zu einem ziemlich langweiligen Mann geworden war, der, von der Macht der Gewohnheit beherrscht, vergessen hatte, was Vergnügen war. Zum Glück schien Libby es sich zur Aufgabe gemacht zu haben, das wieder ins Lot zu bringen. Viel zu lange war er in eingefahrenen Routinen verhaftet gewesen.

Er beobachtete Libby, die gerade aufmerksam einer Kundin zuhörte, die ein Geburtstagsgeschenk für ihren Ehemann suchte. Er war offenbar ein begeisterter Sammler von Angelbüchern, für den sie hier etwas Passendes zu finden hoffte.

Seit Libby bei Ralph beschäftigt war, hatte sie sich innerhalb kürzester Zeit sämtliche Bücher, die sie auf Lager hatten, eingeprägt und kannte daher natürlich auch das beste Buch für

Angler, das sie ihrer Kundin zeigen konnte. Es befand sich in einem der beiden verschlossenen Glasschränke im hinteren Teil des Ladens, wo sie die wertvollsten Bücher aufbewahrten. *Der vollkommene Angler* von Izaak Walton mit seinem grünen Stoffeinband und der goldenen Beschriftung war eine Erstausgabe in nahezu perfektem Zustand, deren wahrer Reiz jedoch in den exquisiten farbigen Illustrationen von James Thorpe lag. Diese Abbildungen waren so schön, dass sie sogar Ralph schon fast zum Angeln verleiteten!

Er war der festen Überzeugung, dass es besser für seine Bücher war, besonders für die hochwertigen Ausgaben, in seiner Obhut zu verbleiben, bis der richtige Kunde kam, der dem Buch ein gutes Zuhause bieten konnte. Als er nun die besagte Kundin beobachtete und bemerkte, wie behutsam sie mit dem Angelbuch umging, als sie es unter Libbys wachsamem Blick durchblätterte, beschloss er, dass das Buch bei ihr in Sicherheit sein würde. Mit fünfhundert Pfund war es nicht gerade billig, doch er hoffte, dass die Frau des Geburtstages ihres Ehemannes wegen in Spendierlaune war.

Das war sie, und nachdem Libby ihr das Buch hübsch verpackt hatte, schloss sie den Verkauf mit der für sie typischen Herzlichkeit und Wärme ab, derentwegen Ralph sich von Anfang an so zu ihr hingezogen gefühlt hatte.

Als die Kundin gegangen war, trat Ralph zu Libby und küsste sie.

»Das nennt man sexuelle Belästigung am Arbeitsplatz, weißt du«, bemerkte sie in gespielter Strenge und erwiderte den Kuss.

»Auch wenn es nur ein Dankeschön für den Abschluss eines so großartigen Verkaufs war?«

»Na, na«, sagte sie. »Eine Angestellte mit sexuellen Annäherungsversuchen belohnen? Ich fürchte, du vergrößerst deine Straftat noch.«

Ralph zog sie noch fester an sich. »Dann habe ich schlechte Neuigkeiten für dich, denn angesichts dessen, was ich heute Abend mit dir vorhabe, könntest du mich auch gleich einsperren und den Schlüssel wegwerfen.«

»Hm … erzähl mir mehr!«

»Ich dachte, wir gehen etwas essen, und dann komme ich vielleicht mit zu dir und …« Er beugte sich vor, um ihr etwas ins Ohr zu flüstern, als er aus dem Augenwinkel ein bekanntes Gesicht sah, das sich gegen die Schaufensterscheibe drückte. Es war Gil. Sein Grinsen reichte von einem Ohr zum anderen.

»Oh, verdammt!«, murmelte Ralph. »Ich glaube, jetzt wird ganz Chelstead von uns beiden erfahren.«

Libby drehte sich in seinen Armen um. »Was erwartest du auch anderes, wenn du unbedingt für alle sichtbar mit mir schmusen willst? Außerdem machst du dir etwas vor, falls du denkst, die Stadt hätte uns nicht längst durchschaut.«

Die Tür öffnete sich, und Gil kam mit einem Pappkarton herein. »Hallo, allerseits«, grüßte er fröhlich. »Dein Geschäft muss ja gut laufen, Ralphy-Boy, wenn du Zeit hast, mitten am Tag herumzuknutschen. Oder habt ihr gerade eine kleine Flaute?« Ohne eine Antwort abzuwarten, nickte er Libby zu. »Gilbert Ross, Räumungsspezialist für die Reichen und Berühmten und stets zu Diensten, falls Sie irgendwas räumen lassen wollen.«

»Ich habe schon von Ihnen gehört«, erwiderte Libby unbeeindruckt.

»Nur Gutes, hoffe ich.«

»Sehr Gutes sogar.«

»Das freut mich. Und wenn du, Ralphy-Boy, jetzt mal 'ne Minute an was anderes denken könntest als an die charmante Dame, hätte ich hier etwas für dich. Ich hab ein bisschen aufgeräumt und fand dabei das Ding unter einem Berg von anderem Krempel, den meine Söhne im Lager abgeladen haben müssen.

Und da du mir so zugesetzt hast wegen dieses Auftrags, den ich vor einiger Zeit in Glaskin House erledigt hatte, dachte ich … Oh, und es tut mir übrigens leid, dass ich deine Anrufe nie erwidert habe. Wie viele Nachrichten hast du hinterlassen?«

»Einige«, sagte Ralph, den Blick auf den Karton in Gils Händen gerichtet. »Ich hatte schon den Verdacht, du gingst mir aus dem Weg.«

»Das glaubst du doch selber nicht. Aber da du mich so genervt hast, dachte ich, das hier könnte von Interesse für dich sein.« Er reichte Ralph den Pappkarton. »Ein weniger seriöser Händler hätte es behalten, doch da ich ein anständiger Mann bin, sagen wir einfach, du schuldest mir jetzt was.«

Kapitel 30

»Was ist das?«, fragte Fliss, als Matthew aus dem Bad in sein Schlafzimmer zurückkam und sie halb bekleidet und mit dem schwarzen, ledergebundenen Notizbuch in der Hand antraf, das er auf der Kommode liegen gelassen hatte. Als er sah, wie achtlos sie die Seiten umblätterte, musste er den heftigen Impuls unterdrücken, es ihr wegzunehmen.

»Es gehörte Jacob«, erwiderte er kühl.

Sie hörte nicht auf, darin zu blättern, und sagte: »Und da heißt es immer, Ärzte hätten eine schlechte Handschrift! Diese hier ist schon fast unleserlich. Was ist es, ein Tagebuch?«

Jetzt nahm er ihr das Buch doch ab, zog die Schublade mit seinen Socken auf und legte es hinein. »Nicht im eigentlichen Sinne«, erwiderte er ausweichend. »Und tut mir leid, dass ich dich drängen muss, aber ich habe um Viertel vor neun ein Meeting.«

Sie lächelte. »Das hast du vorhin schon gesagt, als dein Wecker klingelte und du anfingst, mich aus dem Bett zu werfen.«

»›Werfen‹ ist ja wohl ein bisschen übertrieben«, sagte er stirnrunzelnd.

»Das war ein Scherz.« Noch immer lächelnd, beobachtete sie, wie er das Handtuch abnahm, das er um die Hüften trug. Aus irgendeinem Grund hatte sie ihm schon immer gern beim An- oder Ausziehen zugesehen. Angeblich tat er das in einer – für sie – unlogischen Abfolge. Er zog beispielsweise immer zuerst die Socken an, was sie anscheinend ganz reizend fand. Bevor sie ihn darauf aufmerksam gemacht hatte, war ihm nie bewusst gewesen, dass er seine Kleidungsstücke in einer bestimmten

Reihenfolge anzog. »Zwangsstörung« hatte sie es einmal genannt. Bei der Erinnerung daran musste er an Saskia und ihr Eingeständnis denken, dass sie ein bisschen zwanghaft war, was Pünktlichkeit anging.

Heute war Mittwoch, und seit er Saskia und ihre Familie zuletzt gesehen hatte, waren drei Tage vergangen – drei Tage, in denen er im Besitz des zweiten Notizbuchs war, das zusammen mit einem Ring in einer großen, alten und reich verzierten russisch-orthodoxen Bibel aufgetaucht war. Matthew hatte Gil Ross, den Chef der Räumungsfirma, persönlich angerufen, um sich für die Rückgabe der Bibel an Ralph zu bedanken. Wer konnte schon sagen, wo diese kostbaren Gegenstände gelandet wären, wenn die beiden Männer nicht so eine gute Beziehung zueinander hätten?

Sehr zu Matthews Bedauern hatten sich die Umstände in den letzten drei Tagen jedoch dummerweise gegen ihn verschworen und ihm nicht die Zeit zum Lesen der Fortsetzung von Jacobs Geschichte gelassen. Und da er wusste, wie gespannt Saskia darauf war zu erfahren, wie es weiterging, bereute er jetzt, nicht darauf beharrt zu haben, dass sie das Buch als Erste las. Aber sie hatte nicht mit sich reden lassen und war hartnäckig dabei geblieben, dass er der rechtmäßige Eigentümer des Notizbuchs war und es deshalb vor ihr lesen musste. Wahrscheinlich hielt sie es jedoch für selbstverständlich, dass er das Buch binnen kürzester Zeit verschlingen und dann an sie weitergeben würde. Doch seit Samstagabend, als er nach Ashcombe gefahren war, um diesen jüngsten Fund abzuholen, und wieder zum Abendessen eingeladen worden war, war praktisch jede Minute seiner Tage voll und ganz verplant gewesen. Am Sonntagmorgen in Glaskin House hatte er auch noch verschlafen, und nachdem er die mitgebrachte Arbeit erledigt hatte, war er von Mal und Jenny zu einem späten Lunch hinübergebeten worden. Bevor er sich's versah, war es Zeit, nach Cambridge zurückzufahren. Während dieser Heimfahrt hatte Fliss angerufen und ihm von der Hitchcock-Woche im Kino erzählt. Ob er sich am Abend darauf nicht *Vertigo* mit ihr ansehen wolle?, hatte sie gefragt. Matthew war kein großer Hitchcock-Fan, doch ein Nein hätte von ihr falsch verstanden werden können, und sie wiederzusehen würde schließlich auch nicht unerfreulich sein.

Das war also der Montagabend gewesen, und gestern Abend waren sie zum Essen ausgegangen. Danach hatte er Fliss auf einen Kaffee zu sich eingeladen, da er wusste, dass James bei seiner neuen Freundin übernachten würde. »Ist das eine Umschreibung für das, was ich glaube?«, hatte Fliss gefragt.

»Nein, nein. Ich meinte wirklich nur Kaffee«, hatte er leichthin erwidert. »Ich würde mir nicht einbilden, dass du auf einen so offensichtlichen Trick hereinfallen würdest.«

»Vielleicht würde ich das ja gar nicht mal so sehen«, hatte sie geantwortet.

Ob er die Initiative ergriffen hatte oder Fliss, wusste er nicht mehr genau, aber der Abend hatte damit geendet, dass sie zusammen im Bett gelandet waren, und natürlich war Fliss dann auch über Nacht geblieben. Wahrscheinlich war alles nur so gekommen, wie beide es von Anfang erwartet hatten.

Nachdem er eins seiner weißen Hemden herausgesucht hatte – all seine Hemden, die er zur Arbeit trug, waren in Stil und Farbe gleich –, zog er es an und sah zu, wie Fliss in das Kleid schlüpfte, das sie am vergangenen Abend getragen hatte. Wie oft schon hatten sie genau dieselbe Szene durchgespielt, das eilige Duschen und Anziehen vor einem schnellen Frühstück und dann das Loshetzen in verschiedene Richtungen, um noch halbwegs pünktlich zu ihrer jeweiligen Arbeit zu gelangen? Die angenehme Vertrautheit des Moments weckte das Gefühl in ihm, als hätte es die letzten paar Monate, in denen sie sich nicht gesehen hatten, nie gegeben. Er schämte sich noch immer seines kleinlichen Gefühlsausbruchs am Tag von Jacobs Beerdigung, doch wann immer er darauf zu sprechen kam, sagte Fliss, er solle aufhören, sich damit zu quälen.

»Der Kummer hat dich wütend gemacht und durcheinandergebracht, was ich gut verstehen kann«, hatte sie gesagt, doch verrückterweise beschämte ihn ihr Verständnis nur noch mehr.

Er ging zu ihr hinüber, und während er den Reißverschluss am Rücken ihres Kleides hinaufzog, sagte er leise: »Ich verdiene deine Nachsicht nicht.«

Sie drehte sich um und sah ihn sichtlich überrascht über seine Worte an. »Ich dachte, das hätten wir bereits besprochen.«

»Ja, aber ich kann nicht …«

Sie legte einen Finger an seine Lippen. »Was immer du auch denken magst, lass es sein. Jetzt ist doch alles wieder gut zwischen uns, oder etwa nicht?«

Er löste ihren Finger sanft von seinem Mund. »Natürlich«, sagte er. »Jetzt ist alles wieder gut.«

Fliss lächelte. »Na also. Sehen wir uns heute Abend?«

Er dachte an Jacobs Notizbuch in der Kommode hinter ihm. Es würde doch wohl eine weitere Nacht lang warten können? Aber dann dachte er an Saskia, die sicher darauf brannte, es zu lesen.

»Wahrscheinlich muss ich heute Abend länger arbeiten«, erwiderte er. »Wie wäre es mit morgen Abend?«

Warum hast du Fliss belogen?, fragte er sich später an jenem Tag.

Während er an seinem Schreibtisch saß, kratzte er sich zerstreut am Kinn, blickte aus dem Fenster auf die Straße hinunter und sah einem Mädchen in Schuhen mit lächerlich hohen Keilabsätzen nach, das einen pink- und purpurfarbenen Koffer in

Richtung Bahnhof zog, der nur einen fünfminütigen Gehweg entfernt war. Fünf Minuten in normalen Schuhen, berichtigte er sich dann jedoch.

Warum hatte er Fliss nichts von Jacobs Notizbuch erzählt und ihr gesagt, dass er einen ruhigen Abend mit dem Lesen der Geschichte verbringen wollte? Vielleicht, weil Jacob in vielerlei Hinsicht die Hauptursache ihres Streits gewesen war und er nicht den Eindruck erwecken wollte, als zöge er einen Abend mit dem Buch des alten Mannes dem Zusammensein mit Fliss vor.

Die eigentliche Frage, die er sich stellen musste, war jedoch, warum er *Die Pusteblumenjahre* nicht mit ihr hatte teilen wollen. Warum ihn ein so starker Beschützerinstinkt dazu gedrängt hatte, ihr nicht einmal das Durchblättern des Buches zu gestatten. Vielleicht, weil er glaubte, dass sie nicht berühren würde, was Jacob geschrieben hatte?

Oder stand er Jacob und der Erinnerung an diesen geliebten Menschen so beschützend gegenüber, dass er es nicht ertragen konnte, irgendjemandem einen Blick auf den verletzlichen Mann zu erlauben, der Jacob einst gewesen war?

Aber Fliss war schließlich nicht »irgendjemand«, sondern seine Freundin.

Dass sie es geschafft hatten, ihre Beziehung wiederherzustellen, war etwas, womit er nie gerechnet hätte. Oder vielleicht sogar etwas, das er nicht einmal gewollt hatte. Aber ihre Versöhnung hatte sich praktisch wie von selbst ergeben, auf eine solch natürliche und selbstverständliche Art und Weise, als hätte er selbst gar keinen bewussten Beitrag zu ihrem Zustandekommen geleistet. Was natürlich Unsinn war. Natürlich hatte er das Seine dazu beigetragen. Es war nur so, dass es sich für ihn nicht so *anfühlte*, als hätte er es getan.

Das unwillkommene Erscheinen einer schwerfälligen Gestalt

in seiner Tür riss ihn jäh aus seinen Überlegungen. Jim Rycroft, ein Bär von einem Mann aus Yorkshire mit unverblümter Redeweise und einem Ego von der Größe der Grafschaft, aus der er kam, war der Ranghöchste der Geschäftspartner, und da Matthew tief genug in der Hierarchie der Firma stand, hatte er es meist geschafft, zu viel direkten Kontakt mit Rycroft zu vermeiden. Und bei den wenigen Gelegenheiten, bei denen ihre Wege sich dann doch einmal kreuzten, war es nur selten eine erfreuliche Erfahrung.

Matthew hatte noch keine ganze Woche in der Firma gearbeitet, als ein mächtiges Gebrüll auf dem Gang ihn abrupt hatte innehalten lassen. Nachdem er morgens mit dem Fahrrad zur Arbeit gefahren war, befand er sich gerade auf dem Weg zur Herrentoilette, um seine Jeans und sein T-Shirt gegen seinen Anzug auszutauschen.

»Was glauben Sie, wohin Sie gehen?«, hatte Jim Rycroft von der anderen Seite des mit Teppichboden ausgelegten Korridors gebrüllt. »Kommen Sie sofort hierher!« Wie sich dann herausstellte, hatte er Matthew für einen Boten mit wichtigen Papieren gehalten, den er erwartete. Eine Entschuldigung hatte es allerdings nicht gegeben, nur die knappe Anweisung, dass Matthew sich gefälligst vernünftig anziehen und die Haare schneiden lassen solle, um zukünftige Verwechslungen zu vermeiden. Matthew ignorierte die Anweisung jedoch. Es kümmerte ihn nicht, wer sein Gehalt bezahlte, sein Haar war seine Sache, und in welchem Stil oder wie lang er es trug, wirkte sich in keiner Weise auf seine Arbeit oder die von ihm erzielten Resultate aus.

»Ein Mann, der Zeit hat, aus dem Fenster zu schauen, hat nicht genug zu tun«, knurrte der untersetzte Mann aus Yorkshire.

»Ich habe nachgedacht«, antwortete Matthew ehrlich.

Rycroft kam ein paar Schritte in das kleine Büro herein, das er mit seiner massigen Gestalt fast gänzlich auszufüllen schien. »Es heißt, Sie täten das sehr ausgiebig.«

»Und für gewöhnlich hilft es, finde ich.«

Die Augen des Mannes durchbohrten ihn förmlich, als versuchte er, das in der Antwort enthaltene Maß an Aufmüpfigkeit abzuschätzen. Er zog die Mundwinkel nach unten und gab ein Schnauben von sich. Doch offenbar war er überzeugt, dass Matthew nicht allzu weit aus der Reihe getanzt war, denn er sagte: »Ich habe auch gehört, dass Sie ungeachtet Ihrer äußeren Erscheinung mit Ihrer Arbeitsweise gute Ergebnisse erzielen. Der Mandant in Carlisle war sehr zufrieden mit dem Ausgang des Verfahrens letzte Woche. Außerdem hörte ich, Sie wären ein sehr undurchschaubarer Bursche bei Gericht, und deshalb möchte ich, dass Sie zusammen mit meinem Team einen Fall bearbeiten.«

Ohne sich seine Überraschung anmerken zu lassen, sagte Matthew: »Und was ist mit dem Rawlins-Fall, an dem ich gerade zu arbeiten begonnen habe?«

»Den können Sie abgeben. Das habe ich schon mit Doug geklärt.«

»Und wer ist der Mandant?«

»Sir Desmond Leamington, der Vorstandsvorsitzende der Leamington Manufacturing Group. Er beschuldigt sein früheres Cambridger College des Betrugs.«

Matthew, dessen Interesse nun voll und ganz geweckt war, beugte sich auf seinem Sessel vor und stützte die Ellbogen auf den Schreibtisch. »Ein mutiger Mann, wenn er sich mit der Universität anlegt. Um welches College handelt es sich denn?«

»Um das Merchant College.« Jim Rycroft klatschte die dicke Akte, die er in der fleischigen Pranke hielt, auf Matthews Schreibtisch. Sie landete mit einem dumpfen Aufprall und verschob die anderen Papiere, die Matthew vorher durchgegangen war. »Lesen Sie das und kommen Sie morgen früh um halb zehn zu einem vollständigen Briefing in mein Büro! Verspäten Sie sich nicht!«

Wie stehen die Chancen, dachte Matthew, als er allein war und die Akte vor sich liegen hatte, dass es sich um Jacobs früheres College handelt?

Sein nächster Gedanke war ein sehr verdrossener, als er erkannte, dass die Zeit, die er sich an diesem Abend für die Lektüre *Pusteblumenjahre-Fortsetzung* frei gehalten hatte, ihm soeben wieder mal entrissen worden war. Doch eigentlich hast du es sogar verdient, weil du Fliss deswegen belogen hast, sagte er sich.

Als ihm dann jedoch wieder Saskia einfiel, die geduldig wartete, bis sie an der Reihe war, Jacobs Buch zu lesen, beschloss er, dass ihm gar nichts anderes übrig blieb, als an diesem Abend besonders lange aufzubleiben.

Kapitel 31

September 1943

So groß war mein neu gewonnenes Glück mit Kitty, dass man beinahe hätte vergessen können, dass wir uns im Krieg befanden. Nicht einmal Mrs. Pridmore, der alte Drache mit seiner unverhohlenen Ablehnung, konnte mich in meinem glückseligen Zustand stören.

Ohne es bewusst zu wollen, hatte ich mir das Singen oder Pfeifen angewöhnt, was eine bislang völlig unbekannte Beschäftigung von mir war. Als ich an diesem Morgen mit einem Liedchen auf den Lippen die Treppe buchstäblich hinunterhüpfte und das Esszimmer betrat, um vor meiner Tagesschicht ein weiteres diabolisches Frühstück zu erdulden, blickte Farrington von dem Buch auf, in dem er las. »Ich glaube nicht, dass ich noch mehr von deiner Fröhlichkeit ertragen kann, Belinsky! Würdest du das in Zukunft bitte lassen?«

Nach seinem belustigten Gesichtsausdruck zu urteilen, schien seine Bemerkung nicht unfreundlich gemeint zu sein, und so zog ich mir einen Stuhl an seinen Tisch heran, setzte mich und fragte ihn, ob er vielleicht ein anderes Liedchen bevorzugen würde.

Im selben Moment erschien Griffiths im Esszimmer und hörte meine Frage. »Ach, du lieber Himmel, er ist doch hoffentlich nicht schon wieder damit zugange?«

»Der Mann ist verliebt, was können wir da anderes von ihm erwarten?«

Trotz unserer größten Bemühungen, unsere Beziehung geheim zu halten, machten im Park bereits Gerüchte über Kitty und mich die Runde, die von uns jedoch weder bestätigt noch bestritten wurden. Wir waren der Ansicht, dass eine rätselhafte Antwort in diesem Fall die beste war; sollten die Leute doch glauben, was sie wollten!

»Ich werde Ihnen sagen, was *ich* erwarte«, fauchte Mrs. Pridmore, als sie mit einem Tablett mit klapperndem Geschirr und Besteck gegen die halb offene Tür stieß. »Ich erwarte ein bisschen Anstand in meinem Haus. Was ich nicht erwarte, ist, dass mein Trommelfell unentwegt, ob morgens, mittags oder abends, unter Beschuss genommen wird! Was war das für ein fürchterliches Geräusch, das ich hörte, als Sie die Treppe herunterkamen?«

»Ein Lied namens ›Katyushka‹«, antwortete ich heiter und fest entschlossen zu beweisen, dass nichts mir meine gute Laune verderben konnte.

Sie erschauderte vor Abscheu. »Das klingt ausländisch für mich.«

»Alle Achtung, Mrs. Pridmore, wie scharfsinnig Sie heute Morgen wieder sind! Dafür geht die Bestnote an Sie! Es ist tatsächlich ein Lied aus Russland über eine junge Soldatenfrau, die sich nach ihrem Ehemann sehnt.«

Wie in einer offiziellen Kriegserklärung knallte sie das Geschirr auf den Tisch und sagte spitz: »Ich verbitte mir diesen Ton, Mr. Belsinky!«

»Bel*insky*«, akzentuierte ich mit einer Deutlichkeit und Schärfe, die Farrington auf der anderen Seite des Tisches ein boshaftes Kichern entlockten. »Mein Name ist Bel*insky*.«

Mit einem giftigen Blick zu Farrington, der sich nun übertrieben räusperte und seine Aufmerksamkeit wieder seinem Buch zuwandte, blähte die Frau die Nasenflügel. »Porridge«, sagte sie und spuckte das Wort aus, als wäre es ein Fluch. »Das gibt es heute zum Frühstück. Essen Sie es, oder lassen Sie es stehen! Und es gibt auch weder Zucker noch Marmelade, also verschwenden Sie erst gar nicht Ihren Atem, um danach zu fragen.«

»Bei Gott, du lebst aber wirklich gefährlich heutzutage, Belinsky.« Das kam von Griffiths und auch nur in gedämpftem Ton, da wir noch immer die schwerfälligen Schritte der Frau auf dem Weg zu ihrem Schlupfwinkel in der Küche hören konnten.

Ich lachte. »Wir haben alle viel zu lange vor dieser Frau gebuckelt. Es wird höchste Zeit für einen Truppenaufstand!«

Farrington und Griffiths wechselten verwirrte Blicke, dann sagte der Letztere: »Offen gestanden hätte ich lieber den alten Belinsky zurück, bei dem wir wenigstens wussten, woran wir waren. Oder zumindest wurden wir nicht auch noch durch die Vorenthaltung unserer mageren Rationen von Zucker und Marmelade bestraft.«

»Ja«, mischte sich nun auch Farrington ein, »es gibt nichts Lästigeres als unverhohlene Fröhlichkeit am Frühstückstisch, wenn man sich selbst total daneben fühlt.«

Ich verneigte mich vor ihnen. »Ich bitte vielmals um Verzeihung und werde mich bemühen, alle zukünftigen Anfälle von Frohsinn im Zaum zu halten.«

Das widerliche Zeug, das der Drache Porridge nannte, erschien ordnungsgemäß, und während ich den klebrigen, halb garen und klumpigen Haferschleim hinunterzwang, beleidigte ich meinen Gaumen noch zusätzlich mit einer Tasse Tee, der so schwach war, dass er wahrscheinlich nie die Bekanntschaft eines einzigen Teeblattes gemacht hatte – und falls doch, war es eine sehr flüchtige und deprimierende Verbindung gewesen.

Und *deprimierend* war auch die beste Beschreibung für den Raum, in dem wir Mrs. Pridmores kulinarische Entgleisungen zu uns nehmen mussten. Es war ein Raum, der es fertigbrachte, sich sowohl jämmerlich nichtssagend als auch deprimierend beklemmend anzufühlen. Schwere Stores an den Fenstern hielten das Tageslicht draußen, und der dunkle, schlecht geflickte Linoleumboden verstärkte noch die Düsternis des Raumes. An einer Wand stand eine billig aussehende Anrichte, auf der eine Reihe von Fotografien des verstorbenen Mr. Pridmore aufgestellt waren. Seine Augen schienen jede unserer Bewegungen zu verfolgten. Der Mann war dank seines verfrühten Ablebens noch glimpflich davongekommen, wie ich manchmal ketzerisch dachte. Die verblassten Drucke sonniger Küstenorte, die an den Wänden hingen, trugen nicht dazu bei, die Stimmung aufzuhellen, sondern stachen in der deprimierenden Realität des tristen Raumes hervor wie eine schlecht gestimmte Glocke.

Doch um all das scherte ich mich keinen Deut. Warum sollte ich auch, wo ich doch wusste, dass Kitty und ich nach dem Ende unserer Schicht zur Farm hinausradeln würden, wo uns ein köstliches, von Billy zubereitetes Essen erwartete, auf das wir uns freuen konnten? Danach würden Kitty und ich zu einem Spaziergang aufbrechen, dem lärmenden Quartett der erst kürzlich eingetroffenen Gänse ausweichen und zu der kleinen Baumgruppe am westlichsten Punkt der Wiese hinüberschlendern, wo wir auf den Gesang der Nachtigallen warten würden. Dann würden wir zum Geißblatt-Cottage zurückgehen, uns auf Kittys schmales Bett legen und uns lieben.

Seit sie auf die Farm gezogen war, hatte ihre Haut einen wunderschönen Goldton angenommen, da wir unsere gesamte Freizeit draußen an der frischen Luft verbrachten, und ihr Nasenrücken war – sehr zu ihrem Kummer und zu meinem Entzücken – übersät mit Sommersprossen. »Ich sehe aus, wie ich als Kind aussah!«, beklagte sie sich oft.

Doch wenn wir uns ihr schmales Bett teilten, hatte sie absolut nichts mehr von einem Kind. Ich konnte noch immer nicht ganz glauben, dass dieses hinreißende Geschöpf mir gestattete, es zu berühren, geschweigen denn, es zu lieben. Doch es genügte, um mir den Glauben daran wiederzugeben, dass es tatsächlich einen Gott gab, einen Gott, der mir das Wunder dieses unvorstellbar großen Glücks hatte zuteilwerden lassen. Natürlich waren unsere ersten Erfahrungen in der körperlichen Liebe nicht frei von ein wenig Unbeholfenheit, aber zumindest lernte ich schnell, und zu meinem Stolz war ich bald schon sehr viel bewanderter in diesen Dingen und wusste, wie ich Kitty Lust und sinnliches Vergnügen schenken konnte.

Es war ein wonnevolles Dasein, und zum ersten Mal in meinem Leben erfuhr ich, wie sich wahres Glück anfühlte. Ich glaubte wirklich, dass der Krieg noch viel schlimmer werden könnte und ich trotzdem noch glücklich und zufrieden sein würde, solange ich nur meine liebste Katyushka bei mir hatte und sie lieben durfte.

Mittlerweile war es Ende September geworden, und im Laufe des Monats waren regelmäßig Mitteilungen hereingekommen, dass die Rote Armee auch weiterhin Siege errang und noch weitere Gebiete befreite, die unter deutscher Besatzung gestanden hatten. Die neueste Nachricht war, dass Smolensk befreit worden war. Als wir in Hütte 8 die Neuigkeiten gehört hatten, war Jubel ausgebrochen, und Chatterton-Jones hatte mir zugerufen: »Hey, Belinsky, alter Junge, das sind deine Leute, die den Deutschen zeigen, wie sich eine blutige Nase anfühlt! Hoffen wir, dass sie auch weiterhin so gute Arbeit leisten.«

Obwohl sein Kommentar nur wieder einmal unterstrich, dass Chatterton-Jones und seinesgleichen mich nie als einen der ihren betrachten würden, war sie doch die am wenigsten herablassende oder verächtliche Bemerkung, die er mir gegenüber je gemacht hatte.

Kitty meinte, ich sei viel zu empfindlich, was Chatterton-Jones anginge, und ich solle ihn doch einfach genauso schulterzuckend abtun wie die grässliche Mrs. P., wie Kitty Mrs. Pridmore nannte. Kitty war stets bestrebt, immer nur gut von anderen zu denken. Wahrscheinlich war sie daher einfach blind dafür, dass ich neidisch war auf einen Mann wie Chatterton-Jones, der auf einer aus Privilegien und guter Erziehung entstandenen Wolke des Selbstvertrauens völlig mühelos durchs Leben segelte. Oder sie sah nicht, dass ich auch auf jede Faser seines Körpers eifersüchtig war, die in Kittys unmittelbare Nähe kam.

Aber dann wiederum wollte ich ja auch überhaupt keinen Mann in ihrer Nähe sehen, sondern sie nur ganz für mich allein haben. Ein solch machtvolles Gefühl hatte ich noch nie gekannt. Trotzdem besaß ich noch Verstand genug, um zu erkennen und zu akzeptieren, dass ich dagegen ankämpfen musste, weil eine besitzergreifende Natur eine ganz und gar zerstörerische ist, nicht nur für die Person, die besessen wird, sondern auch für die, die besitzen will. Ich musste das Gefühl in den Griff bekommen und im Zaum halten, bevor es die Oberhand über mich gewann und mich in Gefahr brachte, Kitty zu verlieren.

Nach einer Besprechung mit unserem Abteilungsleiter kam ich zu spät zum Mittagessen. Als ich mich in der geräuschvollen Kantine umsah, während ich für mein Essen anstand, konnte ich keine Spur von Kitty sehen. Wir aßen nicht immer zusammen, aber für heute hatten wir uns dazu verabredet. Enttäuscht ging ich mit meinem Tablett zu einem Tisch und erhielt sogleich Gesellschaft von Bennett und Craggs. Sie mussten gewusst haben, was ich dachte, als ich verstohlen den Kantineneingang beobachtete, um nur ja nicht Kittys Ankunft zu verpassen, doch sie erwähnten nichts dergleichen, sondern begannen ein Gespräch über den Vormarsch der Alliierten in Italien.

Nach dem Essen und auf dem Rückweg zu meiner nachmittäglichen Arbeit machte ich einen Umweg zu Hütte 4, in der Kitty arbeitete. Als ich Rachel Burgess, eine ihrer Kolleginnen, zielstrebig den Schlackenweg entlanggehen sah, fragte ich sie so beiläufig wie möglich, ob sie wisse, wo ich Kitty finden könne.

»Sie ist heute nicht da«, sagte Rachel. »Anscheinend ging es ihr heute Nacht nicht gut.«

»Nichts Ernstes, hoffe ich«, erwiderte ich ruhig … oder so ruhig, wie ein Mann, der plötzlich das Schlimmste befürchtete, sich anhören konnte.

»Mehr weiß ich leider auch nicht, fürchte ich. Unsere Abteilungsleiterin hat nur kurz vor Mittag einen Anruf bekommen, und deshalb werden wir für Kitty einspringen müssen.« Ihr Blick glitt zu der Uhr an ihrem Handgelenk. »Ich muss jetzt wirklich weiter«, fügte sie hinzu. »Ich bin mir allerdings ziemlich sicher, dass es nichts Schlimmes ist. Wahrscheinlich nur die Erschöpfung. Das passiert uns allen früher oder später.«

Als ich Kitty in der Nacht zuvor verlassen hatte, war sie mir nicht müder erschienen als gewöhnlich, doch als ich jetzt genauer darüber nachdachte, fiel mir ein, dass sie ein bisschen still gewesen war und weniger gegessen hatte als gewöhnlich. Billy und Peggy hatten sie damit aufgezogen und gesagt, das sei die Liebe, sie nehme ihr den Appetit. Ihre Scherze beschränkten sich jedoch nicht auf Kitty, auch ich bekam meinen Teil ab, als Billy sagte: »Andererseits scheint Jacob seinen Appetit nicht verloren zu haben, und da frage ich mich doch, was das wohl zu bedeuten hat?«

»Männer sind anders«, meinte darauf Peggy. »Sie haben einen eisernen Magen und dazu passende Gefühle.«

»Da bin ich anderer Ansicht«, hatte ich erwidert. »Ich würde es bloß nicht wagen, Billys Zorn herauszufordern, indem ich nicht alles aufesse, was sie so liebevoll zubereitet hat.«

Darüber hatte Billy gelacht und mir eine zweite Portion Kartoffelpüree angeboten. »Er ist ganz schön diplomatisch, unser Jacob, was?«

Nachdem meine Schicht zu Ende war, stieg ich auf mein Fahrrad und flitzte durch die Tore des Parks und durch die Stadt aufs Land hinaus.

Völlig außer Atem und heftig schwitzend, erreichte ich die Farm. In der Ferne entdeckte ich den roten Traktor mit Peggy am Steuer, die gerade ein Feld umpflügte. Sie sah mich und winkte mir zu. Ich erwiderte den Gruß, und nachdem ich mein Fahrrad an den Wassertrog gelehnt hatte, klopfte ich an Kittys Tür.

Als ich keine Antwort bekam, trat ich an das Fenster und spähte durch den Spalt zwischen den Gardinen. Ich konnte sehen, dass das Bett nicht gemacht war und unter dem Kissen Hamish hervorschaute, der Teddybär, den Kitty seit ihrem dritten Lebensjahr besaß. Seinetwegen war sie sehr verlegen geworden war, als ich ihn, unter ihrem Federbett versteckt, gefunden hatte. Hamish war nicht das einzige Andenken aus ihrer Kindheit, das sie mitgebracht hatte. Über dem Bett hingen ihr Rosenkranz und das Kruzifix, die Nanny Devine ihr zur Erstkommunion geschenkt hatte. Es hatte eine Weile gedauert, bis ich mich daran gewöhnt hatte, unter einem Kreuz über unseren Köpfen mit Kitty zu schlafen.

Auf dem schäbigen Lehnstuhl lagen ihre Unterwäsche, Strümpfe und das Kleid, das sie am vergangenen Tag getragen hatte, soweit ich mich erinnern konnte. Ihre Handtasche stand auf dem Boden neben dem Sessel. Doch obwohl ich deutlich sehen konnte, dass das Zimmer leer war, öffnete ich die Tür und trat ein. Aber Kitty war eindeutig nicht hier.

Von Mauerschwalben begleitet, die über mir durch die Abenddämmerung segelten, fuhr ich den Weg zurück, den ich gerade erst gekommen war, und wurde von dem wüsten Geschrei der auf mich zustürzenden Gänse begrüßt, als ich in den Hof der Farm einbog. Nachdem ich sie vertrieben hatte, lehnte ich mein Fahrrad an die Wand und wollte gerade an der Hintertür anklopfen, als Billy aus einer der Scheunen kam.

Mit einer schwungvollen Bewegung ihrer muskulösen Arme schüttete sie den grauen Inhalt eines Eimers auf den Boden. Der scharfe Geruch eines Desinfektionsmittels erfüllte die Luft, als sie einen Besen ergriff und den Hof zu reinigen begann. »Ich dachte mir schon, dass du kommen würdest«, sagte sie.

»Wo ist Kitty?«, fragte ich ohne Rücksicht darauf, wie unhöflich ich war. »Was ist mit ihr?«

»Jetzt nimm dich zusammen und reg dich nicht auf! Sie ist im Krankenhaus und …«

»Im Krankenhaus? Oh Gott, das ist ja schlimmer, als ich dachte!«

Sie sah mich mitfühlend an und lehnte den Besen an die Wand. »Du kommst jetzt besser mit hinein«, sagte sie.

Ich folgte ihr in die Küche, doch als sie mich aufforderte, mich zu setzen, schüttelte ich den Kopf, weil ich lieber stehen blieb. »Was ist mit Kitty? Nun sag schon!«, verlangte ich.

Sie ging zum Spülbecken hinüber, um sich die Hände zu waschen, und blickte mich über die Schulter an, als das Wasser lief und sie nach der Nagelbürste griff. »Zum Glück hatte Peggy sie rufen hören. Ich musste mitten in der Nacht den Arzt kommen lassen, und er meinte, es sei eine Blinddarmentzündung«, sagte sie. »Ich habe Kitty selbst zum Krankenhaus gefahren.«

»Eine Blinddarmentzündung«, wiederholte ich. »Aber kann das einfach so passieren? Ohne jede Vorwarnung? Hätte sie nicht schon vor gestern Nacht Beschwerden haben müssen?«

»Wie soll ich das wissen? Ich bin kein Arzt.«

»Hast du seither etwas von dem Krankenhaus gehört?«

»Nein, aber damit rechne ich auch nicht. Man wird ihre Eltern informiert haben, und sie sind bestimmt schon dort.« Sie trocknete ihre Hände mit dem Tuch, das über der Griffleiste des Ofens hing. »Und jetzt setz dich hin und lass mich dir einen Schnaps einschenken; du siehst so aus, als könntest du einen gebrauchen. Oder sogar mehr als einen.«

Die nächsten vierundzwanzig Stunden verschwammen zu einem Gewirr aus Sorge und Frustration, weil ich keine Möglichkeit hatte herauszufinden, wie es Kitty ging. Das Krankenhaus, in das sie eingeliefert worden war, lag zu weit entfernt, um es mit dem Fahrrad zu erreichen, und da ich kein Auto zur Verfügung hatte und Billys Tank nur noch ein paar Liter des streng rationierten Benzins enthielt, blieb mir nichts anderes übrig, als auf Nachrichten von Kitty selbst zu warten.

Außerdem waren wir wieder in erhöhter Alarmbereitschaft bei der Arbeit, und niemand durfte Urlaub nehmen, weil deutsche U-Boote in den Atlantik zurückgekehrt waren und schon mehrere Schiffe versenkt hatten. Die Furcht, dass noch mehr Schiffe – und mit ihnen das Leben von Männern, Frauen und Kindern – verloren sein könnten, brachte eine Flut von beängstigenden Albträumen zurück. Ich versuchte, all meine Energie der Dekodierungsarbeit zu widmen, die Leben und wertvollen Nachschub retten würde, doch die Ablenkung durch meine Besorgnis um Kitty war nie sehr weit entfernt. Ich begann, regelrecht um Hütte 4 herumzulungern, in der Hoffnung, Rachel Burgess zu begegnen, und schließlich, ganze fünf qualvolle Tage später, traf ich sie.

»Sie ist in Sussex«, sagte Rachel, bevor ich meine Frage stellen konnte. »Ihre Eltern haben sie mit heimgenommen, als der Arzt der Meinung war, sie sei erholt genug, um entlassen zu werden und die Reise durchzustehen.«

»Woher wissen Sie das?«, fragte ich.

»Es wurde uns heute Morgen mitgeteilt – um uns zum Schweigen zu bringen, denke ich. Sie wissen ja, wie es hier ist: Es gingen Gerüchte um, sie sei entweder schwanger oder hätte irgendeine Art Zusammenbruch gehabt, und wie uns allen hinlänglich bekannt ist, ist jemand, der hier durchdreht, schlecht für die Moral.«

»Haben Sie eine Ahnung, wie es ihr geht?«

Rachel schüttelte den Kopf. »Leider nicht.« Dann fügte sie hinzu: »Sie mögen sie wohl sehr, nicht wahr?«

Ich nickte.

»Machen Sie sich keine allzu großen Sorgen! Kitty ist zäh; sie wird schon wieder. Haben Sie Geduld!«

Auf der Suche nach Trost radelte ich am nächsten Morgen zur Farm hinaus. Da ich die nächsten Tage Nachtschicht hatte, wollte ich in Kittys Häuschen bleiben, wenn Billy es mir erlaubte. Zumindest würde ich mich meiner geliebten Katyushka dadurch näher fühlen, und vielleicht würde diese Nähe mein Unterbewusstsein von den Albträumen ablenken, die wieder einmal meine Nachtruhe gestört hatten. Als Vorwand für meinen Besuch auf der Farm würde ich behaupten, Billy die Neuigkeiten mitteilen zu wollen, die ich von Rachel erfahren hatte.

Ich fand Billy auf dem Hof. Eine Zigarette im Mundwinkel und eine Heugabel in der Hand, drohte sie gerade einer der Gänse, sie würde einen verdammt guten Braten abgeben, wenn sie sich nicht besserte.

»›Braten‹ hört sich gut an«, sagte ich, als ich von meinem Fahrrad stieg und es an die Wand lehnte.

»Und so, wie du aussiehst, könntest du ein ordentliches Stück Gänsebraten auch gut vertragen. Ehrlich, du siehst schrecklich aus, Jacob.«

»Ich schlafe kaum«, gestand ich.

»Und du isst auch kaum was, würde ich wetten. Geh rein und setz den Wasserkessel auf! Ich hab etwas für dich.«

Ein paar Minuten später kam sie nach, streifte die schmutzigen Gummistiefel ab und stieß sie mit einem Fuß aus dem Weg, dessen Socke ein großes Loch an der Ferse hatte.

Während sie sich am Spülbecken die Hände wusch, sagte sie: »Schau mal drüben auf der Anrichte nach, dort liegt ein Brief für dich. Er kam heute Morgen. Der Poststempel ist aus Sussex. Kennst du jemanden dort?«

Ich lächelte und schlug alle Vorsicht in den Wind, um Billy stürmisch zu umarmen.

»Lass das, du Spinner!«, sagte sie und schob mich weg. »Es ist doch bloß ein Brief. Warum sie ihn hierhergeschickt hat, ist mir allerdings ein Rätsel.«

Ich wollte ihr gerade erklären, dass Kitty ihn vermutlich zur Farm geschickt hatte, um nicht die offizielle Postadresse zu benutzen, da alle dort eingehende Post aus Sicherheitsgründen von jemandem gelesen wurde, als ich mich eines Besseren besann. Immerhin durfte Billy gar nicht wissen, dass unsere Arbeit streng geheim war, auch wenn sie das wahrscheinlich längst erraten hatte und nur klug genug war, keine Fragen zu stellen. Ich behielt ebenfalls für mich, dass Kitty eine Regel gebrochen hatte, als sie den Brief auf diese Weise schickte, und dass sie in große Schwierigkeiten geraten würde, falls irgendjemand es herausfand.

Ich nahm den Brief zum Tisch mit, wo ich mich hinsetzte, um ihn zu lesen.

Mein liebster Schatz,
wie schrecklich ärgerlich es war, tagelang ans Bett gefesselt zu sein und ohne Möglichkeit, dich wissen zu lassen, wie es mir

ging! Mir ist so übel, dass ich nicht einmal weiß, welchen Wochentag wir haben!

Doch zumindest bin ich jetzt das komische kleine Ding namens Blinddarm los, das meiner Ansicht nach wohl keinem anderen Zweck dient, als einen zu Tode zu erschrecken und dann beinahe zu platzen. Jedenfalls sagte man mir, das sei es, was mir fast passiert wäre, und dass ich mich glücklich schätzen könne, noch zu leben. Das war Mummy, und gewiss übertreibt sie wie immer, aber ich muss gestehen, dass ich hoffe, nie wieder eine ähnliche Erfahrung zu machen.

Ich habe keine Ahnung, wann ich wieder zur Arbeit komme, doch sollte es dir möglich sein, mich zu besuchen, würde das meine Genesung ganz bestimmt beschleunigen. Ich gebe eine schreckliche Patientin ab, also komm bitte so schnell wie möglich, um mich aufzumuntern! Du fehlst mir mehr, als ich mit Worten sagen kann, mein Liebling.

In Liebe, deine Katyushka

PS: Liebe Grüße an Billy und die anderen.

PPS: Verzeih die Kürze meines Briefes, doch Nanny Devine wartet schon, um ihn zur Post zu bringen.

»Gute Nachrichten aus Sussex?«, fragte Billy, als ich den Brief gelesen hatte.

Ich nickte. »Sie lässt dich und die anderen ganz lieb grüßen.«

»Das will ich aber auch hoffen. Hat sie geschrieben, wann sie wieder bei uns sein wird?«

Ich schüttelte nur den Kopf, weil ich keinen Ton herausbekam vor lauter Erleichterung darüber, dass das Mädchen, für das ich mein Leben hingeben würde, lebte und wohlauf genug war, um mir einen Brief zu schreiben.

Kapitel 32

Oktober 1943

Ich konnte nicht eher weg von meinem Dienst als an meinem freien Tag fünf Tage später. Als ich am Bahnhof eintraf, wurde ich von Andrews abgeholt, wie ich mit Kitty vereinbart hatte. Ich hatte den Eindruck, dass seine Haltung mir gegenüber nicht mehr ganz so kühl wie vorher war, und so wagte ich es, mich nach Kitty zu erkundigen, als ich noch ein wenig unsicher im Fond des Wagens saß.

»Ich glaube, sie fühlt sich heute schon ein bisschen besser, Sir«, antwortete er respektvoll.

»Das ist gut«, sagte ich.

Sein Blick glitt kurz in den Rückspiegel und zu mir. »Das ist es in der Tat, Sir.«

Dann schwiegen wir beide wieder, bis wir unser Ziel erreichten und Andrews den Wagen neben einer Reihe anderer anhielt und ausstieg, um mich hinauszulassen. »Danke«, sagte ich.

Er erwiderte nichts, tippte sich nur an die Mütze und setzte sich wieder ans Steuer, um den Wagen neben das Haus zu fahren. Irgendwie konnte ich mich des Eindrucks nicht erwehren, dass er seine Rolle schon fast ein bisschen zu gut spielte.

Allein gelassen, ging ich zur Tür weiter und betätigte diskret die Glocke dort. Als ich kein Läuten hörte, wurde mir klar, dass ich mich in mein erstes Dilemma gebracht hatte: Hatte ich laut genug geläutet, um die Bewohner des Hauses auf meine Ankunft aufmerksam zu machen? Ein erneutes Klingeln zu riskieren, falls die Glocke schon von jemandem gehört worden war, wäre auf jeden Fall ein Fauxpas, der mir eine schlechte Ausgangsposition für die Dauer meines Aufenthaltes garantieren würde. Andererseits jedoch hatte ich mich ehrlich gesagt schon allein mit meinem Hiersein danebenbenommen.

Ach, und wennschon!, dachte ich und zog gerade mit einem kräftigen Ruck an dem Glockenstrang, als genau im selben Moment die Tür geöffnet wurde.

»Liebling! Endlich bist du da!«

Schön wie immer und ganz und gar nicht wie die blasse Kranke, die ich mir vorgestellt hatte, nahm Kitty mich am Arm und zog mich zur Tür hinein und in die elegante Eingangshalle, wo sie stehen blieb und mich mit einem Kuss begrüßte. Und keineswegs mit einem Küsschen auf die Wange, sondern mit einem erstaunlich langen und sehnsuchtsvollen Kuss auf meinen Mund. Er wäre noch viel erfreulicher gewesen, wenn ich mir nicht der Stimmen bewusst gewesen wäre, die ich irgendwo im Haus vernahm.

»Es ist so schön, dich wiederzusehen«, sagte sie, als ich aus Nervosität den Kuss beendete. »Ich habe dich schrecklich vermisst.«

»Du hast mir auch gefehlt«, versicherte ich. »Und du siehst viel besser aus, als ich erwartet hatte. Aber sag mir, wie es dir wirklich geht!«

»Ich langweile mich zu Tode und will *unbedingt* zurück nach Bletchley. Du musst Mummy und Daddy klarmachen, dass ich dort gebraucht werde.«

Bei der Erwähnung ihrer Eltern schluckte ich nervös. »Sind sie hier?«

»Ja, und sie können es kaum erwarten, dich kennenzulernen.«

Das kann ich mir vorstellen, dachte ich grimmig und versuchte, mir meine Enttäuschung nicht anmerken zu lassen, als ich Kitty meinen Mantel gab, den sie auf eine große Truhe hinter uns warf. Ich war so naiv gewesen, mir vorzustellen, dass ich Kitty ganz allein für mich haben würde. Es war absurd, aber auf dem Bild, das ich mir während der Zugfahrt hierher zusammenfantasiert hatte, hatte sie sehr schicklich unter einer Decke auf einem Sofa gelegen, und ich hatte neben ihr gesessen und ihr amüsante Geschichten über Mrs. Pridmore und Billy auf der Farm erzählt. Jetzt sah ich natürlich ein, dass ich verrückt gewesen sein musste anzunehmen, sie würde hier allein sein, solange sie noch nicht wieder ganz genesen war.

Plötzlich ergriff sie meine Hände. »Komm und begrüße meine Eltern! Wir waren gerade dabei, unser Mittagessen zu beenden.«

Mein Herz sank noch ein wenig mehr, als ich erkannte, dass meine Ankunft meine Gastgeber beim Essen gestört hatte. »Ich warte gern, bis sie gegessen haben«, sagte ich. Und genauso gern hätte ich auch die feige Flucht zurück nach Bletchley angetreten, zufrieden mit der Gewissheit, dass ich mit eigenen Augen gesehen hatte, wie gut Kitty sich erholte.

»Sei nicht so spießig! Je mehr Personen am Tisch sitzen, desto besser. Also komm und trink Kaffee mit uns! Oh, wie dumm von mir, du hast doch sicher Hunger, nicht? Lass mich rasch nachsehen, was Mrs. E. in der Küche …«

Ich unterbrach sie schnell. »Ich bin nicht hungrig«, flunkerte ich, doch bei meiner wachsenden Nervosität konnte ich schon froh sein, wenn ich auch nur ein paar Schlückchen Kaffee hinunterbekam, von Essen ganz zu schweigen.

»Na ja, wenn du meinst. Aber du brauchst es nur zu sagen, dann finde ich schon etwas für dich.«

Inzwischen hatte sie sich bei mir untergehakt und führte mich durch die Halle und über einen holzgetäfelten Gang mit Porträts von düster dreinblickenden Ahnen rechts und links, die nicht eben dazu beitrugen, meine Stimmung aufzuhellen. Was war nur in mich gefahren, mich mit einem Mädchen von solcher Herkunft einzulassen? Warum hatte ich nicht gleich zu Anfang das Vernünftigste getan und war gegangen? Warum war ich nicht klug genug gewesen, auf meinen gesunden Menschenverstand zu hören, als ich zum ersten Mal ihre tadellose vokalische Artikulation und ihren unverkennbaren Oberschicht-Akzent gehört hatte?

Weil mein Herz meinen Kopf beherrscht und all meinen Instinkten getrotzt hatte. Und weil ich zugelassen hatte, dass mein Ego sich ungemein geschmeichelt fühlte von der kleinsten Aufmerksamkeit, die mir dieses außergewöhnliche Mädchen widmete. Oh, die schiere Torheit meiner Eitelkeit! Gab es etwas Lächerlicheres als einen hoffnungslos verliebten Mann?

Wir blieben vor einer Tür stehen, die nur angelehnt war und durch die ich die schroffe Stimme eines Mannes hörte. Was er sagte, konnte ich nicht genau verstehen, aber er klang nicht wie jemand, der seiner Liebsten süße Nichtigkeiten zuflüsterte. Sein Ton war der eines Mannes, der es gewohnt war, Befehle zu erteilen. Als Kitty mit einer Hand die Tür aufstieß, um uns einzulassen, begannen plötzlich Alarmglocken in meinem Kopf zu schrillen, weil ich mich an die Geschichte des Onkels erinnerte, den ihr Vater einmal aus einem der oberen Fenster hinausgestoßen hatte.

Beim Betreten des Zimmers erwartete mich eine weitere herbe Enttäuschung. Kitty hatte versäumt, mich vorzuwarnen, dass ihre Eltern nicht allein waren, sondern Gesellschaft hatten. Doch um fair zu sein – hatte sie nicht gesagt, je mehr Personen am Tisch säßen, desto besser? Und hatte ich bei meiner Ankunft nicht selbst die Autos vor dem Haus gesehen?

Meinem zurückhaltenden Wesen entsprechend, hätte ich es vorgezogen, so unauffällig wie nur möglich in den Raum hineinzuschlüpfen, doch Kittys extrovertierterer Natur gemäß kündigte sie meine Ankunft schon beinahe mit Trompeten und Fanfaren an. »Alle mal herhören! Sagt Hallo zu Jacob!«

Es wurde augenblicklich still im Raum, und alle Augen wandten sich mir zu. Ich sah ein vertrautes Gesicht – Nanny Devine –, doch die anderen Anwesenden waren wie zu erwarten alle Fremde. Sie wirkten nicht direkt feindselig, aber sie sahen auch nicht sehr freundlich aus, als sie mich ausgiebig musterten. Eine Frau, die am nächstgelegenen Ende des langen, rechteckigen Tisches saß und die ich für Kittys Mutter hielt, ergriff zuerst das Wort. Sie trug eine cremefarbene Seidenbluse mit einer Perlenkette, ihr Haar war elegant frisiert und wies keine Spur von Grau auf – und dank unseres Familienunternehmens verstand ich genug von Haaren, um zu wissen, dass die ihren gefärbt sein mussten. »Ich fürchte, Sie sind in einem sehr ungünstigen Moment gekommen«, sagte sie. »Wir haben gerade eben unseren Lunch beendet.«

»Das macht nichts, Mummy«, erklärte Kitty. »Ich habe ihn schon gefragt, und er meint, er sei nicht hungrig.«

»Sei nicht albern, Liebes, der arme Mann hat diese weite Fahrt auf sich genommen und ist ganz sicher hungrig. Ich werde mit Mrs. Enstone sprechen und sehen, was sich machen lässt.«

»Nein, nein, vielen Dank, das ist nicht nötig«, konnte ich gerade noch hervorbringen, als die Frau sich anmutig von ihrem Stuhl erhob.

Sie hob eine Hand. »Kein Wort mehr, ich bestehe darauf.« Und während sie zur Tür schritt, gab sie noch eine weitere Anweisung. »Kitty, such Jacob einen Platz am Tisch und stell alle einander vor!«

Ich erhielt einen Platz zwischen Nanny Devine und Kitty und wurde zuerst ihrem Vater vorgestellt, der mich von seinem Stuhl am Kopf des Tisches prüfend musterte. Dabei strich er unentwegt über seinen Schnurrbart, der rechts und links von seinem ernsten Gesicht herunterhing, als duckte er sich furchtsam. Während ich versuchte, so zu tun, als wäre ich mir seines scharfäugigen Blickes nicht bewusst, sah ich die anderen Gäste an, die mir jetzt vorgestellt wurden. Der Erste war ein hagerer, bebrillter Priester, Pater Frank Fiennes, gefolgt von einem grauhaarigen Cedric Manning, der aus London zu Besuch war, wo er in der City arbeitete, und einem übergewichtigen Major George Allenby und seiner Frau Helen, die in der Nähe lebten, und in der Reihenfolge zwar zuletzt, aber keineswegs in der Bedeutung, Hector und Ursula Chatterton-Jones, die, wie ich hörte, alte Bekannte und derzeitige Hausgäste der Allenbys waren.

»Ich glaube, Sie kennen unseren Sohn Charles und arbeiten mit ihm zusammen«, bemerkte Ursula.

Ihr Mann räusperte sich, was ich als Warnung an seine Frau verstand, vorsichtig zu sein mit ihren Worten.

»Das ist richtig. Ich kannte ihn in Cambridge«, sagte ich, um vom Thema Arbeit abzulenken. »Aber eigentlich nur vom Sehen. Er war mir ein paar Jahre voraus.«

Hector lachte. »Das ist unser Charles, der Meute stets voraus. Er hat *Sie* mir gegenüber allerdings noch nie erwähnt. Wie, sagten Sie, ist Ihr Familienname?«

»Belinsky«, antwortete ich. »Jacob Belinsky.«

»Das ist Russisch, nicht? Es heißt, dass die Rote Armee vorrückt und große Fortschritte bei den Deutschen entlang des Dnepr macht. Ich hätte, ganz ehrlich gesagt, nie gedacht, dass die Bolschewiken das Zeug dazu hätten.«

Mir war schon sehr häufig aufgefallen, dass meine Aktien gut standen, solange Stalin und die Sowjetische Armee Erfolge gegen den Feind erzielten. Wenn nicht, wurde ich jedoch so behandelt, als wäre ich höchstpersönlich für Stalins vermeintliche Fehler oder Fehleinschätzungen verantwortlich.

»Jacob ist ebenso britisch wie wir alle«, sagte Kitty neben mir zu meiner Verteidigung. »Er ist noch nie im Leben in Russland gewesen.«

»Und Ihre Leute?«, fragte ihr Vater. »Wo sind sie?«

Ich hatte den affektierten Gebrauch des Wortes »Leute« in diesem Zusammenhang noch nie verstanden und konnte auch jetzt wieder spüren, wie sich mir die Nackenhaare sträubten. »Meine Eltern leben im Londoner East End, wo ich aufgewachsen und zur Schule gegangen bin«, erwiderte ich.

»Tatsächlich?«, fragte Major Allenby und starrte mich an wie ein seltenes Exemplar in einem Laborgefäß. »Und was haben Sie in Cambridge studiert?« Ich wusste mit absoluter Sicherheit, dass die Frage, die dieser aufgedunsene Mann mit der rot geäderten Knollennase mir *wirklich* stellen wollte, eine etwas andere war: Wie ist ein Niemand aus dem East End nach Cambridge gekommen?

Meine Antwort verlor sich im Wiedererscheinen von Kittys Mutter, die mir einen Teller mit Schweinebraten, Karotten, zwei Salzkartoffeln und einem Klacks Apfelkompott überreichte. »Alles selbst gezogen im eigenen Garten«, sagte sie fröhlich. »Sogar das Schwein.«

Ihr Ehemann lachte. »Ich hätte nie gedacht, dass ich einmal Schweine halten würde. Aber da haben wir's! Wir leisten eben alle unseren Beitrag, nicht?«

»Danke«, sagte ich höflich zu meiner Gastgeberin, als sie wieder Platz nahm. Aber so appetitlich das Essen auch aussah, wusste ich doch, dass es eine enorme Herausforderung bedeuten würde, meine Nervosität zu überwinden und vor allen anderen zu essen, ohne dass mir das eine oder andere peinliche Malheur passierte. Und dann hatte ich auch noch das Pech, mich an einen beschämenden Vorfall bei einem formellen Abendessen im College zu erinnern, bei dem ich eine besonders harte Kartoffel quer über den Tisch geschossen hatte. Ich nahm meine ganze Willenskraft zusammen und zwang das Messer und die Gabel in meinen Händen zu gehorchen.

Zum Glück trat eine Ablenkung in Gestalt eines zierlichen jungen Mädchens in Dienstmädchenuniform ein, das den Kaffee für die anderen Gäste hereinbrachte. Sie sah nicht älter aus als vierzehn, und das große Tablett schien viel zu schwer beladen zu sein für jemanden von ihrer Statur und ihrem Alter. Ich bemerkte, dass sie einen kleinen, aber hörbaren Seufzer ausstieß, als sie es auf der Anrichte aus Eichenholz abstellte. Niemand sonst schien sich ihrer Anwesenheit bewusst zu sein, da das Gespräch sich jetzt dem Thema Wilderei zuwandte. Major Allenby, der örtliche Friedensrichter, war der Meinung, dass in diesen schwierigen Zeiten jeder schwer bestraft werden sollte, der beim Wildern erwischt wurde, besonders auf seinem Land natürlich, und egal, wie alt der Täter war. Erst letzte Woche habe er einen neunjährigen Jungen auf frischer Tat mit zwei toten Kaninchen ertappt, berichtete er entrüstet.

»Also würden Sie diese Leute, egal, wie hungrig sie sind, auf jeden Fall bestrafen wollen, Major?«, fragte Kitty, wozu ich ihr hätte applaudieren können.

»Gesetzwidrigkeit ist Gesetzwidrigkeit«, sagte ihr Vater und schlug grimmig auf den Tisch. »Egal, welchen Schwierigkeiten wir uns gegenübersehen. Wo kämen wir denn hin, wenn jeder seiner eigenen Habgier wegen die Gesetze bräche? Es ist genau diese selbstsüchtige Habgier, die gewährleistet, dass der Schwarzmarkt derart floriert.«

»Genau so ist es!«, stimmte Chatterton-Jones senior zu und nahm die angebotene Tasse Kaffee, ohne dem Dienstmädchen auch nur einen Blick zu gönnen. »Wir müssen alle unsere Opfer bringen. Warum sollte ein fauler junger Tunichtgut sich einbilden, er könnte sich einfach nehmen, was ihm nicht gehört?«

Während ich mich fragte, welche Opfer er und seine Frau brachten, um die Kriegsanstrengungen zu unterstützen, spießte ich vorsichtig ein Stückchen Schweinebraten auf und hatte es schon fast im Mund, als vom anderen Ende des Tischs ein entsetzter kleiner Schrei erklang.

»Oh, Mr. Belinsky, es tut mir ja so leid! Ich weiß nicht, was ich mir dabei gedacht habe!«

Das Fleisch fiel mir von der Gabel, als ich mich erschrocken meiner Gastgeberin zuwandte.

»Bitte zwingen Sie sich nicht, das Fleisch aus Höflichkeit zu essen!«, sagte sie. »Sie kränken mich nicht, wenn Sie es liegen lassen. Ich weiß ja, dass Ihre Religion kein Schweinefleisch erlaubt.«

Aha. Dann musste Kitty wohl erwähnt haben, dass ich Jude war. Oder vielleicht war sie auch nur gründlich ausgefragt worden über diesen unbekannten Freund von ihr. »Das ist schon in Ordnung«, versicherte ich, als Schweigen sich im Zimmer ausbreitete und das junge Dienstmädchen leise die Tür hinter sich zuzog. »Ich mag zwar von Geburt Jude sein, aber aus eigener Überzeugung bin ich Atheist.« Wie um allgemein verständlich zu beweisen, was ich meinte, nahm ich das Stückchen Fleisch wieder auf die Gabel und schob es mir in den Mund.

Wie ich es schon vorhergesehen hatte, erregte mein Kommentar die Aufmerksamkeit des Priesters, der mir gegenübersaß. Er rüttelte den Mann mit der Brille aus der Apathie auf, die ihn bislang beherrscht zu haben schien und vermutlich auf einen üppigen Lunch und einige Gläser guten Weins zurückzuführen war, dessen Reste ich in der Karaffe sehen konnte, die vor Kittys Vater stand. »Na, na«, sagte der Geistliche, »was ist denn das für ein Gerede?«

»Tut mir leid«, erwiderte ich, »aber ich kann nicht an einen wie auch immer gearteten Gott glauben, der sich die Mühe machen würde, eine Welt zu erschaffen, um den Menschen dann zu erlauben, sich zu bekriegen und einander mit solch skrupelloser Grausamkeit zu behandeln. Warum? Warum sollte irgendeine Gottheit so etwas tun?«

Zu meiner Rechten schnappte Nanny Devine nach Luft.

»Wenn wir uns den Glauben nehmen ließen«, erwiderte der Priester streng, »was bliebe uns denn dann noch, junger Mann?«

»Und ich stelle die Frage, was wir *mit* dem Glauben haben? Eine Welt, die sich permanent im Krieg mit sich selbst befindet, haben wir.«

Meine Worte bewirkten, dass Major Allenby tief Luft holte, seine Brust blähte und sagte: »Na, hören Sie mal! Sie sind doch wohl keiner dieser bolschewistischen Kommunisten, oder?«

Neben mir schnalzte Kitty verärgert mit der Zunge. »Natürlich nicht! Jacob ist der patriotischste Mensch, dem Sie je begegnen werden.«

»Patriotisch wem oder was gegenüber, wüsste ich nur gern«, murmelte ihr Vater, während er mir aus schmalen Augen einen kühlen Blick zuwarf.

»England natürlich!«, erklärte Kitty sehr entschieden. »Warum wäre er wohl sonst mit den lebenswichtigen Aufgaben betraut, die er in …« Sie verstummte abrupt, als sie ihren Fehler erkannte und den scharfen, warnenden Blick ihres Vaters sah. »Ach Gott«, sagte sie mit einem sichtlich gekünstelten Lachen, »wir scheinen ja plötzlich schrecklich ernst zu werden, und das ganz ohne Grund. Komm, Jacob, lass uns einen Spaziergang durch den Garten unternehmen! Ich brauche jetzt unbedingt ein bisschen frische Luft.«

»Bist du sicher, dass du schon kräftig genug dafür bist?«, fragte Nanny Devine.

»Danke, aber mir geht's gut, Nanny.«

»Wo hast du deine Manieren gelassen, Liebes?«, tadelte ihre Mutter sie. »Du könntest zumindest unserem Gast die Höflichkeit erweisen, ihn sein Mittagessen beenden zu lassen.«

»Ich habe dir doch schon erklärt, Mummy, dass er nicht hungrig ist. Er hat selbst gesagt, es sei es nicht, aber du wolltest ja nicht hören!«

Zu meinem Schrecken hörte ich ein Zittern in Kittys Stimme, das mir verriet, dass sie den Tränen nahe war. Ich hatte sie bisher noch nie weinen gesehen und auch nicht vor, es so weit kommen zu lassen. Als sie ihren Stuhl zurückschob und aufstand, folgte ich ihrem Beispiel und wandte mich an ihre Mutter. »Vielen Dank für das Mittagessen; es war sehr freundlich von Ihnen, sich meinetwegen solche Umstände zu machen. Und ich bedaure es, falls ich Unruhe gestiftet habe.« Meine Entschuldigung entbehrte jeder Aufrichtigkeit und wurde in der absoluten Gewissheit vorgebracht, dass ich diese Leute nie wiedersehen würde.

Wir mieden ganz bewusst den Rosengarten, da er vom Esszimmer aus gut einsehbar war, und gingen stattdessen zum Küchengarten weiter, doch als Kitty die schwer arbeitenden Landwirtschaftsgehilfinnen dort sah, zog sie mich zum Treibhaus weiter.

»Es tut mir leid«, sagte sie und schloss die Tür hinter uns. »Ich weiß nicht, wer sich abscheulicher benommen hat, diese Spießer da drinnen oder ich.« Es war das erste Mal, dass sie wieder sprach, seit wir unsere Mäntel genommen und das Haus verlassen hatten. Und auch ich hatte geschwiegen.

»Es ist meine Schuld«, erklärte ich jetzt. »Ich hätte nicht kommen sollen.«

»Aber warum denn nicht?« Ihre sanften Augen sahen mich flehend an.

Ich nahm ihre Hände in die meinen. »Weil du ebenso gut weißt wie ich, dass ich nicht die Art von Mann bin, den deine Eltern in deinem Leben sehen wollen. Dazu spricht zu viel gegen mich – wie meine Familie und Erziehung beispielsweise, ganz zu schweigen von dem Verdacht, dass ich bestenfalls ein Kommunist und schlimmstenfalls ein Spion sein muss. Es ist das, was man die guten alten Vorurteile nennt.«

»Aber wenn sie sich nur die Zeit nähmen, dich kennenzulernen, würden sie schon bald erkennen, wie albern ihr Verhalten ist.« Jetzt kamen ihr doch die Tränen. »Das ist so unfair, Jacob!«

Ich nahm sie in die Arme. »Aber so ist das Leben nun einmal, Schatz.«

»Nein!«, sagte sie entschieden und lehnte sich zurück, um mich ansehen zu können. »Ich werde euch allen das Gegenteil beweisen. Das Leben *kann* fair sein. Und ich *werde* es gerechter machen, du wirst schon sehen!«

Ich lächelte und wischte ihr die Tränen von den Wangen. »Und wie willst du das anstellen, meine süße Katyushka?«

»Indem du mir einen Heiratsantrag machst – den ich selbstverständlich annehmen werde.«

Kapitel 33

November 1943

Fast sechs Wochen vergingen, bis ich endlich beschloss, dass es Zeit war, Kitty meiner Familie vorzustellen.

Während der Zugfahrt von Bletchley nach London las ich in der Zeitung, dass Oswald Mosleys Inhaftierung aufgrund seines schlechten Gesundheitszustandes aufgehoben worden war, er jedoch unter Hausarrest gestellt bleiben würde. Die Behauptungen, er stelle kein Sicherheitsrisiko mehr dar, wurmten mich gewaltig. Was mich anging, war er ein äußerst gefährlicher Mann.

Ich war fünfzehn Jahre alt gewesen, als Mosley und seine wichtigtuerisch einherstolzierenden Schwarzhemden 1936 versucht hatten, einen Aufmarsch durch das Herz der jüdischen Gemeinde im Londoner East End durchzuführen. Es war ein Marsch, der dazu gedacht war, die Bewohner gegen sich aufzubringen und ihre eigene Sache voranzutreiben, eine Sache, die gefährlich nach der von Hitler ausgerichtet war. Ich erinnerte mich noch gut an die entsetzliche Angst meiner armen Großmutter vor dem, was geschehen könnte, falls die British Union of Fascists an Popularität gewann. »Es sind immer wir Juden, die angegriffen werden, wenn die Zeiten schlecht sind«, hatte sie weinend gesagt, als eines Nachts unsere Fenster mit Steinen beworfen worden waren. Sie konnte sich nur allzu gut an die Drohungen und die Gewalt erinnern, derentwegen sie und mein Großvater aus Russland geflohen und nach England gekommen waren.

Trotz der Bitten meiner Mutter, uns nicht einzumischen, war ich mit meinem Vater und Nachbarn zur Cable Street gegangen. Die Taschen voller Murmeln, die wir unter die Pferdehufe werfen wollten, falls sie auf uns losgingen, hatte ich Seite an Seite mit allen anderen gestanden, die bereit waren, sich zu behaupten, nicht nur gegen Mosley und seine Schwarzhemden, sondern auch gegen die Polizei, die bekanntermaßen die Faschisten unterstützte.

Die jüdische Gemeinde war jedoch nicht allein an jenem Tag, denn die Gewerkschaftsbewegung war ebenfalls dort, zusammen mit der Arbeiterpartei, der kommunistischen Partei und den irischen Hafenarbeitern, von denen einige in unserer Straße lebten. Es war eine außergewöhnliche Demonstration von Solidarität, ein Tag, den ich nie vergessen hatte, als einer Kraft des Bösen vor unserer eigenen Haustür verwehrt worden war, noch fester Fuß zu fassen.

Doch nun war der Mann, der diesen Tag und die Vorfälle inszeniert hatte, aufgrund einer von der Regierung getroffenen Entscheidung aus der Haft entlassen worden.

»Ich kann nicht glauben, dass so viele Leute diesen üblen Menschen unterstützten«, sagte Kitty leise, als sie sich an mich lehnte, um mitzulesen.

»Das ist das Gefährliche an charismatischen Rednern«, erwiderte ich. »Sie sind so ungeheuer überzeugend, dass sie einen Sündenbock bestimmen und den Mob den Rest erledigen lassen können.«

»Ja«, sagte sie, »man bedenke nur, was für ein Redner dieses Ungeheuer Hitler ist und was er getan hat. Aber er ist verrückt, nicht wahr? Er muss es sein.« Sie erschauderte ein wenig, entweder von der Kälte oder dem Gedanken, was Hitler der Welt selbst jetzt noch antun könnte.

Ich steckte die Zeitung in meine Manteltasche, legte meinen

Arm um Kitty und wechselte das Thema. »Erinnerst du dich noch daran, wie wir uns begegnet sind?«, bemerkte ich. »In einem genauso überfüllten Waggon wie diesem hier, in dem kaum noch Platz zum Stehen war.«

Sie lächelte. »Und du warst so streng und abweisend zu mir.«

»Weil ich so nervös war, dass ich keinen Ton herausbekam.«

»Wie albern von dir! Doch ich habe dir nie verziehen, dass du mich so vorgeführt hast.«

»Wirklich? Aber wieso denn?«

»Indem du so getan hast, als hättest du das Kreuzworträtsel nicht schon längst im Kopf gelöst.«

Ich zog sie noch fester an mich. »Ich wollte nur höflich sein.«

Sie legte den Kopf zurück, was ich als mein Stichwort betrachtete, sie zu küssen.

Noch immer in inniger Umarmung und zu der Begleitmusik eines in der Nähe stehenden Soldaten, der Glen Millers *In the Mood* pfiff, starrten wir dann beide aus dem schmutzigen Fenster auf die vorüberziehende Landschaft.

Es war die letzte Novemberwoche, und der Winter stand vor der Tür – was bedeutete, dass wir uns neben den üblichen Herausforderungen, die unsere Arbeit in Bletchley mit sich brachte, nun auch noch der zusätzlichen Anstrengung gegenübersahen, uns warm zu halten. Es war schlimm genug, dass es in den Hütten, in denen wir arbeiteten, eisig kalt war, doch abgesehen davon hatte ich auch noch mit Mrs. Pridmores Geiz zu kämpfen. Als jemand, der überzeugt war, Opfer und Verzicht üben zu müssen, besonders, wenn sie beides anderen auferlegen konnte, hatte sie begonnen, die Benutzung des kleinen Heizstrahlers in meinem Zimmer auf eine einzige Stunde abends zu beschränken. Nicht, dass ich mich darüber beklagte, denn Kittys Lebensumstände im Geißblatt-Cottage waren noch weitaus schlimmer. Billy hatte zwar einen kleinen Heizstrahler für sie aufgetrieben, der jedoch dem Fußboden und den Wänden, die sich jetzt schon feucht anfühlten, kaum die Kälte nahm. An der Wand hinter dem Schrank wuchs sogar schon eine regelrechte Schimmelschicht heran. Es sprach für Billy, dass sie Kitty eingeladen hatte, den Winter über im Haus zu wohnen, aber Kitty hatte dankend abgelehnt. Ihr widerstrebte es, sich den beiden Mädchen, die sich schon ein Zimmer teilten, aufzudrängen und zudem noch auf unsere Momente des Alleinseins verzichten zu müssen. Es verstand sich von selbst, dass Billy gewusst haben musste, was wir in der Ungestörtheit des Geißblatt-Cottages trieben, das ich in »Frostbeulen-Cottage« umbenannt hatte, doch zum Glück drückte sie beide Augen zu, was das anging.

Vierzehn Tage nach meinem katastrophalen Besuch auf Fanley Manor, den wir nie wieder erwähnten, war Kitty nach Bletchley Park zurückgekehrt. Offiziell hatte ich sie noch nicht um ihre Hand gebeten, was ich jedoch zu tun vorhatte, sobald ich den richtigen Moment für gekommen hielt. Und – was fast noch wichtiger war – sobald ich einen Ring für Kitty hatte. Daher war unser heutiger Besuch bei meinen Eltern, um Kitty meiner Familie vorzustellen, ein Plan, mit dem ich zwei Ziele zugleich verfolgte: Einerseits sollte meine Familie die Frau kennenlernen, die ich liebte, andererseits jedoch wollte ich meine Großmutter auch um den Rubinring bitten, den sie mir für meine zukünftige Braut versprochen hatte. Er hatte meiner Urgroßmutter mütterlicherseits gehört, einer Frau, die ich nie gekannt hatte. Sie hatte ihn ihrer Tochter Lila unter dem Vorbehalt geschenkt, dass er immer in der Familie verbleiben würde und eines Tages einer Verlobten übergeben würde. Ich hatte Kitty nichts davon erzählt und beabsichtigte, den Ring geheim zu halten, bis ich sie um ihre Hand bat, was ich am Silvesterabend tun wollte. Das Kinn sehr sanft auf Kittys Kopf gestützt, schaute ich aus dem Zugfenster und lächelte im Stillen, als ich darüber nachdachte, wie romantisch-raffiniert ich doch war.

Aber unser Entschluss zu heiraten war auch von pragmatischen Überlegungen geprägt. Kitty hatte mir erzählt, dass sie ein paar Tage, bevor sie mit Blinddarmentzündung ins Krankenhaus eingeliefert worden war, unter Bauchschmerzen und Übelkeit gelitten hatte. Ihr erster Gedanke war, dass sie schwanger sein könnte, doch aus Angst davor, wie ich vielleicht reagieren würde, hatte sie ihren Verdacht für sich behalten. »Du glaubst nicht, was für eine Erleichterung es war, als ich hörte, dass es nur mein dummer alter Blinddarm war, der mir einen Streich spielte«, hatte sie gesagt. Seither waren wir besonders vorsichtig gewesen, und ich hatte mich mit den nötigen Kondomen eingedeckt. Sie waren etwas knifflig zu benutzen, aber ich sah jetzt ein, wie unverantwortlich ich bisher gewesen war. Der Gedanke an die Reaktion ihrer Eltern, falls sie unverheiratet von mir schwanger würde, genügte, um mir jegliches Verlangen gründlich auszutreiben!

Natürlich war der Gedanke an die Reaktion ihrer Familie auf unsere Heiratsabsichten nicht weniger beängstigend, doch nachdem ich mit gerade einmal fünfzehn Jahren jemandem wie Oswald Mosley und seinen Schwarzhemden die Stirn geboten hatte, war ich selbstverständlich bereit, mich auch schützend vor die Frau zu stellen, mit der ich den Rest meines Lebens verbringen wollte. Wir würden heiraten, und zur Hölle mit den Konsequenzen!

Wir sprachen oft von dem Leben, das wir zu führen hofften, wenn der Krieg beendet war. Kitty wollte, dass wir auf dem Lande lebten, und sah sich schon in einem Cottage mit einem kleinen Garten, in dem sie Gemüse und ein paar Blumen ziehen konnte. Es war ein himmelweiter Unterschied zu Fanley

Manor und den Ansprüchen und Erwartungen, mit denen sie aufgewachsen sein musste.

»Wir werden zusammen den Boden beackern und Unkraut jäten wie zwei glückliche Bauern«, bemerkte Kitty einmal mit ihrem so typischen Enthusiasmus für eine Idee, wenn wir über unser zukünftiges Zuhause sprachen.

»Aber ich habe keine Ahnung von der Landwirtschaft«, erwiderte ich.

Worauf sie mich mit den Worten tadelte: »Hast du mir nicht gesagt, wenn man die Oberfläche eines Russen ankratzte, fände man nicht weit darunter einen Bauern? Und Bauern bewirtschaften das Land, nicht wahr? Also musst du es in deinen Genen haben, Jacob!«

»Aber du nicht in den deinen«, versetzte ich.

Meine Eltern hatten es so eingerichtet, dass sie sich den Nachmittag freinehmen konnten, was sie sich sonst nur selten erlaubten. Meine Mutter war allerdings sehr verärgert über mich, als wir früher als verabredet erschienen. Offensichtlich hatte sie gewollt, dass alles perfekt war, und nun hatten wir sie in einer Schürze und beim Aufpolieren des Türknopfes erwischt. Sie warf mir einen vernichtenden Blick zu, doch dann küsste sie mich liebevoll und sagte: »Du siehst besser aus als beim letzten Mal, als ich dich sah.« Das Poliertuch noch in der Hand, stupste sie mich gegen die Brust. »Du hast sogar ein bisschen zugenommen, Gott sei Dank! Aber dein Haar! Sieh dir nur dein Haar an! Papa muss es dir schneiden, bevor du wieder fährst. Und wenn er es nicht tut, tu ich es.«

Als wäre ich noch nicht verlegen genug, sah ich, dass uns auch noch die alte Mrs. O'Sullivan von nebenan beobachtete. Ich winkte ihr freundlich zu und sagte: »Mama, wir könnten den ganzen Tag hier vor der Tür stehen und über meine vielen

Unzulänglichkeiten reden, doch wärst du vielleicht so freundlich, uns ins Warme zu bringen und Kitty zu begrüßen?«

Sie schnalzte missbilligend mit der Zunge. »*Na, na, na!* Solch freche Worte von meinem eigenen Sohn! Wer hätte das für möglich gehalten?« Aber sie lächelte dabei. »Sie sind uns herzlich willkommen, Kitty, und ich würde Ihnen auch gern die Hand reichen, doch …«

»Kein Problem«, sagte Kitty und reichte ihr fröhlich lächelnd ihre, »ein bisschen Metallpolitur hat noch niemandem geschadet.«

Und damit hatte sie auch schon Mamas Billigung gewonnen, und da Mrs. O'Sullivan uns noch immer schamlos beobachtete, wurde Kitty auch ihr vorgestellt, und meine Mutter bezeichnete sie stolz als »Jacobs Freundin«.

Nachdem wir endlich hineingeführt worden waren, versammelten wir uns in der Küche, wie wir es immer taten; außerdem war dieser Raum der uneingeschränkte Herrschaftsbereich meiner Großmutter. Während des Blitzkriegs und der schlimmsten Momente des Bombenregens über England, als das Haus zwei Türen weiter von Großmutters getroffen und vollkommen zerstört worden war, hatte mein Vater darauf bestanden, dass sie bei uns einzog. »Wozu soll das gut sein?«, hatte sie gesagt. »Glaubst du, dein Haus sei so etwas Besonderes, dass die Deutschen keine Bomben darauf werfen?«

»Nein, aber zumindest wissen wir, wo du bist, falls es passiert«, erwiderte er.

Doch schon vor ihrem Einzug bei uns hatte meine Großmutter, ähnlich wie Moses die Zehn Gebote, die Regeln innerhalb der Familie festgelegt. Meine Eltern hatten ihr unter der Voraussetzung, dass sie ungehindert das Geschäft führen konnten, nur allzu gern die Kontrolle auf dieser Ebene überlassen. Und obwohl sie hin und wieder brummelte, man habe sie von dem, was sie und ihr Ehemann aufgebaut hatten, ausgeschlossen, steckte sie ihre sehr beträchtliche Energie ins Kochen, Waschen und das tadellose Sauberhalten unseres Hauses. Und wenn sie sich einmal widerstrebend eine Ruhepause gönnte, strickte sie Socken für die Truppen, während sie Radio hörte.

»Ach, du bist du ja, *bubala*!«, begrüßte meine Großmutter mich vom Herd aus, wo sie den dampfenden Inhalt eines großen Topfes umrührte. Mit Ausnahme der Momente, in denen sie verärgert auf mich war, hatte sie mich seit meiner Geburt immer *»bubala«* genannt, was Jiddisch war und »Schatz« bedeutete, während ich sie *»bobeshi«*, »Oma«, nannte. Für Außenseiter waren wir ein merkwürdiges Völkchen, da unsere gemeinsame Sprache eine Mischung aus Russisch, Jiddisch, Hebräisch und Englisch war, die darüber hinaus noch großzügig gewürzt mit selbst erfundenen Worten war. Nicht überraschenderweise war es meine Großmutter, die von uns allen den stärksten russischen Akzent hatte, und je nachdem, in welcher Stimmung sie gerade war, konnte sie sich sogar für unsere Ohren unverständlich anhören. Es machte ihr großen Spaß, ein bescheidenes englisches R an sich zu reißen und es so lange mit ihrer Zunge zu bearbeiten, bis es den mächtigeren Status eines unverwechselbar russischen RRRRRs erlangt hatte.

Ich ging durch die Küche zu ihr hinüber, und sie hielt mir ihre runzlige Wange hin, um den erwarteten Kuss zu empfangen. »*Bobeshi*«, sagte ich und nahm ihr den hölzernen Kochlöffel aus der Hand, »sag Hallo zu Kitty!« Während ich zusah, wie sie sich begrüßten, musste ich mir eingestehen, dass ich mir wünschte, dass Kitty vor allem die Anerkennung meiner *bobeshi* fand. Traditionalistisch wie sie war, wusste ich, sie würde enttäuscht sein, dass die Frau, die ich heiraten wollte, keine Jüdin war, und drückte mir deshalb im Stillen die Daumen, dass dies kein unüberwindliches Hindernis sein möge.

Dann erschien mein Vater in der Tür und lächelte mich an. Solange ich mich erinnern konnte, hatte er immer sehr viel Wert auf sein Äußeres gelegt, aber der Krieg hatte seinen Tribut gefordert, und trotz Dads Bemühungen konnte ich sehen, dass sein Jackett seit meinem letzten Besuch ein bisschen schäbiger geworden war, dessen Material abgetragen und verfärbt war und dessen Manschetten auszufransen begannen. Den spitzen Ecken seines Hemdkragens war anzusehen, dass sie geflickt worden waren, und seine Krawatte glänzte vom ständigen Tragen. Auch Mamas Kleid war ziemlich abgetragen, und da ich wusste, dass beide ihre besten Sachen angezogen haben mussten, um einen guten Eindruck zu machen, war ich tief bewegt.

Meine Großmutter, die jetzt ihre Schürze abnahm und Kitty zeigte, was sie zum Mittagessen kochte – Hühnersuppe mit Matzeknödeln, Kartoffel-Tätschli und gehackter Leber –, sah so aus wie immer. Seit mein Großvater gestorben war, trug sie eine Reihe formloser schwarzer Kleider mit einer dunklen Strickjacke, die immer eine selbst gestrickte war. An sehr kalten Tagen legte sie noch ein Umschlagtuch um ihre Schultern. Ihre Schnürschuhe mit den flachen Absätzen waren ebenfalls schwarz und stets spiegelblank poliert. Auch ihr silbergraues Haar trug sie seit jeher im gleichen Stil – bei Tag in einem tief im Nacken sitzenden Knoten und abends, wenn sie sich aufs Zubettgehen vorbereitete, saß sie vor ihrem Spiegel und flocht ihr langes Haar. Als Kind liebte ich es, ihr dabei zuzusehen, vor allem, weil sie mich dabei im Spiegel ansah und mir wundervolle Geschichten aus ihrer eigenen Kindheit erzählte oder mir auch sehr oft etwas vorsang.

Das Mittagessen, dem ein Segen und das Anzünden der Menora-Kerzen vorangingen, wurde in der Küche aufgetragen und mit meinem Lieblingshonigkuchen und Zitronentee abgerundet. Meine Großmutter bereitete den Tee in ihrem hochgeschätzten Samowar zu und servierte ihn in Teegläsern, die in filigranen silbernen Becherhaltern steckten. Dazu legte sie ihre besten langstieligen silbernen Teelöffel. Vor der Rationierung hätte sie ihren Tee auf traditionelle russische Art, also mit einem Stück Zucker zwischen den Zähnen, getrunken, doch da dieser heutzutage ein so wertvolles Gut war, trank sie ihn ohne Zucker wie wir alle. Während des Essens war ich die meiste Zeit bemüht, nicht an die Lebensmittelkarten zu denken, die meine Familie gehortet haben musste, um anlässlich meines Besuchs mit Kitty ein so gutes Essen auf den Tisch zu bringen. Ich hoffte, dass sie wussten, wie dankbar ich ihnen dafür war.

Ich konnte sehen, dass mein Vater ganz bezaubert war von Kitty, aber andererseits fühlte er sich ja immer wohl in Gegenwart hübscher Frauen. Sehr oft hatte ich mir gewünscht, ich wäre mehr wie er mit seiner ungezwungenen und entspannten Art, doch wie es hieß, kam ich wohl mehr nach meinem Großvater, einem stillen Mann, der sehr intensiv nachdenken und auch sehr lange schweigen konnte, was nach Ansicht meines Vaters jedoch einfach nur daran lag, dass er bei seiner Frau sowieso nicht zu Wort kam.

Als ich einen Blick mit meiner Mutter wechselte, konnte ich sehen, dass ich unbesorgt sein konnte, was den Eindruck meiner Eltern von Kitty anging. Meine Großmutter dagegen war zwar ausgesprochen höflich, aber nicht so leicht zu durchschauen. Oder vielmehr hatte ich den Verdacht, dass ich sie nur allzu gut durchschaute. Und das beunruhigte mich. Denn obwohl ich meine Nervosität zu ignorieren versuchte, wusste ich doch, dass mein nächster Schritt darin bestand, sie allein zu sprechen, um sie nach dem Ring zu fragen. Aber wie?

Wie das Glück es wollte, war sie es, die für Ungestörtheit sorgte. »*Bubala*, sei so lieb und hilf mir beim Abwasch!«, sagte sie, als wir den Honigkuchen gegessen und unseren Tee getrunken hatten.

»Ich helfe auch gern«, erbot sich Kitty lächelnd.

»Nein, nein«, entgegnete meine Großmutter entschieden, »Sie sind unser Gast.« Zu meinen Eltern sagte sie: »Geht mit Kitty ins Wohnzimmer und zeigt ihr ein paar Fotos von Yakov, als er noch ein kleiner Junge war! Und vergesst nicht, ihr auch das zu zeigen, auf dem er die Balalaika spielt!«

Ihr Gebrauch der russischen Variante meines Namens warnte mich davor, dass sie mehr im Sinn hatte als nur den Abwasch und das Aufräumen der Küche.

Wir gingen in Stellung, meine Großmutter, die nun wieder ihre Schürze trug, vor dem Spülbecken und ich neben ihr mit einem Geschirrtuch in der Hand. Nach einem langen, angespannten Schweigen sagte ich: »Was ist es denn nun, was du mir sagen wolltest, *bobeshi*?«

Ohne auch nur eine Sekunde zu zögern, fragte sie: »Liebst du dieses Mädchen?«

»Ja. Und ich habe vor, Kitty zu heiraten.«

»Hast du sie geschwängert?«

»Nein.«

»Dann ist eine Heirat nicht nötig.«

»Soll das heißen, dass du mir deine Erlaubnis gibst, mit Kitty in Sünde zu leben, *bobeshi?*«, scherzte ich.

Sie fuhr zu mir herum und funkelte mich an. »Versuch nur ja nicht, frech zu werden, Yakov! Du verstehst sehr gut, was ich dir sagen will.«

»Ja, du glaubst, ich kann sie nicht heiraten, weil sie eine *goi* ist und nur eine Jüdin gut genug wäre.«

»Siehst du, du weißt ja selbst, dass das so ist.«

»Ich weiß nichts dergleichen, sondern nur, dass ich keine andere heiraten sollte als die Frau, die ich liebe.«

Sie seufzte tief. »Ach, du warst ja immer schon so eigenwillig, *bubala!*«

»Und wenn, kann ich mir nur vorstellen, dass ich das von dir geerbt habe.«

Wenn die Angelegenheit, die wir besprachen, ihr nicht so wichtig gewesen wäre, hätte sie wohl über diesen Kommentar von mir gelacht, aber während sie mir einen Topf zum Abtrocknen anreichte, sagte sie: »Zuerst wenden sich deine Eltern von unserer Religion ab und nun auch du. Und ich hatte so große Hoffnungen in dich gesetzt. Ich dachte, du würdest Arzt oder Anwalt werden und eines Tages eine von Rabbi Rosens vier Töchtern heiraten. Naomi ist inzwischen verheiratet, und Anna hat einen Freund, aber da sind noch immer Rebecca und Sarah. Auf Sarah würdest du allerdings noch warten müssen, da sie erst fünfzehn ist. Und Rebecca wäre nicht meine erste Wahl für dich, sie hat viel zu eng zusammenstehende Augen, um eine gute Partie zu machen.«

Arme Rebecca!, dachte ich ohne auch nur die leiseste Erinnerung an die Augen dieses Mädchens.

Mit einem leidgeprüften Seufzen gab Großmutter mir einen weiteren Topf zum Abtrocknen. »Ich weiß nicht mal, was es ist, womit du jeden Tag beschäftigt bist«, klagte sie. »Du sprichst ja nie darüber. Mit keinem Wort. Und nun dieses Mädchen! Soll ich denn nichts als Enttäuschungen in meinem Leben haben?«

Ich wollte sie in die Arme schließen, diese wahnsinnig liebenswerte und widersprüchliche Frau, um ihr klarzumachen, dass ich sie immer lieben würde, egal, was auch geschah. Doch statt es zu tun, sagte ich: »Ich würde keine von Rabbi Rosens Töchtern glücklich machen, *bobeshi*, wenn ich eine andere Frau liebe.«

»Aber du würdest *mich* glücklich machen. Zählt das denn überhaupt nicht?«

»Und was ist mit meinem Glück? Ist das etwa nicht wichtig?«

Sie schnalzte ungeduldig mit der Zunge. »Du bist noch zu jung, um zu verstehen, was wahres Glück ist. Ihr jungen Leute glaubt, ihr müsstet nur für den Moment leben. Ihr denkt, bei diesem Krieg könnte euer Leben morgen schon vorbei sein, und deshalb müsst ihr heute alles überstürzen.«

»Und so ist es doch auch, oder etwa nicht? Es könnte jede Minute eine Bombe über uns abgeworfen werden, und dann könnten wir alle innerhalb von Sekunden tot sein. Würdest du wollen, dass mein letzter Gedanke ein reuiger wäre und ich sterben würde, ohne das Glück gekannt zu haben, mit Kitty verheiratet zu sein?«

»Aber was ist mit deiner Abkehr von unserem Gott?«

»Es wäre ein sehr böser und kleinlicher Gott, der sich daran stören würde, während die Welt, die er angeblich erschaffen hat, im Begriff ist, sich selbst auszulöschen.«

»Was heißt hier ›angeblich‹ erschaffen, Yakov? Wenn du mehr Zeit mit dem Lesen der Thora verbrächtest, würdest du so etwas Abscheuliches nicht sagen!«

Das Letzte, was ich wollte, war, meine geliebte Großmutter aufzuregen, und schon gar nicht, indem ich ihren Glauben beleidigte. »Es tut mir leid, vergiss, dass ich das gesagt habe! Aber sei ganz ehrlich, *bobeshi* – wenn Kitty Jüdin wäre, würdest du sagen, sie sei perfekt für mich, oder nicht?«

Sie schürzte die Lippen und gab mir einen Teller zum Abtrocknen. »Perfekt zu sein ist nicht immer das Richtige im Leben. Denn wie kann das einen Menschen wachsen lassen? Sag mir, Yakov, weißt du eigentlich, wer du bist und woher du kommst? Hast du kein Gespür für das großartige Erbe, dem du den Rücken kehrst? Ist es dir egal, wer wir sind und was unsere Vorfahren taten? Die Kämpfe, die sie durchstehen mussten?«

Es wäre nur allzu leicht gewesen, damit herauszuplatzen,

dass ich selbstverständlich wusste, wer ich war – ich war Jacob Belinsky, teils jüdisch, teils russisch und teils britisch. Ich war die Summe meiner Teile. Aber im Grunde hatte meine Großmutter recht, denn ich war tatsächlich dorthin gelangt, wo ich heute war, ohne wirklich zu wissen, wer ich war. Ich hatte nie das Gefühl gehabt, irgendwo dazuzugehören. Ich war immer ein Außenseiter gewesen, zuerst in der Schule, dann in Cambridge und heute auch in Bletchley. Doch eines wusste ich: Bis zu dem Moment, da ich Kitty begegnete, war ich steuerlos gewesen wie ein von der Küste wegtreibendes Boot. Als Kitty in meine Welt trat, ergab sie plötzlich einen Sinn, und ihre Liebe gab mir eine Vorstellung von dem Menschen, der ich eines Tages sein könnte.

»Aber ich kann sehen, dass dein Entschluss schon feststeht«, brach meine Großmutter das Schweigen, das nach ihrer Frage entstanden war. »Und das bedeutet wahrscheinlich, dass du mich um den Ring deiner Urgroßmutter bitten willst. Habe ich recht?«

»Ja«, erwiderte ich leise. »Und mit ihm hätte ich auch gern deinen Segen. Ich möchte, dass du dich für mich freust, *bobeshi.*«

Kapitel 34

»Ich weiß, dass ich das schon einmal gesagt habe, aber es fühlt sich völlig surreal an, das Bild, das ich jetzt von Jacob erhalte – von einem Mann, für den ich schon fast ehrfürchtige Bewunderung hegte. Es klingt verrückt, doch irgendwie hatte ich immer angenommen, dass er schon als fix und fertig geformter, selbstsicherer Mann mit unerschütterlichem Selbstvertrauen zur Welt gekommen war. Es ist ein bisschen so wie die Entdeckung, dass es den Weihnachtsmann nicht gibt.«

»Wahrscheinlich ist es sowieso unmöglich, einen Menschen je wirklich zu kennen, nicht?«

Auf der Treppe zu seinem Büro im zweiten Stock sagte Matthew ins Telefon: »Das erkenne ich auch allmählich. Und noch etwas, was ich mich frage, ist, was Jacob davon halten würde, dass ich etwas so Privates lese. In mancherlei Hinsicht war er unter seinem äußeren Anschein von Offenheit ein sehr zugeknöpfter Mensch, der niemals von persönlichen Dingen sprach. Ich muss ständig daran denken, wie furchtbar unangenehm es ihm wäre, dass ich mich so eingehend mit etwas befasse, das offensichtlich sehr privat und wichtig für ihn war.«

»Aber nach dem zu urteilen, was Sie sagten, haben Sie beide sich so nahegestanden, dass es vielleicht sogar sein Wunsch wäre, dass Sie etwas über diesen Teil seines Lebens erfahren. Vielleicht war dies der einzige Weg, wie er Ihnen das alles jemals anvertrauen konnte.«

Matthew lächelte bei Saskias Worten und öffnete die Tür zu seinem Arbeitszimmer. »Sie versuchen wohl, meine Schuldgefühle zu vermindern?«

»Aber nur, weil ich das Gleiche empfand, als ich das erste Notizbuch las. Ich hatte auch das Gefühl, mich in Dinge einzumischen, die mich nichts angingen, und ich kannte Jacob nicht einmal.«

Matthew legte seinen Rucksack auf den Schreibtisch und setzte sich. »Wissen Sie, ich habe ihn nie als jemanden beschrieben, der auch nur ein Fünkchen Sentimentalität in sich hatte, doch nun muss ich diese Ansicht revidieren – denn warum sonst sollte er wohl all das zusammengetragen haben, womit er sich umgab?«

»Sie meinen seine Bücher?«

»Ja.«

»Manchmal ist es nicht Sentimentalität, was jemanden dazu veranlasst, sich mit Dingen zu umgeben und sie zu horten. Oft versucht man nur, auf diese Art und Weise eine Barriere zu errichten, hinter der man sich verstecken kann. Andererseits könnte es bei ihm auch bloß die Unfähigkeit gewesen sein zu sehen, was er um sich herum anhäufte. Der liebe Himmel weiß, dass ich genug von alldem auch um mich selbst herum beobachte.«

Saskias Kommentare faszinierten Matthew. Da ihm aber auch bewusst war, dass er vor seinem Treffen mit Jim Rycroft noch einiges zu tun hatte, sagte er: »Ich lasse Sie jetzt besser weiterarbeiten. Entschuldigen Sie, dass ich so früh angerufen habe, doch ich wollte Sie nur wissen lassen, wie weit ich mit der Geschichte bin.«

»Kein Problem, ich war schon in meiner Werkstatt. Sie können mich jederzeit anrufen, um mich auf dem Laufenden zu halten. Und nun beeilen Sie sich und lesen Sie den Rest des Buches!«

»Ich werde versuchen, mir heute Abend Zeit dafür zu nehmen«, erwiderte er. »Aber versprechen kann ich nichts.«

Und dann legte er auf und dachte, dass er heute ganz sicher nicht zum Lesen kommen würde, da er den Abend mit Fliss verbrachte.

Als er seinen Computer anschaltete, dachte er über seinen Beweggrund nach, Saskia anzurufen: Er hatte es getan, um über Jacob reden zu können. Sie war der einzige andere Mensch, der, wenn auch nur zum Teil, *Die Pusteblumenjahre* gelesen hatte, und er schätzte ihre Erkenntnisse als die eines Betrachters, der völlig objektiv sein konnte. Was ihm selbst unmöglich war, weil jedes Wort, das er las, von seinem vermeintlichen Wissen über einen Mann getrübt war, der eine so wichtige Rolle in seinem Leben gespielt hatte. Saskia dagegen konnte jedes Wort für bare Münze nehmen, ganz ohne vorgefasste Meinungen, die die sich entfaltende Geschichte verzerren könnten. Und deshalb schätzte er ihre Beiträge.

Doch je mehr er darüber nachdachte, desto deutlicher erkannte er, dass es die Verschwiegenheit war, die Jacob sein Leben lang bewahrt hatte, mit der er erst noch klarkommen musste. Es erstaunte ihn immer wieder, dass Jacob in Bletchley gearbeitet hatte und nie auch nur ein Wort über seinen Einsatz dort verloren hatte. Es hatte jede Menge Gelegenheiten gegeben, bei denen Jacob hätte wissend lächeln und zugeben, ja, sich sogar damit hätte brüsten können, welch wichtige Rolle er bei der Beendigung des Zweiten Weltkrieges gespielt hatte. Erst im vergangenen Jahr war die posthume königliche Begnadigung Alan Turings, eines der berühmtesten Codeknacker von Bletchley, bekannt und seine Verurteilung wegen Homosexualität im Jahre 1952 öffentlich gemacht worden. Und dann war der Film *Ein streng geheimes Leben* mit Benedict Cumberbatch herausgekommen, in dem Cumberbatch die Rolle des Alan Turing spielte. Himmelherrgott!, dachte Matthew leicht verärgert. Er hatte sich den Film angesehen, als er im letzten November erschienen war, und Jacob davon erzählt. Aber Jacob, der durchtriebene alte Fuchs, hatte kein einziges Wort dazu gesagt.

Warum hatte er dann *Die Pusteblumenjahre* geschrieben?

Matthew hatte Saskia die gleiche Frage gestellt, und ihre Antwort war gewesen, dass dies vielleicht erst offenbar werden würde, wenn er die ganze Geschichte gelesen hatte. Sie hatte ihn gefragt, ob er nicht versucht war, zu schummeln und die letzten Seiten des Notizbuches vorab zu lesen, und seine Antwort war ein entschiedenes Nein gewesen. Ebenso gründlich und methodisch, wie er seine Arbeit tat, würde er auch das hier entweder richtig machen oder gar nicht.

Als er die über Nacht eingegangenen E-Mails durchsah, um herauszufinden, ob etwas Dringendes darunter war, konnte er das beunruhigende Gefühl nicht abschütteln, dass *Die Pusteblumenjahre* – eine Geschichte, die so viele Jahre lang unangetastet dagelegen hatte – ihm nicht nur viel zu naheging, sondern ihm auch eine zunehmende Unzufriedenheit mit seinem eigenen Leben verursachte. Es erinnerte ihn an eine Bemerkung, die Jacob einmal gemacht hatte, dass jeder seinen eigenen Horizont finden müsse. Diese Aussage stand im Einklang mit dem, was Jacob auch über sich selbst geschrieben hatte: dass er nämlich sehr gut wisse, wer er war. Aber weiß ich, wer ich bin?, dachte Matthew. Oder war er völlig orientierungslos und ohne jegliches Gefühl für die Richtung, die er einschlagen musste?

Ein Blick auf die Zeitangabe auf seinem Computer machte ihm klar, dass er sämtliche Gedanken an Jacob vorerst beiseiteschieben und seine Vorbereitungen für das Meeting mit Jim Rycroft beenden musste. Denn Gott stehe ihm bei, falls sich herausstellte, dass er nicht gut genug vertraut war mit dem Inhalt der Akte, die ihm gestern Nachmittag übergeben worden war!

»Was hältst du davon, übers Wochenende wegzufahren?«, fragte Fliss ihn am Abend.

Die Frage überraschte ihn. Sie hatten sich gerade zum Essen hingesetzt, nachdem Fliss sich sogar die Mühe gemacht hatte, den Tisch mit Kerzen und Papierservietten zu schmücken, was sie am Anfang ihrer Beziehung getan hatte, nur um dann jedoch schon bald wieder darauf zu verzichten. »Und woran denkst du?«, fragte Matthew.

»Meine Mutter hat am Wochenende Geburtstag, und Dad lädt uns alle zu einer kleinen Reise nach Kopenhagen ein.«

»Warum nach Kopenhagen?«

Sie lächelte. »Lach jetzt nicht, aber die beiden sind absolute Fans von skandinavischen Thrillern und wollen sehen, wo die Serien *The Killing, Die Brücke – Transit in den Tod* und *Gefährliche Seilschaften* gefilmt wurden. Du wirst doch mitkommen?«

Seine aufrichtige Antwort darauf war ein Nein. Es erschien ihm noch zu früh, viel zu früh, um schon wieder die glückliche Familie zu spielen. »Deine Eltern werden mich wohl kaum mit offenen Armen wieder im Schoße der Familie willkommen heißen«, sagte er vorsichtig. »Nicht nach dem, was ich dir angetan habe.«

»Ich wusste, dass du das glauben würdest. Aber Hand aufs Herz, Mum und Dad verstehen sehr gut, was für eine schwierige Zeit du damals durchgemacht hast.«

»Dann wissen sie also, dass wir wieder zusammen sind?«

»Natürlich wissen sie das.« Fliss griff über den Tisch nach seiner Hand. »Und sie sind hocherfreut darüber. Tatsächlich war es sogar Dad, der vorschlug, dass du uns begleiten solltest. Es ist alles vergeben und vergessen.«

Matthew konnte das kaum glauben, doch um Fliss nicht zu enttäuschen, fragte er: »Und wann ist dieses Geburtstags-Wochenende?«

»Es ist das Wochenende gleich nach Ostern. Dann hast du doch hoffentlich Zeit, oder? Bitte sag Ja! Es würde mir viel mehr Spaß machen, wenn du mitkämst.«

»Ich werde dafür sorgen, dass ich Zeit habe«, antwortete er mit einem Lächeln.

Er hoffte, dass das Lächeln seine wahren Gefühle verbarg. Denn wäre er ehrlich, hätte er zugeben müssen, dass ihn die Aussicht auf ein Wiedersehen mit Rod und Sally Campbell sowie dem Rest der Familie, wie Fliss' beiden Brüdern und der Schwester, deren Partner und ihrer lärmenden Kinder, mit Schrecken erfüllte. Aber ihm blieb gar nichts anderes übrig, als sein ungutes Gefühl zu überwinden und die Sache durchzustehen. Fliss zuliebe würde er mitkommen. Es war das Mindeste, was er für sie tun konnte.

Er drückte ihre Hand, denn selbst im flackernden Kerzenlicht war ihrer angespannten Miene deutlich anzusehen, dass sie eine etwas beruhigendere Antwort von ihm hören wollte. »Da ich noch nie in Kopenhagen war«, sagte er, »wird es sicher interessant.«

»Oh ja, das wird es«, stimmte sie sichtlich erleichtert zu. »Es wird ganz wunderbar, Matthew.«

Kapitel 35

Was das Restaurieren von Büchern anging, hielt Saskia es für äußerst wichtig, so viel wie möglich von dem ursprünglichen Zustand und Charakter eines Buches zu erhalten. Sie hasste es, ein altes Buch durch eine gefühllose Wiederinstandsetzung seines Herzens und seiner Seele beraubt zu sehen. Das geschah gewöhnlich, wenn der Restaurator seine Arbeit auf das Nötigste beschränkte, sehr oft auch, um den Preis niedrig zu halten, und wenn er die ursprünglichen Materialien nicht durch gleichwertige ersetzte. Saskia dagegen belog ihre Kunden nie, sondern machte von vornherein deutlich, dass sie nicht zu den Restauratoren gehörte, die lädierte Bücherecken einfach abschnitten, und dass sie auch grundsätzlich nur die besten Materialien verwendete. Auch warnte sie die Kunden vor, dass die Restaurierung langwierig sein konnte und ganz davon abhing, wie groß der zu beseitigende Schaden war.

An diesem Nachmittag hatte sie einem Buch den letzten Schliff gegeben, das den Titel *Antiquitäten von Cambridgeshire* trug und ganz wundervolle Gravuren enthielt. Angesichts der wenigen Stockflecken auf seinen Seiten hatte das Buch großes Glück gehabt, der Art von Händlern zu entkommen, die ihr Vater und sie hassten – den »Vandalen-Händlern«, wie sie sie nannten, die ein Buch zerstörten, indem sie die Illustrationen herausnahmen, um sie zu rahmen und dann einzeln zu verkaufen. Das war leicht verdientes Geld, aber auch ein Verbrechen gegen Bücher und daher unverzeihlich, wie Saskia fand.

Bei diesem speziellen Buch, und um es für viele kommende Jahre zu erhalten, hatte Saskia damit begonnen, den Buchrücken und den tierischen Leim darunter zu entfernen. Mit äußerster Sorgfalt hatte sie den Einband dann gereinigt und stellenweise genäht, bevor sie das Buch mit einer neuen Auskleidung versehen hatte. Aus feinstem Ziegenleder hatte sie einen neuen Buchrücken angefertigt und eingesetzt, damit er optisch mit dem Einband harmonierte und nicht hervorstach wie ein bunter Hund. Nachdem sie den ursprünglichen Einband nachgefärbt hatte, hatte sie die Blattgoldbeschriftung sehr behutsam wieder aufgetragen und das fertige Buch dann liebevoll poliert.

Nicht ohne Stolz auf ihr gut gelungenes Werk gab sie ihm mit einem weichen Tuch den letzten Schliff, stellte es vorsichtig in das Regal hinter ihr und rief den Besitzer an, um ihm zu sagen, dass er es jetzt abholen könne.

Als das erledigt war und bevor sie mit dem Binden einer Dissertation begann, brühte sie sich einen Becher Tee auf und ging damit in die Nachmittagssonne hinaus. Es war ein wirklich schöner Tag, der Himmel war hell und freundlich und wirkte wie frisch gewaschen.

Saskia liebte den April; es war der Monat, in dem der Frühling wirklich zu beschließen schien, dass er gekommen war, um zu bleiben. Am vergangenen Abend, als ihr Vater von der Arbeit heimgekommen war, hatte er den Rasen geschnitten, und die Luft war noch immer von dem angenehmen Duft von frisch gemähtem Gras erfüllt. Wenn sie genau hinhörte, vernahm sie das Blöken der Lämmer auf der Denston Farm, die auf der anderen Seite des strahlend gelben Rapsfeldes und der Baumgruppe dahinter lag. Die Kirsch- und Pflaumenbäume im Garten standen schon in voller Blüte, und in etwa einer Woche würden auch die Apfelbäume im Obstgarten zu blühen beginnen. Das Gleiche galt für die Weißdornhecke, deren dicke Blattknospen schon aufsprangen, um hellgrüne Blättchen freizugeben, die wie Schmetterlinge aus ihren Kokons hervorschlüpften. Auch Schlüsselblumen schossen wie verrückt entlang der Hecken empor.

Am vergangenen Tag war das Wetter genauso schön gewesen, und so hatte Saskia ein paar Stunden mit Grandpa O. im Garten verbracht und Kartoffeln, violetten Brokkoli, Erbsen und Stangenbohnen gepflanzt. Er hatte etwas sehr Befriedigendes, der Anblick der Bambusrohr-Wigwams, die in den frisch umgegrabenen Beeten strammstanden.

Sobald die Frostgefahr vorüber war, würde sie Oliver beim Errichten der Bambusrohr-Stützen für die Stangenbohnen helfen, die im Treibhaus schon darauf warteten, ausgepflanzt zu werden. Ihr Großvater war kein Freund davon, sein Saatgut zu früh im Garten auszubringen und seine Sämlinge auszupflanzen, und hielt sich strikt an die Devise: »Wenn es nicht warm genug ist, um dich mit nacktem Po auf den Boden zu setzen, ist es auch nicht warm genug für deine Samen und Sämlinge!«

In ein paar Tagen war Ostern, und versteckt in einem Schrank in ihrer Werkstatt warteten die Schokoladeneier, die Saskia für ihre Familie gekauft hatte. Natürlich hatte sie auch eins für Libby besorgt. Es war bemerkenswert, wie leicht sie sich in ihren Alltag eingefügt hatte, besonders, da das noch niemand sonst vor ihr geschafft hatte. Saskia hoffte nur, dass sie ihnen nicht genauso leicht wieder entschlüpfte, weil es schön war, Dad so glücklich zu sehen. Er hatte neuerdings eine Unbeschwertheit an sich, die ihm sehr gut stand.

Kaum hatte sich dieser Gedanke eingestellt, als auch schon das vertraute alte Unbehagen Saskia den Magen verkrampfte – die Furcht, von der sie sich nie hatte befreien können, die ewige Angst, einen anderen Menschen zu lieben, nur um ihn dann wieder zu verlieren.

Saskia zwang sich jedoch, diese Ängste zu unterdrücken, um sich nicht den schönen Tag verderben zu lassen, und dachte stattdessen daran, wie drollig ihre Großväter sich verhielten, wann immer Libby in der Nähe war. Sie kabbelten sich weniger und machten sich wie zwei pubertäre Jungen sogar die Mühe, sich herauszuputzen, wenn sie wussten, dass Libby zu Besuch kam. Die beiden alten Herren verbrachten eine Ewigkeit mit Duschen und Rasieren im Bad, um schließlich, in Aftershave gebadet, aus ihren Schlafzimmern herauszukommen. Und wenn Libby nicht da war, waren ihre Gespräche reichlich mit »Libby-sagt-dies«- oder »Libby-sagt-jenes«-Bemerkungen gespickt.

Auch Saskias Vater war das aufgefallen, und nach einigem Räuspern und nervösem Herumdrucksen hatte er Saskia gefragt, ob sie mit dem gegenwärtigen Stand der Dinge einverstanden sei. Ungefähr die gleiche Frage hatte auch Matthew ihr gestellt, und ihre Antwort an ihren Dad war so ziemlich die gleiche gewesen. Es machte sie traurig, dass ihr Vater offenbar glaubte, sie mit Glacéhandschuhen anfassen zu müssen.

Was sie anbelangte, war von der Gereiztheit, die sie erst kürzlich noch beherrscht hatte, nichts mehr zu spüren, und wenn auch vielleicht nur durch die Ankunft des Frühlings, der ihre Stimmung hob. Doch wie könnte man gereizt sein an einem so herrlichen Tag wie diesem, wenn die Sonne schien und sich alles so anfühlte, als wäre es genau zur rechten Zeit am rechten Ort? Es waren Tage wie dieser, die einen für die schlechten entschädigten. Wahrscheinlich war es das – diese flüchtigen Momente des Glücks, an die man sich klammern konnte –, was Menschen wie Jacob und Kitty die Härten des Krieges hatte überstehen lassen.

Drei Tage waren vergangen, seit Matthew Saskia am frühen Morgen auf seinem Weg zur Arbeit angerufen hatte. Sie war sehr erfreut darüber gewesen, dass er mit ihr teilen wollte, was er gelesen hatte, doch eigentlich konnte sie es kaum erwarten, das zweite Notizbuch selbst zu lesen, denn obwohl Matthew ihr im Wesentlichen erzählt hatte, wie die Geschichte weiterging, hatte er höchstwahrscheinlich viele Einzelheiten ausgelassen.

Und deshalb war ihr der Gedanke gekommen, dass sie die Übergabe des Buches an sie vielleicht beschleunigen konnte, indem sie Matthew zu Ostern zum Essen einlud. Sie hatte es ihrem Vater gegenüber erwähnt, und er war sehr dafür gewesen. Doch eingedenk seiner offensichtlichen Sympathie für Matthew und seines nicht sehr subtilen Versuchs, sie zusammenzubringen, hatte seine Reaktion sie auch nicht überrascht. »Finde heraus, ob er am Ostersonntag nichts anderes vorhat, und lade ihn zum Mittagessen ein!«, hatte ihr Vater gesagt. »Libby wird auch hier sein, und es wäre schön, Matthew wiederzusehen.«

Das wäre es, dachte Saskia jetzt, und nicht nur, weil sie dadurch vielleicht schneller an das zweite Notizbuch herankam. Nein, sie musste zugeben, dass sie neuerdings sogar sehr gern in Matthews Gesellschaft war. Seitdem sie einen ganzen Tag allein mit ihm in Glaskin House verbracht und ihn dann wiedergesehen hatte, als er nach Ashcombe gekommen war, um das zweite Notizbuch und die russisch-orthodoxe Bibel abzuholen, die Gil gefunden hatte, ertappte sie sich immer häufiger dabei, dass sie an Matthew dachte. Es gefiel ihr, dass er einen alten Mann, mit dem er nicht einmal verwandt war, so gern gehabt hatte und nur Gutes über ihn zu sagen wusste. Es machte sie neugierig darauf, Matthew noch viel besser kennenzulernen, um zu erfahren, wie er dachte und wo seine Interessen lagen. Außerdem wollte sie noch einmal prüfen, wie sie sich in seiner Nähe fühlte, weil ein kleiner Teil von ihr begonnen hatte, sich ein wenig zu ihm hingezogen zu fühlen. Ja, so war es. Es wäre sinnlos, sich in dieser Hinsicht etwas vorzumachen. Doch das würde sie vorerst wirklich für sich behalten. Das Letzte, was sie jetzt gebrauchen konnte, war, ihren Vater in irgendeiner Form von »Das habe dir doch gleich gesagt«-Genugtuung schwelgen zu sehen.

Sie sah Grandpa O. aus der Hintertür treten und durch den Garten zum Treibhaus hinüberschlendern. Für einen Moment war sie versucht, ihm nachzugehen, doch dann dachte sie an die Dissertation, die ihrer Aufmerksamkeit bedurfte, und blieb auf der schmiedeeisernen Bank sitzen, um ihren Tee auszutrinken.

Nachdenklich strich sie mit einer Hand über die Armlehne der Bank und rieb über die abblätternde Farbe. Das alte Sitzmöbel brauchte dringend einen neuen Anstrich. Seit ihrem fünfzehnten Lebensjahr war immer sie es gewesen, die die Bank gepflegt hatte, und es war ihr auch jetzt noch eine Herzensangelegenheit, es selbst zu tun. Harvey hatte sie in ihrem ersten Sommer nach ihrem Umzug hierher in einem Secondhand-Gartencenter gekauft, und damals waren Saskias Beinchen noch zu kurz gewesen, um den Boden zu erreichen, wenn sie darauf saß. Dieses kleine Mädchen hatte hier sehr oft gesessen und heimlich um die Mutter geweint, die heute in ihrer Erinnerung schon zu verblassen begann.

Wie sehr ich mich seit damals verändert habe!, dachte sie, als sie die Beine vor sich ausstreckte.

Oder nicht? Körperlich war sie natürlich gewachsen, aber war sie wirklich so anders als das verwirrte und todunglückliche Kind, das damals hier gesessen und um seine Mutter und Großmütter geweint hatte? Das Kind, das zu ängstlich gewesen war, um zur Schule zu gehen, weil es befürchtete, nach Hause zu kommen und erleben zu müssen, dass ihm auch der Rest der Familie genommen worden war?

Und gab es nicht einen Teil von ihr, der ganz bewusst das Vertraute suchte, um nicht zu riskieren, sich in Gefahr zu bringen? Wann hatte sie sich das letzte Mal in die Frontlinie des Lebens begeben und *tatsächlich* irgendwas riskiert?

Nachdem sie ein paar Minuten darüber nachgedacht hatte, trank sie den Rest ihres Tees und ging in die Werkstatt zurück. Sie war gerade erst so weit gekommen, genügend Platz auf ihrem Arbeitstisch zu schaffen, um mit dem Binden der Dissertation zu beginnen, als sie einen Entschluss fasste. Was Risiken anging, zählte er kaum, nach den Maßstäben der meisten Leute jedenfalls ganz sicher nicht, aber für sie schon. Es war ihr sehr unangenehm, dass Matthew denken könnte, sie und ihre Familie hätten nichts Besseres zu tun, als ihn in einer Tour nach Ashcombe einzuladen. Noch schlimmer wäre, wenn er vermutete, dass eine bestimmte Absicht – was sie anging – dahintersteckte.

Doch während sie diese Sorge beiseiteschob, beschloss sie, Matthew lieber eine SMS zu schicken, statt ihn anzurufen und bei der Arbeit zu stören. Das würde es ihm auch leichter machen abzulehnen – durch die Möglichkeit, sich kurz zu fassen, waren Textnachrichten der praktischste Weg, sich höflich aus etwas herauszureden, das einem unangenehm war. Saskia wusste aus eigener Erfahrung, dass eine gesprochene Lüge sich immer weniger wahr anfühlte als eine Unwahrheit in einem Text.

Kapitel 36

April Gray war einundzwanzig Jahre alt gewesen, als sie Matthew zur Welt gebracht hatte, und heute, am Ostersamstag, wäre ihr sechsundfünfzigster Geburtstag gewesen.

Seine Empfängnis war nicht geplant gewesen, und der Schock darüber hatte ausgereicht, um Aprils Freund, einen dreißigjährigen Autoverkäufer, der keine Lust hatte, sich mit einer Ehefrau und einem Kind zu belasten, gründlich zu erschüttern. Er blieb zwar noch zwei Jahre, aber dann verschwand er. Das Letzte, was man von ihm hörte, war, dass er sich einen neuen Job gesucht hatte und aus der Gegend fortgezogen war. Niemand wusste, wohin. Matthews Mutter sah keinen Sinn darin, ihn ausfindig zu machen,. Nachdem er sein wahres Gesicht gezeigt hatte, wollte sie ohnehin nichts mehr mit ihm zu tun haben.

Stattdessen verwandte April mit bewundernswertem Pragmatismus ihre ganze Energie darauf, sich damit abzufinden, dass sie das von ihrer Mutter erstellte Muster wiederholt hatte, die etwa im gleichen Alter wie sie schwanger geworden war, und dass sie nichts Besseres tun konnte, als ihr Leben fortzusetzen, nur eben mit einem Kind, das sie vergötterte. Nach der Erkenntnis, dass sie sich nicht besser mit Männern auskannte als ihre Mutter, schwor sie sich, ihnen von nun an aus dem Weg zu gehen. Matthew hatte sie einmal zu seiner Großmutter sagen hören, das einzig Wichtige sei, ihren Sohn so zu erziehen, dass er nicht wie sein Vater wurde.

Tragischerweise wiederholte sich ein weiteres Muster, als Matthews Mutter genau wie ihre eigene an Brustkrebs starb.

An Mums letztem Geburtstag, ein paar Wochen, nachdem

sie von ihrem Krebs erfahren hatte, war Jacob mit ihnen zum Lunch ins *Swan Hotel* in Lavenham gefahren. Es war eine bittersüße Feier gewesen, bei der alle nach Kräften bemüht gewesen waren, Aprils Diagnose und die wahrscheinlichste Folge völlig außer Acht zu lassen. Nach umfassenden Online-Recherchen kannte Matthew die entsprechenden Behandlungen und statistischen Chancen seiner Mutter auf eine vollständige Genesung in- und auswendig, doch tief im Innern hatte er gewusst, dass die Würfel gezinkt waren und die Geschichte kurz davor war, sich zu wiederholen.

Auf Aprils ausdrückliche Anweisung hin wurde Jacob streng verboten, ihre Krankheit zu erwähnen, außer wenn sie ihn bat, sich für ihre Behandlung freinehmen zu dürfen. »Bitte bleiben Sie auch weiterhin bei Ihrem gewohnten, ärgerlichen Ich«, sagte sie zu Jacob, als Matthew sie nach ihrer dritten Chemotherapie, nach der sie unter furchtbarer Übelkeit litt und sehr geschwächt war, aus dem Krankenhaus nach Hause brachte. »Seien Sie nur ja nicht mitfühlend – das könnte ich von Ihnen nicht ertragen.«

Jacob, der verlegen auf einer Sesselkante in dem kleinen Wohnzimmer des Kutschhauses saß, wo Matthews Mutter auf dem Sofa lag, hatte die Hände tief in den Hosentaschen vergraben. »April«, hatte er barsch erwidert, »ich glaube, jetzt wäre es an der Zeit für Sie, den Mund zu halten und zu tun, was Matthew und ich Ihnen sagen.«

»Nicht, solange ich noch atme«, hatte sie zurückgegeben. »Und nennen Sie mich nie wieder April! Für Sie bin ich immer noch Mrs. Gray, Professor Belinsky.« Um die Form zu wahren, hatte sie ihren Status als verheiratete Frau stets beibehalten und immer darauf geachtet, ihren Arbeitgeber mit seinem offiziellen Titel anzusprechen.

Jacob hatte sehr genau gewusst, was er tat: Aprils Entrüstung zu wecken brachte sie zum Lächeln und gelegentlich sogar zum

Lachen. Und gegen Ende, als es ihr so schlecht ging, dass sie nicht einmal mehr Besuche besorgter Freundinnen aus dem Dorf ertrug, pflegte er sich zu ihr zu setzen und ihr vorzulesen. Und Matthews Mutter, so krank sie auch war, fand es überaus belustigend, dass er bereit war, seine hohen Ansprüche herunterzuschrauben und ihr aus den romantischen Liebesromanen vorzulesen, die sie so liebte. »Sie wissen doch, dass das alles Unsinn ist, oder?«, hatte Matthew ihn eines Tages nach dem besonders schmalzigen Ende eines Buches zu seiner Mutter sagen hören. »Das Leben ist nicht so ordentlich und sauber, wie es hier dargestellt wird.«

»Dann wollen Sie mir also sogar noch auf dem Totenbett mein Happy End verweigern?«, war Aprils Antwort gewesen.

Matthew hatte vorher eigentlich noch nie darüber nachgedacht, aber in so mancher Hinsicht hatte Jacob eine recht schwierige Doppelrolle für sie beide übernommen – einerseits als Ersatzvater für Matthew und andererseits als Vaterfigur für April.

Vor dem Hintergrund der *Pusteblumenjahre* drängte sich Matthew nun die Frage auf, ob Jacob seiner Mutter in diesen letzten Wochen ihres Lebens, in denen sie sich so nahegestanden hatten, nichts von seiner eigenen Geschichte mit Kitty erzählt hatte. Doch ob er es getan hatte oder nicht, war eigentlich unwesentlich, dann wenn es so war, hatte April die Geschichte mit ins Grab genommen.

Und an genau diesem Ort befand sich Matthew jetzt an diesem Ostersamstag. Er war am Geburtstag seiner Mutter mit einem Strauß ihrer Lieblingsblumen hergekommen, um ihr Grab in Ordnung zu bringen. Er wusste zwar, dass die Pfingstrosen nicht lange halten würden, aber wegen ihrer Vorliebe für sie kamen andere Blumen natürlich nicht infrage. Außerdem hält ohnehin nichts ewig, dachte er schulterzuckend, als er den

Friedhof verließ, um nach Glaskin House zurückzukehren, nachdem er auch Jacobs Grab in Ordnung gebracht hatte.

Fliss war am vergangenen Abend mit einigen alten Freundinnen von der Medizinischen Hochschule übers Wochenende zu einem Junggesellinnenabschied nach Barcelona geflogen, und angesichts von vier freien Tagen und dem anscheinend anhaltend guten Wetter hatte Matthew beschlossen, das Osterwochenende in Glaskin House zu verbringen. Und am nächsten Tag würde er zum Lunch bei Saskia und ihrer Familie sein. Er war überrascht, wie sehr er sich schon auf das Wiedersehen mit ihnen auf Ashcombe freute. Dieser Ort hatte irgendwie etwas ganz Besonderes. Und nicht nur der Ort, sondern auch die Familie, die dort lebte.

Da er mit Jacobs zweitem Notizbuch noch nicht so weit vorangekommen war, wie er es die Woche über vorgehabt hatte, wollte er den Rest des Tages zum Lesen nutzen, um Saskia morgen mit der Fortsetzung zu überraschen. Auch wenn er stark vermutete, dass es keine Überraschung sein würde. Wahrscheinlich setzte sie ohnehin ihre Hoffnungen darauf, dass er das Buch inzwischen ausgelesen hatte und es ihr morgen mitbringen würde.

Ein Bier in der Hand, das Notizbuch fest unter den Arm geklemmt, zog er einen verstaubten Holzstuhl aus dem feuchten Nebengebäude, das voller Spinnweben war und nach Schimmel roch, und trug ihn hinter das Haupthaus, um sich in die Sonne zu setzen.

Kapitel 37

Dezember 1943

Inzwischen war es kalt genug für Schnee.

Mit einem dicken Wollschal um den Hals und an mich gekuschelt, blickte Kitty aus dem Fenster. »Ich liebe den Winter«, sagte sie leise.

»Das ist der große Unterschied zwischen uns«, erwiderte ich mit ebenso gedämpfter Stimme wegen des vollen Abteils, in dem wir saßen.

»Du meinst, es ist ein weiterer Unterschied neben all den anderen zwischen uns«, scherzte sie, als einige Soldaten auf dem Gang hinter unserem Abteil *It's a Long Way to Tipperary* zu singen begannen. Kitty zog ihre Lederhandschuhe aus und begann, an ihren Fingern abzuzählen: »Erstens magst du nicht Jitterbug tanzen, während ich …«

»Nur weil ich zwei linke Füße habe und genauso wenig tanzen kann, wie ich zum Mond flie…«

»Unterbrich mich nicht!« Mit einem kleinen Klaps auf meine Hand schnitt sie mir das Wort ab. »Zweitens hast du etwas gegen meine Vorliebe für Frühstücksfleisch und findest, dass Sandwichs mit Fischpaste nur etwas für Katzen sind, und drittens denkst du …«

»Schon gut«, unterbrach ich sie wieder, »du hast deinen Standpunkt klargemacht. Allerdings muss ich mich jetzt fragen, ob wir uns das mit dem Heiraten nicht noch einmal überlegen sollten, da wir anscheinend doch so gar nicht zueinander passen.«

Kitty ballte ihre kleine Hand zur Faust und stieß sie mir gegen die Schulter. »Wie gemein von dir, so etwas Abscheuliches zu sagen!«

Ich bemühte mich, eine möglichst ernste Miene zu bewahren. »Du solltest besser vorher wissen, wie abscheulich ich sein kann, bevor du für immer an so einen gemeinen Kerl gebunden bist.«

Sie blickte unter halb geschlossenen Lidern zu mir auf, und wie jedes Mal, wenn sie das tat, wollte ich sie nur noch in die Arme nehmen und küssen. »Vielen Dank auch für die Warnung, aber das Risiko werde ich eingehen, da ich mir ziemlich sicher bin, dass ich die Eigenarten, die mir so an dir missfallen, zum Verschwinden bringen kann.«

»Willst du mir nicht wenigstens verraten, was dir so gar nicht an mir gefällt?«

»Du liebe Güte, nein!«, antwortete sie mit einem kleinen Lachen. »Die Liste ist lang, und ich würde Ewigkeiten dafür brauchen.«

Abrupt beugte sie sich vor und wischte das Kondenswasser ab, das die Fensterscheibe beschlagen hatte. Da draußen alles in absoluter Finsternis lag, war es unmöglich, genau zu bestimmen, wo wir waren, aber ich nahm die Taschenuhr heraus, die einmal meinem Großvater gehört hatte und mir nach meinem Abschluss in Cambridge übergeben worden war, und sagte: »Noch zwanzig Minuten, und wir müssten dort sein.«

»Falls es keine Verzögerungen gibt«, bemerkte ein Mitreisender. Er saß mir direkt gegenüber und hatte uns bisher nicht einmal über den Rand des Buches angesehen, in dem er las, seit wir den Bahnhof hinter uns gelassen hatten. Ich fragte mich, wie viel von unserem Gespräch er trotz des Gesangs auf dem Gang noch mitbekommen haben mochte.

Ich nickte ihm freundlich zu und behielt für mich, dass ich

im Moment sogar eine dreistündige Verzögerung begrüßen würde, wenn ich dadurch nur länger mit Kitty zusammen sein konnte.

Wir waren auf dem Rückweg nach Bletchley, nachdem wir ein zweites Mal zu Besuch bei meiner Familie gewesen waren. Es war die Woche vor Weihnachten, und da ich am Weihnachtstag arbeiten musste, hatte ich mir diesen Tag freigenommen, um ihnen ein paar Geschenke bringen zu können. Außerdem wusste ich, dass meine so wunderbar widersprüchliche Großmutter das Weihnachtsfest als Gelegenheit zu einer Familienzusammenkunft sehen würde, obwohl es ein christliches Fest war. Und Geschenke waren immer willkommen, unabhängig von Lilas religiösen Überzeugungen. Deshalb hatte ich in den wenigen Läden in Bletchley einen Schal für meine Mutter, einen Geschenkkarton mit Handschuhen für meine Großmutter und ein Paar Lederhandschuhe für meinen Vater ergattert. Dazu hatte ich noch eine Flasche von Billys Zwetschgenschnaps, die sie mir zum Dank für meine Hilfe beim Ausfüllen einiger Formulare des Landwirtschaftsministeriums aufgedrängt hatte. Kitty hatte die Gelegenheit ergriffen, mich zu begleiten, und da ich nun wusste, dass von meiner Familie nichts zu befürchten war, hatte ich nur allzu gern zugestimmt, zusammen mit ihr hinzufahren. Zum Glück war ihre Bitte, ihren freien Tag mit einer Kollegin zu tauschen, von ihrer Abteilungsleiterin nicht abgelehnt worden, und so waren wir an diesem Morgen zufrieden losgefahren.

Der Tag war ein voller Erfolg gewesen, und als ich an die Fotografien dachte, die wir in dem Atelier eines Freundes meines Vaters hatten machen lassen, hoffte ich, dass sie gut geworden waren. Kitty hatte schon seit einiger Zeit gesagt, sie wolle Bilder von mir haben. Normalerweise hasste ich es, fotografiert zu werden, weil ich auf Fotografien immer unmöglich aussah. Aber Kitty hatte mich irgendwie dazu gebracht, mich zu entspannen und nicht meine übliche wie erstarrte Miene aufzusetzen, wenn eine Kamera auf mich gerichtet war.

Das Beste an diesem Tag war jedoch, dass in meiner Manteltasche versteckt ein kleiner Samtbeutel mit dem Rubinring lag, den ich Kitty am Silvesterabend überstreifen wollte. Meine Großmutter hatte Wort gehalten und ihn mir mit ihren besten Wünschen und ihrem Segen übergeben.

Als wir auf den dunklen, kalten Bahnsteig in Bletchley hinaustraten, erschien ein vertrautes Gesicht in dem Dampf und dem Strom von Reisenden, die den Zug mit uns verließen.

»Hallo, ihr zwei«, begrüßte Chatterton-Jones uns wortreich und laut genug, um von allen gehört zu werden. »Wo kommt ihr denn her? Von einem heimlichen Rendezvous in der Stadt?«

»Also wirklich, Charles! Hör auf, dich lächerlich zu machen!«, wies Kitty ihn mit der Art kühler Herablassung zurecht, zu der ich leider außerstande war.

»Aber warum *wart* ihr denn nun in der Stadt?«, beharrte er.

»Ich habe Porträtaufnahmen machen lassen, wenn du es denn unbedingt wissen musst«, improvisierte sie geschickt, »und auf der Rückfahrt im Zug bin ich Jacob begegnet. Aber viel interessanter ist doch, was *du* in der Stadt getrieben hast?« Für Kitty war es mittlerweile zu einem Spiel geworden, die Leute irrezuführen und falsch zu informieren, so oft sie konnte. Sie liebte die fragenden Blicke, die verwirrten Mienen und die allgemeine Neugierde, die unser häufiges Zusammensein erzeugte. Ich persönlich dachte, dass nur ein ausgesprochen dummer Mensch nicht erraten würde, dass wir sehr viel mehr als bloße Freunde waren.

»Oh, ich war bei einer recht ermüdenden Familienfeier bei meinen Eltern«, erwiderte Chatterton-Jones leichthin und blieb stehen, um seine Pfeife anzuzünden. Dass er dabei vielen anderen Reisenden den Weg verstellte, war ihm offensichtlich gleichgültig. Als er es endlich geschafft hatte, den Tabak in Brand zu setzen, und das verbrauchte Streichholz wegwarf, richtete er den Blick auf mich. »Ich glaube, du bist meinen Eltern kürzlich auf Fanley Manor begegnet. Sie sagten, du hättest dort für ziemlich viel Aufregung gesorgt.«

Es war unvermeidlich gewesen, dass er von meiner Begegnung mit seinen Eltern erfuhr, und trotzdem ärgerte ich mich über seine Erwähnung dieser unerfreulichen Geschichte.

Erst neulich hatte ich mehrfach versucht, Kitty dazu zu bringen, mir zu sagen, was für ein Nachspiel mein Besuch auf Fanley Manor gehabt hatte. Aber sie war hartnäckig dabei geblieben, dass sie sich bei ihren Eltern für ihren Ausbruch entschuldigt hatte und ihr, wie in ihrer Familie üblich, verziehen worden war. Ihre Eltern hatten ihr Betragen angeblich ihrem Gemütszustand während der Genesung zugeschrieben. Ich konnte ihr das jedoch nicht glauben, sondern war der festen Überzeugung, dass ihre Eltern mich im Visier hatten und nur den rechten Augenblick abwarteten, um Kitty jeden weiteren Umgang mit mir zu verbieten.

»Aufregung?«, wiederholte ich so gleichgültig wie möglich. »Da klingelt bei mir gar nichts. Bei dir, Kitty?«

»Nein, ich kann mich auch an nichts Besonderes erinnern. Aber bei meinen Eltern ist Aufregung ja auch etwas Alltägliches. Oje, nun fängt es auch noch zu regnen an! Jetzt werde ich bis auf die Haut durchnässt, wenn ich mit dem Fahrrad heimfahre.« Wir hatten unsere Räder morgens am Bahnhof abgestellt.

»Darüber brauchst du dir keine Gedanken zu machen. Ich fahre dich gern nach Hause«, sagte Chatterton-Jones und zeigte auf einen viertürigen Austin 8, der auf der anderen Straßenseite stand.

»Und was mache ich mit meinem Fahrrad?«, fragte Kitty.

»Auf dem Rücksitz ist Platz genug dafür. Was allerdings bedeutet, alter Junge«, sagte er und sah mich durch eine Wolke von Pfeifenrauch an, »dass für dich leider kein Platz sein wird. Doch du hast es ja nicht weit, oder?«

Heiße Wut erfasste mich angesichts der Mühelosigkeit, mit der dieser verdammte Kerl die Sache in die Hand nehmen konnte. Und nachdem ich ihm geholfen hatte, Kittys Rad in den Fond seines Wagens zu verfrachten, sah ich ihnen nach, als sie die unbeleuchtete Straße hinunterfuhren, und verfluchte Chatterton-Jones im Stillen.

Ich verfluchte ihn auf dem ganzen Weg zu meiner Unterkunft, während der Regen in Schneeregen überging und eine feuchte, eisige Kälte mich durchdrang, obwohl ich wie wild in die Pedale trat. Eigentlich hätte ich diesem Ritter in schillernder Rüstung dankbar sein müssen, dass er Kitty davor bewahrte, nass zu werden und sich in dieser bitterkalten Nacht vielleicht sogar den Tod zu holen. Aber ausgerechnet *ihm* dankbar zu sein gelang mir selbst beim besten Willen nicht. Und, oh, wie ich es hasste zu wissen, dass ich durch einen so lächerlich kleinen Zwischenfall vom Rausch der Liebe ins genaue Gegenteil, nämlich in äußerste Qual, verfallen konnte!

Mrs. Pridmore stürzte sich auf mich, sowie ich das Haus betrat, und keifte mich an, weil ich auf ihrem kostbaren Linoleum und dem Dielenteppich Wasserpfützen hinterließ. Als sie mit ihrem Geschimpfe aufhörte, sagte sie, ich solle nicht einmal daran denken, ein Bad zu nehmen, da kein heißes Wasser mehr da sei.

Mit erzwungener Höflichkeit und dem Wissen, dass ich das Abendessen um etwa eine Stunde verpasst hatte – der unappetitliche Geruch nach Kohl hing noch in der Luft –, fragte ich, ob ich etwas zu essen haben könne.

»Sie kennen die Regeln, Mr. Belsinky. Niemand kann von mir erwarten, mich zu nächtlicher Stunde an den Herd zu stellen, nur weil Sie sich nicht an die Essenszeiten halten können.«

»Mein Name ist Bel*insky*«, sagte ich, während ich gegen das Bedürfnis ankämpfte, die Frau an ihrem fetten, wabbeligen Hals zu packen und zu würgen. »Wenn Sie irgendetwas Kaltes anzubieten hätten, das Ihnen nicht zu viel Mühe macht, wäre ich Ihnen dankbar.«

»Es ist noch etwas Corned Beef vom Mittagessen übrig, das ich für morgen aufheben wollte«, sagte sie widerwillig. »Das könnten Sie haben, denke ich, mit einer geraspelten Karotte dazu. Also, wie Sie wollen.«

»Danke, das und eine Tasse Tee würden genügen. Ich komme in ein paar Minuten, wenn ich meine nassen Sachen ausgezogen habe, wieder herunter.«

Hätte ich eine noch unerfreulichere Rückkehr zu meiner Unterkunft erleben können? Als ich zitternd vor Kälte die unbeleuchtete Treppe hinaufstieg und mich ernsthaft fragte, was zum Teufel Mrs. Pridmore mit den Essensmarken anstellte, die wir ihr geben mussten, sah ich Kitty im Wohnhaus der Farm vor dem Ofen sitzen und sich aufwärmen, während Billy ihr etwas Heißes und Köstliches zu essen gab. Aber dann drängte sich mir ein Bild von Chatterton-Jones auf, wie er seine gut beschuhten Füße unter Billys Küchentisch schob und es sich gemütlich machte, und ich musste mich zwingen, an etwas anderes zu denken.

Oben hängte ich meinen nassen Mantel an die Tür, zog meine Schuhe, die pitschnasse Hose und die nicht weniger durchnässten Socken aus. Ich wusste, dass es in der feuchten Kälte meines Zimmers ewig dauern würde, bis meine Sachen trockneten, doch da ich keine andere Wahl hatte, breitete ich sie auf dem hölzernen Wäscheständer zwischen Bett und Fenster aus.

Mitten in der Nacht erwachte ich und fühlte mich alles andere als wohl. Ich hatte heftige Kopfschmerzen, und trotz der Kälte des Raumes glühte ich von einer fiebrigen Hitze. Ich brauchte keinen Arzt, um zu wissen, dass ich an irgendetwas erkrankt war. Was mich geweckt hatte, war jedoch nicht das Unwohlsein, sondern ein Traum gewesen. Ich hatte geträumt, dass ich kurz davor war, Kitty einen Heiratsantrag zu machen, aber den Rubinring nicht finden konnte, den meine Großmutter mir gegeben hatte, und als ich ganz Bletchley Park danach absuchte, fand ich nur ein verrostetes altes Kettenglied.

Der Traum war nur ein Traum, das wusste ich, doch er brachte mir zu Bewusstsein, dass ich vergessen hatte, den Ring aus meiner Manteltasche zu nehmen, um ihn an irgendeinem sicheren Ort aufzubewahren. Meine Vernunft sagte mir zwar, dass er im Moment noch sicher war in meiner Manteltasche und es vielleicht nur mein Fieber war, was mich so verunsicherte, aber ich musste mich davon überzeugen, dass er noch da war. So groß war meine Hast, mich diesbezüglich zu beruhigen, dass ich aus dem Bett sprang und mir den Zeh am Bein des Armsessels anstieß. Nach einem lauten Schmerzensschrei humpelte ich die letzten beiden Schritte zur Tür hinüber, wo mein Mantel hing.

Zu meinem Entsetzen und egal, wie oft ich die Hand in jede einzelne der Taschen steckte, war der Rubinring nicht mehr da. Ich schaltete das Licht an und begann von Neuem, fieberhaft zu suchen, drehte sogar die Taschen auf links, als könnte der Ring irgendwo zwischen den Falten oder Nähten versteckt sein.

Aber nein. Der Ring und der kleine Samtbeutel, in dem er sich befunden hatte, waren verschwunden. In meiner Verzweiflung sah ich auch in meinen Hosentaschen nach, für den Fall, dass ich vielleicht nicht mehr richtig in Erinnerung hatte, wo ich den Ring aufbewahrt hatte.

Doch wieder hatte ich kein Glück. Ich hätte weinen können

vor Wut und hilfloser Enttäuschung. Der Ring war all diese Jahre sicher gewesen – und nach nur ein paar Stunden in meinem Besitz war er verloren! Wie sollte ich das meiner Großmutter beibringen?

Und was beinahe noch schlimmer war: Wie sollte ich Kitty am Silvesterabend bitten, meine Frau zu werden, wenn ich ihr keinen Ring anstecken konnte?

War dies ein Zeichen, ein Omen, dass es uns nicht bestimmt war, zusammen zu sein?

Kapitel 38

Dezember 1943

Ich war kein Simulant, aber am nächsten Morgen wusste ich, dass meine Chancen, es am Nachmittag zur Arbeit zu schaffen, zwischen sehr gering und gleich null lagen. Es wäre der erste Arbeitstag, den ich krankheitsbedingt versäumen würde.

Das Fieber, mit dem ich nachts erwacht war, hatte sich verschlimmert; meine Kehle war rau, mein Kopf fühlte sich an, als wäre er von einem fest angezogenen stählernen Band umgeben, und meine Glieder waren schwer und kraftlos. Einige meiner Kollegen waren in der vergangenen Woche an etwas Ähnlichem erkrankt. Ehrlich gesagt, war es ein Wunder, dass wir nicht alle massenhaft erkrankten oder wie die Fliegen starben, wenn man bedachte, wie dicht wir in den beengten Hütten beieinandersaßen und wie eisig kalt es manchmal bei der Arbeit war.

Doch so krank ich mich auch fühlte, war dieses Unwohlsein dennoch nichts verglichen mit der Qual, die mir das Gehirn zermarterte. Wie konnte ich den Ring verloren haben? Ich war kein unachtsamer Mensch, ganz und gar nicht. Wie Kitty oft bemerkte, war ich sogar schon übertrieben vorsichtig. Auf jeden Fall war ich keiner jener geistesabwesenden, zerstreuten Menschen, die Dinge irgendwo hinlegten und sie dann vollkommen vergaßen.

Die einzige Antwort, die mir einfiel, war, dass ein Taschendieb mich ins Visier genommen hatte, entweder auf dem Weg von meinen Eltern zum Bahnhof oder schon im Zug. Oder könnte es bei unserer Ankunft in Bletchley passiert sein, als

Chatterton-Jones auf dem Bahnsteig beim Anzünden seiner Pfeife so vielen Leuten den Weg versperrt hatte? Ich ließ die Szene im Geiste noch einmal Revue passieren – Leute in Eile, nach Hause zu kommen, Leute, die verärgert ihr Missfallen bekundeten, als sie versuchten, um uns drei herumzukommen. War es da passiert? Hatte mich ein professioneller Taschendieb um den Ring erleichtert, als ich für einen Moment nicht aufgepasst hatte, weil ich von meiner Verdrossenheit über die Begegnung mit Chatterton-Jones abgelenkt gewesen war?

In meinem durch das hohe Fieber schon fast deliranten Zustand ergab es durchaus einen Sinn für mich, Chatterton-Jones die Schuld zu geben und mir einzureden, dass ich den Ring noch hätte, wenn dieser Geck nicht in dem Zug gewesen wäre.

Ich versuchte, die Kraft aufzubringen, zu Mrs. Pridmore hinunterzugehen und sie zu fragen, ob ich das Telefon benutzen durfte, um bei der Arbeit Bescheid zu geben, dass ich heute nicht kommen würde, doch mein Körper hielt mich im Bett gefangen, und irgendwann verfiel ich in einen unruhigen Schlaf.

Um zwei Uhr nachmittags erwachte ich schwitzend und fröstelnd zugleich und mit dem dringenden Bedürfnis, die Toilette aufzusuchen. Als ich aus dem Bad kam und den Gürtel meines Bademantels festzog, machte ich mich auf den Weg zu Mrs. Pridmore und dem Telefon.

Der schwarze Bakelit-Apparat war die jüngste Ergänzung des Haushalts, und Mrs. Pridmore betrachtete ihn mit fast ebenso viel Argwohn wie auch mich. Mehrere Male hatte ich selbst mitangesehen, wie sein schrilles Läuten Mrs. Pridmore in die Küche getrieben hatte, wo sie sich versteckt und abgewartet hatte, bis der verstörende Lärm verstummt war. Sie behauptete, der Telefonapparat sei etwas, das nur den einen Zweck hatte, ihr das Leben noch mehr zu erschweren und an ihren Nerven zu zerren. Was natürlich die Frage aufwarf, warum sie das Telefon überhaupt erst hatte installieren lassen. Vielleicht ja nur, um die Nachbarn zu beeindrucken, die keines hatten. Ich hatte sie es jedoch benutzen sehen und beobachtet, wie sie einen fetten Finger ausstreckte und unendlich vorsichtig wählte, um dann in das Gerät zu schreien, als müsste ihre Stimme allein und ohne jede technische Unterstützung den ganzen Weg bis zu der Person am anderen Ende der Leitung überwinden.

Da mir nur allzu gut bewusst war, wie furchtbar ich aussehen musste – unrasiert, zerzaust und verschwitzt –, ging ich ein wenig beklommen auf die Küche zu. Ich wandte mich in diese Richtung, also zum hinteren Teil des Hauses, weil im vorderen Wohnzimmer und im Speisezimmer Grabesstille herrschte, und da aus der Küche flotte Radiomusik ertönte, nahm ich an, dass ich Mrs. Pridmore dort finden würde.

»Mrs. Pridmore«, rief ich und erschrak über den scharfen Schmerz in meiner Kehle und das heisere Flüstern, das alles war, das über meine Lippen kam.

Ich erhielt keine Antwort, und so riskierte ich es, zur Küche weiterzugehen, dem höchst privaten Bereich meiner Vermieterin, in den kein Mann einen Fuß zu setzen wagte. Als Mieter waren wir unmissverständlich dazu aufgefordert worden, unsere Hauswirtin nicht zu stören, wenn sie sich in ihrem Allerheiligsten aufhielt. Ich hatte einmal Griffiths und Farrington gegenüber bemerkt, dass diese Vorsichtsmaßnahme eigentlich nur zu unserem Besten war, weil wir bestimmt nie wieder etwas von Mrs. Pridmores Essen herunterbekommen würden, wenn wir je mitansehen müssten, wie und woraus sie unsere widerlichen Mahlzeiten zusammenstellte.

Die Tür war nur angelehnt, und ich hatte schon die Hand erhoben, um sie aufzustoßen, als mich das Geräusch von Stimmen vor dem Hintergrund von Radiomusik zögern ließ. Die

Stimmen waren leise und eindringlich – zänkisch, würde ich sogar sagen. Die eine war unverkennbar Mrs. Pridmores, die andere gehörte einem Mann. Meine Vermutung war, dass sie sich stritten. Das war nichts Neues; Mrs. Pridmore war die streitlustigste Person, die mir je begegnet war. Sie zankte sich mit dem Milchmann, dem Postboten und jedem anderen, der in ihre Reichweite kam und ihr nicht gefiel.

Das Ohr nahe am Türspalt, lauschte ich schamlos der erhitzten Debatte in der Küche, und als die Minuten verstrichen, begann plötzlich alles einen Sinn zu ergeben. Ich hatte gehört, dass solche Dinge geschahen, aber nie ernsthaft in Betracht gezogen, dass so etwas vor meinen eigenen Augen vor sich gehen könnte. Ich hatte Mrs. Pridmore als kleinliche, boshafte Frau abgetan, die Freude daran hatte, die Leute zu ärgern. Nun erkannte ich jedoch, dass ich sie mächtig unterschätzt hatte, denn was ich hörte, ließ darauf schließen, dass sie uns systematisch die Lebensmittel vorenthalten hatte, auf die wir Anspruch hatten, und sie klammheimlich verkaufte.

Als ich durch den kleinen Spalt im Eingang spähte, sah ich einen Karton auf dem Tisch stehen, den sie mit rationierten Nahrungsmitteln füllte – Käse, Milch, Speck, Tee, Zucker, Marmelade und Zwieback sowie Dosen mit eingemachtem Obst oder Eipulver. Ein Mann mit beginnender Glatze und dem Gesicht einer Ratte, der mit einer kurzen Jacke und einem lose umgebundenen Schal bekleidet war, stand neben ihr und blätterte ihr Geld hin. Ich erkannte ihn, da ich ihn hier schon mehrmals kommen und gehen gesehen hatte, und immer durch die Hintertür. Ich hatte ihn einmal sogar Kitty gegenüber erwähnt und im Scherz gesagt, Mrs. Pridemore habe einen heimlichen Geliebten.

Da das Geschäft so gut wie abgeschlossen zu sein schien, überlegte ich, wie ich mich verhalten sollte. Sollte ich einfach hineinstürmen und melodramatisch wie in einem schlechten Film erklären, das Spiel sei aus, oder zog ich mich besser leise zurück, um meine Beobachtungen der Polizei zu melden? Wer beim Schwarzhandel erwischt wurde, musste mit einer harten Strafe rechnen. Mrs. Pridmore könnte eine saftige Geldstrafe und bis zu zwei Jahre Gefängnis für ihr Tun bekommen. Wollte ich wirklich dafür verantwortlich sein, dass sie ins Gefängnis kam? Hasste ich sie so sehr?

Ja, dachte ich grimmig bei der Erinnerung an die Art und Weise, wie sie mich am vergangenen Abend und all die anderen Male behandelt hatte, als sie so furchtbar grob zu mir gewesen war. Außerdem durfte ich auch die Momente nicht vergessen, in denen ich überzeugt gewesen war, dass sie meine wenigen Habseligkeiten durchsucht hatte. Hatte sie da etwas zum Verkaufen gesucht? Wie enttäuscht sie gewesen sein musste, als sich herausgestellt hatte, dass ich nichts Wertvolles besaß!

Kaum hatte ich diesen Gedanken zu Ende gebracht, fiel mir der einzige Wertgegenstand ein, den ich jemals hierher mitgebracht hatte – der Rubinring meiner Großmutter. Doch das war absurd. Diese grässliche Frau hatte am vergangenen Abend keine Gelegenheit gehabt, ihn mir zu stehlen. Es sei denn … sie hatte sich hereingeschlichen, während ich geschlafen hatte! Aber dann hätte ich sie doch bestimmt gehört? Oder nicht? Bei meiner schlechten Verfassung gestern Nacht hätte wahrscheinlich sogar ein Elefant in mein Zimmer kommen können, ohne dass ich etwas bemerkt hätte.

Die empörende Vorstellung, dass Mrs. Pridmore so etwas Abscheuliches getan haben könnte, brachte mich dermaßen in Rage, dass ich ohne einen weiteren Gedanken und kampflustig die Tür aufstieß.

Ich hätte keinen schlechteren Zeitpunkt wählen können. Im selben Moment, als sich mir zwei überraschte Gesichter zuwandten, ertönte plötzlich ein lautes, schrilles Klingeln an der Eingangstür.

Es war schwer zu sagen, wer erschrockener aussah, die beiden Menschen in der Küche oder ich, aber der Mann mit dem Rattengesicht fasste sich sehr schnell wieder, schnappte sich den Karton und floh durch die Hintertür, die er laut hinter sich zuknallte.

Damit blieben nur noch Mrs. Pridmore und ich.

Und wer auch immer an der Haustür stand.

»Würden Sie mir gefälligst aus dem Weg gehen!«, blaffte sie mich an, als sie sich schamlos, wie sie war, mit beeindruckender Schnelligkeit schon wieder fing. »Ich muss nachsehen, wer das ist.«

Ich vertrat ihr den Weg.

»Nein«, sagte ich mit heiserer Stimme, »vorher will ich Antworten von Ihnen. Wer war dieser Mann, und warum haben Sie ihm diesen Karton mit rationierten Lebensmitteln gegeben?«

»Das geht Sie gar nichts an!«, fauchte sie.

»Ich denke, Sie werden schon noch merken, dass es mich sehr wohl etwas angeht. So sehr sogar, dass ich Sie wegen Schwarzhandels anzeigen werde.« Meine Drohung hätte sicher mehr Eindruck gemacht, wenn meine Stimme nicht auf ein so jämmerlich heiseres Flüstern reduziert gewesen wäre.

Hinter mir war erneut die Türklingel zu hören.

»Was fällt Ihnen ein!«, zischte sie. »Wie können Sie es wagen, mich einer solchen Schandtat zu beschuldigen! Mich, eine anständige Frau, die keinen roten Heller in der Tasche hat!«

»Und ob ich das kann. Außerdem vermute ich stark, dass Sie mehr verschwinden ließen als nur die rationierten Lebensmittel, die Sie Ihren Mietern hätten geben müssen.«

Sie stieß mich so hart gegen die Brust, dass ich husten musste. »Gehen Sie mir auf der Stelle aus dem Weg, weil ich Ihnen nicht umsonst sage, dass ich eine anständige Frau bin und meinen Teil zur Kriegsanstrengung beitrage, indem ich Ihnen ein Dach über dem Kopf gebe, obwohl Sie eigentlich im aktiven Dienst sein müssten, statt sich hier zu verstecken. Sie sind ein Feigling, genau wie die beiden anderen hier. Drückeberger, die ganze verdammte Bagage! Ich werde froh sein, wenn ich euch von hinten sehe. Denn genau das wird passieren, weil ich *Sie* anzeigen werde, und dann werden Sie verschwinden. Gott sei Dank, kann ich nur sagen!« Wieder stieß sie mich hart gegen die Brust. »Und *Sie* werden derjenige sein, der ins Gefängnis geht, weil er unverschämte Lügen über anständige, hart arbeitende Leute wie mich verbreitet.«

So groß war ihre selbstgerechte Empörung, dass ich den Mut verlor. Hatte ich etwas missverstanden? Hatte ich voreilige und falsche Schlüsse gezogen? Aber dann sah ich das Geld auf dem Tisch liegen. »Und wofür ist das dann?«

»Auch das«, zeterte sie, »geht Sie gar nichts an!«

Und dann setzte sie ihren massigen Körper in Bewegung und schob mich aus dem Weg, marschierte zur Diele weiter und riss die Haustür auf.

»Ja?«, fuhr sie den Mann an, der auf den Eingangsstufen stand. »Was wollen Sie?«

Ich traute meinen Augen nicht. Es war Chatterton-Jones, der vor der Tür stand! In einem Anzug von bester Qualität und einem teuren Kaschmirmantel stand er dort, tippte sich höflich an den Hut und lächelte Mrs. Pridmore an, als wäre sie das schönste Wesen, dem er je begegnet war. »Verzeihen Sie, dass ich Sie störe, Madam, aber ich würde gern Mr. Belinsky sprechen.«

»Ich nehme an, Sie sind auch einer von denen«, sagte sie unfreundlich. »Noch so ein fauler, nichtsnutziger Feigling!«

Daraufhin trat ich vor und erklärte so würdevoll, wie es

einem Mann in einem Bademantel möglich ist: »Mrs. Pridmore, ich wäre wirklich nicht so unhöflich an Ihrer Stelle, da dieser Herr nämlich vom Ernährungsministerium ist. Ich hatte ihn in Anbetracht meines Verdachts gebeten, uns einen Besuch abzustatten.«

Ihr traten fast die Augen aus dem Kopf, sie wurde kreidebleich, und ihr Doppelkinn begann zu zittern.

»Lassen Sie uns bitte allein!«, sagte ich und nahm eine gebieterische Haltung ein, die in lächerlichem Widerspruch zu meinem Aufzug und der Heiserkeit meiner Stimme stand.

Ich nahm Chatterton-Jones mit nach oben in mein Zimmer, wo wir hoffentlich einigermaßen ungestört sein würden.

»Du lieber Gott, Belinsky, was hatte das denn gerade zu bedeuten?«, fragte er, als wir allein waren.

»*Psst!*«, zischte ich, während ich an der Tür auf die verräterischen Geräusche die Treppe hinaufkommender Schritte horchte.

»Hör mal, es geht dir doch gut, oder? Der Arbeitsdruck und all das – einigen Jungs setzt das mächtig zu.«

»Sei nicht albern!«, erwiderte ich gereizt. »Natürlich geht's mir gut.«

Er sah mich zweifelnd an. »Tja, dann ist es vielleicht ja nur gespielt, aber du wirkst wie jemand, der kurz vorm Durchdrehen ist. Um ganz ehrlich zu sein, du siehst schrecklich aus. Völlig fertig, alter Junge.«

»Hör zu«, sagte ich ungeduldig, während ich, plötzlich zutiefst erschöpft, auf die Kante meines ungemachten Bettes sank. »Ich habe mir diesen Bazillus eingefangen, der bei der Arbeit gerade die Runde macht. Aber das ist es nicht, was mich beunruhigt.«

Er setzte sich in den Sessel mir gegenüber, und ich erzählte ihm, was ich unten in der Küche beobachtet hatte und wie es sich mit der mangelhaften Ernährung in diesem Hause in Verbindung bringen ließ.

»Aha«, sagte er mit einem Lächeln. »Deswegen spiele ich die Rolle eines Herrn vom Ernährungsministerium. Das war sehr schlau von dir. Da hast du schnell gedacht.«

Ich ignorierte seine Bemerkung und fuhr leise fort: »Viel schlimmer noch ist, dass meine Vermieterin mir vielleicht sogar etwas gestohlen hat. Etwas Wertvolles.«

»Tatsächlich? Und was? Geld?«

Nicht gewillt, Chatterton-Jones gegenüber zuzugeben, warum ich im Besitz dieses Rings gewesen war, sagte ich: »Es ist etwas Persönliches. Ich hatte es gestern noch, und jetzt ist es verschwunden.«

»Du meinst nicht zufällig das hier?«, fragte er und zog einen kleinen schwarzen Samtbeutel aus der Manteltasche. »Deshalb bin ich nämlich hier. Ich fand es gestern Abend hinten in meinem Wagen, nachdem ich Kitty heimgebracht hatte. Es muss dir aus der Tasche gefallen sein, als wir ihr Fahrrad ins Auto bugsierten.«

»Mein Gott!«, murmelte ich, als er mir den kleinen Beutel reichte. »Du kannst dir gar nicht vorstellen, wie froh ich bin, es wiederzuhaben.«

»Oh, ich denke schon, dass ich das kann.« Er schlug die Beine übereinander und strich den Wollstoff seiner Hose glatt. »Ich nehme an, du willst der wunderschönen Kitty einen Antrag machen?«

Was konnte ich schon sagen? Eine Lüge würde mich noch dümmer aussehen lassen, als es ohnehin schon der Fall war. Immerhin hatte ich Mrs. Pridmore mehr oder weniger beschuldigt, den Ring gestohlen zu haben, und jetzt war er plötzlich wieder da. »Ja«, erwiderte ich daher nur leise.

»Dir ist doch wohl bewusst, dass ihre Eltern das nicht begrüßen werden?«

»Ich weiß, dass sie vermutlich nicht begeistert sein werden.«

»Es ist nichts Persönliches, alter Junge, sie würden es bloß vorziehen, dass ihre jüngste Tochter jemanden … ihrer Wahl heiratet.«

»Auch das weiß ich«, erwiderte ich, nicht ohne zu bemerken, wie sorgfältig er Worte wie »Klasse« oder »Herkunft« mied. »Aber hat Kitty denn gar nichts dabei mitzureden?«

»Doch, natürlich, solange ihre eigene Wahl mit der ihrer Eltern übereinstimmt. Du bist ein intelligenter Bursche, du weißt, wie diese Dinge sind. Und ist es bei euch nicht genau das Gleiche?« Wieder hatte er seine Worte sehr sorgfältig gewählt. Er hätte genauso gut »deinesgleichen« sagen können.

Im Prinzip hatte er natürlich recht, aber das ließ ich unberücksichtigt, als ich scharf entgegnete: »Und ich nehme an, dass du eine viel bessere Wahl wärst, nicht? Die richtige Herkunft, die richtigen Referenzen. Die richtige …«

Er beugte sich abrupt im Sessel vor. »Jetzt beruhige dich mal, Belinsky! So gern ich das Mädchen auch habe, von mir hast du nichts zu befürchten. Ich bin nicht der Typ zum Heiraten, dazu liebe ich meine Freiheit viel zu sehr. Gott, ich würde es hassen, wenn mir die Flügel gestutzt würden! Selbst von einem so bezaubernden Mädchen wie unserer Kitty.«

Ich starrte ihn an und versuchte zu entscheiden, ob ich ihm glauben sollte oder nicht.

»Und was wirst du nun bezüglich deiner Vermieterin unternehmen?«, fragte er, als keine Antwort von mir kam. »Den Drachen ins Kittchen bringen? Ich an deiner Stelle würde jedoch eher die Macht benutzen, die deine Entdeckung dir verleiht. Sag ihr, sie solle euch das Essen geben, das euch zusteht, und dann würdest du kein Wort mehr über die Angelegenheit verlieren.«

Überrascht über seinen Vorschlag, musste ich ihn mir erst einen Moment lang durch den Kopf gehen lassen, bevor ich den Sinn darin erkannte. Doch dann verzogen sich meine Mundwinkel zu einem Lächeln. »Ich könnte sogar den Heizofen in meinem Zimmer so lange anlassen, wie ich wollte«, sagte ich mit einem Blick zu dem Wäscheständer am Fenster, auf dem meine bestimmt noch immer nassen Sachen lagen. »Und mir den Luxus von mehr als einem heißen Bad in der Woche leisten.«

Chatterton-Jones lächelte mich an. »Na bitte. Da haben wir doch eine zufriedenstellende und sehr vorteilhafte Lösung, und vor allem ist dein Ring jetzt wieder in sicherer Verwahrung. Alles in allem war das gute Arbeit, würde ich sagen. Und apropos Arbeit, ich mache mich jetzt besser wieder auf den Weg. Soll ich den entsprechenden Leuten Bescheid geben, dass du heute nicht kommen wirst, weil du krank bist?«

Ich nickte. »Danke. Und … auch vielen Dank dafür, dass du hergekommen bist. Das weiß ich wirklich sehr zu schätzen.«

Plötzlich ertappte ich mich dabei, dass ich den Mann vor mir in einem neuen und völlig anderen Licht betrachtete. Überdies musste ich mir eingestehen, dass ich mich sehr wahrscheinlich von einem erbärmlichen Minderwertigkeitskomplex hatte unterkriegen lassen und Chatterton-Jones' wahren Charakter dadurch bewusst verfälscht hatte. Oh ja, ich hatte heute eine wichtige Lektion gelernt!

»Keine Ursache«, antwortete er, schon auf den Beinen und mit einer Hand auf meiner Schulter. »Es war das Mindeste, was ich tun konnte. Und ich freue mich, dass ich dir behilflich sein konnte.«

Ich stand auf, um ihm die Tür zu öffnen, als mir einfiel, dass er noch etwas Wichtiges für mich erledigen musste, wenn ich sichergehen wollte, dass Mrs. Pridmore in Zukunft meine Anweisungen befolgen würde.

»Könntest du mir auch noch den Gefallen tun, mit Mrs. Pridmore zu sprechen?«, fragte ich. »Dich weiterhin als jemand vom Ernährungsministerium ausgeben und ihr erklären, wenn sie ihre illegalen Aktivitäten nicht einstellte, würdest du wiederkommen, um sie mit der ganzen Strenge des Gesetzes zur Verantwortung zu ziehen?«

Er grinste mich an. »Wird sofort erledigt, alter Junge! Wenn ich mit ihr fertig bin, wirst du sie völlig in der Hand haben.«

Ich konnte mir andere Orte vorstellen, an denen ich diese Xanthippe lieber sähe, doch sie in der Hand zu haben würde zunächst einmal genügen.

Kapitel 39

Matthew, dem Jacob nicht aus dem Kopf ging, dachte jetzt, dass auch er jemanden ursprünglich sehr falsch beurteilt hatte.

Nach ihrer ersten Begegnung hatte er Saskia für distanziert und hochnäsig gehalten, während er nun, da er sie und ihre Familie besser kennenlernte, sehen konnte, dass sie alles andere war als das. Sie neigte zwar dazu, sich hin und wieder in Momente stiller Selbstbetrachtung zurückzuziehen, doch das war etwas, das sie gemeinsam hatten. Er hatte nie zu den Leuten gehört, die sich gezwungen sahen, eine Lücke in der Konversation zu füllen, da es meist ohnehin jemanden gab, der nur allzu gern bereit war, einzuspringen und die Stille mit irgendeiner Nichtigkeit zu füllen. Jacob hatte gern bemerkt, dass nur ein Narr all seine Gedanken äußerte. Eine andere seiner Lebensweisheiten war: »Unterbrich nie die Stille, wenn du das Schweigen nicht verbessern kannst.«

Es war ein Rat, den Matthew sich sehr zu Herzen genommen hatte und auf den er sehr stark baute, wenn er vor Gericht als Sachverständiger hinzugezogen wurde; es war vermutlich auch der Grund, warum Jim Rycroft ihn als »undurchschaubaren Burschen« bezeichnet hatte.

Doch hier im Garten von Ashcombe schienen Jim Rycroft und der neue Betrugsfall, mit dem Matthew betraut worden war, nun weit entfernt zu sein, was ein ungewohntes Gefühl für ihn war, da die Arbeit gewöhnlich einen Großteil seiner Wochenenden und seiner Gedanken beanspruchte. Als er Saskia nun half, Platten, Teller und Geschirr aus der Küche zu dem großen Holztisch im Garten hinauszutragen, versuchte er wieder einmal, sich darüber klar zu werden, warum genau er sich bei dieser Familie so wohlfühlte.

In erster Linie hatte es natürlich mit diesen Menschen zu tun, die ihn trotz ihrer relativ kurzen Bekanntschaft so bereitwillig in ihrem Zuhause willkommen hießen, doch es war auch das Gefühl, in etwas aufzugehen, das sich für ihn wie eine Oase aufrichtiger Wärme und Zuneigung anfühlte. Je mehr Zeit er mit ihnen verbrachte, desto mehr gewann er den Eindruck, dass die Menschen in dieser Familie einander aufrichtig zugetan waren und dass etwas viel Stärkeres als eine bloße Familienbeziehung sie zusammenhielt.

Auf Saskias Bitte setzte er sich neben sie und fragte sich unwillkürlich, ob die Atmosphäre hier auf Ashcombe wohl schon immer so angenehm gewesen war. Als die Familie anfangs von Kummer gebeugt hierhergekommen war, hatten sie da erst kämpfen müssen, um einen Weg zu finden, ihr neues Leben miteinander zu bewältigen? Hatte es Streitereien gegeben? Oder Zeiten, in denen sie ihre Entscheidung bereut hatten?

Da alles andere schon auf dem Tisch stand, war es nun Ralphs Aufgabe, ihnen Harveys »Glanzlicht«, eine große Platte mit einer spektakulären, mit Rosmarinzweigen gespickten Lammkeule zu präsentieren. Sein Erscheinen wurde mit stürmischem Applaus und einem lauten Pfiff Saskias begrüßt. Harvey tupfte sich mit einem Taschentuch die Stirn ab und verbeugte sich vor ihnen, trank einen kräftigen Schluck Rotwein und machte sich dann, mit einem Furcht einflößenden Tranchiermesser bewaffnet, an das Zerlegen der Lammkeule.

Während Matthew die Vorgänge beobachtete und schmunzelnd Saskia zuhörte, die Libby erklärte, wie man mit zwei Fingern im Mund einen Pfiff erzeugte, kam er zu dem Schluss, dass diese Familie etwas Außergewöhnliches erreicht hatte: Sie hatten die besten Aspekte gemeinschaftlichen Lebens zuwege gebracht, aber ganz ohne den Zusammenprall der Egos, der dieses Arrangement so oft begleitete. Es war eine Lebensweise, von der viele träumten, aber die Wirklichkeit machte den Traum nur allzu oft zunichte.

Matthew hatte Familien gekannt, die stolz die Flagge angeblicher Normalität hochhielten, aber er hatte selbst gesehen, dass oft gerade diejenigen, die das meiste Geschrei darum machten, wie glücklich sie doch seien, es nur selten waren. Manchmal waren sie nämlich in ihrer Selbstgefälligkeit so erpicht darauf, den Anschein von Harmonie zu erwecken, dass sie blind für die unterschwelligen Konflikte direkt vor ihren Augen waren.

Matthew nahm an, dass es mit der Ehe nicht viel anders war. Im Verlauf seiner Arbeit war er vielen vor der Scheidung stehenden Paaren begegnet und hatte immer wieder die gleiche ungläubig vorgebrachte Geschichte darüber gehört, dass ein Partner ohne Wissen des anderen fremdgegangen sein könnte. »Aber ich dachte, wir wären so glücklich«, war der sich ständig wiederkehrende Refrain.

Fliss' Eltern waren ein Paradebeispiel dafür. Nicht lange, bevor Matthew ihr begegnet war, und einen Tag nach einem großen Fest, zu welchem Hochzeitstag auch immer, hatte Fliss' Mutter entdeckt, dass ihr Mann eine Affäre mit einer Kollegin hatte. Laut Fliss hatten ihre Eltern es irgendwie geschafft, sich wieder auszusöhnen, und das Thema wurde nie wieder erwähnt. Da Matthew die Familie jedoch erst nach dieser Krise kennengelernt hatte und daher keinen direkten Vergleich zwischen der Zeit davor und danach anstellen konnte, hatte er den Eindruck, dass der nach der Affäre zurückgebliebene Schaden zu einer Ehe geführt hatte, die so krankhaft angespannt war, als vollführten Rod und Sally Campbell ständig einen Drahtseilakt. Es bedeutete auch, dass Familienfeiern seither weitaus mehr darstellten als ein festliches Zusammensein: Sie waren zu schmallippigen, trickreichen Auftritten geworden, bei denen jeder eine Rolle spielte. Kein Wunder, dass Fliss ihn in Kopenhagen dabeihaben wollte!

»Bitte schön, Matthew«, sagte Harvey und reichte ihm einen großzügig mit Lammbraten gefüllten Teller. »Alles andere nimmst du dir selbst, wir legen hier keinen Wert auf Förmlichkeiten.«

»Ich hoffe, wir sind nicht zu viel für dich«, sagte Saskia mit leiser Stimme, als sie ihm eine Schüssel mit gerösteten neuen Kartoffeln reichte.

»Absolut nicht«, erwiderte er. »Ich fühle mich sehr wohl bei euch. Es war sehr nett von dir, mich einzuladen.«

»Es war nicht *nett*. Du wirst doch wohl klug genug sein, um zu erkennen, dass ich einen Hintergedanken dabei hatte und wissen möchte, wie *Die Pusteblumenjahre* weitergehen.«

»Und ich dachte, es sei meine anregende Gesellschaft, die du wolltest.«

»Oh ja, die auch. Aber ich halte es nur für fair, dich vorzuwarnen, dass ich dich nicht eher gehen lassen werde, bis ich auch die allerletzte Neuigkeit aus dir herausgeholt habe.«

»Das bezweifle ich nicht«, sagte er lächelnd. »Ich erzähle dir später alles, ja?«

Sie erwiderte das Lächeln. »Sobald ich dich in Ruhe verhören kann.«

Als alle bedient waren, erhob Harvey, der an der Spitze der Tafel saß, sein Glas. »Frohe Ostern euch allen! Und vielleicht darf ich noch hinzufügen, wie schön es ist, solch reizende Gäste bei uns zu haben. Auf Libby und Matthew – vielen Dank, dass ihr den Anlass noch bereichert habt!«

»Auf Libby und Matthew!«, fielen die anderen wie aus einem Munde ein.

Nachdem alle einen Schluck getrunken hatten, erhob Libby

ihr Glas erneut, und mit einem Blick auf das Haus hinter ihnen sagte sie: »Auf Ashcombe! Möge es sich niemals ändern!«

Ist das die Antwort, die ich gesucht habe?, fragte Matthew sich, als alle Libby applaudierten. War das Haus der Schlüssel zu dieser besonderen Atmosphäre hier? Fast so, als wäre es ein weiteres Mitglied der Familie, eine gütige, aber auch entschieden führende Hand? Konnte ein Haus überhaupt eine derartige Wirkung haben? Vielleicht schon, dachte er, denn hatte er sich bei seinen wenigen Besuchen hier nicht jedes Mal sehr wohlgefühlt? Was aber doch sicherlich an seinen Bewohnern lag?

»Und nun einen guten Appetit euch allen, und lasst uns essen, bevor es kalt wird!«, sagte Harvey. »Ah, und falls noch Minzsauce da ist, reicht sie mir doch bitte an!«

»Du meinst die Minzsauce, für deren liebevolle Zubereitung ich eine Ewigkeit gebraucht habe?«, fragte Oliver, als er die Schale ergriff und an Harvey weiterreichte. »Und ohne die diese ganze Mahlzeit das Essen nicht lohnen würde!«

»So ist es, Oliver«, antwortete Harvey mit einem Augenzwinkern für Matthew. »Ehre, wem Ehre gebührt, sage ich immer.«

Das Essen war ebenso ausgezeichnet, wie es die Stimmung war, und Matthew ertappte sich bei dem Gedanken, wie wohl seine Mutter sich hier gefühlt hätte. Wie er hatte sie nie erfahren, wie es war, zu einer großen, glücklichen Familie zu gehören; sie hatte nur ihre eigene Mutter und Matthew gehabt. Und später Jacob.

Wahrscheinlich war das so, weil gestern der Geburtstag seiner Mutter gewesen war, aber bestimmte Erinnerungen an sie kamen ihm immer wieder in den Sinn, wenn er es am wenigsten erwartete. Unwillkürlich fragte er sich, ob es Saskia nach all der Zeit auch noch so erging, dass eine bestimmte Erinnerung oder ein Gefühl sie wie aus dem Nichts heraus beschleichen konnte.

Als er merkte, dass Ralph etwas zu ihm sagte – er fragte,

ob das Nachlassverfahren sich endlich seinem Abschluss näherte –, erklärte er: »Man sagte mir, es müsste irgendwann in der kommenden Woche unter Dach und Fach sein.«

»Und was wirst du dann tun?«, fragte Ralph.

»Die Antwort klingt wahrscheinlich ziemlich dürftig, doch ich habe bisher noch nichts entschieden.«

»Es besteht ja auch vermutlich keine Eile«, bemerkte Libby von der anderen Seite des Tisches her.

»Nein, doch die Vernunft gebietet, mich bald zu entscheiden. Der einzige Rat, den ich erhalte, ist, dass ein unbewohntes Haus schneller verfällt als eins, das ein richtiges Zuhause mit ständigen Bewohnern ist. Es muss jetzt schon sehr viel daran getan werden, und ich würde es hassen, mitansehen zu müssen, wie sein Zustand sich noch mehr verschlechtert.«

»Was ist mit Jacobs Büchern?«, erkundigte sich Saskia. »Was wirst du mit ihnen machen?«

»Wenn ich das Haus verkaufe, was wahrscheinlich das Beste wäre, werde ich auch die Bücher veräußern müssen. Vielleicht nicht alle, aber auf jeden Fall den größten Teil davon.«

»Ich kenne jemanden, der dir bei den Büchern helfen kann«, warf Oliver ein und zeigte mit der Gabel in der Hand auf Ralph. »Anständiger Kerl und so zuverlässig, wie der Tag lang ist.«

»Hör nicht auf meinen Vater!«, meinte Ralph gutmütig. »Aber wie ich dir bereits sagte, brauchst du es mich nur wissen zu lassen, wenn du meine Hilfe benötigst.«

»Danke. Ich hatte gehofft, dass du das sagen würdest. Jetzt ist nicht der richtige Moment, doch in den nächsten Tagen würde ich wirklich gern einmal mit dir darüber reden.«

»Ich wünschte, es könnte für immer so sein«, sagte Ralph ein bisschen wehmütig.

»Du meinst, bis zu den Ellbogen im Spülwasser zu stecken

und Geschirr abzuwaschen, während ich abtrockne?«, entgegnete Libby lachend. »Ich hatte mir eigentlich etwas mehr vom Leben erhofft.«

Ralph lächelte, spülte eine Rührschüssel ab, die für die Spülmaschine zu groß war, und stellte sie auf das Abtropfbrett. »Du weißt schon, was ich meine.«

Libby nahm die Schüssel und trocknete sie ab. »Vielleicht oder vielleicht auch nicht. Was ist es, das du gern für immer hättest?«

Er deutete durch das offene Küchenfenster auf seinen Vater und Harvey, die in bequemen Gartenstühlen im Schatten eines Kirschbaumes ein Nickerchen hielten. Beide trugen Papierhüte, die Saskia aus den Sportseiten der *Sunday Times* gefaltet hatte, und durch die sanfte Brise, die ab und zu die Blütenpracht bewegte, regneten kleine Blütenschauer von den Ästen auf die beiden alten Herren und das Gras herab. »Ich möchte, dass diese beiden für immer so bleiben«, murmelte Ralph. Dann zeigte er auf Saskia und Matthew, die etwas weiter hinten im Garten Krocket spielten. »Und ich hätte auch gern, dass Matthew zu einem festen Bestandteil von Saskias Leben wird.«

»Du alter Romantiker, du!«

Er drehte sich zu Libby um, und vielleicht durch ein Übermaß an gutem Wein, gutem Essen und guten Gefühlen ermutigt, sagte er: »Und ich wäre auch sehr, sehr froh, wenn du zu einem festen Bestandteil meines Lebens würdest.«

Nach einem kurzen Zögern schenkte sie ihm ein unsicheres kleines Lächeln. »Weißt du, aus irgendeinem Grund klingt das gar nicht so romantisch.«

»Oh«, sagte er, weil ihm nichts Besseres einfiel. Hatte er sich verschätzt, was ihre Beziehung anging? Er hatte geglaubt, Libby sei ebenso sehr dafür, sie fortzusetzen wie er selbst. Es schien doch alles so gut zu laufen. Sie hatte sogar schon den Schritt gemacht, über die Feiertage hier bei ihnen zu bleiben. Am Freitagabend war sie mit einem kleinen Rollkoffer eingetroffen und hatte dann beim Auspacken ihrer Sachen ihre Zahnbürste im Bad seines Zimmers neben seine gestellt.

Aber bereute sie das nach zwei Nächten schon? Hatte sie gesehen, wie das Leben hier in Ashcombe wirklich war, und sich noch einmal gründlich überlegt, ob sie bereit war, sich noch tiefer hineinziehen zu lassen? Und wer könnte ihr das auch verdenken? Mit einer Tochter, die noch zu Hause lebte, und zwei älteren Männern, die ihn brauchten, müsste sie ja auch verrückt sein, sich noch umfassender darauf einzulassen! Von jähen Zweifeln bestürmt und bestürzt darüber, wie sehr ihn der Gedanke schreckte, sie ein zweites Mal zu verlieren, schluckte er nervös. Und was seine Befürchtungen noch verschlimmerte, war die Erinnerung an ihre Bemerkung vorhin im Garten über Ashcombe – *möge es sich niemals ändern.* War das ihre Art, ihm zu verstehen zu geben, dass sie nicht viel länger da sein würde?

Da er es nicht ertrug, wie sie ihn ansah, wandte er sich wieder ab und griff nach einer Le-Creuset-Pfanne. Während er sie mit unnötiger Heftigkeit ausscheuerte, weil seine gute Laune ihm gründlich vergangen war, wünschte er, er hätte seinen Mund nicht aufgemacht. Er hätte es besser wissen müssen. Was zum Teufel hatte ihn auf die Idee gebracht, dass irgendeine auch nur halbwegs vernünftige Frau bereit wäre, ihn zu nehmen? Wahnsinn. Dummheit, Aberwitz *und Wahnsinn*, dachte er und scheuerte noch heftiger drauflos.

Aber dann spürte er eine Hand auf seiner Schulter, und Libby stand neben ihm. »Hör auf damit«, sagte sie, »oder du wirst das Email noch bis aufs Gusseisen hinab zerkratzen! Und dann kannst du dich von Harvey auf einiges gefasst machen.«

Ralph schüttelte den Kopf. »Darauf lasse ich's ankommen«, murmelte er und wäre am liebsten im Erdboden versunken.

»Ralph, hör bitte auf damit!«

Und endlich tat er es.

»Hier, trockne dir die Hände ab«, sagte sie und reichte ihm ein Handtuch.

Auch das tat er.

»Und jetzt küss mich!«

»Ich ... ich glaube nicht, dass ich das im Augenblick kann.«

»Und warum nicht?«

»Weil ich das Gefühl habe, dass es ein Abschiedskuss sein könnte. Dass du danach hinaufgehen und packen wirst ... und ich dich und deinen kleinen Rollkoffer nie wiedersehen werde.« Aus irgendeinem Grund empfand er den Gedanken, dass dieser Koffer aus der Tür gerollt werden könnte, um nie wieder gesehen zu werden, als ungeheuer schmerzlich.

»Wie kommst du von einem Augenblick zum anderen darauf, dir vorzustellen, mir einen Abschiedskuss zu geben, nachdem du mich gerade noch als festen Bestandteil deines Lebens haben wolltest?« Ihre so wunderbar weiche und melodische Stimme verstärkte noch den dumpfen Schmerz in seiner Brust.

»Dein Blick besagte alles, Libby. Genau wie das, was du über Ashcombe sagtest – dass es sich nie verändern möge. Es tut mir leid, falls ich zu vorschnell war in der Annahme, wir wollten beide das Gleiche. Vergiss, dass ich überhaupt etwas gesagt habe! Schreib es einem Übermaß an Wein und Sonne zu.«

»Ich würde es eher Dummheit zuschreiben«, entgegnete sie nüchtern. »Und deine Hände sind jetzt trocken genug, glaube ich.« Sie nahm ihm das Handtuch ab und legte es auf die Arbeitsfläche. »Ralph«, begann sie erneut und ergriff seine Hände, »nichts wäre mir lieber, als ein fester Bestandteil deines Lebens zu werden.«

Er starrte sie an. »Wirklich? Aber ... du sagtest doch, es

klänge nicht romantisch und …« Er brach ab, weil ihm die Worte fehlten.

Libby lächelte. »Ich meinte damit nur, dass es nettere Wege gibt, mir klarzumachen, dass du eine dauerhaftere Beziehung willst. Denn das ist es, was auch ich mir wünsche. Vor zehn Jahren haben wir uns schon einmal verloren, Ralph, und ich möchte nicht, dass das ein zweites Mal geschieht.«

»Also war es nur die Formulierung, die dich störte?«

»Eine Frau möchte eine romantische Geste von den entsprechenden Worten begleitet sehen. Egal, wie alt sie ist.«

Erleichterung durchströmte ihn. »Du hast recht. Es tut mir leid, Libby. Was für ein Idiot ich bin!«

»Ja, das bist du. Aber ich habe auch schon eine Idee, wie du es wiedergutmachen kannst.«

Er lächelte. »Komischerweise habe ich auch eine«, erwiderte er, nahm sie in die Arme und küsste sie.

Als Saskia ihren roten Krocketball aus dem Blumenbeet unter dem Küchenfenster herausholte, warf sie einen Blick in die Küche hinein und sah ihren Vater und Libby, die sich küssten. Leise, um nicht bemerkt zu werden, entfernte sie sich von dem Blumenbeet, und erst als sie außer Hörweite ihres Vaters und Libbys war, warf sie mit einem leichten Schlag ihres Schlägers den Ball.

»Hast du gerade geschummelt?«, rief Matthew ihr zu.

Sie legte einen Finger an ihre Lippen.

Matthew, der sie missverstand, blickte zu ihren schlafenden Großvätern hinüber. »Entschuldige«, formte er mit den Lippen.

Sie schüttelte den Kopf und ging zu der Stelle hinüber, wo er im Begriff war, seinen Ball gegen den Zielpfosten zu schlagen. »Ich wollte nur meinen Vater und Libby nicht in Verlegenheit bringen«, erklärte sie. »Die beiden sind in der Küche, und … na ja, sagen wir mal so: Beim Geschirrspülen waren sie nicht.«

»Oh, ich verstehe.« Matthew lächelte. »Wie rücksichtsvoll von dir.«

»Ja, so bin ich. Mach weiter!«, fügte sie hinzu und deutete auf den farbigen Pfosten. »Beende das Spiel und erlöse mich aus meinem Elend! Jacob war anscheinend ein viel zu guter Lehrer, du hast mich völlig fertiggemacht.«

»Tut mir leid«, sagte er und tippte den Pfosten mit dem Ball an, »das war wirklich äußerst ungalant von mir. Doch da ich nun weiß, wie gut deine Familie Gäste behandelt, dachte ich, es sei vielleicht auch eine Hausregel auf Ashcombe, den Gast gewinnen zu lassen.«

»Wir haben viele Regeln, aber diese gehört nicht dazu.« Sie nahm ihm den Ball und den Schläger ab und legte sie zu ihren in den Kasten.

»Habt ihr euer Zusammenleben so gut hinbekommen, weil ihr Regeln festgelegt habt?«, fragte er, als sie die Kiste schloss.

»So habe ich das noch nie betrachtet, doch ja, wahrscheinlich ist es so«, antwortete sie. »Aber falls es bei uns Regeln geben sollte, sind es unausgesprochene. In erster Linie ist es wohl eher gegenseitiger Respekt und das Verständnis dafür, dass es gewisse Grenzen gibt, die man nicht überschreiten sollte.« Saskia lächelte. »Wie zum Beispiel ans Küchenfenster zu klopfen und Dad und Libby in Verlegenheit zu bringen, auch wenn ich noch so sehr versucht war, es zu tun.«

»Das finde ich sehr vernünftig«, sagte er. »Es ist nur schade, dass nicht mehr Familien die gleiche Strategie anwenden.«

»Du darfst allerdings nicht vergessen, dass auch das Haus eine Hilfe ist«, fuhr sie mit einem Blick über ihre Schulter fort. »Bei seiner Größe und Weitläufigkeit findet man immer ein

Plätzchen, wo man sich verstecken kann, wenn nötig. Und natürlich habe ich ja auch noch meine Werkstatt.«

»Glaubst du, dass du jemals von hier weggehen wirst?«

Die Frage kam so überraschend, dass Saskia sofort so defensiv wurde, als hätte er ihr etwas vorgeworfen. »Wenn die Zeit reif ist, bestimmt«, erwiderte sie steif. »Warum sollte ich es nicht tun?«

Er wandte sich dem Ausblick auf die blühenden Felder zu. »Ich frage nur, weil ich mir nicht sicher bin, ob ich es eilig hätte, von hier wegzugehen. Es ist einfach wunderschön bei euch.«

Saskia entspannte sich, ebenso sehr seiner Worte als auch des Lächelns wegen, das auf seinem Gesicht erschien. Es freute sie, dass er nicht nur gern hier war, sondern sie auch *verstand*. Während ihres Krocketspiels, bei dem er sie auf den neuesten Stand über Jacobs und Kittys Geschichte gebracht hatte, hatte er Ashcombe als einen Ort mit einer ganz besonderen Atmosphäre bezeichnet, die er schon bei seinem ersten Besuch wahrgenommen hatte. Als Saskia ihn dann fragte, ob auch Glaskin House so etwas Besonderes für ihn hatte, schüttelte er den Kopf. »Nicht in gleicher Weise. Doch vielleicht war es für Jacob so. Vielleicht sprechen Häuser Menschen ja auf verschiedene Weise an.« Was ein sehr scharfsichtiger und einfühlsamer Kommentar von ihm gewesen war, fand sie.

»Du kannst dich glücklich schätzen, eine so wunderbare Familie zu haben. Und an einem so fabelhaften Ort zu leben.« Doch dann verdüsterte sich sein Gesicht. »Entschuldige bitte, ich kann nicht glauben, dass ich das gesagt habe, wo du doch deine Mum und deine beiden Großmütter verloren hast.«

Saskia winkte ab. »Schon gut. Du siehst meine Familie, wie sie heute ist, und du hast recht: Ich habe wirklich großes Glück mit ihr.« Um ihn wieder aufzumuntern, sagte sie: »Komm mit, ich möchte dir etwas zeigen!«

Sie führte ihn zum entferntesten Ende des Gartens, der außer Sicht des Hauses lag und einen Ausblick auf eine weite Fläche sanft ansteigenden Weidelandes bot. »Hierher komme ich gern, um nachzudenken«, gestand sie, als sie auf den Holzzaun stieg und sich auf die oberste Latte hockte. »Ich liebe es, in Sommernächten hier zu sitzen und den Eulen zu lauschen. Sie leben dort drüben im Wald.«

»Ja, ich kann verstehen, warum du hierherkommst«, stimmte Matthew zu, hockte sich neben sie und folgte der Richtung ihrer Blicke. »Es ist, als wäre man mitten im Nichts und als gäbe es den Rest der Welt gar nicht.«

»Das ist es, was ich am meisten daran liebe – dieses Gefühl friedlicher Einsamkeit, das dieser Ort erzeugt.«

Matthew nickte und starrte weiter in die Ferne.

Die Stille war immens, genaus o, wie Saskia sie liebte. Während warm die Sonne auf sie herabschien und eine dicke Hummel wie trunken neben ihren Füßen landete und dann schwerfällig davonkrabbelte, um ein paar Büschel Klee zu inspizieren, sagte Saskia: »Als ich klein war, kam ich oft zu Picknicks mit meinen Großvätern hierher. Meist in einer Pause während des Unterrichts, den sie mir erteilten.«

Matthew wandte sich ihr zu. »Du wurdest zu Hause unterrichtet?«

Sie erklärte ihm, warum. »Ich nehme an, das ist zum Teil der Grund dafür, dass ich ein bisschen eigenbrötlerisch geworden bin«, fügte sie hinzu. »Horch mal, kannst du das hören?« Es war der Schrei eines Bussards. Saskia zeigte auf den wolkenlosen hellen Himmel, an dem der Vogel immer höhere Kreise zog, indem er die thermischen Strömungen nutzte.

»Ich kann mich nicht erinnern, wann ich das letzte Mal einen so schönen Tag hatte«, sagte Matthew kurz darauf. »Nochmals vielen Dank, Saskia, dass du mich eingeladen hast.«

Als der Bussard kaum mehr als ein Fleck am Himmel war, wandte sie sich Matthew zu und bemerkte, dass er nicht zum Himmel aufblickte, sondern sie ansah. »Und wir haben uns alle sehr gefreut, dich hier zu haben«, antwortete sie.

Sein Blick wurde noch eindringlicher. »Ich habe noch nie jemanden wie dich gekannt.«

»Oje, bin ich denn wirklich so absonderlich?«

»Nein. Du bist alles andere als das. Es ist nur so, dass ich etwas in dir sehe, das mir noch nie zuvor begegnet ist. Irgendwie sehe ich mich selbst in dir.«

»Ist das etwas Gutes?«

Er zögerte mit der Antwort. »Da bin ich mir nicht sicher, wenn ich ehrlich sein soll. Und da ist noch etwas, dessen ich mir nicht sicher bin.«

»Und was wäre das?«

Er neigte den Kopf und starrte sie aus noch immer leicht verengten Augen an, als dächte er scharf nach. »Ich merke plötzlich, dass ich dich küssen will.«

Saskia versuchte, sich einen Anschein von Gelassenheit zu geben, als wäre eine solche Bemerkung etwas ganz Alltägliches für sie. »Habe ich dabei ein Wörtchen mitzureden?«

»Wenn du auch nur ein bisschen Vernunft besitzt, solltest du es mir verbieten.«

Er sprach und betrachtete sie mit einer Ernsthaftigkeit, die ihren Herzschlag stocken ließ. »Und wenn ich aber keine Lust habe, vernünftig zu sein?«, fragte sie.

Da senkte er den Blick und griff nach ihrer Hand. Für eine kleine Ewigkeit, wie ihr schien, saß er nur da und betrachtete ihre Hand, während sie den Atem anhielt und ihr Hunderte von Gedanken durch den Kopf schossen. Dann blickte er wieder auf, beugte sich zu ihr vor und küsste sie ganz leicht nur auf den Mund.

Zuerst war es nicht mehr als ein Zusammenkommen ihrer Lippen, ein zögerlicher Kuss, um die Möglichkeiten zu erkunden vielleicht. Doch dann wurde Matthew sicherer und vertiefte den Kuss. Es war ein Kuss, der so perfekt war wie der Tag, und Saskia sank Matthew in die Arme und wünschte sich mit aller Macht, dass dieser Augenblick nie enden möge.

Kapitel 40

Verblüfft über seine eigene Handlungsweise und von Schuldgefühlen geplagt, fuhr Matthew nach Glaskin House zurück. Er hatte noch nie – und das bedeutete wirklich *überhaupt* noch nie – jemanden betrogen. Was er getan hatte, war völlig falsch; das war ihm nur zu gut bewusst. Und dennoch versuchte er, seine Gewissenbisse zu beschwichtigen, indem er sich sagte, dass es kein Betrügen im eigentlichen Sinne dieses Worts gewesen war. Schließlich hatte er Saskia nur geküsst.

Genau. Er hatte sie *nur* geküsst.

Und wäre es bloß dieser *eine* Kuss gewesen, könnte ihn dieses Argument vielleicht überzeugen. Aber es war eben nicht nur bei diesem einen Kuss geblieben. Alles in allem hatte er Saskia dreimal geküsst. Und um es noch schlimmer zu machen, hatte er Gefallen daran gefunden. Nicht nur an den Küssen, sondern auch daran, wie Saskia sie erwidert hatte.

Bei der Erinnerung erschauderte er und umklammerte noch fester das Lenkrad seines Wagens. Was zum Teufel hatte er sich nur dabei gedacht? Er konnte nicht einmal behaupten, er hätte zu viel getrunken. In dem Bewusstsein, dass er noch heimfahren musste, hatte er seinen Alkoholkonsum aufs Äußerste beschränkt und war daher stocknüchtern gewesen.

Doch auch wenn er nüchtern gewesen sein mochte, was den Alkoholgehalt in seinem Blut anging, musste etwas anderes seine Urteilskraft beeinträchtigt haben, denn bevor er Saskia geküsst hatte, war das ebenso wenig seine Absicht gewesen, wie sich so lange auf Ashcombe aufzuhalten. Er hatte dort eigentlich nur den Nachmittag verbringen und gegen vier Uhr heimfahren wollen, sich dann jedoch von Saskia dazu überreden lassen, sich mit ihr den Sonnenuntergang anzusehen. Und ehe er sich's versah, blieb er auf Drängen aller auch noch zum Abendessen und einem Brettspiel namens »Risiko«, das er seit Collegezeiten nicht mehr gespielt hatte. Als er jetzt an der Kirche vorbeifuhr, um in die Einfahrt zu Glaskin House einzubiegen, sah er auf der Turmuhr, dass es zehn Minuten vor Mitternacht war.

Auf Ashcombe zu sein, dachte er, war etwa so, wie in einem schwarzen Loch zu verschwinden: Die Zeit schien dort stillzustehen. Auf jeden Fall hatten die Außenwelt und jegliches Gefühl für Recht oder Unrecht während seines heutigen Aufenthalts dort einfach nicht mehr für ihn existiert.

Hatte er Saskia vielleicht deshalb geküsst, weil es ihm so unwirklich erschienen war? An diesem Gedanken hielt er fest, da er verzweifelt nach einer Erklärung und vor allem Rechtfertigung für sein Verhalten suchte. War es das, was ihn in Schwierigkeiten gebracht hatte – ein wundervoller Tag, der ihn wie ein sehr angenehmer Traum dazu verführt hatte, sich völlig anders zu benehmen, als es normalerweise seine Art war?

Ja, das klang einleuchtend genug, doch wohin brachte ihn das? Es brachte ihn an den Anfang seiner Überlegungen zurück – dass er ein Mann war, der seine Freundin betrogen hatte! Und noch schlimmer war, dass er auch Saskia hintergangen hatte. Wahrscheinlich würde er in ihrer Achtung ins Bodenlose sinken, wenn sie die Wahrheit wüsste.

Andererseits jedoch, und obwohl er schrecklich wütend auf sich war, erinnerte er sich, wie gut es sich angefühlt hatte, mit Saskia am Ende des Gartens zu sitzen. Wie friedlich es gewesen war. Und wie sehr er das Gefühl gehabt hatte, auf einer Wellenlänge mit ihr zu sein. *Ich sehe mich selbst in dir*, hatte er gesagt. Und das war die Wahrheit, genau so war es. Er war sich immer noch nicht sicher, was er in ihr sah, doch irgendwo bestand eine

Empathie zwischen ihnen, eine Bereitschaft, sich ineinander einzufühlen. Dass sie Seelenverwandte sein könnten, erschien ihm eher unwahrscheinlich, aber es kam einer Erklärung immerhin so nahe, wie es ihm möglich war.

Saskia hatte keinerlei Verlegenheit erkennen lassen, nachdem er sie das erste Mal geküsst hatte – und auch bei den nächsten beiden Malen nicht. Sie hatte sich nicht einmal zu dem Kuss geäußert, sondern sich nur zu der Wiese umgedreht und in nüchternem Ton gesagt: »Kannst du den Specht hören? *Da!* Da ist er wieder.«

Als sie sich ihm danach wieder zugewandt hatte, hatte sie ihm ein kleines Lächeln geschenkt, ein so bezaubernd unsicheres Lächeln, dass er sie gleich wieder von Neuem hatte küssen wollen. Und das hatte er auch getan.

Und als er sich schließlich widerstrebend verabschiedet hatte, war sie mit ihm hinausgegangen, um ihm dort Auf Wiedersehen zu sagen, und neben seinem Wagen hatte er sie zum Abschied noch einmal geküsst. Dieser letzte war nur ein kleiner Kuss gewesen – was Matthew jedoch keineswegs entlastete.

Als er nun in Glaskin House die Tür aufschloss und eintrat, ging er, ohne Licht zu machen, auf direktem Weg nach oben in das Schlafzimmer, das er benutzte, seit seine Mutter gestorben war und Jacob vorgeschlagen hatte, dass er fortan bei ihm wohnen sollte statt in der Remise.

Im Halbdunkel des Zimmers, das nur der Mondschein ein wenig erhellte, leerte er seine Taschen aus und legte seine Sachen in der gleichen Reihenfolge wie immer auf die Kommode neben dem Bett – Jacobs Taschenuhr ganz links, in der Mitte seine Brieftasche und rechts davon sein Telefon.

Aus Gewohnheit überprüfte er sein Handy auf Anrufe oder Textnachrichten und fand zwei verpasste Anrufe von Fliss und eine SMS von ihr, in der sie ihm frohe Ostern wünschte.

Die Nachricht verstärkte sein Schuldbewusstsein noch: Er hatte vollkommen vergessen, auch ihr ein frohes Osterfest zu wünschen! Tatsächlich hatte er den ganzen Tag kaum an sie gedacht. Außerdem, und genau das war der springende Punkt bei der Sache, fragte er sich jetzt, wieso er Fliss kein einziges Mal erwähnt hatte, während er bei Saskia und ihrer Familie gewesen war. Gut, Fliss war erst vor Kurzem wieder in sein Leben getreten, doch selbst in seinen eigenen Augen sah es jetzt verdammt merkwürdig aus, dass er noch nie von ihr gesprochen hatte, weder auf Ashcombe noch hier in Glaskin House, als Saskia den Tag mit ihm verbracht hatte. Und das, befürchtete er, sah doch sehr nach einer ganz bewussten Täuschung aus. Wie sonst sollten Saskia und ihre Familie das empfinden?

Aber er hatte es nicht mit Absicht unterlassen, wirklich nicht. Es war nur … Ratlos schüttelte Matthew den Kopf, weil ihm keine Erklärung dafür einfallen wollte. Er hatte ehrlich keine Ahnung, warum er Fliss noch nie erwähnt hatte.

Beschämenderweise war er heute auch nur einen Moment lang kurz davor gewesen, an Fliss zu denken, als ihn der Impuls ergriffen hatte, Saskia zu küssen. *Wenn du auch nur ein bisschen Vernunft besitzt, solltest du es mir verbieten*, hatte er zu ihr gesagt. Also war die Stimme seines Gewissens doch für einen Moment erwacht, um ihm in Erinnerung zu rufen, dass er kein Recht hatte, andere Frauen außer Fliss zu küssen. Natürlich hätte sein Gewissen, wenn es seine Arbeit gut gemacht hätte, ihn eigentlich anschreien müssen: *Was zum Teufel tust du da?*, doch vielleicht war sein Gewissen genauso betört gewesen wie er von der Schönheit seiner Umgebung, als er neben Saskia auf dem Zaun gesessen hatte.

Was im Übrigen eine Metapher war, die er nicht zu analysieren gewillt war. Wirklich nicht. Nicht jetzt. Nicht mitten in der Nacht.

Besser war, zu Bett zu gehen und sein schlimmstes Schuldbewusstsein zu verschlafen. Mit dem Rest würde er sich dann am nächsten Morgen befassen. Er würde sich ohnehin noch überlegen müssen, wie er mit den Folgen seiner Handlungsweise umgehen würde. Er durfte Saskia nichts vormachen. Andererseits konnte er ihr aber auch nicht die Wahrheit sagen. Wenn er das täte, würde er ihrem Vater nie wieder gegenübertreten können, und er wollte, dass Ralph ihm bei dem Verkauf von Jacobs Büchern half.

Mit einem einzigen leichtsinnigen Schritt hatte er sich in Teufels Küche gebracht.

In ihr warmes Federbett gehüllt, trat Saskia an das offene Fenster ihres Schlafzimmers, stützte sich mit den Ellbogen auf die Fensterbank und beugte sich in die kühle, stille Nacht hinaus.

Die Luft roch süßlich nach dem Stroh auf dem Dach über den Balken über ihrem Kopf und nach der feuchten Erde unter ihr. Es war eine herrlich klare Sternennacht mit zunehmendem Halbmond, dessen Licht den Garten beschien, und aus der Ferne, von irgendwo aus den Tiefen dieses silbrigen Mondlichts, erklang der Ruf einer Eule. Saskia seufzte glücklich. Könnte es eine bessere Nacht geben, um sich ein paar harmlose Träumereien zu erlauben?

Sie lächelte vor sich hin und flüsterte seinen Namen – *Matthew Gray* –, als schickte sie ihn wie einen Wunsch zu dem zauberhaften Himmel hinauf. Entzückt über den Klang seines Namens und die Gefühle, die er in ihr weckte, wiederholte sie ihn immer wieder: *Matthew Gray, Matthew Gray …* Dann musste sie sich mit einer Hand den Mund zuhalten, um ein Kichern zu ersticken. Wie albern sie sich benahm! Und wie ganz anders sich der Tag entwickelt hatte, als sie eigentlich erwartet hatte!

Wieder hörte sie die Eule, dieses Mal schon näher, und Sekunden später konnte sie das unverwechselbare Flattern und Dahingleiten des Vogels hören und sehen, der durch den Garten auf seine Beute zusteuerte, eine unglückliche Maus vielleicht.

Saskia blieb noch ein paar Minuten am Fenster stehen, bevor sie beschloss, zu Bett zu gehen. Aber ihr Geist war noch viel zu wach und aktiv, um Schlaf zu finden, und mit der gleichen Zielsicherheit, mit der die Eule auf ihre Beute zuhielt, kehrten ihre Gedanken zu Matthew zurück.

Wann würde sie ihn wiedersehen? Und wie würde es mit ihnen weitergehen?

Oliver lag in seinem Bett und dachte, wie wunderbar der Tag gewesen war. Und das Allerbeste war, dass er eine Zukunft mit noch vielen weiteren so vollkommenen Tagen sah.

Für ihn war leicht vorauszusehen, dass Libby bei ihnen auf Ashcombe einziehen würde. Das wiederum würde Saskia befreien, sie für das Leben freigeben, das sie eigentlich führen müsste. Dann würde sie sich keine Sorgen mehr machen müssen, dass sie sie alle im Stich ließ, wenn sie ging. Aber das Wichtigste überhaupt war, dass sie sich dann endlich erlauben könnte, sich zum ersten Mal in ihrem Leben richtig zu verlieben, da sie wusste, dass ihre Familie bei Libby in guten Händen sein würde.

Nicht, dass er davon auch nur ein Sterbenswörtchen zu irgendjemandem sagen würde. Du lieber Himmel, nein – das wäre eine Katastrophe! Es war klüger, diese Gedanken für sich zu behalten. Oliver konnte allerdings auch sehen, dass der entscheidende Faktor in seinen Zukunftshoffnungen die Frage war, ob Matthew die Geduld aufbringen würde, sich zu Saskias Bedingungen um sie zu bemühen und sie dann sehr, sehr behutsam von Ashcombe und ihrer Familie loszueisen. Es würde alles andere als leicht sein für den Jungen, doch nach allem, was Oliver von ihm gesehen hatte, schien er der ruhige, entschlossene Typ von Mann zu sein. Also genau das, was Saskia brauchte. Und sie mochten sich ganz offensichtlich. Oh ja, Matthew Gray wäre genau der Richtige für sie. Er gehörte ja jetzt schon praktisch zur Familie!

Zum Glück war er unendlich viel besser als dieser letzte Bursche, mit dem Saskia ausgegangen war. Wie war doch noch sein Name? Oliver konnte sich nicht mal mehr daran erinnern. Und besagte das denn nicht schon alles, dass ihm weder der Name noch der Freund in Erinnerung geblieben waren? Offen gestanden war der Junge sogar sterbenslangweilig gewesen. Oliver hatte ihn nie wirklich gemocht. Er hatte immer den Verdacht gehabt, dass der Kerl es Saskia übel nahm, dass sie ihrer Familie so nahestand. Und er hatte auch niemals mit ihnen Risiko gespielt wie Matthew heute Abend. Ja, Matthew war ein netter Kerl und passte wunderbar hierher.

Oliver schmunzelte, als er sich ins Gedächtnis rief, wie Matthew und Saskia am Ende des Gartens auf dem Zaun gehockt hatten wie ein Pärchen Unzertrennlicher. Sie mochten gedacht haben, dass niemand mitbekam, was sie dort anstellten – nicht, dass er ihnen etwa nachspioniert hätte! –, aber er hatte sehr wohl gesehen, wie sie sich geküsst hatten. Oh ja, und ob er das gesehen hatte! Sie würden schon früher aufstehen müssen, um dem alten Oliver etwas vorzumachen!

Um halb drei in der Frühe erkannte Matthew, dass sein schlechtes Gewissen ihn wohl doch nicht so leicht davonkommen lassen würde. Außerstande, Schlaf zu finden, schaltete er die Nachttischlampe ein und griff nach Jacobs zweitem Notizbuch.

Kapitel 41

Januar 1944

»Weißt du eigentlich, dass ich ganz entzückt bin von der Wirkung, die ich auf dich habe?«

Da mir sehr wohl bewusst war, dass Kitty mein ständig zunehmendes Verlangen nach ihr meinte, sagte ich: »Komischerweise bin auch ich sehr angetan von der Wirkung, die du auf mich hast.« Und so war es auch. Je öfter ich sie liebte, desto mehr wollte ich mich in der schwindelerregenden Süße ihres schönen Körpers mit all seinen sanften Rundungen und sinnlicher Geschmeidigkeit verlieren.

Sie richtete sich auf einen Ellbogen auf und blickte zu mir herab. »Glaubst du, dass es immer so sein wird?«, fragte sie ernst und sah mich eindringlich aus ihren dunklen Augen an. »Dass es immer genauso schön und perfekt mit uns sein wird?«

»Es kann nur noch besser werden«, erwiderte ich. »Denn zunächst einmal werden wir ein Bett haben, das groß genug ist, um nicht riskieren zu müssen, dass einer von uns hinausfällt.«

Sie zog die Nase kraus. »Ich glaube, ich will kein größeres Bett haben; ein kleines wäre mir lieber, weil es alles viel romantischer und intimer macht.«

Ich lächelte und nahm ihr Gesicht zwischen meine Hände. »Ich habe die Absicht, dir so vieles zu geben, liebste Katyushka, und ein größeres Bett ist nur das Mindeste davon.«

»Ich brauche nichts anderes als dich. Und ich wünschte, wir könnten für immer hierbleiben.«

Ich zog sie auf das Bett herab und küsste sie. »Du verdienst mehr als einen kalten, feuchten Schuppen auf Billys Farm, mein Liebling, und ich verspreche dir, dass ich dir alles geben werde, was in meiner Macht steht, wenn der Krieg zu Ende ist.«

Wie immer durchschaute sie mich und erriet, was ich ihr wirklich klarmachen wollte. »Du sagst das doch nicht nur meiner Herkunft wegen?«

»Ich sage es, weil ich dich liebe und nur das Beste für dich will.«

»Sollte nicht ich es sein, die entscheidet, was das Beste für mich ist?«

»Natürlich. Aber …«

Sie tippte mir mit einem Finger an die Lippen – Lippen, die vorher fast jeden köstlichen Zentimeter ihrer seidig glatten Haut liebkost hatten. »Ich hoffe nur, dass du nicht zu einem dieser schrecklich tyrannischen Ehemänner wirst, die nicht auf ihre Frau hören wollen«, sagte sie streng. »Denn das werde ich nicht dulden. Ich habe einen Verstand, den ich zu nutzen gedenke, wenn dieser Krieg vorbei ist.«

»Natürlich«, wiederholte ich, weil ich spürte, dass wir auf ein Gebiet abschweiften, wo ich behutsam vorgehen musste. »Denkst du an etwas Bestimmtes?«

»Ich möchte das Gleiche tun wie du: Ich will die Möglichkeit bekommen, etwas zu lernen, und möchte zur Universität gehen.«

Das waren Neuigkeiten für mich, und dummerweise platzte ich mit dem ersten Gedanken heraus, der mir in den Sinn kam. »Aber das würde uns trennen.«

»Nichts wird uns jemals trennen, Liebling«, begann sie stirnrunzelnd, »schon gar nicht etwas so Triviales wie ein paar Kilometer zwischen uns. Außerdem könntest du dir dort, wo ich studieren werde, eine Stellung suchen.«

Erschrocken über den Ärger, der mich bei dem Gedanken erfasste, dass die Zukunft, die ich mir für uns vorgestellt hatte, mir so einfach weggenommen wurde, fragte ich so ruhig wie möglich: »Wie lange trägst du dich schon mit diesem Gedanken?«

Geistesabwesend streichelte sie über meine Brust. »Seit Ewigkeiten, glaube ich.«

»Und warum hast du noch nie davon gesprochen?«

Sie zuckte mit den Schultern. »Keine Ahnung. Vielleicht, weil ich es nicht für etwas hielt, das besprochen werden musste.«

»Tatsächlich? Aber es würde sich auf unser gemeinsames Leben auswirken, und so etwas ist es doch wohl wert, besprochen zu werden?«

»Wir besprechen es ja auch gerade. Und wenn ich mich nicht irre, bist du nicht gerade sehr erfreut darüber, nicht?«

Da hatte sie recht. Ich hasste die Idee. Ich hasste den Gedanken, sie nicht bei mir zu haben und dass sie ein Leben führen würde, das nicht eng mit meinem eigenen verflochten war. Ich wollte mich mit nichts anderem zufriedengeben, als sie ganz und gar für mich zu haben. Ich wollte von ihr erwartet werden, wenn ich von der Arbeit heimkam. Ich wollte wissen, dass sie daheim sein würde und jede Nacht in unserem Bett verbringen würde. Ich brauchte die Sicherheit, dass ungeachtet dessen, was auch immer außerhalb der Mauern unseres Zuhauses vor sich gehen mochte und wo immer dies auch sein mochte, sie mein sein würde. Ganz und gar. Sie mit Leuten zu teilen, die ich nicht kannte, war in meinen Plänen für das Leben, das vor uns lag, nicht vorgesehen.

Brüsk richtete ich mich auf und blieb dann mit dem Rücken zu ihr sitzen. »Ich versuche nur, mit dir Schritt zu halten. In der einen Minute sagst du, du wolltest nicht, dass sich irgendetwas ändert und du wünschtest, du könntest für immer hierbleiben, und in der nächsten kündigst du mir an, dass du mich verlassen willst, um zu studieren.«

»Du nimmst mich zu wörtlich.«

»Bist du dir wirklich sicher, dass du heiraten willst?«, fragte ich, noch immer mit dem Rücken zu ihr. »Um ehrlich zu sein, habe ich nämlich nicht den Eindruck, da du jetzt auf einmal so begierig darauf bist, dass wir uns trennen. Oder vielleicht ist deine Vorstellung von einer funktionierenden Ehe ja die, keine Zeit zusammen zu verbringen.«

In dem niederschmetternden Schweigen, das darauf folgte, und angesichts der Schärfe meiner Worte, die noch immer durch das kleine, nur schwach erhellte Zimmer schallten, saß ich starr vor Furcht und Schrecken da und wartete auf ihre Antwort. Doch selbst in meiner Verzweiflung hoffte ich noch von ganzem Herzen, dass Kitty sagen würde, was ich hören musste: dass sie sich meinem Willen beugen würde.

Und während ich darauf wartete, dass Kitty zu sprechen begann, bereute ich plötzlich, ihr nicht am Silvesterabend einen Heiratsantrag gemacht zu haben, wie ich es eigentlich vorgehabt hatte. Doch wie schon so oft hatte die Arbeit es uns wieder einmal unmöglich gemacht, an jenem Tag zusammen zu sein, und so hatte ich meine Pläne aufgeschoben und beschlossen, auf ein günstigeres Datum zu warten, um Kitty um ihre Hand zu bitten. Ihr Geburtstag im Sommer war mir wie der ideale Moment dazu erschienen. Was machen schon ein paar Monate aus, da wir doch noch unser ganzes Leben vor uns haben?, hatte ich gedacht. Eine kritische Bewertung meines Denkens – und meiner Reue – offenbarte mir, wie naiv ich doch war. Hätte ein Ring an Kittys Finger dieses Gespräch verhindert? Würde ein Ring sie geneigter machen, meinen Wünschen zu entsprechen? Natürlich nicht! Dazu kannte ich sie zu gut.

Zu meiner Beschämung sagte Kitty nichts. Sie gab kein Wort

oder auch nur einen ärgerlichen Laut von sich, und je länger das Schweigen anhielt, desto mehr geriet ich in die Defensive mit meinen Gefühlen. Schließlich merkte ich, dass ich weder sprechen noch die zahllosen in mir kämpfenden Emotionen auch nur ansatzweise in Worte fassen konnte. Und obwohl ich stark vermutete, dass Stolz die Ursache meiner Reaktion war – ich brannte ja förmlich vor selbstgerechtem Ärger –, gab es nichts auf Erden, das mich dazu bringen könnte, das Gesagte zurückzunehmen, weil jedes meiner Worte ernst gemeint gewesen war. Gleichzeitig sagten mir die letzten Reste meines rationalen Ichs, dass ich mich wie ein bockiges Kind benahm.

Trotzdem hielt die Stille an, deren Gewicht mich niederdrückte. Oh, wie sehr ich wünschte, es sei Kitty, die sich entschuldigte und mich von dieser Qual erlöste!

Weil ich wusste, dass ich Ablehnung der schlimmsten Sorte in ihrem Gesicht begegnen würde, konnte ich mich nicht dazu durchringen, mich umzudrehen. Und so griff ich nach meinen Kleidern, da ich es für besser hielt zu gehen, als zu bleiben und mich noch weiteren Verurteilungen auszusetzen.

»Du wirst doch jetzt nicht weglaufen?«, fragte sie, als ich aufstand und in meine Hose schlüpfte.

»Es wird sowieso Zeit, dass ich gehe«, murmelte ich.

»Du Lügner! Feigling!«

Die Schärfe dieser beiden Worte traf mich hart. So hart, wie die Wahrheit einen immer trifft, besonders eine unangenehme, wenn man gezwungen ist, ihr ins Auge zu sehen.

»Es ist schon spät«, sagte ich halbherzig.

Doch Kitty sprang vom Bett auf, trat in ihrer ganzen nackten Schönheit vor mich hin und stemmte die Hände in ihre schmalen Hüften. »Vor fünf Minuten hast du noch nicht gedacht, es sei schon spät.«

Ach, was für ein hoffnungsloser Fall ich doch in diesen Dingen war! Wie könnte ich böse auf sie bleiben? Wie könnte ich ihr das Recht verweigern, die Frau zu sein, die sie sein wollte? Aber was war mit *uns*? Mit *mir*? Wie sollten wir eine gute Ehe führen, wenn wir nicht zusammen sein konnten?

Außerstande, ihr in die Augen zu sehen, senkte ich den Blick und richtete ihn auf ihre kleinen Füße und die zierlichen, pink lackierten Zehennägel. Plötzlich erinnerte ich mich an das erste Mal, als ich ihre Zehennägel gesehen hatte, und daran, wie sie auf mich gewirkt hatten. Aus irgendeinem Grund waren sie mir immer puppenhaft niedlich und verletzlich erschienen. Nicht, dass auch nur irgendetwas Verletzliches an Kitty gewesen wäre! Zumindest nicht an der Art und Weise, wie sie mich jetzt anstarrte. »Es tut mir leid«, murmelte ich.

»Und was genau tut dir leid, Jacob? Dass du an meiner Bindung an dich zweifeltest? Oder tut es dir leid, dass du nicht mit jemandem verheiratet sein willst, der seine eigenen Träume und Ziele verfolgen möchte? Wenn ja, solltest du dich fragen, warum das wohl so ist.«

»Du vereinfachst es zu sehr.«

»Nein, du bist es, der es zu sehr kompliziert. Muss ich dich daran erinnern, dass deine Mutter immer gearbeitet hat und vor ihr auch schon deine Großmutter? Was würden sie von deinem Standpunkt halten?«

»Das ist etwas anderes! Meine Großmutter musste arbeiten, als mein Großvater und sie in diesem Land eintrafen. Sie hatte keine andere Wahl.«

»Und deine Mutter?«

»Aber *deine* Mutter arbeitet nicht«, sagte ich, ohne ihre Frage zu beantworten, weil mir sehr unangenehm bewusst war, wie meine Argumentation Stück für Stück zerpflückt und ich selbst auf einen schrecklich unlogischen Nörgler reduziert wurde. Und natürlich war mir auch bewusst, dass ich kurz davor war, ausgerechnet das zu zerstören, das mein Ein und Alles war. Warum konnte ich mich nicht bremsen? Warum beharrte ich nur so auf dieser zerstörerischen Vorgehensweise?

Sie trat auf mich zu, bis ihre pinkfarbenen Zehennägel meine Füße fast berührten. »Worum geht es hier eigentlich wirklich, Jacob?«

»Darum, dass ich dich liebe und dich zur Frau haben möchte«, erwiderte ich schroff.

»Geht es nicht eher darum, dass du dir mein Leben auf Fanley Manor zum Vorbild nehmen willst? Dass du glaubst, mir ein Leben im gleichen Stil bieten zu müssen, wie ich es bisher gewohnt war? Was nichts anderes wäre, als mich in einem luftdichten Behälter einschließen zu wollen.«

»Siehst du das tatsächlich so?«

»Für mich ist die Lebensweise meiner Eltern eine von vielen Lebensweisen, aber nicht die richtige für mich. Ich möchte kein solches Leben führen. Wir leben in einer anderen Zeit als der, in der meine Eltern ihr Eheleben begannen. Was sie haben, hat bei ihnen funktioniert, aber bei mir würde es das nicht tun. Es würde mich hier oben nicht befriedigen«, sagte sie und tippte sich an den Kopf. »Oder hier«, fügte sie hinzu und legte eine Hand zwischen ihre wohlgeformten Brüste. »Willst du denn nicht, dass ich glücklich bin?«

»Ich will nichts anderes als dein Glück, Kitty.«

»Dann musst du mir die Freiheit lassen, meine eigenen Entscheidungen zu treffen und meine eigenen Träume zu verfolgen.«

»Aber komme ich in deinen Träumen vor?«

Sie lächelte mich traurig an. »Ach, Jacob, wie kannst du nur so eine Frage stellen? Natürlich kommst du darin vor. Wann wirst du endlich verstehen und akzeptieren, dass trotz aller Unterschiede die einzige Barriere zwischen uns dein mangelnder

Glaube an meine Liebe zu dir ist? Warum kannst du nicht an mich glauben?«

Weil ich nicht mal an mich selbst glaubte, wurde mir plötzlich bewusst. Ich hatte keine wahre Identität, war nur ein nichtssagender Jemand, zu dem ich durch den Wunsch meiner Familie geworden war, mir alles zu ermöglichen, wozu sie selbst nie Gelegenheit gehabt hatte. Ihre Opfer und Ambitionen hatten mir zwar sehr viel gegeben, mir zugleich aber auch gerade das eine verwehrt, was jeder Mensch braucht: eine genaue Kenntnis seiner selbst. Wer war ich? Wer war Jacob Belinsky? Er war alles und war nichts.

Im Gegensatz dazu stand vor mir die schönste Frau, die ich zu meinem großen Glück kennengelernt hatte und die in ihrer wundervollen Nacktheit nicht das kleinste Täuschungsmanöver nötig hatte. Sie hatte wahrscheinlich gleich von Anfang an gewusst, wer sie war und wozu sie fähig war, voller Selbstbewusstsein und stets in dem sicheren Wissen, dass sich ihr immer alle Türen öffnen würden.

Als erriete sie meine Gedanken, wie sie so oft behauptete, es zu können, reichte sie mir die Hände. »Jacob«, sagte sie leise, »wenn du eins nicht tun solltest, dann ist es, mir etwas vorzumachen. Ich habe mich in dich verliebt, weil du *du* bist, und nicht, weil ich hoffte, dich verändern und zu etwas machen zu können, das du nicht bist. Wenn du mich so liebst, wie du behauptest, wirst du mir den gleichen Respekt erweisen.«

Ich hielt ihre Hände und blickte sehr eindringlich in ihre wundervollen Augen. Eine klare Entscheidung lag vor mir. Ich konnte all meine Zweifel und Unsicherheiten beiseiteschieben und Teil des großartigen Abenteuers sein, das ihr für uns vorschwebte, oder ich könnte auch meiner größten Angst nachgeben: der ständigen Befürchtung, dass sie eines Morgens erwachte und die Rolle durchschaute, die ich so sorgfältig für mich geschaffen hatte. Wenn es ihr wie Schuppen von den Augen fiel, würde mein wahres Ich ihr gründlich offenbart – das Ich, das von den Eigenarten einer schwachen und besitzergreifenden Natur gequält wurde.

»Vielleicht wäre es ja sogar gut, wenn du mich verändern würdest«, sagte ich.

»Vielleicht werden wir ja auch zusammen wachsen und uns gemeinsam verändern«, entgegnete sie.

»Wirst du immer eine Antwort auf jede Frage haben, die ich dir stelle?«

Sie lächelte. »Wahrscheinlich schon.«

»Du musst ja halb erfroren sein«, sagte ich und bückte mich nach meinem Hemd auf dem Sessel, um es ihr umzulegen.

»Die Kälte ist mir egal«, erwiderte sie und wehrte meine Versuche ab, sie in das Hemd zu hüllen. »Das Einzige, was mich interessiert, bist du. Oder vielmehr *wir*. Es gibt doch noch ein ›wir‹?«

Kapitel 42

Von irgendwoher aus weiter Ferne erklang ein Brummen, ein lautes Brummen.

Matthew, der aus einem tiefen, bisher ungestörten Schlaf erwachte, merkte, dass das Geräusch von seinem Mobiltelefon auf der Kommode kam. Er streckte die Hand nach seiner Brille aus, doch da er sie nicht finden konnte, griff er stattdessen nach dem Handy. Er hatte das Telefon schon fast am Ohr, als das Gebrumm verstummte. Doch dann zog ein anderes Geräusch seine Aufmerksamkeit auf sich – das leise Plumpsen, mit dem irgendetwas auf dem Boden landete. Als er sich mit verschlafenen Augen über den Bettrand beugte, sah er, dass es Jacobs Notizbuch war. Und erst da bemerkte er, dass die Nachttischlampe noch brannte und es draußen bereits hell war. Wieder suchte er nach seiner Brille, stellte fest, dass er sie auf der Nase hatte, und erkannte, dass er gestern Nacht beim Lesen eingeschlafen sein musste.

Er rieb sich gerade das Gesicht, um richtig wach zu werden und nachzusehen, wer ihn angerufen hatte – es war Fliss –, als das Telefon erneut zu brummen begann und in seiner Hand vibrierte. Fliss versuchte es erneut.

»Guten Morgen!«, sagte sie mit einer Heiterkeit, die ebenso entnervend war wie das Licht, das durch das Fenster hereinfiel.

»Hi«, antwortete er, um den gleichen heiteren Ton bemüht, der ihm jedoch total misslang. »Tut mir leid, dass ich deinen ersten Anruf verpasst habe, aber da schlief ich noch.«

»Um halb zehn? Das sieht dir gar nicht ähnlich. Bist du spät ins Bett gekommen?«

»Ziemlich.« Um das Gespräch von sich zu abzulenken, erkundigte er sich nach ihrem Wochenende in Barcelona. Im Hintergrund konnte er Stimmen und Verkehrslärm hören.

Fliss erstattete ihm ausführlich Bericht über alles, was sie und ihre Freundinnen unternommen hatten, und erzählte ihm auch von dem Club, in dem sie bis zwei Uhr morgens gewesen waren. »Hier würde es dir gefallen«, schwärmte sie. »Wir sollten irgendwann mal zusammen übers Wochenende herkommen. Und was hast du gestern gemacht?«

»Ach, du kennst mich doch! Die meiste Zeit habe ich gearbeitet.«

»Ich habe dir schon einmal gesagt, du arbeitest zu viel, Matthew.«

»Mag sein, aber sieh es doch mal so: Zumindest werde ich so mehr Zeit für dich haben, wenn du wieder da bist.«

»Darauf freue ich mich schon. Was hast du heute vor?«

»Ich werde den Tag damit verbringen, dich zu vermissen.«

Fliss lachte. »Das ist entweder das Netteste, was du je zu mir gesagt hast, oder das Schmalzigste.«

»Letzteres, nehme ich an. Wirst du es mir verzeihen?«

»Heute ausnahmsweise ja.«

Gleich nachdem er sich verabschiedet hatte, dachte Matthew noch einmal über all das nach, was er Fliss *nicht* erzählt hatte. Was das über ihn aussagte, gefiel ihm nicht, und so schlug er die Decken zurück und beschloss, sofort nach Cambridge zurückzufahren, statt noch einen Tag zu bleiben, wie er eigentlich vorgehabt hatte. Aber hier zu sein war gar nicht gut für ihn. Er musste fort von Glaskin House. Doch vor allem musste er Abstand zwischen sich und Ashcombe bringen.

In seinem gegenwärtigen Gemütszustand bot Cambridge ihm Sicherheit. Das Leben dort war normal und verleitete ihn nicht dazu, Fliss glatte Lügen zu erzählen, wie zum Beispiel zu behaupten, er hätte fast den ganzen gestrigen Tag gearbeitet. Aber er hatte gelogen, um jede Erwähnung Ashcombes und der verführerischen Wirkung dieses Ortes auf ihn zu vermeiden. Als er sich am vergangenen Abend bettfertig gemacht und seine Kontaktlinsen gegen die Brille ausgetauscht hatte, hatte es einen Moment gegeben, in dem er dafür gewesen war, Fliss alles zu gestehen. Doch jetzt, im kalten Licht des Tages, hielt er absolutes Schweigen darüber für die bessere Vorgehensweise. Es war ein einmaliges Vorkommnis, von dem Fliss nichts zu wissen brauchte, so wie sie auch nichts über Saskia und ihre Familie zu wissen brauchte. Sobald er einen Käufer für Glaskin House gefunden hatte und mit Ralphs Hilfe auch Jacobs Bücher verkauft hatte, würde seine Verbindung zu den Grangers ohnehin abreißen.

Er dachte an Jacob, der auf den Seiten, die Matthew vor dem Einschlafen gelesen hatte, kurz davor gewesen zu sein schien, sich das einzig Gute in seinem Leben zu verscherzen, wegen etwas, das nichts als eine Frage des Stolzes war. Matthew wollte sich hüten, so leichtsinnig zu sein. Und wenn das bedeutete, Fliss ein paar harmlose Lügen zu erzählen, dann musste es eben so sein. Er hatte ihr schon einmal sehr wehgetan und wollte ihr nicht noch mehr Aufregungen zumuten.

Was Saskia anging und ihrer Ungezwungenheit nach seinen Küssen zu urteilen – sie verhielt sich beinahe so, als wäre es nie dazu gekommen –, setzte er seine Hoffnung darauf, dass sie der Sache wenig oder gar keine Bedeutung beimaß.

Es war diese Abgeklärtheit Saskias, die Matthew auf der Rückfahrt nach Cambridge beschäftigte. Er musste sich eingestehen, dass sie etwas war, das ihn an ihr faszinierte: ihre Abgeklärtheit und ihre erfreulich eigenständige Haltung. Je mehr er darüber nachdachte, desto mehr zog er die Möglichkeit in Betracht, dass er genau das auch an Jacob sehr bewundert hatte. Es war ein Charakterzug, der auf ihn abgefärbt haben musste, weil auch er nie ein Problem damit hatte, allein zu sein. Als Kind hatte er einmal erklärt, er wolle wie Jacob leben, wenn er erwachsen sei, in einem großen Haus, allein und von vielen Büchern umgeben. Seine Mutter hatte ihm daraufhin mit dem Finger gedroht und ihn gewarnt, er solle vorsichtig mit seinen Wünschen sein …

Matthew hatte schon den Stadtrand von Cambridge erreicht und dachte immer noch über Jacob und insbesondere die Zukunft von Glaskin House nach, als er merkte, dass er Jacobs Notizbuch dort auf dem Bett in seinem Schlafzimmer vergessen hatte. *Verflixt!* Jetzt würde er gespannt sein, wie Jacob auf Kittys Frage – *Es gibt doch noch ein ›wir‹?* – reagiert hatte. Er würde die Antwort nicht so bald erfahren, da er in der kommenden Woche zu beschäftigt sein würde, um nach Glaskin House zurückzufahren. Und am nächsten Wochenende würde er mit Fliss in Kopenhagen sein.

Was im Endeffekt wahrscheinlich auch ganz gut war, denn je länger er darauf verzichtete, Saskia zu sehen, desto besser.

Kapitel 43

Das gute Osterwetter hielt noch für den Rest der Woche an. Als es am Freitag noch immer nicht nach einem Umschwung aussah und der Himmel wieder einmal hell und klar war und nur ein paar Wattewölkchen aufwies, nahm Saskia sich einen freien Tag von ihrer eigenen Arbeit, um sich um den Buchladen zu kümmern. Ihr Vater war nach Woodbridge gefahren und hatte Libby mitgenommen, um sich eine Sammlung angeblicher Erstausgaben von Agatha Christie anzusehen.

Wann immer Saskia im Laden aushalf, kamen ihr Erinnerungen aus einer ganz anderen Zeit in den Sinn. Als kleines Mädchen hatte sie die eiskalte und schlecht beleuchtete Toilette im ersten Stock so gefürchtet und gehasst, dass sie jedes Mal ausgehalten hatte, bis sie wieder zu Hause war, statt sie zu benutzen. Saskia war auch überzeugt gewesen, dass ein Gespenst mit einer klirrenden Kette, die es hinter sich herzog, dort oben herumspukte. Natürlich spukte es dort keineswegs; die klirrenden Geräusche waren nur eine Folge schlechter Klempnerarbeiten, derentwegen bei jedem Spülen des Klosetts oder Auf- oder Zudrehen eines Wasserhahns die alten Rohre aneinanderschlugen. Trotzdem war Saskia sehr froh gewesen, als Dad schließlich die Handwerker bestellt und vieles hatte umgestalten und modernisieren lassen.

Ihre glücklicheren Erinnerungen waren die, wie erwachsen sie sich immer vorgekommen war, wenn Dad ihr erlaubt hatte, das Geld der Kunden anzunehmen und ihnen ihr Wechselgeld herauszugeben. Dads Anweisungen gemäß hatte sie sorgfältig das Münzgeld hingezählt, damit die Kunden sahen, dass sie den richtigen Betrag zurückerhielten. Komisch, wie reizvoll diese Aufgabe ihr als Kind erschienen war! Seltsam auch, dass heutzutage niemand mehr Wechselgeld hinzählte; stattdessen wurde es dem Kunden in einem unüberschaubaren Durcheinander in die Hand gedrückt. Deshalb gehörte es zu ihren Angewohnheiten, grundsätzlich ihr Wechselgeld zu überprüfen, was die Person, die es ihr gegeben hatte, meistens so entrüstete, als zöge sie ihre Fähigkeiten oder Ehrlichkeit in Zweifel. Was sie im Grunde ja auch tat, andererseits jedoch stellte sie ja auch die meisten Dinge infrage und glaubte nur selten etwas unbesehen.

Ehrlichkeit und Offenheit waren wichtig für sie, obwohl sie selbst sie ironischerweise nicht immer an den Tag legte, sie aber nichtsdestoweniger von anderen verlangte. Und das schloss auch Matthew ein. Saskia gab sich zwar alle Mühe, so zu tun, als wäre sie nicht enttäuscht, dass sie seit dem letzten Samstag nur eine Nachricht – ein knappes Dankeschön – von ihm erhalten hatte, doch sie konnte nicht vermeiden, dass sein Schweigen sie verwirrte. Die einzige Schlussfolgerung, die sie daraus ziehen konnte, war, dass er es vielleicht bereute, sie geküsst zu haben.

Durch das Schaufenster beobachtete sie einen Mann, der die Bücher in den Auslagen draußen vor dem Geschäft durchstöberte. Es wurden immer wieder Bücher aus den Kästen dort gestohlen, und obwohl diese Frechheit Saskia gewaltig wurmte, sah sie ein, dass es wenig Sinn hatte, Streit mit irgendjemandem zu beginnen. Abgesehen davon waren die Bücher, die aus den Auslagekästen gestohlen wurden, auch nicht wertvoll. Die kostbaren Ausgaben wurden im Inneren des Geschäftes sicher aufbewahrt. Leider wurden jedoch hin und wieder sogar Bücher aus den Regalen innerhalb des Ladens gestohlen.

Nach fünf Minuten des Überfliegens der Ausgaben stellte sich der Mann jedoch als ehrlicher Kunde heraus, denn er stieß die Tür auf und kam herein, um zu zahlen. Er trennte sich gern von fünfzig Pence für ein veraltetes Autohandbuch und ging zufrieden wieder seiner Wege.

Doch kaum hatte sich die Tür hinter ihm geschlossen, öffnete sie sich erneut, und ein alter Bekannter in einem weißen T-Shirt mit einem Overall voller Farbflecken darüber steckte den Kopf zur Tür herein. Es war Will Swinton.

»Hi, Will«, begrüßte Saskia ihn. »Falls du Dad suchst, der ist heute leider nicht hier.«

»Das macht nichts, ich kam nur zufällig vorbei und dachte, ich sage Ralph Bescheid, dass sich zwei Aufträge verschoben haben und ich schon am Montag mit dem Laden beginnen kann, wenn es ihm recht ist.«

»Er wird sehr erfreut sein, das zu hören.«

Seit einiger Zeit schon führte Will sämtliche Maler- und Renovierungsarbeiten sowohl im Geschäft als auch auf Ashcombe aus. Er hatte früher einmal in London gelebt, doch nach einem Zusammenbruch seine mit hohem Stress verbundene Stelle in der City aufgegeben. Nachdem er sich zu einem vollständigen Berufswechsel entschlossen hatte, war er in ein Häuschen am Stadtrand von Chelsea gezogen, hatte einen Kurs in Maler- und Renovierungsarbeiten besucht und sich schließlich selbstständig gemacht. Das war vor fast sechs Jahren gewesen, und da er sich den Ruf erworben hatte, zuverlässig und äußerst gut zu sein, fehlte es ihm nicht an Aufträgen. Wenn die Leute erst einmal auf seiner Kundenliste standen, blieben sie ihm in den allermeisten Fällen treu. Der Nachteil seiner Beliebtheit war, dass er die Kunden auf eine Warteliste setzte und sie sich gedulden mussten, bis Will sie in seinem Terminplan unterbringen konnte.

»Du wirst wahrscheinlich keine Lust haben, heute Abend etwas mit mir trinken zu gehen, oder?«, fragte er.

Saskia lächelte. »Heißt das, dass du wieder zu haben bist?« Es war schon zu einem Witz zwischen ihnen geworden, dass er sie immer nur auf einen Drink einlud, wenn in seinem Liebesleben Stillstand eingetreten war.

Er lachte. »Du verstehst mich völlig falsch. Ich wage es nur, dich einzuladen, wenn ich glaube, dass dein Dad und deine Großväter es mir durchgehen lassen werden.«

»Und jetzt wagst du es?«

»Dein Vater will den Laden neu gestrichen haben, und deshalb habe ich ihn in der Hand!«

Auch Saskia lachte. »Du meine Güte! Du verstehst es, einer Frau zu schmeicheln.«

»Ich bin ein bisschen aus der Übung, also sag einfach Ja zu einem Drink, und ich werde versuchen, mich zu bessern.«

»Na gut, in Ermangelung besserer Angebote werde ich es riskieren. Um welche Zeit?«

»Wann wirst du hier fertig sein?«

Sie warf einen Blick auf ihre Uhr. »In etwa zwei Stunden.«

»Dann fahre ich schnell nach Hause, um zu duschen, und hole dich dann ab.«

»Das brauchst du nicht, ich habe meinen Wagen hier. Nenn mir den Pub, dann treffen wir uns dort.«

»Wie wäre es mit dem *George* in Cavendish? Wir könnten auch gleich noch einen Happen essen, wenn du möchtest.«

»Oh Gott, das kann nur bedeuten, dass du dir eine beängstigende Menge Kummer von der Seele reden musst!«

»Nicht mehr als sonst.« Er winkte ihr noch einmal zu, und nachdem er grinsend seine Nase ans Schaufenster gedrückt und Saskia ihn mit einer Handbewegung weggejagt hatte, schlenderte er die Straße hinunter.

Seine Einladung war genau das, was Saskia jetzt brauchte. So ungern sie es sich auch eingestand, war ihre Eitelkeit durch

Matthews Schweigen schwer verletzt worden. Und was alles noch schlimmer machte, war, dass ihr Vater und ihre Großväter, die sich ihrer Gefühle offenbar bewusst waren, auf ihre gewohnt »subtile« Weise auf Zehenspitzen um sie herumschlichen und sorgfältig darauf achteten, jede Erwähnung Matthews zu vermeiden, nur um dann nicht weniger vorsichtig anzufragen, ob Saskia etwas von ihm gehört hatte. Manchmal fragte sie sich, ob sie eigentlich noch unerträglicher und lästiger sein könnten! Sie war schließlich nicht aus Glas gemacht. Ganz im Gegenteil sogar!

Doch seltsam war es in der Tat, dass Matthew so plötzlich von der Bildfläche verschwunden war. Vielleicht war es ihm ja wirklich peinlich, sie geküsst zu haben, wie sie vermutete, und er meldete sich aus Scham und Reue nicht. Vielleicht machte er sich auch Sorgen, dass sie zu viel in den Kuss hineininterpretiert haben könnte, was sie natürlich auch getan hatte. Würde das nicht jede Frau in ihrer Lage tun? Wenn es ein einziger, auf zu viel Alkohol zurückzuführender Kuss gewesen wäre, könnte sie ihn mühelos als das abtun, doch was zwischen ihnen vorgefallen war, war mehr gewesen. Oder zumindest hatte es sich für sie so angefühlt.

Nachdem sie einen stetigen Strom von Kunden bedient hatte, rief sie zu Hause an, um Bescheid zu geben, dass sie zum Abendessen eingeladen war. »Dann hat Matthew sich also doch endlich gemeldet?«, sagte Grandpa O. erfreut.

Saskia zählte bis fünf. »Ich verbringe den Abend mit Will Swinton«, erwiderte sie dann, um einen nicht allzu bissigen Ton bemüht.

»Oh«, murmelte ihr Großvater. »Wie schön.«

»Ja, nicht wahr?«

Um Viertel vor sechs schloss sie den Laden, und nachdem sie nochmals nachgeprüft hatte, dass alles gut gesichert war, machte sie sich auf den Weg zum anderen Ende des Marktplatzes, wo sie morgens ihren Wagen abgestellt hatte.

Will war schon in dem Pub, als Saskia kam. Wie immer, wenn er keinen seiner Overalls trug, war er wie umgewandelt – ein völlig anderer Mann in sauberen Jeans und einem gut gebügelten, blau-weißen Hemd, dessen Ärmel er bis zu den Ellbogen hochgekrempelt hatte. Er roch auch gut, und der dunkle Bartschatten, den sie am Nachmittag gesehen hatte, war verschwunden. Will weigerte sich beharrlich, sein Alter zu verraten, aber nach allgemeiner Ansicht musste sein vierzigster Geburtstag schon ein paar Jahre zurückliegen.

»Wenn ich gewusst hätte, dass ich heute Abend ausgehen würde, hätte ich mir am Morgen mehr Mühe beim Anziehen gegeben«, sagte sie, als sie zu ihm an die Bar trat, wo er gerade eine hübsche Kellnerin anbaggerte.

»Für mich schaust du gut aus«, erwiderte er und musterte sie lächelnd. »Hübsch wie immer. Was möchtest du trinken? Und würdest du lieber drinnen oder draußen sitzen?«

»Ein kleiner Pinot Grigio wäre schön. Und hier drinnen gefällt es mir gut.«

Da zu dieser Zeit noch nicht viel Betrieb im Pub war und sie sich den Tisch noch aussuchen konnten, gingen sie mit ihren Getränken zu einem, der am Fenster stand.

»Also los«, sagte Saskia, als sie saßen. »Was gibt es Neues bei dir?«

»Muss es denn immer etwas Neues geben?«

»Soweit ich weiß, gab's das bisher immer – warum sollte heute eine Ausnahme sein?«

Er lächelte. »Warum erzählst du mir nicht deine Neuigkeiten zuerst? Gehst du noch mit Alan aus? Oder hieß er Pete?«

»Sein Name war Philip, und aus irgendeinem Grund scheinen alle Schwierigkeiten zu haben, sich an seinen Namen zu erinnern.«

»Da du in der Vergangenheitsform sprichst, nehme ich an, dass du ihn nicht mehr triffst?«

Saskia winkte ab. »Er ist Schnee von gestern. Er machte sich im neuen Jahr davon, nachdem ich es abgelehnt hatte, mit ihm nach Norden umzuziehen.«

»Bereust du jetzt, dass du nicht mitgegangen bist?«

»Überhaupt nicht. Zwischen uns lief es ohnehin nicht mehr besonders gut. Und was war bei dir?«

»Komischerweise etwas ganz Ähnliches. Chrissie behauptete immer, mich dafür zu bewundern, London den Rücken gekehrt zu haben, doch als es hart auf hart kam, fand sie, es sei an der Zeit, dass ich aufhörte, etwas beweisen zu wollen, und dort weitermachte, wo ich aufgehört hatte. Komisch, wie schnell der Reiz des Neuen, mit einem Maler und Tapezierer zusammen zu sein, vorbei war! Zu Anfang sah sie mich als eine Art tapferen Krieger, der das System bekämpft, doch dann merkte sie, dass ich nichts dergleichen war, sondern nur ein Mann, der froh war, sein eigenes Ding zu machen.«

»Das klingt aber gar nicht ähnlich wie bei Philip und mir«, sagte Saskia.

»Nein? Glaubst du nicht, dass auch er seine eigenen Ziele hatte und dich in seinem eigenen Interesse verändern wollte? Denkst du nicht, dass du dich seinen Wünschen anpassen musstest, statt er sich deinen Plänen?«

»Haben wir uns in dieser Hinsicht nicht alle das Gleiche vorzuwerfen?«

»Hey, Moment mal! Ich bin hier, weil ich eine mitfühlende Schulter zum Ausweinen brauche, keinen vernünftigen, objektiven Rat.«

Saskia lachte. »Dann hättest du mich vorwarnen sollen.«

»Ich hielt das nicht für nötig, weil ich dachte, eine alte Freundin würde schon das Richtige zu sagen wissen.« Er trank einen großen Schluck von seinem Bier. »Gab's seit Philip schon einen Neuen?«

»Nee.«

Er tippte auf seine Armbanduhr. »Die Zeit drängt, Mädchen. Du solltest dich ranhalten, oder dir werden bald nur noch die Blindgänger bleiben, zwischen denen du wählen kannst.«

»Du meinst, Blindgänger wie du?«

»Hey, dir könnte weitaus Schlimmeres passieren.«

»Und da dachte ich, mit dir auszugehen würde mich ein bisschen aufheitern.«

Er zog eine Augenbraue hoch. »Und warum musst du aufgeheitert werden?«

»Aus keinem besonderen Grund«, sagte Saskia, die ein Pärchen beobachtete, das am Nebentisch Platz nahm und etwa im gleichen Alter wie ihr Vater und Libby zu sein schien.

»Was bist du doch für eine schlechte Lügnerin, Saskia!«

Sie versuchte gar nicht erst, das zu bestreiten, aber in dem kurzen Schweigen, das entstand, als beide etwas tranken, sah sie, wie Will zu dem hübschen Mädchen hinüberblickte, das sie an der Bar bedient hatte. Und da sie seine »spitzbübischen« Blicke, wie Grandpa O. sie nannte, kannte und das Thema wechseln wollte, sagte sie: »Darf ich dich etwas fragen, Will?«

»Schieß los!«

»Wir kennen uns jetzt schon einige Jahre, aber du hast noch nie mit mir geflirtet. Warum eigentlich nicht?«

Er lachte laut. »Bist du verrückt? Du bist unerreichbar für jemanden wie mich.«

»Was soll das denn heißen?«

»Das heißt, dass deine Familie mich aus der Stadt jagen würde, wenn ich auch nur versuchte, mit dir anzubändeln.«

»Das hört sich ja an, als wäre ich eine Prinzessin, die in einem Elfenbeinturm gefangen gehalten wird«, bemerkte Saskia stirnrunzelnd.

»Bist du das denn nicht?«, fragte er, plötzlich ernst geworden. »Oder zumindest doch ein bisschen?«

Sie warf ihm einen erbosten Blick zu. »Das würdest du nicht sagen, wenn du wüsstest, wie erpicht meine Familie neuerdings darauf ist, mich mit einer gewissen Person zusammenzubringen.«

»Aha! Also gibt es doch jemanden, den du mir verschweigst! Na los, erzähl Onkel Willy alles!«

»Nur wenn du versprichst, nicht zu lachen oder zu behaupten, ich sei dumm und benähme mich wie ein Teenager bei seinem ersten Schwarm.«

Er beugte sich so weit zu ihr vor, dass ihr eine Wolke seines Aftershaves entgegenschlug. »Das klingt, als würde es interessant werden.«

Saskia schob ihn lachend zurück, doch da sie glaubte, dass er ihr mit seinen Erfahrungen als Ladykiller vielleicht sogar eine Hilfe sein könnte, erzählte sie ihm von Matthew. Sie verschwieg ihm auch nicht, dass er sie geküsst hatte und sie seitdem bis auf eine kurze Textnachricht und trotz ihrer Antwort darauf nichts mehr von ihm gehört hatte. »Es klingt selbst in meinen eigenen Ohren pathetisch«, sagte sie, genervt von sich selbst, »und im Grunde ließ auch nichts in seinem vorherigen Verhalten darauf schließen, dass er in irgendeiner Weise an mir interessiert war, aber …«

Will unterbrach sie mitten im Satz. »Aber wenn ein Mann dich küsst, besonders so, wie du es gerade beschrieben hast, ist es nur verständlich, dass du denkst, es könnte etwas zu bedeuten haben. Vorausgesetzt natürlich, dass du keine lausige Küsserin bist, Saskia, und ihn damit abgeschreckt hast.«

Sie schlug ihn auf den Arm. »Du Ferkel!«

»Vielleicht sollte ich mal versuchen, dich zu küssen, um zu sehen, ob ich recht habe.«

»Das Einzige, was du von mir küssen wirst, ist meine flache Hand, wenn du so weitermachst!«

Er lächelte. »Wortgefechte! Und nicht weniger, als ich verdiene. Doch ich bleibe bei dem, was ich schon sagte: Ich bin völlig einer Meinung mit dir, dass das Verhalten dieses Typs sehr seltsam ist. Erzähl mir noch mal, was er sagte, nachdem er zugegeben hatte, dich küssen zu wollen.«

»Er meinte, wenn ich auch nur ein bisschen Vernunft besäße, sollte ich es ihm verbieten.«

Will trank einen weiteren Schluck von seinem Bier, starrte gedankenversunken in das Glas und blickte dann zum Fenster hinüber, vor dem ein Autofahrer vergeblich versuchte, seinen Wagen zwischen zwei andere Fahrzeuge zu quetschen. Schließlich wandte Will sich wieder Saskia zu. »Er hat schon eine Beziehung, das ist das Problem. Das ist doch offensichtlich, nicht? Er wusste, dass er eine Grenze überschritten hatte, versuchte, seine Handlungsweise aber zu rechtfertigen, indem er dir die ganze Verantwortung dafür übertrug.«

Saskia schüttelte den Kopf. »Ganz sicher nicht! Eine Freundin hat er nie erwähnt. Kein einziges Mal. In keinem unserer Gespräche, und wir haben mehr als genug geführt.«

»Hast du ihn je gefragt, ob er sich mit irgendjemand trifft?«

Wills Frage rief ihr eine Unterhaltung in Erinnerung, die sie mit ihrem Vater geführt hatte, nachdem sie Matthew zum ersten Mal begegnet war. »Nein«, erwiderte sie kurz.

»Meinst du nicht, dass es selbstverständlich wäre, so etwas in einem Gespräch zu erwähnen, wenn man jemanden kennenlernt? Vorausgesetzt natürlich, dass du diese Person nicht ganz bewusst zu einer falschen Annahme verleiten willst?« Er unterbrach sich kurz. »Ich muss gestehen, dass ich das auch schon mal getan habe.«

»Wirklich?«

»Ich fürchte ja.«

Saskia runzelte die Stirn. »Warum sind Männer so abscheulich?«

»Weil wir nie erkennen, wann wir Glück gehabt haben. Und schau nicht so schockiert drein! Ich war nicht immer dieses Musterexemplar, das du jetzt vor dir siehst. Damals, als ich mich an den Exzessen von zu viel Geld und allem, was es bot, berauschte, gaukelte mir mein Ego vor, dass ich ein Recht auf alles und jedes hatte.«

Saskia trank nachdenklich einen großen Schluck von ihrem Wein und versuchte zu verarbeiten, was Will gesagt hatte. Nicht über sein eigenes Verhalten, sondern über Matthews. Hatte sie ihn wirklich so völlig falsch verstanden? Aber dann kam ihr ein noch schlimmerer Gedanke.

»Und wenn er nun sogar verheiratet ist?«, fragte sie.

Will schnalzte mit der Zunge. »Dann ist es eben so. Du hast dir nichts vorzuwerfen. Er ist es, der mit seinem Gewissen fertigwerden muss, nicht du. Und wie wär's, wenn wir uns jetzt die Karte bringen ließen? Ich habe einen Bärenhunger, und mir steht der Sinn nach einem großen saftigen Steak.«

Das Einzige, wonach Saskia der Sinn stand, war eine Aussprache mit Matthew Gray, denn so sehr es ihr auch widerstrebte, Will zu glauben, erschien ihr seine Theorie doch mit jeder Sekunde, die sie darüber nachdachte, plausibler.

Kapitel 44

In einem schlicht eingerichteten, weiß getünchten Hotelzimmer etwa zwanzig Fahrminuten entfernt von Kopenhagen lag Matthew auf dem Bett und dachte an das einzige Mal, bei dem es zwischen Jacob und ihm fast zu einem Streit gekommen wäre. Der Grund dafür war Fliss gewesen.

»Glaubst du, sie ist das Mädchen, das du heiraten wirst?«, hatte Jacob eines Abends bei einer Partie Schach gefragt, nur Minuten, nachdem ihr Spiel durch einen Anruf von Fliss unterbrochen worden war.

Die Frage kam derart überraschend, dass sie Matthew vorübergehend aus dem Konzept gebracht hatte. »Wie soll ich das wissen?«, hatte er geantwortet. »Wir sind noch nicht lange genug zusammen, um an einen solchen Schritt zu denken.«

»Glaub mir, Fliss ist da ganz anderer Meinung«, hatte Jacob mit gesenktem Kopf erwidert und Matthews letzten Läufer, den er mit seinem Springer geschlagen hatte, der wachsenden Anzahl seiner eroberten Figuren hinzugefügt.

»Wie solltest du das wissen? Du bist ihr doch nur ein einziges Mal begegnet«, hatte Matthew entgegnet, verärgert, dass er den Läufer unvorsichtigerweise aus den Augen gelassen und Jacob so ermöglicht hatte, ihn mühelos zu erobern. Doch er hielt an seiner Strategie fest und zog seinen Turm vor.

Den Blick auf das karierte Brett gerichtet, schwebte Jacobs leicht zitternde Hand über seiner Königin. »Dieses Mädchen hat so etwas an sich«, sagte er schließlich.

Matthew musste über die Bemerkung lachen. »Sie hat so etwas an sich?«, wiederholte er und erkannte nun das Manöver, das der alte Herr mit seiner Königin vorhatte. »Ich fürchte, da wirst du dir etwas Besseres einfallen lassen müssen.«

»Sie ist in dich verliebt«, erwiderte Jacob nüchtern, die Augen unter den buschigen Brauen verborgen, aber noch immer auf das Brett gerichtet, obwohl er es aufgegeben zu haben schien, seine Königin bewegen zu wollen. »Der nächste logische Schritt für sie ist Heirat.«

»Ich glaube, du greifst vor, Jacob; von Liebe war bei uns jedenfalls noch nie die Rede.«

Jacob legte die Hand in seinen Schoß. »Aber liebst du sie?«

Da der alte Herr auch weiterhin auf das Brett schaute, konnte Matthew seine Verlegenheit über die unverblümte Frage verbergen. »Noch nicht«, erwiderte er, um einen sorglos-unbefangenen Ton bemüht.

»Ah, dann denkst du also, dass du es eines Tages tun wirst. Wie sicher du klingst! Glaubst du wirklich, dass es so ist mit der Liebe?«

»Jedenfalls glaube ich nicht an Liebe auf den ersten Blick, falls du das meinst.«

»Ich habe dich nie für dumm gehalten«, murmelte Jacob vor sich hin, während seine zitternde Hand zu seiner Königin zurückkehrte und sie bewegte, um zwei von Matthews Bauern zu bedrohen.

»Findest du das nicht ein bisschen hart? Eine andere Meinung wird doch wohl gestattet sein?«

»Nicht, wenn sie dein Urteilsvermögen trübt.«

»Ich habe noch nichts davon gemerkt, dass sie das tut.«

Jacob brummte und griff nach seinem Whisky.

»Ich nehme an, dieses Brummen bedeutet, dass du mir nicht zustimmst«, sagte Matthew, während er voller Genugtuung Jacobs Königin mit seinem Turm eroberte.

Sekunden verstrichen. Jacob trank einen weiteren Schluck

Whisky und stellte sein Glas dann behutsam auf den Tisch zurück. »Da nimmst du richtig an«, sagte er und tippte mit einem Finger auf seinen Läufer. »Du hast deinen König gefährdet und zugleich umfassend mattgesetzt. Schachmatt.«

Und so war es. Während er genüsslich die Königin des alten Mannes ausgeschaltet hatte, war Matthew der offensichtliche Angriff auf seinen König vollkommen entgangen. »Das war enttäuschend kurz und schmerzlos«, sagte er.

Jetzt sah Jacob ihn endlich direkt an. »Du musst besser achtgeben, Matthew. Schludriges Denken erzeugt schludriges Verhalten und führt zu fatalen Folgen.«

Irritiert über die Unverfrorenheit des alten Herrn, erwiderte er: »Ich habe keine Ahnung, warum du so gegen Fliss bist, aber es wäre mir lieber, wenn du deine Ansichten über sie für dich behalten würdest.«

»Ich habe nichts gegen das Mädchen«, versetzte Jacob schroff, »sie ist mir sogar völlig gleichgültig, nachdem ich ihr dieses eine Mal begegnet bin. Ich weiß nur, dass sie in eurer Beziehung sehr viel weiter ist als du. Sie ruft dich ständig an, wenn du hier bei mir bist. Beunruhigt dich das nicht? Es ist fast so, als könnte sie es nicht ertragen, dass du ein bisschen Zeit mit mir verbringst.«

Matthew nahm stark an, dass Jacobs Bemerkungen von Eifersucht hervorgerufen wurden. Seine Mutter hatte oft gesagt, dass man manchmal sehr vorsichtig im Umgang mit Jacob sein musste, da er die volle und ungeteilte Aufmerksamkeit einer Person besitzen wollte, und das mit zunehmendem Alter sogar noch mehr als früher. Und da Jacob den Menschen, die ihm am Herzen lagen, uneingeschränkte Loyalität und höchste Rücksichtnahme entgegenbrachte, erwartete er nicht weniger dafür zurück. Matthew hatte es immer für einen fairen Austausch gehalten, doch für den Bruchteil einer Sekunde, als er Jacob jetzt gegenübersaß, wurde er von dem heftigen Bedürfnis erfasst, diesen Erwartungen nicht zu entsprechen.

»Was macht dich zu so einem Experten in Beziehungsfragen, Jacob?«, fragte er. »Du bist doch nicht einmal verheiratet gewesen.«

»Genau aus diesem Grund bin ich ein Experte! Meine Objektivität verleiht mir die Fähigkeit, die Dinge so zu sehen, wie sie wirklich sind, und nicht so, wie die Leute glauben wollen, dass sie sind. Selbsttäuschung ist die schlimmste Art von Täuschung, Matthew.«

»Ist es das, was du mir vorwirfst?«

»Ich habe genug von dieser Unterhaltung«, erklärte Jacob mit einem müden Kopfschütteln. »Du bist intelligent genug, um zu begreifen, was ich dir sage, aber wenn du meinen Rat nicht annehmen willst, ist das deine Sache. Und wenn du mich jetzt entschuldigst, gehe ich zu Bett.«

Das Gespräch, das zwei Monate vor Jacobs Tod stattgefunden hatte, war von beiden nie wieder erwähnt worden. Matthew hatte es als das mürrische Gerede eines müden alten Mannes abgetan und nicht wieder darüber nachgedacht.

Bis jetzt.

Eine Kombination verschiedener Dinge hatte sich dazu verschworen, die Erinnerung daran wieder aufkommen zu lassen. Zunächst einmal das Lesen der *Pusteblumenjahre* und die Entdeckung des ganzen Ausmaßes von Jacobs eifersüchtiger und unsicherer Natur als junger Mann, und zweitens eine Frage, die Fliss ihm vor ein paar Minuten gestellt hatte, bevor sie unter die Dusche gegangen war. Ganz unversehens hatte sie plötzlich wissen wollen, ob Jacob sie abgelehnt hatte.

Ihr Flug nach Kopenhagen hatte sich eines Treibstoffproblems wegen verzögert. Nachdem sie mit vier Stunden Verspätung in der Stadt eingetroffen waren, hatten sie das Abendessen mit Fliss' Eltern und dem Rest der Familie verpasst, die alle einen früheren Flug genommen hatten. Matthew selbst war froh gewesen über die Verspätung, weil dadurch nur eine begrenzte Zeit für einen freundschaftlichen Schlagabtausch in der Bar geblieben war, während er und Fliss einen Drink und einen Snack hinunterschlangen.

Als sie nun, in ein Handtuch gehüllt und das Haar zu einem Pferdeschwanz gebunden, aus dem Badezimmer kam, sagte sie: »Ich habe dir zehn Minuten Zeit gelassen, um dir eine Antwort auf meine Frage zu überlegen. Hast du eine? *Hat* Jacob mich abgelehnt?«

»Und ich habe hier gelegen und mich gefragt, was in aller Welt dich bloß veranlasst haben könnte, so etwas zu denken«, erwiderte Matthew, der eine direkte Antwort ganz bewusst vermied. Er sah ihr nach, als sie zum Spiegel ging, wo sie ihr Haar löste und es mit langen, kräftigen Bürstenstrichen glättete.

»Vielleicht war das der Eindruck, den ich hatte, als ich Jacob kennenlernte«, sagte sie.

»Hattest du das Gefühl, dass er unhöflich zu dir war?«

»Oh nein, ganz im Gegenteil sogar. Er war charmant.«

»Aber wieso dachtest du dann, dass er dich nicht mochte?«

Sie legte die Bürste hin und sah Matthew im Spiegel an. »Es war die Art und Weise, wie er über dich und deine Mutter sprach. Alles, was er sagte, hatte etwas sehr Besitzergreifendes. Ich spürte, dass ich gewarnt wurde, mich fernzuhalten, als dürfte ich mich nicht als gut genug betrachten, eurer eng verbundenen kleinen Zweierbande beizutreten. Genau genommen spürte ich sogar, dass er *jeden* ausschließen würde, der die Stirn besäße, über die Mauer zu klettern und einzubrechen.«

»Und all das hast du einer einzigen Begegnung mit Jacob entnommen?«

»Denk doch mal darüber nach, ob es je eine Zeit gab, in der

ihr mehr als drei Personen wart, als deine Mutter noch lebte? Nach dem, was du mir erzählt hast, hat sie nie wieder geheiratet, und das sei ihre eigene Entscheidung gewesen, sagtest du.«

»Das stimmt. Sie hat immer betont, glücklich und zufrieden mit den Dingen zu sein, wie sie waren.«

»Hat Jacob sie je dazu ermutigt, noch einmal zu heiraten?«

»Jetzt wirst du unfair, finde ich. Jacob war weder der Kerkermeister meiner Mutter noch der meine.«

»Bist du dir da sicher? Wie viele Freunde hattest du, die zum Spielen vorbeikamen oder über Nacht blieben?«

»Ich hatte Laura von nebenan.«

»Und wen sonst noch?«

»Ich habe dir schon einmal erzählt, dass ich ein totaler Streber war; ich brauchte niemanden sonst.«

Fliss drehte sich um und sah mich an. »Ich hoffe, dass sich das geändert hat.«

Matthew runzelte die Stirn. »Und was denkst du?«

»Ich denke, dass es ein langer Tag war und wir ein bisschen schlafen sollten.«

»Da hast du recht«, stimmte er zu.

Einige Zeit später, als Matthew schon Fliss' ruhiges Atmen hören konnte, lag er noch immer auf dem Rücken und mit dem Gesicht zu dem Fernsehgerät, an dem das Stand-by-Licht wie ein allgegenwärtiges, allsehendes rotes Auge im Dunkel des ungewohnten Zimmers glühte.

Ihre Bemerkungen über Jacob hatten ihn zu sehr aufgewühlt, um Schlaf zu finden. Könnte etwas Wahres an ihren Worten sein? Hatte sie in Jacobs Verhalten etwas bemerkt, das ihm selbst nie aufgefallen war? War es, wie Jacob gesagt hatte, tatsächlich nur das objektive Auge, das die Dinge so sehen konnte, wie sie wirklich waren?

Oder war vielleicht auch Fliss' Meinung von einem Element der Eifersucht gefärbt, wie es bei Jacob offenbar gewesen war? Ihm zu unterstellen, dass er eine Art Kerkermeister für ihn und Mum gewesen sei, war absurd. Und doch war da auch der junge Jacob zu bedenken, wie er sich in den *Pusteblumenjahren* offenbarte, als junger Mann, der den Gedanken nicht ertragen konnte, dass Kitty auch noch ein Leben außerhalb ihrer Beziehung haben könnte.

Je weniger Ruhe Matthew fand, je mehr ihm diese Gedanken im Kopf herumspukten und je weniger er schlafen konnte, desto mehr bereute er es, Jacobs zweites Notizbuch nicht mitgebracht zu haben, um es hier zu lesen.

Was mochte Jacob der Frau, die er liebte, geantwortet haben, als sie ihn gefragt hatte, ob sie noch eine gemeinsame Zukunft hatten? Hatte er es da sofort vermasselt und darauf bestanden, dass Kitty seinem Wunsch entsprach und die Idee aufgab, nach Kriegsende zur Universität zu gehen?

Was auch immer die Antwort sein mochte, sie war belanglos im Vergleich zu dem, womit *er* sich jetzt befassen musste. Denn *wirklich* wichtig war jetzt nur, warum Fliss ihm diese seltsame Frage gestellt hatte und die anschließenden Bemerkungen, die sie über Jacob gemacht hatte. Und wichtig war auch, dass Matthew wieder einmal gelogen hatte – in diesem Fall durch Auslassungen –, um Fliss zu schützen, weil er ihr auf keinen Fall erzählen konnte, was Jacob damals wirklich gesagt hatte. War es das, was von jetzt an auf ihn zukam, eine Auslassung und Lüge nach der anderen zwischen ihnen? Wurden vielleicht sogar die meisten Beziehungen so geführt? Wenn ja, würde er sich eine viel grundsätzlichere Frage stellen müssen – was empfand er wirklich für die Frau, die neben ihm lag?

Es war ja gut und schön, dass sie wieder zusammen waren und er zugestimmt hatte, sie zu unterstützen, indem er nach

Kopenhagen mitkam und an einem großen Familientreffen teilnahm. Aber was genau bedeutete das für ihn?

Musste es denn irgendwas bedeuten? Was war verkehrt daran, einfach nur in den Tag hineinzuleben? Warum war da immer dieses zwanghafte Bedürfnis, über das Hier und Jetzt hinauszuschauen? Warum mussten sich die Dinge ändern?

Und warum zum Teufel konnte er diese eine, allerwichtigste Frage nicht beantworten, ohne sich gleich mit einem ganzen Rattenschwanz von anderen Fragen zu bombardieren?

Die Hände hinter dem Kopf verschränkt, atmete er tief ein und langsam und leise wieder aus, um Fliss nicht aufzuwecken.

Kapitel 45

»Ich finde, wir sollten hinfahren; es wäre ein interessanter Ausflug. Was meinst du?« Harvey wartete auf die Antwort seiner Enkelin. Und wartete und wartete – bis ihm klar wurde, dass sie überhaupt nicht zugehört hatte. »Saskia?«

Mit einem kleinen Stirnrunzeln wandte sie sich ihm zu. »Entschuldige, Grandpa, was sagtest du?«

»Ich wollte wissen, ob du … Ach, vergiss es! Das kann warten. Warum erzählst du mir nicht, was dich beschäftigt?«

Saskia steuerte den Einkaufswagen um einen anderen herum, der den Gang blockierte. »Beschäftigt mich denn irgendwas?«, fragte sie.

Sie fügte ihren Einkäufen eine Flasche Balsamicoessig hinzu, und Harvey hakte ihn auf seiner Liste ab. »Ich kenne dich gut genug, um zu wissen, dass du mit deinen Gedanken ganz woanders bist und mir wahrscheinlich nicht mehr zugehört hast, seit wir zu Hause abgefahren sind.«

»Das ist nicht wahr!«

»Ein bisschen übertrieben vielleicht«, räumte er ein, »aber du weißt schon, was ich meine. Also, was hast du? Irgendetwas, wobei ich dir helfen kann?«

»Es ist nichts Wichtiges, ich bin nur ein bisschen sauer auf mich selbst. Fang noch mal von vorne an, und diesmal werde ich zuhören.«

Wie dem Rest der Familie war auch Harvey sehr wohl bewusst, dass Saskias Stimmung sich im Laufe der Woche von Tag zu Tag verschlechtert hatte, doch da er es für ratsamer hielt abzuwarten, um den Grund dafür herauszufinden, wiederholte er seinen Vorschlag, einen Ausflug nach Bletchley Park zu machen.

»Und wann wäre das?«, fragte sie, während sie die Regale nach den *Trofie*-Nudeln überflog, die Harvey suchte.

»Am nächsten Wochenende vielleicht? Oliver ist ganz dafür. Er platzt buchstäblich schon vor Ungeduld!«

»Aber dann ist die Büchermesse in Long Melford. Da helfe ich Dad doch immer.«

»Darüber wollte Ralph noch mit dir reden«, antwortete Harvey vorsichtig. »Anscheinend hat Libby sich angbeboten, dir die Arbeit abzunehmen und ihm selbst zu helfen. Vorausgesetzt natürlich, dass du nichts dagegen hast.«

»Natürlich habe ich nichts dagegen«, erwiderte sie, wenn auch sichtlich ungehalten. »Warum sollte ich?«

Harvey gab es auf, Ausschau nach den *Trofie*-Nudeln zu halten, und griff stattdessen nach einem Päckchen *Farfalle*. »Weil Libbys Ankunft auf Ashcombe bedeutet, dass sich das Leben für uns ändert und wir uns alle auf unsere jeweilige Art und Weise darauf einstellen müssen.«

»Ich bin kein Kind mehr, Harvey, also durchaus imstande, Veränderungen anzunehmen, ohne die Fassung zu verlieren. Habe ich je den Anschein erweckt, dass ich Libby nicht mag? Habe ich euch jemals einen Grund zu der Annahme gegeben, ich sei nicht froh darüber, dass Dad eine Beziehung hat? Habe ich das?«

Als Harvey die Röte sah, die seiner Enkelin in die Wangen stieg, sagte er sanft: »Nein, das hast du natürlich nicht, und ich habe auch nichts dergleichen angedeutet, Liebes.«

»Gut. Ich bin es nämlich leid, dass alle mich mit Samthandschuhen anfassen!«

Harvey, dem plötzlich bewusst wurde, dass er genau das tat, bedeutete ihr, den Wagen weiter den Gang hinunterzuschieben.

»Was hältst du denn nun davon?«, fragte er, als sie um die Ecke bogen. »Glaubst du, dass du es ertragen kannst, den Tag mit deinen alten Großvätern in Bletchley Park zu verbringen?«

»Natürlich kann ich das.«

Wohl wissend, dass er sein Glück schon nahezu überstrapazierte, gab er vor, die Einkaufsliste zu überprüfen, und bemerkte wie nebenbei: »Oliver und ich dachten, vielleicht würdest du ja gern Matthew einladen mitzukommen. Immerhin waren es sein Professor Belinsky und dessen Tagebuch, was unser Interesse an Bletchley weckte.«

»Dazu wird er wohl zu beschäftigt sein«, erwiderte sie ablehnend.

»Am vergangenen Wochenende war er nicht zu beschäftigt, um sich uns anzuschließen.«

»Wahrscheinlich wusste er bloß nichts Besseres mit sich anzufangen, und es kam ihm gerade recht, den Sonntag mit uns zu verbringen. Ich würde mich aber nicht darauf verlassen, dass das noch mal vorkommt.«

»Hat er dich irgendwie verärgert, Saskia?«

Sie hielt den Einkaufswagen an. »Sagen wir einfach so: Ich habe Grund zu der Annahme, dass er nicht ganz ehrlich zu uns war.«

Ihr trotzig vorgeschobenes Kinn und die Anspannung in ihrer Stimme verrieten Harvey alles, was er wissen musste: Seine Enkelin war verärgert und verschwieg etwas. »Inwiefern nicht ehrlich?«

»Wenn du es schon unbedingt wissen musst – ich glaube, dass er eine Freundin hat. Wer weiß, vielleicht ist er ja sogar verheiratet und hatte seine Gründe, uns nichts davon zu erzählen. Im Grunde spielt es keine Rolle, von mir aus kann er tun oder sagen, was er will, denn schließlich ist er bloß ein Kunde, der aus unserem Leben verschwinden wird, wenn Dad die Büchersammlung für ihn verkauft hat. Und gut, dass wir ihn dann los sind, sag ich nur!«

Der Gang mit der Tiefkühlkost, in dem sie standen, war alles andere als ein idealer Ort, um dieses Gespräch zu führen, zumal Harvey auch sehen konnte, wie unangenehm Saskia das Thema war. Er bereute es nun, sie dazu gebracht zu haben, ihm zu erzählen, was sie beschäftigte. Er hätte warten sollen, bis sie im Wagen auf der Heimfahrt waren. Aber nein, bedrängt von Oliver, der ihm gestern den ganzen Tag und auch heute Morgen in den Ohren gelegen hatte, jemand müsse mit Saskia reden, hatte er sich dummerweise erboten, es zu tun. Besser er als der gute alte Oliver, der vielleicht nur wieder ins Fettnäpfchen treten und alles vermasseln würde, hatte Harvey sich gedacht.

»Aber wie kommst du darauf, dass Matthew eine Beziehung hat oder sogar verheiratet sein könnte?«, fragte er, wobei er sich alle Mühe gab, seine Überraschung zu verbergen. Und seine Enttäuschung. Wie Oliver und Ralph hatte er große Hoffnungen für Saskia und Matthew gehabt; sie waren ihnen allen wie das ideale Paar erschienen. Und Gott wusste, dass Saskia jemand ganz Besonderes verdiente.

Sie schob den Wagen weiter. »Es ist nur so ein Gefühl«, sagte sie. »Nenn es Intuition.«

Harvey war skeptisch. Er wollte Saskia nicht vorwerfen, voreilige Schlüsse gezogen zu haben, aber sie irrte sich doch sicherlich? Matthew hatte sie doch wohl bestimmt nicht alle hintergangen? Er schien einfach nicht diese Art von Mann zu sein. »Nur so ein Gefühl?«, hakte er behutsam nach, weil sein Instinkt ihm riet, sehr vorsichtig zu sein. »Das ist aber kein großer Anhaltspunkt, würde ich sagen.«

»Es genügt«, erklärte sie nachdrücklich. »Frag dich doch selbst mal, was er uns eigentlich über sich erzählt hat! Er hat viel über Jacob, seine Mutter und seine Arbeit geredet, doch nie über das, was er in seiner Freizeit tut.«

»Vielleicht ist er ja nicht gerade der Geselligste. Und wenn er eine Freundin hätte, wäre er dann an Ostern nicht mit ihr zusammen gewesen?«

Für einen Moment konnte er sehen, dass Saskia sich das auch fragte. »Und wenn sie sich nun gestritten hatten oder so etwas und er zu uns kam, um sie zu ärgern?«, entgegnete sie dann.

»Na, jetzt lässt du ihn aber schrecklich kleinlich klingen.«

»Das könnte sehr gut noch das geringste seiner Missetaten sein!«, entgegnete sie heftig.

»Du scheinst wirklich überzeugt davon zu sein.«

»Oh ja.«

»Aber warum? Bisher hast du mir keinen anderen Anhaltspunkt geliefert als ein Bauchgefühl. Du musst schon etwas Handfesteres haben, um so schlecht von ihm zu denken.«

»Okay, und wie wäre es damit? Als ich gestern Abend mit Will aus war, öffnete er mir die Augen für die Art von Mensch, die Matthew Gray tatsächlich ist. Der Matthew Gray, der mich zum Narren gehalten hat. Und nicht nur mich, sondern uns *alle*.«

Wieder einmal war Harvey völlig überrascht. »Will? Kennt Will ihn denn?«

»Nein, aber er kennt den *Typ*. Er gab zu, dass er vor einiger Zeit ein ähnliches Spiel mit einer Frau getrieben hatte.« Sie richtete ihren Blick plötzlich auf die Fischtheke am Ende ihres Ganges. »Weißt du, was ich heute Abend wirklich gern essen würde?«, fragte sie, um ihrem Großvater zu signalisieren, dass das Thema Matthew Gray beendet war.

»Was?«

»Pfannkuchen mit geräuchertem Fisch – die hast du schon lange nicht mehr gemacht.«

»Weil Oliver sich immer über den Geruch beschwert.«

»Du kannst ja mir die Schuld geben, wenn du willst.«

»Das ist nicht nötig.«

Das wird sogar absolut nicht nötig sein, dachte Harvey unglücklich. Angesichts der Nachrichten, die er weitergeben würde, wenn sie zu Hause waren, würde Oliver nicht einmal den leisesten Protest über den Geruch des geräucherten Fischs von sich geben. Er würde sich weit mehr Gedanken über Matthew und die Frage machen, ob er seinen Schabernack mit Saskia getrieben und sie ganz bewusst auf den Holzweg geführt hatte. Und der Himmel stehe Matthew Gray bei, falls es so war, denn dann würde er sein blaues Wunder erleben! Was natürlich Blödsinn war, denn was zum Teufel könnten sie schon ausrichten?

Aber mal angenommen, Will hätte nur dummes Zeug dahergeredet und Zwietracht gesät, um sein eigenes Süppchen zu kochen? So charmant und interessant der Bursche auch war, sie alle kannten seinen Ruf in Bezug auf das schöne Geschlecht. Und wenn er nun sein Glück bei Saskia versuchen wollte und dazu den alten Trick »Trenne und erobere« anwandte?

Sie saßen schon im Auto und hatten die Einkäufe auf dem Rücksitz von Saskias Mini aufgetürmt, als Harvey wissen wollte: »Was genau hast du Will über Matthew erzählt, was ihn zu der Schlussfolgerung brachte, die er zog?«

»Das würde ich lieber für mich behalten.«

»Hatte es etwas damit zu tun, dass Matthew dich geküsst hat?«

Saskia nahm den Blick von der Straße und sah Harvey kurz an. »Woher weißt du davon?«

»Oliver hat euch gesehen.«

»Na großartig! Kein Wunder, dass ihr alle so ein Getue um mich macht.«

»Mir war gar nicht bewusst, dass wir ein Getue um dich machen.«

Sie warf ihm einen weiteren Blick zu. »Dann ist es also kein Getue, jede Erwähnung von Matthew zu vermeiden, als ihr merktet, dass er sich nicht mehr gemeldet hatte?«

Harvey bewegte sich nervös auf seinem Sitz. »Du weißt, wie wir sind. Wir kümmern uns um dich.«

»Ich weiß«, stimmte sie seufzend zu. »Aber manchmal wünschte ich, ihr würdet es nicht tun. Oder jedenfalls nicht so sehr. Ich bin zweiunddreißig Jahre alt, nicht zehn.«

»Tut mir leid«, sagte er. »Unser Problem ist, dass wir unsere Fürsorge nicht einfach an- oder abstellen können. So sind wir eben. Außerdem passt du ja auch immer auf uns auf. Hast du schon mal darüber nachgedacht, wie wir uns dadurch fühlen? Als könnte man sich nicht mal mehr darauf verlassen, dass wir unsere eigenen Socken anziehen. Was bei Oliver zugegebenermaßen sogar stimmen könnte, aber ich …«, er straffte die Schultern und warf sich in die Brust, »ich bin immer noch ein fitter junger Bock in den besten Jahren.«

Saskia lachte. »Und obendrein total verrückt.«

»Das ist schon besser«, sagte er. »Dein Lachen hat mir sehr gefehlt in diesen letzten Tagen.«

»Und mir tut es leid, dass ich so nervig bin. Vielleicht ist ja in Bezug auf Matthew nur meine Fantasie mit mir durchgegangen. Ich hatte nämlich wirklich angefangen, ihn zu mögen.«

»Das kann ja auch nicht schaden, aber wie wär's, wenn du ihm einen Vertrauensvorschuss gibst und ihn einlädst, uns auf unserem kleinen Ausflug nach Bletchley zu begleiten? Dann werden wir ja sehen, was wir drei über den mysteriösen Mr. Gray herausfinden können.«

»Du meinst, wir sollen ihn durch eine List zu einem Geständnis bewegen?«

»Warum nicht?«
»Weil es hinterhältig und unaufrichtig ist.«
»Und damit hast du ein Problem?«
Saskia lächelte. »Absolut nicht. Machen wir es so, sag ich.«
»Das ist mein Mädchen!«

Kapitel 46

Eine große glückliche Familie.

Das war die laut und deutlich demonstrierte Botschaft, und so sehr Matthew sich auch bemühte, seinen Platz im Schoße der Familie Campbell wieder einzunehmen, musste er sich doch eingestehen, dass er mit dem Herzen nicht dabei war. Nicht, dass er es je gewesen wäre. Nicht wirklich.

Mit Fliss zusammen zu sein war gut; das Problem war nur der Rest des Campbell-Clans. Matthew hatte nichts mit ihnen gemeinsam, und da er auch über nichts Bedeutsames mit ihnen reden konnte, war er wie üblich zu der Rolle des gelangweilten Zuschauers verdammt, der hin und wieder in vorgetäuschtem Interesse zu ihrem unablässigen Gerede über Golf, Kricket und Rugby nickte – zu ihrer Zeit hatten die Männer der Familie offenbar alle drei Sportarten betrieben. Matthew dagegen hatte als junger Mann eine so chronisch schlechte Koordination gehabt, dass er nichts als Demütigungen auf den Spielfeldern seiner Schule erfahren hatte und daher null Toleranz für das Thema Sport aufbrachte. Deshalb hatte er nun seine liebe Mühe, sich vor Fliss' Familie nicht anmerken lassen, dass Sport ihn ebenso wenig interessierte wie das unaufhörliche Gerede über die jüngeren Mitglieder der Familie, die vierjährigen Zwillinge Dylan und Cosmo und die sechsjährige Poppy. Wenn man Poppys Eltern glauben durfte, war das Mädchen ein wahres Wunderkind – eine Virtuosin auf der Geige *und* obendrein ein mathematisches Genie. Aus Matthews Perspektive brachte sie jedoch alle Voraussetzungen für eine fürchterliche Despotin mit, so wie sie ihre jüngeren Cousins herumkommandierte, von ihren Eltern erst ganz zu schweigen.

Und darüber hinaus, wie bei einer Dauerwiedergabe stets derselben Platte, fand eine nie enden wollende Diskussion unter den Frauen der Familie über die in vier Monaten zu erwartende Ankunft des neuesten Mitgliedes des Campbell-Clans statt – ein Baby, von dem sie bereits wussten, dass es ein Junge war. Die mit Fliss' jüngstem Bruder verheiratete Amy hatte Matthew heute beim Mittagessen gefragt, ob er ihren Bauch anfassen wolle. »Dann kannst du fühlen, dass er wie ein Wilder um sich tritt«, hatte sie strahlend erklärt. »Er wird bestimmt genauso ein Zappelphilipp wie sein Vater sein. Komm, gib mir deine Hand, dann zeig ich's dir!«

Matthews instinktive Reaktion war die Antwort gewesen, dass er eher die glühenden Kohlen eines Tandoori-Ofens berühren würde, doch Amy hatte seine Hand ergriffen und sie fest auf ihren aufgeblähten, aber auch erstaunlich harten Bauch gelegt. Sein Gesicht musste sein Unbehagen widergespiegelt haben, weil alle am Tisch in schallendes Gelächter ausgebrochen waren und Fliss' Vater behauptet hatte, Matthew sehe plötzlich ein bisschen grün um die Nase aus. Was eine unverfrorene Lüge sein musste, da sein Gesicht nur eine Farbe angenommen haben konnte, nämlich Scharlachrot. Nachdem er etwas gefühlt hatte, das er sich jetzt nur noch als Oktopus-Junges vorstellen konnte, das von Amy ausgebrütet wurde, hatte er den Appetit auf sein *smørrebrød* mit marinierten Heringen verloren.

Und nachdem sie nun den Tag mit Besichtigungen verbracht hatten, saßen sie im Zug, um zu ihrem Hotel in Skodsborg zurückzufahren. Wie das Glück es wollte, hatten Fliss und er einen Platz ein paar Reihen von allen anderen entfernt ergattert. »Warum habe ich das Gefühl, dass du dich so gar nicht amüsierst?«, fragte sie leise.

»Aber das tue ich doch«, antwortete Matthew so überzeugend, wie er konnte, und gab sich die größte Mühe, eine gut gelaunte Miene aufzusetzen.

Fliss sah ihn zweifelnd an. »Du siehst aber nicht so aus, als amüsiertest du dich.«

»Du kennst mich doch. Ich bin nie in Bestform unter vielen Leuten.«

»Es ist doch wohl nicht immer noch Verlegenheit?«

»Weswegen? Weil ich Amys Bauch berührt habe?«

Fliss lächelte. »Du sahst aus, als hättest du Angst, dass der Kleine dir die Hand abbeißen könnte.«

»Ich glaube, er hat's versucht. Er wird ein ganz schöner Rowdy sein, wenn er erst mal auf der Welt ist.«

Sie lächelte erneut und schmiegte sich noch enger an ihn. »Eigentlich meinte ich nicht *diese* Verlegenheit, sondern die wegen des Wiedersehens mit meiner Familie.«

»Ich kann nicht so tun, als wäre mir sehr wohl bei alldem«, sagte er und nahm nur allzu bereitwillig zu dieser praktischen und plausiblen Ausrede Zuflucht. Denn das war immer noch besser, als zugeben zu müssen, dass er ihre selbstzufriedenen, anmaßenden Brüder auf den Tod nicht ausstehen konnte.

»Ach was, du musst dich nicht genieren! Alle sind hocherfreut darüber, dass wir wieder zusammen sind. Es ist fast so, als wären wir nie getrennt gewesen.«

Ja, dachte Matthew, als er sich abwandte und durch das Fenster die vorüberziehende Landschaft betrachtete, auch das ist etwas, das sich gut unter den Teppich kehren lässt. Damit kannte diese Familie sich aus.

Oder hatte er etwas völlig falsch verstanden? Warum konnte er nicht akzeptieren, dass Fliss' Eltern die Affäre hinter sich gelassen hatten und sich mit wieder erstarkter und gefestigter Liebe zueinander bekannt hatten? Warum musste er so eine misstrauische Natur haben und vermuten, dass diese zusammengeflickte Beziehung nicht sehr haltbar sein konnte? Wahrscheinlich war das so, weil er durch seine Arbeit zu viele erbitterte und hasserfüllte Trennungen miterlebt hatte.

Fünfzehn Minuten später, und vermutlich zu der immensen Erleichterung der andere Fahrgäste, die Dylan und Cosmo hatten erdulden müssen, stiegen sie lärmend an der Skodsborg-Haltestelle aus. Die Zwillinge waren während der Fahrt wie die Wilden durch den Gang des Abteils gerannt und hatten Fangen gespielt, was Poppy dazu veranlasst hatte, sie anzuschreien, sich zu benehmen; ihre Eltern und Großeltern hatten dem Treiben nur mit lächelnder Nachsicht zugesehen.

Nach kurzem Durchzählen der Kinder gingen sie zu Fuß den kurzen Weg zu ihrem Hotel zurück. Es war schade, dass sie nicht direkt in der Kopenhagener City wohnten, aber Sally und Rod hatten das Kurhotel wegen seiner berühmten Wellness-Einrichtung und der Nähe zum Strand gewählt, Letzteres natürlich den Kindern zuliebe.

Doch leider hatte das dänische Wetter jede Hoffnung zunichtegemacht, dass die lieben Kleinen am Strand spielen könnten; dazu war es viel zu kalt. Als Matthew am Morgen nach nur wenigen Stunden unruhigen Schlafes erwacht war, hatte er zu der aufgewühlten grauen See auf der anderen Straßenseite hinausgeblickt und sein eigenes zunehmendes Unbehagen darin widergespiegelt gesehen.

Das gleiche Unbehagen empfand er auch jetzt wieder, als er am Fenster ihres Zimmers stand, während Fliss ein ausgedehntes Bad genoss. Er wusste, was das Problem war, und je mehr er es zu ignorieren versuchte, desto mehr drängte es sich in seine Gedanken – es war die Erinnerung an jenen perfekten Tag auf Ashcombe, der damit geendet hatte, dass er Saskia geküsst hatte.

Okay, er hatte nichts weiter getan, als sie zu küssen, aber er hatte es auch noch genossen. Und obwohl er genau gewusst hatte, was er tat, hatte er sich eingeredet, es könnte seine Verantwortung irgendwie verringern, solange er Saskia die Entscheidung überließ, Nein zu sagen. Es geschah ihm nur recht, dass ihn die Erinnerung an seine völlig falsche Handlungsweise in den unpassendsten Momenten überfiel. Meist passierte das, wenn er an Fliss dachte, und vor allen Dingen, wenn er sie küsste. Mit wachsender Beharrlichkeit quälte ihn sein Gewissen mit der Erkenntnis, dass es keine andere Möglichkeit gab, die Erinnerung auszulöschen, als Fliss einfach alles zu gestehen.

Der Gedanke entsetzte Matthew jedoch, und das nicht nur, weil er Fliss nicht wehtun wollte. Ein solches Geständnis würde ihn zudem nicht besser als ihren Vater dastehen lassen, den Mann, den er früher anmaßend als »Fremdgänger« abgetan hatte, weil er seine Frau in dem selbstsüchtigen Streben nach einem Moment sinnlichen Vergnügens hintergangen hatte. Vielleicht war das der wahre Grund, warum er sich hier nicht wohlfühlen konnte. Sein eigenes Handeln mochte zwar nicht auf der gleichen Stufe wie Rod Campbells stehen, doch allein schon in der Nähe dieses Mannes zu sein zehrte an Matthews Selbstwertgefühl und dem irrigen Glauben, dass er besser war. Denn das war er keineswegs.

Aber warum konnte er nicht einfach schweigen? Warum wurde er das Gefühl nicht los, dass er sich von seinen Schuldgefühlen nur befreien konnte, wenn er sein Gewissen erleichterte und Fliss gestand, was er ihr angetan hatte? Und wenn er seine Schuldgefühle nun tatsächlich bei ihr ablud, wie würde es dann weitergehen? Erwartete er etwa, dass sie ihm verzeihen und so weitermachen würde, als wäre nichts geschehen, so wie ihre Mutter ihrem Vater verziehen und einfach weitergemacht hatte?

Nein, das konnte er nicht, entschied er müde. Er würde sich gedulden und abwarten, bis die Gewissensbisse mit der Zeit vergingen. Und das würden sie, ganz sicher – falls nichts anderes mehr geschah, was noch Öl ins Feuer dieser Schuldgefühle gießen könnte.

Doch das bedeutete, dass es keine weiteren Gespräche mit Saskia und auch keine Besuche auf Ashcombe mit all seinem Zauber und verführerischem Charme mehr geben würde.

Matthew schüttelte den Kopf und lächelte selbstironisch. Jetzt gab er also schon einem Haus die Schuld? Ja, das war mehr oder weniger der Grundgedanke: die Schuld an seiner Handlungsweise wem oder was auch immer zuzuschreiben und nur ja nicht dem, der sie verdiente!

Etwas anderes, was er sich immer noch nicht erklären konnte, war, dass er Fliss weder Saskia noch ihrer Familie gegenüber je erwähnt hatte. Er glaubte nach wie vor, dass es keine Absicht seinerseits gewesen war, es hatte nur irgendwie immer so viel anderes zu besprechen gegeben, wovon das meiste mit Jacob zu tun gehabt hatte. Andererseits jedoch verspürte er auch nur selten das Bedürfnis, mehr als nötig von sich preiszugeben. Es war eine Eigenschaft, die er im Übrigen mit Saskia zu teilen glaubte.

Nicht zum ersten Mal kamen ihm die Worte *Ich sehe mich selbst in dir* in den Sinn. Da er den Gedanken jedoch nicht weiter erforschen wollte, verdrängte er ihn schnell. Was auch immer der Grund dafür sein mochte, dass er nie von Fliss gesprochen hatte – es sah auf jeden Fall so aus, als hätte er es mit voller Absicht unterlassen, und Fliss hätte natürlich jedes Recht, es so zu sehen. Genau wie Saskia.

Als Fliss ihn aus dem Badezimmer rief, fiel ihm wieder ein, dass er Getränke beim Zimmerservice bestellen sollte. »Ich bin dabei«, antwortete er und griff nach dem Telefon auf dem kleinen Schreibtisch. Er hatte gerade die erste Nummer gewählt, als sein Mobiltelefon mit einem Summen eine Textnachricht ankündigte.

Er starrte ungläubig auf das Display, als er sah, was die Nachricht besagte und wer der Absender war. Dieses verrückte Zusammentreffen von Ereignissen war regelrecht entnervend.

Meine Großväter und ich haben vor, am kommenden Wochenende einen Ausflug nach Bletchley Park zu machen, und fragten uns, ob du vielleicht gern mitkommen würdest. Saskia.

In Anbetracht der Entscheidung, die er gerade getroffen hatte, war die Antwort Nein.

Nein, nein, *nein!*

Auf gar keinen Fall.

Durch einen Ausflug mit Saskia würde er sich nur noch mehr Ärger einhandeln.

Er wählte noch einmal die Nummer für den Zimmerservice, bestellte die Drinks und setzte sich dann auf den unbequemen Stuhl am Fenster. Doch anstatt das Meer auf der anderen Straßenseite zu betrachten, stellte er sich Bletchley Park vor, oder vielmehr das Bletchley Park, das Jacobs Notizbücher in seinem Kopf heraufbeschworen hatten. Wie könnte er nicht den offensichtlichen nächsten Schritt in der sich entfaltenden Geschichte der *Pusteblumenjahre* tun und sich den Ort ansehen, an dem Jacob unter so strenger Geheimhaltung vor all diesen Jahren gelebt und gearbeitet hatte?

Aber du kannst Bletchley besichtigen, wann immer du willst, hielt Matthew der Versuchung, die Einladung anzunehmen, schnell entgegen. Im Übrigen konnte er es auch sehr gut allein tun. Er brauchte nicht mit Saskia, Harvey und Oliver dorthin zu fahren.

Sein Mobiltelefon noch in der Hand, las er Saskias Nachricht noch einmal.

Könnte es nicht sein, dass er in dieser ganzen Geschichte überreagierte? Er würde doch wohl einen Tag mit Saskia und ihren Großvätern verbringen können, ohne wieder Dummheiten zu machen? Natürlich konnte er das. Wenn schon nichts anderes, könnte ein solcher Ausflug ihm zumindest doch beweisen, dass er die ganze Episode viel zu wichtig genommen hatte. Und obendrein könnte er die Gelegenheit nutzen, um sich bei Saskia dafür zu entschuldigen, dass er an jenem Tag zu weit gegangen war. Er würde nicht einmal von Fliss sprechen müssen, doch er könnte klarstellen, dass es ein einmaliger Vorfall gewesen war, der sich ganz gewiss nicht wiederholen würde.

Vor allem jedoch würde er Fliss erzählen, wohin er fuhr und aus welchem Grund er es tat. Was wiederum bedeuten würde, ihr auch von den *Pusteblumenjahren* zu erzählen.

Zufrieden, dass er die richtige Entscheidung traf, beantwortete er Saskias Nachricht schnell.

Dann hörte er Fliss rufen. »Ich komme«, sagte er, plötzlich schon viel positiver eingestellt. Als er durch das Zimmer zum Bad hinüberging, dachte er, dass er jetzt vielleicht endlich beginnen konnte, dieses Wochenende in Kopenhagen zu genießen.

Kapitel 47

Es war Montagnachmittag, und wenn man den Meteorologen glauben durfte, standen Norfolk und Suffolk nach der angenehm warmen Trockenperiode heftige Niederschläge bevor. Angesichts dessen und wohl wissend, dass die Arbeit ohne Regen leichter zu bewältigen sein würde, sah Oliver sich genötigt, sich mit etwas zu befassen, das ihn schon seit Tagen störte.

Genau genommen müsste er dazu Saskias und Harveys Rückkehr aus der Stadt abwarten, wo Harvey mit einer Augeninfektion zum Arzt gegangen war. Aber andererseits war es eine so leichte Arbeit, dass sie kaum mehr als ein paar Minuten in Anspruch nehmen würde. Die Leiter würde im Nu wieder in der Garage sein, und niemand würde etwas merken.

Vor ein paar Jahren, nachdem Oliver beim Beschneiden der Obstbäume von einer Leiter gestürzt war, hatte Ralph ein Machtwort gesprochen. Es war der Beginn der Probleme mit Olivers Knie und Ralphs strikter Anweisung gewesen, dass die Benutzung der Leiter für jeden über sechzig nur in Anwesenheit eines verantwortungsbewussten Erwachsenen gestattet war. Dieses freche Bürschchen! Er hatte ja keine Ahnung, wie oft Oliver diese Regel schon gebrochen hatte, da er immer klug genug gewesen war, den Mund zu halten. Wenn Ralph auch nur die Hälfte dessen wüsste, was er so trieb, würde er ihn morgens nicht einmal mehr aufstehen lassen!

Oliver öffnete die Tür zur Garage und betrat den halb dunklen, nach Benzin riechenden Raum. Die Leitern lagen auf dem Boden zwischen der Wand und dem Rasenmäher. Nachdem er den Mäher aus dem Weg geschoben hatte, nahm Oliver seine ganze Kraft zusammen und hievte die lange Aluminiumleiter auf seine Schulter. Als er sie im Gleichgewicht zu haben glaubte, machte er sich in den hinteren Teil des Gartens auf. Ein böiger Wind bewegte nun schon die Baumkronen, und der Himmel war Unheil verkündend grau. Der Regen nahte.

Auf halbem Weg zu seinem Ziel hielt Oliver inne, um die Leiter besser auszurichten. Sie war zwar nicht besonders schwer, aber unhandlich, und der böige Wind war keine Hilfe. Oliver wuchtete sie wieder auf die Schulter und stapfte, von zwei gackernden Hühnern begleitet, weiter auf das Ende des Gartens zu, wo sich eine weiße Plastiktüte in den Ästen der Weißbuche verheddert hatte. Sie hing schon seit Freitag dort; wahrscheinlich war sie vom Wind ergriffen und in den Baum geweht worden.

Dinge wie diese störten Oliver sehr. Der Garten war seine Domäne, die er in tadellosem Zustand bewahren wollte. Er hatte die Tüte Ralph gegenüber erwähnt, doch der hatte derzeit andere Dinge im Kopf, nämlich Libby, und wer könnte ihm das verübeln? Der Mann war verliebt, und Oliver zumindest hätte nicht glücklicher für seinen Sohn sein können. Es wurde auch höchste Zeit, dass er noch etwas anderes als seine Arbeit und die Familie in seinem Leben hatte. Trotzdem konnte man seine Loyalität gegenüber der Familie, der er stets Priorität einräumte, nur bewundern. Aber andererseits hatten sie sich ja alle so entschieden; der Familie zuliebe hatte keiner aus der Reihe tanzen und die bestehende Ordnung stören wollen.

Als Oliver wieder stehen blieb, um die Leiter auf die andere Schulter zu legen, konnte er sich des Gedankens nicht erwehren, dass diese grenzenlose Loyalität möglicherweise ein Fehler gewesen war, denn hatte sie sie nicht alle quasi zu Gefangenen gemacht? Man sehe sich nur Saskia an, die zweiunddreißig Jahre alt war und immer noch zu Hause lebte. Sie hätte schon vor langer Zeit von hier fortgehen und ihr eigenes Leben führen sollen, doch stattdessen war sie noch immer hier und kümmerte sich unentwegt um alle. Im Moment saß sie wahrscheinlich im Wartezimmer der Praxis und langweilte sich zu Tode, während Harvey untersucht wurde. Nicht, dass sie sich je beklagen würde, das war so gar nicht ihre Art. Genauso wenig, wie es Olivers Art war, sie zu bitten, die Leiter hinaufzusteigen, um die Tüte aus dem Baum zu fischen. Seiner Meinung nach war das eine Aufgabe für einen Mann, was er allerdings nicht laut sagen durfte, wie er sehr wohl wusste. Eine Bemerkung wie diese käme einer Brüskierung der gesamten Weiblichkeit gleich. Oliver konnte jedoch gar nicht anders; er war nun mal ein Gentleman der alten Schule, der noch sehr viel Wert auf altmodische Umgangsformen legte, wie einer Frau die Tür aufzuhalten und sich bei ihrem Eintreten zu erheben. Es war ein Ausdruck des Respektes für ihn. Und heutzutage gab es davon wenig genug, genauso wenig wie Manieren und Anstand.

Und falls es stimmte, was Saskia glaubte, käme es diesem Schlitzohr Matthew Gray sehr zugute, mal ein bisschen Anstand und Respekt zu lernen. Was fiel ihm ein, seine Füße hier unter den Tisch zu stellen und ein so falsches Spiel mit Saskia zu treiben? Unverschämtheit!

Andererseits verdiente der Junge eine Chance, sich zu rechtfertigen; immerhin hatten sie keinen konkreten Beweis dafür, dass er sie belogen hatte. Es wäre also nicht gut, ihn vorschnell zu verurteilen. Aber sie würden ihm auf jeden Fall auf die Spur kommen, wenn sie am nächsten Samstag nach Bletchley fuhren – falls es überhaupt etwas herauszufinden gab. Doch wie dem auch sei, unter ihrem gemeinsamen Verhör würde der Junge keine Chance haben!

Oliver hatte die Leiter nun voll ausgezogen und sie so an den Baum gelehnt, dass ihr oberster Teil den Ast berührte, an dem sich die hässliche Plastiktüte wie eine schlabberige Flagge im Wind blähte. Nun stellte er einen Fuß auf die unterste Sprosse und prüfte, ob die Leiter sicher stand. Froh, dass sie kein bisschen wackelte, stieg er langsam hinauf.

Früher einmal hätte er die Leiter wie ein Affe erklommen. Als Kind war er flink wie ein Kletteräffchen gewesen und hatte seine arme Mutter in ständige Angst versetzt, wann immer er aus ihrer Sicht verschwunden war. Sein Vater war optimistischer gewesen und hatte die Auffassung vertreten, dass ein paar Beulen und Kratzer noch niemandem geschadet hatten. Oliver war bei Ralph genauso verfahren, ja, er hatte seinen Sohn sogar praktisch dazu ermutigt, so viele Risiken wie möglich einzugehen. Doch bei Saskia war seine Einstellung eine völlig andere gewesen.

Von dem Tag an, als sie zur Welt gekommen war und er in ihre wunderschönen Augen und ihr erstaunlich vollkommenes kleines Gesicht geblickt hatte, das so aufmerksam war, hatte er sie beschützen wollen. Wann immer sie als Baby und später als Kleinkind bei ihnen gewesen war, hatte er aus Furcht, dass ihr etwas zustoßen könnte, mit Argusaugen über sie gewacht. Um sie zu schützen, hatte er den Teich im Garten zugeschüttet, sämtliche Küchenschränke und die Fenster im Obergeschoss mit Sicherheitsschlössern versehen, Treppengitter angebracht und alle Möbelstücke mit Kanten, die scharf genug waren, um einem zarten Köpfchen Schaden zuzufügen, aus dem Haus entfernt.

Er konnte sich noch gut an den Tag erinnern, an dem Saskia herausgefunden hatte, wie sich das Gitter an der Treppe oben öffnen ließ. Nachdem sie es geschafft hatte und zu ihm, der am Fuß der Treppe stand, hinunterblickte, hatte sie beide Arme seitlich ausgestreckt und gerufen: »Guck mal, ich kann fliegen!« Zu seinem Entsetzen war sie von der obersten Stufe herabgesprungen und hatte ihn gezwungen, sich ihr entgegenzuwerfen, um sie aufzufangen. Sie hatte es wahnsinnig lustig gefunden, aber er war verdammt nahe daran gewesen, einen Herzanfall zu bekommen.

Zu seinem Erstaunen war seine Frau viel gelassener gewesen als er, wenn ihr einziges und heiß geliebtes Enkelkind bei ihnen war. »Ich weiß, wie sehr du sie liebst«, pflegte sie zu sagen, »aber du kannst das Mädchen nicht in Watte packen.« *Dann schau mir mal zu*, hatte er im Stillen darauf geantwortet.

Er war nun schon fast ganz oben auf der Leiter: zwei Sprossen mehr, und er würde sich vorbeugen und nach der anstößigen Plastiktüte greifen können. Oliver stieg die nächste Sprosse hoch und zwang seine Beine, mit dem Zittern aufzuhören – je höher er kletterte, desto mehr schienen sie ein Eigenleben zu führen, insbesondere sein rechtes Bein. Wahrscheinlich lag das daran, dass er sich so stark konzentrierte; es machte seinen Körper so unnatürlich verkrampft, dass seine Beine rebellierten.

Indem er vorsichtig sein Gewicht auf das linke Bein, das mit dem Kniegelenkersatz, verlagerte, versuchte er, die Muskeln in dem anderen zu lockern, indem er es streckte und beugte. Damit nicht genug, schüttelte er es auch noch ein bisschen. Die Leiter geriet dadurch ebenfalls ins Wackeln, deshalb umklammerte er sie noch fester und bewegte sein Bein zu der sicheren Sprosse zurück. Nur rührte es sich leider nicht; es war wie eingerastet. Statt die Muskeln aufzulockern, schien sich die Anspannung in Ober- und Unterschenkel nur noch verstärkt zu haben. Oliver schüttelte es erneut, bewirkte damit jedoch nichts anderes, als die Leiter wieder ins Wackeln zu bringen. Die Bewegung setzte sich die Leiter hinunter fort, und während er sich noch fester daran klammerte, blickte er zu den Hühnern hinab, die ihm gefolgt waren und jetzt im Gras herumpickten. Aber es war ein Fehler, auf den Boden zu schauen. Ein schrecklicher

Fehler, weil die Sicherheit des festen Erdbodens verdammt weit entfernt zu sein schien.

Alles okay, sagte er sich, als sein Herz noch schneller schlug, du darfst jetzt nur nicht in Panik geraten. Das Wichtigste war, ruhig zu bleiben. Doch sein Körper hörte nicht auf ihn. Ihm fehlte der Atem. Als wiche alles Blut aus seinem Kopf, wurde ihm schwindlig, und die Äste begannen, vor seinen Augen zu verschwimmen. Das Schlimmste jedoch war, dass ihm plötzlich der Kopf schwirrte und er spüren konnte, wie sich sein Darm vor Furcht entkrampfte.

Während er die Leiter so fest umklammerte, dass seine Hände ihr Gefühl verloren, kniff er die Augen zusammen und hoffte, dass es ihm helfen würde, die Balance zu halten. Und er hoffte auch, dass Saskia und Harvey bald heimkommen und ihn retten würden. Zwar würden sie sehr erbost über ihn sein, aber das war ihm egal, solange sie ihn nur von dieser verfluchten Leiter herunterholten. Oh, warum hatte er sich nur nicht an Ralphs Regeln gehalten? Warum musste er es immer besser wissen? Dann kam ihm wie aus dem Nichts der Gedanke, dass er den Auflauf nicht in den Backofen gestellt hatte, wie Harvey ihn gebeten hatte. Jetzt würde auch noch Harvey wütend auf ihn sein. Sehr wütend sogar. »Kann man sich bei dir denn auf gar nichts mehr verlassen?«, hörte er ihn im Geist schon sagen. »Eine einfache kleine Bitte, aber nicht einmal das konntest du tun, nicht wahr?«

Oliver riskierte es, die Augen wieder zu öffnen, und versuchte erneut, das Zittern seines Körpers zu beherrschen. Doch es nützte nichts. Wenn überhaupt, zitterte er nur noch mehr. Und jetzt hatte es auch noch zu regnen angefangen; dicke Tropfen platschten auf seinen Kopf und liefen an seinem Gesicht herab. Er wollte sich die Regentropfen aus den Augen wischen, wagte aber nicht, die Leiter loszulassen.

Eine neue Welle der Furcht durchströmte ihn. War das die Art und Weise, wie sein Leben enden würde? Elendig an eine Leiter geklammert? Er hatte immer geglaubt, für den Tod bereit zu sein, wenn er kam, doch nun war er sich dessen gar nicht mehr so sicher. Nein, verdammt! Er wollte nicht sterben. Er war noch nicht bereit dazu. Es gab so vieles, was er noch gern tun wollte. Er wollte noch einmal nach Kanada fliegen und Jo besuchen. Er wollte erleben, dass Ralph und Libby heirateten. Und vor allem wollte er Saskia frei und glücklich sehen.

Der Regen prasselte noch härter herab, und zu seinem Schrecken bemerkte Oliver plötzlich, dass sein Gesicht nicht nur vom Regen nass war, sondern auch von Tränen. Und mit dieser Erkenntnis kam die Sicherheit, dass er sich mit seinem linken Bein, das schon unter ihm einknickte, nicht mehr lange würde halten können.

Als Saskia und Harvey nach dem Arzttermin ins Freie traten, spannten sie die Schirme auf, die sie auf Olivers Rat hin mitgenommen hatten, und eilten durch den heftigen Regen zur Apotheke hinüber, um die Augensalbe, die Harvey verschrieben worden war, anrühren zu lassen. Dann gingen sie in die Bäckerei nebenan und kauften Schmalzgebackenes und Olivers Lieblingsgebäck, die besten Sahne-Eclairs, die man weit und breit bekommen konnte. Von dort gingen sie zu einem kurzen Besuch zu Dad und Libby weiter und trafen im Geschäft auch Gil an, der bei einem Becher Tee ein Schwätzchen mit den beiden hielt.

»Hi, Gil«, begrüßte Saskia ihn. »Wie geht es dir?«

»Wie immer: Das Leben ist hart und bringt nichts ein.«

»Und trotzdem siehst du noch ganz gut dabei aus«, gab Saskia lächelnd zurück. Gil tat gern so, als stünde er am Rande des Bankrotts. Dass er einen Jaguar fuhr und mehr Urlaub hatte als irgendjemand sonst, den sie kannten, spielte dabei keine Rolle.

»Der Schein trügt«, sagte er düster. »Wie bist du mit dem Notizbuch weitergekommen, das in der russischen Bibel versteckt war, die ich für dich gefunden habe?«

»Ich habe sie dem rechtmäßigen Besitzer gegeben und seitdem leider nicht mehr gesehen.«

»Das ist schade.«

Ja, ist es das nicht wirklich?, dachte Saskia ein wenig später, als Harvey und sie auf dem Heimweg waren.

Sie war angenehm überrascht, wie leicht sie ihre Enttäuschung über Matthew überwunden hatte. Ihren Großvätern und dann auch Dad und Libby von ihrem Verdacht gegen ihn zu erzählen hatte geholfen. Das Thema offen anzusprechen hatte ihre Grübeleien über ihn beendet. Und nun, da ihr Plan für nächsten Samstag stand, freute sie sich sogar darauf, Matthew wiederzusehen. Sie konnte es kaum erwarten, seinen Gesichtsausdruck zu sehen, wenn ihm bewusst wurde, dass sie ihm auf die Schliche gekommen war. Der einzige Nachteil ihres Vorhabens war, dass sie vielleicht nie erfahren würde, wie die *Pusteblumenjahre* ausgingen. Das Beste, was sie sich erhoffen konnte, war, dass Matthew sie mit dem, was er gelesen hatte, auf den neuesten Stand bringen würde, und erst dann würde sie ihre Falle zuschnappen lassen. Es war hinterhältig von ihr, doch nach Matthews Schwindeleien würde sie sich deswegen keine grauen Haare wachsen lassen.

»Und was wirst du tun, falls du dich geirrt hast und er schuldlos ist?«, hatte Dad gefragt.

Das war eine gute Frage, doch da ihr Instinkt sie überzeugt hatte, dass Matthew nicht unschuldig war, hielt Saskia es nicht für nötig, sie zu beantworten. Matthews fortgesetztes Schweigen, abgesehen von seiner Antwort auf ihre Einladung und einer weiteren SMS, um die Absprachen zu bestätigen, verriet ihr alles, was sie wissen musste.

Der Regen trommelte aufs Wagendach, als sie den schmalen, holprigen und nun auch noch matschigen Weg entlangfuhren, der zum Haus führte. Zu beiden Seiten von ihnen ließ der Wilde Kerbel unter dem starken Regen müde die Köpfe hängen. Als Kind hatte Saskia ganze Arme voll von den zarten cremefarbenen Blüten gepflückt und das Haus damit geschmückt. Sie war etwa zwölf Jahre alt gewesen, als der Mann, der das Strohdach des Hauses erneuert hatte – ein Einheimischer, der ihr damals wie ein Hundertjähriger oder sogar noch älter erschienen war –, ihr erzählt hatte, dass die Pflanze früher »Kälberkropf« genannt wurde. Es war ein Name, über den sie immer lächeln musste.

Offenbar lächelte sie auch jetzt, weil Harvey plötzlich sagte: »Ist es ein Witz, den nur Eingeweihte verstehen, über den du dich gerade amüsierst, oder darf ich daran teilhaben?«

»Es ist kein Witz, nur etwas aus meiner Kindheit, woran ich mich erinnerte.«

Sie bremste ab, bevor sie durch das Eingangstor von Ashcombe fuhr. »Ich denke, ich werde jetzt ein paar Stunden arbeiten«, sagte sie. »Es sei denn, du brauchst meine Hilfe bei irgendwas?«

»Nein, ich habe heute schon genug von deiner Zeit beansprucht. Geh du nur, und ich werde sehen, was Oliver in unserer Abwesenheit getrieben hat.«

»Wenn er vernünftig war, wird er ein Nachmittagsschläfchen in seinem Sessel gehalten haben.«

Saskia war gerade erst dazu gekommen, das passende Marmorpapier für die Wiederherstellung eines ziemlich schaurigen

Anatomiebuchs aus der Zeit um 1850 auszusuchen, als Harvey, mit einem Regenschirm bewaffnet, den Kopf zur Tür hereinsteckte.

»Ich kann Oliver nicht finden«, sagte er mit besorgter Miene. »Er ist nicht im Haus.«

Nach einem Blick durch das vom Regen trübe Fenster erwiderte Saskia: »Bei diesem Wetter würde er nicht im Garten arbeiten, aber vielleicht ist er ja im Treibhaus?«

»Da habe ich schon nachgesehen. Und im Schuppen ist er auch nicht.«

»Vielleicht ist er spazieren gegangen?«

»Bei diesem Regen? Außerdem würde er nie *Pointless* verpassen. Du weißt ja, wie vernarrt er in die Serie ist. Und er hat auch nicht den Auflauf in den Backofen gestellt, obwohl ich ihn darum gebeten hatte. Ich mache mir Sorgen um den alten Narren, Saskia. Wo steckt er nur?«

»Na gut«, sagte sie, da sie sah, wie beunruhigt Harvey war. »Vielleicht bastelt er an irgendwas in der Garage und hat darüber die Zeit vergessen. Lass uns hinübergehen und nachsehen!«

Oliver war auch nicht in der Garage, aber Saskia bemerkte sofort, dass der Rasenmäher bewegt worden war und die Aluminiumleiter fehlte. Als ihr plötzlich einfiel, wie ihr Großvater beim Frühstück über die Plastiktüte genörgelt hatte, die in den Zweigen der Weißbuche festhing, kam ihr ein schrecklicher Gedanke.

Als erriete Harvey, was sie dachte, folgte er ihr in den Regen hinaus, blieb aber weit hinter ihr zurück, als sie auf halber Höhe des Gartens zu rennen begann, so schnell sie konnte.

Kapitel 48

Saskia wusste sofort, dass ihr Großvater tot war.

Zwischen den Hennen, die sich um ihn geschart hatten, als hielten sie Wache, lag er unnatürlich still auf dem Rücken, mit dem Gesicht nach oben, weit ausgestreckten Armen und der Leiter auf seinen Beinen. Seine Augen waren aufgerissen und starrten blicklos zu dem Regen auf, der von den belaubten Ästen der Weißbuche auf ihn heruntertropfte. Auch sein Mund stand offen, als hätte er gerade einen letzten tiefen Atemzug getan.

Saskia entfernte schnell die Leiter von seinen Beinen, ließ sich dann im nassen Gras auf die Knie fallen, und der Regen, der auch über ihr Gesicht lief, vermischte sich mit ihren Tränen, als sie neben ihrem Großvater kniete. Sie wusste, dass es sinnlos war, doch sie legte ihr Ohr an seine Brust, um zu hören, ob sie noch einen Herzschlag wahrnahm. Ihr gegenüber kniete Harvey und suchte nach einem Puls an Olivers Nacken. Nach einer Weile, die sich wie eine Ewigkeit anfühlte, hob Saskia den Kopf und sah, dass Harvey Olivers Augen und Mund geschlossen hatte.

»Wir müssen ihn reintragen«, sagte sie. »Er kann nicht hier draußen im Regen bleiben.«

»Das weiß ich, Schatz, aber wir können ihn nicht allein aufheben. Ich werde einen Krankenwagen rufen.«

»Einen Krankenwagen«, wiederholte sie dumpf. »Was nützt das noch? Er ist tot.«

»Und dann rufe ich deinen Dad an«, fuhr Harvey fort. Ohne auf ihren Einwand einzugehen, stand er auf und reichte ihr eine Hand. »Komm mit, Saskia! Komm mit mir hinein! Bitte.«

Seine Worte kamen ihr unnötig langsam und übertrieben akzentuiert vor, als machte er sich Sorgen, dass sie womöglich nicht verstand. Aber sie verstand sehr gut und schüttelte den Kopf. »Nein. Ich kann Grandpa O. nicht einfach so hier liegen lassen. Nicht so. Und schon gar nicht ganz allein. Geh du, ich bleibe hier bei ihm.«

»Bist du sicher?«

Saskia nickte stumm.

»Na gut. Doch ich komme wieder, sobald ich die Anrufe erledigt habe.«

Sie sah ihm nach, als er mit großen Schritten über den Rasen auf das Haus zueilte, und dann nahm sie eine von Olivers Händen, die sich wie gefroren anfühlte. Sie drückte sie fest an ihr Herz, als könnte sie ihn allein durch die Kraft ihrer Liebe ins Leben zurückbringen. »Warum, Grandpa O.?«, schluchzte sie. »Warum musstest du uns jetzt verlassen? Wie sollen wir ohne dich zurechtkommen? Unser Leben wird nie wieder dasselbe sein.«

Mit Tränen in den Augen blickte sie vorwurfsvoll zu der Plastiktüte in dem Ast des Baumes über ihr auf. Ein Windstoß fuhr in die Tüte und füllte sie mit Luft wie einen Ballon. Es machte Saskia schrecklich wütend, dass dieses blöde Ding den Tod ihres Großvaters verschuldet hatte. Wie konnte etwas so Unbedeutendes so verheerende Konsequenzen haben?

Saskia richtete den Blick wieder auf Grandpa O. Bis auf die Haut durchnässt, mit dem an seinem blassen Schädel klebenden, schütteren Haar und den schmalen Wangen, die bereits eingefallen durch den Tod aussahen, wirkte er jetzt schon irgendwie ausgezehrter und nur noch wie ein Schatten seiner selbst. Sein Hörgerät, sah Saskia jetzt, hatte sich vom Ohr gelöst und lag auf dem Boden. So hätte er nicht sterben dürfen, dachte sie traurig, während sie behutsam seinen Kopf auf ihren Schoß hob und ihn zärtlich an sich drückte. Nicht auf diese grausam banale Art und Weise und ohne jemanden bei sich, um sich wenigstens verabschieden zu können. Sie hätte hier bei ihm sein müssen. Warum war sie nicht sofort nach Harveys Arztbesuch zurückgefahren? Warum hatten sie kostbare Zeit in der Bäckerei verschwendet und dann noch mehr mit einem Besuch bei Dad und Libby?

Die Erinnerung an die Eclairs, die sie gekauft hatten, weil Oliver sie so liebte, und das Wissen, dass er sie nie wieder essen würde, ließen Saskia noch viel bitterlicher weinen.

Ralph wählte erneut die Nummer seiner Schwester in Kanada. Es war dort neun Uhr dreißig morgens. Er hatte es schon dreimal erfolglos versucht und sich kein einziges Mal dazu überwinden können, auf Band zu sprechen. Denn wenn er eine Nachricht mit der Bitte hinterließe, ihn so schnell wie möglich anzurufen, würde Jo wissen, dass irgendetwas nicht in Ordnung war, und er wollte unbedingt vermeiden, dass sie diesen beunruhigenden Moment ohne ihn am Telefon durchlebte. Normalerweise sprach er über Skype mit ihr, doch auch das hätte er in diesem Fall als falsch empfunden. Skype war etwas für gute Neuigkeiten, aber nichts für diese Art von Nachrichten.

Wieder lauschte er dem Freizeichen und wartete. Bitte sei diesmal da!, flehte er seine Schwester im Stillen an.

Endlich wurde sein Wunsch erfüllt, und als er Jos Stimme hörte, konnte er fast nicht sprechen, weil ihn plötzlich die Erinnerung an einen ähnlichen Anruf überkam, den er am Tag des Unfalls hatte erledigen müssen, bei dem Evie und ihre Mutter und Esther umgekommen waren.

»Hallo?«, wiederholte Jo, diesmal mit einem Anflug von Ungeduld in der Stimme.

»Ich bin's, Ralph«, war alles, was er hervorbrachte.

Eine Pause entstand.

»Was ist passiert?«, fragte sie. »Etwas Schlimmes, nicht?«

Das war typisch Jo, die immer direkt zur Sache kam. »Ja«, sagte er und wappnete sich innerlich. »Es geht um Dad. Er ist …«

»Im Krankenhaus?«

»Schlimmer. Er ist … Es tut mir so leid, Jo … er ist tot.« Die Worte auszusprechen ließ ihm die Brust noch enger werden, und er schluckte, um den Kloß in seiner Kehle loszuwerden. »Wir können uns nicht völlig sicher sein, aber wir glauben, dass es ein Unfall war.«

»Oh Gott, was hat er denn gemacht?«

»Er war auf eine Leiter gestiegen und muss herabgestürzt sein.«

»Dann war es also kein Herzanfall? Ich dachte immer, so würde er einmal …« Jetzt war es Jo, die verstummte und um Fassung rang.

»Er war allein«, sagte Ralph, »deshalb können wir bisher nur vermuten, was geschehen ist.«

»Soll das heißen, dass man eine Obduktion vornehmen wird?«

»Ich denke schon.«

»Wie geht es Saskia?«

»Sie steht unter Schock. Harvey und sie haben ihn draußen im Garten gefunden.«

»Das arme Kind! Hör zu, ich werde alle Termine absagen und bin drüben, sobald ich kann. Bob auch.«

»Es besteht keine Eile. Die Beerdigung wird nicht vor …«

»Ich möchte bei euch sein«, unterbrach sie ihn, bevor er seinen Satz beenden konnte.

Als Ralph kurz darauf das Telefongespräch beendete, sah er Libby in der Tür seines Arbeitszimmers stehen. »Wie ist es gelaufen?«, fragte sie – nur um gleich wieder abzuwinken. »Nein, nein, beantworte das nicht. Das war eine dumme Frage.«

Ralph fuhr sich mit den Händen über das Gesicht, stand auf und ging zu ihr. »Was für ein fürchterlicher Tag!«, sagte er mit einem müden Seufzen.

Sie zog ihn an sich, und dankbar überließ er sich dem Trost ihrer Umarmung. »Ich bin so froh, dass du hier bist, Libby.«

Sie legte den Kopf zurück, um ihn ansehen zu können. »Wenn es dir lieber wäre, dass ich nicht über Nacht bleibe wie geplant, würde ich das sehr gut verstehen.«

»Warum sollte ich dich nicht hierhaben wollen?«

»Sei nicht dumm, Ralph, das hier ist eine Familienangelegenheit.«

»Ich will dich aber bei mir haben«, erwiderte er ohne Zögern. »Ich *brauche* dich hier.«

»Aber Saskia und Harvey brauchen *dich*.«

»Und sie haben mich. Bitte bleib! Außerdem gehörst du sowieso schon zur Familie.«

»Wenn du dir ganz sicher bist …«

»Bin ich. Wo ist Saskia?«

»Sie bringt die Hühner rein.«

Ralph stöhnte leise und erschauderte. »Das war immer Dads Aufgabe. Er … er traute es uns anderen nicht zu, es richtig zu machen.«

»Ich weiß. Er sagte mir mal, er erzählte ihnen gern noch eine Gutenachtgeschichte.«

»Dieser verrückte alte Knabe! Hinter seiner brummigen Art verbarg sich ein Mann von sanftem und äußerst mitfühlendem Wesen, dem nichts gleichgültig war, was um ihn herum geschah. Er zeigte es nicht immer, aber so war er.«

»Das fiel mir schon bei meiner ersten Begegnung mit ihm auf. Schon damals sah ich, wie sehr er euch alle liebte und wie eng eure Bindung zueinander war.«

Ralph zog Libby wieder fester an sich.

Harvey war allein in der Küche und saß mit in die Hände gestütztem Kopf am Tisch. Er vermisste Oliver schon jetzt schmerzlich. Sie waren wie Brüder gewesen, oder so, wie Harvey sich immer vorgestellt hatte, dass Brüder wären, da er nie einen gehabt hatte. Manchmal hatten sie sich in die Wolle gekriegt, aber nie wegen irgendetwas, das wirklich von Bedeutung war. In wichtigen Angelegenheiten waren sie immer einer Meinung gewesen.

Hinter ihm stand der vergessene und ungewollte Auflauf, der für das Abendessen gedacht gewesen war. Aber niemandem war nach Essen zumute. Harvey dachte, dass er ihn für morgen in den Kühlschrank stellen sollte, doch er fühlte sich so leer und substanzlos, dass er weder die Energie noch den Willen dazu aufbringen konnte.

Der arme Oliver! Warum hatte ihn diese blöde Tüte in dem Baum so sehr gestört? Warum hatte er es nicht ihm, Harvey, überlassen können, sie herunterzuholen, oder zumindest abgewartet, bis noch jemand anders zu Hause war? Aber nein, der sture alte Bursche hatte ja mal wieder allen seine Unabhängigkeit beweisen und sich selbst darum kümmern müssen!

Niemand fand sich gern mit den Gegebenheiten des Älterwerdens und den Einschränkungen ab, die das Alter mit sich brachte, aber warum um Gottes willen war Oliver nur so halsstarrig gewesen? Warum hatte er nicht ein wenig nachgiebiger sein können?

Weil er nicht der Typ dazu gewesen war. Und gerade deswegen hatten sie ihn ja auch alle so geliebt. Selbst in den kleinsten

Dingen war er schrecklich stur, wenn er zum Beispiel mit voller Absicht Dinge in der Küche herumliegen ließ, wo sie Harvey am meisten stören würden, wie er sehr wohl wusste.

Es waren so belanglose kleine Streitereien zwischen ihnen gewesen, dass Harvey alles dafür geben würde, am nächsten Morgen mit dem Wissen zu erwachen, dass Oliver den Eierkorb mal wieder absichtlich an den falschen Platz gestellt hatte. Oh, noch einmal ärgerlich mit der Zunge schnalzen und die Augen über seinen lieben alten Freund verdrehen zu können, um sich dann mit ihm hinzusetzen und bei einer guten Tasse Kaffee *Under the Hammer* oder *This Morning* anzusehen! Es war eines ihrer heimlichen Laster gewesen, dass sie sich gelegentlich auch die *Jeremy Kyle Show* angesehen und beide in ungläubiger, morbider Faszination den Kopf über die Leute geschüttelt hatten, die so verzweifelt ihre fünfzehn Minuten Ruhm im Fernsehen zu erlangen versuchten. Oliver hatte einmal gesagt, er würde zu gern an der Show teilnehmen und ein paar Köpfe gegeneinanderschlagen, und Harvey hatte gescherzt, dass er gutes Geld bezahlen würde, um das zu sehen.

Als er hörte, dass die Hintertür geöffnet wurde, sah er auf und blickte in das verweinte Gesicht seiner Enkelin. Saskia trug keinen Mantel, und ihre Kleider waren so durchnässt, dass sie an ihrem Körper klebten. »Du bist pitschnass, Kind«, sagte er.

»Es regnet immer noch«, antwortete sie, während sie zum Spülbecken hinüberging, um sich die Hände zu waschen. »Und es hat ewig gedauert, die Hühner zusammenzutreiben. Es war, als wüssten sie, dass Oliver nicht mehr für sie da ist. Ich wäre nicht mal überrascht, wenn sie aufhören würden zu legen.«

Harvey versuchte, sich vom Tisch zu erheben, da er sich jedoch zu bleiern fühlte, um sich zu bewegen, sah er nur zu, wie Saskia sich die Hände wusch und abtrocknete.

Als sie sich dann zu ihm umdrehte, sagte sie: »Ich wünschte, er wäre nicht allein gestorben. Ich muss ständig daran denken, wie schrecklich diese letzten Momente für ihn gewesen sein müssen. Was gäbe ich darum, das noch zu ändern! Wären wir doch nur hier bei ihm gewesen!«

Die herzergreifende Offenheit ihrer Worte gab Harveys eigene Gedanken wieder. Er glaubte nicht, dass es etwas Schlimmeres gab, als so zu sterben, und betete zu Gott, dass ihm nicht das Gleiche widerfuhr. Denn er würde der Nächste sein. Daran hegte er nicht den kleinsten Zweifel. Es war nur eine Frage der Zeit, bis sein ausgelaugter Körper aller Würde beraubt in einer Leichenhalle liegen würde. Genau wie der arme Oliver.

Der Gedanke war zu viel für Harvey und entrang ihm ein ersticktes Aufschluchzen. Außerstande, es zu unterdrücken, und plötzlich auch noch mit Saskias Armen um seine zitternden Schultern, begann er, um seinen lieben alten Freund zu weinen, der sein ständiger Begleiter in all diesen Jahren gewesen war.

Kapitel 49

Es war Donnerstagmittag, und da Matthew seit sieben Uhr morgens an seinem Schreibtisch gesessen hatte und Jim Rycroft für heute gegangen und nicht zurückzuerwarten war, fand er, dass er eine längere Mittagspause als sonst verdient hatte. Ursprünglich hatte er vorgehabt, sich bei Heffers nach ein paar Büchern umzusehen, doch da sein Kopf einen gründlichen Neustart brauchte, schien ihm ein Spaziergang durch die frische Luft die bessere Option zu sein, zumal nach tagelangen schweren Regenfällen endlich wieder mal die Sonne schien.

Matthew ließ die Pembroke Street hinter sich, überquerte die Straße und bog in die King's Parade ein. Von dort nahm er dann die Abkürzung durch das King's College zu dem Weg, der zum Fluss hinunterführte. Die Sonne hatte Scharen von Studenten und Touristen hinausgelockt. Matthew wich einer Reisegruppe aus, die stehen geblieben war, um Aufnahmen zu machen, und eilte weiter. An der Brücke wandte er sich nach rechts, und nach einem großen Bogen um noch mehr Touristen, die einen vorbeirudernden Doppelzweier beobachteten, dessen Ruderblätter fast völlig lautlos durch das Wasser glitten, verringerte Matthew sein Tempo und spazierte gemächlich weiter. Vor sich konnte er die stattlichen Weiden sehen, die den an den Fluss angrenzenden Teil des Merchant College kennzeichneten, das zwischen dem Clare College und der Trinity Hall lag. Als er auf einer Höhe damit war, war er versucht, vom Hauptweg abzuschwenken und einen Streifzug durch den begrünten Innenhof zu machen. Nicht zum ersten Mal in den letzten Wochen wunderte er sich über den Zufall, dass er an einem Strafverfahren gegen Jacobs einstiges College arbeitete. Als er sich einen Moment Zeit nahm, um den tadellos gepflegten Rasen und die efeubewachsenen Mauern der Kapelle aus dem siebzehnten Jahrhundert zu bewundern, die nur einen Bruchteil der Größe ihrer benachbarten aufwies, dachte er, wie jammerschade es doch war, dass die Verwaltung des Colleges nicht ebenso sorgsam mit ihren Finanzen umgegangen war wie mit den Rasenflächen und Gebäuden.

Sir Desmond Leamington hatte das Investmentportfolio des Colleges beanstandet, als ihm zu Ohren gekommen war, dass es neben den üblichen dubiosen Firmen – wie Tabakfabrikanten, Unternehmen zur Förderung fossiler Brennstoffe und Rüstungsfirmen, von denen einige auch Atomsprengköpfe und Drohnen produzierten – auch den Namen eines russischen Gasversorgungsunternehmens enthielt. Der Name alarmierte Sir Desmond, da der weitverbreitete Verdacht bestand, dass dieses Unternehmen Anteile einer Tochtergesellschaft mit sehr zwielichtigen Verbindungen besaß und vor allem für Geldwäschegeschäfte und Beziehungen zur russischen Mafia bekannt war. Erbost, dass seine Alma Mater eine so kolossale Fehlentscheidung getroffen haben könnte, übte er in schärfster Form Kritik daran.

Wie viele andere Colleges im Laufe der Jahre, die Investitionen in Rüstungsfirmen hatten rechtfertigen müssen, entgegnete auch dieses College mit der üblichen Plattitüde, dass es die moralische Pflicht habe, dafür zu sorgen, dass seine Kapitalanlagen nicht im Widerspruch zu seinem gemeinnützigen Status standen, und man die Angelegenheit daher selbstverständlich prüfen werde. Nicht zufrieden mit der Antwort, nahm Sir Desmond die Sache selbst in die Hand und entdeckte eine Reihe von Unregelmäßigkeiten, die ihn zu einer beträchtlichen Diskrepanz in den Konten führten, einer Differenz in der Größenordnung von nahezu neun Millionen Pfund. Anfangs wurde sie nur einem simplen Rechenfehler zugeschrieben, einer Fehleinschätzung, die jedem unterlaufen könnte, der sich mit so großen Summen befasste.

Doch Sir Desmond wollte nichts davon hören und ging mit seinen Sorgen geradewegs zu Scotland Yard. Das College hatte Glück, dass er eine solch große Loyalität seiner Alma Mater gegenüber besaß und sich nicht an die Medien wandte, denn wenn diese erst einmal Wind von der Sache bekämen, würden sie zweifelsohne eine Riesenstory daraus machen. Matthew nahm an, dass es nur eine Frage der Zeit war, bis die Geschichte durchsickerte. Wie könnte so etwas auch geheim gehalten werden? Und allem Anschein nach wäre es eine Bombenstory. Abgesehen davon, dass die Universität von Cambridge nicht nur in England, sondern auch in ganz Europa die wohlhabendste Universität war, war sie ein leichtes Ziel für Kritik und Anschuldigungen, weil sie für viele für alles Negative in der Gesellschaft stand – für Elitismus für die Überprivilegierten und einen beklagenswerten Mangel an Verantwortlichkeit.

Matthew würde der Erste sein, der diese Ansicht als allzu simpel infrage stellen würde, denn Jacob war nicht von privilegierter Herkunft gewesen, genauso wenig wie er selbst.

Er ging weiter, trat zur Seite, um eine dunkelhaarige Joggerin in einem Sweatshirt des Magdalene College vorbeizulassen, die ihn der Intensität ihres Blickes wegen ein wenig an Saskia erinnerte, und fragte sich, wieso er nichts mehr über den geplanten Ausflug nach Bletchley Park von ihr gehört hatte. Er hatte sie nicht mit Fragen nach dem aktuellen Stand belästigt, weil er, ehrlich gesagt, zu beschäftigt gewesen war. Außerdem versuchte er, sich an seinen Entschluss zu halten, Distanz zu wahren. Vielleicht würde er ihr am Abend eine SMS schicken, um herauszufinden, ob es bei der Verabredung bliebe.

Auf jeden Fall freute er sich auf den Ausflug nach Bletchley Park. Er hatte auch schon eine Vorstellung davon, wie es dort war – oder vielmehr einst gewesen war –, und nun wollte er Jacob dort einordnen. Natürlich könnte er auch immer noch allein dort hinfahren. Warum auch nicht? Es war nur so, dass er den Ort gern mit jemandem besuchen würde, der von Jacobs Zeit dort wusste. Und dieser Jemand war natürlich Saskia.

Während des Rückflugs von Kopenhagen hatte er Fliss von den Notizbüchern mit den *Pusteblumenjahren* erzählt und erklärt, dass sie von einer Buchrestauratorin gefunden worden waren, die wiederum die Tochter des Buchhändlers war, der die Schätzung von Jacobs Büchersammlung vorgenommen hatte. Er hatte ihr auch von der für das kommende Wochenende geplanten Besichtigung von Bletchley Park erzählt. Wie zu erwarten, hatte Fliss ihn gefragt, warum er ihr von alldem bisher nichts erzählt hatte, und genauso erwartungsgemäß hatte er es heruntergespielt und gesagt, er hätte schlicht und einfach nicht daran gedacht, als sie wieder zusammengekommen waren und sie über Ostern verreist gewesen und er von seiner Arbeit so vereinnahmt gewesen war.

Ihre nächste Frage war, ob das lederne Notizbuch, das sie in seinem Schlafzimmer gesehen hatte, etwas mit dem zu tun hatte, wovon er sprach. Als er es bejahte, hatte sie ihn mit einem langen, durchdringenden Blick bedacht. »Du wolltest wirklich nicht, dass ich es an jenem Morgen las, nicht?«, sagte sie schließlich.

Da er sich noch gut daran erinnerte, wie er sich gefühlt hatte, als sie darin geblättert hatte, und ihm keine glaubwürdige Antwort einfallen wollte, hatte er sie gefragt, ob sie die Notizbücher lesen wolle, wenn sie wieder zu Hause waren. Fliss hatte den Inhalt einer Miniflasche Wodka in ihr Tonic Water gegossen und mit einem gleichgültigen Schulterzucken erwidert, sie würde nicht im Traum daran denken, sich in eine solch offensichtlich ganz private Angelegenheit einzumischen.

»Sei doch nicht so!«

»Wie denn?«, hatte sie zurückgegeben.

»So verärgert über mich«, hatte er in gedämpftem Ton erwidert, weil er überzeugt war, dass der Mann zu ihrer Linken nur vorgab, in seinem Kindle zu lesen.

»Du denkst, ich sei verärgert über dich? Das wäre dann das erste Mal, dass du tatsächlich irgendwas an mir bemerkst. Aber keine Bange, Matthew. Fahr du ruhig am Samstag weg und amüsiere dich mit deinen neuen Freunden! Ich werde derweil bei Vickis und Emmas gemeinsamer Babyparty sein. Ich habe dir ja davon erzählt. Wie du siehst, ist das der Unterschied zwischen uns – *ich* rede mit dir und sage dir, was ich unternehme, während *du* sehr viel für dich behältst.«

Ihre Reaktion kam für ihn völlig unerwartet; so gereizt hatte er sie noch nie zuvor erlebt. Aber konnte er es ihr verübeln? Schließlich hatte er ihr auch seinen Ostersonntagsbesuch auf Ashcombe verschwiegen. Ihr nun davon zu erzählen hätte ganz sicher nicht geholfen. Zumal er bereits gelogen und behauptet hatte, er hätte den Tag in Glaskin House verbracht und dort gearbeitet. Wie seine Mutter ihm häufig gepredigt hatte, führte eine Lüge immer zu einer weiteren und dann zu noch einer.

Seit ihrer Heimkehr aus Kopenhagen war Fliss ihm gegenüber deutlich kühler. Anscheinend wurde ihm eine Lektion erteilt. Eine wohlverdiente allerdings, wie er sich eingestehen musste.

Als er an der Seufzerbrücke vorbeiging, beschleunigte er seine Schritte und schlug den Weg durch St. John's, sein altes College, ein. Da er praktisch gleich vor der Haustür lebte und arbeitete, hatte er das nostalgische Bedürfnis, um der alten Zeiten willen reinzuschauen und sich umzusehen, inzwischen längst verloren. Seinen letzten Besuch hier hatte er auf Fliss' Drängen hin gemacht, weil sie sehen wollte, wo er studiert hatte. Als er auf die Magdalene Street hinaustrat, wandte er sich nach rechts zur Bridge Street, wo er nach einem kurzen Besuch in seinem Lieblings-Sandwichladen zu seinem Büro zurückging. Er hatte gerade das Emmanuel College hinter sich gelassen und war von der St. Andrew's Street zur Regent Street hinübergegangen, als er plötzlich stutzte. Auch der Mann, der ihm entgegenkam, hielt verwundert inne.

»Hallo, Ralph!«, begrüßte Matthew ihn. »Was für ein Zufall, dir hier zu begegnen! Wie geht es dir? Ich wollte mich schon die ganze Zeit mit Saskia wegen Samstag in Verbindung setzen.«

Ralphs seltsam ausdruckslose Miene ließ Matthew zögern. »Wegen des Ausflugs nach Bletchley Park«, fügte er erklärend hinzu. »Saskia hatte mich eingeladen, sie und ihre Großväter dorthin zu begleiten. Oder vielleicht hat es ja eine Änderung …« Er verstummte abrupt. Irgendetwas stimmte nicht mit Ralph. Ganz und gar nicht. Hinter der wie versteinert wirkenden Miene des Mannes schien sich etwas zu verbergen … etwas, das Matthew plötzlich nur allzu gut zu erkennen glaubte.

»Saskia hat es dir wohl noch nicht gesagt, aber mein Vater ist Montagnachmittag verstorben«, sagte Ralph sehr ernst.

»Oh Gott, das tut mir leid! Was ist passiert? Es schien ihm doch so gut zu gehen, als ich ihn Ostern sah.«

»Es war ein Unfall. Er ist im Garten von der Leiter gestürzt.«

»Das tut mir leid«, wiederholte Matthew, überrascht, wie traurig ihn die Nachricht stimmte. Er hatte den Mann zwar kaum gekannt, doch er konnte den Schock und Kummer der Familie nachempfinden. »Wie geht es Saskia?«, fragte er.

»Sie ist am Boden zerstört, wie nicht anders zu erwarten.«

»Und du?«

Ralph zuckte mit den Schultern. »Geht so. Ich habe gerade eine Stunde bei Olivers Notar damit verbracht, eine geradezu lächerliche Menge Papierkram durchzugehen.« Er zeigte auf ein Büro ein paar Meter weiter die Straße hinunter.

»Das ist das Letzte, was man in einem solchen Moment braucht«, sagte Matthew verständnisvoll. »Falls du Hilfe bei irgendwelchen finanziellen Dingen brauchst, ruf mich einfach an.«

»Danke. Ich werde daran denken. Aber ich bezweifle, dass mein Vater diese Dinge unnötig kompliziert gestaltet hat. Er sagte immer, er habe uns das Leben schon schwer genug gemacht, solange er lebte, und wolle uns nicht auch noch Umstände bereiten, wenn er einmal nicht mehr da sei.«

Matthew lächelte vorsichtig. »Ich kann mir vorstellen, dass er das gesagt hat. Würdest du Saskia und Harvey bitte mein aufrichtiges Beileid ausrichten?«

»Ja, natürlich.«

Und dann schien es für beide nichts anderes mehr zu sagen zu geben als ein unbeholfenes und unbehagliches Auf Wiedersehen.

Eine Aufstellung der Konten des Merchant College vor sich, aß Matthew an seinem Schreibtisch das Schinkensandwich, das er unterwegs gekauft hatte. Sein Kopf weigerte sich jedoch, sich auf die Zahlenkolonnen zu konzentrieren. Er dachte unentwegt an Saskia und daran, wie mitgenommen sie sein musste und wie anders die Atmosphäre auf Ashcombe jetzt sein würde.

Er fragte sich, ob er ihr eine Beileidskarte schicken sollte. Als seine Mutter gestorben war, hatte er eine Flut von Karten von den Leuten aus dem Dorf erhalten, von denen er einige nicht einmal kannte. Aber das war unwichtig gewesen. Was zählte und wofür er dankbar gewesen war, war die Mühe, die sie sich gemacht hatten, weil es zeigte, wie beliebt seine Mutter gewesen war. Er hatte die Karten immer noch, weil er es nicht übers Herz gebracht hatte, sie wegzuwerfen. Genauso war es nach Jacobs Tod gewesen.

Wie würde Saskia auf eine Karte von ihm reagieren? Von jemandem, der die Familie nur so kurze Zeit gekannt hatte?

Und warum stellte er sich diese Frage überhaupt?

Versonnen blickte er aus dem Fenster auf die geschäftige Straße hinunter. Das einzige Ergebnis, zu dem er kam, war wieder einmal, dass er noch nie zuvor jemandem wie ihr begegnet war. Er hatte es ihr an jenem Tag auf Ashcombe auch gesagt. Es klang ein bisschen seltsam, aber sie war ein Rätsel für ihn. Ihm war schon einmal der Gedanke gekommen, dass sie ihm bei jeder ihrer Begegnungen einen anderen Aspekt von sich zu zeigen schien, und so war es auch tatsächlich.

Ist es das, was ihren Reiz für mich ausmacht?, überlegte er, während er den Rest seines Sandwichs aß. Er wollte nicht davon ausgehen, dass er sie lediglich als eine Herausforderung betrachtete, aber vielleicht war es ja so, und vielleicht war das der Grund dafür, dass er sie an jenem Tag in dem Garten geküsst hatte: weil er hatte sehen wollen, wie sie reagieren würde.

Versuch, das Fliss zu erklären!, sagte er sich warnend, als seine verräterischen Gedanken zu der Erinnerung an den Sonnenuntergang zurückschweiften, den er mit Saskia gesehen hatte und der genauso phänomenal gewesen war, wie sie es vorhergesagt hatte.

Als Matthew seine Arbeit an jenem Abend beendet hatte, war es zu spät, um ein noch geöffnetes Schreibwarengeschäft für die Beileidskarte zu finden, und so schaute er auf dem Heimweg bei Waitrose herein, in der Hoffnung, dort vielleicht etwas

Passendes zu finden. Er wollte keine dieser Karten, die diese süßlich-gefühlsduseligen Verse enthielten, dass ihm übel davon wurde, und er wollte auch nichts, was so aussehen würde, als hätte er es auf dem Heimweg schnell in einem Supermarkt besorgt.

Zum Glück fand er eine geeignete Karte, und mit einem Heftchen ausgesucht schöner Briefmarken in der Tasche und Saskias Adresse in seinem Mobiltelefon beschloss er, die Karte heute noch aufzugeben.

Aber was sollte er schreiben? Er hatte noch nie zuvor eine Kondolenzkarte geschrieben.

Er nahm den Stift in die Hand und konzentrierte sich. Es musste nichts Cleveres sein, nur ein paar mitfühlende Worte. Wie schwierig konnte das denn sein?

Liebe Saskia, schrieb er, *ich bin gestern deinem Vater begegnet, und er erzählte mir von deinem Großvater. Ich möchte euch meine tief empfundene Anteilnahme aussprechen …*

Er war schon drauf und dran, *zu eurem Verlust* zu schreiben, was das Letzte war, was er sagen wollte, weil es so klischeehaft war.

Aber was dann? Ich möchte euch meine tief empfundene Anteilnahme aussprechen …

… und Kraft wünschen …

… für die schwere Zeit, die vor euch allen liegt.

… für den Kummer, den ihr empfinden müsst.

… für die Trauer, die ihr alle durchmacht.

Matthew tippte sich mit dem Stift an den Mund und beendete den Satz dann mit:

und Kraft wünschen für die schwere und traurige Zeit, die ihr jetzt alle durchmacht.
Liebe Grüße
Matthew
PS: Falls ich irgendetwas tun kann, um zu helfen, zögere bitte nicht, mich anzurufen.

Er betrachtete den letzten Satz und hoffte, dass Saskia wissen würde, dass er einem aufrichtigen Gefühl entsprang und nicht nur eine dieser Phrasen war, die Leute unter den gegebenen Umständen nur allzu gern von sich gaben. Schließlich schob er die Karte in das Kuvert, klebte eine Marke darauf und warf es auf dem Heimweg in einen Briefkasten.

Als er sein Apartment aufschloss und James in der Küche telefonieren hörte, beschloss er, zu Glaskin House hinüberzufahren und dort ein ruhiges Wochenende zu verbringen. Da der Ausflug nach Bletchley Park gestrichen war, würde er die Zeit nutzen, um Jacobs Notizbuch zu Ende zu lesen und herauszufinden, wie es mit ihm und Kitty weitergegangen war.

Und wenn er dann am Sonntagabend nach Cambridge zurückkehrte, würde Fliss vielleicht mit ein bisschen Glück ihre schlechte Laune überwunden haben und für eine weitere Entschuldigung von ihm empfänglich sein.

Kapitel 50

Februar 1944

Die Dinge würden nie wieder so wie vorher sein, und das nur durch meinen eigenen dummen Fehler.

Durch meine engstirnige Vision unserer gemeinsamen Zukunft hatte ich Kitty dazu veranlasst, mich mit anderen Augen zu sehen. Natürlich hatte ich mich für die Bemerkungen entschuldigt, die ich bezüglich ihres Wunsches, nach Kriegsende zu studieren, gemacht hatte, aber ich wusste auch, dass Kitty nicht überzeugt war. Wie könnte sie es auch sein? Mein Ausbruch war völlig instinktiv gewesen; doch ich hatte ihr dabei mein wahres Gesicht gezeigt.

Ich weiß nicht, ob sie es tat, um mich zu prüfen oder nicht, aber einige Zeit nach jener Nacht erzählte mir Kitty, sie sei eingeladen worden, eine Gruppe weiblicher Angehöriger der Marine – auch *Wrens* genannt – zu einem Tanzabend auf einem nahen amerikanischen Militärstützpunkt zu begleiten. Ich war entsetzt über die Vorstellung, doch klug genug, nichts zu sagen und auch dann noch zu schweigen, als sie mit einigen der Wrens und ihren kostbaren Bekleidungsbezugsscheinen in der Handtasche in den Zug nach Watford stieg, um sich etwas Neues zum Anziehen für den Tanzabend zu kaufen. Ich hasste den Gedanken, dass sie für ein paar dreiste amerikanische Soldaten ein neues und auch noch eigens für sie ausgesuchtes Kleid tragen würde – für Männer, die nichts anderes im Sinn haben würden, als sie mit Nylonstrümpfen und Schokolade zu verführen.

Trotzdem sagte ich kein Wort. Nicht einmal, als sie mir das Kleid zeigte und ich mir nur zu gut vorstellen konnte, wie schön sie darin aussehen würde. Dass sich meine Brust vor Schmerz verkrampfte, ließ ich mir nicht anmerken.

Als der Tanzabend näher rückte, sorgte ich dafür, dass ich die Zeit im Schachclub verbringen würde, in der vergeblichen Hoffnung, mich damit abzulenken und mir die Frau, die ich liebte, nicht in den Armen eines widerwärtigen, Jitterbug tanzenden, schwitzenden Mistkerls vorstellen zu müssen. Nicht ein einziges Mal hatte Kitty mich gefragt, ob es mich stören würde, wenn sie zu dem Tanz ging. Aber wie hätte sie das auch tun können? Schließlich hätte es dem widersprochen, was sie mich zu akzeptieren zwang: dass sie eine Frau war, die ihre eigenen Entscheidungen treffen konnte und wollte. Noch viel wichtiger jedoch war, dass sie mich zwang, ihr zu beweisen, dass ich ihr vertraute.

Und die ganze Zeit hatte ich den Ring meiner Urgroßmutter in meinem Besitz und wartete nur auf den richtigen Moment, ihn Kitty an den Finger zu stecken und sie offiziell zu meiner Verlobten zu machen. Ich glaubte nämlich ganz fest, nie wieder einen Abend wie diesen durchstehen zu müssen, wenn sie den Ring erst einmal trug, weil sie als verheiratete Frau nicht einmal im Traum daran denken würde, ohne mich zu einem Tanzabend zu gehen. Aber im Moment konnte ich mich einfach nicht dazu durchringen, um ihre Hand anzuhalten, aus Furcht, dass Kitty Nein sagen könnte.

Bevor sie in mein Leben getreten war, hätte ich nie gedacht, dass ich mich einmal verlieben würde und meine Gefühle einer so harten Prüfung unterzogen werden würden. Irgendwie hatte ich mich selbst immer wie eine Insel gesehen, die unempfänglich war gegen alles, womit ich jetzt fertigwerden musste. Ich hatte mit mir selbst zu argumentieren begonnen, dass es das

Leben war, in das ich auf Bletchley Park gestürzt worden war, was alles noch verschlimmerte, dass die enge soziale Gemeinschaft dort und der hohe Druck, der auf uns allen lastete, meine Gefühle verstärkte und meine Fehler und Schwächen noch vergrößerte.

Wenn irgendjemand mir vorher gesagt hätte, dass ich mich derart irrational verhalten könnte, hätte ich gelacht. Ich hatte immer geglaubt, ich sei einer der vernünftigsten und besonnensten Menschen, die es gab. Wie hatte ich mich so irren können? Ich war dabei, mich mit großen Schritten in die Art von Mensch zu verwandeln, die ich ihrer Engherzigkeit und profunden Ichbezogenheit wegen stets verachtet hatte. Auch stolz und voreingenommen war ich und noch vieles andere mehr. Kurz gesagt, war ich ein durch und durch unangenehmer Zeitgenosse. Warum in Herrgotts Namen sollte Kitty also meine Frau werden wollen?

Oh, wie mühelos ich mich doch aus dieser Chance, glücklich zu sein, herausreden konnte! Warum konnte ich nicht mehr wie die anderen Männer sein, die ich kannte, und mir eine etwas leichtherzigere Einstellung zum Leben und zur Liebe angewöhnen? Und apropos Einstellung zum Leben – warum fand ich eigentlich jede Art von menschlichem Kontakt so ungeheuer schwierig?

Kitty hatte oft im Scherz bemerkt, sie sei meine Retterin. »Und wovor rettest du mich?«, hatte ich allen Ernstes gefragt, als sie es zum ersten Mal gesagt hatte.

»Na, vor dir selbst natürlich«, hatte sie erwidert.

Der Tag des Tanzabends kam, und nachdem meine Schicht vorbei war, ging ich zur Kantine hinüber, um etwas zu essen, und dann in die Bibliothek im Herrenhaus, wo der Schachclub an diesem Abend ein kleines Turnier veranstaltete. Ich sah die üblichen Gesichter, aber auch einen Neuzugang, der erst vor

Kurzem nach Bletchley Park gekommen war. Er hieß Victor Stein, und neben ihm stand ein blondes Mädchen, das ich noch nicht kannte. Neue Rekruten waren eine ständige Erinnerung an die lebensnotwendige Arbeit, die wir hier taten – falls unsere Anzahl je abnehmen sollte, würden wir allen Grund haben zu glauben, dass der Krieg schon fast gewonnen war.

Stein winkte mich zu sich herüber, und nachdem ich mich zwischen den Tischen, Stühlen und wartenden Schachbrettern hindurchgeschlängelt hatte, begrüßte ich ihn höflich. Er ähnelte mir darin, dass er sich hier ein bisschen wie ein Fisch auf dem Trockenen vorkam, und hatte es auf sich genommen, mich jedes Mal zu grüßen, wenn sich unsere Wege kreuzten. Ich hatte keine Ahnung, für welche Aufgabe er hier eingestellt worden war, einmal abgesehen davon, dass er nicht Hütte 8 zugeteilt worden war, in der ich arbeitete.

Nach unseren wenigen Gesprächen wusste ich jedoch, dass er nicht nur unter einem leichten Stottern, sondern auch unter Asthma litt und daher für den aktiven Dienst als ebenso ungeeignet eingestuft worden war wie ich mit meinem geschwächten Arm. Er war ein Altphilologe vom Balliol College in Oxford, der von einer Privatschule im Norden Englands abgezogen worden war, wo er Jungen in den Grundlagen von Deutsch und Latein unterrichtet hatte – Bengeln, die wahrscheinlich mit Begeisterung seinen Sprachfehler nachgeahmt hatten.

Er hatte die Art von Lehramt hinter sich gelassen, die ich mir für mich selbst vorstellte, wenn der Krieg vorbei war. Die Frage war nur, ob Kitty sich noch als Ehefrau eines Schulmeisters irgendwo tief in der Provinz sah. Würde dieses Leben ihr genügen? Vor ein paar Wochen hätte ich noch mit einem überzeugten Ja geantwortet, doch jetzt bezweifelte ich es.

»K-kennt ihr euch?«, fragte Stein und deutete auf das blonde Mädchen neben ihm.

»Nein«, antworteten wir gleichzeitig, was sie so heftig erröten ließ, dass sich augenblicklich zwei lebhaft pinkfarbene Flecken auf ihren blassen Wangen bildeten.

»Ich bin Jacob«, sagte ich, während ich ihr meine Hand reichte, und merkte plötzlich, dass ich in der eher seltenen Lage war, mir wie der Erfahrenste und Selbstbewussteste der Gruppe vorzukommen. »Jacob Belinsky.«

»Molly Pearson«, stellte sie sich vor und sah mich durch eine Drahtgestellbrille schüchtern an.

»Ich habe Sie hier noch nie gesehen«, bemerkte ich mit der Nonchalance, um die ich normalerweise andere beneidete.

»Ich bin erst vor ein paar Tagen gekommen«, antwortete sie. Nach ihrem Akzent zu urteilen, musste sie irgendwo aus den Midlands stammen.

»Dann finden Sie dies alles sicher ziemlich seltsam«, erwiderte ich.

Sie nickte. »Es ist das erste Mal, dass ich von zu Hause fort bin, und nichts ist so, wie ich es mir gedacht hatte. Nicht, dass ich mich beklage. Das tue ich keineswegs. Es ist nur so, dass man sich an so viel Neues gewöhnen muss.«

»Sie werden sich schon bald zurechtfinden«, versicherte ich ihr. »Das ergeht hier allen so. Wie ist Ihre Unterkunft?«

»Gar nicht übel. Ich bin bei einem älteren Ehepaar untergebracht, die beide ganz reizend sind. Gestern Abend haben wir zusammen Cribbage gespielt und Radio gehört.«

»S-Sie Glückliche«, sagte Stein. »Ich w-wohne bei einem alten K-Knaben, der stocktaub ist und einen P-Papagei hat, der u-unaufhörlich kreischt.«

Plötzlich hatte ich ein unerwartetes und völlig unangebrachtes Bild des Papageis vor Augen, wie er Steins Gestotter imitierte. »Wir alle müssen früher oder später den Kürzeren ziehen«, sagte ich, als hinter mir eine rege Betriebsamkeit entstand – erhobene Stimmen, Stühle, die zurechtgerückt wurden … »Sieht ganz so aus, als kämen die Dinge in Bewegung.«

»Ich war noch nie in einem Schachclub«, gestand Molly. »Ich habe immer nur zu Hause mit meinem Vater und meinen Brüdern gespielt. Eigentlich wollte ich gar nicht kommen, aber Viktor meinte, es würde mir helfen, neue Freunde zu gewinnen. Glauben Sie, dass hier alle anfangs Heimweh haben?«

Ihre entwaffnende Offenheit rief ein gänzlich unerwartetes Gefühl in mir hervor: den Wunsch, sie zu beraten. »Viktor hat völlig recht«, erwiderte ich freundlich. »Sie werden bald so viele neue Freunde haben, dass Ihnen keine Zeit bleiben wird, an zu Hause zu denken.« Was ich für mich behielt, war, dass pure Erschöpfung sie davon abhalten würde, Gedanken an ihr Zuhause nachzuhängen, und die Arbeitsbelastung so stark sein würde, dass es zu kaum mehr als einer vagen Erinnerung werden würde. »Vielleicht möchten Sie sich uns anschließen, wenn wir nach dem Turnier etwas trinken gehen?«, sagte ich.

Sie lächelte, und wieder überzog eine hübsche Röte ihre blassen Wangen.

Während der Schachpartien, an denen ich in den nächsten paar Stunden teilnahm, blickte ich mich hin und wieder um, um zu sehen, gegen wen sie spielte und wie sie zurechtkam. Ich hatte das äußerst seltsame Gefühl, sie unter meine Fittiche nehmen und beschützen zu wollen. Zum Glück war Chatterton-Jones kein Schachspieler und also auch nicht hier, um sich dieser noch so naiven jungen Dame aufzudrängen.

Allerdings musste ich fairerweise zugeben, dass sich meine Meinung über ihn geändert hatte, seit er so nett gewesen war, mir den verlorenen Ring zu bringen, und mitgeholfen hatte, die Oberhand über Mrs. Pridmore zu gewinnen. Wir würden nie die besten Freunde sein, doch zumindest kam ich während unserer gemeinsamen Schichten ganz gut mit ihm aus.

Was Mrs. Pridmore anbelangte, so musste die Strapaze, höflich zu mir zu sein, sie schier umbringen, und oft fragte ich mich, ob sie nicht eines Tages explodieren und auf mich losgehen würde, ohne die Folgen zu bedenken. Einmal träumte ich, dass ich erwachte und sie mit einem Tranchiermesser in der Hand neben meinem Bett stehen sah, bereit, es mir in die Brust zu stoßen. Meine Mitbewohner waren fassungslos über die Verbesserung unseres Essens und beteten, dass nur ja nicht aufhören möge, was auch immer diese wundersame Veränderung bewirkt haben mochte. Ich war versucht, ihnen zu erzählen, was geschehen war, beschloss aber zu schweigen. Der einzige Mensch, dem ich es anvertraut hatte, war Kitty, obwohl ich gegenüber Griffiths und Farrington gelegentlich das Thema Schwarzmarktwaren anschnitt, wenn die alte Hexe uns unser Essen auf den Tisch knallte. Doch auf diese Weise wollte ich nur Mrs. Pridmore ein wenig auf Trab halten. Meine Mitbewohner hatten keine Ahnung, was ich mit diesen Bemerkungen bezweckte, doch allein der Gesichtsausdruck unserer Vermieterin hätte die gesamte deutsche Kriegsmarine versenken und unsere Code-Entschlüsselungsarbeit überflüssig machen können.

Beim Schachturnier schlug ich mich gut genug, um einen anständigen zweiten Platz zu belegen, und nachdem wir die Bretter und Figuren weggeräumt hatten, machten wir uns zum *The Shoulder of Mutton* auf, unserem Stammlokal an Abenden wie diesem. Als ich sah, dass Viktor an der Bar in ein Gespräch vertieft war, und mich nach Molly umblickte, stand sie ganz allein da. Sie knabberte an den Fingernägeln einer Hand und hätte nicht einsamer und verlorener aussehen können. Deshalb ging ich zu ihr hinüber und lud sie zu einem Drink ein. »Oh nein, das könnte ich unmöglich annehmen«, sagte sie, noch nervöser als zuvor.

»Aber wieso denn nicht?«

»Weil ich eigentlich nicht trinke.«

»Das sagen Sie jetzt, aber warten Sie einen Monat ab, und Sie werden trinken wie wir alle – das garantiere ich Ihnen. Wie wäre es denn mit einem Sherry?«

Sie machte ein zweifelndes Gesicht. »Meine Eltern würden das nicht gutheißen. Sie sagen, Alkohol ist das Tor, durch das wir den Teufel in unser Leben lassen.«

»Nur einen kleinen«, entgegnete ich lächelnd, »und ich verspreche, dass ich am Tor Wache stehen werde, um den Teufel aufzuhalten.«

Sie errötete wieder heftig. »Na ja … einen kleinen vielleicht.«

»Einen Sherry also«, sagte ich und fand sogar Vergnügen an meiner neu entdeckten Rolle des onkelhaften, erfahrenen Helfers.

Als ich von der Bar zurückkam, prosteten wir uns zu, und während ich einen großen Schluck von meinem Whisky trank, sah ich sie zaghaft ihren Sherry probieren. Zu meiner Belustigung war ihr Gesicht schon nach wenigen Schlückchen rosig angehaucht, und als sie mich anlächelte, strahlten und zwinkerten ihre Augen hinter den Brillengläsern. Und mitgerissen von ihrem offensichtlichen Vergnügen, kam mir plötzlich der Gedanke, dass dies hier Kitty zeigen würde, dass sie nicht die Einzige war, die einen Abend in Gesellschaft einer anderen Person genießen konnte.

»Es ist sehr nett von Ihnen, dass Sie sich mit mir anfreunden«, bemerkte Molly, die sich ein wenig zu mir vorbeugte, »zumal ich sicher bin, dass jemand, der so beliebt ist wie Sie, jede Menge Freunde haben muss. Ich hoffe nur, ich langweile Sie nicht.«

»Natürlich nicht«, sagte ich, erstaunt über ihre Naivität und ihre völlig falsche Annahme. »Wie fanden Sie den Abend?«, fragte ich, als ich plötzlich von hinten angerempelt wurde und beinahe meinen Drink verschüttete. Als ich mich umdrehte, um zu sehen, wer es war, fiel mein Blick auf einen fast kahlköpfigen Mann, der mir irgendwie bekannt vorkam. Aber ich konnte ihn nicht einordnen, und so wandte ich mich wieder Molly zu. »Werden Sie dem Schachclub beitreten?«

»Oh ja, ich habe mich angemeldet, bevor wir die Bibliothek verließen. Was für ein wunderschönes Haus, nicht wahr? Ein so großes wie dieses Herrenhaus hatte ich noch nie zu Gesicht bekommen. Ganz ehrlich, wenn meine Eltern mich hier sehen könnten, würden sie es nicht glauben!«

Ich nickte unverbindlich, weil ich es nicht übers Herz brachte, ihr zu sagen, dass es auch so manche gab, die es für eins der hässlichsten Häuser in der christlichen Welt hielten, für ein grauenvolles Sammelsurium architektonischer Besonderheiten, die sich kein Mensch mit Bildung und Geschmack je ausgedacht hätte.

»Dieser Sherry war übrigens gar nicht schlecht«, erklärte sie und hielt mir kichernd ihr inzwischen leeres Glas hin. »Vielleicht könnte ich ja noch einen probieren.«

Ich lächelte. »Und warum auch nicht?«

Eine Dreiviertelstunde später, als sie fröhlich nach einem dritten Glas verlangte, riet ich ihr davon ab und sagte, vielleicht sei es nun an der Zeit zu gehen. Ich half ihr in den Mantel, und dann traten wir in die kalte Nacht hinaus. Die Straße lag im Dunkeln, und da ich wusste, dass ich mehr als sonst getrunken und dummerweise auch Molly dazu ermutigt hatte, eifriger dem Sherry zuzusprechen, als ihr guttat, erbot ich mich, sie zu ihrem Quartier zu begleiten.

»Nein, das könnte ich unmöglich von Ihnen verlangen«, sagte sie, obwohl sie sichtlich schwankte.

»Es ist aber besser so«, beharrte ich. »In welche Richtung müssen wir?«

Mit zusammengekniffenen Augen spähte sie durch ihre Brillengläser in die völlige Dunkelheit und hickste laut. »Oh, Verzeihung!«, rief sie und hielt sich schnell die behandschuhte Hand vor den Mund. Als sie erneut hickste, begann sie zu lachen, und es war ein so fröhliches Geräusch, dass ich gar nicht anders konnte, als mitzulachen. Doch dann erinnerte ich sie daran, dass ich eine Wegbeschreibung brauchte, um sie heimbringen zu können, und sie sagte, wir müssten die Straße überqueren.

»Sind Sie sicher?«, fragte ich.

»So sicher wie das Amen in der Kirche«, erwiderte sie kichernd und unterdrückte ein weiteres Hicksen.

Als sie auf dem Bürgersteig auf der anderen Straßenseite stolperte und beinahe hinfiel, legte ich eine Hand um ihren Arm und zog sie hoch. »Und wie geht es jetzt weiter?«, fragte ich. »Nach links oder nach rechts?«

Aber sie sah nicht die Straße an, sondern schaute durch ihre jetzt etwas schief sitzende Brille zu mir auf. Sie wirkte plötzlich so hilflos und verletzlich, dass ich spürte, wie sich etwas in mir regte, und bevor ich wusste, was ich tat, erhob ich die Hände, um ihre Brille zurechtzurücken. Aber dann brachte sie ganz plötzlich ihr Gesicht an meins und küsste mich. Ich war so überrascht, dass ich den Kuss erwiderte. Danach stieg ihr vor Scham die Röte ins Gesicht, und sie lächelte verlegen. »Ach, du meine Güte! So was habe ich noch nie getan!«, sagte sie atemlos. »Was müssen Sie jetzt von mir denken?«

»Komm«, erwiderte ich mit dem Geschmack von Sherry auf den Lippen und wechselte zum vertrauteren Du, »lass mich dich nach Hause bringen, bevor du noch erfrierst! In welche Richtung müssen wir jetzt gehen?«

»Nach rechts«, antwortete sie. »Nein, ich meinte links.« Mit einem nervösen kleinen Lachen zeigte sie nach links. Wieder legte ich meine Hand um ihren Arm und führte sie in die von ihr angegebene Richtung. Sie summte jetzt, etwas Heiteres, aber Unverständliches, und während ich meinen Griff um ihren Arm verstärkte, bereute ich nun, dass ich ihr in meinem Ehrgeiz, weltgewandter zu erscheinen als sie, dieses erste Glas Sherry aufgedrängt hatte. Was eine äußerst verantwortungslose und beschämende Handlungsweise gewesen war, für die das arme Mädchen morgen früh mit einem handfesten Kater büßen würde. Außerdem hätte ich sie nicht küssen dürfen. Was hatte ich mir nur dabei gedacht? Ich war zutiefst beschämt über mich selbst.

Wir waren fast schon am Ende das Straße, als ich hinter uns Schritte hörte. Ich blickte über die Schulter und machte in der Dunkelheit so etwas wie die Silhouetten zweier Gestalten aus. Ein weiterer Blick verriet mir, dass sie nicht nur schneller gingen als Molly und ich, sondern tatsächlich sogar zu dritt waren. Sie alle trugen tief ins Gesicht gezogene Mützen, ihre Gesichter waren halb verdeckt von Schals und die Kragen ihrer Mäntel aufgestellt. Mein Instinkt riet mir, Mollys Arm noch fester zu ergreifen und sie mitzuziehen, um ihr Beine zu machen. »Wohin jetzt?«, fragte ich, als langsam ein Wagen vorbeifuhr, dessen Scheinwerfer nicht ausreichten, um die halb verhüllten Gesichter unserer Verfolger zu erkennen.

Molly zeigte auf die Kreuzung vor uns. »Dort hinüber und dann rechts.«

Ich zerrte sie buchstäblich über die Straße, doch als ich mich umsah, holten die drei Gestalten zu uns auf, und das Trommeln ihrer Absätze auf dem Gehsteig wurde immer lauter.

Vielleicht gehen sie ja einfach nur in die gleiche Richtung wie wir, sagte ich mir. Vielleicht war es bloß Zufall, weiter nichts. Aber warum hatten sie dann etwas so Bedrohliches an sich? Und bildete ich es mir nur ein, dass einer von ihnen der Mann zu sein schien, von dem ich im Pub schon angerempelt worden war?

Genau in dem Moment, als Molly sich beklagte, wir gingen zu schnell, begriff ich, warum der Mann mir so bekannt vorkam: Er war Mrs. Pridmores Komplize bei ihren Schwarzmarktgeschäften! Jetzt machte ich mir wirklich Sorgen.

»Bitte«, sagte Molly und schüttelte meine Hand ab. »Du tust mir weh.«

»Vielleicht solltest du auf die kleine Lady hören«, ertönte eine barsche Stimme aus dem Dunkel hinter uns.

»Wer ist das?«, wollte Molly wissen und drehte sich um.

»Ignorier sie einfach!«, sagte ich und packte sie erneut am Arm, um sie die Straße hinunterzuziehen.

»Das ist aber nicht sehr höflich von dir. Niemand lässt sich gern ignorieren. Und wir am allerwenigsten.«

»Was wollt ihr?«, fragte ich.

»Lass das Mädchen los! Wir wollen ein Wörtchen mit dir reden.«

»Warum?«

»Tu einfach, was wir sagen. Es sei denn, du hättest gern, dass deine Freundin hier die gleiche Nachricht empfängt, die wir für dich haben?«

»Was für eine Nachricht?«

»Eine von einer gemeinsamen Freundin, die im Moment so gar nicht glücklich mit dir ist. Genauso wenig, wie wir es sind.«

»Ich kann mir nicht vorstellen, dass wir eine gemeinsame Freundin haben«, entgegnete ich.

Der Größere der drei Männer trat vor und blieb so drohend vor Molly stehen, dass sie den Kopf einzog. »Wie wär's, wenn du dich trollst, Schätzchen? Geh schon mal nach Hause, wir haben hier mit Mr. Belinsky noch was zu erledigen.«

»Geh«, forderte ich Molly auf. »Von hier aus findest du doch sicher nach Hause, oder?«

Mit bestürzter Miene nickte sie, drückte ihre Handtasche an die Brust und hastete davon.

Ich war nur zweimal in meinem Leben in eine Schlägerei geraten, beide Male in der Schule und beide Male aus keinem anderen Grund als dem, dass ich ein Jude war. Bei dem letzten Streit hatte ich einem Jungen die Nase gebrochen und war vom Schuldirektor streng zurechtgewiesen worden. Im Moment war mir danach, mehr als nur eine Nase zu brechen, und so erhob ich blitzschnell meine Fäuste, schlug zu und traf ein Kinn. Nur leider nicht hart genug, um echten Schaden anzurichten.

Sofort schickte ich einen weiteren Faustschlag hinterher, aber bedauerlicherweise hatte ich es hier nicht mit zwei Schulhof-Raufbolden zu tun. Diese Kerle meinten es ernst. Und hier kämpften drei gegen einen. Der erste Schlag traf mich seitlich im Gesicht. Der nächste brachte mich aus dem Gleichgewicht, und während ich zurücktaumelte und wild die Arme schwenkte, um mich wieder zu fangen, wurde ich am Mantelkragen gepackt und gegen eine Wand geschleudert. Als mein Kopf gegen das raue Mauerwerk hinter mir prallte, erwartete ich schon den nächsten Schlag. Und der kam, ein heftiger Faustschlag in meinen Magen, bei dem ich mich vor Schmerzen gekrümmt hätte, wenn mich nicht ein ähnlich harter Schlag am Kinn erwischt und meinen Kopf erneut gegen die Wand geschlagen hätte.

»Das ist fürs Einmischen in Geschäfte, die dich nichts angehen!«, sagte einer der Männer, nachdem eine Runde weiterer Schläge in schneller Abfolge ausgeteilt worden war. »Und denk nicht mal daran, die Sache hier der Polizei zu melden! Tu das, und wir werden uns deine süße kleine Freundin holen.«

»Sie ist nicht meine Freundin.«

Einer der Männer lachte hässlich. »Ein feiner Herr, der seine

Freundin zu beschützen versucht, indem er seine Gefühle für sie leugnet.« Der Atem des Mannes stank nach billigem, seifigem Bier und Tabak, und während er plötzlich die Finger um meinen Hals legte und fest zudrückte, sagte er: »Wir haben euch zusammen aus dem Pub gehen sehen, und da hast du sie geküsst, also belüg uns nicht!«

Da mir das Blut schon in den Ohren dröhnte, sah ich ein, dass es leichter war, sie glauben zu lassen, was sie wollten, und versuchte zu schlucken, was mir jedoch nicht gelang. Der Griff des Mannes um meine Kehle war schmerzhaft fest und ließ mir keine Möglichkeit zu atmen.

»Dann sind wir uns also einig?«, fragte er. »Du lässt uns unsere Geschäfte weiterführen wie bisher, und wir lassen dich und deine Freundin in Frieden?«

Ich nickte.

Sie ließen mich nach Atem ringend auf dem Bürgersteig liegen, und als ich mich gerade wieder aufraffte, hörte ich schrille Pfiffe und schnelle Schritte, die in meine Richtung kamen.

»Hier lang!«, ertönte eine laute Stimme. »Er ist hier unten!«

Kapitel 51

Februar 1944

»Mein armer, armer Liebling, ich ertrage es nicht, dich so zu sehen. Es ist ungeheuerlich, was diese grässlichen Männer dir angetan haben. Als gäbe es nicht schon genug Konflikte auf der Welt!«

Ich öffnete den Mund, um etwas zu sagen, aber Kitty schüttelte den Kopf. »Nein, kein Wort, Jacob, du musst jetzt schlafen.«

Mit dem Gedanken, dass der Schlaf wohl noch auf sich warten lassen würde, solange Kitty so lebhaft ihre Empörung kundtat, versuchte ich, mein geschwollenes Gesicht zu einem Ausdruck zu verziehen, der einem amüsierten Lächeln glich. Ihrer Miene nach zu urteilen, blieb mein Versuch jedoch wohl ziemlich hinter meinen Erwartungen zurück.

Wir waren in meinem Zimmer bei Mrs. Pridmore. Es war das erste Mal, dass Kitty es betreten hatte, und es war ein komisches Gefühl, ihr dabei zuzusehen, wie sie in dem beengten Raum umherging, Vorhänge zuzog, Kleidungsstücke faltete und dafür sorgte, dass mein Bettzeug tadellos glatt zurechtgezogen war. Noch komischer und erheblich beunruhigender war jedoch die tief sitzende Furcht in mir, dass Mrs. Pridmore höchstpersönlich jeden Augenblick hereinspazieren könnte und dann der Teufel los sein würde.

Doch das würde nicht geschehen. Mrs. Pridmore und ihre Schwarzmarkt-Kumpane waren in Polizeigewahrsam und sehr wahrscheinlich schon auf dem Weg zum Gefängnis. Mir war mitgeteilt worden, ich könnte von Glück sagen, dass ich nicht zum selben Zielort unterwegs war, da ich von Rechts wegen die Behörden über die Vorgänge hätte informieren müssen.

»Sie haben zu Ihrem eigenen Vorteil geschwiegen«, hatte der Polizeikommissar gesagt, dessen grau melierter Schnurrbart zitterte, wenn er durch seine haarigen Nasenlöcher die Luft ausstieß. Da er mit ungefähr fünfzig Jahren zu alt war, um für König und Vaterland zu kämpfen, kämpfte er dafür umso härter in seinem Revier.

»Nicht ganz«, hatte ich widersprochen und mich auf den Schnurrbart des Mannes konzentriert, um meine Empörung darüber im Zaum zu halten, dass ich auf der Polizeiwache befragt wurde, bevor man mir auch nur erlaubt hatte, meine Verletzungen verarzten zu lassen. »Ich dachte auch an meine Mitbewohner; wir alle waren von dieser Frau betrogen worden. Ich wollte nur, dass wir die Rationen bekamen, auf die wir Anspruch hatten, und das mit dem geringsten Ärger.«

»Und deshalb gaben Sie ihr eine zweite Chance, was? Wie ungeheuer großmütig von Ihnen.«

»Ich stimme Ihnen zu, dass ich die Sache falsch beurteilt hatte«, antwortete ich. »Doch naiverweise hatte ich gehofft, sie werde sich bessern. Denn das ist doch wohl schon vorgekommen, oder?«

»Sie sind einer dieser schlauen Typen aus dem Park oben, was?«, sagte er, während er sich brüsk erhob und zu meiner Seite des Schreibtischs herumkam. Er ließ es so klingen, als wäre es schon ein Verbrechen an sich, im Park zu arbeiten, und schüttelte abfällig den Kopf. »Schlau, aber noch grün hinter den Ohren.«

Die Befragung und höhnischen Beschuldigungen waren fortgesetzt worden, da man mir offenbar unterstellte, in die Schwarzmarktgeschäfte verwickelt gewesen zu sein. Doch schließlich befand man mich für unschuldig an irgendeinem richtigen Verbrechen, warf mir aber unverantwortlichen Leichtsinn vor. Wie bei so vielen Dingen im Leben hatte sich meine Tendenz, den Weg des geringsten Widerstandes zu gehen, nicht so gut bewährt, wie ich es gern gehabt hätte.

Meine Verletzungen – zwei blaue Augen, ein paar gebrochene Rippen, ein pochender Kopfschmerz und eine Vielzahl von Platzwunden und Prellungen – waren alles andere als lebensbedrohlich. Dennoch war Kitty noch keine vierundzwanzig Stunden nach dem Überfall fest entschlossen, mich wie eine Art heldenhaften Invaliden zu behandeln, der es ganz allein mit einer gewaltigen Verbrecherorganisation aufgenommen hatte.

Ich brauche wohl nicht extra zu erwähnen, dass ich mich keineswegs so sah. Tatsächlich war die einzige Person, die meiner Meinung nach Anerkennung und Applaus verdiente, Molly Pearson, weil sie einen Polizisten zu Hilfe geholt hatte und zu der Stelle zurückgekehrt war, wo sie mich verlassen hatte. Und obwohl Mrs. Pridmores Komplizen sicher nicht vorgehabt hatten, mich umzubringen, und mich lediglich hatten verprügeln und mir Angst machen wollen, war ich Molly dankbar für ihr schnelles Handeln.

Doch schlimmer als die körperlichen Verletzungen, die ich zurückbehalten hatte, war die tief empfundene Scham, die ich verspürte. Meine Absichten Molly gegenüber waren alles andere als ehrenhaft gewesen; ich hatte sie benutzt, um mich Kittys wegen besser zu fühlen, und sie unabsichtlich in etwas hineingezogen, das ihre Eltern viel erschreckender fänden, als ein, zwei Stunden in einem Pub zu verbringen und Sherry zu trinken.

Ich musste eingeschlafen sein, denn als ich erwachte, stand auf meinem Nachttisch eine Tasse Tee mit einem Plätzchen auf der Untertasse. Während ich unter schmerzhaft angeschwollenen Augenlidern hervor Kitty durch das spärlich beleuchtete Zimmer gehen und meine wenigen Habseligkeiten inspizieren sah, verspürte ich plötzlich das erbärmliche Bedürfnis, ihr alles zu gestehen. Ich wollte von ihr hören, dass sie mir verzieh und mir sagte, ich hätte nichts getan, das nicht durch eine Umarmung und einen Kuss vergessen werden konnte.

Sie war gleich nach dem Ende ihrer Schicht hierhergekommen, nachdem ihr zu Ohren gekommen war, dass ich gestern spät in der Nacht in der Stadt überfallen worden war. Griffiths hatte ihr die Tür geöffnet und sie nach oben geführt. Ich hatte nicht gewollt, dass sie mich so mitgenommen und übel zugerichtet sah, aber sie wollte nichts hören von meinem »absurden« Bedürfnis, wie sie es nannte, sie vor meinem Anblick zu bewahren. Oder von meinem ebenso lächerlichen Versuch, meine Eitelkeit zu wahren. Ich hatte ihr alles über den Zwischenfall erzählt, alles bis auf die Tatsache, dass ich Molly Pearson geküsst hatte.

»Wie war der Tanzabend auf dem Stützpunkt unserer amerikanischen Verbündeten?« Ich fragte nicht aus dem eifersüchtigen Bedürfnis heraus, in Erfahrung zu bringen, mit wem sie getanzt hatte. Das Recht, ihr zu verübeln, dass sie sich mit ihren Freundinnen hatte vergnügen wollen, hatte ich im selben Moment verloren, als ich Mollys Mund auf meinem nicht hatte widerstehen können. Ich stellte die Frage vielmehr in der aufrichtigen Hoffnung, dass sie einen schönen Abend gehabt hatte.

Überrascht, meine Stimme zu hören, wandte sie sich von dem Kaminsims ab, auf dem eine Fotografie von mir und meiner Familie stand, die sie betrachtet hatte.

»Es war lustig.«

»Hast du getanzt?«

»Natürlich, das war ja wohl der Sinn des Abends. Wo sind

die Fotos, die wir bei unserem letzten Besuch bei deinen Eltern machen ließen?«

»Sorgfältig versteckt.«

Sie runzelte die Stirn. »Warum?«

»Ich wollte nicht, dass Mrs. Pridmore sie bei einer ihrer Schnüffel- und Spionageaktionen sieht.«

Kittys Stirnrunzeln vertiefte sich. »Was für ein ungeheures Pech für dich, bei einer solch bösartigen Person einquartiert worden zu sein!« Sie kam zu mir und setzte sich auf die Bettkante. »Warum trinkst du nicht deinen Tee, solange er noch heiß ist? Ich habe ihn dir gerade eben erst heraufgebracht.«

Ich setzte mich vorsichtig auf und trank den Tee. Er war schwarz und süß, genau wie ich ihn mochte, und erinnerte mich daran, wie meine Großmutter ihn zubereitete, wenn die Rationierung es zuließ.

»Und wo hast du die Fotos von uns versteckt?«, fragte Kitty.

»Rate mal!«, erwiderte ich und biss hungrig in das Plätzchen.

Lächelnd blickte sie sich in dem Zimmer um. »Oben auf dem Schrank?«

»Dort würde der alte Drachen als Erstes suchen.«

»Hm … hinter dem Schrank?«

»Das wäre der zweite Platz, wo sie nachsehen würde.«

»Ich geb's auf.«

»Das hat aber nicht lange gedauert.«

»Ich will dich nicht ermüden. Sag's mir einfach.«

»Du warst vorhin sehr nahe dran. Sie sind im Kamin.«

Kitty blickte zu der dem Bett gegenüberliegenden Wand hinüber. »Aber der Kamin ist durch diesen kleinen elektrischen Heizofen versperrt.«

»Was ihn zum perfekten Versteck macht, weil Mrs. Pridmore erstens nie auf die Idee käme, dass ich mir die Mühe machen würde, ihn wegzuräumen, und zweitens, weil sie sich nicht die

Hände schmutzig machen würde, indem sie selbst darin herumkramt.«

»Darf ich sie sehen?«

»Wenn du willst.«

Da ich ihren Eifer sah und wusste, was sonst noch im Kamin versteckt war, fasste ich spontan einen Entschluss. Es war nicht der romantische Moment, den ich mir für uns vorgestellt hatte, doch mehr denn je musste ich wissen, dass sie mich noch heiraten wollte – mein wahres Ich, angeschlagen und gebeutelt, mit meinen vielfältigen Fehlern und Unsicherheiten.

Was allerdings auch bedeutete, dass ich ihr gestehen musste, was in der vergangenen Nacht mit Molly Pearson vorgefallen war: dass ich das arme Mädchen egoistischer- und mutwilligerweise dazu benutzt hatte, mein armseliges Selbstbewusstsein zu stärken, um etwas zu beweisen. Ich konnte kein Eheleben beginnen, ohne Kitty wissen zu lassen, wie tief ich sinken konnte.

Kapitel 52

»*Tu das nicht!*«, hätte Matthew fast geschrien. »Lass es sein!«

Zu aufgebracht über das, was Jacob zu tun vorhatte, konnte Matthew einfach nicht mehr weiterlesen, klappte das Notizbuch zu und rieb sich seufzend das Gesicht. Dann schob er den Stuhl zurück und ging zu dem digitalen Radio hinüber, das er Jacob vor einigen Jahren zu Weihnachten geschenkt hatte. Als er an diesem Morgen zum Arbeiten in die Bibliothek gekommen war, hatte er es zum ersten Mal seit Jacobs Tod eingeschaltet. Den Sprecher von Radio 3 das nächste Musikstück ankündigen zu hören hatte ihm ein tröstliches Gefühl der Verbundenheit mit dem alten Mann gegeben. Jacob hatte das Radio dem Fernsehen immer vorgezogen und Letzteres als »unheilvollen Idioten-Kasten« bezeichnet, der nur dazu diente, die letzten Reste von Verstand und Menschlichkeit zu vernichten, die der Welt geblieben waren. Und wenn Matthew bedachte, welchen Schwachsinn er sich manchmal ansah, war es nicht schwer, mit Jacob übereinzustimmen.

Er schaltete das Radio aus. Das Klavierkonzert von Brahms, das eben noch gespielt worden war, war eine angenehme Hintergrundmusik gewesen, doch das erbarmungslose, schrille Gekratze von Violinen, die etwas ihm völlig Unbekanntes spielten, ging ihm auf die Nerven.

In der Stille, die nun den Raum erfüllte, kehrte er an den Schreibtisch zurück und blickte in den Garten hinaus. Es war ein trister, nasser Tag; der Regen hatte am vergangenen Abend gleich nach seiner Ankunft aus Cambridge eingesetzt. Es mochte zwar Mai sein, aber die Temperatur war dennoch so stark gefallen, dass er nach dem Frühstück die Heizung angeschaltet hatte. Jim Rycroft hatte Matthew im Laufe des Tages zweimal angerufen und ihn jedes Mal beim Durchackern der Berge von Papieren, die er mitgebracht hatte, gestört. Um sechs Uhr abends hatte er für diesen Tag Schluss gemacht und Jacobs zweites Notizbuch zur Hand genommen.

Jetzt sah er es an und erinnerte sich daran, wie er beim Aufschlagen einer jeden neuen Seite befürchtet hatte, dass Jacob mal wieder seinem Bedürfnis nach zerstörerischer Selbstkritik nachgeben würde. Es machte ihn sehr traurig, dass Jacob sich nie hatte erlauben können, glücklich zu sein, sondern immer wieder seinen Zweifeln erlegen war und sich selbst gestraft hatte. Warum? Warum hatte er sich nicht einfach damit zufriedengeben können, mit dem Mädchen zusammen zu sein, das er liebte? Woher war dieser fortwährende Drang gekommen, jede Aussicht auf ein bisschen Glück gleich wieder zu zerstören? War es lediglich die Furcht, Erwartungen nicht erfüllen zu können, sich wie ein Außenseiter vorzukommen und sich deshalb lieber selbst den Teppich unter den Füßen wegzuziehen, bevor jemand anders Gelegenheit dazu bekam?

Die Ähnlichkeit zwischen Jacobs Situation und Matthews, insofern als sie beide wissentlich genau die gleiche Grenze überschritten hatten, war schon fast unheimlich. Matthew konnte Jacobs Wunsch nach Absolution verstehen, doch er konnte auch nicht umhin, sich zu fragen, ob das Jacob wohl genügt hatte. Hatte er letztendlich unbewusst noch sehr viel mehr angestrebt als zumindest die Zerstörung seiner Beziehung? Offensichtlich hatte er nicht geglaubt, dass er gut genug für Kitty war, also welch besseren Weg gab es, dies zu beweisen, als sie an die äußersten Grenzen ihrer Liebe zu ihm zu treiben und darauf zu warten, dass sie ihn verließ?

In dieser Hinsicht gab es keine Ähnlichkeit zwischen Jacob

und ihm, da Matthew auf keinerlei Zerstörung aus war. Doch was er inzwischen ohne jeden Zweifel wusste, war, dass seine Liebe zu Fliss nicht einmal annähernd so innig war wie Jacobs zu Kitty … und es auch nie sein würde. Auf jeden Fall brachte er ihr keineswegs die tiefen, machtvollen Gefühle entgegen, die zu einer lebenslangen Bindung führen würden.

In den letzten Tagen war Matthew nach und nach bewusst geworden, dass der Grund für seine Ruhelosigkeit in letzter Zeit ein sehr einfacher und wenig origineller war: Er wusste schlicht und einfach nicht, was genau er eigentlich noch vom Leben wollte. Andererseits wusste er jedoch sehr gut, was er nicht wollte. Er wollte nicht so weitermachen wie bisher.

Matthew hatte sich so lange Zeit von seinem Ehrgeiz leiten lassen, zu Anfang in der Schule, dann in Cambridge und schließlich bei der Arbeit. Und obwohl es stimmte, dass er die Herausforderungen der akademischen Tretmühle genoss, stimmte es auch, dass viel von dem, was er geleistet hatte, nur den einen Zweck gehabt hatte, seine Mutter und Jacob zu erfreuen. Zum Dank für alles, was sie für ihn getan hatten, hatte er sie mit Stolz auf sich erfüllen wollen.

Nachdem er an diesem Morgen vom Läuten der Kirchenglocken nebenan erwacht war, hatte er im Bett gelegen und sich die gefährliche und bedeutungsschwere Frage gestellt: War das nun schon alles? Denn wenn es so war, worauf lief es dann eigentlich hinaus? Was gab ihm sein Beruf, außer einem anständigen Gehalt und einer enormen Arbeitslast? Das konnte doch wohl nicht alles sein?

Doch abgesehen von der Arbeit, was war mit seiner Beziehung zu Fliss? Wenn er inzwischen wusste, dass er sie nicht liebte, was brachte es dann, ihre Beziehung fortzusetzen? Es war nicht fair ihr gegenüber, ganz und gar nicht fair. Es war nur allzu leicht gewesen, die Beziehung, die sie einst gehabt hatten, wiederaufzunehmen, aber es war ein Fehler gewesen. Wahrscheinlich hatte er von Anfang an gewusst, dass es falsch war und auf Dauer nicht funktionieren würde, und vielleicht hatte er deshalb nicht erwähnt, dass er eine Freundin hatte, als er Saskia und ihre Familie näher kennenlernte. Vielleicht war das auch der Grund, warum er Saskia geküsst hatte. Denn wäre er wirklich froh gewesen, wieder mit Fliss zusammen zu sein, hätte er sich nicht zu Saskia hingezogen gefühlt.

Oder hatte er sie aus völlig anderen Beweggründen geküsst – wie in dem ganz bewussten Vorsatz, eine Katastrophe heraufzubeschwören, genau wie Jacob es getan hatte?

Es war unmöglich, die Frage zu beantworten. Doch eins, wofür er unbedingt eine Lösung finden musste, war, wie er Fliss die Schlussfolgerung beibringen sollte, zu der er gelangt war, ohne ihr noch mehr Aufregung und Kummer zuzumuten. Und da er seit einigen Tagen nichts mehr von ihr gehört hatte, bestand immerhin die Möglichkeit, dass auch ihr Bedenken gekommen waren.

Plötzlich gähnte er. Er war hundemüde, und nicht nur müde aufgrund von Schlafmangel und der vielen Überstunden, die er diese Woche für den Merchant-College-Fall gemacht hatte, sondern müde, sich scheinbar endlos im Kreis zu drehen und zu keinem Ergebnis zu kommen. Er musste Entscheidungen treffen und sein Leben in Ordnung bringen, weil es sich schon zu lange so anfühlte, als stünde er still und käme nicht voran.

Und noch etwas musste er tun, da das Nachlassverfahren nun beendet war; er musste sich bei Ralph melden, um mit dem Verkauf des größten Teils von Jacobs Büchern zu beginnen. Da es im Augenblick jedoch unpassend wäre, weil die Familie noch Olivers Beerdigung durchzustehen hatte, würde er noch respektvolle zwei Wochen warten.

Als er an Ralph dachte und daran, wie schlecht er am vergangenen Tag in Cambridge ausgesehen hatte, fragte Matthew sich, ob seine Beileidskarte Saskia an diesem Morgen wohl erreicht haben mochte. Er hoffte es jedenfalls, denn sie sollte wissen, dass er mit ihr fühlte. Matthew bedauerte jetzt, dass er Ralph nicht gefragt hatte, ob es in Ordnung wäre, Saskia anzurufen. Aber warum sollte es auch nicht in Ordnung sein? Wäre es nicht das Normalste der Welt für einen Freund anzurufen, sobald er erfuhr, dass es einen Todesfall in der Familie gegeben hatte? Und wenn die Karte nun noch nicht angekommen war und ihr Vater erwähnt hatte, dass er ihm gestern begegnet war: Würde sie dann nicht schlecht von ihm denken, weil er sich nicht gemeldet hatte?

Andererseits war er ja wohl kaum ein enger Freund der Familie. Er war bloß ein Bekannter. Ein Bekannter, der das Glück gehabt hatte, zu ihnen nach Hause eingeladen worden zu sein. Ein Bekannter, der an einem sonnigen, warmen Frühlingstag auf einem Gartenzaun gesessen und eine faszinierend interessante junge Frau geküsst hatte. Eine Frau, die ihn an sich selbst erinnerte.

Er senkte den Blick auf das Notizbuch auf dem Schreibtisch. Das war es, was zu diesem Moment im Garten von Ashcombe geführt hatte; ohne dieses Büchlein wären sie sich nie so nahegekommen. Saskia würde in den nächsten Tagen bestimmt nicht daran interessiert sein weiterzulesen, aber sobald sie es wollte, würde er ihr das Notizbuch geben.

Nachdem er sich etwas zu essen zubereitet hatte, nahm Matthew den Teller mit in die Bibliothek und wollte sich gerade zum Essen hinsetzen, als er bei einem raschen Blick auf das Display seines Mobiltelefons sah, dass er zwei Anrufe verpasst hatte, einen weiteren von Jim Rycroft und einen von Ralph Granger.

Saskia liebte ihre Tante sehr, und es war gut, sie hier auf Ashcombe zu haben, aber ein bisschen von ihr war schon reichlich viel.

Trotz ihrer regelmäßigen Gespräche über Skype war Auntie Jo live und in Farbe stets ein Schock nach einer längeren Zeit, in der sie sich nicht gesehen hatten, vor allem deshalb, weil sie so erschreckend tüchtig und gut organisiert war und zudem auch absolut nichts davon hielt, mit ihrer Meinung hinterm Berg zu halten. Sie behauptete, es sei die Lehrerin in ihr, die es ihr zur zweiten Natur gemacht hatte, Befehle zu erteilen. Dad behauptete gern, dass es umgekehrt sei und ihre herrische Natur der Grund dafür sei, dass sie Lehrerin geworden war, weil sie in keinem anderen Beruf geduldet würde. Grandpa O. pflegte jeden persönlichen Austausch mit seinem ältesten Kind mit einem Nahkampf zu vergleichen, und alle wussten, dass es besser war, sich nur sehr gut vorbereitet auf einen verbalen Schlagabtausch mit ihr einzulassen.

Von dem Moment an, als sie Auntie Jo am Flughafen abgeholt hatten, hatte sie das Kommando übernommen. Nachdem sie Dad den besten Weg gezeigt hatte, ihr Gepäck im Kofferraum zu verstauen, hatte sie darauf bestanden, dass Harvey vorn auf dem Beifahrersitz Platz nahm. Sie wollte als Gast keinen Sonderstatus, sondern gern hinten im Fond bei Saskia sitzen. Saskia war vertraut genug mit Kummer, um zu wissen, dass dies die Art ihrer Tante war, damit umzugehen. Für Auntie Jo war es sehr viel einfacher, sich zu beschäftigen und Dinge zu erledigen, als sich Zeit zum Nachdenken zu nehmen.

Aus ungefähr dem gleichen Grund war Saskia in ihrer Werkstatt bei der Arbeit an einer der vielen Dissertationen, die sie binden musste. Ihre Tante saß derweil am Kopf des Küchentischs, mit Dad und Harvey neben sich, und besprach mit ihnen die Arrangements für Grandpa O.'s Begräbnis in der nächsten

Woche. Es schien wenig Sinn zu machen, dass Saskia sich zu ihnen gesellte. Tante Jo hatte wie immer alles bestens im Griff.

Außerdem brauchte Saskia ein bisschen Zeit für sich allein. Für ein paar Minuten wenigstens wollte sie an etwas anderes als die organisatorischen Einzelheiten von Grandpa O.'s Beerdigung denken, die natürlich auch geregelt werden mussten, aber sie wollte über den Mann nachdenken, der er gewesen war, und nicht darüber, wie mit seinen sterblichen Überresten umzugehen war.

Sie hatte immer noch Mühe, sich mit dem furchtbar sinnlosen Tod ihres Großvaters abzufinden. Alles war nur seiner Dickköpfigkeit und Entschlossenheit wegen geschehen, diese verdammte Plastiktüte aus dem Baum zu fischen! Wenn er damit doch nur auf sie oder Dad gewartet hätte, würde er noch leben und hätte noch viele schöne Jahre vor sich. Schöne Jahre mit ihm für sie alle. Du dummer, dummer alter Mann, dachte sie bedrückt.

Als ihr die Tränen kamen, wischte sie sie weg und richtete den Blick von der Werkbank in den Garten, wo trotz des Regens eine der Hennen auf dem Dach des Hühnerstalles hockte. Saskia hatte den Vogel seit Grandpa O.'s Tod schon oft dort sitzen sehen; es war, als hielte die Henne Ausschau und wartete darauf, dass er zurückkam. Wahrscheinlich vermissten die Tiere sein grantiges Gebrumme, das stets eine Quelle der Belustigung für die Familie gewesen war. »Besser, er brummt die Hennen an als uns«, pflegte Harvey zu sagen.

Saskia wandte ihre Aufmerksamkeit wieder ihrer Werkbank zu. Sie schaltete die verstellbare Anglepoise-Lampe an, die zusätzliches Licht verströmte, das sie brauchte, suchte ein wenig Blattgold aus und begann, an der Beschriftung des Buchrückens zu arbeiten. Es war ein Schritt in dem Arbeitsvorgang, mit dem sie sich besonders gern befasste, weil die Lettern mit absoluter

Präzision ausgerichtet werden mussten, um die Abstände zwischen ihnen genauso perfekt hinzubekommen.

Als der Buchrücken fertig war, vollendete sie die Vorderseite des Einbandes und trat dann zurück, um ihr Werk der kritischsten Musterung zu unterziehen. Perfekt, dachte sie mit einem zufriedenen Nicken und richtete sich dann sehr gerade auf, um die Anspannung in Nacken und Schultern zu lockern. Als sie zum Fenster hinüberging, sah sie, dass es aufgehört hatte zu regnen, die Henne aber noch immer vom Dach des Hühnerstalles aus Ausschau hielt. Was für einen traurigen und ungepflegten Anblick der arme Vogel bot! Wie lange würde er dort noch ausharren, bevor er es aufgab, auf Olivers Rückkehr zu warten?

In den Tagen, seit sich die Nachricht von seinem Tod im Dorf herumgesprochen hatte, waren sie mit Beileidskarten und Kondolenzschreiben förmlich überflutet worden. Viele Leute hatten auch Blumen und sogar Plastikbehälter mit selbst gebackenem Kuchen geschickt, die zu alldem hinzugefügt wurden, was Harvey in der Speisekammer und im Gefrierschrank lagerte. Wann immer Saskia in die Küche kam, war Harvey mit der Zubereitung irgendeines Kuchenteigs, eines Puddings oder einer Brotmischung beschäftigt. Er sagte, er tue es in Vorbereitung auf die Beerdigung, weil die Leute danach zu Kaffee und kleinen Erfrischungen nach Ashcombe kommen würden, doch Saskia hatte ihre Zweifel. Sie sah Harvey in dem verzweifelten Versuch, sich abzulenken, in den nächsten Monaten regelrechte Backorgien veranstalten.

Im Geiste konnte sie Oliver brummeln hören, dass Harvey ein verrückter alter Knabe sei und es wie üblich maßlos übertreibe mit seinen Vorbereitungen. »Was denkst du denn, wie viele Leute kommen werden?«, glaubte sie, ihn sagen zu hören. »Wer wird sich schon bequemen, zu meiner Beerdigung zu gehen, wenn sie Besseres zu tun haben?« Worauf Harvey in diesem imaginären Gespräch dann erwiderte: »Sie werden nicht deinetwegen kommen, du alter Geizhals, sondern wegen meiner Kuchen!«

Nach den vielen Karten und Nachrichten zu urteilen, die sie empfangen hatten, schienen sie mit einer großen Beteiligung rechnen zu müssen. Der Gottesdienst würde in der Dorfkirche abgehalten werden, und auch wenn niemand aus der Familie ein regelmäßiger Kirchgänger war, war Oliver doch ein begeisterter Glöckner gewesen und hatte diese ehrenamtliche Tätigkeit erst vor ein paar Jahren aufgegeben. Alle vier hatten sie auch an den Quiz-Abenden im Pfarrsaal teilgenommen, die zweimal im Jahr stattfanden und von Oliver so lachhaft ernst genommen worden waren, dass er schon Wochen vorher fleißig dafür gebüffelt hatte. Saskia bezweifelte, dass sie sich ohne Oliver noch einmal dafür anmelden würden; es würde sich ohne ihren Teamchef nicht richtig anfühlen.

Auch der Garten würde ohne Grandpa O. nicht mehr derselbe sein. Der Anblick der für die Erbsen und Stangenbohnen errichteten Bambus-Wigwams, eine der letzten Aufgaben, bei denen Saskia Oliver im Gemüsegarten geholfen hatte, würde nur noch eine traurige Erinnerung an die Abwesenheit ihres Großvaters sein. Genau wie alles, was er schon gepflanzt hatte und was sie später ernten und essen würden, ihnen einen schmerzhaften Stich versetzen würde.

Als Saskia einen Wagen näher kommen hörte, blickte sie sich um und sah Libbys roten VW Golf durch das Tor hereinfahren. Libby war ihnen in der letzten Woche eine große Hilfe gewesen; sie hatte allein den Laden geführt, damit Ralph sich ganz dem unvermeidlichen bürokratischen Drumherum nach Grandpa O.'s Tod widmen konnte. Nach einem Todesfall gab es eine deprimierende Menge an Papierkram zu erledigen – wie die Benachrichtigungen an das Finanzamt, die verschiedenen Banken und Bausparkassen, deren Kunde Oliver gewesen war, an die karitativen Organisationen, die er unterstützt hatte, an seine Ärzte und so vieles andere mehr.

Aus ihrem Wagen sah Libby Saskia am Fenster ihrer Werkstatt stehen und kam zu ihr herüber.

Saskia öffnete die Tür und ließ sie herein. »Wie war es im Laden?«

»Gut«, sagte Libby. »Der übliche Samstagsbetrieb mit einem stetigen Strom von Kunden. Ach ja, und diese Innenarchitektin aus Bury hat wieder angerufen. Sie braucht etwa fünfhundert gebundene Bücher als Regaldekoration für einen Gastro-Pub, an dem sie arbeitet.«

»Das dürfte kein Problem sein, oder?«

»Überhaupt keins. So viele Bücher liegen höchstwahrscheinlich noch im Dachgeschoss des Ladens.« Sie klopfte auf ihre Handtasche. »Und ich habe hier noch ein paar Beileidskarten mehr, die heute im Geschäft abgegeben wurden. Möchtest du sie lesen?«

Saskia schüttelte den Kopf. »Lass die anderen sie zuerst sehen, ich sehe sie mir dann später an.«

Libby schaute sich in der Werkstatt um. »Wie es scheint, hast du gearbeitet?«

»Ich musste meinen Kopf mit etwas anderem beschäftigen als dem Offensichtlichen.«

Libby nickte. »Und Arbeit ist manchmal das Beste. Aber falls du eine Minute Zeit hast, würde ich dich gern etwas fragen.«

»Das ist komisch, weil auch ich dich nämlich etwas fragen wollte.«

»Tatsächlich?«

»Ja. Aber fang du an!«

»Es ist wegen des Gartens. Ich dachte … na ja, ich weiß, wie sehr Oliver ihn geliebt hat und welch große Freude er an allem hatte, was er anpflanzte und zog. Deshalb hatte ich überlegt – weil es doch eine solche Schande wäre, wenn er verwil…« Sie unterbrach sich und runzelte die Stirn. »Du meine Güte, das ist ja noch schwieriger, als ich gedacht hatte!«

»Vielleicht kann ich dir helfen«, sagte Saskia lächelnd, »denn zufällig ist es genau das, worüber ich auch mit dir reden wollte. Ich wollte dich fragen, ob du den Garten vielleicht gern übernehmen würdest. Nicht den Rasen, darum wird Dad sich auch weiterhin kümmern, aber das Gemüse und alles andere. Ich werde dir natürlich helfen, wenn du willst, doch ich bin kein Fachmann und habe immer nur Olivers Anweisungen befolgt, als seine Gehilfin sozusagen. Und ich weiß auch, dass es viel verlangt ist, aber ich habe gesehen, wie gern er mit dir über seinen Garten sprach. ›Diese Libby kennt sich aus mit Zwiebeln!‹«, hat er einmal zu mir gesagt.«

Ein frohes Lächeln breitete sich auf Libbys Gesicht aus. »Meinst du das auch wirklich ernst? Denn das ist genau das, was ich dich fragen wollte.«

»Ich kann mir niemanden vorstellen, dem Oliver eher seinen geliebten Garten anvertraut hätte!«

»Ach, du meine Güte, ich weiß gar nicht, was ich sagen soll! Ich war so besorgt, dass du denken könntest, ich ginge einen Schritt zu weit und versuchte, mich hier breitzumachen. Immerhin kennen wir uns ja noch nicht sehr lange.«

»Lange genug, um zu wissen, dass du meinen Vater außerordentlich glücklich machst, und das ist alles, was ich wissen muss.«

»Ich habe noch eine weitere Frage.«

»Dann heraus damit!«

»Darf ich dich mal in den Arm nehmen?«

Später, als Libby zum Haus hinübergegangen war, dachte Saskia, wie traurig es war, dass Libby um Erlaubnis gebeten hatte, sie umarmen zu dürfen. Lag das daran, dass sie so distanziert und unnahbar auf andere wirkte? Oder war es nur ein weiteres Beispiel für Libbys enorme Bestrebungen, hier auf Ashcombe nicht die Pferde scheu zu machen?

Es beunruhigte Saskia auch, dass Libby es anscheinend für besser gehalten hatte, *sie* und nicht ihren Vater wegen des Gartens zu fragen. Andererseits könnte es auch einfach Rücksichtnahme sein, und das sollte man ihr hoch anrechnen. Nicht jede Frau an ihrer Stelle würde sich so große Mühe geben, alle Parteien bei Laune zu halten. Und dafür schätzte Saskia Libby sogar noch mehr.

Sie hatte sich gerade wieder hingesetzt, um mit dem Binden einer weiteren Dissertation zu beginnen, als nach einem flüchtigen Anklopfen die Werkstatttür geöffnet wurde und ihre Tante hereinschaute.

Nach eigener Aussage war es Auntie Jos Pech im Leben gewesen, das Aussehen ihres Vaters und nicht das ihrer Mutter geerbt zu haben. Sie hatte das gleiche dichte graue Haar, das sie von demselben Friseur, der auch Onkel Bobs Haar schnitt, zu einer strengen Kurzhaarfrisur schneiden ließ. Sie war in jüngeren Jahren eine großartige Sportlerin gewesen, doch in letzter Zeit, seit das Alter seinen Tribut forderte, bereiteten ihre Knie und Hüften ihr Schwierigkeiten. Deswegen beschränkte sich ihre sportliche Leistungsfähigkeit nun auf Radfahren und Wandern.

»Willst du eigentlich die ganze Nacht hier sitzen?«, fragte sie. »Wenn ja, werde ich dir eine Campingliege rüberbringen lassen.«

Saskia warf einen Blick auf ihre Uhr. »So spät ist es doch gar nicht; es ist noch nicht mal sieben Uhr.«

»Stimmt, aber auch wenn es dich vielleicht überrascht, würde ich doch gern ein bisschen mehr von dir sehen, solange ich noch hier bin. Komm und hilf mir, die Hühner wegzusperren!«

»Heißt das, dass du unter vier Augen mit mir reden willst?«

»Ja.«

Saskia lächelte, und da sie wusste, dass sie nie etwas anderes als eine ehrliche Antwort von ihrer Tante bekommen würde, bemerkte sie: »Wenn das so ist, beantworte mir doch bitte eine Frage. Wirke ich distanziert und unnahbar auf andere Leute?«

Während sie über den durchweichten Rasen gingen, dachte ihre Tante über die Antwort nach. »Manchmal ja«, sagte sie. »Das ist wohl so, weil du dazu neigst, dich zurückzulehnen und lieber zu beobachten als mitzumachen. Das hast du schon immer getan, selbst als Kleinkind schon.«

»Findest du, dass das eine schlechte Eigenschaft ist?«

»Das kommt darauf an, wie weit du es treibst.«

»Aber man kann wohl sagen, dass ich eine Außenseiterin bin, oder nicht?«

»Nicht innerhalb deiner eigenen Familie. Was das Leben außerhalb von Ashcombe angeht, ist es etwas anderes. Ich denke, dass du dich ganz bewusst vom Rest der Welt distanziert hast und es auch weiterhin tun wirst, wenn du dir selbst überlassen bleibst. Das war es, was meinem Vater am meisten Sorgen bereitete, wenn wir miteinander sprachen.«

»Er hat mit dir über mich gesprochen?«

»Aber natürlich hat er das! Dein Glück war seine oberste Priorität. Das war es immer.«

Saskia kamen die Tränen. »Darüber brauchte er sich wirklich keine Sorgen zu machen, weil ich glücklich *bin*.«

»Bist du es?«

Nachdem sie es geschafft hatte, sich eine der Hennen zu schnappen, drückte Saskia sie an ihre Brust. »Im Moment bin ich natürlich gar nicht glücklich, grundsätzlich jedoch kann ich sagen, ja, ich bin zufrieden mit meinem Leben.«

»Aber er wollte so viel mehr für dich, und das weißt du, nicht? Bei unserem letzten Gespräch sagte er, er wolle, dass du das Nest verlässt und mal *richtig* Spaß am Leben hast. Ein Abenteuer wünschte er sich für dich.«

»Hast du mich deshalb in letzter Zeit immer so bedrängt, ich solle euch besuchen?«

»Auch deswegen, ja. Also komm Bob und mich auf jeden Fall besuchen, Saskia, doch … Herrgott noch mal, da draußen gibt es eine ganze Welt für dich zu erforschen! Dein Besuch bei uns sollte ein Sprungbrett für dich sein.«

»Aber es gefällt mir hier. Es ist meine Welt.«

»Und das ist großartig, doch es kann nicht schaden, dich auch mal woanders umzusehen, selbst wenn es dir nur bestätigt, dass dies der Ort ist, an den du gehörst. Wovor hast du eigentlich Angst, Saskia?«

Saskia setzte die Henne in den Stall und sah ihre Tante an. »Ich habe keine Angst. Vor gar nichts. Was bringt dich auf den Gedanken, dass ich Angst haben könnte?«

»Zunächst einmal deine große Abneigung gegen Veränderungen.«

»Du kennst mich gut genug, um zu wissen, dass ich nichts von Veränderungen nur um der Veränderungen willen halte. Das wird total überbewertet.«

»Komm schon, Saskia, alles verändert sich irgendwann einmal! Bedenk doch nur mal, wie die Dinge sich auch hier schon zu verändern begonnen haben. Zuerst Libby und jetzt Oliver.«

»Das nennt sich Entwicklung. Aber worauf willst du eigentlich hinaus?« Während Saskia eine weitere der Hennen einfing, konnte sie spüren, wie abwehrend und defensiv sie wurde.

Ihre Tante hörte auf, den Hühnern nachzujagen. »Na schön«,

meinte sie. »Es ist dein Liebesleben, wovon ich rede. Oder, um es ganz krass zu sagen, von deinem nicht vorhandenen Liebesleben. Was ist aus diesem jungen Mann geworden, von dem du mir so viel erzählt hast? Aus Matthew Gray? Ralph sagt, du wärst zu dem Schluss gekommen, dass er schon eine Beziehung hat, obwohl du nicht den kleinsten Beweis dafür hast, dass es tatsächlich so ist.«

»Das hat Dad dir erzählt? Man sollte meinen, er hätte wichtigere Dinge mit dir zu besprechen.«

»Offenbar ist er Matthew in Cambridge begegnet, als er gestern bei Olivers Notar war.«

»Das weiß ich. Und ich habe auch die Karte gelesen, die er mir geschickt hat.«

»So? Und klingt es etwa nach einem untreuen Typen, dass er sich die Mühe machte, dir eine Karte zu schicken, sowie er von Olivers Tod erfahren hatte? Für mich klingt es eher danach, als wäre er gar kein schlechter Kerl.«

»Und was willst du mir damit sagen?«

»Dass du dich möglicherweise ins eigene Fleisch schneidest. Warum fragst du ihn nicht einfach, ob er eine Freundin hat?«

»Glaubst du nicht, dass Grandpa O. mich im Moment viel mehr beschäftigt?«

»Und was für einen Rat, meinst du, würde dir mein Vater geben?«

»Das spielt jetzt keine Rolle. Die Frage ist doch, warum du so erpicht darauf bist, mich jemandem in die Arme zu treiben, den du nicht einmal kennst?«

»Weil mein Vater ein guter Menschenkenner war und er mir sagte, er möge diesen Matthew sehr. Außerdem hat er in seinem letzten Gespräch mit mir bemerkt, er sei der festen Überzeugung, dass du mehr als nur ein bisschen vernarrt in Matthew Gray wärst.«

Saskia verdrehte die Augen. »Was für eine originelle Ausdrucksweise!«

Mit einer Handbewegung wischte Tante Jo Saskias Spott beiseite, griff beherzt nach der letzten Henne und schob den armen Vogel ein wenig unsanft in den Stall hinein. Sowie die Tür verriegelt war, sah sie Saskia mit strenger Miene an. »Ralph und Harvey haben alles bestätigt, was Oliver mir erzählt hat. Und jetzt werde ich dir sagen, wie es weitergeht: Auf meine Bitte hin hat dein Vater den jungen Herrn Gray zu der Beerdigung eingeladen, und falls er kommt, werde ich ihn mir ansehen und ihn freiheraus fragen, ob er im Moment eine Beziehung hat.«

Saskia war entsetzt. »Oh, Herrgott noch mal, das ist ja lächerlich! Ich kann nicht glauben, dass du hinter meinem Rücken hingegangen bist und all das in die Wege geleitet hast! Ich … ich bin sprachlos! Sprachlos und empört, dass du dich in einem solchen Maße eingemischt hast!«

»Ich habe mich eingemischt, weil ich überzeugt bin, dass mein Vater froh darüber wäre.«

»Und was ist mit meinen Gefühlen? Habe ich bei alldem denn gar nichts zu sagen?«

»Du kannst deine Meinung gern nach dem Anlass kundtun. Vorerst wirst du einfach tun, was von dir verlangt wird.«

»Darf ich dich daran erinnern, Auntie Jo, dass ich zweiunddreißig Jahre alt bin und nicht zehn?«

»Du kannst mich erinnern, woran du willst, aber das wird absolut nichts ändern. Die Weichen sind gestellt. Also zieh es durch, wie ihr jungen Leute sagt.«

»Ich versichere dir, dass ich so etwas noch nie gesagt habe«, entgegnete Saskia verschnupft.

Ihre Tante lachte. »Na ja, irgendwie dachte ich mir das schon. Aber komm jetzt, da die Hennen versorgt sind, wollen wir uns um das Abendessen kümmern. Ich habe Harvey den Abend freigegeben.«

»Ich wette, dass er nicht erfreut darüber war.«

»Er hat natürlich ein bisschen rumgemeckert – aber seien wir doch ehrlich: Ein erschöpfter, trauernder Achtzigjähriger ist mir nicht gewachsen.«

Trotz ihres Ärgers auf ihre Tante musste Saskia lächeln. »Du bist ein echter Albtraum, weißt du das?«

»Na klar weiß ich das. Und ihr alle werdet heilfroh sein, wenn ich wieder abreise. Es ist nun mal meine Lebensaufgabe, euch klarzumachen, wie froh ihr sein könnt, dass ich so weit entfernt lebe.«

Saskia hakte sich bei ihrer Tante unter, als sie zur Hintertür zurückgingen. »Du bist total verrückt, doch ich liebe dich trotzdem.«

»He, he, jetzt werd' nur ja nicht rührselig! Alles andere, nur das nicht!«

»Das nennt sich *Quidproquo* – zeig mir deine Achillesferse, und ich weiß, wie ich dich für das Chaos bestrafen kann, das du so unbedingt anrichten willst.«

Ihre Tante lachte. »Siehst du, unter diesem kühlen, unnahbaren Äußeren befindet sich also doch ein Herz, das schlägt.«

Auch Saskia lachte, froh, dass Auntie Jo das Unmögliche geschafft hatte: Sie hatte sie tatsächlich ihren Kummer vergessen lassen, und wenn auch nur für ein paar Minuten.

Kapitel 54

Matthew hätte nicht überraschter sein können über die Nachricht, die Ralph auf seiner Mailbox hinterlassen hatte.

Er war gerührt, dass die Familie ihn zu Oliver Grangers Beerdigung eingeladen hatte, zu einem Anlass, der an sich ein sehr persönlicher und in erster Linie eine Familienangelegenheit war. Und er würde selbstverständlich hingehen. Er konnte allerdings nur hoffen, dass Jim Rycroft nichts dagegen haben würde, dass er sich dafür freinahm.

Nachdem er zu Abend gegessen hatte, brachte er seinen Teller in die Küche, nahm sich ein weiteres Bier aus dem Kühlschrank und ging zur Bibliothek zurück. Als er es sich dort bequem gemacht hatte, schlug er Jacobs Notizbuch auf und las weiter, wo er beim letzten Mal aufgehört hatte.

War Jacob drauf und dran, seine Chance, mit Kitty glücklich zu sein, zunichtezumachen?

Kapitel 55

Februar und März 1944

Eines der vielen Dinge, die ich über mich selbst gelernt habe, seit ich Kitty kenne, ist, dass mein Mut mich immer wieder im Stich lässt. Sie ist das Einzige, worauf ich mich verlassen kann, diese Veranlagung, vor der letzten Hürde stets zu scheitern.

Als ich an jenem Abend im Bett saß, grün und blau geschlagen und voller Gewissensbisse meines Verhaltens wegen, betrachtete ich Kittys reizendes Gesicht und wusste, dass ich ihr meinen Fehltritt nie gestehen könnte. Der Gedanke, ihr einen schmerzlichen Moment wegen meiner Dummheit zu verursachen, setzte meinem egoistischen Bedürfnis, Absolution zu erlangen, ein Ende. Lieber suchte ich eine perverse Art von Trost in dem Gedanken, dass die Prügel, die ich von Mrs. Pridmores Komplizen bezogen hatte, meine Strafe waren. Es würde uns beiden mehr nutzen, die ganze Sache zu vergessen und sie für mich im Geiste als erledigt abzuhaken. Es war nicht nötig, Kittys Glauben an mich zu zerstören.

Auf meine Anweisung hin fand sie die Dinge, die ich in dem blockierten Kamin versteckt hatte, und als sie den kleinen Samtbeutel sah, war ihre Neugierde geweckt. »Was ist das?«

Ich nahm ihn ihr ab. »Das ist für dich. Ich wollte es dir eigentlich zu einem günstigeren Zeitpunkt geben oder zumindest doch in einem romantischeren Moment, aber dann habe ich es mir anders überlegt.«

Sie runzelte die Stirn. »Heißt das, dass du es mir nicht geben wirst? Was für ein Scherzbold du doch bist!«

Mit vor Nervosität ganz ungeschickten Händen öffnete ich den Samtbeutel und tastete nach dem Ring darin. Er war zum Glück noch da! Ich zog ihn heraus, um ihn ihr zu zeigen, und erklärte ihr, dass er einmal meiner Urgroßmutter in Russland gehört hatte. »Ich verdiene es nicht, dir diese Frage zu stellen, ich weiß, ich bin deiner gänzlich unwürdig«, fuhr ich fort, »aber würdest du es vielleicht nicht doch für möglich halten, diesen Ring zu tragen und meine Frau zu werden?«

Ihre Augen strahlten, als sie von dem Rubinring zu mir aufblickte. »Natürlich heirate ich dich, du schrulliger, dummer Mann! Es gibt nichts, was ich mir mehr wünsche. Und ich hatte mir schon Sorgen gemacht, dass du es dir anders überlegt haben könntest! Ich habe ewig darauf gewartet, dass du um meine Hand anhalten würdest. Offiziell, meine ich. Und endlich hast du es getan!«

»Bist du dir auch wirklich sicher? Hundertprozentig sicher, dass es das ist, was du willst? Deine Familie wird wahrscheinlich nicht begeistert über unsere Heirat sein.«

»Jacob, verdirb es nicht, indem du dir Sorgen wegen meiner Familie machst! Steck mir einfach nur den Ring an den Finger und küss mich!«

Das ließ ich mir nicht zweimal sagen. Erstaunlicherweise passte der Ring perfekt.

»Siehst du«, meinte sie und hob die Hand, um den oval geschnittenen, rechts und links von Diamanten gesäumten Rubin zu bewundern, »es hat so sein sollen. Dieser Ring war dazu bestimmt, von mir getragen zu werden. Er ist wunderschön.« Sie küsste mich, sanft zunächst und dann mit zunehmender Leidenschaft. »Warum lege ich mich eigentlich nicht zu dir?«, fragte sie lächelnd.

Ich erwiderte das Lächeln, und obwohl mein ganzer Körper schmerzte, zog ich sie zu mir ins Bett.

Ich hatte schon halb damit gerechnet, dass Kitty unsere Verlobung geheim halten würde, bis sie mit ihren Eltern gesprochen hatte, doch stattdessen trug sie stolz den Ring und zeigte ihn sofort ihren Kolleginnen, als sie ihre nächste Schicht begann. »Sie standen Schlange, um ihn zu sehen«, berichtete sie strahlend bei ihrem nächsten Besuch bei mir.

Gegen Ende der Woche hatte ich mich so weit erholt, dass ich wieder zur Arbeit gehen konnte, und kaum hatte ich Hütte 8 betreten, als Chatterton-Jones mir mit einem anerkennenden Schulterklopfen gratulierte. »Also hast du Kittys Eltern wohl doch noch überzeugt, dass du der Aufgabe gewachsen bist. Gut gemacht, Belinsky!« Als ich zugab, dass wir sie erst noch von unseren Heiratsabsichten unterrichten mussten, zog er kräftig an seiner Pfeife, wünschte mir Glück dabei und fragte, ob wir schon einen Heiratstermin festgelegt hätten. Doch das war etwas, das wir erst noch tun mussten.

Etwas anderes, was ich unbedingt hinter mich bringen musste, war, mit Molly Pearson zu sprechen. Da ich jedoch keine Ahnung hatte, wo im Park sie arbeitete, setzte ich mich beim Mittagessen zu Victor Stein und fragte ihn, ob er wisse, wo ich sie finden könnte. »Zufälligerweise ja«, erwiderte er und deutete mit seinem Messer auf den Eingang der Kantine. »Sie ist nämlich gerade eben hereingekommen.«

Was du heute kannst besorgen, das verschiebe nicht auf morgen, dachte ich. »Ich bin gleich wieder da, Victor«, antwortete ich und eilte zu Molly hinüber, die jetzt am Ende der Schlange vor der Essensausgabe stand. Ich hatte eine Ewigkeit damit verbracht, mir zurechtzulegen, was ich ihr zu sagen hatte, und nun sprudelte es nur so aus mir heraus, dass ich ihr zu großem Dank verpflichtet sei und mich bei ihr entschuldigen müsse.

»Ach was«, meinte sie und trat ein paar Schritte von den anderen zurück, um nicht gehört zu werden. »Du brauchst dich nicht zu entschuldigen. Ich hätte diesen Sherry niemals trinken sollen. Ohne ihn hätte ich dich nicht in Verlegenheit gebracht, indem ich dich so einfach küsste.«

»Du hast mich nicht in Verlegenheit gebracht«, erwiderte ich. »Das Ganze war meine Schuld; ich hätte dir sagen sollen, dass ich eine Freundin habe.«

»Na ja, das wäre vielleicht besser gewesen, aber ich glaube, ich habe dir wohl auch nicht viel Gelegenheit dazu gegeben.«

»Es entschuldigt mein Verhalten keineswegs, doch ich war nicht ich selbst an jenem Abend, und ich bin sehr beschämt darüber, dass du durch mich in so eine unangenehme Situation hineingeraten bist.«

Ihre Mundwinkel verzogen sich zu einem kleinen Lächeln. »Im Grunde war dies alles mehr ein Abenteuer. Also mach dir keine Sorgen, ich bin dir deswegen nicht böse! Ich bin nur froh, dass dir nichts Schlimmeres passiert ist.«

Als sie ihren Platz in der Schlange wieder einnahm, kam mir der Gedanke, wie sehr sie sich verändert hatte in den wenigen Tagen, seit ich sie zuletzt gesehen hatte. Sie war nicht ein einziges Mal errötet und hatte auch nicht die geringste Schüchternheit erkennen lassen, sondern war mir wie eine sehr viel selbstbewusstere junge Frau erschienen. Das Leben auf Bletchley Park tat ihr offensichtlich gut.

Zehn Tage nach unserer Verlobung setzten Kitty und ich uns zusammen hin, um unseren Eltern einen Brief zu schreiben. Er war schon lange überfällig und würde Anlass zu großen Schwierigkeiten mit Kittys Eltern geben, wie mir nur allzu gut bewusst war. Selbst sie musste das inzwischen wissen, da sie ihnen ansonsten längst die Neuigkeiten mitgeteilt hätte.

Wir erhielten beide noch am selben Tag einen Antwortbrief. Meine Mutter schrieb, dass alle hocherfreut über meine Neuigkeiten waren und wissen wollten, wann sie uns das nächste Mal sehen würden. Im Gegensatz dazu kündigte Kittys Vater nur schriftlich an, dass er schon auf dem Weg nach Bletchley sei.

Tatsächlich traf er vierundzwanzig Stunden später ein. Zweifellos hatte er mit seinen Beziehungen zum Außenministerium die üblichen Sicherheitsmaßnahmen umgehen können und ohne allzu große Schwierigkeiten Zugang zum Park erhalten. In seinem Brief hatte er klargestellt, dass er mit Kitty allein sein wollte, doch dieses Ansinnen hatte sie rundweg abgelehnt.

Und so saßen wir drei nun auf einer Bank mit Ausblick auf den See, hinter uns lag das Herrenhaus. Es war ein kühler Märztag, aber unter meinem Hemd und dem Jackett schwitzte ich, als hätte ich Fieber. Ich war wahnsinnig nervös, doch fest entschlossen, es nicht zu zeigen. Immerhin würde ich Kittys Ehemann sein und musste ein für alle Mal beweisen, dass ich kein Feigling war und um die Frau, die ich liebte, kämpfen konnte.

»Mit diesem Unsinn ist von jetzt an Schluss«, sagte der Mann ganz ohne Einleitung. »Es wird kein Gerede mehr von einer Verlobung und erst recht nicht von einer Heirat geben. Habe ich mich klar und deutlich ausgedrückt?«

Ich öffnete den Mund, um etwas zu erwidern, doch Kitty kam mir zuvor. »Daddy, bitte hör mir zu – Jacob und ich lieben uns, und wir haben vor zu heiraten, sobald wir können.«

Das Gesicht des Mannes zitterte, und ich sah, wie er die Hände im Schoß so fest zu Fäusten ballte, dass die Knöchel weiß hervortraten. Sein Kopf fuhr zu uns beiden herum, und seine Miene drückte seine ganze Wut und Fassungslosigkeit darüber aus, einer derartigen Aufsässigkeit zu begegnen. »Ich habe es verboten«, sagte er mit nur noch mühsam beherrschter Stimme. »Das ist mein letztes Wort zu dieser Sache. Und solltest du mir den Gehorsam verweigern, Kitty, wird das Konsequenzen haben.«

Das war es, was ich befürchtete, und da eine Trennung von ihrer Familie das Letzte war, was ich für Kitty wollte, fand ich endlich meine Sprache wieder. »Ich kann verstehen, dass unsere Ankündigung Sie und Ihre Gattin überrumpelt hat, Sir, aber gibt es irgendeinen speziellen Grund, aus dem Sie so gegen unsere Heirat sind?« Ich wusste, dass ich mich auf gefährliches Terrain begab, doch mir blieb nichts anderes übrig, als den Mann und seine Vorurteile direkt anzugehen.

Er sah mich angewidert an. »Ich würde meinen, dass unsere Gründe mehr als klar sein müssten.«

»Es könnte aber dennoch hilfreich sein, sie genau zu kennen, Sir.«

Kittys Vater musterte mich weiterhin mit geringschätziger Miene, sein eiskalter Blick glitt über mein Gesicht, das noch immer die Spuren des Überfalls trug, der mir widerfahren war. Die Blessuren ließen mich wie einen zwielichtigen Rüpel aussehen, wie ich selbst am besten wusste.

»Sie können vielleicht meine Tochter hinters Licht führen«, sagte er, »doch mich täuschen Sie nicht, junger Mann. Sie sind ein Emporkömmling, der auf eine gute Partie aus ist, auf eine Ehefrau, die Ihnen und Ihrer Familie die Ehrbarkeit verschafft, die Sie sich wünschen, aber durch andere Mittel nie erlangen werden.«

Kitty schnappte empört nach Luft und sprang auf. »Es ist unentschuldbar, so etwas zu sagen, Daddy, also nimm es auf der Stelle wieder zurück!«

»Ich denke nicht daran. Seit ich Mr. Belinskys kennenlernte, habe ich es mir zur Aufgabe gemacht, ihn sehr sorgfältig zu überprüfen. Oh ja, er mag sich in Cambridge hervorgetan und sich hier einen Platz erarbeitet haben, doch wusstest du, dass sein Vater nichts weiter als ein jüdischer Friseur im Londoner East End ist?«

Nun war ich es, der aufsprang. »Bei allem gebotenen Respekt, Sir, mein Vater ist ein anständiger, hart arbeitender Mann, der einen anderen Menschen niemals dafür kritisieren würde, dass er anders ist als er. Und meines Erachtens ist es ein Jammer, dass es nicht mehr Leute wie ihn auf dieser Welt gibt.«

Wieder funkelte er mich böse an, und die Zornesröte schoss ihm ins Gesicht.

Kitty nahm meine Hand in ihre. »Ich weiß alles über Jacobs Familie, Daddy, ich habe sie besucht, und sie hätten nicht reizender zu mir sein können. Ich wünschte nur, du könntest dem Mann, den ich liebe, die gleiche Zuvorkommenheit erweisen.«

»Ich werde nicht mit dir streiten, Kitty. Du bist zu jung, um zu verstehen, was du tust. Du hast dich durch die Strapazen der Arbeit hier in etwas verrannt. Dieser Mann ist nichts als ein Zeitvertreib für dich gewesen, eine Zerstreuung, um dich auf andere Gedanken zu bringen und von den Belastungen des Krieges abzulenken. Ich weiß, wie so etwas geschieht. Doch glaube mir, wenn der Krieg nicht wäre, wärt ihr zwei euch nie begegnet, und wir würden diese verdammte Diskussion nicht führen.«

»Wir führen diese *verdammte* Diskussion, weil du mich wie ein Kind behandelst!«

»Aber doch nur, weil du dich wie eins benimmst! Und jetzt hör auf, so stur zu sein, und sieh ein, dass deine Mutter und ich wissen, was das Beste für dich ist!«

Zum ersten Mal überhaupt sah ich, wie Kitty gequält das Gesicht verzog und zu weinen begann. Ich legte meinen Arm um sie, doch das schien es noch schlimmer zu machen. Sie lehnte sich an mich und begann zu schluchzen. Über ihre Schulter sah ich ihren Vater an und wusste plötzlich, was wahrer Hass war. Und ich bezweifelte nicht einmal eine Sekunde lang, dass das Gefühl auf Gegenseitigkeit beruhte.

»Schluss jetzt, Kitty!«, erklärte ihr Vater. »Sei bitte nicht so kindisch und mach hier keine Szene!«

Sie hob den Kopf von meiner Brust und räusperte sich. »Es gibt da etwas, was du wissen solltest, Daddy. Etwas Wichtiges. Ich erwarte ein Kind von Jacob, und daher wirst du wohl verstehen, dass wir heiraten müssen, je eher, desto besser.«

Es war schwer zu entscheiden, wer schockierter war, ihr Vater oder ich, aber da ich den gewonnenen Boden nutzen wollte, nahm ich mich zusammen. »Kitty hat recht«, sagte ich, »und obwohl wir beide wissen, dass die Situation nicht optimal ist, werden Sie doch sicher auch der Meinung sein, dass wir um des Kindes willen unverzüglich heiraten sollten.«

Falls ich erwartet hatte, dass der Mann nun kapitulieren und einsehen würde, dass die Sache schon weit über seine Entscheidungsbefugnis als wütender, provozierter Vater hinausgegangen war, hatte ich ihn falsch eingeschätzt. Er erhob sich langsam von der Bank. »Ich hätte wissen müssen, dass Sie die Entscheidung auf diese Art erzwingen würden. Das beweist nur wieder mal, dass Sie kein Gentleman sind.« Dann schoss sein Arm urplötzlich vor, und seine flache Hand erwischte mich mit einer solchen Kraft am Kopf, dass ich meine Zähne klappern hörte.

Kitty stieß einen entsetzten Schrei aus und fuhr dann ihren Vater wütend an: »Du bist verrückt, Daddy! Total verrückt. Und jetzt geh, bevor du dich – und mich – noch mehr blamierst!«

Als er fort war, setzten wir uns wieder und verharrten ein paar Sekunden in bestürztem Schweigen. Aus dem Haus hinter uns klang Musik zu uns herüber; es war Glenn Millers *Moonlight Serenade*, das unser angespanntes Schweigen brach. »Warum hast du mir nicht gesagt, dass du ein Kind erwartest?«, fragte ich Kitty.

Sie nahm meine Hand und starrte zu zwei Mädchen hinüber,

die auf einer Decke im Gras lagen und lasen. »Weil ich mir nicht sicher bin, dass es wirklich so ist«, sagte sie. »Meine Regel ist erst eine Woche überfällig. Aber sonst verspätet sie sich nie, und deshalb halte ich es für sehr gut möglich, dass ich schwanger *bin*. Bist du sehr schockiert?«

»Ich bin mehr schockiert über die Art und Weise, wie ich es erfuhr.«

Sie wandte sich mir zu; in ihren Wimpern glitzerten noch Tränen. Ich nahm ein Taschentuch aus der Tasche und tupfte sie ihr ab. »Es tut mir leid, dass du es so erfahren musstest«, sagte sie. »Ich wollte wirklich nicht so damit herausplatzen vor meinem Vater, aber ich wusste nicht, wie ich ihn anders dazu bringen sollte, uns zuzuhören. Er wird sich mit der Zeit schon wieder abregen. Sobald Mummy von dem Baby erfährt, wird sie ihm klarmachen, dass es keinen Sinn hat, uns zu grollen. Doch es tut mir leid, dass er dich geschlagen hat.«

»Halb so schlimm«, versicherte ich mit einem Lächeln. »Er hätte mich auch in den See werfen können.« Ich küsste sie auf die Stirn und zog sie an mich. »Komischer Gedanke, dass wir vielleicht bald Eltern werden.«

»Glaubst du, dass wir gute sein werden?«

»Wir werden katastrophale Eltern sein.«

»Sag das nicht!«

»Ich scherze nur. Wir werden uns schon irgendwie durchwursteln, wie es alle Eltern tun. Aber wir müssen eine Bleibe finden. Ich glaube nicht, dass wir uns Billy in einem solchen Ausmaß aufdrängen können.«

»Sie wäre entzückt, ein Baby auf der Farm zu haben.«

»Das wäre sie bestimmt, aber wir müssen vernünftig sein; das Geißblatt-Cottage ist nicht einmal groß genug für uns beide, geschweige denn mit einem Baby.«

Zwei Tage zuvor, bald nach Mrs. Pridmores Festnahme, hatten Griffiths, Farrington und ich das Quartier gewechselt. Ich wohnte jetzt bei zwei unverheirateten älteren Damen und ihrem unter Blähungen leidenden King-Charles-Spaniel namens Bertie. Alles dort war sehr viel besser als bei Mrs. Pridmore, aber es wäre keine geeignete Unterkunft für einen verheirateten Mann mit Frau und Kind. Eigentlich hatten wir vorgehabt, mich nach unserer Heirat irgendwie noch bei Kitty im Geißblatt-Cottage unterzubringen. Billy hatte unseren Plänen bereits zugestimmt, aber klargemacht, dass sie uns nicht ganz offen dort zusammenleben ließe, falls das den Zorn von Kittys Eltern erregen würde.

Diesen Zorn hatten wir uns nun zugezogen, und wer konnte schon sagen, was die Folgen davon sein würden?

Kapitel 56

Juni 1944

Es ging schon auf Ende Juni zu, als Kitty und ich beschlossen, dass das Schweigen ihrer Eltern lange genug angehalten hatte.

Ihre Grausamkeit verblüffte mich. Sie lehnten es rundweg ab, unsere bevorstehende Hochzeit zu akzeptieren, und in einem knappen, einseitigen Brief verstießen sie ihre Tochter gleichsam, indem sie sie darüber informierten, dass sich an der gegenwärtigen Situation nichts ändern würde, wenn sie sich nicht von mir trennte und versprach, mich nie wieder zu sehen.

Auch ihre Schwester Ruthie hatte geschrieben, um keinen Zweifel daran zu lassen, wie enttäuscht die ganze Familie über Kittys uneinsichtige Haltung war. Hatte Kitty denn gar kein Gespür für das, was man von ihr erwartete?, wollte Ruthie wissen. Begriff sie denn überhaupt nicht, welche seelischen Qualen sie ihren Eltern mit ihrem Wunsch zufügte, einen Mann zu heiraten – und einen *jüdischen* noch dazu –, der nie ganz anerkannt werden würde in den Kreisen, in denen sie sich bewegten?

Ruthies Brief war zwei Tage nach der D-Day-Landung der Alliierten in der Normandie gekommen, als wir alle buchstäblich am Radio klebten, um die allerneuesten Nachrichten zu hören. Und ehrlich gesagt machte mich der Kontrast zwischen dem, was da in Frankreich geschah, und Ruthies kleingeistiger Besorgnis um den guten Namen der Familie richtiggehend krank.

Kurz danach erhielt Kitty einen Brief von Nanny Devine, in dem sie fragte, ob ich schon einmal daran gedacht hätte, zum Katholizismus zu konvertieren, da dies ein zufriedenstellender

Weg sein könnte, um die Wogen zu glätten. »Ich werde zu was auch immer konvertieren, wenn das deine Familie wieder zur Vernunft bringt«, sagte ich zu Kitty.

»Untersteh dich!«, entgegnete sie streng. »Meine Familie wird weder dir noch mir vorschreiben, was wir zu tun oder zu lassen haben! Meinetwegen können sie ruhig alle denken, ich sei dazu verdammt, in der Hölle zu schmoren, weil ich dich liebe!«

Ich wusste, dass die Kraft, die sie brauchte, um ihrer Familie die Stirn zu bieten, von Empörung, Wut und einem unnachgiebigen Trotz genährt wurde. Ich wusste allerdings auch, dass es nur eine Frage der Zeit war, bis diese Kraft erlosch und sie beginnen würde, ihr Handeln zu hinterfragen. Was bedeutete, dass es nicht so weitergehen konnte wie bisher. Wir mussten einen Weg finden, die verfahrene Situation zu klären. Es blieb uns nichts anderes übrig, als ihre Eltern aufzusuchen und die Dinge in einer ruhigen und vernünftigen Weise zu besprechen. Das war unser Plan.

Da Kittys Schwangerschaft mittlerweile offiziell bestätigt war, mussten wir, um den Schein zu wahren, so bald wie möglich heiraten. Unsere Fahrt nach London, um mit Kittys Eltern zu reden, war ein allerletzter Versuch, die Streitigkeiten vor der Hochzeit beizulegen, da wir in der Woche darauf in der Kirche in Bletchley getraut werden sollten. Billy hatte sich angeboten, nach der Zeremonie mit ein paar Getränken und Sandwiches aufzuwarten, und Peggy sollte die Brautjungfer und Chatterton-Jones mein Trauzeuge sein. Diese Entwicklung hätte ich ein Jahr zuvor nie voraussehen können. Meine Familie stand in regelmäßigem Kontakt mit uns, und als ich ihnen die Nachricht überbrachte, dass Kitty schwanger war, äußerten sie nichts als Glück und Freude.

Seit meine Großmutter wusste, dass sie Urgroßmutter wurde, hatte sie aufgehört, Socken für die Truppen zu stricken, und war zu Babydecken, Babyschuhen und Bettjäckchen für Kitty übergegangen. Sehr zu meiner Überraschung, und nicht ohne ein gewisses Maß an unbotmäßiger Schadenfreude ihrerseits, gestand sie mir, dass auch meine Mutter außerehelich gezeugt worden war.

Nanny Devine hatte erneut geschrieben, um Kitty mitzuteilen, dass ihre Eltern sich am Wochenende des vierundzwanzigsten und fünfundzwanzigsten Juni in ihrem Stadthaus in London aufhalten würden, um den Geburtstag eines alten Freundes zu feiern. Auch sie würde dort sein, schrieb sie, um eine Cousine zu sehen, die in Pimlico lebte. Angesichts der jüngsten Luftangriffe auf London hatte ich große Bedenken bezüglich unseres Besuches dort, zumal erst eine Woche zuvor ein V-1-Marschflugkörper beträchtlichen Schaden in der nahen Rutherford Street angerichtet hatte. Aber Kitty war so wild entschlossen, sich mit ihren Eltern zu versöhnen, dass sie behauptete, der Blitz könne unmöglich zweimal an derselben Stelle einschlagen, und deshalb bräuchten wir uns nicht zu sorgen.

Die V-1-Marschflugkörper oder »Flugbomben« waren das Allerneueste im Waffenarsenal der Deutschen. Diese sogenannte »Wunderwaffe« waren führerlose Luftfahrzeuge mit Düsenantrieb, die mit fast einer Tonne Sprengstoff bestückt werden konnten und knatternde Geräusche von sich gaben. Die Bevölkerung war angewiesen worden, sich unverzüglich in Deckung zu begeben, wenn sie die Maschine nicht mehr hören konnten. Es war ein tödliches Geschoss, das im ganzen Süden Englands für beträchtliche Zerstörung und den Verlust sehr vieler Menschenleben sorgte. Einer dieser Marschflugkörper war gar nicht weit von Fanley Manor niedergegangen.

Kurz nach Viertel vor elf trafen wir in Milton Place ein. Nanny Devine öffnete uns selbst die Tür und begrüßte uns herzlich, besonders Kitty, die sie sogleich umsorgte wie eine Glucke. Sie fragte sie über ihren Zustand aus und bestand darauf, dass sie sich hinsetzte, um sie gründlich in Augenschein zu nehmen und befragen zu können. Aß sie auch ausreichend? Schlief sie genug? Bekam sie genügend frische Luft?

»Ja zu allem, Nanny«, erwiderte Kitty, »aber lassen wir das jetzt, und sag mir lieber, wo Mummy und Daddy sind! Sie sind doch hier, oder nicht? Ich hoffe, dass wir nicht den ganzen weiten Weg hierher auf uns genommen haben, nur um zu erfahren, dass sie uns nicht sehen wollen. Du hast ihnen doch gesagt, dass ich kommen würde, oder nicht?«

»Pst, Kind, reg dich nicht so auf, das ist nicht gut für das Baby!«

»Und ist es etwa gut für das Baby, von seinen Großeltern ignoriert zu werden?«, entgegnete Kitty erbittert und legte beschützend eine Hand auf ihren Bauch, obwohl ihr von der Schwangerschaft noch gar nichts anzusehen war.

Aber auch ich empfand instinktiv diesen Wunsch, das ungeborene Kind zu beschützen. Mit jedem Tag, der uns der Elternschaft einen Schritt näher brachte, konnte ich selbst kaum glauben, wie sehr mein Beschützerinstinkt Kitty und unserem Baby gegenüber zunahm. Wenn mir jemand gesagt hätte, dass es so sein würde, ein Kind zu erwarten, hätte ich es nicht geglaubt. Ich hätte erklärt, dass es unmöglich sei, eine emotionale Bindung zu einem Wesen aufzubauen, das man weder sehen noch hören oder berühren konnte. Doch meine Annahmen hatten sich als grundfalsch erwiesen, was das betraf.

Dieser starke neue Beschützerinstinkt zeigte sich auch in anderen Dingen. Mehr denn je ließ er mich wünschen, dass der Krieg endlich vorüber wäre. Ich wollte nicht, dass mein Kind in eine Welt hineingeboren wurde, die so voller Hass und Gefahren war.

Und seltsamerweise war ich restlos davon überzeugt, dass wir einen Jungen bekamen. Ich konnte ihn schon so deutlich vor mir sehen, den kleinen dunkeläugigen Burschen mit dem ehrlichen und offenen Gesicht seiner Mutter. Und er würde auch ihr Lächeln haben, ein Lächeln, das das kälteste Herz erwärmen würde, und eine schnelle Auffassungsgabe besitzen, die zu lenken und auf den rechten Weg zu bringen meine Aufgabe sein würde. Ich würde ihn lehren, die Art von Selbstvertrauen und Selbstwertgefühl zu entwickeln, die ich selbst nicht besaß. Und er würde gern lernen, schon allein der Freude wegen, die es seinem forschenden Geist bereitete. Gemeinsam würden wir durch das geschriebene Wort die Welt erkunden.

Zu den Dingen, die ich an meiner Zeit in Cambridge am meisten geliebt hatte, gehörte die Universitätsbibliothek; sie war ein Heiligtum für mich gewesen, ein Ort der Zuflucht und hoher Belohnungen. Die gleiche Erfahrung wünschte ich mir auch für meinen Sohn.

Doch vor allem wollte ich, dass er genauso geliebt wurde, wie meine Familie mich liebte, und deshalb war ich hier bei Kitty und wartete geduldig darauf, dass ihre Eltern ihren Stolz und ihre Vorurteile ablegten. Ich wollte, dass sie mich als Vater ihres ersten Enkelkindes anerkannten und mir glaubten, dass ich alles in meiner Macht Stehende tun würde, um sein Glück und das seiner Mutter zu gewährleisten.

»Deine Eltern werden gleich hier sein«, versicherte Nanny Devine Kitty. »Deine Mutter musste eine Freundin besuchen, der es nicht gut geht, und dein Vater wurde dringend im Außenministerium benötigt.«

Anderthalb Stunden später, als sie noch immer nicht erschienen waren und die Zeit drängte – wir mussten an jenem Abend beide arbeiten –, fasste ich einen Entschluss, den ich für den Rest meines Lebens bereuen sollte.

Obwohl der Hauptgrund unseres Besuchs in London das

Gespräch mit Kittys Eltern war, wollten wir auch meine Eltern sehen, falls die Zeit es noch erlaubte. Als eine weitere Stunde verstrichen war und weder Kittys Mutter noch ihr Vater erschienen waren, beschloss ich, allein zum East End zu gehen und später wiederzukommen, um zusammen mit Kitty nach Bletchley zurückzufahren, ob ihre Eltern sich nun dazu herabgelassen hatten, uns zu sehen oder nicht. Kitty war nicht erfreut darüber, allein zurückzubleiben, doch Nanny Devine und ich waren uns einig, dass sie es in ihrem Zustand nicht übertreiben sollte, indem sie durch die halbe Stadt lief oder sich unnötigen Gefahren aussetzte, während die Deutschen ihre »bösen kleinen Luftbomben«, wie Nanny Devine die V-1-Flugkörper nannte, auf unschuldige Menschen herunterwarfen.

Ich hatte meiner Familie nicht gesagt, dass wir in London sein würden, für den Fall, dass wir nicht die Zeit finden würden, sie zu sehen. Als ich jetzt Milton Place verließ, gefiel mir der Gedanke sehr, sie ganz unverhofft bei der Arbeit zu überraschen. Meine Großmutter zu überraschen war eine andere Sache; sie würde ganz sie selbst sein und mich begrüßen, als wäre ich erwartet worden und käme nur zu spät. Der Gedanke, heißen, süßen Tee aus ihrem geliebten Samowar zu trinken und mit ihr über meine Zukunftspläne zu reden, beschwingte mich, und fest entschlossen, mir durch die Ignoranz von Kittys Familie nicht mein Glück verderben zu lassen, machte ich mich auf den Weg. Sie konnten machen, was sie wollten, und es würde ihr Verlust sein und nicht der unsere. Gleichgültig, zu welch üblen Handlungen sie auch bereit sein mochten, ich würde Kitty und unser Kind dafür entschädigen, indem ich sie nur noch umso mehr liebte.

Ich war schon einige Zeit unterwegs gewesen, um in diesem mir unbekannten Stadtteil Londons mit seinen eleganten Straßen und Plätzen den Weg in Richtung Westminster zu finden, wo ich einen Bus nehmen wollte, als ich ein seltsames Geräusch vernahm. Es klang wie der Motor eines Lastwagens, aber es kam nicht von der Straße, auf der ich stand, sondern von irgendwo über mir. Dann bemerkte ich, dass die Leute um mich herum zum Himmel aufblickten. Als ich ihren Blicken folgte, sah ich etwas, das einer Bombe mit Flügeln ähnelte, über den Himmel fliegen. In den Sekunden, die ich brauchte, um zu verarbeiten, worum es sich bei dem Flugkörper handelte, verstummte das Dröhnen des Motors, und eine Luftschutzsirene begann zu schrillen.

Schreie wie »Lauft!« ertönten, und plötzlich waren alle in Bewegung. Ganz instinktiv rannte auch ich los, obwohl ich keine Ahnung hatte, wohin ich lief. Doch die Leute um mich herum schienen es zu wissen, und ich folgte ihnen blindlings, mit wild klopfendem Herzen und von Panik angetriebenen Beinen. Wie in einer geschlossenen Linie bogen wir um eine Ecke, und ich sah, dass von allen Seiten Menschen auf den Eingang zur Westminster-U-Bahnstation zustürmten. Als ich mich gerade mit enormer Erleichterung der Menschenmasse in ihrem Versuch zu überleben anschloss, hörte ich eine furchtbare Explosion, die mir fast die Trommelfelle zerriss und mir das letzte bisschen Atem nahm.

Sobald wir unter der Erde waren, begannen die Leute, aufgeregt durcheinanderzureden.

»Die armen Teufel, die das abbekommen haben!«, hörte ich einen Mann sagen.

»Das war gefährlich nahe«, meinte ein anderer.

»Diese verdammten Deutschen mit ihren Flugbomben«, bemerkte wieder ein anderer.

»Es ist eine feige Waffe, die Angst und Schrecken verbreitet und keine Fehler macht«, murmelte eine Frau. Sie hielt ein Baby in den Armen und weinte. Ich fragte mich, wo sie in ihrer Eile,

Schutz zu suchen, den Kinderwagen gelassen haben mochte. Und dann dachte ich an Kitty und mein eigenes Kind. Wie aus dem Nichts ergriff mich eine noch größere Furcht als die, die mich durch die Straßen gejagt hatte, um der Bombe zu entkommen, und ließ mich einen Schrei ausstoßen. Die Frau mit dem Baby sah mich an, und möglicherweise gefiel ihr mein Gesichtsausdruck nicht, aber sie drückte das Kind noch fester an ihre Brust und trat einen Schritt von mir zurück.

Es interessierte mich nicht, was sie dachte. Das einzig Wichtige war, hier herauszukommen und nach Milton Place zurückzukehren, um sicherzugehen, dass Kitty nichts geschehen war. Ich drängte mich durch die Menge und beachtete die verärgerten Ausrufe der Leute nicht, als ich sie rücksichtslos beiseiteschob und ihre Mahnungen missachtete zu warten, bis Entwarnung gegeben wurde.

Kaum erreichte ich die Straße, rannte ich wieder los, jetzt sogar noch schneller als zuvor. Denn diesmal stand viel mehr auf dem Spiel als die unerhebliche Frage meines eigenen Überlebens.

Ich gelangte zu einer Kreuzung und konnte mich beim besten Willen nicht erinnern, aus welcher Richtung ich zuvor gekommen war. In Gedanken warf ich eine Münze und wandte mich nach links. Und weiter rannte ich, der Schweiß lief mir aus allen Poren, das Atmen fiel mir immer schwerer, und meine Beine drohten, unter mir nachzugeben. Doch in dem ätzenden Brandgeruch, der die Luft erfüllte, zwang ich mich, trotz der Schmerzen weiterzulaufen. *Bitte, lieber Gott*, betete ich, als ich um die Straßenecke zum Milton Place raste, *nicht hier, überall, bloß nicht hier!*

Doch mein Gebet wurde nicht erhört. Milton Place war ein fürchterliches Durcheinander aus Trümmern, Rauch und Staub. Mehrere Feuer tobten, und die Luft war so erstickend dicht, dass ich Mund und Nase mit der Hand bedecken musste. Häuser, die nicht vollkommen zerstört worden waren, standen ohne ihre Stuckfassaden da, sodass die Räume auf geradezu obszöne Weise bloßgelegt waren. Zerbrochene Möbelstücke lagen zerstreut wie Streichhölzer herum, und geschwärzte Papiere flatterten durch die Luft wie Vögel, die der Hitze der Flammen zu nahe gekommen waren.

Ich stolperte auf Nummer zehn zu – oder auf das, was von Nummer zehn noch übrig war. Ein Luftschutzhelfer verstellte mir den Weg. »Treten Sie besser zurück, Sir, man kann nie wissen, ob nicht noch eine weitere Explosion erfolgt.«

»Das ist mir egal«, sagte ich. »Ich muss es wissen. Ich muss suchen …«

Meine Worte gingen in dem Plärren der Sirene eines ankommenden Feuerwehrwagens unter. Da der Luftschutzhelfer dadurch abgelenkt war, schlüpfte ich an ihm vorbei und begann, über die Berge von Trümmern zu klettern. Jemand anders schrie mir hinterher zurückzubleiben, doch ich ignorierte seinen Rat.

Aber es war sinnlos; da war kein Haus mehr, das ich betreten konnte, kein Zimmer, das ich durchqueren konnte, um Kitty zu suchen. Was von dem Gebäude geblieben war, sah aus, als wäre es direkt getroffen worden und hätte die volle Wucht des Bombeneinschlags abbekommen. Die Vernunft sagte mir, dass niemand eine solche Explosion hätte überleben können, doch mein Herz schrie, dass Kitty und unser Sohn noch am Leben sein mussten. Dass sie einfach nicht tot sein *konnten*.

Kapitel 57

Juli 1944 und Juni 1949

Kittys Beerdigung fand eine Woche später statt. Ich ging nicht hin, weil ich mir selbst nicht traute. Ich traute mir nicht zu, ihren Eltern in die Augen zu schauen und sie nicht für Kittys Tod verantwortlich zu machen.

Denn sie *waren* verantwortlich dafür. Wenn sie ihre Tochter so selbstlos geliebt hätten, wie ich sie liebte, würde sie noch leben: Es wäre nicht nötig gewesen, dass wir nach London fuhren, um zu versuchen, ihre Zustimmung zu unserer Heirat zu erlangen.

Doch ihnen die Schuld zu geben war nur eine kurzfristige Maßnahme. Sobald sie ihren Verlauf genommen hatte, würde ich mir selbst Vorwürfe machen, weil ich die Frau, die ich liebte, und unser ungeborenes Kind in Gefahr gebracht hatte. Denn obwohl es Kitty war, die nach London hatte fahren und den Deutschen und ihrer neuesten tödlichen Waffe hatte trotzen wollen, hätte ich es besser wissen und vernünftiger sein müssen. Und dafür würde ich für den Rest meines Lebens teuer bezahlen.

Durch Chatterton-Jones, dessen Eltern an der Beerdigung teilnahmen, erfuhr ich, dass sie in Sussex stattfand und Kitty auf dem nur ein paar Kilometer von Fanley Manor entfernten Friedhof beigesetzt wurde. Eines Tages würde ich vielleicht tapfer genug sein, ihr Grab zu besuchen.

Nanny Devines sterbliche Überreste wurden am selben Tag und auf demselben Friedhof der Erde übergeben. Niemand, der zum Zeitpunkt der Explosion in dem Haus in Milton Place gewesen war, hatte überlebt. Wäre ich geblieben, wäre ich auch gestorben.

Etwa einen Monat später erhielt ich ein kleines Päckchen mit der Post. Ein Stück Papier mit den Worten *Zurück an den rechtmäßigen Besitzer* befand sich darin. Daneben, in mehrere Lagen weißen Seidenpapiers eingewickelt, lag der Rubinring, den ich Kitty geschenkt hatte. Ich wusste nicht, ob ich froh sein sollte, das bittersüße Andenken wieder in meinem Besitz zu haben, oder ob ich außer mir vor Wut sein sollte, dass ihre Eltern ihr nicht einmal im Tod noch irgendeine Verbindung zu mir lassen wollten. Die Vorstellung, dass irgendjemand – vielleicht sogar mit Gewalt – meiner liebsten Katyushka den Ring vom Finger gestreift hatte, um ihn seinem *rechtmäßigen Besitzer* zurückzugeben, war zu grausam und makaber für mich, um auch nur darüber nachzudenken.

Heute sind es auf den Tag genau fünf Jahre, seit ich Kitty verloren habe. Der Krieg ist längst vorbei, und die Welt ist ein ganz anderer Ort als der, der sie einmal war.

Es wäre keine Übertreibung zu behaupten, dass ich in den Monaten nach Kittys Tod in einen höllischen Zustand unbeschreiblicher Qual und tiefster Verzweiflung verfiel, geistig aber irgendwie noch gesund genug blieb, um hinreichend zu funktionieren und auf Bletchley Park bleiben zu können. Rückblickend war die Arbeit dort das Einzige, was mich davor bewahrte, vor Kummer wahnsinnig zu werden.

Ich blieb bis zum Tag der Befreiung in Bletchley und kehrte dann zu meinen Eltern ins East End zurück. Meine Großmutter erlebte die Friedenszeit nicht mehr; sie starb ganz unerwartet im Schlaf am Silvesterabend 1945. Ich bin froh, dass es ihr erspart blieb, vom wahren Schreckensszenarium von Hitlers

Endlösung zu erfahren und die Bilder von den Gräueln in den Konzentrationslagern zu sehen.

Victor Stein blieb in Kontakt mit mir, und durch einen Freund von ihm bot sich mir die Gelegenheit, eine Lehrtätigkeit in einer Privatschule für Jungen in Kent anzunehmen, was genau das war, was ich mir immer vorgestellt hatte. Aber ich war nicht mit dem Herzen dabei, und binnen eines Jahres kehrte ich nach Cambridge zurück, um mich durch die Teilnahme an einem Kurs in Slawistik weiterzubilden, mit dem Ziel vor Augen, später einmal auf Universitätsniveau zu lehren.

Das Letzte, was ich von Chatterton-Jones hörte, war, dass er für das Auswärtige Amt arbeitete und sich irgendwo in Übersee einen Namen machte.

Seit damals ist kein Tag vergangen, an dem ich nicht bereut habe, die Sicherheit Bletchleys für eine Fahrt nach London aufgegeben und mit Kitty einen Besuch in Milton Place unternommen zu haben. Ich träume regelmäßig, dass sie die Explosion überlebte und durch den Rauch und die Trümmer mit ausgestreckten Armen auf mich zukommt. Man sagte mir, der Schmerz werde nachlassen, doch ich kann mir nicht vorstellen, wie. Ob ich an Selbstmord gedacht habe? Sehr häufig, ja. Doch jedes Mal, wenn mich der Tod verlockte, hat der Gedanke an Kittys Abscheu über eine solche Idee ihn vertrieben, und irgendwie kämpfe ich immer weiter, um noch einen weiteren Tag zu leben.

Ich fasste den Entschluss, unsere Geschichte aufzuschreiben – unter Einsatz einiger Schnörkel künstlerischer Freiheit, um das Ethos der Geheimhaltung und Anonymität zu wahren, das meine Zeit auf Bletchley Park so prägte. Ich tat es in der Hoffnung, dass es den schlimmsten Schmerz vertreiben würde, unsere Geschichte zu Papier zu bringen. Und um die Frau zu ehren, die mich geliebt hatte. Nun habe ich vor, diese beiden

Notizbücher, zusammen mit dem Ring, den ich Kitty gab, sehr gut zu verstecken. Ich habe auch nicht die Absicht, sie noch einmal zu lesen.

Dann wirf die Bücher doch fort!, höre ich dich, meinen unbekannten Leser, sagen. Aber das würde unseren Platz in der Geschichte verleugnen. Auch möchte ich mit dem Wissen leben, dass die Bücher existieren, denn falls das Undenkbare geschieht und meine Erinnerung mich im Stich lässt, wenn ich ein alter Mann bin, werde ich die Notizbücher brauchen, um mich an meine geliebte Katyushka und unsere gemeinsame Zeit zu erinnern. Und obwohl ich zuversichtlich bin, dass ich bis zu dem Tag, an dem ich sterbe, bei Verstand bleiben werde, hätte ich doch gern noch einen Notfallplan.

Ansonsten habe ich nicht vor, dieses Kapitel meines Lebens je wieder zu erörtern. Es ist jetzt abgeschlossen und soll ausschließlich zwischen Kitty und mir bleiben. Es ist unser Geheimnis. Unsere ureigenen *Pusteblumenjahre.*

Und falls Kitty recht hatte mit dem Leben nach dem Tod – und ich hoffe sehr, dass es so ist –, freue ich mich auf den Tag, an dem ich sie wiedersehe, und wenn auch nur, um sie zu sagen zu hören: »Siehst du, Jacob, ich hatte recht!«

Du wirst diesen Seiten sicherlich entnommen haben, dass ich das unvollkommenste aller Geschöpfe bin und bisweilen eine gewollt schwache und widersprüchliche Natur erkennen lasse. Aber im Grunde sind wir auf die eine oder andere Weise alle widersprüchlich: Wir alle sagen das eine und tun das andere.

Wer wird das hier wohl einmal lesen?, fragst du dich vielleicht. Darauf habe ich keine Antwort. Aber wenn du meine Notizbücher entdeckt hast und die ganze Geschichte liest, wirst du jemand sein, der sich dafür interessiert, und dafür danke ich dir. Denn wärst du nicht interessiert an meiner Geschichte, hättest du sie nicht zu Ende gelesen.

Und nun sage ich dir und meiner Geschichte Adieu und schließe mit den Worten: Wenn du jemanden liebst, der deine Welt erhellt, dann tu alles, was in deiner Macht steht, um dich der Liebe dieses Menschen würdig zu erweisen! Mach nicht den Fehler, den ich immer wieder machte: Zweifle nicht ständig an dir selbst oder an der Person, die dir am Herzen liegt! Wenn du merkst, dass du dein Augenmerk zu sehr auf deine Unzulänglichkeiten richtest, dann finde ein Mittel, sie zu bewältigen. Sei tapfer und tu das, was du am meisten fürchtest. Nimm so viele Risiken auf dich, wie du kannst, erlaube dir, glücklich zu sein – und glaube an das Unmögliche.

Ich habe nie verstanden, was Kitty in mir sah, doch ich werde immer dankbar dafür sein, dass sie etwas Lohnendes in mir wahrnahm. Vielleicht lässt sich eine Lehre daraus ziehen, dass wir uns selbst nie wirklich kennen oder uns selbst nie so sehen, wie andere es tun.

Zuletzt noch eine Frage, die ich mir selbst sehr oft gestellt habe: Würde ich diese Zeit noch einmal erleben wollen, obwohl ich erneut die Qual durchstehen müsste, Kitty wieder zu verlieren?

Oh ja, das würde ich, ohne auch nur einen Herzschlag lang zu zögern.

Kapitel 58

Matthew blätterte um und sah, dass Jacob noch einen letzten Eintrag gemacht hatte, wie um mit etwas Wichtigem endgültig abzuschließen und zu sagen, dass er seinen Stift nicht eher hatte niederlegen können.

Die Worte waren Matthew nur allzu gut bekannt, es war das Gedicht *Im Abendrot* von Joseph von Eichendorff. Jacob hatte Eichendorff für einen der bedeutendsten Lyriker der deutschen Romantik gehalten und darauf bestanden, dass das Gedicht, wenn der Tag kam, bei seinem Trauergottesdienst gelesen werden sollte. Matthew hatte die Aufgabe erfüllt und das Gedicht vorgelesen.

Wir sind durch Not und Freude
Gegangen Hand in Hand,
Vom Wandern ruhen wir beide
Nun überm stillen Land.

Rings sich die Täler neigen,
Es dunkelt schon die Luft,
Zwei Lerchen nur noch steigen
Nachträumend in den Duft.

Tritt her und lass sie schwirren,
Bald ist es Schlafenszeit,
Dass wir uns nicht verirren
In dieser Einsamkeit.

O weiter, stiller Friede!
So tief im Abendrot,
Wie sind wir wandermüde -
Ist dies etwa der Tod?

Nun, da Matthew *Die Pusteblumenjahre* zur Gänze gelesen hatte und von Jacobs Liebe zu Kitty und ihrem Tod wusste, fand er das Gedicht nun äußerst angebracht und noch ergreifender.

Wie die Musik, die Jacob sich für den Moment gewünscht hatte, in dem sie die Kirche mit dem Sarg verließen. Er hatte das letzte Stück von Richard Strauss' Werk *Vier letzte Lieder* gewählt, das inspiriert war von dem Gedicht *Im Abendrot*. Jacob hatte Matthew erklärt, dass Strauss sehr angetan von dem Gedicht gewesen war und eigens dafür die Musik geschrieben hatte. Das war nicht lange vor dem Tod des Komponisten gewesen, als hätte er gespürt, dass sein Ableben nicht mehr lange auf sich warten lassen würde. Vielleicht war es bei Jacob auch so gewesen in den letzten Monaten seines Lebens, als er zusehends melancholischer geworden war und immer häufiger über die Einzelheiten seines Begräbnisses gesprochen hatte.

Hin und wieder war seine Melancholie jedoch auch mit Ausbrüchen jäher Heiterkeit durchsetzt gewesen. Matthew erinnerte sich, Jacob einmal bei einem seiner Wochenendbesuche vor dem Kamin in der Bibliothek angetroffen zu haben, wo er in die Flammen gestarrt und still vor sich hin gelächelt hatte, als wäre ihm soeben etwas Lustiges wieder eingefallen.

Damals hatte Matthew es darauf zurückgeführt, dass seine Anwesenheit offenbar eine positive Wirkung auf die Stimmungen des alten Mannes hatte, doch nun fragte er sich, ob das nicht ein bisschen arrogant von ihm gewesen war. Vielleicht hatte Jacob sich im Stillen endlich wieder mit Kitty vereint gesehen und sich ihr wundervolles und lange erwartetes gemeinsames Abendrot vorgestellt.

Wie sehr Matthew sich heute wünschte, der alte Herr hätte mit ihm über Kitty gesprochen! Warum hatte er ein solches Geheimnis aus diesem Teil seines Lebens gemacht? Warum so viele unbeantwortete Fragen hinterlassen? War es einfach nur zu schmerzlich für ihn gewesen, darüber zu sprechen? Oder war alles noch zu eng mit der Verschwiegenheit seiner Zeit auf Bletchley Park verbunden?

Matthew wandte sich wieder dem Notizbuch zu und las noch einmal die Seite, auf der Jacob geschrieben hatte, dass er die Geschichte zu Papier gebracht hatte, um sich an Kitty zu erinnern, falls seine eigenen Erinnerungen je zu schwach werden sollten. Matthew glaubte jedoch nicht einmal eine Sekunde lang, dass Jacobs Erinnerungen – selbst mit dem Einsetzen des Alters und allem, was es mit sich brachte – je verblasst waren. Ganz im Gegenteil sogar, vermutete er. Deshalb hatte er die Notizbücher auch nie aus ihren Verstecken herausholen müssen.

Inzwischen war es dunkel geworden, und während Matthew im Lichtkreis der Schreibtischlampe saß, fragte er sich, ob Jacob ihn als das Kind betrachtet hatte, das er nie gehabt hatte – das Kind, das er hatte anleiten und lenken und mit dem er sein umfangreiches Wissen hatte teilen wollen. Falls es so war und er eine Lücke in Jacobs Leben gefüllt hatte, war Matthew sehr froh darüber.

Er klappte das Notizbuch zu, legte es auf das erste, das er aus Cambridge mitgebracht hatte – den Ring und die Bibel hatte er dort gelassen –, und beschloss, Saskia im richtigen Moment zu fragen, ob sie die beiden Notizbücher zusammen binden und ein richtiges Buch daraus machen konnte. Eine solche Geschichte verdiente es, anständig erhalten und bewahrt zu werden.

Genau wie der Samowar, den Saskia und ich oben gefunden haben, fiel ihm plötzlich ein. Er konnte sich dessen nicht sicher sein, aber sehr wahrscheinlich war es der Samowar, der Jacobs Großmutter gehört hatte. Matthew hatte ihn sich nicht mehr angesehen, seit sie ihn entdeckt hatten, und nachdem er den ganzen Tag nur still gesessen und gelesen hatte, hatte er jetzt auf einmal das Bedürfnis nach Bewegung und ging daher hinauf, um den Samowar zu holen. In der Küche durchstöberte er eine Auswahl an Reinigungsmitteln und Tüchern, aber nach reiflicher Überlegung und weil er keinen Schaden anrichten wollte, entschied er sich, nur heißes Wasser und Spülmittel zu benutzen.

Als er den oberen Teil des Samowars abnahm, stieg aus dem Inneren ein starker metallisch-muffiger Geruch auf. Matthew reinigte jedoch zunächst sehr vorsichtig die Außenseite, deren trübe, angelaufene Oberfläche bald einem erfreulichen Glanz wich.

Eine Stunde verging, während Matthew den Samowar methodisch reinigte, sehr sorgfältig die kunstvoll verzierten Griffe, den Deckel und das eigentliche Gefäß polierte und sich dann noch einmal die mit komplizierten Mustern versehenen Stellen vornahm. Schließlich riskierte er es sogar, ein wenig Silberputzmittel zu benutzen, und als er fertig war, trat er zurück, um seine Arbeit zu begutachten. Nicht schlecht, dachte er, als er den oberen Teil des Geräts wieder aufsetzte und noch einmal mit einem weichen Tuch darüberfuhr. Gar nicht schlecht. Als sie den Samowar entdeckt hatten, hatte Saskia gesagt, dass er es nach einer gründlichen Reinigung und Politur wert sei, behalten zu werden, und sie hatte recht gehabt. Matthew nahm an, dass er aus versilbertem Messing bestand, und obwohl er nicht glaubte, dass er in finanzieller Hinsicht von großem Wert sein würde, war er doch ein schönes Teil. Und falls es der Samowar

war, der Jacobs Großmutter gehört hatte, war er zudem ein anrührendes Andenken für Matthew.

Er war so zufrieden mit der Verwandlung, die er bewirkt hatte, dass er versucht war, den Samowar zu fotografieren und das Foto Saskia zu schicken, nur um sie wissen zu lassen, dass er ihren Rat befolgt hatte. Doch dann erinnerte er sich an ihren Großvater und überlegte es sich anders, um sie nicht mit etwas so Profanem zu belästigen.

Nachdem er das Putzzeug weggeräumt hatte, schloss er das Haus ab, schaltete das Licht aus und stieg die Treppe hinauf, um zu Bett zu gehen.

Doch die Gedanken an Kittys tragischen Tod und wie sehr Jacob darunter gelitten haben musste, ließen ihm keine Ruhe, als er einzuschlafen versuchte. War Jacob Kitty ganz bewusst sein ganzes Leben treu geblieben? Hatte er geschworen, nie wieder eine andere Frau zu lieben? Oder hatte es andere gegeben, die jedoch niemals an seine erste und einzige große Liebe hatten heranreichen können?

Die Fragen beschworen die Erinnerung an jenen Abend herauf, an dem Jacob Matthews Gefühle für Fliss infrage gestellt und ihn der Selbsttäuschung beschuldigt hatte. Wie herablassend er sich dem alten Mann gegenüber verhalten hatte! Er hatte Jacob unterstellt, dass er unmöglich wissen konnte, wie es war, jemanden zu lieben, da er nie verheiratet gewesen war! Und Jacob hatte auch recht damit gehabt, dass Fliss' Gefühle für Matthew stärker waren als seine für sie – was ihre Trennung noch viel schwerer machen würde. Andererseits jedoch, und angesichts der letzten Woche, in der Fliss sich kaum gemeldet hatte, könnte sie ihm auch sehr gut schon einen Schritt voraus sein und bereits geplant haben, wie sie ihrerseits ihre Beziehung beendete.

Wie aus dem Nichts kam ihm der Gedanke, was Jacob wohl

von Saskia hielte. Würde er glauben, dass Matthew sich wieder nur etwas vormachte, weil er Saskia sehr viel besser kennenlernen wollte und glaubte, dass eine Verbindung zwischen ihnen bestand? Würde Jacob sagen, er versuchte nur, diesen unterhaltsamen Tag in Ashcombe, an dessen Ende er mit Saskia auf dem Gartenzaun gesessen hatte, wiederaufleben zu lassen? Diesen Tag, der sich heute schon fast wie ein Traum anfühlte?

Sofort setzte er diesem Gedankengang ein Ende. Warum Jacob ins Spiel bringen? Außerdem sollte er weder über Saskia nachdenken, bevor er die Beziehung mit Fliss beendet hatte, noch sich fragen, was es eigentlich war, was er so faszinierend an ihr fand.

Und so wandte er seine rastlosen Gedanken stattdessen den Veränderungen zu, die er mit seinem Leben vorhatte. *Sei tapfer …* glaubte er, Jacobs brummige Stimme im Dunkeln zu hören. *Nimm so viele Risiken auf dich, wie du kannst …*

Matthew erwachte von dem hellen Sonnenschein, der durch den Spalt zwischen den Vorhängen hereinfiel, und dem vertrauten Läuten einer Glocke. Er drehte sich um, tastete nach seiner Brille auf der Kommode und warf einen Blick auf seine Taschenuhr: Es war sieben Uhr.

Er legte sich wieder hin, und bis die Kirchturmglocke aufgehört hatte zu läuten, war er hellwach und voller Entschlossenheit. Er war sich darüber klar geworden, was er tun würde. Kein Stagnieren mehr. Es wurde Zeit, die Situation zu klären.

Seine erste Aufgabe des Tages würde ein Anruf bei Fliss sein. Ein persönliches Gespräch wäre ihm zwar lieber, aber er war sich ziemlich sicher, dass er sich verraten würde, wenn er bei ihr anrief, nur um ein Treffen zu vereinbaren. Und er wollte auch nicht, dass sie dachte, er wolle sich nur mit ihr treffen, um sich zu entschuldigen, und dass dann alles wieder in Ordnung wäre. Dass ihnen nur ein weiterer kleiner Lapsus unterlaufen war, ein simples Missgeschick zwischen zwei Liebenden. Nein, es würde besser sein, es ein für alle Mal hinter sich zu bringen.

Normalerweise war er genau so: entschlossen und aktiv. Matthew war von Natur aus niemand, der allzu leicht kapitulierte, doch irgendwie neigte er seit Jacobs Tod weit mehr dazu.

Jacob hatte viele Rätsel gekannt, aber eines seiner liebsten war: »Wenn du Russisches Roulette mit jemandem spielst, ist es dann besser, als Erster oder als Zweiter den Abzug zu betätigen?« Matthews Antwort war immer die gleiche: dass es besser sei, der Erste zu sein, da sich die Chancen damit für einen erhöhten. »Aber der andere könnte auch als Erster schießen und sich die Kugel in den Kopf jagen, und dann wärst du aus dem Schneider«, pflegte Jacob einzuwenden.

»Das würde ich riskieren«, erwiderte Matthew darauf.

Und das war es, was er heute tun würde.

Er war schon angezogen und unten in der Küche, wo er sich Rühreier zum Frühstück zubereitete, als sein Handy klingelte. Es war noch nicht einmal halb acht. Wer würde ihn so früh an einem Sonntag anrufen? Er stellte das Gas ab, damit die Eier nicht verdarben, und nahm den Anruf an.

Es war Fliss, und schon ihre ersten, in einem versöhnlichen Ton gesprochenen Worte erwischten ihn auf dem falschen Fuß. »Es tut mir leid, Matthew«, sagte sie. »Es tut mir ehrlich leid.«

Als er zu lange wartete, um etwas zu erwidern, sagte sie: »Du bist doch nicht mehr böse auf mich, oder?«

»Nein«, antwortete er schließlich. »Ich bin böse auf mich selbst, ich …«

»Sag das nicht!«, warf sie schnell ein. »Ich weiß nicht, was in mich gefahren war, aber ich war eifersüchtig und auch noch dumm genug, seither zu schmollen. Du bist doch noch in Glaskin House, oder? James meinte, du wärst dorthin gefahren.«

»Ja, ich wollte gerade frühstücken. Hör zu, Fliss, es gibt da …«

»Das ist gut«, unterbrach sie ihn erneut. »Denn rate mal, wo ich bin?«

»Ähm … keine Ahnung.«

»Schau mal aus dem Fenster!«

Er kam der Aufforderung nach, und als er Fliss' Wagen am Ende der Einfahrt sah, sank ihm das Herz.

»Ein Friedensangebot«, sagte sie lächelnd und hielt eine Einkaufstüte hoch. »Eier, Schottischer Räucherlachs und eine Flasche Schampus! Oh, und natürlich auch noch ein paar mit Sahne gefüllte Donuts zum Dessert.« Sie begann, die Tüte auf den Küchentisch zu leeren. »Ich wollte dich eigentlich mit Frühstück im Bett überraschen«, fuhr sie fort. Sie schob die Ärmel hoch, ging zu einer Schublade und suchte eine Schere, mit der sie das Päckchen Räucherlachs aufschnitt.

Von Gewissensbissen gequält, weil sie sich so viel Mühe gegeben hatte, um sich zu entschuldigen und sich mit ihm zu versöhnen, sah Matthew zu, wie sie geschäftig hin und her eilte. Er musste sie aufhalten. Er musste auf den Abzug drücken und es ihr sagen. Er konnte ihr unerträglich fröhliches Gebaren nicht länger mitansehen, da er doch wusste, dass er drauf und dran war, dem ein Ende zu setzen. Sie war mit so guten Absichten hergekommen, und er wünschte wirklich, er empfände mehr für sie, aber so war es eben nicht. Er konnte es auch nicht vortäuschen, weil das letztendlich noch demütigender für sie wäre.

»Fliss«, begann er und nahm ihr den Räucherlachs und die Schere aus den Händen. »Da ist etwas, das ich dir sagen muss. Und es wird dir nicht gefallen. Warum lässt du mich nicht Kaffee aufbrühen, und dann reden wir?«

Plötzlich wandte sie sich ihm zu und sah ihn an – zum ersten Mal, seit sie hier war. Ihre Worte waren zwar an ihn gerichtet gewesen, aber sie hatte ihn dabei nicht angesehen. »Was ist denn eigentlich los?«, fragte sie mit leiser und besorgter Stimme. »Oder …« Sie zögerte. »Oder ist es so offensichtlich, dass sogar eine dumme Gans wie ich es sehen müsste?«

»Du bist keine dumme Gans. Ganz und gar nicht.«

»Warum komme ich mir dann wie eine vor? Warum habe ich auf einmal das Gefühl, mich vollkommen zum Narren gemacht zu haben, nachdem ich den ganzen Weg hierher gefahren bin, um dich zu überraschen und mich zu entschuldigen?« Sie schluckte. »Hast du eine andere?« Fliss wandte sich zur Tür. »Ist sie vielleicht sogar hier? Oben in deinem Bett?«

Bevor er ihre Frage beantworten konnte, war sie schon aus der Tür und auf dem Weg zur Treppe.

»Hier ist niemand außer dir«, rief er ihr hinterher.

Aber Fliss hörte nicht auf ihn, und da es sinnlos wäre hinaufzugehen, um etwas zu beweisen, was sie selbst entdecken musste, wartete Matthew am Fuß der Treppe.

Als sie wieder herunterkam und auf der letzten Stufe stehen blieb, sodass sie auf Augenhöhe mit ihm war, sagte er: »Es ist wirklich nicht das, was du denkst.«

»Und was ist es dann, Matthew?«, fragte sie erbost. »Dein Gesicht erzählt mir nämlich etwas völlig anderes. Du schaust wie der schuldbewussteste Mann auf dem Planeten drein.«

»Du hast recht«, sagte er. »Ich habe auch wirklich ein schlechtes Gewissen, aber lass mich doch bitte versuchen, es dir zu erklären!« Er nahm ihre Hand und forderte sie auf, sich mit ihm auf die Treppe zu setzen. »Wenn du ganz ehrlich zu dir selbst bist«, begann er sanft, »wirst du mir zustimmen, dass es dieses zweite Mal mit uns nicht klappt. Findest du nicht auch, dass man das fairerweise sagen kann?«

»Versuch bitte nicht, mir vorzuschreiben, was ich denken soll oder nicht! Wir haben wahrscheinlich sehr unterschiedliche Ansichten, was diesen letzten Punkt angeht.«

»Auch darin hast du recht. Aber es ist nun mal so, Fliss, dass das, was auch immer wir einmal hatten, nicht mehr das ist, was ich will. Ich dachte, es wäre es, doch das ist es nicht.«

»Und was *willst* du?«

»Nicht *das*. Ich möchte dich aber nicht aufregen.«

»Das fällt dir ein bisschen zu spät auf. Bist du sicher, dass es nicht jemand anders gibt? Was ist mit der Frau, von der du mir erzählt hast – mit dieser Buchrestauratorin, mit der du gestern nach Bletchley Park gefahren bist?«

»Wir sind nicht hingefahren. Ihr Großvater …«

»Ihr Großvater interessiert mich nicht«, fauchte sie. »Erzähl mir von der *Frau!*«

Er zuckte mit den Schultern und fuhr sich mit der Hand durchs Haar. »Da gibt es nichts zu erzählen.«

»Matthew, ich kenne dich lange genug, um zu wissen, dass du nicht ehrlich zu mir bist – oder zu dir selbst, so wie es ausschaut. Was ist denn so besonders an ihr? Was hat sie, was ich nicht habe?«

Und so gab er nach, weil er erkannte, dass ein konkreter Grund wie eine andere Frau in seinem Leben Fliss helfen würde zu akzeptieren, dass es tatsächlich vorbei mit ihnen war.

»Es ist schwer zu erklären«, sagte er. »Ich kenne sie kaum, gleichzeitig jedoch sehe ich einen Teil von mir in ihr, und das gibt mir das Gefühl, sie doch zu kennen, obwohl das gar nicht stimmt. Klingt das einigermaßen verständlich?«

»Nicht besonders. Bist du sicher, dass es nicht nur so etwas wie Verliebtheit ist? Die nicht anhält, und das weißt du, oder?«

»Ja. Doch so ist es nicht. Es war fast gar nichts zwischen uns.«

»Hast du sie geküsst?«

Matthew nickte.

Fliss gab einen Laut von sich, der keinen Zweifel daran ließ, was sie von diesem Eingeständnis hielt. »Weiß sie von mir?«

»Nein.«

»Bravo, Matthew! Ich hätte dich nicht für einen Fremdgeher gehalten; ich dachte, du wärst dir zu schade für so etwas.«

»Ich auch.«

»Wie lange läuft das schon?«

»Es läuft gar nichts zwischen uns. Nicht so, wie du denkst.«

»Was ist es denn dann? Bloß ein bisschen intellektuelles Geplänkel und ein Kuss? Denn vergessen wir nicht, dass du sie geküsst hast! Wann ist das passiert?«

»Am Ostersonntag. Ich hatte den Tag mit ihr verbracht. Mit ihr und ihrer Familie.«

Fliss sog scharf den Atem ein. »Du mieser Lügner! Mir hast du erzählt, du müsstest an dem Tag arbeiten.«

»Es tut mir leid.«

»Das sollte es auch. Hast du ihr gesimst, während wir in Kopenhagen waren? Habt ihr zwei geheime kleine Nachrichten ausgetauscht?«

Da er bisher völlig aufrichtig zu ihr gewesen war, riskierte er es auch jetzt. »Ich bekam nur eine SMS von ihr, und die war eine Einladung, mit ihr und ihren Großvätern nach Bletchley zu fahren.«

Fliss stieß ein spöttisches und ungläubiges Lachen aus. »Und wann wolltest du mir etwas von deinem Sinneswandel sagen?«

»Heute. Ich hatte vor, dich nach dem Frühstück anzurufen. Es war feige, das weiß ich, es nicht von Angesicht zu Angesicht mit dir besprechen zu wollen, aber ich wollte dir keinen unnötigen Schmerz zuzufügen.«

»Wie rücksichtsvoll von dir!«

Das Schlagen der Kirchenuhr, das anzeigte, dass es Punkt

acht Uhr war, schien einen natürlichen Abschluss des Gesprächs herbeizuführen.

»Ich sehe keinen Grund, noch länger hier herumzusitzen«, erklärte Fliss und erhob sich. »Ich werde nach Cambridge zurückfahren.«

»Möchtest du nicht bleiben und etwas essen?«

Sie sah ihn an und verzog das Gesicht. »Was glaubst du?«

»Ich glaube, dass ich mich unmöglich benommen habe und du allen Grund hast, böse auf mich zu sein. Aber warum trinken wir nicht noch schnell eine Tasse Kaffee? Was könnte das schon schaden?« Er trieb es zu weit, das wusste er, doch er wollte wirklich nicht, dass sie sich ans Steuer setzte, solange sie noch so aufgebracht und durcheinander war.

»Ich würde wahrscheinlich daran ersticken, Matthew«, gab sie scharf zurück. »Entweder das, oder ich würde dir die Tasse an den Kopf werfen, damit du aufhörst, dich so verdammt zerknirscht und zivilisiert zu geben, um mit mir Schluss zu machen.«

Nun stand auch Matthew auf. »Verstehe.«

»Nein, das tust du nicht!«, fuhr sie ihn an. »Du verstehst überhaupt nichts. Ich habe dich geliebt. Wirklich geliebt. Ich hoffe nur, dass du begreifst, was du so einfach wegwirfst.«

Und ohne ein weiteres Wort ergriff sie ihre Tasche und verließ das Haus.

Kapitel 59

Obwohl es keinesfalls seine Absicht gewesen war, bestand die Gefahr, dass Matthews Verhalten an diesem Morgen als krass und gefühllos aufgefasst werden könnte.

Doch im Vergleich zu dem, was Fliss nun über ihn denken musste, dürften die Beschreibungen »krass« und »gefühllos« beinahe schmeichelhaft sein, sagte er sich dann. Wahrscheinlich war sie längst zurück in Cambridge und rief gerade ihre Freundinnen an, um sie darüber aufzuklären, was für ein Schuft er doch war und wie sehr er sie gedemütigt und belogen hatte. Und leider hatte sie auch allen Grund, zornig und verletzt zu sein.

Nachdem sie das Haus verlassen hatte, hatte er dem Bedürfnis widerstanden, ihrem Auto nachzusehen, und eine seltsame Mischung aus Erleichterung und ohnmächtiger Traurigkeit dabei empfunden. Er hatte sie sehr aufgebracht, obwohl er gerade das hatte vermeiden wollen. Und es tat ihm leid. Daher war es auch nicht überraschend, dass er den Appetit verloren hatte und sich nach dem Aufräumen der Küche mit einem Becher starken schwarzen Kaffees an Jacobs Schreibtisch gesetzt hatte, um ein paar Stunden zu arbeiten. Unter anderem befasste er sich mit einer E-Mail von Jim Rycroft, die dieser ihm bereits um halb sieben an diesem Morgen geschickt hatte. Schlief der Mann eigentlich nie? Rycroft schien sich nicht einmal ein paar Minuten zu nehmen, um sich zu entspannen. Matthew hatte gerade die letzten Punkte auf der Liste der Dinge abgehakt, die er näher hatte untersuchen sollen, und starrte geistesabwesend aus dem Fenster, als er sich urplötzlich über die zweite große Entscheidung dieses Tages klar wurde.

Und als er nun von der Hauptstraße in das Dörfchen Melbury Green abbog und dann dem schmalen Weg nach Ashcombe folgte, standen die Bäume und Hecken so dicht an beiden Seiten des Wagens, dass er das Gefühl hatte, durch einen Tunnel aus Grün zu fahren. Würde Licht am Ende dieses Tunnels sein?, sinnierte er.

Ralph hatte gerade den Rasenmäher aus der Garage bugsiert, als er einen Wagen das Tor passieren sah. Es dauerte einen Moment, bis er erkannte, wer am Steuer saß. Aber dann stellte er den Rasenmäher ab und ging zu Matthew hinüber, um ihn zu begrüßen.

»Was führt dich her?«, fragte er, als Matthew ausgestiegen war.

»Etwas, was schon lange überfällig ist«, sagte er, »und ich hoffe, dass du es nicht unangebracht findest bei alldem, was ihr im Augenblick durchmacht.«

»Wenn es etwas ist, das uns von Freitag und der Beerdigung ablenkt, bin ich ganz und gar dafür.« Ralph zeigte auf den Rasenmäher. »Wie du siehst, versuchen wir, so weiterzumachen, als ginge alles seinen gewohnten Gang. Also, worum geht's bei deinem Besuch?«

»Ich bin hier, um Saskia Jacobs zweites Notizbuch zu bringen. Wie auch du gerade sagtest, dachte ich mir, das Lesen würde sie vielleicht ein bisschen von allem anderen ablenken.«

Saskia war noch immer sehr verärgert, weil Ralph Matthew zu der Beerdigung eingeladen hatte. Daher war nicht vorherzusagen, wie sie ihren Besucher empfangen würde. »Warum sprichst du nicht selbst mit ihr?«, schlug Ralph vor. »Sie ist mit Libby irgendwo im Garten. Sie sprachen vorhin davon, den Brokkoli auszupflanzen, den Oliver im Treibhaus aus Samen gezogen hatte.«

»Wenn du glaubst, ich störe nicht?«, sagte Matthew.

»Überhaupt nicht. Komm, lass uns sehen, ob wir sie finden können!«

Sie hatten gerade die Hausseite erreicht, an der die Kletterrosen am üppigsten wuchsen, da sie dort die meiste Sonne bekamen, als Ralph plötzlich stockte. Er wusste, dass es ihm nicht zustand und dass er und Jo sich schon mehr als genug eingemischt hatten, doch der fürsorgliche Vater in ihm konnte der Versuchung einfach nicht widerstehen: Er musste sich selbst davon überzeugen, was Matthews Absichten Saskia gegenüber waren. Allein die Tatsache, dass er mit dem Notizbuch gekommen war, damit sie es lesen konnte, war eine sehr nette Geste seinerseits. Aber war es die Geste eines Freundes oder eines Mannes, der mehr sein wollte als ein Freund? Und war Matthew überhaupt in der Lage, mehr als nur ein Freund zu sein?

»Was hast du?«, wollte Matthew wissen.

Ohne es zu merken, war Ralph stehen geblieben. Jetzt sah er Matthew an und rang mit sich. Da er ihn jedoch nicht einfach rundheraus fragen konnte, ob er ein falsches Spiel mit seiner Tochter trieb, begnügte er sich mit einer warnenden Bemerkung. »Vielleicht ist es ja bloß ein Missverständnis, aber ich finde, du solltest wissen, dass du Saskia verärgert hast.«

Seinem Gesichtsausdruck nach zu urteilen, war das das Letzte, was Matthew zu hören erwartet hatte. »Womit?«, entgegnete er. »Was habe ich ihr getan?«

»Vielleicht solltest du sie das besser selbst fragen.«

»Weißt du denn, was sie verärgert hat?«

Sogar noch peinlicher berührt, schüttelte Ralph den Kopf. »Ich hätte den Mund halten sollen, aber als ihr Vater möchte ich dich nur bitten, völlig aufrichtig zu Saskia zu sein. Kannst du das, Matthew? Denn wenn du es nicht kannst, solltest du nicht hier sein, finde ich. Schon gar nicht in einer Zeit wie dieser.«

Matthew, der Ralphs Blick jetzt auswich, wechselte das Notizbuch von seiner rechten Hand in die linke und dann wieder in die rechte. »Es gibt etwas, das ich mit Saskia besprechen möchte«, sagte er langsam, »doch ich glaube nicht, dass dies der richtige Moment wäre.«

»Vielleicht solltest du sie das selbst beurteilen lassen.«

Sie gingen weiter. »Wenn ich Saskia verärgert habe«, sagte Matthew, »darf ich dann fragen, warum du mich zu Olivers Begräbnis eingeladen hast? Das ist doch irgendwie merkwürdig, finde ich.«

»Die Idee stammte eigentlich von meiner Schwester, die aus Kanada zu Vaters Beerdigung hergeflogen ist. Ich wusste nichts davon, aber anscheinend hatte Oliver Jo viel von dir erzählt, und jetzt ist sie neugierig und will selbst sehen, was er so an dir mochte.«

»Das klingt ja, als stünde ich auf dem Prüfstand«, bemerkte Matthew stirnrunzelnd. »Ist das so?«

Oh, verdammt!, dachte Ralph. Er selbst hatte den Weg dafür bereitet. Das war sein Problem; er war einfach ehrlicher, als ihm guttat, und im Moment vermasselte er es mal wieder gründlich. Er würde von Saskia etwas zu hören bekommen, falls sie Wind von diesem Gespräch bekam. Andererseits jedoch schien Matthew aufgrund seiner Reaktion gerade wirklich nicht ganz aufrichtig zu ihnen gewesen zu sein. Aber wie sollte er dem jungen Mann erklären, warum seine Schwester sich ein Urteil über ihn bilden wollte, ohne durchblicken zu lassen, dass er, Harvey und Oliver große Hoffnungen für Matthew und Saskia gehegt hatten?

»Was meine Schwester angeht, stehen wir alle auf dem Prüfstand«, erwiderte er und versuchte, möglichst rätselhaft zu klingen.

Sie fanden Saskia allein im Gemüsegarten, wo sie mit einer

Pflanzkelle in der Hand und einem Tablett Sämlingen neben sich vor den Beeten kniete. Sie wirkte sehr überrascht, Matthew zu sehen.

»Matthew hat dir etwas mitgebracht, Saskia«, sagte Ralph. Ohne abzuwarten, wie die Dinge sich weiterentwickeln würden, murmelte er etwas davon, Libby finden zu müssen, und trat schnell den Rückzug an.

Die Kelle noch in der Hand, stand Saskia auf und klopfte sich die Erde von den fleckigen Knien ihrer Jeans. Saskia sah alles andere als erfreut aus.

Im Hinblick darauf, was Ralph ihm gerade gesagt hatte, war Matthew plötzlich nervös und bezweifelte, ob es klug gewesen war hierherzukommen. Wenn er es nicht besser wüsste, würde er meinen, dass Saskia und ihr Vater von Fliss wussten. Aber wie sollten sie von ihr erfahren haben? »Ich habe dir Jacobs zweites Notizbuch mitgebracht«, begann er. »Ich weiß, dass du im Augenblick andere Dinge im Kopf hast, doch ich dachte, es könnte dir vielleicht als Ablenkung dienen.«

»Danke«, sagte sie, ohne Anstalten zu machen, das Buch von ihm anzunehmen. »Aber halte du es lieber noch einen Moment. Meine Hände sind ganz schmutzig.« Sie klopfte mit der Pflanzkelle gegen ihre Handfläche. Matthew wusste nicht, ob die Geste ihre Bemerkung nur unterstreichen sollte oder ob sie als subtile Drohung an ihn zu verstehen war – eine falsche Bewegung seinerseits, und sie würde ihm die Kelle über den Kopf ziehen!

»Wie geht es dir?«, fragte er, um etwas zu sagen. Die Frage war absurd. Schließlich konnte er sehen, dass der Kummer ihr die Lebenskraft genommen hatte – ihr Haar war straff zurückgebunden, ihr Gesicht war matt und blass und die Haut unter ihren Augen geschwollen. Außerdem sah sie so übermüdet aus, als hätte sie schon seit sehr langer Zeit nicht mehr richtig geschlafen.

»Es ging mir schon mal besser«, antwortete sie unverbindlich.

»Und Harvey? Wie geht es ihm?«

»Es hat ihn schwer getroffen. Oliver und er waren wie Brüder.« Ihr Blick löste sich von Matthew und glitt über den Garten und das Haus dahinter. »Hier scheint alles viel stiller zu sein ohne Grandpa O.«, sagte sie, und ihre Stimme war plötzlich sanft und ohne jede Schärfe. »Ich erwarte ständig, ihn in meiner Werkstatt zu sehen oder hier draußen im Garten beim Zusammentreiben der Hühner.«

»Ich kenne das Gefühl«, sagte Matthew. »Auch ich rechne andauernd damit, Jacob in der Bibliothek am Kamin sitzen zu sehen, und nach all dieser Zeit gibt es immer noch Momente, in denen ich denke, ich müsste meine Mutter anrufen, um ihr etwas zu erzählen.« Er machte eine kurze Pause. »Dein Vater erwähnte, dass deine Tante gekommen ist. Zur Beerdigung«, fügte er unnötigerweise hinzu.

Saskias blaugraue Augen wandten sich ihm wieder zu. »Ja, sie hat uns alle an die Kandare genommen. In diesen Dingen ist sie sehr gut. Sie war genauso, als meine Mutter und Großmütter starben. Es ist schon komisch, wie gut manche Menschen von ihrer Natur her eine Krise zu meistern verstehen.«

Matthew nickte und wappnete sich innerlich. Er hatte nie vorgehabt, Saskia von Fliss zu erzählen; allenfalls hatte er sagen wollen, sie sei eine Freundin gewesen. Aber nach Ralphs Worten – *du hast Saskia verärgert … sei völlig aufrichtig zu ihr …* – fühlte er sich gezwungen, diesen Rat zu befolgen. »Es gibt etwas, das ich gern mit dir besprechen würde, Saskia«, begann er, »doch wenn du es lieber ein andermal tun würdest, wenn … wenn du geneigter bist zu reden, kann es warten.«

»Das kommt darauf an, was du mit mir besprechen willst.«

Er ließ den Blick über den Garten gleiten, durch den in voller Blüte stehenden Obstgarten und zu dem Zaun hinunter, auf dem sie an jenem denkwürdigen Ostersonntag gesessen hatten. »Könnten wir dort hinten reden?«

In dem angenehm warmen Sonnenschein gingen sie schweigend durch das noch nasse Gras zum Ende des Gartens hinunter. Als sie auf dem Zaun saßen, sagte Matthew: »Ich fürchte, ich war nicht hundertprozentig aufrichtig zu dir, Saskia.«

»Ich weiß.«

»Ach ja? Aber woher?«

»Ein Freund von mir, der in diesen Dingen ein Experte ist, meinte, dass du dich wie ein Mann verhältst, der bereits eine Beziehung hat. Bist du verheiratet?«

»*Nein!*«

»Aber du bist mit jemandem zusammen. Du hast eine Freundin, eine Partnerin, eine Lebensgefährtin oder wie immer du sie auch nennen willst. Oder ist es vielleicht sogar ein Er?«

»Es ist eine Frau. Und sie *war* meine Freundin. Wir hatten uns nach Jacobs Tod getrennt … und dann nahmen wir unsere Beziehung kurz vor Ostern wieder auf.«

»Also wart ihr wieder zusammen, als du mich geküsst hast?«

»Ja.«

»Das war nicht sehr nett von dir. Weder ihr noch mir gegenüber.«

»Ich weiß. Ich kam mir schrecklich mies vor, als ich an jenem Abend von hier wegfuhr.«

»Doch nicht mies genug, um mir die Wahrheit zu sagen«, gab sie vorwurfsvoll zurück.

»Ich war verwirrt. Ich hatte angenommen, es sei das Richtige, wieder mit Fliss zusammen zu sein. Dann jedoch wurde mir klar, dass ich mich geirrt hatte.«

»Und wie kam es zu diesem Sinneswandel?«

»Wenn ich ehrlich sein soll, waren es mehrere Dinge, aber vor allem du hattest sehr viel damit zu tun.«

»Du versuchst doch jetzt nicht etwa, mir die Schuld zu geben, oder? Denn das würde ich dir echt nicht raten.«

»Niemand außer mir ist schuld daran«, gab er zu. »Mea culpa.«

»Wie steht es denn jetzt zwischen dir und Fliss?«, fragte Saskia, nachdem sie einen Moment lang den Schmutz unter ihren Fingernägeln betrachtet hatte.

»Es ist vorbei. Und bevor du fragst, ja, ich war ganz ehrlich zu ihr und habe ihr gestanden, dass ich sie hintergangen hatte.«

»Hast du ihr von mir erzählt?«

»Ich habe deinen Namen nicht erwähnt, aber zugegeben, dass ich dich geküsst hatte.«

»Hast du ihr auch gesagt, dass du meine Familie ganz bewusst hinters Licht geführt hast und nie von einer Freundin sprachst? Kein einziges Mal?« Verächtlich schüttelte sie den Kopf. »Ich habe den Eindruck, dass du sehr selektiv sein kannst mit dem, was du tust und sagst.«

Sind wir das nicht alle, wenn wir es sein wollen?, hätte Matthew am liebsten erwidert, doch er wusste, dass das seiner Sache nicht gerade dienlich sein würde. »Ich habe wirklich keine Erklärung dafür, die mein Handeln rechtfertigen würde, aber an jenem Tag mit dir und deiner Familie hier zu sein … das fühlte sich für mich so an, als wäre ich irgendwohin geflohen, wo es still ist, friedlich und völlig anders als in der Welt, in der ich normalerweise lebe. Ich mochte das Gefühl, das es mir gab. Ich hatte das noch nie irgendwo anders oder *mit* irgendjemand anders erlebt.« Er hielt inne, um dann hinzuzufügen: »Und, was vielleicht das Wichtigste von allem ist, ich war sehr, sehr gern mit dir zusammen.«

Sie wandte sich ihm zu und bedachte ihn mit einem langen, durchdringenden Blick, als schätzte sie ihn ab, wie sie vielleicht ein Buch abschätzen würde, das restauriert werden musste. »Nichts von alldem gibt dir das Recht, Menschen irrezuführen«, sagte sie schließlich.

»Das stimmt. Aber ich kann dir versichern, dass ich vorher noch nie eine Freundin hintergangen hatte. Das war das erste und das letzte Mal, und ich bin nicht stolz darauf.«

»Und nun, da du dir das alles von der Seele geredet hast, sag mir, was du von mir willst.«

Das war eine gute Frage. »Wenn du damit einverstanden wärst«, erwiderte er, »würde ich mit dir gern noch mal von vorn anfangen. Ich würde mir wünschen, dass wir mehr Zeit miteinander verbringen, um uns besser kennenzulernen.«

»Warum? Damit du herausfinden kannst, ob ich es wert war, die arme Fliss meinetwegen abzuservieren? Und wenn du dann erkennst, dass du einen Fehler gemacht hast, wirst du zu ihr zurückkehren und sie um Verzeihung bitten? Hast du es dir so vorgestellt?«

Das war nicht die Antwort, die er sich erhofft hatte, aber andererseits hatte er ja auch nicht vorgehabt, ihr am Ende alles zu gestehen. »Nein«, sagte er entschieden, »das wird nicht geschehen. Es ist definitiv vorbei mit Fliss.« Verlegen fuhr er sich mit einer Hand durchs Haar. »Ich bereue es, dass ich nicht ehrlich zu dir war. Das ist die Wahrheit. Glaubst du, dass du mir verzeihen kannst?«

Sie nickte langsam. »Ich bin nicht nachtragend, aber die Frage, die ich mir selbst stellen muss, ist: Kann ich dir vertrauen? Wer kann schon sagen, ob du jetzt ehrlich zu mir bist und ob du es auch in Zukunft sein wirst? Vielleicht bist du ja ein unverbesserlicher Lügner.«

»Ich versichere dir, dass ich jetzt nicht lüge. Aber ich kann sehen, dass du Zeit brauchst, um über das Gesagte nachzudenken. Warum belassen wir es also nicht erst mal dabei? Und falls du mich dann gern wiedersehen würdest, weißt du, wie du mich erreichen kannst. Fühl dich nicht unter Druck gesetzt. Und wenn es dir lieber wäre, mich nicht bei der Beerdigung deines Großvaters zu sehen, brauchst du es nur zu sagen. Übrigens erklärte mir dein Vater, warum ich eingeladen wurde, dass es wegen deiner Tante war, die …«

»Er hat *was* getan?«, unterbrach sie ihn scharf.

»Er erzählte mir, dass deine Tante mich offenbar genau unter die Lupe nehmen will.«

Saskias blasses Gesicht lief rot an. »Wie kommt er dazu, so etwas zu erzählen!«

»Ich hatte das Gefühl, dass er sich das auch fragte, sowie die Worte heraus waren. Warum sollte deine Tante an mir interessiert sein?«

»Keine Ahnung«, erwiderte Saskia schulterzuckend und wandte sich ab, um einem Schwalbenpärchen bei seinem eleganten Flug über die Wiese vor ihnen zuzusehen.

Doch Matthew blieb beharrlich. »Bist du sicher?«

Sie ließ die Beine baumeln und klopfte mit den Absätzen ihrer Schuhe leicht gegen den Zaun. »Na schön«, meinte sie schließlich. »Wenn du es unbedingt wissen willst, werde ich es dir sagen. Es ist, weil wir dich alle mochten. Aber als du von der Bildfläche verschwandest und wir nichts mehr von dir hörten, vermuteten wir, dass du uns belogen hattest. Ich glaube, am meisten enttäuscht von dir war Oliver.« Sie lächelte traurig. »Und ich schäme mich schon fast, es zuzugeben, doch für den Fall, dass wir nach Bletchley gefahren wären, hatten meine Großväter den heimtückischen Plan gefasst, dich ordentlich ins Verhör zu nehmen und dich, falls nötig, mächtig in Verlegenheit zu bringen für deine Täuschung. Der Vollständigkeit halber muss ich jedoch hinzufügen, dass sie dir auf jeden Fall einen Vertrauensvorschuss geben wollten.«

»Den ich nicht verdiente.«

»Allerdings nicht«, murmelte sie.

»Ich bedaure vieles, doch ganz besonders leid tut mir, dass ich dich und deine Familie enttäuscht habe.«

Sie ließ seine Bemerkung in der Luft hängen, und Matthew respektierte es und schwieg.

Die friedliche, nur von dem Gesang der Vögel und dem leisen Gurren einer Holztaube unterbrochene Stille hielt für einige Minuten an, und Matthew spürte wieder einmal die beinahe magische Anziehungskraft dieses Ortes und das Gefühl der Gelassenheit, die das Hiersein ihm verlieh. Oder war es Saskias magische Anziehungskraft, die er spürte?

»Mochte Oliver mich, weil er dachte, dass du und ich uns gut verstehen würden?«, fragte er.

Saskia betrachtete ihn eine Weile schweigend, dann sagte sie: »Ob er es dachte oder nicht, ist irrelevant; was zählt, ist das, was *ich* denke, meinst du nicht?«

»Aber dachte er es?«, beharrte Matthew.

Saskia seufzte. »Wenn es nach ihm gegangen wäre, hätte er sich als Cupido verkleidet und Pfeile auf dich abgeschossen. Doch so, wie die Dinge liegen, hätte er dich wahrscheinlich ins Gesicht geschlagen, weil du mich belogen hast.«

Matthew konnte nicht umhin zu lächeln. »Er war ein bemerkenswerter alter Herr, nicht wahr?«

»Oh ja, das war er. Und störrisch wie ein Esel, wenn er sich etwas in den Kopf gesetzt hatte. Aber ich habe ihn sehr lieb gehabt.« Ihre Stimme schwankte, und Saskia schürzte die Lippen und senkte den Kopf.

Matthew, der ihren Kummer nicht mitansehen konnte, riskierte es, einen Arm um sie zu legen. Sie versteifte sich bei seiner Berührung, und für den Bruchteil einer Sekunde dachte er daran, den Arm zurückzuziehen, ließ ihn dann aber, wo er war. »Wenn es dir danach besser ginge, könntest du mich ja auch an Olivers Stelle ins Gesicht schlagen«, sagte er leichthin.

Sie hob den Kopf. »Vielen Dank auch, aber so verlockend dieses Angebot auch ist, verzichte ich doch lieber.« Dann fuhr sie fort: »Weißt du, wie es ist, eine so tiefe Trauer zu verspüren, dass es sich so anfühlt, als lastete ein großes Gewicht auf deinem Herzen?«

»Ja«, erwiderte er schlicht. »Ich habe das schon zweimal erlebt, zuerst, als meine Mutter starb, und später dann bei Jacob.«

Saskia seufzte. »Ich werde das Gefühl nicht los, dass wir besser dran wären, ohne die Liebe eines Menschen leben zu können. Es würde uns so viel Kummer und Leid ersparen.«

»Glaubst du nicht, dass diese Art von Schmerz zu erfahren uns zu besseren Menschen macht? Stärker, mitfühlender und eher fähig, das Leiden anderer nachzuempfinden?«

Saskias Blick suchte den seinen und blieb mit einer solchen Traurigkeit auf ihn gerichtet, dass Matthew wünschte, sie auf andere, bessere Weise trösten zu können. Doch ohne ihm zu antworten, wandte sie sich ab und starrte wieder auf das Feld hinaus.

Nach einer Weile ließ er Saskia mit Jacobs Notizbuch am Ende des Gartens sitzen und fuhr nach Glaskin House zurück, um seine Sachen zu holen und nach Cambridge weiterzufahren.

Kapitel 60

Es war der Tag der Beerdigung, und Saskias einziger Wunsch war ihr erfüllt worden: Es regnete nicht.

Kaum ein Windhauch regte sich in der kühlen Morgenluft, und in der Sonne, die von einem blassen, wolkenlosen Himmel herunterschien, stapfte sie in den alten Gummistiefeln ihres Großvaters durch das vom Tau noch feuchte Gras zum Hühnerstall hinüber. Sie waren viel zu groß für sie, sogar mit dicken Socken, aber ihr gefiel der Gedanke, im wahrsten Sinne des Wortes in Grandpa O.'s Fußstapfen zu treten.

Seit er nicht mehr lebte, waren die Hühner nicht mehr sie selbst. Sie legten weniger Eier, und eines Abends hatte eine der Hennen Auntie Jo sogar böse in den Knöchel gepickt, als Jo und Saskia die Tiere in den Stall gescheucht hatten. Trauer bewirkte so etwas; sie konnte zu einem ganz untypischen Verhalten führen. Sie stürzte einen aus großer Höhe in eine aus den Fugen geratene Welt hinab, wo man in einem Zustand wütender Verwirrung Dinge sagte, dachte oder tat, die einem normalerweise nicht einmal in den Sinn kämen.

Die Hennen begrüßten Saskia mit leichter Neugierde und überließen ihr drei Eier – also immerhin schon eins mehr als noch am Vortag. Sie versuchte, zu ihnen zu sprechen, wie ihr Großvater es getan hatte, während er sie aus seiner Hand fressen ließ. Doch sie hatten offenbar kein Interesse an dem, was sie zu sagen hatte. Viel spannender waren die Stiefel, die sie trug: Als würden die Hühner sie erkennen, scharten sie sich um ihre Füße und pickten an dem Gummi herum.

Ihre Tante hatte sie auf die Idee gebracht, die Stiefel ihres

Großvaters anzuziehen, in der schwachen Hoffnung, dass ihr vertrauter Anblick und Geruch die Hennen beruhigen würden. Eine solche Idee hätte Saskia von ihrer Tante, einer Frau ohne jedes Zartgefühl gegenüber Tieren, nicht erwartet. Schließlich hatte Auntie Jo sogar gedroht, die Henne, die es gewagt hatte, sie in den Knöchel zu zwicken, in den Backofen zu stecken.

Die drei Eier vorsichtig an die Brust gedrückt, streifte Saskia an der Hintertür die Stiefel ab und behielt die dicken Socken an, auf denen sie in die Küche tappte, wo sie ihre Tante und Harvey bei einem Gespräch über die Bewirtung der heute zu erwartenden Gäste antraf. Es war Harvey nicht leichtgefallen, seinen Herrschaftsbereich zu teilen, schon gar nicht mit jemandem, der so geradeheraus wie Auntie Jo war, aber er hatte es bereitwillig getan. Vielleicht war er insgeheim ja auch froh über ihre Hilfe; schließlich war es eine Menge Arbeit für jemanden in seinem Alter. Doch Harvey hätte natürlich nie zugegeben, es nicht allein schaffen zu können.

»Kann ich noch irgendwie helfen?«, fragte Saskia, obwohl sie die Antwort bereits kannte.

»Ja«, sagte ihre Tante, »du kannst abschwirren, Kleines, wir haben hier alles im Griff.«

»Und wie wär's, wenn ich für uns alle Frühstück mache?«, versuchte sie es erneut.

»Nein, du würdest uns nur im Weg sein. Nimm dir eine Schale Müsli oder eine Scheibe Toast und verschwinde.«

Harvey wechselte einen leidgeprüften Blick mit Saskia, der mehr als deutlich besagte, wie froh er sein würde, wenn all das vorbei war und sie ihr normales Leben wiederaufnehmen konnten.

Saskia schenkte ihm ein verständnisvolles Lächeln und ging zum Toaster. Sie hatte gerade eine Scheibe Brot hineingeschoben, als Onkel Bob erschien. Er war gestern Nachmittag angekommen, und seine Anwesenheit hier diente ihnen als Puffer gegen Auntie Jo. Vom Charakter her war er das genaue Gegenteil seiner Frau, ein Mann mit angenehm leiser Stimme, den man nur schwer verärgern konnte und der einen wunderbar trockenen Humor besaß. Diesen Humor wandte er in seiner Ehe sehr sinnvoll an, einer Ehe, in der er, von außen betrachtet, nur sehr wenig Gewicht zu haben schien. Doch der Schein trog; in Wirklichkeit war Bob der ruhende Pol und stabilisierende Einfluss in der Partnerschaft. Aufgrund seines Humors und seiner ruhigen, unbeirrbaren Überzeugungskraft war er der einzige Mensch, an den Auntie Jo sich um Rat wandte und auf den sie sich verließ. Grandpa O. hatte einmal gesagt, dass Jo ohne Bob an ihrer Seite völlig verloren wäre, weil er ihr ganzer Rückhalt war.

»Herrgott noch mal – nicht noch jemand, der uns ins Gehege kommt!«, rief Auntie Jo, als sie ihn sah.

»Auch dir einen schönen guten Morgen, Liebste«, sagte Bob.

Sie knallte eine große Schüssel auf den Tisch. »Spar dir deinen Sarkasmus, Bob, ich habe heute keine Zeit dafür!«

»Toast, Onkel Bob?«, fragte Saskia ihn.

Indem er einen großen Bogen um seine Frau machte, ging er zu Saskia hinüber. »Das wäre wunderbar. Ich brühe uns derweil Kaffee auf, okay?«

»Perfekt. Haben Dad und Libby sich schon blicken lassen?«

»Ich glaube, sie verstecken sich im Bett, um der Gefahr hier unten aus dem Weg zu gehen«, erwiderte Bob mit gedämpfter Stimme.

»Bob Cranshaw, das habe ich gehört!«

Eine Stunde, bevor sie in der Kirche sein mussten, war Saskia in ihrem Schlafzimmer und zog sich um. Als sie vor ein paar Tagen ihren Kleiderschrank durchforstet und erkannt hatte, dass sie nichts Passendes für die Beerdigung besaß, war sie mit Libby in Long Melford einkaufen gegangen. Nachdem sie nahezu alles verworfen hatte, was sie sah, hatte sie sich schließlich für ein schwarzes Kleid mit weitem Rock entschieden, das mit kleinen roten und pinkfarbenen Rosenknospen bestickt war. In einem anderen Geschäft hatten sie eine kurzärmelige schwarze Strickjacke gefunden, und zum Schluss hatte Libby noch ein Paar rote Ballerinas aus feinem Wildleder entdeckt, die perfekt zu dem Outfit passten. Die Schuhe waren unverschämt teuer, aber Libby hatte darauf bestanden, sie Saskia zu schenken.

Während sie nun vor dem Spiegel stand, ihr Haar durchbürstete und überlegte, ob sie es offen oder zu einem Zopf gebunden tragen sollte, fragte Saskia sich, ob Matthew zu der Beerdigung kommen würde. Sie hatte ihm nicht gerade das Gefühl gegeben, willkommen zu sein, als sie am vergangenen Sonntag miteinander geredet hatten. Aber was konnte er auch anderes erwarten? Schließlich hatte er vorgegeben, etwas zu sein, was er nicht war.

Nachdem er gefahren war, war ihr Vater zu ihr an den Zaun gekommen, wo sie ihm alles erzählt hatte, was Matthew gesagt hatte. »Zumindest war er jetzt ehrlich zu dir«, hatte Dad bemerkt.

»Aber war er das auch wirklich?«, hatte Saskia entgegnet. »Wie soll ich das wissen?«

»Das wirst du nie wissen, solange du nicht beschließt, ihn besser kennenzulernen.«

»Vielleicht will ich ihn ja nicht besser kennenlernen.«

»Und das ist dein gutes Recht und ganz allein deine Entscheidung. Aber vergiss nicht, warum er hergekommen ist. Er hat dir Jacob Belinskys Buch gebracht. Das zumindest können wir ihm doch positiv anrechnen, nicht?«

Den letzten Teil von Jacobs und Kittys Geschichte ausgerechnet am Abend vor Grandpa O.'s Beerdigung zu lesen war ein alles andere als aufmunternder Zeitvertreib gewesen, aber Saskia war dennoch froh, es getan zu haben. Und ihr Vater hatte recht, sie *war* Matthew dankbar, dass er ihr das Buch gebracht hatte.

Als sie von Kittys tragischem Tod gelesen hatte, war sie von Jacobs enormem Verlust zutiefst bewegt gewesen und hatte sehr gut nachempfinden können, wie er sich für den Rest seines Lebens auf ihn ausgewirkt haben musste – so wie auch ihr Vater und ihre Großväter mit dem Verlust der Frauen, die sie liebten, hatten leben müssen. Ihr erster Gedanke war gewesen, dass es nur wieder bekräftigte, was sie Matthew zu erklären versucht hatte: dass es ein zu großes Risiko war, einen anderen Menschen zu lieben, wenn es einen selbst so anfällig dafür machte, verletzt zu werden. Aber dann hatte sie an Jacobs Erklärung gedacht, dass er die Qual, in die Kittys Verlust ihn gestürzt hatte, gern noch einmal durchleiden würde, wenn es bedeutete, dass er auch ihre glücklichen Zeiten miteinander noch einmal durchleben konnte. Und das konnte nur die Definition von aufrichtiger, selbstloser Liebe sein, nahm Saskia an.

Ein Klopfen an der Tür riss sie aus ihren Gedanken. »Bist du so weit?«

Sie öffnete ihrem Vater die Tür. »Fast«, sagte sie. »Was meinst du? Wäre Grandpa O. zufrieden?«

»Du siehst sehr hübsch aus«, antwortete er, »und Grandpa O. wäre mehr als nur zufrieden.« Selbst sehr elegant mit einem dunkelgrauen Anzug mit weißem Hemd und schwarzer Krawatte bekleidet, ging er zu dem Lehnstuhl am Fenster und setzte sich. »Wir dachten, wir sollten noch etwas trinken, bevor wir aufbrechen. ›Etwas, das uns den Rücken stärkt‹, wie Harvey es ausdrückte.«

»Das ist sicher eine gute Idee«, sagte Saskia. »Solange wir in der Kirche nicht nach Schnaps stinken und nur noch lallend der Messe folgen können.«

Ihr Vater lächelte. »Glaubst du nicht auch, dass Oliver sich köstlich amüsieren würde, wenn seine Familie sturzbetrunken dort erschiene?«

Erfreut darüber, dass ihr Vater von Grandpa O. so sprach, als lebte er noch, sah sie lächelnd zu, wie er nach dem Notizbuch griff, das noch auf ihrem Nachttisch lag. »Hast du es schon ausgelesen?«, fragte er.

»Gestern Abend.«

»Es hatte wohl kein gutes Ende, schätze ich mal.«

»Leider nicht. Sie standen kurz vor ihrer Hochzeit, als Kitty während eines Bombenangriffs auf London umkam. Und sie erwartete auch noch ein Kind.«

Ihr Vater legte das Notizbuch auf den Nachttisch zurück und zupfte mit nachdenklicher Miene an seiner Krawatte, die er nur selten trug. Sein ernster Gesichtsausdruck war Saskia jedoch nur allzu gut vertraut.

»Beschäftigt dich irgendetwas, Dad?«, fragte sie. »Vom Offensichtlichen mal abgesehen, meine ich?«

Er ließ von der Krawatte ab. »Ja. Ich habe über Matthew nachgedacht.«

»Warum?«

»Wegen Dad. Er irrte sich selten in einem Menschen, und er mochte Matthew.«

»Aber er kannte ihn doch kaum.«

»Manchmal muss man jemanden nicht lange kennen, um zu wissen, dass man ihn mag.«

»Und der erste Eindruck täuscht des Öfteren.«

Ihr Vater stand auf und strich seine Hosenbeine glatt. Weil das Fenster so niedrig war, beugte er sich ein wenig vor und starrte in den Garten hinaus. Dabei wandte er Saskia den Rücken zu. »Als ich deine Mutter kennenlernte, wusste ich innerhalb von Sekunden, dass sie die einzig Richtige für mich war«, sagte er schließlich. »Es war Liebe auf den ersten Blick.«

»Ich weiß«, antwortete Saskia leise, »das hast du mir schon oft erzählt. Und auch, dass sie zu der Zeit mit jemand anders verlobt war.« Ihr Vater drehte sich zu ihr um. »Ich wusste, dass es falsch war, doch obwohl sie mir gerade erst gesagt hatte, dass ihr Verlobter im selben Raum mit uns war, versuchte ich dennoch, mit ihr anzubandeln. Und ich war auch noch unerträglich arrogant dabei. Ich war mir völlig sicher, dass sie mich unwiderstehlich finden und für einen weitaus besseren Mann halten würde als den, den sie zu heiraten gedachte.«

Saskia lächelte. »Ein Glück für dich, dass sie dann genauso dachte. Aber worauf willst du hinaus?«

»Was ich dir klarzumachen versuche, ist: Wenn man sich zu einem Menschen hingezogen fühlt, vergisst man manchmal alle Spielregeln, an die man sich halten sollte, und überschreitet Grenzen, von denen man weiß, dass sie nicht überschritten werden sollten.«

»Was bedeutet, dass ich Matthew verzeihen sollte, dass er mich belogen hat?«

»Was bedeutet, dass er einen Fehler gemacht hat. Er hätte ehrlich zu dir sein müssen, aber das war er nicht. Er hat eine Grenze überschritten, und das bereut er jetzt. Es wäre furchtbar schade, wenn du nun einen Entschluss fassen würdest, der dir eines Tages vielleicht leidtäte.«

»Das klingt ja, als würde ich in meinem Leben nur diese eine Chance haben«, sagte Saskia, und da sie sich in die Enge getrieben fühlte, fügte sie hinzu: »Sieh dich und Libby an! Ihr habt eine zweite Chance bekommen.«

»Ja, aber wie viele Jahre musste ich darauf warten? Sieh mal, es ist für mich sehr offensichtlich, dass Matthew sich zu dir hingezogen fühlt und du ihn auch mochtest, bevor dein Verdacht geweckt wurde. Warum gibst du ihm also nicht einen Vertrauensvorschuss und eine zweite Chance, dir zu beweisen, dass er nicht so schlecht ist, wie du glaubst?«

Von unten drang Auntie Jos unverwechselbare Stimme herauf: »Kommt ihr zwei denn überhaupt noch mal auf einen Drink herunter?«

Ralph lächelte und legte eine Hand auf Saskias Schulter. »Komm«, meinte er. »Wir sollten uns lieber sputen, oder sie wird uns für den Rest des Tages wie unartige Kinder in der Ecke stehen lassen.«

Saskia bemerkte Matthew nicht, bis sie draußen auf dem Friedhof waren und sich um den Sarg herum aufstellten, um den furchtbaren Moment zu erwarten, wenn er in die Erde herabgelassen wurde. Oliver hatte stets betont, dass er nicht eingeäschert werden wollte, wenn es so weit war. Als Kind hatte er unter Albträumen gelitten, bei lebendigem Leibe verbrannt zu werden, und nur äußerst widerstrebend hatte er sich den ihm bekannten Wunsch seiner Frau gefügt, dass sie nach ihrem Tode eingeäschert werden wollte. Ihre Asche war zusammen mit der von Harveys Frau und Saskias Mutter auf diesem Friedhof beigesetzt worden, als sie nach Melbury Green gezogen waren, und jetzt würde Oliver hier neben ihnen zur letzten Ruhe gebettet werden. Saskia ertrug es nicht, darüber nachzudenken, wer von ihnen der Nächste sein würde.

Sie war gerade verzweifelt bemüht, den Sarg nicht ansehen zu müssen, als sie Matthew entdeckte. Er stand ein wenig entfernt von allen anderen im Schatten eines überhängenden Astes. Im ersten Moment – und vielleicht, weil er sich das Haar gnadenlos kurz hatte schneiden lassen und Anzug und Krawatte trug – erkannte sie ihn nicht, denn er wirkte völlig verändert. Die meisten Männer sahen älter aus, wenn sie einen Anzug trugen, doch aus irgendeinem Grund schienen die Jahre von Matthew abgefallen zu sein, und er hätte als Hochschulabsolvent vor einem Bewerbungsgespräch durchgehen können. Saskia fragte sich, ob ihm das in seinem Beruf nicht schaden mochte, weil er vielleicht nicht ernst genug genommen wurde. Oder gereichte es ihm sogar zum Vorteil? Die Leute dazu zu bringen, ihn und seine Fähigkeiten zu unterschätzen, war wahrscheinlich ein zusätzlicher Trumpf, den er im Ärmel hatte. Die Frage war, ob sie Matthew unterschätzt hatte. Oder hielt er sie zum Narren?

Er schaute mit solch hoch konzentrierter Miene auf den Boden, als versuchte er, sich an etwas Wichtiges zu erinnern. Oder war er in tiefem Gebet versunken? War er der Typ, der betete? Plötzlich hob er abrupt den Kopf, sah sie direkt an und ertappte sie dabei, wie sie ihn anstarrte. Sofort stieg ihr eine heiße Röte in die Wangen, und Saskia riss den Blick von ihm los und richtete ihn so fest auf Grandpa O.'s Sarg, als wäre es ihr eigener, der gerade in die Erde hinabgelassen wurde. Im selben Moment griffen ihr Vater und Harvey links und rechts von ihr nach ihren Händen, und vereint in ihrer Liebe zu einem einzigartigen und ganz wunderbaren Mann standen sie alle drei in feierlichem Schweigen da.

Als es vorbei war und die Trauergäste in kleinen Gruppen herumstanden und sich leise unterhielten, beugte Auntie Jo sich zu Saskia vor. »Ist das Matthew Gray dort drüben«, flüsterte sie, »der so aussieht, als wollte er schon gehen?«

»Ja«, antwortete Saskia.

»Aber das kann er doch nicht machen! Ich hatte doch noch keine Gelegenheit, mit ihm zu sprechen!«

Saskia legte eine Hand auf den Arm ihrer Tante, um sie zurückzuhalten. »Vielleicht ist es besser, wenn du es nicht tust.«

»Unsinn! Das bin ich meinem Vater schuldig.«

Außerstande, sie aufzuhalten, sah Saskia ihrer Tante nach, die entschlossenen Schrittes wie eine auf Rache sinnende, nur aus einer Frau bestehende Armee den Friedhof überquerte. Für einen verrückten Moment war Saskia versucht zu lachen. Das war kein gutes Zeichen. Trauer, die sich in Form von hysterischem Gelächter äußerte, war hier ganz und gar nicht angebracht. Und so riss sie sich zusammen und ging zu ihrem Onkel Bob, um ihm Gesellschaft zu leisten.

»Ist das der junge Mann, über den alle ständig reden?«, fragte er und blickte zu seiner Frau hinüber, die Matthew schon fast erreicht hatte.

»Ich weiß nicht, warum er so im Mittelpunkt des allgemeinen Interesses steht, und das auch noch ausgerechnet heute«, murmelte Saskia.

»Entschuldige«, bat ihr Onkel. »Das war natürlich übertrieben.«

»Ich wünschte, das würde stimmen, aber ich fürchte, aus irgendeinem unerklärlichen Grund haben gewisse Leute es sich in den Kopf gesetzt, dass wir perfekt zusammenpassen.«

»Wäre es denn so schlimm, es zu probieren?«

»Oh, fang du jetzt bitte nicht auch noch damit an!«

Er hob beschwichtigend die Hände. »Ich spiele nur den Advocatus Diaboli. Ganz im Gegensatz zu deiner Tante Jo, die so aussieht, als hätte sie deinen Freund schon gefährlich in die Enge getrieben.«

»Lass uns zum Haus zurückfahren!«, schlug Saskia vor, um sich nicht fragen zu müssen, was ihre Tante Matthew vielleicht gerade erzählte. »Das wird das Zeichen für die Leute sein, dass es Zeit für den nächsten Schritt ist und sie anfangen können, sich zu entspannen.«

Kaum hatten Onkel Bob und sie ein paar Schritte getan, als Auntie Jo mit völlig unpassender Eile auf sie zugestürmt kam.

»Saskia«, sagte sie, »ich habe mit Matthew gesprochen, und er ist leider fest entschlossen, nicht mit uns nach Ashcombe zurückzufahren. Du wirst ihn doch sicher umstimmen können, nicht?«

»Warum sollte ich? Wenn er nicht kommen will, ist das seine Sache.«

Ihre Tante fixierte sie mit einem ihrer furchterregend strengen Blicke. Es war die Art von Blick, die vermutlich so manch einem armen kanadischen Schulkind Todesängste eingeflößt hatte. »Er glaubt, er würde stören«, sagte ihre Tante. »Ich habe ihm erklärt, dass das Unsinn ist und er uns genau wie alle anderen herzlich willkommen ist.«

Saskia seufzte und blickte zu Matthew hinüber. Als sie ihn dort stehen sah, ganz allein und peinlich bemüht, den Eindruck zu erwecken, dass er *nicht* allein war, wich ihr Ärger Mitgefühl. »Ach, Herrgott noch mal«, murmelte sie, »was bleibt mir anderes übrig?«

»Das klingt schon besser. Und nun geh und sag ihm, dass du sehr froh über seine Hilfe beim Servieren des Essens wärst. Dann wird er sich nicht länger überflüssig, sondern sogar sehr nützlich fühlen. Und nun los mit dir, hopp, hopp!«

Kapitel 61

»Ich bin der Nächste«, sagte Harvey düster.

»Hör auf damit!«, entgegnete Ralph. »Sag das nie wieder!«

Die beiden gönnten sich eine Pause von den Gästen und ihren Beileidsbekundungen und Bemerkungen darüber, was für eine würdige Feier es war. »Danke schön, es war genau so, wie Oliver es gewollt hätte«, war ihre automatische Erwiderung. Was natürlich eine Lüge war. Ralph wusste, dass dies keineswegs das war, was Oliver gewollt hätte: Er hätte lieber gelebt und allen die Hölle heißgemacht!

Des Smalltalks und der Artigkeiten müde und um Harvey nicht zu überanstrengen, hatte Ralph seinen Schwiegervater dazu verdonnert, sich mit einem Glas Wein an einen Tisch zu setzen und etwas zu essen. »Überlass alles andere Jo und dem Rest von uns«, hatte Ralph ihn beschworen, »und schone dich ausnahmsweise mal!«

»Ich will mich aber nicht schonen«, sagte Harvey jetzt, »denn darin liegt das Ende.« Er trank einen Schluck Wein und gleich noch einen zweiten. »Und ob du der Wahrheit ins Auge sehen willst oder nicht, ich werde auf jeden Fall der Nächste sein. Denn seien wir doch ehrlich, wir alle dachten, der alte Knabe würde ewig leben, und jetzt ist er nicht mehr und hat uns das Gegenteil bewiesen. Und mit seinem Tod hätte er uns keine bessere Erinnerung daran hinterlassen können, dass auch meine Zeit abläuft.«

»Bitte, Harvey, ich kann diese Art von Gerede nicht ertragen. Nicht heute.«

Und nun saßen sie in grüblerischem Schweigen da, jeder in

seine eigenen Gedanken versunken. Erst als Libby mit einem Tablett Kanapees vorbeigekommen war, sprach Harvey wieder. »Wirst du sie heiraten?«

»Ja«, sagte Ralph nur, während er Libby nachsah, die lächelnd durch den Garten ging, mit Gästen plauderte und ihnen etwas zu essen anbot. Sein Herz schlug noch immer ein bisschen schneller, wenn er sie ansah, und jeden Tag schätzte er sich glücklich, dass sie in sein Leben zurückgekehrt war.

Harvey nickte. »Das ist gut.«

»Nicht jeder Schwiegervater würde die Ersetzung seiner Tochter als etwas Positives sehen.«

»Nach all diesen Jahren wäre ich ein ganz schön jämmerlicher Schwiegervater, wenn ich dir dein Glück nicht gönnen würde. Du hättest sie vorher schon nicht wieder gehen lassen dürfen.«

»Ich hatte Angst, dass ich hier für Unruhe sorgen würde.«

»Ich weiß. Vielleicht waren wir alle in dieser Hinsicht ein bisschen zu aufopfernd.«

»Da bin ich anderer Meinung. Die richtige Zeit für Libby und mich ist jetzt. Damals war sie es nicht. Und ich bereue auch nichts.«

Wieder saßen sie in ihre eigenen Gedanken versunken da und tranken ihren Wein. Und auch diesmal war es Harvey, der das Schweigen brach. »Wenn du möchtest, werde ich ausziehen, wenn ihr heiratet und auch weiterhin hier leben wollt.«

Ralph fuhr herum, um seinen Schwiegervater anzusehen. »Du wirst nichts dergleichen tun!«

Unbeirrt hielt Harvey Ralphs Blick stand. »Ihr werdet eure Privatsphäre brauchen und keinen alten Kauz wie mich im Weg haben wollen.«

»Du wärst uns nie im Weg, Harvey. Außerdem ist das hier dein Zuhause.«

»Und auch deins. Und Saskias.« Er machte eine Pause. »Sie muss flügge werden, Ralph. Sie ist schon viel zu lange hier bei uns geblieben.«

»Ich weiß. Aber das Letzte, was ich brauche, ist, dass sie glaubt, sie müsste gehen, wenn Libby und ich heiraten.«

»Vielleicht wäre das gar nicht mal so schlecht. Das könnte genau der Anstoß sein, den sie benötigt.«

»Das klingt ja, als hätte sie sich mit dem Zweitbesten zufriedengegeben, indem sie bei uns blieb.«

»Hat sie das denn nicht?« Harvey holte tief Luft und ließ sie in einem langen Seufzer wieder entweichen. »Ich weiß, wie gern sie hier ist«, sagte er. »Dass sie das Leben hier genauso liebt wie wir alle. Ashcombe ist ein ganz besonderer Ort, aber egal, wo Saskia in der Welt auch sein mag, Ashcombe wird immer für sie da sein.«

»Sie wäre sehr verärgert, wenn sie uns so reden hörte.«

Harvey nickte. »Und da ist das Mädchen ja auch schon.«

Ralph folgte Harveys Blick zum Haus, wo seine Tochter gerade aus der Hintertür trat. Matthew folgte ihr dicht auf den Fersen, und beide trugen ein Sortiment an Flaschen mit Wein und alkoholfreien Getränken in den Händen.

»Sieht ganz so aus, als hätten sie ihre Differenzen beigelegt«, sagte Harvey.

»Ich würde mich nicht darauf verlassen. Wenn Saskia und auch meine Schwester eins von meinem Vater geerbt haben, ist es seine Sturheit.«

Harveys Gesicht verdüsterte sich. »Und habe ich ihn nicht immer gewarnt, dass sie ihn einmal das Leben kosten würde? Wenn er nicht so unbedingt diese verdammte Leiter hätte hinaufsteigen wollen, wäre er noch hier.«

Ralph legte seine Hand beschwichtigend auf Harveys. »Andererseits sollten wir auch nicht vergessen, dass Matthew heute nicht hier wäre, wenn Jo nicht so stur darauf bestanden hätte, selbst zu sehen, warum Oliver den Jungen für so gut für Saskia hielt.«

Ein Moment verging. »Ich frage mich immer wieder, warum wir so gehandelt haben, wie wir es taten«, bemerkte Harvey dann. »Wir hatten uns noch nie zuvor in Saskias Liebesleben eingemischt, warum dann also dieses Mal?«

»Ich glaube, das lag daran, dass wir etwas von uns selbst in Matthew sahen. Ich spürte es schon beim ersten Mal, als wir einander begegneten, wie furchtbar allein er zu sein schien. So verloren irgendwie. Als er dann aber hier bei uns war, schien er sich wie zu Hause zu fühlen und wirkte irgendwie viel sorgloser, als wäre er mehr er selbst. Und je entspannter er wurde, desto genauer beobachtete ich, wie er sich in Saskias Nähe verhielt, und sah, wie er sie zum Lächeln und zum Lachen brachte. Und ich weiß, es klingt weit hergeholt, aber ich konnte nicht umhin zu denken, dass er perfekt hierher passte und buchstäblich dazu bestimmt war, ein Teil unserer Familie zu werden. Ich hatte noch nie eine auch nur annähernd ähnliche Reaktion bei irgendeinem von Saskias früheren Freunden erlebt.«

»Oliver und ich empfanden das ganz genauso. Er vertrat die Theorie, dass wir ganz instinktiv bei Matthew mitbekamen, dass er erst kürzlich großes Leid erfahren hatte und das allein schon eine Art Reaktion in unserer Familie erzeugen musste. Aber dass wir den Jungen gern haben, bedeutet so gut wie gar nichts, wenn Saskia nicht genauso empfindet.«

Ralph beobachtete seine Tochter, als sie den Gästen nachschenkte, und wandte seine Aufmerksamkeit dann Matthew zu, der es ihr gleichtat. Ohne sich dessen bewusst zu sein, spiegelte jeder von ihnen den anderen wider, da ihre Bewegungen und Gesten und das höfliche Lächeln nahezu identisch waren. »Siehst du«, hörte Ralph die schroffe Stimme seines Vaters,

»wie perfekt die beiden zusammenpassen und wie verdammt gut sie miteinander harmonieren? Was für Beweise braucht das Mädchen noch?«

Sie will ihm vertrauen können, antwortete Ralph im Stillen seinem Vater.

Kapitel 62

Sechs Wochen nach Grandpa O.'s Beerdigung und in schmerzlicher Erinnerung an den Ausflug, den sie und ihre Großväter hatten unternehmen wollen, willigte Saskia ein, mit Matthew nach Bletchley Park zu fahren.

In der Zeit, die seit dem Tag vergangen war, an dem sie Oliver zur letzten Ruhe gebettet hatten, und seit Auntie Jo und Onkel Bob nach Kanada zurückgekehrt waren, hatte ein reger Austausch von Textnachrichten und E-Mails zwischen Saskia und Matthew stattgefunden. Ursprünglich hatte Saskia Kontakt mit ihm aufgenommen, um sich für seine Hilfe am Tag der Beerdigung zu bedanken und ihn für alles Mögliche, was ihre Tante gesagt haben könnte, um Entschuldigung zu bitten. Er hatte geantwortet, dass keine Entschuldigung nötig sei, und dann gefragt, ob sie, falls sie Zeit dazu habe, Jacobs Notizbücher zu einem einzigen Buch zusammenfassen und ihm einen schönen Einband geben könnte. Sie hatte ihm eine Reihe von Musterbeispielen und Ideen geschickt – ledergebunden und reich verziert oder schlicht, ganz wie er wollte. Insgeheim hoffte sie, dass er sich für ein von ihr entworfenes Design entscheiden würde, einen Löwenzahn mit »Pusteblume«.

Manchmal bezogen sich Matthews Nachrichten nur auf irgendetwas, das ihr Vater ihr bezüglich des Verkaufs von Jacobs Büchern gesagt hatte, den Dad gerade organisierte. Viele waren schon auf Auktionen verkauft worden und hatten ausnahmslos alle einen guten Preis erzielt. Eine Reihe von Sammlern stand über seine Website in ständigem Kontakt mit ihrem Vater, und nach und nach ging die Sammlung in die Hände von Leuten über, die die Bücher wertschätzen und pflegen würden, zumindest hofften sie das. Sogar Jacobs früheres College hatte Ralph kontaktiert, in der Absicht, einige der seltenen Bände über Osteuropäische Geschichte und Kunst zu erwerben, besonders die in ihrer jeweiligen Muttersprache, einschließlich der vielen alten oder modernen Texte auf Hebräisch. Sie waren auch sehr interessiert daran, seine umfangreiche Sammlung von Büchern über den Holocaust zu übernehmen.

Am Morgen der Fahrt nach Bletchley traf Saskia pünktlich auf die Minute in Glaskin House ein, da sie abgemacht hatten, sich so früh wie möglich dort zu treffen und dann mit Matthews Wagen nach Bletchley weiterzufahren.

Als sie in die Einfahrt einbog, war das Erste, was sie sah, ein *Zu verkaufen*-Schild mit dem zusätzlichen Vermerk: *Verkauft unter Vorbehalt.*

»Ich weiß nicht, ob ich erfreut oder enttäuscht sein soll«, sagte Matthew, als er ihr die Tür öffnete und sie etwas zu dem *Verkauft*-Schild bemerkte. »Es fühlt sich plötzlich sehr endgültig an. Kaum stand das Schild, als ich auch schon ein Angebot in Höhe des verlangten Kaufpreises erhielt.«

»Du könntest es dir immer noch anders überlegen.«

Er schüttelte den Kopf. »Ich wäre verrückt, wenn ich es täte – das Haus und seine Instandhaltung ist momentan eine viel zu große Verpflichtung für mich. Die Vernunft gebietet, dass jemand anders hier leben und sich an dem Haus erfreuen sollte.«

»Weißt du irgendetwas über den oder die Käufer?«, fragte sie.

»Es ist ein Ehepaar mit kleinen Kindern, die auf der Suche nach einem ländlichen Idyll aus London hier heraufziehen. Wahrscheinlich werden sie das ganze Haus auseinandernehmen, um es ihren Bedürfnissen anzupassen, aber das war zu erwarten.« Er hielt den Schlüsselbund in die Höhe und klimperte damit: »Wollen wir uns gleich auf den Weg machen?«

Sie fuhren aus dem Dorf heraus, und Saskia, die an seine Exfreundin dachte, fragte sich, welche anderen Verpflichtungen für Matthew noch zu groß sein mochten, um sie jetzt auf sich zu nehmen.

Ihre Gespräche während der Fahrt waren zeitweise recht mühsam und mit langen Pausen durchsetzt. Wenn sie sich unterhielten, ging es dabei meist um Arbeit. Saskia sprach über einen erst kürzlich angenommenen Auftrag, eine Sammlung hochwassergeschädigter Bücher zu restaurieren, und Matthew erzählte von einem albtraumhaften Mann namens Jim Rycroft, für den er arbeitete, und einem Betrugsfall, den er prüfte und über den er aus beruflichen Gründen nicht ins Detail gehen konnte. Es schien ihm ebenso zu widerstreben wie ihr selbst, in Bereiche abzuschweifen, in denen sie riskieren könnten, an das zu rühren, was vor einiger Zeit zwischen ihnen vorgefallen war. Saskia war froh darüber. Es hatte sie auch gefreut zu sehen, dass sein Haar seit der Beerdigung gewachsen war. Er gefiel ihr besser mit längerem Haar; so schien er mehr er selbst zu sein. Auch wenn das nicht ganz so war: Sein Verhalten an diesem Morgen hatte etwas eindeutig Nervöses, als beunruhigte ihn etwas. Sie hatte ihn nicht mehr so angespannt gesehen seit dem Tag, an dem sie sich zum ersten Mal begegnet waren. Vielleicht beschäftigte ihn die Arbeit.

Er fuhr schnell, aber nicht leichtsinnig schnell. Nachdem Saskia drei Mitglieder ihrer Familie durch einen Autounfall verloren hatte, war es nicht verwunderlich, dass sie eine nervöse Beifahrerin war. Doch zum Glück gehörte er nicht zu jenen Fahrern, die ihr Angst machten, weil sie immer wieder den Blick von der Straße nahmen und sie ansahen, wenn sie mit ihr sprachen. Oder vielleicht gab es neben der Sicherheit auch noch einen anderen Grund dafür, dass er seinen Blick unentwegt auf die Straße vor ihnen gerichtet hielt.

Sie folgten den Anweisungen des Navis und trafen schon bald in Bletchley ein. Es standen Aufseher bereit, die ihnen zeigten, wo sie parken sollten, und sie in die richtige Richtung schickten, um ihre Eintrittskarten zu kaufen. Da sie sich für eine geführte Besichtigungstour durch das Herrenhaus und die Hütten entschieden, in denen die Kryptoanalytiker gearbeitet hatten, mussten sie dreißig Minuten warten, bevor die nächste Tour begann. Matthew schlug einen kleinen Spaziergang zum See hinunter vor.

Gern bereit, sich seinen Wünschen anzuschließen, ließ Saskia ihn die Führung übernehmen und ging schweigend neben ihm her, weil sie sich ziemlich sicher war, dass der Aufenthalt an diesem Ort ihm sehr viel mehr bedeutete als ihr. Schließlich war dies hier seine private Erforschung des geheimen Lebens, das Jacob Belinsky einst geführt hatte – ein Mann, den Matthew fast sein Leben lang gekannt hatte oder zumindest zu kennen *geglaubt* hatte.

Als sie den See erreichten, sah Saskia zu, wie Matthew ein Foto davon machte und sich dann dem Herrenhaus zuwandte. In der Niederschrift seiner Geschichte hatte Jacob durchblicken lassen, dass die unterschiedlichen Ansichten zu dem Gebäude von der Herkunft der Person abhingen. Während einige es für ein prachtvolles und beeindruckendes Gebäude hielten, war es für andere ein abgrundhässliches, geschmackloses Ungetüm. Als Saskia es nun selbst sah, konnte sie beide Sichtweisen verstehen. Auf den ersten Blick sah es nicht schlecht aus, bei genauerem Hinsehen fiel sein Mischmasch aus architektonischen Eigenheiten und Ergänzungen jedoch deutlicher auf, und das Gebäude wirkte plötzlich viel hässlicher. Saskia versuchte, sich vorzustellen, wie es für Jacob und all die anderen gewesen sein musste, die hierhergekommen waren, um zu arbeiten, als sie das Haus zum ersten Mal erblickt hatten. Viele waren sicher erst abends oder nachts angekommen, wenn das Gebäude noch größer, schauriger und Unheil verkündender in der Dunkelheit aufragte.

Nachdem Matthew seine Fotos gemacht hatte, ging er mit Saskia auf eine nahe Bank zu. »Was dachtest du gerade?«, wollte er wissen, als sie saßen. »Du sahst so gedankenverloren aus.«

Sie erzählte es ihm.

»So ungefähr das Gleiche ging mir auch durch den Sinn«, sagte er. »Viele der Leute, die hier arbeiteten, waren bestimmt zum ersten Mal von zu Hause fort, und an einem solchen Ort heimisch zu werden war bestimmt nicht leicht. Denn das hier ist ja wohl kaum so etwas wie ein zweites Zuhause, nicht?«

»Aus dem zu schließen, was ich online gelesen habe, schienen sie sich recht schnell an ihre neue Umgebung gewöhnt zu haben«, sagte sie.

»Na ja, viel Zeit, um Nabelschau zu betreiben, blieb ihnen ja wahrscheinlich auch nicht.«

Saskia lächelte. »Das ist ein Leiden der modernen Welt, schätze ich. Wir haben einfach zu viel freie Zeit.«

Matthew wandte sich halb zu dem Herrenhaus um und begann, mit den Fingern auf die Rückenlehne der Bank zu trommeln. Durch diesen kleinen Tick wurde Saskia wieder einmal an ihre erste Begegnung mit ihm erinnert, bei der er in der Bibliothek von Glaskin House genauso nervös mit den Fingern auf den Kaminsims getrommelt hatte. Was auch immer ihn heute so kribbelig machte, Saskia wünschte, er würde es aus seinem Kopf verbannen und sich entspannen.

»Erinnerst du dich an den Teil der Geschichte, in dem Jacob zu dem Konzert ging, weil er Kitty dort zu sehen hoffte, sich dann aber im Gebüsch vor ihr übergeben musste?«, fragte er.

Saskia lachte. »Er tat mir aufrichtig leid, als ich das las. Wie peinlich ihm das gewesen sein muss! Der arme Mann muss ja von Kitty total verunsichert gewesen sein.«

Matthew nahm sein Trommeln wieder auf. »Was das angeht, kann ich ihn sehr gut verstehen«, murmelte er.

»Ach, wirklich? Ich hätte nicht gedacht, dass ihr so etwas gemeinsam haben könntet. War es bei dir und Fliss denn auch so?«

Er legte den Kopf ein wenig schief, um Saskia direkt anzuschauen. Eine kleine Falte bildete sich zwischen seinen Brauen, und er verengte leicht die braunen Augen. »Nicht bei Fliss«, erwiderte er langsam. »Aber bei dir.«

»Warum in Herrgotts Namen solltest du *von mir* verunsichert sein?«

Die Falte wurde steiler. »Weil ich mir nie sicher sein kann, was du denkst. Das ist übrigens eins der Dinge, die mir am meisten an dir gefallen, weil ich es faszinierend finde. Dummerweise irritiert es mich aber auch, wie ich jetzt erkenne, weil mein Verstand auf Logik programmiert ist und ich bei dir die Pixel nicht zu einem Bild zusammenfügen kann.«

Sie starrte ihn verdattert an. »Du liebe Güte, ich hatte ja keine Ahnung, was sich so alles in deinem Kopf abspielt! Aber ich versichere dir, dass es nichts ist, was ich beabsichtigt habe. Ich war mir dessen nicht einmal bewusst.«

Als hätte sie überhaupt nichts gesagt, meinte er: »Darf ich fragen, warum du zugestimmt hast, heute mit mir hierherzufahren?«

»Weil ich die Welt sehen wollte, in der Kitty und Jacob lebten.«

»Das hättest du auch ohne mich tun können. Warum also heute mit mir?«

Einen Moment lang sah sie ihm prüfend in das angespannte, kantige Gesicht und fragte sich, warum er wohl so in sie drang. »Was für eine Antwort würdest du denn gern hören?«, erwiderte sie schließlich.

»Eine ehrliche natürlich.« Dann zog er seine Taschenuhr heraus und erhob sich brüsk. »Komm, wir sollten besser gehen; die Tour beginnt in fünf Minuten. Und sollte sie nicht direkt vor dem Eingang zu der Geschenkboutique enden, geht das Mittagessen heute auf mich.«

»Du alter Zyniker, du«, sagte sie, etwas verwirrt von seinem Verhalten. »Und nur der Vollständigkeit halber«, fügte sie beim Aufstehen hinzu, »ich dachte, den Tag hier mit dir zu verbringen könnte ein Schritt in die richtige Richtung sein, um dich besser kennenzulernen.«

Er sah plötzlich sehr erfreut aus, ihr endlich das Eingeständnis abgerungen zu haben, das er sich ganz offenbar erhofft hatte. »Und ebenfalls nur der Vollständigkeit halber: Ich bin sehr froh, dass du das dachtest«, sagte er.

Ihr Fremdenführer wirkte wie der typische ehemalige Armeeangehörige, adrett und diszipliniert, und falls er nach einer Art Drehbuch arbeitete, so tat er es auf eine lebhafte und informative Art und Weise, die darüber hinwegtäuschte, dass er die Besichtigungstour wahrscheinlich mehrmals am Tag vornahm und immer wieder mit den gleichen Fragen gelöchert wurde. Der gut gekleidete Mann führte sie durch Bletchley Park und erzählte ihnen dabei Anekdoten über Männer und Frauen, die während des Krieges hier gearbeitet hatten. Die eine oder andere der Geschichten hatte Matthew schon im Internet gelesen, wie die über den genialen Mathematiker Alan Turing, der oft im Schlafanzug zur Arbeit gekommen war, doch erfreulicherweise befand sich alles, was er sah und hörte, im Einklang mit dem, was Jacob in seinen Notizbüchern festgehalten hatte.

Matthews Interesse wurde jedoch erst richtig geweckt, als sie in Hütte 8 geführt wurden. Sie war genau so, wie er sie sich vorgestellt hatte. Er meinte sogar, den Rauch von Chatterton-Jones'

Pfeife riechen und Jacob an seinem Schreibtisch fleißig bei der Arbeit zu sehen.

Die Gruppe wandte sich zum Gehen, als Saskia sich zu ihm herneigte. »Ich habe eine Gänsehaut«, flüsterte sie. »Es ist fast so, als könnte ich spüren, dass Jacob uns hier drinnen beobachtet.«

Aus einem Impuls heraus, und weil ihre Worte so perfekt zum Ausdruck brachten, was er selbst gerade verspürt hatte, ergriff Matthew ihre Hand und drückte sie. »Ich wusste, dass du so empfinden würdest. Deshalb wollte ich dich ja auch dabeihaben.« Doch dann wurde ihm plötzlich bewusst, was er getan hatte, und er zog verlegen die Hand zurück. Saskia äußerte sich nicht dazu; sie sah ihn nicht einmal an. Aber was hätte er auch anderes erwarten können? Schließlich war sie einer der rätselhaftesten Menschen, die er kannte.

»Scheint so, als ginge das Mittagessen auf deine Rechnung«, sagte sie, als die Besichtigung beendet war und sie *nicht* vor dem Souvenirladen sich selbst überlassen worden waren.

»Ich und meine große Klappe«, meinte er.

Das Café befand sich unpassenderweise, wie Matthew dachte, in der ehemaligen Hütte 4, deren ursprüngliche Benutzer für das Übersetzen und Analysieren der Enigma-Nachrichten der deutschen Marine zuständig gewesen waren, die zuvor von Leuten wie Jacob und seinen Kollegen in Hütte 8 entschlüsselt worden waren.

Nachdem Saskia und Matthew sich etwas zu essen und trinken geholt hatten, setzten sie sich lieber drinnen an einen Tisch, statt auf die Terrasse hinauszugehen, wo eine Gruppe lärmender Schulkinder die Tische und Stühle in Beschlag genommen hatte. Matthew war zu aufgewühlt, um sich zu einer Horde überdrehter Kinder zu gesellen.

Schweigend packte er sein Schinken-Tomaten-Sandwich aus

und versuchte, Mut zu sammeln, um seine Bemerkung von vorhin noch einmal zu bekräftigen. Es war absurd, sich nach einem Tag mit Saskia so verunsichert zu fühlen, aber er *war* es und hatte furchtbare Angst, das Falsche zu sagen. Er wollte ihr unbedingt klarmachen, dass er es ernst meinte und ihre Freundschaft wirklich schätzte, so gefährlich unstet sie auch war – und dass er sich mehr erhoffte als nur Freundschaft. »Was ich vorhin sagte, habe ich ernst gemeint«, begann er schließlich, und um ihrem wachsamen Blick zu entgehen, nahm er sein Sandwich auseinander, um sich den Inhalt anzusehen. »Ich bin aufrichtig froh darüber, dass du bereit warst, heute mit mir herzukommen. Der Tag wäre nicht derselbe gewesen ohne dich.«

»Und ich freue mich, dass du mich eingeladen hast«, erwiderte sie, ihre blaugrauen Augen noch immer aufmerksam auf ihn gerichtet. »Aber – und fass das jetzt bitte nicht falsch auf – ich wünschte, du würdest aufhören, mich mit Glacéhandschuhen anzufassen. Das geht mir nämlich mächtig auf die Nerven.«

Matthew legte seine beiden Scheiben Brot wieder zusammen. »Wenn dem so ist, wirst du mir helfen müssen«, sagte er. »Kannst du mir einen Hinweis geben, wie du gern von mir behandelt werden würdest?«

Nachdem sie mit übertriebener Sorgfalt Milch in ihren Tee gegeben hatte, sah sie ihn von unten herauf an. »Das ist doch wohl eine Fangfrage, oder nicht?«

»Und wie wäre es, wenn wir es auf Freund oder Feind begrenzen?«

»Jetzt bist du albern«, entgegnete sie mit einem Lächeln.

Es war ein Lächeln, das ihn ermutigte und hoffen ließ, dass sie nicht im Begriff war, ihm den Boden unter den Füßen wegzuziehen. »Und du weichst mir aus.« Er klopfte mit dem Finger auf den Tisch. »Antworten Sie bitte, Miss Granger!«

Ihr Lächeln wurde breiter. »Du kennst die Antwort; sie lautet ›Freund‹. Warum wäre ich wohl sonst hier?«

»Aber vergiss nicht, dass ich nie weiß, was in deinem Kopf vorgeht. Du bringst Unergründlichkeit auf eine völlig neue Ebene.«

»Niemand hat mich jemals als unergründlich beschrieben.«

»Vielleicht hast du anderen ja auch erlaubt, dich besser kennenzulernen, als du es mir gestattet hast.«

Sie verfiel in Schweigen, während sie nachdenklich ihren Tee umrührte. Er beobachtete ihre Hand, ihre schlanken, blassen Finger, die so elegant den Löffel hielten und den Tee zuerst im Uhrzeigersinn und dann gegen den Uhrzeigersinn umrührten. Fasziniert von dieser zarten, blassen Hand, fragte er sich ganz unwillkürlich, wie es sich wohl anfühlen würde, von diesen schlanken Fingern gestreichelt zu werden. Er hatte sich über sehr viele Dinge Gedanken gemacht in den Wochen seit ihrer letzten Begegnung, nicht zuletzt auch darüber, wie sehr er es jetzt bereute, sie gegen sich aufgebracht zu haben. Für einige Leute würde wohl kaum ins Gewicht fallen, was er getan hatte, doch Saskia war nicht wie die meisten Leute; Vertrauen war eindeutig ein sehr wichtiges Thema für sie, und mehr als alles andere wünschte er, er könne ihr Vertrauen gewinnen.

»War das eine Frage oder ein Vorwurf?«, wollte sie wissen, nachdem sie den Löffel auf die Untertasse zurückgelegt hatte.

Auch Matthew legte sein Sandwich aus der Hand. »Weder noch«, sagte er und wischte sich die Krümel von den Fingerspitzen. »Es war eine Feststellung. Ich möchte einfach nur, dass du dich in meiner Gesellschaft genauso wohlfühlst wie ich in deiner.« Dann verdrehte er die Augen und stöhnte. »Und das, verehrtes Gericht, dürfte das Jämmerlichste sein, was ich je im Leben von mir gegeben habe! Darf ich es bitte zurücknehmen?«

»Auf keinen Fall!«, sagte Saskia lachend. »Mir gefällt es irgendwie. Und darf ich jetzt bitte zu Mittag essen, ohne ins Kreuzverhör genommen zu werden?«

»Nur zu«, meinte Matthew und tat so, als zöge er einen imaginären Reißverschluss an seinem Mund zu.

Nach dem Essen nahmen sie ihre Erforschung des Parks wieder auf. Im Hauptausstellungsbereich befand sich eine der berühmten Turing-Bomben, die Alan Turing und Gordon Welchman mitentwickelt hatten. Saskia wusste mit dieser riesigen Dekodierungsmaschine nicht viel anzufangen, doch Matthew, der sich gründlich darüber informiert hatte, war fasziniert von ihrer komplizierten Funktionsweise und machte sich daran, ihre Walzensätze, Zahnräder und Leitungsdrähte sehr genau zu untersuchen. Ein Museumswärter, der sein Interesse bemerkte, kam herüber, um mit ihm zu plaudern.

Saskia überließ sie ihrer Fachsimpelei und spazierte weiter, um etwas Interessanteres zu finden. Sie langweilte sich jedoch keineswegs, sondern hatte viel Freude an dem Ausflug, sehr viel mehr, als sie erwartet hatte. Auf jeden Fall hätte sie nie gedacht, dass Matthew so voller Überraschungen stecken könnte. Kaum zu glauben, dass er sie für derart undurchschaubar hielt! Sie sah sich selbst überhaupt nicht so; sie war bloß stiller als die meisten Menschen. Wenn sie jetzt auch noch irgendwie erreichen könnte, dass Matthew sich in ihrer Gegenwart entspannter fühlte, wäre der Tag perfekt. Aber nachdem sie ihm das Leben reichlich schwer gemacht hatte, war es kein Wunder, dass er in ihrer Gesellschaft so nervös war. Sie hatte gehofft, ihm durch ihre Begleitung heute klarzumachen, dass sie ihm verziehen hatte. Doch nun sah sie ein, dass sich zwischen ihnen erst alles wieder einrenken würde, wenn sie etwas beherzigte, woran Grandpa O. ganz fest geglaubt hatte – dass Vergebung nicht zählte, wenn sie der Person, die sie verdiente, nicht mit Worten bestätigt wurde. »Und hat Matthew sich das Recht auf Vergebung etwa nicht verdient?«, hörte sie im Geiste ihren Großvater mit seiner unverwechselbar schroffen Stimme sagen. Die Antwort war natürlich Ja, und das bedeutete, dass es nun an ihr war, die Dinge zwischen ihnen wieder ins Lot zu bringen.

Plötzlich wie gelähmt von der Erinnerung an die Stimme ihres Großvaters, blieb sie einen Moment lang reglos stehen. Wie immer zerriss ihr die Trauer fast das Herz. Sie überfiel Saskia so unverhofft und heftig, dass sie ihr buchstäblich den Atem raubte. Sie vermisste Grandpa O. so sehr! Kein Tag verging, an dem sie sich nicht schmerzlich seiner Abwesenheit bewusst war. Er war so ein liebenswerter Mann gewesen, der zwar manchmal äußerst irritierend gewesen war, aber immer der freundlichste und klügste, loyalste und ermutigendste Ratgeber. Seine Liebe zu ihr war ebenso grenzenlos gewesen wie Saskias Liebe zu ihm.

Nach Kräften bemüht, sich zusammenzunehmen, suchte sie in ihrer Handtasche nach einem Taschentuch. Dann putzte sie sich die Nase und richtete ihr Augenmerk auf das, was sie jetzt vor sich hatte – eine Reihe von verglasten Räumen, die dem Inneren eines Kriegszeit-Quartiers nachempfunden waren. Der Anblick des kleinen Schlafzimmers mit dem schmalen Bett, dem hölzernen Wäschetrockner und den wenigen wohnlichen Akzenten erinnerte Saskia an das Geißblatt-Cottage, das Kitty und Jacob zu ihrem ureigenen und ganz besonderen Ort gemacht hatten. So kalt und furchtbar feucht es auch gewesen war, hatten sie sich doch glücklich geschätzt, dieses kleine Refugium zu haben.

Wie leicht es doch war zu glauben, dass Glück nur in hochkarätigem Fünf-Sterne-Luxus eingepackt daherkommen konnte!

Als Saskia plötzlich spürte, dass jemand neben ihr stand, fuhr sie abrupt herum.

»Entschuldige«, sagte Matthew schnell, »ich wollte dich nicht erschrecken.«

»Das macht nichts – ich war mit meinen Gedanken nur gerade kilometerweit entfernt. Ich dachte an Jacob und Kitty.«

Sie setzten die Besichtigungstour fort, um sich den Rest der Ausstellungsstücke, einschließlich der berühmten Enigma-Maschine, anzusehen. Danach gingen sie zu der Bibliothek und dem Ballsaal weiter. Als sie innerhalb des Herrenhauses alles gesehen hatten, sagte Matthew: »Ich würde gern wieder zum See hinuntergehen und dort ein Weilchen sitzen.«

Die Bank, auf der sie vorher gesessen hatten, war frei, und so nahmen sie wieder auf ihr Platz. »Es gibt etwas, das ich dir sagen möchte«, begann Matthew, und sein Gesicht verdüsterte sich jäh, als hätte eine Wolke ihren Schatten darauf geworfen.

»Wirklich? Es ist nämlich so, dass auch ich dir etwas sagen möchte«, erwiderte Saskia. »Aber fang du an.«

Er räusperte sich. »Als wir hierher unterwegs waren«, meinte er und starrte vor sich hin, als spräche er mit dem See, »und ich dir von meiner Arbeit erzählte, habe ich etwas ausgelassen. Ich habe mich dazu entschlossen, die Kündigung einzureichen. Ich werde den Fall, den ich gerade bearbeite, noch zu Ende bringen, doch dann werde ich gehen.«

»Wieso denn das? Ich dachte, dir gefiele deine Arbeit.«

»Ja, aber ich bin bereit für eine Veränderung. Ich bin vierunddreißig und habe das Gefühl, nie etwas Interessantes oder Vergnügliches mit meinem Leben angefangen zu haben. Ich muss die Dinge ein bisschen auflockern und die Situation verändern.«

»Hast du deshalb Glaskin House so schnell auf den Markt gebracht?«

»Unter anderem.« Er wandte sich ihr zu, um sie anzusehen.

»Aber dieses Gefühl der Unzufriedenheit mit meinem Leben hat sich schon vor geraumer Zeit eingestellt.«

»Und was willst du tun? Durchbrennen und zum Zirkus gehen?«, scherzte sie. »Wenn ja, komme ich vielleicht mit.«

»Na, das ist doch mal eine Idee!«, sagte er mit einem schwachen Lächeln. »Gibt es diese Wanderzirkusse denn überhaupt noch? Die sind von der Anti-Spaß-Polizei doch sicher längst verboten worden.«

»Wahrscheinlich schon. Aber mal abgesehen vom Zirkus, was genau hast du denn vor?«

»Ich möchte reisen.«

»Für wie lange?«

»Sechs Monate, acht Monate, ein Jahr ... ich werde es nehmen, wie es kommt.« Er zuckte mit den Schultern. »Wer weiß, vielleicht bin ich in ein paar Wochen ja schon so gelangweilt von meiner eigenen Gesellschaft, dass ich nach Hause komme, bevor mich überhaupt jemand vermissen kann.«

Ich werde dich vermissen, dachte Saskia. »Wo möchtest du denn hin?«, fragte sie, um einen optimistischen Ton bemüht.

»Ganz Europa bereisen, nach Fernost, vielleicht auch Nordamerika – wo immer sie mich auch haben wollen.«

»Das klingt nach einem echten Abenteuer. Weißt du auch schon in etwa, wann es losgehen wird?«

»Sobald dieser letzte Fall, an dem ich arbeite, abgeschlossen ist. Jim Rycroft hat mich zum Sachverständigen bestellt, wenn die Sache vor Gericht geht. Wir hoffen, dass es sich nicht zu lange hinziehen wird, weil sich die Beweise zugunsten unseres Mandanten stapeln und die ganze Sache mit ein bisschen Glück geregelt werden könnte, bevor wir vor Gericht gehen. Das würde bedeuten, dass ich im September frei sein könnte, um meine Reise anzutreten.«

Im September. Saskia schluckte ihre Enttäuschung hinunter. Warum musste er ausgerechnet jetzt verschwinden, wo die Dinge gerade … Gerade was?, unterbrach sie sich. Wo sie sich gerade erst erlaubt hatte, den Gefühlen zu vertrauen, die sie für Matthew hatte? »Wirst du mit mir in Verbindung bleiben, während du unterwegs bist? Gelegentlich würde ich gern mal ein Foto von dir beim Bungee-Springen oder etwas ähnlich Verrücktem sehen.«

Er veränderte seine Haltung, um ihr ins Gesicht blicken zu können. »Das könnte ich, wenn du möchtest. Aber – und sag jetzt nicht gleich Nein zu meinem Vorschlag, ohne wenigstens darüber nachzudenken – warum begleitest du mich nicht auf einem Teil der Reise? Oder unternimmst die ganze Reise mit mir?«

»*Ich?*«

»Natürlich du, oder siehst du hier noch jemanden? Wir könnten zusammen auf Abenteuerreise gehen. Das würde Spaß machen. Spaß, wie wir ihn heute hatten.«

»Man kann einen einzigen Ausflug ja wohl kaum mit einer mehrmonatigen gemeinsamen Reise vergleichen«, erwiderte sie erstaunt. »Und wenn wir Streit bekämen? Was wäre, wenn …«

Matthew unterbrach ihren Wortschwall, indem er ihre Hand ergriff. »Jeder von uns könnte jederzeit die Reise abbrechen und nach Hause fliegen.«

»Aber meine Familie! Ich kann sie doch nicht allein lassen. Dad hat noch nichts gesagt, doch ich bin mir ziemlich sicher, dass er und Libby uns bald verkünden werden, dass sie heiraten. Das könnte ich nicht verpassen.«

»Natürlich nicht. Und sicher gibt es vielerlei Gründe, warum es völlig verrückt von dir wäre, den Vorschlag auch nur in Betracht zu ziehen, aber versprich mir trotzdem, wenigstens darüber nachzudenken!«

»Wir kennen uns doch kaum …«

»Durch die Reise ließe sich das ändern.«

Sie sah ihn zweifelnd an und senkte dann den Blick auf seine Hand, die noch immer ihre hielt. »Und meine Arbeit?«, fragte sie. »Ich kann nicht einfach alles stehen und liegen lassen. Und da wäre dann auch noch die finanzielle Frage …«

»Wie gesagt, es gibt jede Menge Gründe, warum du es lieber lassen solltest … Es ist eine blödsinnige Idee. Du wärst verrückt, da mitzumachen. Aber versuch doch mal, es aus einer anderen Perspektive zu betrachten und dir ein paar Gründe einfallen zu lassen, warum es auch ein Riesenspaß sein könnte.«

»Ich … ich hab so was noch nie getan«, gestand sie leise.

»Ich auch nicht. Aber bedenk doch nur mal, an welchem Ort wir sind. Menschen wie Jacob und Kitty kamen hierher, ohne eine Ahnung zu haben, worauf sie sich einließen, und dennoch taten sie es, ohne auch nur einen Blick zurückzuwerfen.«

»Das war doch etwas völlig anderes. Sie taten es aus Pflichtgefühl, für König und Vaterland gegen einen gemeinsamen Feind.«

Matthew lächelte. »Ich sage ja nur, dass sie das Wagnis eingingen und das Beste aus einer außergewöhnlichen Situation und Gelegenheit machten.«

Saskia blickte an ihm vorbei zum Herrenhaus zurück. Sie starrte es versonnen an und richtete den Blick dann wieder auf den See.

»Darf ich fragen, was dir durch den Kopf geht?« Matthew ließ ihre Hand los.

»Ich dachte nur gerade, dass hier alles begann. Wenn Jacob und Kitty nicht zum Arbeiten hierhergeschickt worden wären, hätte Jacob nicht *Die Pusteblumenjahre* geschrieben, und wir hätten uns nicht so kennengelernt, wie wir es taten, und … und vielleicht wärt ihr, du und Fliss, dann immer noch zusammen.«

»Hey«, sagte er stirnrunzelnd, »bis auf diesen letzten Satz

siehst du das alles richtig. Aber Fliss und ich wären *nie* zusammengeblieben.« Dann wechselte er abrupt das Thema und fragte: »Was war es, was *du* mir sagen wolltest?«

Saskia überlegte einen Moment und schüttelte dann den Kopf. »Ach das. Das war nichts … Wichtiges. Ich wollte dir nur sagen, dass …« Sie zögerte. In ihrem Kopf hatten sich die Worte *Ich verzeihe dir* längst geformt, aber diese drei kleinen Worte nun laut auszusprechen kam ihr jetzt kindisch, affektiert und gönnerhaft vor.

»Sprich weiter«, drängte er sie sanft.

Saskia holte tief Luft. »Na gut, es ist Folgendes. Du hast mich vor der Beerdigung meines Großvaters gefragt, ob ich dir verzeihen könnte, dass du mich getäuscht hast, und … na ja …«

»Und du kannst es nicht?«, unterbrach Matthew sie niedergeschlagen.

»*Nein!* Oder vielmehr *doch*! Natürlich verzeihe ich dir.« In ihrer Nervosität stieg das Blut ihr in die Wangen, und besonders angesichts der Intensität, mit der seine braunen Augen auf sie gerichtet waren.

»Aber vertraust du mir?«, fragte er. »Denn das ist es doch, worauf es ankommt, oder? Für dich und auch für mich.«

Saskia nickte. »Ich vertraue dir genug, um wieder von dir geküsst werden zu wollen.«

Seine Mundwinkel verzogen sich zu einem kleinen Lächeln, und er legte eine Hand an ihre Wange und streichelte sie sanft. »Willst du damit sagen, dass du mir genug vertraust, um mir eine zweite Chance zu geben?«

»Das ist genau das, was ich meine«, erwiderte sie lächelnd, »und wenn ich du wäre, würde ich mich küssen, bevor ich es mir anders überlege.«

Und das tat er. Doch kaum hatten ihre Lippen sich berührt, wurden hinter ihnen schrille Stimmen und Gelächter laut. Es war die Gruppe lärmender Kinder, denen sie beim Mittagessen hatten ausweichen können, die nun aber über den See hereinbrach wie eine plündernde Armee.

»Auch beim Küssen ist das richtige Timing alles«, stellte Saskia mit einem Lächeln fest.

»Bei dir zumindest scheint es so zu sein«, erwiderte er lachend. »Lass uns gehen, ja? Ich habe wirklich keine Lust, meine Kusstechnik von einem Haufen Kinder kritisieren zu lassen.«

Wenn sie sich vorher gründlicher informiert hätten, wäre es vielleicht sogar möglich gewesen, Jacobs einstiges Quartier bei der grässlichen Mrs. Pridmore oder auch Billys Farm zu finden, doch so mussten sie sich mit einem kurzen und unbefriedigenden Umschauen in der Stadt begnügen, bevor sie Bletchley verließen und sich auf den Heimweg machten.

Saskia hatte sich gefragt, ob Matthew einem der Bevollmächtigten auf Bletchley Park gegenüber erwähnen würde, dass sich etwas in seinem Besitz befand, das einem historischen Bericht gleichkam und von jemandem verfasst worden war, der während des Krieges im Park gearbeitet hatte. Da Matthew jedoch keine Anstalten dazu gemacht hatte, sprach sie ihn im Wagen darauf an.

»Ich habe daran gedacht, es zu tun, aber dann beschlossen, dass es warten kann. Schließlich wird Jacobs Geschichte sich ja nicht in Luft auflösen, nicht? Sie kann auch auf ein anderes Mal warten.«

Ja, dachte Saskia, so wie auch sie ein paar Tage warten konnte, bevor sie Matthew eröffnete, dass sie unmöglich alles stehen und liegen lassen und mit ihm verreisen konnte. Und tief im Innern musste er das auch wissen. Ihr Leben fand auf Ashcombe statt. Dort war ihr Zuhause, und dort gehörte sie auch hin.

Kapitel 63

An einem schönen, angenehm warmen Nachmittag Ende September war Saskia unterwegs, um sich von Matthew zu verabschieden.

In den Monaten nach ihrem Besuch in Bletchley Park hatte Matthew sich zu ihrer großen Erleichterung nicht sonderlich bemüht, sie zu überreden, mit ihm auf Reisen zu gehen. Er fragte nur hin und wieder, ob sie es sich nicht doch anders überlegt hätte. Ihre Antwort war stets die gleiche: So interessant die Reise auch klang, sie konnte nicht einfach alles hinwerfen wie er und fortgehen; sie hatte Verpflichtungen und trug Verantwortung. Vor allem war sie jedoch immer noch besorgt um Harvey und wollte ihn nicht zu oft allein lassen, um ihm keine Gelegenheit zu geben, allzu viel über Olivers Tod nachzudenken.

Das Ärgerliche war, dass ihr Vater sie schier unentwegt bestürmte, mit Matthew auf Reisen zu gehen. Irgendwie schien er seine eigene Bewunderung für Matthews Pläne für Grund genug für sie zu halten, eine Tasche zu packen und damit in die Welt hinauszuziehen. Seiner ständigen Bemerkungen müde, hatte Saskia ihn gefragt, warum er und Libby nicht etwas Ähnliches unternahmen, wenn er die Idee für so genial hielt. »Wer weiß, vielleicht werden wir es ja eines Tages tun«, hatte er erwidert.

Trotz allem konnte sie jedoch nicht über die Tatsache hinwegsehen, dass sie Matthew sehr vermissen würde. Sie hatten sich so oft wie möglich getroffen, entweder in Cambridge oder auch auf Ashcombe. Sie hatten einige unvergessliche Momente bei Bootsfahrten auf dem Cam und Spaziergängen am Fluss entlang erlebt, und Saskia war der Ort inzwischen sehr ans Herz gewachsen, seit sie ihn mit Matthew als Führer mit ganz anderen Augen sah.

Am vergangenen Wochenende hatte sie ihm geholfen, die letzten seiner Sachen in Glaskin House in Kartons zu packen. Die neuen Besitzer zogen irgendwann diese Woche ein, und Saskia war traurig darüber, dass sie das Haus nun nie wieder besuchen würde. So merkwürdig es klang, aber für sie war es ein Grundpfeiler ihrer Beziehung, denn dort hatten sie sich kennengelernt.

Und ja, sehr zur Freude ihrer Familie *waren* Matthew und sie ein Paar. Ihre Tante hatte gejubelt und in die Hände geklatscht, als Saskia es ihr bei einem ihrer wöchentlichen Skype-Gespräche erzählt hatte. »Natürlich ist das ganz allein nur mein Verdienst!«, hatte sie behauptet und sich selbst beglückwünscht. »Ich wusste ja, dass mein Eingreifen Früchte tragen würde. *Bob*!«, hatte sie gerufen und sich vom Computerbildschirm abgewandt. »Saskia und Matthew haben es endlich auf die Reihe gekriegt! *Bob*, hast du gehört, was ich gesagt habe?«

»Ja, Liebes«, erklang Onkel Bobs Stimme kaum hörbar aus dem Hintergrund. »Und wahrscheinlich hat es jetzt auch die ganze Nachbarschaft mitbekommen.«

Saskia hatte ihre Tante gewarnt, nicht zu enthusiastisch zu sein, denn schließlich stünden Matthew und sie ja erst ganz am Anfang ihrer Beziehung.

Was nur allzu wahr war, und aufgrund der Tatsache, dass Matthew auf unbestimmte Zeit verreist sein würde, beschloss Saskia, sich besser keine allzu großen Hoffnungen zu machen. Sehr viel konnte in den Monaten, die vor ihnen lagen, geschehen. Matthew könnte einer Menge Mädchen auf seinen Reisen begegnen und sie, Saskia, leicht dabei vergessen. Sie musste realistisch sein. Und das bedeutete, dass sie ihr Herz im Zaum halten musste, um es davor zu bewahren, verletzt zu werden.

Irgendetwas in ihrem Verhalten musste ihn nachdenklich gestimmt haben, weil er sie eines Tages aufforderte, ganz ehrlich zu sein und ihm zu erzählen, was sie so beschäftigte. Als sie es ihm erklärte, war er drauf und dran, die Reise abzusagen. »Dass du immer noch eine so schlechte Meinung von mir hast! Ich dachte, du würdest mir vertrauen«, sagte er enttäuscht.

»Das tue ich.«

»Es klingt aber nicht so.«

Zu diesem Gespräch war es gekommen, als sie das erste Mal in Cambridge bei ihm übernachtet hatte. In jener Nacht hatten sie sich auch zum ersten Mal geliebt, und als Saskia später mit ihm im Bett lag und er sie liebevoll in den Armen hielt, schwor er ihr, er habe nicht die Absicht, nicht mehr zu ihr heimzukommen. »Das sagst du jetzt«, hatte sie erwidert, »aber du weißt nicht, was noch kommt oder was in der Hitze des Moments passieren könnte, wenn du Tausende von Kilometern von mir entfernt bist. Ich möchte nicht, dass du dich durch den emotionalen Ballast einer Freundin, die zu Hause auf dich wartet, gefesselt fühlst.«

»Ich weiß, wen ich in meinem Herzen trage«, hatte er erwidert, ihre Hand genommen und sie an seine Brust gelegt. »Ich versichere dir, dass ich kein Interesse daran habe, jemand anders kennenzulernen oder mich von irgendeiner zufälligen Begegnung ablenken zu lassen.«

Nachdem Saskia in Heathrow einige Male falsch abgebogen war, fand sie endlich den Parkplatz des Abflugbereichs. Sie lag jedoch trotzdem noch gut in der Zeit und fragte sich, ob sie sogar noch vor Matthew und James eingetroffen war. Sie hatte Matthew angeboten, ihn in Cambridge abzuholen und ihn selbst nach Heathrow zu fahren, doch er hatte gemeint, er wolle ihr keine zusätzliche Stunde Fahrt zumuten, und deshalb würde James ihm den Gefallen tun.

In der Abflughalle sah sie sich nach dem Check-in-Schalter der Virgin Atlantic Airways für New York um und entdeckte Matthew sofort. Einen großen Rucksack zu seinen Füßen, stand er in der Menge. So konzentriert, wie er sein Mobiltelefon betrachtete, sah er sie nicht näher kommen. Erst als sie direkt vor ihm stand, blickte er von dem Display auf. »Du hast es geschafft«, sagte er und küsste sie für einen langen Moment auf den Mund.

»Natürlich. Wo ist James?«

»Er ist schon weg, weil er uns nicht bei unserem Abschied stören wollte. Wir haben noch Zeit für einen Kaffee, wenn du möchtest.«

Während Matthew an einem Tisch auf seinen Rucksack aufpasste, stellte sich Saskia für Kaffee und ein paar Kekse an und trug dann alles auf einem Tablett zum Tisch hinüber. Wieder starrte Matthew das Display seines Handys an. Bildete sie es sich nur ein, oder wirkte er nervös? Bereute er vielleicht, dass er wegflog? Saskia war egoistisch genug zu wünschen, er bliebe, was sie jedoch natürlich niemals zugegeben hätte.

»Alles in Ordnung?«, fragte sie und schob ihm einen Cappuccino und das Päckchen Plätzchen zu. »Du scheinst ein bisschen besorgt zu sein.«

Er legte das Telefon aus der Hand. »Es ist der Gedanke daran, wie sehr ich dich vermissen werde«, gestand er.

»Sag das nicht! Du wirst eine tolle Zeit haben, und ich werde daheim auf Ashcombe sein und mich auf deine neuesten Nachrichten freuen.« Ihre Worte sprudelten nur so aus ihr hervor, weil sie die Stimmung auflockern wollte. Matthew wirkte so furchtbar angespannt.

»Du könntest es dir immer noch anders überlegen und dich irgendwo mit mir treffen«, sagte er und trank einen Schluck Kaffee.

»Du weißt, dass das unmöglich ist«, erwiderte sie leise. »Ich will Harvey nicht allein lassen; er würde sich bei Dad und Libby wie das fünfte Rad am Wagen fühlen. Und jemand muss ihn im Auge behalten, auch wenn ihm das gar nicht passt.«

»Gibt es denn gar nichts, was dich umstimmen könnte?«

Die Ernsthaftigkeit, mit der er diese Frage stellte, verkrampfte ihr das Herz. »Lass es, Matthew! Mach es mir bitte nicht noch schwerer!« Das Letzte, was sie wollte, war, dass die wenigen Minuten, die ihnen jetzt noch blieben, verdorben wurden. Nicht, da sie den Tränen über ihren Abschied ohnehin schon so nahe war. »Denk doch nur an die Willkommensparty, die wir bei deiner Rückkehr für dich veranstalten werden!«, sagte sie lächelnd, um dem Gespräch eine etwas heitere Note zu verleihen.

»Ich könnte immer noch meine Pläne ändern und die Reise abkürzen«, schlug er vor.

Wieder schüttelte sie den Kopf. »Nein, das darfst du nicht. Ich würde es hassen, wenn du deine Pläne meinetwegen ändertest. Du würdest es immer bereuen und dann mir im Stillen die Schuld daran geben.«

»Ich kann nicht gewinnen, was? Du hast auf alles eine Antwort, nicht?«

»Ich denke schon«, erwiderte sie leichthin.

Lächelnd beugte er sich über den Tisch und küsste sie. »Oh«, murmelte er, als er sich wieder zurücklehnte, »du runzelst ja die Stirn. War das nicht nach deinem Geschmack?«

»Ich runzele die Stirn, weil ich … gerade meinen Vater, Libby und Harvey gesehen habe, wenn ich mich nicht irre! Schau nur, dort drüben! Ich habe doch wohl keine Halluzinationen, oder?«

Aber statt in die Richtung zu sehen, in die sie zeigte, ergriff er ihre Hand. »Saskia«, sagte er ernst, »bitte versprich mir, in den nächsten paar Minuten nicht böse auf mich zu werden! Oder auf deine Familie.«

Sie sah ihn verwundert an. »Wovon redest du?«

Matthew stand auf und hob seinen Rucksack auf die Schulter. »Lass uns rübergehen und Hallo sagen, ja?«

»Ich dachte, ihr wolltet heute alle nach Aldeburgh fahren«, meinte sie, als sie ihrer Familie gegenüberstand. »Was in Herrgotts Namen macht ihr hier?«

»Wir sind gekommen, um Adieu zu sagen«, antwortete ihr Vater. »Warum sollten wir wohl sonst hier sein?«

In dem Moment bemerkte Saskia den Rucksack, den er trug, und ein schreckliches Gefühl überkam sie. »Was ist das?«, wollte sie unnötigerweise wissen.

»Dein Rucksack«, erklärte ihr Vater. »Libby hat ihn für dich gepackt.«

»Du wirst alles darin finden, was du brauchst, und noch ein paar Sachen mehr«, sagte Libby lächelnd.

Das schreckliche Gefühl wurde stärker, und ihr Mund war plötzlich wie ausgedörrt. Saskia starrte ihren Vater, dann Libby, Harvey und schließlich Matthew an.

»Du wusstest es«, murmelte sie. »Ihr habt das alles hinter meinem Rücken geplant, nicht wahr?«

»Sei uns nicht böse!«, bat Harvey und trat vor. »Es musste sein. Wir wollen nur, dass du die Flügel entfaltest und etwas von der Welt siehst.«

Saskia blinzelte, um die Tränen der Wut, die hinter ihren Augenlidern brannten, zu vertreiben. »Aber meine Arbeit! Ihr wisst, dass ich meine Kunden nicht einfach hängen lassen kann!«

»Das ist alles geregelt«, versicherte ihr Vater. »Ich habe ihnen die Sache erklärt, und sie haben nichts dagegen, deine Rückkehr abzuwarten.«

Ihr schwirrte der Kopf. Das musste ein Scherz sein! Das konnte nicht wahr sein! »Und was für eine *Sache* hast du ihnen erklärt?«, fragte sie ihren Vater.

»Die Wahrheit: dass du ganz überraschend zu einer Traumreise aufgebrochen bist. Ihr werdet die Reise eures Lebens machen, du und Matthew.«

»Aber habt ihr nicht eine Kleinigkeit vergessen? Ich habe weder Flugtickets, noch habe ich meinen Pass dabei.« So! Das würde diesem Unsinn ein Ende bereiten.

Libby öffnete ihre Handtasche und nahm einen ledernen Brustbeutel heraus. »Tickets, Pass und deine Bordkarte – du bist schon eingecheckt. Wir haben gestern schon alles für dich erledigt. Und etwas Fremdwährung ist auch darin.«

Saskia kämpfte gegen die Tränen an, die in ihrer Kehle und hinter ihren Augen brannten. Ob es Kapitulation oder einfach nur Akzeptanz war, wusste sie nicht, aber ihr Ärger war verraucht, und sie war jetzt von einem ganz anderen Gefühl erfüllt. Es war Liebe zu ihrer Familie, weil sie sich hinter ihrem Rücken so viel Mühe gemacht hatten.

Sie wandte sich Matthew zu. Sein Gesicht war ganz angespannt vor Sorge. »Sahst du deshalb vorhin so nervös aus, als du andauernd auf dein Handy gestarrt hast?«

»Ja«, bekannte er. »Libby hielt mich auf dem Laufenden, und je näher sie Heathrow kamen, desto nervöser wurde ich. Du bist uns aber doch nicht allzu böse, oder?«

»Ich weiß nicht, was ich denken soll«, sagte sie. »Ich bin vor allem sehr schockiert. Ich kann nicht glauben, dass ihr alle so hinterlistig wart.«

»Wir mussten genau den richtigen Zeitpunkt abpassen«, meinte Harvey lachend, »wir konnten schließlich nicht riskieren, dich auf dem Weg hierher einzuholen, weil das die Überraschung vollkommen verdorben hätte.«

»Und apropos Überraschungen, wir haben noch eine andere für dich«, sagte ihr Vater. »Es ist euer Reiseziel. Willst du es Saskia erzählen, Matthew?«

»Wir werden für ein paar Wochen bei deiner Tante und deinem Onkel in Kanada bleiben«, sagte er, »und danach kannst du entscheiden, ob du mich für den Rest der Reise oder nur für einen Teil davon begleitest oder lieber nach Hause fliegst. Das wird allein deine Entscheidung sein. Und falls du dich wunderst, es war der Vorschlag deiner Tante und deines Onkels, die Reise bei ihnen zu beginnen.«

»Aber ich dachte, du würdest zuerst nach New York fliegen? Du sagtest doch, ich sollte dich am Virgin-Check-in für New York treffen.«

Er lächelte. »Ich wollte nicht gleich alles verraten. Und obwohl ich hastige Verabschiedungen hasse, sollten wir uns jetzt beeilen, um unser Gepäck einchecken zu lassen.«

Nachdem sie ihr Gepäck aufgegeben hatten und Saskia von Harvey, Libby und ihrem Vater umarmt worden war, flossen die Tränen jetzt ganz ungehindert über ihre Wangen. »Ich werde euch alle ganz schrecklich vermissen«, schluchzte sie und umarmte Harvey noch einmal. »Pass gut auf dich auf, und übertreib es nicht! Versprich mir das!«

»Versprochen«, sagte er und küsste sie auf die Wange. »Und du versprichst mir dafür, dir keine Sorgen um mich zu machen. Dein Vater und Libby werden mich schon genau im Auge behalten. *Du* musst nichts weiter tun, als es dir gut gehen zu lassen und die Zeit zu genießen. Und vergiss nicht, dass wir all das nur ausgeheckt haben, weil wir dich lieben und es auch das ist, was Oliver gewollt hätte.«

Sie schluckte, um ein erneutes Aufschluchzen zu unterdrücken, und klammerte sich an ihren Großvater. Dann drückte sie ihren Vater und Libby noch einmal ganz fest an sich. Libbys Wangen waren ebenso feucht von Tränen wie ihre eigenen. »Wagt es bloß nicht zu heiraten, solange ich weg bin!«, brachte sie mit zittriger Stimme gerade noch hervor.

»Auf keinen Fall«, erklärte ihr Vater. »Wir werden auf deine Rückkehr warten, das schwöre ich.« Zu Matthew sagte er: »Pass gut auf sie auf, ja?«

»Ihr könnt euch auf mich verlassen.«

Sie hatten die Passkontrolle schon fast erreicht, als Saskia noch einmal zu ihrer Familie zurücklief. »Was ist mit meinem Auto? Es kann nicht die ganze Zeit hier stehen bleiben, während ich weg bin.«

»Das ist alles schon geregelt«, beruhigte ihr Vater sie. »Wir haben deine Ersatzschlüssel dabei; Libby wird den Wagen nach Ashcombe zurückfahren. Aber gut, dass wir noch davon sprechen! Wo genau hast du ihn abgestellt?«

Saskia nannte ihm die Nummer ihres Stellplatzes.

Ralph drückte sie noch einmal an sich. »Und nun geh, sonst verpasst du noch deinen Flug!«

Matthew hatte noch eine weitere Überraschung für Saskia in petto, doch erst als sie an Bord des Flugzeugs gingen, erkannte sie, was es war: Er hatte Tickets erster Klasse für sie gebucht. Als sie beim Gedanken an die Kosten entsetzt nach Luft schnappte, verschloss er ihr mit einem Kuss den Mund. »Betrachte es als Jacobs Geschenk an uns nach dem Verkauf des Hauses. Ich bin mir sicher, dass er damit einverstanden gewesen wäre.«

»Ich weiß nicht, ob ich dich für all das lieben oder hassen soll«, sagte sie mit einem Lächeln.

»Wie wär's, wenn du das in ein paar Wochen entscheidest?«

Im Flugzeug war es dunkel, und die meisten Leute, darunter auch Saskia, schliefen. Matthew war jedoch hellwach. Noch immer konnte er nicht richtig glauben, dass Saskia hier bei ihm war – auch wenn sie im Grunde keine Chance gehabt hatte angesichts des Engagements ihrer Familie. Ralph hatte am meisten zur Verwirklichung ihrer Pläne beigetragen, und wann immer Matthew den Mut verloren hatte, war Saskias Vater eingeschritten und hatte ihn davon überzeugt, dass alles klappen würde.

»Sie verdient diese Chance mit dir«, hatte Ralph gesagt. »Sie hat viel zu viel Verantwortung übernommen, als sie eigentlich noch viel zu jung dazu war. Diese Reise ist ihre Chance, endlich einmal loszulassen und ein bisschen Spaß zu haben.«

Doch wie immer bei Saskia hatte Matthew keine Ahnung gehabt, wie sie reagieren würde. Umso glücklicher war er nun, sie tatsächlich bei sich zu haben.

Er fragte sich auch, was Jacob davon halten würde, dass er seinen Job an den Nagel gehängt hatte und auf Reisen ging. Matthew nahm jedoch an, dass der alte Herr ihm Beifall dafür gezollt hätte, dass er es wagte, dem Alltag zu entfliehen. Mum wäre schwerer zu überreden gewesen; sie hätte sich Sorgen gemacht, dass er nach all den Anstrengungen in der Schule und auf dem College eine so gute, aussichtsreiche Stelle so einfach aufgab. Und vielleicht war es auch dumm von ihm, so zu handeln, aber es war ein Risiko, das er eingehen musste. Anders als Jacob wollte er nicht im Alter auf sein Leben zurückblicken und bereuen, den Schritt nicht gewagt zu haben.

Vielleicht würde er mit der Zeit zu einer ähnlichen Stellung wie der zurückkehren, die er gekündigt hatte, aber vorerst war Matthew fest entschlossen, jeden Tag zu nehmen, wie er kam, und das mit der Frau, die er liebte, an seiner Seite. Er musste Saskia zwar noch sagen, dass er sich in sie verliebt hatte, aber er wollte den richtigen Moment dazu abwarten, so wie auch Jacob auf den richtigen Moment gewartet hatte, um Kitty einen Heiratsantrag zu machen.

Matthew schloss die Augen, und es dauerte nicht lange, bis er eingeschlafen war. Er träumte von einem See. Auf dem Wasser sah er ein Ruderboot mit zwei Menschen darin: Jacob und Kitty. Ihr glückliches und sorgloses Lachen schallte bis zum Ufer herüber. Aber dann wendete das Boot, und plötzlich saßen nicht mehr Jacob und Kitty, sondern Matthew und Saskia darin. Die Lippen dicht an dem kugeligen, luftig-leichten Fruchtstand, blies Saskia auf die Pusteblume in ihrer Hand. »Sieh nur«, rief sie, als die Samen von der sanften Brise fortgetragen wurden, »da fliegen sie! Fang sie ein, Matthew!«

»Nein«, sagte er lachend. »Lass sie davonfliegen! Lass einfach alles los!«

Danksagungen

Da ich furchtbar neugierig auf das Leben anderer Menschen bin, bedanke ich mich bei meiner Freundin Elaine Betts dafür, dass sie mich ein altes Fotoalbum ihrer Familie anschauen ließ. Denn während ich diese Fotos betrachtete, hatte ich plötzlich die voll entwickelte Rolle von Jacob Belinsky vor Augen. Es war ein echtes Aha-Erlebnis!

Ich möchte auch den Beschäftigten auf Bletchley Park danken, die so großzügig mit ihrer Zeit und Hilfe waren und so viele meiner Fragen beantworteten.

Vielen Dank auch an Chris und Liz Lawton für das nette Gespräch bei Tee und Plätzchen und dafür, dass sie mich in ihrem Buchgeschäft herumstöbern ließen – ich hätte den ganzen Tag dort bleiben können!

Auch bei Adèle Geras muss ich mich für die angenehme Führung durch Cambridge an einem kalten Dezembertag bedanken. Ich sollte allerdings darauf hinweisen, dass das Merchant College nicht in Cambridge beheimatet ist, sondern nur in meiner Fantasie existiert.

Meine Fantasie spielte auch eine Rolle bei einigen Ausschmückungen hier und da, die ich im Interesse der Geschichte, und um ihr mehr Farbe zu verleihen, vornahm. Ich hoffe, dass meine Leser mir dieses bisschen künstlerische Freiheit erlauben werden.

Und schließlich danke ich auch noch ein paar Leuten, denen ich letztes Jahr auf meinen Reisen begegnet bin – Ekaterina, die mir den Namen Katyushka gab, und Bob und Jean aus Kanada, die zu Onkel Bob und Auntie Jo wurden – ich hoffe, dass sie mir verzeihen werden!

Werde Teil der Bastei Lübbe Welt
You Tube
www.lesejury.de
Lesen, rezensieren, Bücher gewinnen
Lerne Autoren, Verlagsmitarbeiter und andere Leser kennen